Sarah Lark

DIE TIERÄRZTIN

Große Träume

Weitere Titel der Autorin:

Die Weiße-Wolke-Saga:
Im Land der weißen Wolke
Das Lied der Maori
Der Ruf des Kiwis
Eine Hoffnung am Ende der Welt

Die Kauri-Trilogie:
Das Gold der Maori
Im Schatten des Kauribaums
Die Tränen der Maori-Göttin

Die Insel-Saga:
Die Insel der tausend Quellen
Die Insel der roten Mangroven

Die Feuerblüten-Saga:
Die Zeit der Feuerblüten
Der Klang des Muschelhorns
Die Legende des Feuerberges

Die Tierärztin-Saga:
Die Tierärztin – Große Träume
Die Tierärztin – Voller Hoffnung
Die Tierärztin – Mutige Wege

sowie folgende Einzelbände:
Eine Hoffnung am Ende der Welt (auch als Einzelband lesbar)
Unter fernen Himmeln
Das Jahr der Delfine
Das Geheimnis des Winterhauses
Wo der Tag beginnt
Schicksalssterne

Die Jugendbücher:
Lea und die Pferde – Das Glück der Erde
Lea und die Pferde – Pferdefrühling
Lea und die Pferde – Das Traumpferd fürs Leben
Lea und die Pferde – Herzklopfen und Reiterglück
Lea und die Pferde – Ein Joker für alle Fälle
Lea und die Pferde – Sommer im Sattel
Dream – Frei und ungezähmt
Hope – Der Ruf der Pferde

Alle Bücher sind in sich abgeschlossen.

Alle Titel sind in der Regel als Hörbuch und als E-Book erhältlich.

SARAH LARK

DIE TIERÄRZTIN

Große Träume

ROMAN

lübbe

MIX
Papier aus verantwortungsvollen Quellen
FSC www.fsc.org FSC® C014496

Dieser Titel ist auch als Hörbuch und E-Book erschienen

Vollständige Taschenbuchausgabe
der bei Bastei Lübbe erschienenen Hardcoverausgabe

Dieses Werk wurde vermittelt durch
die Literarische Agentur Thomas Schlück GmbH, 30161 Hannover.

Lektorat: Melanie Blank-Schröder
Landkarte: Kirstin Osenau; © franz12; Epifantsev; Starostov;
avtor painter/Shutterstock
Titelillustration: © Ildiko Neer/trevillion.com; © 79mtk/shutterstock.com;
photolike/shutterstock.com; Mickis-Fotowelt/shutterstock.com;
PON-PON/shutterstock.com; Jukyelabs/shutterstock.com; coz1421/
shutterstock.com; Ihnatovich Maryia//shutterstock.com
Umschlaggestaltung: Johannes Wiebel | punchdesign, München
Satz: Dörlemann Satz, Lemförde
Gesetzt aus der ITC Berkeley Oldstyle
Druck und Verarbeitung: GGP Media GmbH, Pößneck
Printed in Germany
ISBN 978-3-404-18797-3

5 4 3 2 1

Sie finden uns im Internet unter luebbe.de
Bitte beachten Sie auch: lesejury.de

Prolog

Belgien – Ledegem bei Kortrijk
1906

Nellie verließ die Tierarztpraxis und lief um das Haus der De Groots herum zur Pferdeweide. Sie war spät dran, und tatsächlich stand Phipps' Pony nicht mehr auf der Koppel. Der Junge musste selbst damit ausgeritten sein. Dann hörte sie jedoch Geigentöne aus dem kleinen Stall, den sich das Pony mit dem Kutschpferd von Phipps' Vater teilte.

Nellie lächelte. Ihr Ausritt war damit gerettet. »Phipps! Warum hast du Cees denn in den Stall gebracht?«

Sie stieß die Tür auf, und der kleine Schimmel begrüßte sie mit einem dunklen Wiehern. Der braunhaarige Junge, der auf einem Strohballen gesessen und seine Geige gestimmt hatte, sah zu ihr auf.

»Na, weil du nicht da warst«, antwortete er. »Und Mama sollte doch glauben, ich wär ausgeritten.« Auch der zwei Jahre ältere Philipp, den Nellie, seit sie sprechen konnte, Phipps nannte, hielt sich nicht mit einer Begrüßung auf, obwohl sie sich seit dem Vortag nicht gesehen hatten. Sie besuchten verschiedene Schulen in Kortrijk, der nächstgrößeren Stadt, und kamen stets erst im Laufe des Nachmittags nach Hause. Sobald sie sich dann trafen, war die Trennung allerdings vergessen. Nellie und Phipps waren Nachbarskinder, standen sich aber näher als Geschwister. »Warum kommst du so spät?«

Nellie schüttelte den Kopf. »Ich wurde aufgehalten.« Ihre hellbraunen Augen leuchteten auf, als sie zu erzählen begann. Sie nahm sich ebenfalls einen Strohballen vom Stapel und platzierte sich Phipps gegenüber. »Ich war bei deinem Vater in der Praxis. Ich hab ihm geholfen.« Sie wies fast stolz auf ihre weiten Leinenhosen, auf denen Blutflecken zu sehen waren. »Er musste einem Hund ein Bein amputieren. Ein Notfall. Und keiner war da, um ihm zu helfen. Ich hab gesehen, wie die Leute den armen Dropje brachten. Ein Jäger hat auf ihn geschossen, der Unterschenkel der linken Hinterhand war zertrümmert, Schienbein und Wadenbein durch. Aber Mevrouw De Boer wollte nicht, dass er eingeschläfert wird. Da hat dein Vater amputiert. Und er brauchte Hilfe – hat ganz schön geschimpft, dass du nicht da warst … Schließlich hat er mich assistieren lassen. Und Phipps, er hat mich gelobt! Er sagte, ich gäbe einen guten Tierarzt ab, wenn ich ein Junge wäre.«

Nellie erhob sich wieder, griff nach dem Putzzeug und begann, das Pony aufzuhalftern und zu striegeln. Sie war hoch aufgeschossen und schlaksig mit ihren vierzehn Jahren und strotzte vor Energie. Phipps dagegen war eher ein ruhiger Junge. Seine einzige Leidenschaft war das Geigenspiel. Leider sahen es seine Eltern gar nicht gern, wenn er sich mit seinem Instrument irgendwo versteckte, statt zu reiten, Ballspiele zu machen oder in der Gegend herumzustreifen wie ein »richtiger Junge«.

Früher hatte er Letzteres ganz gern getan – in der Regel gemeinsam mit Nellie. Sie hatten von Kindheit an zusammen gespielt, und ihr zuliebe fing Phipps denn auch mal Kaulquappen oder klaute Kirschen im Garten eines Nachbarn. Das alles hatte jedoch geendet, als er die Musik für sich entdeckte. Sie öffnete ihrem Freund eine ganz neue Welt.

In Ledegem, dem kleinen belgischen Dorf, in dem Phipps und Nellie lebten, wurde nicht viel Musik gemacht. Allenfalls spielte beim Dorffest eine Blaskapelle. Wer Konzerte hören wollte, musste ins fünfzehn Kilometer entfernte Kortrijk fahren oder noch ein wenig weiter in die andere Richtung, nach Ypern. Nellies Eltern taten das gelegentlich. Theo und Greta De Groot machten sich dagegen nichts daraus, sie gingen höchstens mal ins Theater. Eine Geige hatte Phipps deshalb erst zwei Jahre zuvor zum ersten Mal gehört, als fahrendes Volk in der Gegend gastiert hatte. Phipps' Vater hatte eines ihrer Pferde behandelt – und Phipps hatte sich ganz und gar in den feurigen Weisen verloren, die sie abends am Feuer gespielt hatten. Nellie dachte noch gern an das Abenteuer zurück, als sie damals bei Nacht hinausgeschlichen waren, um die Zigeuner spielen zu hören. Ausnahmsweise ein Unternehmen, das von Phipps initiiert worden war. Gewöhnlich war sie es, die verbotene Ausflüge vorschlug.

Phipps hatte danach keine Ruhe mehr gegeben und sich eine Geige gewünscht – zum Geburtstag, zu Weihnachten oder zu allem zusammen. Sonst, so hatte er seine Eltern angefleht, bräuchten sie ihm nichts zu kaufen. Für eine Geige hatte er jahrelang auf jedes Geschenk verzichten wollen.

Schließlich hatte er sein Instrument erhalten, ein billiges Ding, das zunächst nur schaurige Quietschtöne von sich gab. Niemand hatte geglaubt, dass Phipps ihm jemals mehr entlocken würde, doch das Wunder geschah. Er erwies sich als musikalisch außergewöhnlich begabt, und bald mussten seine Eltern ihn bremsen, damit er nicht den ganzen Tag mit Üben verbrachte. Nellie ertrug das gelassen und war immer bereit, Phipps zu decken, wenn er Freiräume brauchte. So pflegte sie zum Beispiel sein Pony zu reiten, während er heimlich im Stall Geige spielte.

Inzwischen hatte sie den Schimmel gesattelt und ihre langen rotblonden Zöpfe unter eine Mütze gestopft. Niemand sollte erkennen, dass es ein Mädchen war, das mit dem lebhaften Pony über Wiesen und Waldwege galoppierte.

»Ich würde wahnsinnig gern Tierärztin werden«, sinnierte sie, als sie Cees aus der Box führte. »Und ich sehe nicht ein, weshalb ich dazu ein Junge sein müsste.«

Phipps sah nur kurz auf. »Mädchen nehmen sie nicht an der Hochschule«, stellte er lakonisch fest.

Nellie runzelte die Stirn. Wie ihr ganzes schmales Gesicht war sie mit Sommersprossen übersät. »Dann geh ich in ein anderes Land«, beschloss sie. »Irgendwo kann ich bestimmt studieren.«

Phipps schüttelte den Kopf. »Nirgends«, beschied er sie. »Ich weiß das zufällig, weil mein Vater gerade was über Frauen im Medizinstudium gelesen hat. Dazu werden sie jetzt in einigen Ländern zugelassen. Aber im Veterinärwesen nicht, und das sei auch gut so, meint mein Vater.«

Nellie blitzte ihn an. »Du stimmst ihm da doch wohl nicht zu?«

Phipps verdrehte die Augen. »Natürlich nicht. Keiner wäre ein besserer Tierarzt als du. So verrückt wie du nach den Viechern bist.«

Nellie sammelte von jeher Vögel mit gebrochenen Flügeln und räudige Katzen, die sich von ihr erstaunlicherweise einfangen und mit selbst hergestellter Ringelblumensalbe behandeln ließen. Inzwischen fanden sich an jedem Abend ganze Scharen von oft einäugigen oder dreibeinigen Hunden und Katzen am Hintereingang von Nellies Garten ein. Ihre Mutter fand die Tiere abscheulich und schimpfte, Nellie stand zu ihren Schützlingen.

»Dann musst du mich einfach mitstudieren lassen, wenn du an der Universität bist«, schlug sie jetzt vor. »Du schreibst bei den Vorlesungen mit, und ich lese deine Bücher. Wenn ich etwas nicht verstehe, erklärst du es mir. Das machst du für mich, oder?«

»Ich werde kein Tierarzt«, erklärte Phipps. »Ich werde Geiger, das weißt du doch.«

Nellie schüttelte nachsichtig den Kopf und machte Anstalten, das Pony aus dem Stall zu führen. »Ach, Phipps … natürlich wirst du Tierarzt. Dein Vater wird darauf bestehen, dass du später die Praxis übernimmst.« Dr. Theo De Groot hatte eine gut gehende Landpraxis. »Allenfalls könntest du stattdessen Medizin für Menschen studieren. Das ist ja wohl noch angesehener, da würde dein Papa nachgeben. Du müsstest dich dann nur woanders ansiedeln. Der Doktor für die Gegend hier wird später schließlich mein Bruder.«

Nellie war die Tochter des örtlichen Landarztes. Dr. Pieter Van der Heyden betrieb seine Praxis im Nachbarhaus der De Groots, und im Gegensatz zu Phipps konnte sein Sohn es kaum erwarten, ihm eines Tages nachzufolgen. Lukas war deutlich älter als Nellie und Phipps und würde in zwei Jahren mit dem Studium beginnen.

»Ich werde gar nichts in der Richtung«, sagte Phipps. »Ich kann kein Blut sehen.«

Nellie lachte. Das stimmte definitiv nicht, Dr. De Groot bestand seit Jahren darauf, dass ihm Phipps bei der Arbeit zur Hand ging. Er tat das nicht gern, aber übel wurde ihm dabei nicht.

»Wir werden ja sehen«, meinte sie und brach jetzt wirklich auf.

Kurz darauf galoppierte sie über die Feldwege rund um Ledegem und träumte von ihrer künftigen Praxis. Natürlich würde sie Tierärztin werden! Nellie war überzeugt davon, alles schaffen zu können, was sie sich vornahm. Phipps traute sie eine solche Entschlossenheit nicht zu. Sosehr er sich wünschte, Musik zu studieren – letztlich würde er tun, was sein Vater von ihm verlangte.

Studium

Belgien – Ledegem
Niederlande – Utrecht
1908 bis 1912

»Ich finde das überhaupt nicht erfreulich«, hörte Nellie ihre Mutter schimpfen, schon bevor sie die Wohnzimmertür geöffnet hatte. Ihre Eltern hatten sie zu einem ernsten Gespräch zitiert. »Natürlich ist es gut, wenn ein Mädchen rechnen kann – es muss ja eines Tages einen Haushalt führen, da sollte es lernen, mit seinem Budget auszukommen. Aber wozu braucht es Physik und Chemie? Diese Nonnen erziehen mir einen Blaustrumpf! Ich bin keineswegs dafür, ihnen Cornelia länger als nötig zu überlassen.«

Nellie hatte so etwas erwartet, doch als sie die Tür öffnete, fand sie es noch schlimmer, als sie befürchtet hatte. Ihr Vater hielt ihr Zeugnis in der Hand, das er aufmerksam studierte, ihre Mutter stand hinter ihm und warf ebenfalls einen Blick auf die Noten. In der Schule hatte es an diesem Tag Zwischenzeugnisse gegeben, und Nellie selbst war durchaus zufrieden mit sich. Sie war in allen wissenschaftlichen Fächern Klassenbeste und hatte es auch in Französisch und Niederländisch zu guten Noten gebracht. Im Anhang enthielt das Zeugnis die dringende Empfehlung, sie nach Abschluss des Schuljahrs weiter das Lyzeum besuchen zu lassen und ihr damit zu ermöglichen, das Abitur abzulegen. Die Mädchenschule in Kortrijk, ein strenges, von Nonnen geleitetes Institut, bereitete die Schülerinnen nicht nur auf ein Leben als Hausfrau vor, sondern ebenso auf eine berufliche Laufbahn. Der Abschluss des Lyzeums nach dem zwölften Schuljahr berechtigte sie zum Studium der wenigen Fächer, in denen Frauen zugelassen waren, sowie zum Eintritt in ein Lehrerinnenseminar.

Die meisten Eltern ließen ihre Töchter allerdings nicht so lange zur Schule gehen. Fast alle Mädchen verließen das Institut mit sechzehn Jahren nach dem zehnten Schuljahr, und für Nellie stand jetzt eine Entscheidung an. Sie wünschte sich glühend, die Hochschulreife zu erwerben, obwohl Frauen der Weg in ihr Wunschstudium der Tiermedizin weiterhin verwehrt war. Sie blieb jedoch optimistisch, in zwei Jahren konnte sich einiges ändern. Sie hatte ihre Mutter also hoffnungsvoll auf die Empfehlung hingewiesen. »Darüber sprechen wir heute Abend mit Vater«, hatte sie Nellie beschieden, wobei ihre Miene nichts Gutes hatte ahnen lassen.

Jetzt, noch vor dem Abendbrot, fand dieses Gespräch statt. Ihr Vater, Dr. Pieter Van der Heyden, liebte es, sich mit einem kleinen Cognac vor dem Kamin zu entspannen, nachdem er die Praxis geschlossen hatte. Nellies Mutter pflegte diese Ruhestunde zu nutzen, um unangenehme Themen anzusprechen. Sie ersparte sich damit lange Diskussionen, da ihr Mann um diese Zeit das dringende Bedürfnis hatte, Probleme rasch zu lösen, um sich dann wieder seiner Zeitung und seinem Cognac zuwenden zu können. Meistens stimmte er den Vorschlägen seiner Frau einfach zu.

Ihre Mutter begann, Nellies Handarbeitskorb zu inspizieren. Wahrscheinlich wollte sie nachsehen, was ihrer Tochter die schlechte Note in Nadelarbeit eingebracht hatte. Angewidert schaute sie auf eine Stickerei.

»Ich geb mir im nächsten Halbjahr mehr Mühe«, erklärte Nellie, noch bevor sie ihren Vater begrüßte. »Versprochen, ich …«

»Und was ist das hier?«

Anklagend hob ihre Mutter ein Stück Stoff hoch, auf dem sie verschiedene Handstiche geübt hatte. Rückstich und Blindstich,

Hexenstich und Langettenstich hatte sie erkannt, ein paar andere Nahtformen gaben ihr anscheinend Rätsel auf.

Nellies Vater warf einen kurzen Blick auf die Handarbeit. »Das ist eine Einzelkopfnaht«, bemerkte er. »Damit verschließt man gewöhnlich Wunden.« Er schien nichts Besonderes daran zu finden, aber seine Frau gab eine Art Schnauben von sich. »Und das andere ist eine Intrakutannaht. Tadellos ausgeführt …«

Nellies Mutter sah ihn verständnislos an. »Du meinst, das sind … chirurgische Nähte? Aber wieso …? Kannst du mir das erklären, Cornelia?« Mevrouw Van der Heyden achtete streng darauf, ihre Tochter mit ihrem richtigen Namen anzusprechen, statt sie einfach Nellie zu nennen.

Nellie nickte. »Das … war eine Aufgabe«, sagte sie. »Wir sollten die Nahtformen ausführen, die wir kennen. Und dann vor der Klasse vorstellen.«

Dr. Van der Heyden runzelte die Stirn und wandte sich endlich seiner Tochter zu. »Und woher kennst du chirurgische Nähte?«, fragte er, weniger missbilligend als interessiert.

»Von Phipps' Vater«, gab Nellie Auskunft. »Ich helfe ihm doch manchmal bei den Tieren.«

Am liebsten hätte sie das in jeder freien Minute getan, aber Dr. De Groot schien es nicht geheuer zu sein, sie in der Praxis zu haben. Sehr viel lieber ließ er sich von seinem Sohn helfen, wenn eine ungebärdige Katze oder ein Hund festgehalten werden musste, meistens übernahm das sowieso seine Frau.

Dr. Van der Heyden lachte. »Da hast du es, Josefine«, bemerkte er seiner Frau gegenüber. »Sie ist der Nadelarbeit durchaus zugewandt, nur nicht der Schneiderei.«

»Ich finde das nicht komisch, Pieter!«, erklärte ihre Mutter. »Im Gegenteil, ich wage gar nicht, daran zu denken, was die Lehrerin dazu gesagt hat …«

»Schwester Irene fand das gar nicht so schlimm«, verteidigte sich Nellie. »Sie hat mich sogar die Unterschiede erklären lassen, und wo man die Nähte einsetzt …«

»Und dabei sind wir wieder beim Thema«, ereiferte sich Mevrouw Van der Heyden. »Die Mädchen werden ermutigt, sich für Dinge zu interessieren, die Frauen nichts angehen. Sie werden, wie ich schon sagte, zu Blaustrümpfen erzogen – am Ende will Cornelia noch studieren …«

»Und warum nicht?«, fragte Nellie, jetzt doch etwas aufsässig.

Ihre Mutter blitzte sie an. »Mach dich nicht lächerlich!«, beschied sie ihre Tochter, um sich dann wieder ihrem Mann zuzuwenden. »Da siehst du es. Also, meiner Meinung nach sollte Cornelia diese Schule nach Abschluss der zehnten Klasse verlassen. Sie wird bald sechzehn, und …«

»Und ist damit entschieden zu jung zum Heiraten«, bemerkte Nellies Vater. »Soll sie also die nächsten Jahre hier herumsitzen? Oder Dr. De Groot auf die Nerven fallen? Wenn sie nichts zu tun hat, wird sie sich noch mehr in die Sache mit ihren Viechern hineinsteigern. Ich habe durchaus bemerkt, Nellie, dass du wieder streunende Katzen verarztest, und ich kann es nur noch mal verbieten. Die Biester verschwinden aus dem Geräteschuppen, oder ich lasse sie vom Abdecker entfernen. Deine Tierliebe in allen Ehren … Wenn du mal verheiratet bist, kannst du dir gern ein Schoßhündchen halten, aber in einem Arzthaushalt … Wir wissen seit Langem, wie wichtig Hygiene in einer Praxis ist. Dieses Viehzeug schleppt nur Keime ein …«

Nellie biss sich auf die Lippen. Auch Dr. De Groot achtete peinlich genau auf Sauberkeit in seiner Praxis, und sie selbst hatte es von ihm übernommen. Ganz sicher würden ihre Schützlinge nichts und niemanden infizieren. Darüber war mit ihrem Vater jedoch nicht zu reden.

»Ja, Papa«, sagte sie demütig, schon, um ihn nicht weiter

zu verärgern. Schließlich schien er, was die Schule anging, auf ihrer Seite zu sein.

Das erwies sich allerdings gleich als Fehlschluss. »Wie wäre es denn mit einer ordentlichen Hauswirtschaftsschule?«, fragte ihr Vater. »Wenn es Nellie denn schon an den Grundfertigkeiten der Haushaltsführung mangelt? Kochen kann sie ja wohl auch nicht … zumindest roch es hier neulich wie in einer Hexenküche, als ich nach Hause kam. Und Elfriede meinte, Nellie habe gekocht.«

Elfriede war das Hausmädchen der Van der Heydens.

»Ich habe Ringelblumensalbe angerührt«, erklärte Nellie. »Auf der Basis von Schweinefett. Natürlich riecht das nicht gut, aber man kann so kostengünstig ein Wundheilmittel herstellen, und …«

»Also wieder für die räudigen Viecher«, stellte Dr. Van der Heyden fest. »Das muss aufhören, Josefine. Nellie muss dazu angehalten werden, sich angemesseneren Beschäftigungen zu widmen. Gibt es eine Hauswirtschaftsschule in Kortrijk?«

Für Nellie brach kurz eine Welt zusammen. All ihre Pläne, wenigstens das Abitur zu machen, wenn sie schon nicht auf ihr Wunschstudium hoffen konnte, schienen zunichtegemacht. Andererseits wusste sie von keinem entsprechenden Institut in Kortrijk, was ihre Mutter gleich darauf bestätigte.

»Es liefe auf ein Pensionat hinaus«, überlegte Mevrouw Van der Heyden.

Allerdings klang das nicht so, als würde sie den Vorschlag ihres Mannes grundsätzlich ablehnen. Auch Josefine Van der Heyden selbst hatte eine hauswirtschaftlich orientierte Mädchenschule absolviert – in den Niederlanden, wo sie aufgewachsen war. Noch heute schwärmte sie von der schönen Zeit in der St. Elisabeth School in Utrecht.

Utrecht? In Nellie keimte eine Idee. Phipps würde im Frühling das Abitur ablegen und dann Tiermedizin studieren. Wie vormals sein Vater, sollte auch er die Universität von Utrecht besuchen.

»Kann ich nicht auf die St. Elisabeth School?«, fragte Nellie und legte Eifer in ihre Stimme. »Da, wo du hingegangen bist, Mama?« Sie bemühte sich darum, ein begeistertes Gesicht zu machen. »Du erzählst doch immer so viel davon – wie viel Spaß du mit den anderen Mädchen hattest. Und man kann sogar Abitur machen.«

»Puddingabitur« pflegte ihr Vater den Abschluss zu nennen, den seine Frau im Pensionat erworben hatte.

Mevrouw Van der Heyden rieb sich die Stirn. Sie schien hin- und hergerissen. »Ich weiß nicht, Cornelia … Natürlich ist St. Elisabeth eine großartige Schule. Aber so weit weg …« Die Stadt in den Niederlanden war über zweihundertfünfzig Kilometer entfernt. »Du könntest am Wochenende nicht nach Hause kommen …«

»Umso besser«, bemerkte Nellies Vater. »Dann muss sie sehen, dass sie sich anderen Zöglingen anschließt. Man wird sie während der Wochenenden zu fraulichen Beschäftigungen anhalten – und garantiert wird man ihr nicht erlauben, dort einen halben Zoo anzuschleppen.«

»Dein Wunsch hat aber nichts damit zu tun, dass Philipp De Groot zum Studium nach Utrecht geht?«, examinierte ihre Mutter sie.

Nellie blickte sie unschuldig an. »Phipps?«, fragte sie. »Den seh ich doch gar nicht mehr …« In der letzten Zeit hatte sie sich tatsächlich nur selten mit ihrem Freund getroffen. Phipps hatte viel mit der Schule zu tun. Das Lernen fiel ihm nicht so leicht wie ihr selbst, und wenn er ein einigermaßen gutes Abitur ablegen wollte, musste er sich anstrengen. Seine wenige Freizeit verbrachte er mit seiner Geige – nach wie vor oft im Stall, während Nellie sein Pferd ritt. Davon wussten ihre Eltern nichts. »Und wenn er erst auf die Universität geht, wird er mich sowieso nicht mehr kennen wollen! Jedenfalls gibt er sich bestimmt nicht mit einer kleinen Pensionatsschülerin ab …«

Mevrouw Van der Heyden blickte skeptisch drein. Sie hatte da anscheinend ihre Zweifel. Schließlich hatte auch sie ihren Mann als Student in Utrecht kennengelernt. Der war allerdings viel älter gewesen als Phipps und hatte nur ein Gastsemester in den Niederlanden absolviert. Er hatte mehr Zeit für gesellschaftliche Unternehmungen gehabt als ein Erstsemester üblicherweise, und sie selbst war nicht mehr zur Schule gegangen, sondern hatte sich in einer Wohltätigkeitsorganisation engagiert. Bei einem von der Armenhilfe veranstalteten Ball waren sie einander vorgestellt worden, und so hatten die Dinge ihren Lauf genommen.

Ihr Vater schien in Bezug auf Nellies Beziehung zu ihrem Freund keine Befürchtungen zu hegen. »Philipp kann auf der Reise ein Auge auf sie halten«, bemerkte er gelassen.

Ihre Mutter runzelte die Stirn. »Du willst das auch noch unterstützen?«, fragte sie unwillig. »Diese … diese Freundschaft?«

Dr. Van der Heyden richtete den Blick gen Himmel. »Josefine, die zwei stecken zusammen, seit sie Kinder waren. Ich kann in einer gemeinsamen Bahnfahrt keine größere Gefahr erkennen, als wenn er ihr hier behilflich ist, eine Katzenfalle zu bauen, um diesen räudigen Kater von der Straße zu kriegen, der seitdem in unserem Gartenschuppen sitzt. Ich sehe da keine … äh … erotischen Verwicklungen. Sehen wir doch den Tatsachen ins Auge: Vor dem jungen Mann liegen vier Jahre Studium. So lange ist nicht ans Heiraten zu denken. Bis dahin hast du für Cornelia längst einen anderen Mann gefunden. Falls es nicht so sein sollte und die beiden fühlen sich immer noch zueinander hingezogen, wird sie eben Tierarztfrau. Dr. De Groot hat ja durchaus sein Auskommen, und für Viehzeug hat sie nun mal ein Faible.«

Josefine Van der Heyden verzog das Gesicht. Sie dachte an

eine gänzlich andere Partie für ihre einzige Tochter. Aber wie immer gab sie ihrem Mann schließlich recht.

»Dann schreibe ich morgen nach Utrecht«, sagte sie, nur noch ein wenig widerstrebend. »Wir werden sehen, ob Mevrouw Verhoeven einen Platz für sie hat.«

Mevrouw Verhoeven war die Gründerin und Rektorin der Schule und den Erzählungen ihrer Mutter zufolge äußerst streng. Nellie war trotzdem optimistisch. Sie würde es schon irgendwie schaffen, Phipps zu treffen und ihren vor Jahren ausgeheckten Plan wahr zu machen. Phipps musste seine Studieninhalte mit ihr teilen. Sie war ihrem Traum, Tierärztin zu werden, gerade einen Schritt näher gekommen.

Aufatmend verzog Nellie sich in besagten Geräteschuppen im Garten und sah nach ihrem neuesten Schützling, einem struppigen schwarzen Hund. Sie hatte ihn gebadet und stellte nun fest, dass er immer noch vor Kälte zitterte.

»Tut mir wirklich leid«, entschuldigte sie sich und frottierte ihn noch einmal gründlich ab. Es war ein nasskalter Tag, und sie selbst hätte auch nicht im Freien baden mögen. »Wenn's nach mir ginge, würde ich dich mit ins Haus nehmen, dann könntest du vor dem Kamin trocknen. Aber mein Vater meint, du verbreitest Krankheiten …« Vor dem ausgedehnten Bad mochte das sogar der Fall gewesen sein. Das Fell des Streuners, der seit einigen Tagen in Ledegem herumgelaufen war, war voller Flöhe gewesen, und die Räude schien er ebenso zu haben. Nellie musste ihn gegen all das behandeln, bevor sie ihm erlaubte, im Gartenhaus zu schlafen. Ein Bad mit milbentötendem Shampoo half da immer noch am besten. Nellie deckte ihren Schützling warm zu und sprach ermutigend auf ihn ein. »Gleich wird dir wärmer«, versprach sie.

Das schien den Hund nicht zu überzeugen. Er jaulte ihr nach, als sie sich von ihm abwandte, um ihre weiteren Pfleglinge zu streicheln. Der rote Kater Joppe hatte nur ein Auge und zurzeit obendrein ein verletztes Bein, und die knochenmagere Straßenkatze hatte sie blutend und mit fehlendem Schwanz am Bahnhof gefunden. Womöglich war hier ein Tierquäler am Werk gewesen. Die Katze war selbst vor ihr, Nellie, in Panik geflohen. Inzwischen ließ sie zu, dass sie ihre Wunde versorgte.

»Was mache ich bloß mit euch, wenn mein Vater tatsächlich darauf besteht, dass wir den Schuppen räumen?« Nellie seufzte.

Das Leben war wirklich nicht einfach, aber aufgeben würde sie nie.

»Ich weiß immer noch nicht, wie das gehen soll«, maulte Phipps.

Er saß gemeinsam mit Nellie im Zug nach Utrecht, und sie hatte ihn erneut darauf eingeschworen, sie gemeinsam mit ihm studieren zu lassen. »Wir müssten uns dazu regelmäßig sehen – mindestens einmal die Woche. Du kannst keine Vorlesungen besuchen, nur meine Mitschriften lesen, und da macht man sich doch oft nur Stichworte …«

»Dann gehst du die Stichworte eben mit mir durch und wiederholst damit noch mal, was du gelernt hast«, erläuterte Nellie zum zwanzigsten Mal. »Das kann dir nicht schaden. Außerdem gibt es Bücher …«

Sie war gereizt. Hinter ihr lag eine anstrengende Zeit, sie hätte sich jetzt gern zurückgelehnt und noch etwas ausgeruht, bevor sie sich den Herausforderungen der St. Elisabeth School für Mädchen stellen musste. Phipps' Bedenken wollte sie nicht mehr diskutieren. Schließlich lagen schon genug Gespräche hinter ihr, die ihre Überredungskünste bis zum Äußersten gefordert hatten. Es war nicht einfach gewesen, Menschen zu finden, die bereit waren, sich um ihre vierbeinigen Schützlinge zu kümmern – obwohl die nun alle gut aussahen und zahm waren. Wer wollte schon einäugige Kater und Katzen ohne Schwanz? Am leichtesten vermittelbar war noch der Hund gewesen, der inzwischen nicht mehr struppig war, sondern ein glänzendes Fell hatte und sogar als Wachhund dienen konnte. Letztlich hatte sie alle untergebracht und hätte beruhigt sein können, wenn nur Phipps nicht querschießen würde …

»Du wirst da auch gar nicht leicht rauskommen«, führte Phipps weiter aus. »Die Nonnen passen doch auf ihre Zöglinge auf …«

»Da sind keine Nonnen«, meinte Nellie. »St. Elisabeth ist eine säkulare Privatschule. Natürlich ein besseres Gefängnis, da hast du schon recht. Ich weiß noch nicht, wie ich rauskomme. Aber mir wird etwas einfallen. Bestimmt.« Phipps nickte trübsinnig. Eigentlich konnte er kaum Zweifel haben. So lange er sie kannte, war ihr immer etwas eingefallen. »Du musst mir nur deine Adresse aufschreiben.« Nellie kramte nach einem Block.

»Wozu? Mevrouw De Winter erlaubt keinen Damenbesuch.«

Phipps' Vater hatte seinen Sohn bei einer Witwe eingemietet, die Zimmer an Studenten vergab und dabei wahrscheinlich genauso streng auf die Tugend der jungen Männer achtete wie Mevrouw Verhoeven auf die der Mädchen im Pensionat.

»Damit ich dich finde, wenn ich weiß, wie es weitergeht«, fuhr Nellie ihn an. »Mensch, Phipps, nun sei doch nicht so begriffsstutzig! Ich weiß, dass du schlechte Laune hast und keine Lust zu studieren und was nicht alles. Du würdest lieber im Konservatorium vorspielen und Geiger werden. Aber vielleicht hättest du das besser deinem Vater endlos vorgebetet statt mir. Dann hätte der womöglich irgendwann nachgegeben und es dich wenigstens versuchen lassen. Ich an deiner Stelle würde es auch jetzt noch versuchen. Vorspielen kostet nichts, und du wüsstest wenigstens mal, wie andere deine Geigerei einschätzen.«

»Ich spiele sicher nicht so gut, wie ich spielen könnte …« Phipps seufzte.

Dem konnte Nellie nichts entgegenhalten. Dafür, dass Phipps sich praktisch alles selbst beigebracht hatte, spielte er virtuos. Aber andere Musikstudenten mochten seit ihrer Kindheit Unterricht gehabt haben.

»Du könntest es trotzdem probieren«, beharrte Nellie. »Wie auch immer: Nur, weil deine Träume nicht wahr werden, muss ich nicht ebenso auf jeden Versuch verzichten, das zu lernen, was ich wirklich will. Also stell dich nicht an, sondern nimm dich zusammen und hilf mir. Vielleicht kann ich dir ja auch mal helfen. Wir müssen einfach versuchen, das Beste aus Utrecht zu machen.«

Phipps hatte die St. Elisabeth School ganz richtig eingeschätzt. Mevrouw Verhoeven nahm ihre Zöglinge sofort unter ihre Fittiche, sobald sie in Utrecht ankamen. Bereits am Bahnsteig wartete eine junge Frau auf Nellie, die sich als Doortje vorstellte, eine Schülerin der Abschlussklasse und offenbar zuverlässig genug, die Neuen anvertraut zu bekommen. Doortje war achtzehn Jahre alt und bereits verlobt, wie sie Nellie auf dem Weg zur Schule mitteilte, den sie in der pensionatseigenen geschlossenen Kutsche zurücklegten. Die dunkelhaarige junge Frau sprach in höchsten Tönen sowohl von der Lehranstalt als auch von ihrem Zukünftigen. Er war Notar, und sie würde eines Tages einen großen Haushalt führen, wie sie Nellie stolz mitteilte. Nach ihrer Zeit an der St. Elisabeth School fühlte sie sich dem jedoch vollständig gewachsen.

Die Schule lag in einem Vorort von Utrecht, in einem großen, eleganten Haus. Klassizistisch nannte Doortje das Gebäude, sie konnte auch einiges über seine Geschichte erzählen. Nellie konzentrierte sich eher auf den von einem hohen Zaun umgebenen kleinen Park. Sicher gab es Stellen, die vom Haus aus nicht einzusehen waren, aber der mit Pieken bewehrte Zaun war ganz sicher nicht kletternd zu überwinden. Außerdem würde man Nellie vermissen, wenn sie tagsüber einfach ein paar Stunden verschwand. Sie würde also eine Ausrede brauchen, die es ihr erlaubte, die Schule ganz legal durch den Haupteingang zu verlassen.

Doortje begleitete Nellie bis zum Büro der Direktorin, Mevrouw Verhoeven hieß neue Zöglinge persönlich willkommen. Die Schulleiterin war eine große, magere Frau mit harten Gesichtszügen, die dunkle Kleidung trug – sie war Witwe, wie sich Nellie jetzt erinnerte. Ihr Haar war streng zurückgekämmt und zu einem Knoten gewunden. Immerhin lächelte sie verhalten, als sie Nellie begrüßte.

»Ich erinnere mich immer noch gern an deine liebe Mutter, Kind«, erklärte sie Nellie nach wenigen Begrüßungsworten. »Josefine gehörte zu meinen liebsten Schülerinnen. Ich hoffe, du wirst ihr nacheifern. Deine bisherigen Noten …«, sie warf einen Blick auf das Zeugnis, das Nellies Mutter ihr mitgeschickt hatte und das bereits in einer Akte lag, »… weisen dich ja als recht aufgeweckte junge Frau aus …« Nellie fragte sich, wie sie das meinte. »Allerdings gibt es wohl noch einige Lücken in deiner Ausbildung, wie deine liebe Mutter mir mitteilte. Du … spielst kein Musikinstrument?«

Nellie schüttelte den Kopf. Im Salon der Van der Heydens stand zwar ein Klavier, aber auch ihre Mutter spielte nur selten – und dazu nach Nellies Einschätzung ziemlich schlecht. Niemand in ihrer Familie war sonderlich musikalisch. Phipps jedenfalls hatte gequält geblickt, wenn jemand das Klavier anschlug. Seiner Einschätzung nach war es völlig verstimmt, was Nellies Mutter nie aufgefallen war.

»Das ist sehr schade, Cornelia. Wir versuchen hier, die künstlerischen Interessen unserer Zöglinge zu fördern. Es ist doch schön, wenn eine Frau ihren Gatten allabendlich mit einem kleinen Klaviervortrag erfreuen kann oder eine Gesellschaft mit einem Lied.«

Sie blickte noch einmal auf Nellies Zeugnis. Neben der für Nadelarbeit war auch die Note im Fach Singen eher mittelmäßig ausgefallen.

Plötzlich hatte Nellie einen Einfall. »Ich würde das sehr gern lernen«, sagte sie. »Also Klavier … oder Geige … Unterrichten Sie es hier?«

Die Rektorin nickte. »Ich weiß allerdings nicht, wie unsere Mevrouw Van Doorn zu Anfängerstunden steht. Die meisten Mädchen in deinem Alter beherrschen ihre Instrumente schon recht gut. Wir haben sogar ein kleines Orchester … Aber das wird sich finden. Ich werde dir jetzt erst einmal den Stundenplan aushändigen, dann wird dich die Hausmutter in dein Zimmer führen. Du wohnst im Westflügel im Van-Dyck-Zimmer. Du weißt, wer Anthonis Van Dyck war?«

»Ein Maler«, sagte Nellie.

Das immerhin hatte sie schon einmal gehört, obwohl sie dem Künstler kein Werk hätte zuordnen können.

Mevrouw Verhoeven nickte wohlgefällig. »Ein Vertreter des flämischen Barocks, Weggefährte von Peter Paul Rubens. Es ist schön, dass du dich für Kunstgeschichte interessierst, Cornelia. Du kannst nun gehen. Sicher möchtest du deine Mitbewohnerinnen kennenlernen. Nore und Elsa sind seit der ersten Klasse bei uns und werden dir helfen können, dich zurechtzufinden.«

Nellie knickste brav und verließ den Raum, gleich darauf wurde sie von der Hausmutter in Empfang genommen. Allein ließ man die Mädchen hier wohl gar nicht. Nellie folgte der freundlichen, rundlichen Frau durch dunkle Korridore, an deren Wänden ebenso dunkle Gemälde hingen. Mevrouw Bakker informierte sie derweil über die Hausordnung, die Rufen, lautes Sprechen und Rennen in den Fluren sowie Essen auf dem Zimmer verbot. Die Mahlzeiten seien reichhaltig, erklärte sie Nellie, dazu gesundheitsfördernd. Es wurde nicht gern gesehen, wenn die Zöglinge darüber hinaus Süßigkeiten einschmuggelten. Überhaupt legte die Schule Wert auf ein gesundes Leben der Zöglinge. So begann jeder Tag mit Gymnastik zur Leibesertüchtigung, und ein Spaziergang im Garten zwecks Bewegung an der frischen Luft war Teil der Tagesroutine.

»Uns ist daran gelegen, körperlich und geistig reife und gesunde Frauen ins Leben zu entlassen«, erklärte Mevrouw Bakker.

Nellie konnte nicht anders, als an Zuchtstuten zu denken. Artgerechte Aufzucht im Herdenverband, gutes Futter und regelmäßige leichte Bewegung machten es wahrscheinlich, dass die Stute leicht aufnahm und gesunde Fohlen zur Welt brachte. Obwohl sie das Ganze frustrierte, hätte sie beinahe gelacht.

Das Zimmer, in das die Hausmutter sie führte, war zum Glück heller als die Flure. Es wies große Fenster auf, die Wände waren mit Reproduktionen der wichtigsten Gemälde Van Dycks geschmückt. Nellie registrierte das Porträt eines blond gelockten Jungen sowie das einer rot gekleideten Frau mit Kind.

Ansonsten standen drei Betten im Zimmer, drei Schreibtische, Nachtschränkchen und ein großer Kleiderschrank. Zwei Mädchen in Nellies Alter waren bereits dabei, ihre Sachen einzuordnen, was sie bedächtig und mit großer Sorgfalt taten. Sie selbst neigte eher dazu, ihre Kleidung so rasch wie möglich irgendwo zu verstauen und zu hoffen, dass Elfriede das schon in Ordnung bringen würde, und so fand sie die Hingabe ihrer Zimmergenossinnen durchaus bewunderungswürdig. Ihr dämmerte allerdings, dass es ihr nicht leichtfallen würde, den beiden nachzueifern.

Die Hausmutter stellte die Mädchen als Nore und Elsa vor, wobei es Nellie schwerfiel, sie auseinanderzuhalten. Beide waren blond und blauäugig und trugen kunstvolle Flechtfrisuren. Nellies Pferdeschwanz musterten sie ungnädig. Sie fragte sich, ob auch Frisieren zum Lehrplan gehörte, und warf erst mal einen Blick auf den Stundenplan, den Mevrouw Verhoeven ihr in die Hand gedrückt hatte. Er sah gänzlich anders aus als der ihrer früheren Schule. Zu den Unterrichtsfächern gehörten Schneidern, Kunstgeschichte und Zeichnen, sogar ein Kochkurs. Französisch und Niederländisch durften natürlich nicht fehlen, Musik nahm einen großen Raum ein. Biologie, Physik und Chemie waren unter dem Namen Naturkunde zusammengefasst. Nellie seufzte. Immerhin würde sie nicht viel Zeit zum Lernen brauchen. Sie würde sich ausreichend um ihre eigentlichen Studien kümmern können, sofern sie eine Möglichkeit fand, Phipps zu treffen.

»Was macht man denn an den freien Nachmittagen?«, fragte sie Nore, die ihr ein Bett am Fenster zugewiesen hatte.

Das Mädchen zuckte mit den Schultern. »Wir arbeiten an unseren Handarbeiten, oder wir haben Musikstunden … Ein paar Mädchen, die von Landgütern kommen, haben Reitunterricht.«

»Gibt es hier Pferde?«, wunderte sich Nellie.

Nore schüttelte den Kopf. »Nein, die Mädchen fahren zu einem Tattersall irgendwo in der Stadt«, gab sie Auskunft.

»Also kann man … die Schule verlassen?« In Nellie keimte Hoffnung.

Nore nickte. »Nur mit gutem Grund natürlich«, schränkte sie dann ein. »Du kannst nicht auf eigene Faust in der Stadt herumstreichen. Aber wenn die Rektorin dir erlaubt, außerhalb Unterricht zu nehmen oder Verwandte zu besuchen …«

Nellie dachte kurz nach. Ihre Großeltern lebten noch in Utrecht, und sie sollte jedes zweite Wochenende bei ihnen verbringen. Konnte sie da wohl vorgeben, sie obendrein zweimal in der Woche sehen zu wollen? Sehr glaubwürdig würde das nicht klingen – zumal, wenn sie gar nicht dort auftauchte.

Dann jedoch fiel ihr die Sache mit dem Klavier wieder ein. Sie nahm sich vor, am kommenden Morgen bei der Rektorin vorzusprechen.

Nach reiflicher Überlegung verschob Nellie ihren Vorstoß auf die folgende Woche. Es war sicherlich sinnvoll – und glaubwürdiger –, wenn sie sich erst mal in der Schule umsah und einlebte. Also folgte sie Nore und Elsa, zwei seit Jahren enge Freundinnen, die an Nellie wenig Interesse zeigten, zunächst in den Speisesaal, wo solide Hausmannskost serviert wurde. Während der Mahlzeiten las eine Schülerin vor, zurzeit einen Briefroman von Aagje Deken. Die anderen Mädchen waren angehalten, schweigend zu lauschen. An jedem der langen Tische saß eine Lehrerin, die jeden Verstoß gegen die Tischmanieren rügte.

Nellie fand all das ziemlich freudlos, sie fühlte sich erst wieder wohler, als nach dem Abendessen Freizeit gewährt wurde und die Mädchen fröhlich durcheinanderredeten, dabei Gesellschaftsspiele spielten oder sich der Nadelarbeit widmeten. Einige vertieften sich in Bücher. Nellie befand zu ihrer Erleichterung, dass es gar nicht auffallen würde, wenn sie ein Lehrbuch über Tiermedizin unter dem Umschlag eines Gesellschaftsromans verbarg.

In den folgenden Tagen las sie französische Gedichte und mühte sich in Konversation über ein Werk von Willem Kloos. Sie versuchte, sich angemessen in die Werke des Künstlers Caspar David Friedrich zu versenken, und lernte im Hauswirtschaftsunterricht, wie man Karamell herstellte, um damit Süßspeisen zu kreieren, und Zuckercouleur, um Soßen zu färben. Die chemischen Hintergründe wurden dabei nicht angesprochen, obwohl sie Nellie mehr interessierten als der Einsatz des Farbstoffes. In Musik musste sie vorsingen und wurde der zweiten Stimme im Chor zugewiesen. Dass sie bislang kein Instrument spielte, empfand die Lehrerin als bedauerlich. Schließlich kam der erste freie Nachmittag, und sie langweilte sich mit ihrer Stickerei. Ihr Entschluss stand inzwischen fest. Bei nächster Gelegenheit wollte sie die Rektorin aufsuchen und sie bitten, außerhalb der Schule Klavier- und Geigenunterricht nehmen zu dürfen.

Mevrouw Verhoeven runzelte die Stirn. »Gleich zwei Instrumente, Kind? Ist das nicht etwas … ambitioniert?«

Nellie zuckte mit den Schultern. »Ich kann mich einfach nicht entscheiden«, behauptete sie. »Es klingt beides so schön …«

Tatsächlich klang es eher wie eine gequälte Katze, wenn Elsa die Geige bearbeitete, und Nores Klavierspiel war auch nicht sonderlich virtuos. Die Rektorin nickte jedoch nachgiebig.

»Du hast ja einiges aufzuholen«, meinte sie. »Dann schauen wir mal, was sich machen lässt. Deine Eltern müssen dem Plan natürlich zustimmen …«

Nellie nickte. Der Privatunterricht würde ihren Eltern zweifellos in Rechnung gestellt werden. Sie befürchtete allerdings nicht, dass ihre Mutter sich da querstellen würde. Mevrouw Verhoeven eine Absage zu erteilen kam für Josefine Van der Heyden sicher nicht infrage.

Tatsächlich rief die Rektorin Nellie schon nach wenigen Tagen wieder zu sich und gab ihr die Adresse ihres künftigen Lehrers. Zu ihrer Verwunderung handelte es sich um einen Musikstudenten, der bei einer Mevrouw Smit-Visser zur Untermiete wohnte.

»Mevrouw Smit-Visser war in unserer Schule als Lehrerin tätig«, erklärte die Rektorin. »Nun bessert sie ihre Pension auf, indem sie Schülern des Konservatoriums eine Bleibe bietet und ihnen die Möglichkeit gibt, in ihren Räumen Musikunterricht für Anfänger zu erteilen. Die jungen Herren verdienen sich damit ihr Studium und sind Mevrouw Smit-Visser äußerst dankbar. Natürlich wird sie immer im Hause sein, wenn dein Unterricht stattfindet. Die jungen Herren sollen ja nicht auf dumme Gedanken kommen …«

Nellie nickte brav, obwohl sie ein Seufzen unterdrücken musste. Die Anwesenheit der früheren Lehrerin würde die Sache erschweren. Als sie dann jedoch – erst mal allein – zur ersten Stunde antrat, stellte sie schnell fest, dass ihre Befürchtungen unbegründet waren. Mevrouw Smit-Visser hatte ein gutes Gehör, und die Töne, die ein Anfänger – besonders auf der Geige – produzierte, quälten sie regelrecht. Insofern floh sie stets in die entlegensten Räume ihres hübschen Stadthauses, wenn Frederique Leclerc oder Ulrich Van Loon ihre Schüler und Schülerinnen empfingen. Für Nellie zeichnete Mijnheer Frederique Leclerc verantwortlich, der sowohl Geige als auch Klavier unterrichtete. Nellie fand ihn gleich sympathisch. Er war dunkelhaarig und ziemlich klein, stammte aus dem französischsprachigen Teil Belgiens und sprach Niederländisch mit einem leichten Akzent. Monsieur Frederique, wie er sich nennen ließ, war nicht viel älter als Phipps und begrüßte Nellie überraschend mit der Frage, was sie in Wirklichkeit herführe.

»Fühlen Sie sich wahrhaft berufen zur Musik, oder geht es in erster Linie darum, trostlosen Nachmittagen im Pensionat zu entkommen?« Er zwinkerte ihr zu.

»Weder noch«, antwortete Nellie und schilderte dem jungen Mann ihr Anliegen. Frederique reagierte darauf verwundert, aber nicht von vorneherein ablehnend.

»An Ihrer Stelle soll ich also Ihren Freund unterrichten?«, fragte er ungläubig. »Während Sie …«

»… während ich Tiermedizin studiere. Genau«, sagte Nellie. »Ich werde gar nicht stören. Ich hocke mich einfach irgendwo hin und lese oder mache mir Notizen …«

»Da haben Sie sich ja was vorgenommen …«, bemerkte der junge Pianist und rollte mit den Augen. »Ein Medizinstudium aus zweiter Hand stelle ich mir schwierig vor. Und was sagt der … hm … Betroffene dazu? Kann der sich wenigstens für Musik begeistern?«

Nellie lächelte ihm spitzbübisch zu. »Dem kann gar nichts Besseres passieren«, meinte sie. »Sie werden sich wundern … Dann also nächste Woche Donnerstag?«

»An mir soll's nicht liegen«, sagte Frederique. »Wenn ich mein Geld kriege, ist es mir völlig egal, wen ich unterrichte.«

Nellie wartete bis zu ihrem ersten Wochenende bei den Großeltern, bevor sie Phipps einen Brief schrieb. Sie glaubte nicht, dass die Briefe der Schülerinnen an der St. Elisabeth School zensiert wurden, aber sie wollte sichergehen. Zudem gab es für sie nicht viel zu tun im Stadthaus der Van de Veldes. Abel Van de Velde war ein angesehener Arzt gewesen, hatte seine Praxis allerdings einige Jahre zuvor verkauft und lebte jetzt als Privatier, ganz versunken in seine Bücher, die von Reisen in ferne Länder handelten. Er selbst verreiste nie, selbst ihre Tochter in Belgien hatten die Van de Veldes nie besucht.

Seine Frau Henriette dagegen war gesellschaftlich aktiv. Sie saß in den Vorständen diverser Wohltätigkeitsvereine sowie Verbände zur Förderung der Künste. Ständig standen Bälle, Vernissagen oder Vorträge auf ihrem Programm, aber Henriette befand Nellie als noch zu jung, um an den meisten dieser Veranstaltungen teilzunehmen. Immerhin sollte sie im Laufe ihrer Pensionatszeit zahlreiche Konzerte, Theateraufführungen und Kunstausstellungen besuchen – eine willkommene Abwechslung zum Internatsleben. Ihre Großmutter freute sich schon im Voraus auf ihre Gesellschaft – der Großvater ging nur widerwillig aus. Nellie verstand sich allerdings auch mit ihm sehr gut, vor allem, weil sie ihn niemals störte und obendrein Interesse für seine Bibliothek aufbrachte. Sie fand darin viele medizinische Werke, die ihr beim Studium nützlich sein würden. Zwar ging es hier ausschließlich um Humanmedizin, aber Nellie war sicher, dass Mensch und Tier so unterschiedlich nicht sein konnten.

Nun galt es jedoch erst mal, mit dem Studium zu beginnen. Sie schrieb Phipps einen kurzen Brief, mittels dessen sie ihn am folgenden Donnerstag in das Haus der Mevrouw Smit-Visser zitierte. *Bring Deine Geige mit und warte unauffällig vor dem Haus*, führte sie aus. *Ich selbst komme mit einer Droschke, und der Fahrer ist sicher angewiesen, mich zu beobachten, bis ich drin bin. Danach kannst Du klingeln. Frag nach Mijnheer Frederique Leclerc.*

Am Donnerstag stellte sie zu ihrer Überraschung fest, dass ihr neuer Mitverschwörer die Heimlichkeiten bereits minutiös geplant hatte. Monsieur Frederique würde Phipps selbst öffnen, für Nellie hatte er einen geheimen Arbeitsplatz vorbereitet.

»Sie können in meinem Zimmer lernen«, erklärte er. »Dann haben Sie etwas mehr Ruhe. Vor allem sieht Mevrouw Smit-Visser Sie nicht, wenn sie doch mal reinkommt. Das passiert zwar selten, ist aber möglich. Wo ist er denn nun, Ihr künftiger Doktorvater?« Er grinste.

Im gleichen Moment ertönte auch schon die Türglocke, und tatsächlich stand Phipps mit seinem Geigenkasten sowie einer Aktentasche vor der Tür. Frederique führte ihn in den Salon, und Nellie strahlte ihn an.

»Hat das nicht wunderbar geklappt?«, fragte sie euphorisch. »Erzähl mir schnell, wie es dir geht und wie die ersten Vorlesungen waren. Hast du mitgeschrieben?«

Phipps wirkte etwas überrumpelt, berichtete dann allerdings, dass sein Quartier in Ordnung war, die Mitbewohner nett und das Studium anstrengend. Um alles mitzubekommen, musste er sich sehr konzentrieren. Obendrein ging es anfänglich noch gar nicht um Tiere, sondern um Physik und Chemie.

»Das brauchst du eigentlich nicht«, behauptete er.

Nellie blitzte ihn an. »Wenn ich das nicht brauchen würde, müsstest du es doch wohl nicht studieren, oder? Es wird sich um Grundlagenwissen handeln. Also zeig mal her …«

Sie wartete ungeduldig, bis Phipps eine Kladde mit seinen Mitschriften sowie die zugehörigen Lehrbücher ausgepackt hatte.

»Und was soll ich so lange machen?«, fragte der junge Mann. »Wo sind wir hier überhaupt? Das Haus … die Wohnung …«

»Ist eine Musikschule«, bemerkte Frederique Leclerc. »Und ich bin der Lehrer. Mademoiselle Van der Heyden meinte, Sie würden gern das Geigen- und Klavierspiel erlernen.«

Nellie lächelte. »Überraschung!«, sagte sie vergnügt. »Genau wie ich gesagt habe: Du hilfst mir, und ich helfe dir.«

Phipps schluckte. So langsam begann er zu begreifen. Schließlich strahlte er.

»Dann packen Sie mal aus«, ermutigte Frederique ihn und wies auf die Geige.

Kurz darauf war er es, der überrascht war. Phipps' Spiel verzauberte ihn vollkommen. Nellie zog sich zurück, um sich in Ruhe über ihre Bücher beugen zu können, und versuchte, die erste Chemievorlesung zu rekonstruieren, wobei sie sich Notizen machte. Nur mit halbem Ohr bekam sie mit, dass Phipps und Frederique intensiv zu arbeiten begannen. Dem jungen Musiker machte es anscheinend größten Spaß, dem Geigenspiel des Naturtalents Schliff zu geben.

Alle drei waren mehr als zufrieden, als die Stunde endete.

»Klavier habe ich allerdings noch nie gespielt«, bemerkte Phipps noch, bevor sie sich verabschiedeten. »Da bin ich wirklich Anfänger.«

»Sicher nicht lange«, sagte Frederique zum Abschied.

Kapitel 3

Das erste Semester in Utrecht verging wie im Flug für Phipps und Nellie. Beide lebten für die Stunden im Haus der Mevrouw Smit-Visser. Phipps spielte schon nach wenigen Wochen besser Klavier als Nellies Zimmergenossin Nore nach etlichen Jahren, und Nellie saugte den Lehrstoff des tiermedizinischen Vorstudiums auf wie ein Schwamm. Mit Frederique Leclerc verband sie beide bald eine Freundschaft. Alle freuten sich diebisch, als sie erste Klippen umschifften wie den Besuch Mevrouw Smit-Vissers in Phipps' Geigenstunde. Die alte Dame hatte das virtuose Spiel gehört und wollte nun sehen, welcher von Frederiques Schülern sich da als solchermaßen talentiert entpuppte. Sie hörte andächtig zu, während Nellie in Frederiques Zimmer Blut und Wasser schwitzte. Aber natürlich gab es keinen Grund für Mevrouw Smit-Visser, das Zimmer ihres Untermieters zu inspizieren. Voll des Lobes ging sie wieder, und Frederique konnte Nellie befreien.

Schließlich nahte jedoch das Ende des Semesters, und damit kamen die Prüfungen. Nellie kämpfte mit der Aufgabe, selbstständig eine Schürze zu nähen, und Phipps mit Physik und Chemie. Säuren und Basen und ihre Einwirkung auf organische Stoffe waren einfach nicht das Seine.

»Fall bloß nicht durch«, warnte Nellie und strich kurzerhand eine seiner kostbaren Musikstunden, um ihn abzuhören. »Du weißt, ich hab nur zwei Jahre in Utrecht. Wenn du das Chemieseminar nun zweimal machen musst, ist ein halbes davon vergeudet.«

Dann wurde es für Nellie selbst jedoch kritischer als für Phipps. In der St. Elisabeth School stand eine Abschlussfeier an, und von den musizierenden Schülerinnen wurde ein Vortrag erwartet.

»Wenigstens am Klavier«, meinte die Musiklehrerin, als Nellie versuchen wollte, sich damit herauszureden, dass sie noch nicht wirklich viel konnte. »Die Geige ist schwierig, das sehe ich ein. Aber ein einfaches Klavierstück …«

Nervös erschien Nellie zum Unterricht bei Frederique. »Sie müssen mir schnell was beibringen«, bat sie. »Nächste Woche muss ich irgendwas vorspielen.«

»Bis nächste Woche ist das nicht zu schaffen«, beschied der Student sie. »Meine Güte, das hättest du doch voraussehen müssen! Ich hätte dir wenigstens die Grundbegriffe beibringen können, aber in nur zwei Stunden …«

Nellie seufzte und überlegte. Schließlich fand sie die Lösung. »Ich seh's ein«, sagte sie. »Also drückt mir jetzt ganz fest die Daumen, dass ich mir nicht wirklich was breche, wenn ich gleich vor der Schule beim Aussteigen aus der Droschke falle.«

Nellie simulierte die Handverletzung virtuos und nahm sich zähneknirschend vor, in Zukunft wenigstens ab und zu ein wenig Klavier zu spielen. Sie mimte die Zerknirschte, als ihre Eltern zur Feier anreisten und sie nichts vorzuweisen hatte, das die teuren Privatstunden rechtfertigte. Die Van der Heydens trugen das allerdings mit Fassung. Nellies Mutter zeigte sich hocherfreut über ihre halbwegs gelungene Schneiderei – Nähen lag Nellie mehr als Sticken und Stricken – und ihr Vater war sehr davon angetan, dass sie auch während der Ferien zu Hause ein damenhafteres Verhalten an den Tag legte. Sie kochte keine Ringelblumensalbe mehr, sondern Karamellpudding, und von einem Universitätsstudium war nicht mehr die Rede.

Phipps' Vater war ebenfalls zufrieden – sein Sohn hatte all

seine ersten Prüfungen mit der Mindestnote bestanden. »Im nächsten Semester wird es praxisorientierter, das wird dir mehr liegen«, hoffte er. »Du kannst gleich morgen in der Praxis helfen, dann arbeitest du dich schon etwas ein.«

Doktor De Groot machte seine Ankündigung wahr und bestand auf Phipps' Anwesenheit in den Sprechstunden. Phipps hasste folglich jeden einzelnen Tag seiner Ferien, während Nellie ihn glühend beneidete. Sie waren beide froh, als sie wieder im Zug nach Utrecht saßen.

»Bei uns kommt demnächst Anatomie dazu«, berichtete Phipps mit leidendem Gesichtsausdruck. »Und Papa hat gestern schon mal einen Hund mit mir seziert. Ich hasse es, an diesen toten Tieren herumzuschneiden …«

»Es geht aber nicht anders«, meinte Nellie. »Wir können schließlich nicht an lebenden Tieren das Operieren üben.«

»Wie stellst du dir das überhaupt vor mit dem ›wir‹?«, erkundigte sich Phipps. »Ich kann dir die toten Tiere nicht mit zu Mevrouw Smit-Visser bringen.«

Nellie lachte. »Kommt Zeit, kommt Rat«, sagte sie gelassen. »Ich freu mich auch nicht gerade auf das nächste Schuljahr. Im nächsten Halbjahr beginnen wir mit Gesellschaftstanz. Nore und Elsa können sich vor Aufregung kaum halten, sie haben schon vor den Ferien von nichts anderem mehr gesprochen. Dabei tanzen wir nur miteinander – erst im letzten Schuljahr gibt es gelegentlich mal einen Tanztee mit ausgesuchten jungen Herren.«

»Ich würde lieber tanzen als sezieren«, maulte Phipps.

Nellie zuckte mit den Schultern. »Wir werden das schon beide überstehen.«

Im nächsten Semester wurde zwar Anatomie unterrichtet, aber noch nicht seziert, Nellie konnte also weiterhin einfach mitlernen. Das Tanzen gefiel ihr ganz gut, außerdem entdeckte sie ein gewisses Talent für das Zeichnen. Zeichnen und Malen ergänzte in diesem Halbjahr den Unterricht in Kunstgeschichte, und Nellie schaffte es, die Realität sehr gut nachzubilden. Für das Frühlingskonzert übte sie halbherzig eine kleine Etüde am Klavier ein – Frederique und Phipps lauschten gleichermaßen gequält, wenn sie sich hindurchkämpfte.

Schließlich betrat sie mit klopfendem Herzen das Podium und hämmerte verbissen in die Tasten. Der anschließende, eher spärliche Applaus gab ihr die Möglichkeit, den Kommentar ihrer Musiklehrerin mitzuhören.

»Für all die Zeit, die sie mit Musikstunden verbringt, spielt sie bemerkenswert schlecht«, raunte Mevrouw Van Doorn Mevrouw Verhoeven zu.

Die Rektorin zuckte mit den Schultern. »Manchem ist es eben nicht gegeben«, murmelte sie. »Dafür zeichnet sie recht nett, wenn ich Mevrouw De Haan da richtig verstanden habe.«

Die Kunstlehrerin hatte sich eigentlich über Nellie beschwert. Statt Porträts oder Blumenbilder hatte sie anatomische Zeichnungen bei ihr gefunden. Nellie hatte die Illustrationen in Phipps' Anatomiebuch kopiert und war in äußerste Erklärungsnot geraten, als Mevrouw De Haan sie entdeckt hatte.

Im vierten Semester wurde es dann wirklich ernst mit Phipps' Anatomiestudium. Mehrere Stunden in der Woche verbrachten die Studenten im Sezierraum, und Nellie wurde wieder einmal vom Neid zerfressen. Immerhin genoss sie im letzten Schuljahr an der St. Elisabeth School mehr Freiheiten. Die Mädchen durften das Schulgelände allein verlassen, um zum Beispiel kleine Besorgungen zu machen. Nellie führte der erste Weg in ein Geschäft im Universitätsviertel. Sie hatte ihr Taschengeld lange gespart und erstand nun stolz ein vollständiges Operations- und Präparierbesteck.

»Ein Geschenk für den Herrn Bruder?«, fragte der Verkäufer. »Oder gar für den künftigen Gatten?«

Nellie biss sich auf die Lippen. Dem Mann schien gar nicht aufgefallen zu sein, wie wählerisch sie bei der Auswahl der Skalpelle und Klingen gewesen war und wie viel Fachkenntnis sie dabei bewiesen hatte. Dass eine Frau diese Dinge für sich selbst kaufte, war für ihn wohl völlig undenkbar.

Der Eisenwarenhändler, bei dem sie anschließend ein paar Mäuse- und Rattenfallen erstand, wunderte sich dagegen in keinster Weise. Anscheinend hielt man Frauen zwar für zu zartfühlend, um bei Hunden und Katzen Blut zu sehen. Kleinen Nagern den Garaus zu machen, traute man ihnen dagegen durchaus zu.

Nellie tat die Ratte leid, die sie am folgenden Tag in der Speisekammer der Schullehrküche fing, doch sie packte sie trotzdem sorgfältig ein und nahm sie zur nächsten Musikstunde mit. Phipps und Nellie pflegten den Klavier- und Geigenunterricht neuerdings auszuweiten, sie nutzten Nellies neue Freiheiten für Spaziergänge im Park oder gemeinsames Lernen in einem Kaffeehaus.

Für die Sache mit der Ratte würde allerdings Frederiques Zimmer im Haus der Mevrouw Smit-Visser herhalten müssen. Nellie wappnete sich gegen dessen Protest.

»Wir werden bestimmt nichts schmutzig machen«, beteuerte sie. »Ich hab extra einen Klapptisch gekauft, und es fließt auch kein Blut, wenn das Herz nicht mehr schlägt.«

Frederique wollte sich vor Lachen ausschütten. »Phipps wird begeistert sein«, erklärte er. »Weißt du übrigens, dass er ein Lied für dich geschrieben hat? Er traut sich nur nicht recht, es vorzutragen.«

Nellie winkte ab. »Ich kenne es doch längst. Phipps sagt immer, für ihn sei jeder Mensch eine Melodie. Und meine hat er mir vor Jahren schon vorgespielt.«

»Inzwischen hat er das ausgebaut. Und ich kann's nicht leugnen, man erkennt dich darin wieder.«

Frederique setzte sich ans Klavier und spielte das Stück an. Es klang schnell und fordernd, lebhaft und verspielt, man meinte, Tierstimmen und Hufschlag herauszuhören, Humor ebenso wie Zielstrebigkeit. Das Ende klang fast wie ein Triumphmarsch.

Nellie lächelte. Ganz offensichtlich glaubte Phipps an sie. Da sollte er sich jetzt auch nicht querstellen, wenn es einen Schritt weiterging mit ihrer Ausbildung.

»Die Todesursache steht fest«, sagte Nellie, als sie die Ratte schließlich auspackte. »Stumpfes Trauma durch Schlag auf den Hinterkopf. Sie ist heute Nacht in die Falle gegangen. Ein ganz frischer Kadaver. Stinkt noch kaum. Skalpelle hab ich hier. Also legen wir los ...«

Phipps drehte sich beim Anblick der toten Ratte fast der Magen um. Aber Nellie hatte natürlich recht. Auch an Nagern konnte man die inneren Organe studieren. Widerwillig wies er Nellie darin ein, den ersten Schnitt zu setzen. Sie zeigte sich dabei geschickter als er selbst und verdrehte die Augen, als er ihr ein Kompliment machte.

»Ich hab jetzt bald zwei Jahre damit zugebracht, Stoffe zuschneiden zu lernen – mal ganz abgesehen vom korrekten Tranchieren eines Bratens und von der Herstellung possierlicher Röschen aus Radieschen, um damit kalte Platten zu garnieren. Es gibt viele nützliche Dinge, die man in Mädchenpensionaten lernt. Warte erst mal, bis du mich nähen siehst!«

Nellie legte ihr »Puddingabitur« letztlich fast nebenbei ab. Der Lehrstoff an der St. Elisabeth School war begrenzt, in den wenigen wissenschaftlichen Fächern bestand sie mühelos und mit hervorragenden Noten. Ihr Meisterstück in der Schneiderei fiel gut aus, und wenn sie sich konzentrierte, brachte sie inzwischen sogar ein recht schmackhaftes Menü zustande. Um eine wirklich gute Köchin zu werden, fehlte es ihr zwar an Geduld, aber im Grunde war das auch nicht übermäßig wichtig für die Absolventinnen der Schule. Die meisten Schülerinnen würden sehr bald begüterte Männer heiraten und reichlich Hauspersonal haben, allem voran eine Köchin.

Nellie trug mit einem erneut jämmerlich gespielten Klaviervortrag zur Abschlussfeier bei. Sie schämte sich zwar ein wenig, doch ihre Mutter zeigte sich begeistert – wenngleich ihre Großmutter säuerlich guckte. Im Gegensatz zu ihrer Tochter war Henriette Van de Velde recht musikalisch.

»Ich … hör ehrlich gesagt lieber zu«, sagte Nellie, als sie nach der Feier zu ihrer Familie stieß und ihr Abiturzeugnis präsentierte. »Das Klavierkonzert, das wir neulich besucht haben, war wunderschön, Großmutter. Dagegen fällt meine Klimperei natürlich ab.« Sie war in diesen Tagen nervös und deprimiert, denn sie zerbrach sich den Kopf darüber, wie es nun für sie weitergehen sollte. Auf keinen Fall konnte sie nach Ledegem zurückkehren. Sie musste in Phipps' Nähe bleiben, um weiter mit ihm studieren zu können. Der passende Geistesblitz kam ihr dann genau in dem Moment, in dem sie versuchte, ihr stümperhaftes Klavierspiel zu entschuldigen. »Überhaupt werde ich das alles vermissen«, fügte sie traurig hinzu. »Die Ausstellungen, die Konzerte … Ich habe dich so gern begleitet, Großmutter. Und gerade jetzt, wo die Ballsaison bevorsteht …«

Nellie war kurz zuvor achtzehn geworden, und Henriette Van de Velde hatte davon gesprochen, dass sie nun in die Gesellschaft eingeführt werden könne.

Ihre Mutter seufzte. »Ja, kulturell hat Ledegem natürlich nichts zu bieten. Und Kortrijk … Na ja, da bewegt sich schon etwas, aber es bleibt Provinz. Es wird nicht einfach sein, Cornelia standesgemäß zu verheiraten …«

Nellie bemühte sich, besorgt auszuschauen. Henriette Van

de Velde blickte überlegend von ihrer Tochter zu ihrer Enkelin sowie zu ihrem Mann, der schon wieder in höheren Sphären zu schweben schien und die Gesellschaft kaum wahrnahm. Wenn Nellie abreiste, würde sie wieder auf seine Begleitung angewiesen sein, wenn sie nicht allein zu ihren geliebten kulturellen Veranstaltungen gehen wollte.

»Vielleicht könnte Cornelia ja noch ein oder zwei Jahre bei uns bleiben«, meinte sie schließlich. »Sie ist uns mehr als willkommen. Eine so angenehme, zurückhaltende junge Frau …«

Nellie hatte die Wochenenden bei den Van de Veldes meist lesend verbracht – ein medizinisches Fachbuch versteckt unter dem Umschlag eines Gedichtbandes oder Gesellschaftsromans. Ihr Großvater kontrollierte nie, welche Bücher sie sich aussuchte. Natürlich blieb es ihr nicht erspart, mit ihrer Großmutter und deren häufigen Besucherinnen Konversation zu machen, doch das beherrschte sie inzwischen perfekt.

Josefine van der Heyden sah ihre Tochter verwundert an. Zurückhaltend war eigentlich das letzte Adjektiv, das sie zu ihrer Beschreibung gebraucht hätte, aber selbstverständlich hatte sie sich gebessert, seit sie die St. Elisabeth School besucht hatte.

»Ich würde sehr gern die Aufgabe übernehmen, Cornelia in die Gesellschaft einzuführen«, sprach Henriette weiter. »Sie würde sozusagen … den letzten Schliff erhalten. Und falls sich dabei ein passender Bewerber um ihre Hand finden wird …«

Nellies Herz klopfte heftig. Ihre Großmutter hatte genauso reagiert, wie sie gehofft hatte. Jetzt mussten nur noch ihre Eltern zustimmen.

Josefine van der Heyden überlegte. »Was meinst du denn dazu?«, fragte sie ihren Gatten, der ähnlich abwesend wie sein Schwiegervater neben ihr stand.

Dr. Van der Heyden zuckte mit den Schultern.

»Schaden kann's Nellie sicher nicht«, bemerkte er. Wahrscheinlich dachte er an den Wurf kleiner Katzen, den seine

Tochter während der letzten Sommerferien gefunden und in seinem Gartenschuppen aufgepäppelt hatte. Er hielt Nellies frauliches Verhalten zwar für angemessener als früher, aber längst nicht für mustergültig. »Auch wenn es natürlich schöner wäre, sie in Kortrijk zu verheiraten. Man will seine Enkel doch um sich haben.«

Das wiederum wunderte Nellie, sie hatte bei ihrem Vater bislang kein besonderes Interesse an Kindern feststellen können.

»Ich komme bestimmt zurück!«, beeilte sie sich zu versichern. »Aber die Ballsaison hier in Utrecht … Ich hab so lange davon geträumt.« Sie bemühte sich um einen schwärmerischen Ausdruck, wozu sie nur an die kleinen Katzen denken musste.

Ihre Mutter sah sie wohlgefällig an. »Den Winter über sollten wir sie auf jeden Fall bleiben lassen«, entschied sie. »Danach kann man ja weitersehen.«

Nellie atmete auf. Zumindest das nächste Semester war gesichert.

Kapitel 4

Kurz nach der Abschlussfeier – Nellie war gerade bei ihren Großeltern eingezogen – kam es allerdings zu einer weiteren Bedrohung für die Weiterführung ihrer Studien.

Nellie hatte beschlossen, mit dem Ende ihrer Schulzeit auch die Klavier- und Geigenstunden zu beenden.

»Es geht einfach nicht weiter«, erklärte sie dem enttäuschten Phipps. »Im Pensionat ist es nicht aufgefallen, dass ich praktisch nie geübt habe. Aber meine Großmutter wird das kontrollieren. Sie würde auch merken, dass ich gar keine Geige habe, ich hab ihr bislang nur von den Klavierstunden erzählt. Auf jeden Fall würden wir auffliegen, und das darf einfach nicht sein. Außerdem können wir uns jetzt überall sonst treffen. Ich werde bestimmt oft unterwegs sein – allein die Ankleidetermine für die Ballsaison … Meine Großmutter lässt mir Berge von Kleidern für alle möglichen Anlässe schneidern.«

Phipps sah das ein – während Frederique nicht hinnehmen wollte, dass es nun vorbei sein sollte mit dem gemeinsamen Musizieren. Zwar konnten sich die Männer immer noch in ihrer Freizeit treffen, aber viel weiterkommen würde Phipps dabei wohl nicht.

»Andererseits habe ich dir sowieso schon alles beigebracht, was ich selbst kann«, meinte der junge Musiker. »Mit der Geige … Ich sag's ja nicht gern, aber da bist du längst besser als ich. Es ist eine Schande, dass du nicht Musik studieren kannst. Tierärzte gibt es viele, so begabte Musiker dagegen …«

»Ein Musikstudium würde mein Vater nicht unterstützen«, erklärte Phipps zum wiederholten Mal und schloss seinen Geigenkasten. »Ich säße von einem Moment auf den anderen ohne Geld da. Und sag mir nicht, ich könnte ja Unterricht geben wie du. Damit verdiene ich die Studiengebühren nie und nimmer.«

Mit dem letzten Argument hatte er Frederique auf eine Idee gebracht. Bei Nellies letzter Klavierstunde eröffnete er seinem Freund und Schüler, dass er einen Vorspieltermin für ihn im Konservatorium ausgemacht hatte.

»Professor Grimaldi wird dich anhören«, erklärte er enthusiastisch. »Und ich bin mir sicher, dass man dir anschließend ein Stipendium anbietet. Mit Mevrouw Smit-Visser hab ich auch schon gesprochen. Sobald ein Zimmer frei wird – und soweit ich weiß, hat Ulrich im Winter sein erstes Engagement in Leipzig –, kannst du hier einziehen und dir die Miete mit Klavier- und Geigenstunden verdienen. Wenn das nicht allzu schnell anläuft, wird sie dir das Geld stunden. Sie kennt dich ja und möchte dein Talent fördern. Los, Philipp, keine Widerrede! Du musst das einfach machen.«

Phipps ließ sich schließlich überreden, zumindest das Vorspielen zu versuchen. Nellie erwartete ihn in einem Kaffeehaus nahe dem Konservatorium. Als er endlich herauskam, hatte er rote Flecken auf den Wangen, wirkte aufgewühlt, aber alles andere als glücklich.

»Was ist denn los? Hat es ihm nicht gefallen?«, fragte Nellie verwundert und winkte dem Kellner, um eine Schokolade für Phipps zu bestellen. Er liebte dieses Getränk. Außerdem hatte es eine tröstende Wirkung.

»Im Gegenteil«, murmelte Phipps und nahm neben ihr Platz. »Er … er war hellauf begeistert. Vor allem, als er hörte, dass ich nur zwei Jahre Unterricht hatte. Ein paar Dinge zum Strich und zur Haltung des Bogens hat er allerdings angemerkt – Nellie, der Mann ist ein Genie! Wenn ich bei dem weiterlernen könnte …« Sein Blick hellte sich auf, die Augen strahlten.

»Dann machst du es also?«, fragte Nellie.

Sie war hin- und hergerissen. Einerseits gönnte sie ihrem Freund sein Glück. Andererseits wäre dies das Aus für ihre eigenen Zukunftsträume.

»Ich weiß nicht …« Phipps' Miene verdüsterte sich wieder. »Das alles ist … ein solches Wagnis … Ich müsste vollständig mit meiner Familie brechen. Ich wäre ganz auf mich allein gestellt.«

»Ich bin ja auch noch in Utrecht«, versuchte Nellie zu trösten – obwohl sie natürlich keinerlei Grund haben würde zu bleiben, wenn Phipps sein Veterinärstudium aufgab. »Und Frederique. Du würdest sicher noch andere Freunde finden.«

Phipps nippte an seiner Schokolade. »Aber ich müsste es ihm sagen. Also meinem Vater. Nachdem er vier Semester für mich bezahlt hat … und sich ja auch irgendwie auf mich verlässt … mit der Praxis …«

Nellie zuckte mit den Schultern. »Du hast ihm immer gesagt, was du wirklich willst«, gab sie zu bedenken. »Wenn er nicht auf dich hören wollte … Vielleicht überzeugt ihn ja das Gutachten von diesem Professor. Ein Stipendium am Konservatorium in Utrecht – das ist schon was. Da kann er dein Geigenspiel nicht mehr als Hirngespinst abtun.«

»Du meinst also, ich soll es machen?« Phipps spielte mit dem Keks, der zu der heißen Schokolade serviert wurde.

Nellie seufzte. »Phipps, ich kann dir da nicht raten. Du musst selbst wissen, was du willst und was du dir zutraust. Wenn ich an deiner Stelle wäre … Du weißt, wie sehr ich mir das Studium der Tiermedizin wünsche. Ich würde so ziemlich alles dafür tun …«

»Soll ich es also nicht machen?«, fragte Phipps. »Weil es … weil es für dich dann ja auch vorbei wäre?«

Nellie richtete den Blick gen Himmel. »Phipps, es ist dein Leben. Du musst für dich entscheiden. Was mich angeht, ist es doch sowieso sehr unwahrscheinlich, dass ich jemals als Tierärztin arbeiten kann. Also denk nicht an mich.«

Phipps knabberte an seinem Keks. »Jetzt muss ich sowieso erst mal nach Hause«, sagte er. Schließlich standen Semesterferien an. »Da werde ich drüber nachdenken.«

Nellie saß während des gesamten Sommers auf heißen Kohlen. Die vielen Ausstellungen, Konzerte und Picknicks, auf die ihre Großmutter sie mitnahm, konnten sie nicht davon ablenken, immerzu an Phipps' Entscheidung zu denken. Dabei lief ihre erste Saison durchaus erfolgreich an. Auf den diversen Wohltätigkeitsveranstaltungen rissen sich die jungen Offiziere, Rechtsreferendare und Assistenzärzte, die hier meist gemeinsam mit ihren Eltern auftauchten, darum, ihr Getränke zu offerieren und sich mit ihr über alle möglichen Nichtigkeiten zu unterhalten. Auch Komplimente heimste sie reichlich ein, was für Nellie überraschend kam.

In den letzten Jahren hatte sie sich nie große Gedanken darüber gemacht, ob sie hübsch war. Schönheitspflege stand nicht im Lehrplan der St. Elisabeth School. Die Lehrerinnen versuchten, den Mädchen den Eindruck zu vermitteln, die Entscheidung eines Mannes für eine Ehefrau hinge in erster Linie von deren hauswirtschaftlichen und eventuell noch künstlerischen Qualifikationen ab. Die Mädchen selbst wussten das natürlich besser. Sie verbrachten viel Zeit damit, sich gegenseitig zu frisieren und darüber zu diskutieren, welche von ihnen die besten Aussichten auf dem Heiratsmarkt haben würde. Nellie hatte sich allerdings nie beteiligt. Sie hatte Besseres zu tun gehabt, als Nore oder Elsa die Haare zu flechten, und auch mit anderen Mädchen keine engeren Freundschaften geschlossen.

In ihrer alten Schule hatte sie mehr mit den Mitschülerinnen gemeinsam gehabt. Dass sie auch dort keine engen Freundinnen gefunden hatte, hatte hauptsächlich an ihrem weiten Schulweg gelegen, der es kaum möglich gemacht hatte, sich nachmittags zu treffen. Zudem hatte Phipps ihr als Freund völlig genügt. Ihre oder seine Attraktivität für das andere Geschlecht war zwischen ihnen indes nie ein Thema gewesen. Nun musste Nellie zu ihrer Verwunderung feststellen, dass die Augen der Männer aufleuchteten, wenn sie in einem der von ihrer Großmutter ausgewählten Kleider den Ballsaal betrat. Die Männer machten ihr Komplimente zu ihrem rotblonden Haar und ihren schönen Augen. Nellie hatte diese bisher stets einfach als hellbraun bezeichnet, doch nun durfte sie sich anhören, dass darin grüne Lichter aufschienen, wenn sie lachte – einer der jungen Männer fühlte sich bei ihrem Anblick an die Terrakottafarbe italienischer Häuser erinnert. »Ich meine dann, die Sonne des Südens aufleuchten zu sehen …«, hatte der junge Rechtsreferendar, der sich wohl eher zum Poeten berufen fühlte, behauptet.

Forscher machten sich oft die Offiziere an Nellie heran. Manchmal musste sie sich ihnen unauffällig, aber bestimmt entziehen, wenn ihre Hände beim Tanzen zu weit in Richtung ihres unteren Rückens wanderten. Die neuen Kleider betonten ihre Figur, ihre Brüste waren voller geworden und ihre Hüften ausladender – ihre Reithosen würden ihr wahrscheinlich nicht mehr passen. Nach wie vor war sie jedoch schlank und beweglich. Das Reiten hatte sie sicher nicht verlernt. Sie hoffte, dass Dr. De Groot das Pony Cees nicht verkauft hatte.

Henriette van de Velde beobachtete einerseits wohlgefällig, wie gut ihre Enkelin bei den jungen Männern ankam, und lobte andererseits ihre mädchenhafte Zurückhaltung. Nellie war freundlich zu ihren Verehrern, ohne einen von ihnen vorzuziehen. Ihre Eltern brauchten sich nicht darum zu sorgen, dass ihre Tochter sich allzu schnell verlieben und in Utrecht heiraten würde.

Schließlich gingen Phipps' Semesterferien ihrem Ende entgegen, und Nellie erwartete ihn zurück. Er hatte ein paarmal geschrieben, war dabei allerdings nicht auf die anstehende Entscheidung zurückgekommen. Auch Frederique Leclerc hatte nichts von ihm gehört und wurde langsam etwas ungeduldig.

»Ich hab mich ganz schön weit aus dem Fenster gelehnt mit seiner Empfehlung«, erklärte er, als er Nellie auf einem Tanztee traf. Er war als Pianist engagiert. In der letzten Zeit finanzierte er sich verstärkt durch kleine Auftritte, sein Studium neigte sich dem Ende zu. »Und Professor Grimaldi erst recht. Philipps Werdegang als Geiger ist eher unkonventionell. Da ein Stipendium durchzusetzen war nicht einfach.«

Nellie nickte. Ihr machte es Mut, dass Phipps sich auch bei Frederique nicht gemeldet hatte. Bei einer Zusage wären doch Vorbereitungen zu treffen gewesen.

Eine Woche vor Beginn des neuen Semesters wartete Phipps vor dem Haus ihrer Großeltern auf sie. Er musste geduldig ausgeharrt haben, schließlich hatten sie keine Verabredung getroffen. Als Nellie das Haus verließ, um eine Besorgung zu machen, und ihren Freund sah, lief sie erfreut auf ihn zu. Der junge Mann wirkte blass, trotz der Sommerfrische.

»Phipps, was ist denn nun?«

Nellie hielt sich wie immer nicht mit Vorreden auf. Sie wollte wissen, woran sie war, obwohl sie schon ahnte, wie die Entscheidung ihres Freundes ausgefallen war.

»Was soll sein?«, fragte Phipps. Seine Stimme klang tonlos. »Ich bin wieder da. Und wenn du willst, treffen wir uns wie in deinem letzten Schuljahr im Café Reimers. Dienstags oder donnerstags.«

Nellie sah ihn prüfend an. »Dann … machst du also weiter? Mit der Tiermedizin? Du hast nicht mit deinem Vater gesprochen?«

Phipps sah zu Boden. »Natürlich hab ich mit meinem Vater

gesprochen«, sagte er. »Jeden Tag. Ich … hab in seiner Praxis geholfen. Wir werden in der Kleintierklinik arbeiten in diesem Semester. Da wird mir die Erfahrung nützlich sein …«

Es war, als wiederhole er die Worte seines Vaters.

»Phipps!« Nellie hätte ihren Freund am liebsten geschüttelt. »Ich meine nicht, ob ihr über Wurmkuren bei Pferden gesprochen habt. Was ist mit der Geige? Mit deinem Stipendium?«

Phipps hob die Schultern. »Ich werde Tierarzt«, sagte er resigniert. »Ich schaff's nicht, mich zu widersetzen. Ich … ich hab nicht deinen Mut …«

Nellie vergaß alle Schicklichkeit und nahm ihren Freund kurz in die Arme. »Ach, Phipps …«

Ihr Freund winkte ab. »Es wird nun allerdings schwieriger«, wechselte er das Thema. »Mit deinem Studium. Die praktischen Semester beginnen …«

Nellie lächelte. »Dann werde ich die Ratten wohl lebend fangen müssen«, sagte sie. »Und hoffen, dass sie irgendwelche Malaisen haben, die wir behandeln können. Du kannst dich dann hinterher auf Frettchen spezialisieren.«

Phipps versuchte, ebenfalls zu lächeln. »Du schaffst das schon«, sagte er leise. »Wenigstens einer von uns wird es schaffen.«

»Gibt es hier eigentlich nur Wohltätigkeitsvereine für Menschen?«, fragte Nellie ihre Großmutter. Henriette Van de Velde war gerade dabei, einen Basar für die Armenhilfe, die von ihrem Frauenverein unterstützt wurde, vorzubereiten, und Nellie half ihr, gespendete Kleidung aufzuarbeiten. »Ich meine … in Großbritannien zum Beispiel, da gibt es Tierschutzvereine …«

»Hier auch«, antwortete ihre Großmutter zu ihrer Überraschung, ohne nachdenken zu müssen. »Die Königin-Sophie-Vereinigung zum Schutz von Tieren. Die gibt es schon lange, aber ich habe mich nie dafür interessiert. Meine Allergie, du weißt.«

Henriette behauptete, gegen Hunde- und Katzenhaare schwer allergisch zu sein, was Nellie ihr allerdings nicht glaubte. Seit sie bei ihren Großeltern wohnte, hatte sie wieder angefangen, sich um streunende Katzen und Hunde zu kümmern. Auch im Stadthaus in Utrecht gab es einen Gartenschuppen, in dem sie den Tieren Asyl bot. Der Garten der Van de Veldes war zwar wesentlich kleiner als der ihrer Eltern in Ledegem, hatte jedoch den Vorteil, dass ihre Großeltern ihn praktisch nie betraten. Abel war von jeher ein Stubenhocker, und Henriette begnügte sich mit dem Ausblick aus ihrem Erkerfenster. Sie erfreute sich an bunten Blumen, weshalb die Van de Veldes einen Gärtner beschäftigten, der täglich ein paar Stunden kam und das Anwesen in Ordnung hielt. Zum Glück war Mijnheer Otto ein Tierfreund, der sich an Nellies Schützlingen nicht störte. Tatsächlich schien er sie sogar zu mögen. Vor Entdeckung brauchte Nellie sich also nicht zu fürchten. Es ließ sich allerdings nicht vermeiden, dass sie gelegentlich Tierhaare an ihrer Kleidung mit in die Wohnung brachte. Wäre ihre Großmutter wirklich so empfindlich gewesen, hätte sie darauf mit Hautausschlag oder Atemnot reagieren müssen.

»Ich glaube, sie unterhalten hier sogar ein Tierasyl«, sprach sie nun weiter. »Lass mich überlegen … ja, an der Absteder-dijk.«

Nellie lauschte hoffnungsvoll. Das klang wie eine Antwort auf ihre Gebete. Aber natürlich musste ihre Großmutter zustimmen, wenn sie sich dort engagieren wollte.

»Wäre es wohl … schicklich, wenn ich da mal vorbeiginge?«, fragte Nellie. »Ich mag Tiere, weißt du …«

Henriette sah sie streng an. »Ich habe schon viel davon gehört«, sagte sie. »Dein Tierasyl im Gartenschuppen … Deine Mutter war entsetzt. Du hast hoffentlich nicht vor, hier ein weiteres zu eröffnen.«

»Natürlich nicht, Großmutter«, versicherte Nellie und log damit nicht einmal. Schließlich war die Eröffnung ihres Tierasyls längst geschehen. »Aber vielleicht könnte ich mich bei der Königin-Sophie-Vereinigung auf passendere Weise einbringen.«

Henriette Van de Velde zuckte mit den Schultern. »Versuch es«, ermutigte sie ihre Enkelin. »Nur denk bitte an meine Allergie. Kein direkter Kontakt mit den Tieren …«

Nellie ging gleich am nächsten Tag in die Abstederdijk und suchte nach dem Stichts Asyl voor Dieren. Das Tierheim bestand aus ein paar niedrigen Häusern und Zwingern gegenüber einem Wohnblock und in der Nähe einer Bahnlinie. Nellie hörte Hundegebell, als sie die Pforte öffnete. Eine Art Gartenweg führte zu den Zwingern und einem Haus mit der Aufschrift EMPFANG.

Menschen waren nicht zu sehen, aber das Heim musste geöffnet sein. Die Pforte schien sonst mit einem Vorhängeschloss gesichert, das jetzt offen am Zaun hing.

Während sie noch überlegte, wo man wohl klopfen konnte, ertönte ohrenbetäubendes Geschrei aus dem Haus, und irgendein Hund jaulte, als würde ihm bei lebendigem Leib die Haut abgezogen. Nellie überlegte nicht lange, bevor sie eintrat.

Der Empfang bestand aus einem winzigen Raum mit einem Tresen darin, hinter dem zurzeit jedoch niemand wartete, um Besucher zu begrüßen. An den Wänden hingen Zeichnungen von Hunden und Katzen, in einem Regal standen Aktenordner. Es gab einen Durchgang in eine Art Untersuchungsraum, aus dem nach wie vor die Verzweiflungsschreie des Hundes klangen. Als Nellie ihnen alarmiert folgte, sah sie auch gleich den Urheber. Ein klatschnasser schwarz-weißer Hundewelpe beschwerte sich in höchsten Tönen darüber, dass eine resolute blonde Frau ihn in einen Bottich mit Wasser gehoben hatte und nun einschäumte. Er wehrte sich mit aller Kraft und hätte sich, schlüpfrig nass wie er war, beinahe befreit, hätte Nellie nicht beherzt zugegriffen.

»Jetzt halt mal still, kleiner Kerl!«, sagte sie resolut. »Und stell dich nicht so an. Meine Güte, nach dem Lärm hatte ich gedacht, er würde hier gefoltert.« Die blonde Frau lachte. Sie hatte ein breites, flaches Gesicht und hellblaue Augen. Ihr schlichtes blaues Nachmittagskleid schützte sie durch eine Schürze, aber sehr sauber war es trotzdem nicht mehr. Der Welpe musste sich gegen das Eintauchen ins Wasser schon vehement gewehrt haben. »Dabei will ich ihm nur helfen. Er war schmutzig, stank, und vor allem scheint es ihn überall zu jucken. Er kratzt sich am ganzen Körper, sicher hat er Flöhe. Jedenfalls dachte ich, er hätte gern ein Bad. Offenbar eine Fehleinschätzung.«

Nellie hielt den kleinen Hund nun fest, während die Frau ihn weiter einseifte. Beide brauchten dafür ihre ganze Konzentration. Das Gejaule des Hundes erschwerte die Kommunikation. Erst als das Shampoo aus dem Fell gespült und das Tierchen befreit war, kamen sie wieder dazu, Worte zu wechseln.

»Willkommen im Stichts Asyl voor Dieren«, sagte die Frau, deren Kleid inzwischen so nass war wie das Fell des Welpen. Nellie ging es mit ihrem Kostüm und ihrer Bluse nicht anders. »Ich bin Veronika Willems und leite die Ortsgruppe der Königin-Sophie-Vereinigung. Wir sind ein Tierschutzverein, wir …«

»Ich weiß«, erklärte Nellie und musterte den kleinen Hund, der sich entrüstet schüttelte, um das Wasser aus dem Fell zu bekommen – und gleich auch wieder versuchte, den Juckreiz zu lindern, der ihn quälte. Er kratzte sich mit den Pfoten und warf sich dann mit abgespreizten Gliedmaßen wie ein Frosch auf den Boden, um mit bauchtanzähnlichen Bewegungen seine Unterseite zu scheuern. Das sah lustig aus und brachte sie beide zum Lächeln, als er ihnen dabei herzzerreißende Blicke aus seinen runden braunen Augen zuwarf. Der Kleine war zweifellos ein Mischling, allerdings schienen vorwiegend Collies unter seinen Vorfahren gewesen zu sein.

»Hat ja nicht viel genutzt, das Baden«, sagte Mevrouw Willems seufzend, bevor Nellie sich ihrerseits vorstellen konnte.

Nellie schüttelte den Kopf. »Nein. Das konnte es auch nicht. Der Welpe hat die Räude, sie wird von Milben verursacht. Ein bisschen Wasser und Seife bringt die nicht um, da müssen wir mit schärferen Geschützen ran. Wo ist die nächste Apotheke?«

Mevrouw Willems sah sie prüfend an. »Verstehen Sie was von Hunden?«, fragte sie.

»Ein Freund von mir studiert Tiermedizin«, antwortete Nellie. »Und ich … also ich höre ihn öfter ab. Und unser Nachbar hat eine Tierarztpraxis …«

»Wissen Sie dann vielleicht auch, warum er Schluckauf hat? Hören Sie mal, jetzt schon wieder.« Veronika Willems wies auf den hicksenden Welpen.

Nellie griff sich den Hund und untersuchte ihn kurz.

»Also besonders aufgegast ist er nicht, nur viel zu mager, der Bauch aufgetrieben. Das spricht für Wurmbefall, und der verursacht gern Schluckauf. Kann aber genauso gut sein, dass er einfach zu schnell gefressen und getrunken und sich dabei verschluckt hat. Bei Welpen ist das im Allgemeinen harmlos. Wir sollten ihn nur unbedingt entwurmen. Ich bringe da auch gleich was mit. Sie müssen mir nur sagen, wo die Apotheke ist. Ach ja, ich bin Cornelia Van der Heyden. Aber Sie können einfach Nellie zu mir sagen.«

Veronika Willems lächelte ihr zu. »Dann sagen Sie Veronika. Willkommen, Nellie! Sie sind doch hier, um zu helfen?«

Nellie nickte. »Wenn Sie mich brauchen können …«

Veronika seufzte. »Sie glauben gar nicht, wie sehr.«

Eine halbe Stunde später war Nellie aus der Apotheke zurück, und die beiden hatten den erneut protestierenden Welpen mit einer Lotion gegen Milben behandelt. Die Wurmkur in Puderform fraß er freiwillig mit etwas Leberwurst.

»Wie heißt er eigentlich?«, fragte Nellie, nachdem sie ihren Patienten wieder auf dem Boden abgesetzt hatten, wo er gleich erneut begann, sich zu kratzen.

Veronika schüttelte den Kopf. »Wir geben ihnen keine Namen«, sagte sie. »Es fällt sonst zu schwer, sich von ihnen zu trennen.«

»Aber die Hunde könnten die Namen doch behalten, wenn jemand sie aufnimmt«, wandte Nellie ein. »Solange sie hier sind, fände ich es jedenfalls schöner, sie richtig anreden zu können.«

Veronika seufzte. »Ach, Nellie, sie bleiben ja nicht lange hier. Wenn sie gebracht werden – meistens vom Hundefänger oder von der Polizei, diesen hier haben allerdings Kinder auf einer Müllhalde gefunden –, haben wir genau zwei Wochen, um neue Besitzer für sie zu finden. Ansonsten werden sie getötet …«

»Sie werden was?«, fragte Nellie entsetzt.

»Getötet. Und dann landen sie in der Anatomie in der Universität. Damit sind sie immerhin noch zu etwas nützlich … Uns tröstet das natürlich nicht. Mir genügen zwei Wochen, um mich an so ein Tier zu gewöhnen, und den anderen Frauen geht es ebenso. Deshalb sind auch nie sehr viele Helferinnen hier. Die meisten konzentrieren sich darauf, die Hunde zu vermitteln – sie ausführen oder baden und hier sauber machen, das wollen nur wenige. Insofern ist mir auch jeder mehr als willkommen, der bei uns zupacken will. Oder jede. Männer haben wir gar nicht im Verein.«

Nellie gedachte, das sehr bald zu ändern. Vorerst versicherte sie Veronika jedoch, von jetzt an regelmäßig zum Helfen zu kommen. Der Welpe sprang an ihr hoch. Er schien nicht nachtragend zu sein – oder er erhoffte sich mehr Leberwurst.

»Du bist ja schon ein richtiger kleiner Flipflop!« Nellie lachte, als der Mischling nach einem gewagten Sprung auf dem Hinterteil landete. »Ich glaube, so nenne ich dich.«

»Dann wird es Ihnen das Herz brechen, wenn er in zwei Wochen abgeholt wird«, gab Veronika zu bedenken.

Nellie schüttelte den Kopf. »Diesen Hund wird keiner anrühren«, erklärte sie.

Sie hatte zwar noch keine Idee, was auf Dauer aus dem Kleinen werden sollte, aber sie war entschlossen, dafür zu sorgen, dass er nicht auf dem Seziertisch enden würde.

Veronika strahlte. »Dann haben wir ja wirklich mal einen vermittelt«, freute sie sich. »Nellie, Sie hat mir der Himmel geschickt!«

Von nun an verbrachte Nellie jede freie Minute im Tierheim an der Abstederdijk. Sie reinigte Zwinger, spielte mit den Hunden und Katzen und behandelte die Tiere, wenn sie krank waren. Meist waren es kleinere Malaisen, unter denen die Streuner litten, hauptsächlich Folgen von Unterernährung und Verwahrlosung. Wenn Nellie nicht weiterkam, zog sie Phipps hinzu – seit sie sich bei den Tierschützern engagierte, trafen sie sich nicht mehr regelmäßig im Café. Stattdessen bat sie den Freund und angehenden Tierarzt, sie ins Tierheim zu begleiten und ihr bei der Behandlung der Tiere zu helfen.

Um zumindest die Katzen nicht töten lassen zu müssen, hatten die Frauen sie bislang einfach zwei Wochen aufgepäppelt und sie dann wieder ausgesetzt. Natürlich strichen sie anschließend um das Tierasyl herum und wurden weitergefüttert, die Polizei hatte jedoch keinen Zugriff auf sie. Nellie bestand nun darauf, die Tiere zu kastrieren, bevor sie wieder auf die Straße kamen. Sie lernte die Technik – und so wurden die Katzen immerhin daran gehindert, sich unkontrolliert weiter zu vermehren.

Viele Hunde konnten Veronika und ihre Mitstreiterinnen allerdings nicht retten. Wenn ein Tier abgeholt wurde, so war es meist ein Ausreißer, den seine Besitzer im Tierasyl wiederfanden. Wer dagegen einen Hund als Schoßtier, Wachhund oder Jagdhund wollte, sah sich nicht im Tierheim unter den Mischlingen um, sondern hatte ausreichend Geld für ein Rassetier.

Nellie bemühte sich, etwas daran zu ändern, indem sie die Kontakte nutzte, die sie dank ihrer Großeltern zu den Mitgliedern der besseren Gesellschaft hatte. Besonders wenn Welpen abgegeben wurden, ging sie auf Besuchsrunde zu Familien mit Kindern und nahm die kleinen Hunde mit. Die Kinder verfielen ihrem Charme immer sofort, und es gab Tränen, wenn die Eltern sich nicht einverstanden erklärten, die Hündchen zu behalten. Mitunter gaben die Mütter dann nach – allerdings spielte Nellie bei dieser Methode mit ihrer Beliebtheit. Zum Ärger ihrer Großmutter wurde sie seltener eingeladen, und die Damen sprachen statt über ihren Liebreiz von ihrer Aufdringlichkeit. Nellie war das egal. Sie engagierte sich ohnehin lieber im Tierheim, als auf Tanztees oder zu Damenkränzchen zu gehen, langfristig gedachte sie sowieso nicht, in Utrecht zu bleiben.

Im nächsten Winter – Nellie tanzte sich entgegen der ursprünglichen Planung, nur ein paar Monate bei ihren Großeltern zu bleiben, durch ihre zweite Saison – begann Phipps' Prüfungssemester. Bei ihren Treffen ging Nellie den gesamten Stoff des Studiums noch einmal mit ihm durch. Dazu hatte sie allen Mut zusammengenommen und Veronika Willems von ihrem heimlichen Studium erzählt. Die Tierschützerin erwies sich als beeindruckt und verständnisvoll – und schaute weg, wenn Nellie die Kadaver der eingeschläferten Hunde mit oder ohne Phipps' Hilfe im Behandlungsraum des Tierasyls sezierte sowie Operationsmethoden daran übte.

Flipflop, der kleine Collie-Mischling, war zwei Wochen nach seiner Ankunft im Tierasyl im Gartenschuppen der Van de Veldes eingezogen. Der Gärtner deckte die verbotene Hundehaltung, Phipps erklärte seine Freundin für verrückt.

»Aber schau doch nur, wie großartig er sich entwickelt«, freute sich Nellie, als sie ihm den Hund vorstellte.

Flipflop kratzte sich nicht mehr, hatte massenhaft Würmer ausgeschieden, und sein Fell begann zu glänzen. Dabei war er freundlich, immer vergnügt und schien es auch nicht allzu schlimm zu finden, viel Zeit im Schuppen verbringen zu müssen. Henriette Van de Velde hielt ihn für den Hund des Gärtners und duldete unwillig, dass er um Mijnheer Otto herumtollte, wenn der seine Arbeit tat.

»Und was willst du mit ihm machen, wenn du nach Ledegem zurückgehst?«, fragte Phipps.

In der letzten Zeit wurde immer häufiger von ihrer Rückkehr zu den Eltern gesprochen. Henriette Van de Velde war sichtlich enttäuscht von ihr. Seit sie im Tierheim arbeitete, vernachlässigte Nellie ihre Wohltätigkeitsveranstaltungen, Konzerte und Vernissagen. Lediglich auf Bällen konnte sie immer noch glänzen. Doch da sie keinen ihrer Kavaliere ermutigte, wurde Henriettes Leben nicht interessanter.

»Dann musst du ihn nehmen!«, beschloss Nellie. »Ich schenke ihn dir.«

Phipps' Eltern würden nichts dagegen haben, wenn er einen Hund mitbrachte. Im Haushalt des Tierarztes hatte es immer einen oder zwei Hunde gegeben.

»Ich wusste, dass es wieder an mir hängen bleibt«, sagte Phipps theatralisch.

Nellie lächelte ihm zu. »Ich gewöhne ihm noch ab, jedes Mal zu jaulen, wenn du Geige spielst«, versprach sie. »Er wird dir bestimmt nicht lästig fallen.«

Kapitel 6

»Sag, würdest du vielleicht auch mal mit mir auf einen Ball gehen?« Phipps' Stimme klang fast schüchtern, als er Nellie gegen Ende der Saison, im Frühjahr 1912, die Frage stellte. »Ich … also wir … also die Studenten des Abschlusssemesters sind in diesem Jahr zum Tierärzteball geladen, im Festsaal der Universität … ganz nobel. Mein Vater will, dass ich hingehe. Man könne da Kontakte knüpfen, sagte er …«

»Kontakte zu jungen Frauen?«, neckte ihn Nellie.

Phipps zuckte mit den Schultern. »Vielleicht auch zu anderen Tierärzten. Es übernimmt ja nicht jeder Absolvent eine Praxis. Und ich denke, meinem Vater wäre es ganz recht, wenn ich noch etwas Erfahrung woanders sammeln würde, bevor ich nach Ledegem zurückgehe. Ich weiß nicht. Jedenfalls … würde ich mich freuen, wenn du mitkämst. Du gehörst doch irgendwie dazu. Und ich wüsste gar nicht, mit wem ich sonst tanzen sollte.«

»Also Prüfungen ablegen darf ich nicht, aber tanzen schon«, bemerkte Nellie. »Großartig.«

Phipps blickte gequält drein. »Ich hab die Regeln nicht gemacht«, rechtfertigte er sich. »Von mir aus könntest du …«

Nellie legte die Hand auf seinen Arm. »Ist ja schon gut, Phipps. Natürlich komme ich mit. Ich brauche nur die Erlaubnis meiner Großeltern. Du wirst dich also offiziell bei uns vorstellen und darum bitten, mich ausführen zu dürfen. Ein Problem dürfte das nicht sein. Du bist schließlich ein Jugendfreund, und wir können sagen, wir hätten bei der gemeinsamen Arbeit im Tierasyl die Bekanntschaft erneuert. Aber einmal kommen, Blumen mitbringen und ein bisschen Konversation machen, das musst du schon.«

»Ach, daher weht der Wind!« Henriette Van de Velde wirkte streng, doch auch erleichtert. »Das ist es also, was dich ständig in dieses Tierheim führt. Ein junger Mann!«

»Philipp und ich sind nur Freunde, Großmutter«, versicherte Nellie. »Wir kennen uns schon so lange …«

Henriette runzelte die Stirn. Ihr war anzusehen, dass sie ihrer Enkelin kein Wort glaubte. »Deine Mutter hat immer befürchtet, dass da mehr ist …«, sprach sie weiter. »Aber gut, das hat ja wohl sowieso bald ein Ende. Also lade Mijnheer De Groot am Sonntag zum Tee ein, und dann sehen wir weiter.«

Nellie fragte sich, was ihre Großmutter mit dem baldigen Ende meinte, nickte jetzt jedoch artig und schrieb Phipps ein Briefchen, mit dem sie ihn zu ihren Großeltern zitierte.

Wie erwartet machte der ruhige, wohlerzogene Phipps einen guten Eindruck auf die Van de Veldes. Er unterhielt sich mit Nellies Großvater über die Entdeckungsreisen großer Naturkundler und gab brav Auskunft über seine Studien und die Praxis seines Vaters, die er irgendwann übernehmen sollte. Dabei liebäugelte er die ganze Zeit mit dem glänzenden Flügel, der den Salon der Van de Veldes dominierte, bis Nellies Großmutter ihn schließlich fragte, ob er einmal spielen wolle. Phipps ließ sich das natürlich nicht zweimal sagen, und sein Klaviervortrag sicherte ihm endgültig Henriettes Wohlwollen.

»Das ist virtuos, Mijnheer De Groot!«, begeisterte sie sich. »Dahinter bleibt so mancher Pianist zurück, der sich auf die Bühne wagt …«

»Und da müsstest du ihn erst mal Geige spielen hören, Großmutter!«, warf Nellie ein, während Phipps errötete.

»Warum haben Sie kein Konservatorium besucht?«, fragte Henriette. »Statt sich mit so unappetitlichen Dingen zu beschäftigen wie der Sektion von Tieren …«

»Tiermedizin ist doch nicht eklig!«, ereiferte sich Nellie, während Phipps beflissen erwiderte, er habe sich den Wünschen seines Vaters gebeugt.

Henriette Van de Velde nickte bedauernd. »Ein Verhalten, das Sie ehrt, junger Mann«, sagte sie anerkennend. »Andererseits gibt es sicher viele mittelmäßige Tierärzte, aber nur wenige große Künstler.«

»Ich bin ja nicht so groß«, sagte Phipps verlegen. »Gerade mal ein Meter siebzig.«

Mit dem Scherz rettete er die Situation – und erhielt natürlich die Erlaubnis, Nellie mit auf den Tierärzteball zu nehmen. Henriette machte ein großes Gewese um den Anlass und wollte bei allen Fragen rund um Nellies Frisur und Kleid mitreden. Schließlich entschied sie sich für ein Tangokleid in hellem Grün mit V-Ausschnitt und eine dunklere Tunika aus waldgrüner Spitze. Eine Perlenschnur hielt die in dieser Saison unvermeidliche Aigrette, eine Reiherfeder, in Nellies sonst offenem Haar. Auch die Feder leuchtete grün.

»Bis du aufgeregt, Kind?«, fragte Henriette, als sie Nellies Staat am Schluss um eine Perlenkette ergänzte. Nellie schüttelte den Kopf. Das Verhalten ihrer Großmutter war ihr ein Rätsel. Sie begleitete sie seit zwei Jahren auf Wohltätigkeits-, Opern- und Hausbälle. Weshalb sollte sie das dieses Mal nervös machen? »Es ist immerhin das erste Mal, dass du mit einem Begleiter zum Ball gehst, noch dazu einem, der …«, Henriette senkte die Stimme und sprach fast verschwörerisch, »… der deinem Herzen nahesteht.«

Nellie verzichtete auf weitere Richtigstellungen. »Eben«, sagte sie nur. »Ich kenne Phipps seit unserer frühesten Kindheit. Weshalb sollte ich mich da aufregen?«

Nellie lächelte – und wunderte sich, als sie Phipps' sanfte blaugraue Augen bei ihrem Anblick ebenso aufleuchten sah wie die der anderen Männer, wenn sie einen Ballsaal betrat.

»Du … du bist schön!«, sagte er fast andächtig. Es klang, als hätte er sie vorher nie gesehen.

Nellie lachte. »Du siehst ebenfalls gut aus«, gab sie das Kompliment zurück.

Tatsächlich hatte Phipps' Vater sich bei der Ausstattung seines Sohnes für diesen Anlass nicht lumpen lassen. Phipps trug einen modischen, maßgeschneiderten Abendanzug, einen Zweireiher, der seine schlanke Figur betonte. Sein lockiges braunes Haar war frisch geschnitten. Nellie fiel jetzt erst auf, dass Phipps' Gesicht langsam die etwas kindliche Rundung verlor. Die Augen strahlten Freundlichkeit und Ruhe aus, und seine Lippen wirkten sinnlich.

»Danke«, sagte Phipps. »Gehen … Gehen wir dann?«

Während Henriette noch von einem schmucken Paar schwärmte und ihnen einen schönen Abend wünschte, reichte Phipps Nellie den Arm, und sie wunderte sich, wie vorsichtig und zurückhaltend er sich dabei zeigte. Der Junge, dem sie selbstverständlich die Hand gereicht hatte, um sich beim Klettern über einen Gartenzaun helfen zu lassen, der Freund, der immer wieder hinter ihr gestanden und ihre Hände beim Sezieren einer toten Ratte geführt hatte, benahm sich jetzt, als berührte er eine kostbare Porzellanpuppe. Nellie konnte kaum glauben, was ein paar Spitzen und eine Brennschere ausmachen konnten, und hoffte, dass Phipps sich im Laufe des Abends natürlicher verhielt. Mit einem derart paralysierten Begleiter würde sie sich zu Tode langweilen.

Ihr Freund hatte eine Droschke gemietet, und Nellie war aufgeregt, als sie vor dem ehrwürdigen Universitätsgebäude hielt, einem Gebäude, auf das sich in den vergangenen Jahren all ihre Hoffnungen und Träume konzentriert hatten.

»Kannst du mir nicht noch ein bisschen was zeigen?«, fragte sie. »Vorlesungssäle? Oder die Anatomie?«

»Was?« Phipps sah sie an, als wäre sie nicht recht bei Trost, schien sich dann jedoch zu erinnern, mit wem er da unterwegs war.

»Vielleicht später«, vertröstete er sie. »Jetzt müssen wir erst mal zum Bankett. Hier irgendwo sind unsere Karten …«

Der Veranstaltungsraum hatte eine Art Foyer, wo die Gäste ihre Mäntel ablegen konnten. Hier warteten Saaldiener, um sie einzuweisen, die Plätze an den großen, runden Tischen waren den Ballbesuchern vorgegeben. Nellie und Phipps wurde ein Tisch zugewiesen, an dem sich zwei in Utrecht niedergelassene Tierärzte und ihre Gattinnen bereits angeregt unterhielten. Ein Assistenzprofessor der Universität und seine Frau kamen gerade ebenfalls dazu. Phipps stellte sich und auch Nellie höflich vor, und sie wurden gleich ins Gespräch einbezogen. Phipps erzählte auf Nachfrage seiner künftigen Kollegen von der Tierarztpraxis seines Vaters – während Nellie den Damen von ihrem Besuch der St. Elisabeth School berichten musste und von ihrem Aufenthalt bei den Großeltern. Das Gespräch der Männer, bei dem es darum ging, ob man künftig wirklich reine Kleintierpraxen haben würde und wo die Vor- und Nachteile einer Spezialisierung lagen, hätte sie zwar mehr interessiert, aber sie war schon froh, mithören zu können. Phipps schien keine rechte Meinung zum Thema zu haben. Als sich die Tierarztgattinnen und die Gattin des Assistenzprofessors über eine gemeinsame Bekannte zu unterhalten begannen, nutzte Nellie die Gelegenheit, ein paar Worte einzuwerfen.

»Auf dem Land wird sich das sicher nie trennen lassen«, bemerkte sie. »Da geht es ja schwerpunktmäßig um die Großtiere, die wirtschaftlich wichtig sind. Der Hofhund und die Stallkatze laufen so nebenbei mit. Damit sucht man selten einen Tierarzt auf und ist auch nicht bereit, viel dafür zu zahlen.«

Die Herren sahen sie an, als hätte plötzlich eine Stoffpuppe gesprochen. Schließlich lachte einer von ihnen.

»Sieh an, sieh an … da spricht ja wohl die künftige Tierarztfrau. Nehmen Sie sich in Acht, Mijnheer De Groot, die junge Dame überschlägt jetzt schon Ihren Verdienst …«

Nellie runzelte die Stirn. »Ich finde das eigentlich schade«, sprach sie unverdrossen weiter. »Meiner Ansicht nach verdienen auch Kleintiere eine angemessene tierärztliche Versorgung. Zumal es hier einfacher sein dürfte, Innovationen aus der Humanmedizin, wie etwa das Röntgen, in der Tiermedizin nutzbar zu machen. Man kann eine Katze ja leichter unter ein entsprechendes Gerät legen als etwa ein Pferd.«

Die Männer lachten jetzt alle drei.

»Sie wollen Katzen durchleuchten?«, fragte einer der Veterinäre.

Nellie nickte. »Warum nicht? In einer spezialisierten Kleintierpraxis in einer Großstadt könnte ich mir durchaus vorstellen, dass sich Strahlendiagnostik auf die Dauer durchsetzt. Es wäre eigentlich interessant, wenn darüber mal jemand promovieren würde …«

»Da haben Sie ja gleich eine Aufgabe, Mijnheer De Groot!«, neckte der Assistenzprofessor. »Kaufen Sie sich ein Röntgengerät und forschen Sie zu …«

»… degenerativen Gelenkveränderungen bei Rassehunden?«, überlegte Nellie. »Mit Streunern als Vergleichsgruppe? Wenn ich mir überlege, wie manche Schoßhündchen schon in jungen Jahren hinken … Man müsste ja nicht gleich ein Gerät kaufen. Die humanmedizinische Fakultät dürfte welche haben. Da könnte man …«

»Nellie, du machst dich lächerlich«, wisperte Phipps, während sich alle anderen prächtig zu amüsieren schienen.

Nellie sah ihn verständnislos an, erinnerte sich dann jedoch daran, wo sie war.

»Es … äh … war nur so eine Idee«, murmelte sie. »Tut mir leid, wenn ich mich eingemischt habe. Ich …«

»Es war ganz reizend!«, meinte einer der Tierärzte gönnerhaft. »Und verblüffend, was für Gedanken sich mitunter so einschleichen in ein derart hübsches Köpfchen. Aber nun sollten wir einen Champagner trinken, Juffrouw Van der Heyden. Auf diesen schönen Abend – und die reizenden Damen in unserer Mitte.«

Er hob sein Glas mit dem Schaumwein, der gerade serviert worden war, und bezog damit die anderen Damen wieder mit ein. Kurz darauf unterhielt sich Nellie mit den dreien über die Arbeit ihrer Großmutter für die Armenfürsorge und das letzte Schubert-Konzert, das sie mit ihr besucht hatte. Die zwei Tierarztgattinnen hatten ihm ebenfalls beigewohnt. Nellie betrachtete Phipps aus dem Augenwinkel. Hier hätte er sicher lieber mitgeredet als bei den Gesprächen der Herren, die sich jetzt um Zigarren und Whiskybrennereien drehten.

Das dreigängige Menü war hervorragend, und Nellie glänzte mit ihrem Wissen über die Herstellung von Zuckercouleur und Karamellcreme. Sie war froh, als endlich der Tanz eröffnet wurde. Eigentlich machte es ihr nichts aus, bei Damenkränzchen über Rezepte und Kleiderstoffe zu reden, aber an diesem Abend fiel es ihr schwer. Immer wieder schnappte sie von den Nachbartischen Gesprächsfetzen auf, die auf hochinteressante Themen hindeuteten, aber selbst wenn sie sich getraut hätte, sich noch einmal einzumischen – ernst genommen hätte sie doch niemand.

Phipps schien ebenso erleichtert zu sein, als er sie auf die Tanzfläche führen durfte.

»Kannst du überhaupt tanzen?«, fragte sie ihn besorgt. »Von einem Tanzkurs hatte Phipps ihr nie etwas erzählt.

Nun wurde er wieder mal rot.

»Ich hab Frederique gebeten, es mir zu zeigen«, gab er dann zu.

»Ihr habt euch wieder vertragen?«

Erfreut ließ Nellie zu, dass Phipps einen Arm um sie legte und sie durch die ersten Schritte eines Walzers führte. Die Unstimmigkeiten zwischen ihm und Frederique, zu denen es durch die Ablehnung des Stipendiums gekommen war, hatten sie sehr bekümmert. Phipps hatte damit schließlich den einzigen Freund verloren, mit dem er über seine Leidenschaft für Musik sprechen konnte.

Jetzt nickte er. »Wir musizieren zusammen. Nicht oft, wir haben ja beide kaum Zeit, aber ab und zu. Manchmal brauche ich das einfach … Ich darf gar nicht daran denken, wie es werden wird, wenn ich wieder in Ledegem bin. Ohne Konzerte … ohne irgendjemanden, der meinem Gefiedel auch nur zuhören will.«

Phipps hatte in den letzten Jahren oft Konzerte oder Opern besucht – wenn auch nur auf den billigsten Plätzen, denn er hatte kein Budget für kulturelle Veranstaltungen. Es würde ihm fehlen.

»Ich werde dir zuhören«, versprach Nellie. »Ich könnte dich sogar auf dem Klavier begleiten, aber ich glaube …«

Phipps musste lachen. »Darauf verzichte ich lieber«, sagte er. »Nun lass uns das alles mal vergessen. Wir sind auf einem Ball – du bist eine wunderschöne Prinzessin, und ich bin der Prinz, der zu ihrer Melodie mit ihr tanzen darf.«

Nellie lächelte. »Du meinst, wir sind heute einfach mal nicht Phipps und Nellie?«

»Nein«, sagte Phipps ernst. »Wir sind Figuren aus dem Märchen und tanzen auf einer Wolke und leben glücklich bis ans Ende unserer Tage …«

»Nur wenn der Schuh mir passt.« Nellie lachte und blickte auf ihre Seidenpumps. Dabei überlegte sie, dass Aschenbrödel da wohl zweimal hineingepasst hätte. Sie selbst lebte auf eher großem Fuß.

»Du könntest auch barfuß tanzen«, erklärte Phipps. »Mir würde es nichts ausmachen, und alle anderen sind sowieso von deiner Schönheit geblendet.«

Nellie schmiegte sich in seine Arme. Sie schaffte es zwar nicht ganz, ihren Jugendfreund als einen Traumprinzen zu sehen, aber sie freute sich am Leuchten seiner Augen und am Lächeln seiner Lippen. Sie war froh, dass er endlich mal glücklich schien, und sie fühlte sich wohl und sicher, als er sie durch die Tänze führte. Zwischendurch gab es immer wieder Champagner, und Nellie hielt sich dabei nicht zurück wie sonst, wenn sie mit ihrer Großmutter unterwegs war. Hier brauchte sie schließlich keine Kavaliere auf Abstand zu halten, sie war mit Phipps zusammen, dem sie völlig vertraute. So hatte sie in der zweiten Tanzpause bereits einen kleinen Schwips und wagte es, ihre Bitte an ihn, ihr mehr von der Universität zu zeigen, zu wiederholen. Phipps hatte sich inzwischen auch etwas Mut angetrunken, und so schlichen sie sich kichernd aus dem Ballsaal in den Wirrwarr der Korridore des alten Universitätsbaus. Die waren zu dieser Uhrzeit natürlich menschenleer, und Nellie ließ die Würde des Gemäuers ungestört von Lärm und Geschäftigkeit auf sich wirken.

»Ob's hier wohl Gespenster gibt?«, fragte sie, als Phipps sie in den Keller führte, in dem die Anatomieabteilung untergebracht war.

Phipps zuckte mit den Schultern. »Massenhaft«, meinte er. »All die Mäuse und Ratten, die hier ihr Leben gelassen haben … die Frösche nicht zu vergessen. Als Erstes mussten wir einen Frosch sezieren …«

»Das hab ich noch gar nicht gemacht«, bemerkte Nellie enttäuscht.

Phipps lachte. »Dann wird dich auch keiner mit seinem Quaken heimsuchen. Im Ernst, ich hatte am Anfang schon manchmal Albträume. Mir liegt das nicht so sehr, wie du weißt …«

Mit einer Handbewegung umfasste er den großen Raum mit den Seziertischen, ihrer kalten Keramik, den Abflüssen, über die Tierkörperflüssigkeiten abgeleitet wurden … Selbst Nellie schauderte es ein bisschen bei dem Anblick.

»Aber jetzt behandeln wir doch lebende Tiere!«, tröstete sie. »Und das Gefühl, ihnen helfen zu können … da geht einfach nichts drüber!« Sie sah Phipps strahlend an.

Er erwiderte ihren Blick liebevoll. »Ich zeig dir die Hörsäle«, sagte er und nahm ihre Hand.

Sie überließ sich ihm vertrauensvoll, freute sich über seine Wärme in den unheimlichen Räumen. Und dann stand sie in einem beeindruckenden Saal mit aufstrebenden Stuhlreihen, holzverkleideten Decken, Bogenfenstern und Stuckornamenten an den Wänden. Sie bewunderte das Podium für den Dozenten und meinte, bedeutsame Männer Vorträge halten zu hören, deren Inhalte die Welt verändern und ihr Wissen vorantreiben könnten. Sie wäre zu gern ein Teil dieser Oase der Gelehrsamkeit gewesen …

»Ob sie Frauen jemals zulassen?«, fragte sie ins Leere, während Phipps beseelt der Musik lauschte, die aus dem Ballsaal herüberdrang.

»Ob hier wohl schon mal jemand getanzt hat?«, fragte er und legte die Arme um sie. Nellie folgte ihm halbherzig durch die ersten Schritte, machte sich dann jedoch los.

»Ich will hier nicht tanzen«, ereiferte sie sich. »Ich möchte hier lernen, Neuland betreten. Dinge erfahren und tun, von denen ich vorher nichts wusste …«

Phipps blickte sie an und sah einerseits seine alte Freundin und andererseits eine zornige Prinzessin. Dies war nicht der Tag für Wissenschaft … Er nahm seinen ganzen Mut zusammen, umfasste sanft ihr Gesicht und zwang sie, zu ihm aufzusehen. Sie war nicht viel kleiner als er, er musste sich nicht weit zu ihr hinunterbeugen, um sie zu küssen.

Als seine Lippen die ihren berührten, sah er Überraschung, doch Ablehnung stand nicht in ihren Augen, eher Neugier. Bereitwillig öffnete sie schließlich die Lippen, ließ seine Zunge ein und erwiderte zärtlich und genüsslich seinen Kuss.

»So … so hatte ich das nicht gemeint mit dem Neuen …«, flüsterte sie, als sich ihre Lippen voneinander lösten.

»Aber es hat dir gefallen?«, fragte Phipps leise. »Es war für mich … Ich hab noch nie zuvor ein Mädchen geküsst.«

Nellie lächelte. »Dinge erfahren und tun, von denen man vorher nichts wusste …«, wiederholte sie. »Versuchen wir es noch mal?«

Eine verzauberte Stunde lang erforschten sie die Kunst des Küssens, tauschten kleine, zarte Küsse und lange, genüssliche. Nellie befand, dass dabei nichts von dem zutraf, was sie in Mädchenromanen gelesen hatte – weder taten sich Regenbögen vor ihr auf, noch tanzten Mond und Sterne miteinander. Allerdings war es ein angenehmes, kribbelndes Gefühl, das ausgehend von ihren Lippen ihren ganzen Körper erfasste. Es war schön, und es war anders als alles, was sie bisher erlebt hatte, auch ein bisschen berauschend. Aber das konnte natürlich ebenso gut am Champagner liegen.

Irgendwann verlor sie sich glücklich in den neuen Gefühlen. Phipps schien überhaupt nicht lange nachgedacht zu haben. Er wirkte einfach nur verzaubert. Erst als die Musik im Ballsaal erstarb, fanden sie zurück in die Wirklichkeit.

»Ich glaube, wir müssen gehen«, flüsterte Phipps hörbar bedauernd. »Sonst schließen sie uns hier noch ein – mit all den Geistern.«

»Die Geister fürchte ich weniger als die Reaktion meiner Großeltern«, bemerkte Nellie ernüchtert. »Himmel, es ist spät. Und ich darf gar nicht dran denken, was unsere Tischnachbarn jetzt von uns denken – und ihre Gattinnen.« Sie kicherte, als sie ihm, so schnell ihr eher enges Kleid es erlaubte, zurück in Richtung Ballsaal folgte. »Was haben wir da bloß gemacht, Phipps?«

Phipps legte den Finger auf die Lippen. »Das waren doch gar nicht wir«, erinnerte er sie lächelnd.

Nellie erwiderte das Lächeln verschwörerisch. »Richtig. Philipp und Cornelia würden so etwas nie tun«, bestätigte sie ernst. »Ist mein Haar sehr durcheinander?« Phipps zog einen Kamm aus der Tasche und reichte ihn ihr. »Mach du«, bat sie. Schließlich gab es in der Nähe keinen Spiegel.

Phipps ordnete rasch ihre Frisur. Auch er schien nun ganz wieder er selbst zu sein. »So müsste es gehen«, sagte er. »Nur diese komische Feder hängt ein bisschen auf Halbmast. Warum trägt man so was?«

Nellie runzelte die Stirn. »Zauberfeder«, konstatierte sie. »Bewirkt die Aschenputtel-Prinzessin-Modifikation. In Kombination mit Manipulationen im Bereich des Kopfhaars sowie Akzentuieren der Körperformen durch anachronistisch anmutende Kleidung. Wirkt zuverlässig, besonders auf männliche Exemplare der Gattung Homo Sapiens.«

Beide kicherten, als sie den Ballsaal wieder erreichten, wo gerade die letzten Gäste im Aufbruch waren. Ihre Tischgenossen trafen sie nicht wieder, dafür ergatterten sie die letzte Droschke.

»Sehen wir uns morgen im Tierheim?«, fragte Nellie, als sie das Haus ihrer Großeltern erreichten.

Sie wollte aussteigen, aber Phipps erinnerte sich an die Benimmregeln und verließ seinerseits die Kutsche, um Nellie herauszuhelfen und sie zur Haustür zu geleiten. Nellie ärgerte das ein wenig. Sie war ein gesunder Mensch, sie konnte allein gehen. Und sicher würde ihr niemand im Garten ihrer Großeltern auflauern. Frauen waren jedoch wie Pakete, die abgeholt und wieder abgegeben wurden. Sie freute sich schon darauf, ihr Ballkleid wieder mit dem schlichten Hauskleid samt Arbeitsschürze austauschen zu dürfen, das sie im Tierheim trug.

»Übermorgen«, sagte Phipps. »Morgen hab ich Kolloquium.« Er war inzwischen zur Prüfung angenommen und lernte in jeder freien Minute.

Nellie seufzte. Sie nutzte jede Minute, unter Phipps' Anleitung praktische Erfahrung zu sammeln, und hatte inzwischen eine Art ambulante Sprechstunde im Tierasyl eingeführt. In der wurden alle Tiere, die dort je aufgenommen und dann vermittelt worden waren, kostenlos behandelt. Ihre Besitzer nahmen das gern an, und so untersuchte Nellie lahmende Hunde und sich erbrechende Katzen, nähte Wunden und nahm kleine Operationen vor.

»Dann übermorgen«, ergab sie sich in ihr Schicksal. »Gute Nacht.«

Phipps blieb stehen, während sie nach der Türklingel tastete.

»Hat es dir … denn gefallen?«, fragte er. »Ich meine … habe ich dich nicht … äh … überrumpelt? Ich wollte das nicht wirklich, weißt du?«

Nellie winkte ab. »Ich fand's schön«, sagte sie kurz. »Bis Dienstag dann. Um vier!« Damit verschwand sie im Haus.

Am nächsten Morgen hatten beide Kopfschmerzen – und am Dienstag trafen sie sich wie üblich im Tierheim. Die verzauberte Stunde im Hörsaal sollte lange nicht mehr erwähnt werden.

Als Phipps Mitte 1912 sein Studium abschloss, standen Nellies Kenntnisse den seinen weder theoretisch noch praktisch nach. Sie hätte die Prüfungen sofort ablegen können und wahrscheinlich mit Auszeichnung bestanden. Phipps brachte es nur auf mittelmäßige Noten. Bei allem Triumph, ihren verrückten Plan wahr gemacht zu haben, erfüllte sie das mit leichter Bitterkeit.

Wie vier Jahre zuvor nahmen Nellie und Phipps auch diesmal gemeinsam den Zug, der sie von Utrecht zurück nach Kortrijk brachte. Kurz nach dem Tierärzteball hatte Nellie einen Brief ihrer Mutter erhalten, in dem diese sie bat, nach Ledegem zurückzukehren. Nach der langen Abwesenheit freue sie sich darauf, wieder Zeit mit ihr verbringen und sie der besseren Gesellschaft in Kortrijk vorstellen zu können, schrieb sie. Sie listete ein paar kulturelle Veranstaltungen auf, an denen sie gemeinsam mit Nellie teilnehmen wollte, und erwähnte dann wie nebenbei, dass die Van der Heydens vor Kurzem einen ganz reizenden jungen Arzt kennengelernt hätten. Dr. Pauwel hatte eben die Praxis seines Vaters in Kortrijk übernommen und auf ihre Mutter einen hervorragenden Eindruck gemacht.

»Sieht aus, als wäre das der Grund, mich zurückzuzitieren«, sagte Nellie verdrossen. »Ein absolut passender Heiratskandidat. Hoffentlich hat er keine Tierhaarallergie. Ich hätte so gern wieder einen Hund.«

Ihren kleinen Mischling hatte sie dem Gärtner geschenkt,

nachdem der sich vor Kummer kaum hatte halten können, als er hörte, sie wolle ihn mitnehmen. Da ihre Großeltern ohnehin der Meinung waren, das Tier gehöre ihm, konnte er ihn auch weiterhin mit zur Arbeit bringen.

»Du willst wirklich heiraten?«, fragte Phipps.

Nellie zuckte mit den Schultern. »Von Wollen kann keine Rede sein. Aber ich kann mich nicht ewig weigern, wenn man mir nun immer wieder neue Bewerber um meine Hand vorstellen wird. In Utrecht war das mehr Spielerei mit den Kavalieren auf Bällen und bei Picknicks. Jetzt wird es ernst. Meine Mutter wird ein Auge darauf halten, mit welchem Mann ich auch nur ein Wort wechsle, und ihn dann gleich auf seine Eignung zum Ehemann abklopfen. Zum Glück kann sie mich nicht zwangsverheiraten. Ich werde also ein Wörtchen mitzureden haben, und ich habe es nicht eilig. Auf dich wird das bestimmt ebenfalls zukommen.«

»Was?«, fragte Phipps naiv.

»Die Kuppelei«, antwortete Nellie. »Wetten, dass deine Eltern sich jetzt schon nach der optimalen Tierarztfrau umsehen? Es würde mich nicht wundern, wenn wir uns im Winter auf den gleichen Bällen träfen. Es sei denn, deine Eltern hätten lieber ein Bauernmädchen als eine höhere Tochter. Dann werden sie dich in eine Trachtengruppe oder zum Tanz in den Mai drängen. Erntedankfest der Bauernvereinigung … irgend so was.« Nellie sah angelegentlich aus dem Fenster. Der Zug näherte sich langsam Kortrijk.

»Ich hab an Heiraten bisher noch gar nicht gedacht«, gab Phipps zu. »Und aus solchen Festen mache ich mir nichts. Ich hab ein paar neue Noten gekauft …«

Während der Prüfungsphase hatte Phipps seine Geige zwangsläufig vernachlässigt und hoffte nun – wider besseres Wissen –, erneut mehr Zeit zum Musizieren zu haben. Bei einem Besuch im Musikgeschäft hatte er nicht widerstehen können. Ein ganzer Stapel Noten füllte seine Tasche, Nellie hatte dafür seine Lehrbücher übernommen, um sie bei Gelegenheit noch einmal durchzuarbeiten.

»Als junge Frau wird man leider jeden Tag ans Heiraten erinnert …« Nellie seufzte. »Aber wie gesagt, ich werde das nicht forcieren. Dafür helfe ich dir in der Praxis, ja?«

»Weder mein Vater noch deiner werden davon begeistert sein«, bemerkte Phipps unbehaglich. »Wie stellst du dir das also vor? Willst du jeden Tag rüberkommen und mir assistieren?«

»Sonst werde ich ja kaum was zu tun haben«, sagte Nellie. »Kommt Zeit, kommt Rat. Schauen wir doch erst mal, wie es anläuft. Denkt dein Vater an einen zweiten Behandlungsraum? Dafür habt ihr kaum genug Patienten. Ach ja, und was ist mit der Doktorarbeit? Hast du dir schon mal überlegt, worüber wir die schreiben?«

Phipps' Vater hatte keinen Zweifel daran gelassen, dass er von seinem Sohn erwartete, neben der Arbeit in seiner Praxis möglichst bald zu promovieren. Phipps rieb sich die Stirn. Anscheinend versuchte er, über all das so wenig wie möglich nachzudenken.

Nellies erneutes Leben in ihrem Elternhaus gestaltete sich genauso langweilig, wie sie vorausgesehen hatte. Eigentlich gab es nichts für sie zu tun, außer sich mit ihrer Mutter zu unterhalten, Unternehmungen oder Mahlzeiten zu planen. Letzteres konnte Josefine natürlich auch allein, und was die Pläne anging, die sie mit ihrer Tochter hatte, so lag bereits eine Liste vor. Gleich am nächsten Sonntag sollte der wunderbare Dr. Pauwel zum Tee kommen.

Gewöhnlich hätte die Anschaffung einer für solche Anlässe geeigneten Garderobe viel Zeit in Anspruch genommen, aber Nellie war bereits von ihrer Großmutter in Utrecht mit allem ausgestattet worden, was sie nur im Entferntesten brauchte, um in der Provinzstadt Kortrijk zu glänzen. Sie verbrachte die Tage also damit, mit ihrer Mutter zu plaudern und so ziemlich jede Unternehmung noch einmal Revue passieren zu lassen, an der sie in Utrecht teilgenommen hatte. Ansonsten las sie – in bewährter Manier – Lehrbücher über Tiermedizin unter den bunten Einbänden angesagter Gesellschaftsromane versteckt.

Natürlich hielt sie dieses Leben kaum drei Tage lang aus, bis sie sich zu »einem Spaziergang« verabschiedete und zu den De Groots hinüberging. Sie hoffte, Phipps zu treffen, und hatte Glück. Ihr Freund war in der Scheune und schirrte Cees an.

»Habt ihr jetzt nicht Sprechstunde?«, erkundigte Nellie sich und half gleich mit, indem sie den kleinen Schimmel gekonnt vor den Wagen führte.

Phipps nickte mit unglücklichem Gesichtsausdruck. »Macht mein Vater«, gab er Auskunft. »Ich muss zu einem kranken Pferd. Wir haben das unter uns aufgeteilt. Er macht die Kleintiere, ich die Großtiere. Da muss ich noch mehr Erfahrung sammeln, meint er. Und die Bauern kennenlernen.«

Nellie strahlte. »Das ist doch wunderbar!«, freute sie sich. »Zu den Großtieren kannst du mich mitnehmen. Das muss dein Vater gar nicht erfahren. Und ich kriege endlich mal eine kranke Kuh zu Gesicht!«

Nellie hatte zwar alles über die Behandlung von Gebärmuttervorfällen und Euterentzündungen bei Milchkühen gelernt und sich ausführlich mit Schweinekrankheiten wie Rotlauf befasst. Selbst Hand angelegt hatte sie in dem Bereich natürlich mangels Möglichkeiten noch nie.

»Ich fahre gleich mit«, entschied sie. »Wo steht das Pferd?«

Das Pferd stand auf einem Bauernhof drei Kilometer entfernt, und es litt an einer Kolik. Phipps hörte es ab und diagnostizierte Aufgasung. Er näherte sich dem Bauch des Pferdes so vorsichtig, als drohte das Tier gleich zu explodieren. Der große Braune, ein Jagdpferd mit hohem Vollblutanteil, verhielt sich allerdings auch Respekt einflößend. Er hatte starke Schmerzen, schwitzte und mochte nicht ruhig stehen.

»Vielleicht sollte ich ihm was zur Beruhigung geben vor der Rektaluntersuchung«, überlegte Phipps, während der Besitzer versuchte, den Braunen zu bändigen.

»Bist du verrückt?«, wisperte Nellie. »Der hat doch jetzt schon Kreislaufprobleme. Wenn du ihn dazu noch betäubst … Nein. Lass mich mal.«

Einen freundlichen Singsang vor sich hinmurmelnd näherte sie sich dem Pferd, streichelte es und brachte es binnen kürzester Zeit dazu, ihr zu erlauben, ihren Arm in seinen After einzuführen. Angeleitet von Phipps und angestrengt bemüht, sich an jedes Wort im Lehrbuch zu erinnern, tastete sie den Darm ab.

»Der Blinddarm ist leicht verlagert«, konstatierte sie. »Aber wenn ich mich nicht irre, ist es nicht allzu ernst. Willst du auch noch mal fühlen, Phipps?«

Phipps hatte dazu erkennbar keine Lust, sah jedoch ein, dass er das Ergebnis von Nellies erster Rektaluntersuchung kontrollieren musste. Sie suchte derweil bereits in seiner Tasche nach dem richtigen Medikament.

»Wo hast du denn die Vaseline, Phipps? Die geben wir ihm jetzt erst mal ein, dazu was zur Entspannung und gegen die Schmerzen. Und dann führen wir ihn so lange herum, bis es sich bessert. Er muss in Bewegung bleiben. Aber führen, nicht longieren, zu sehr anstrengen darf er sich nicht. Richtig, Phipps?«

Phipps konnte nur nicken, während der Besitzer des Pferdes ihm verwunderte und Nellie anerkennende Blicke zuwarf. Er war ein erfahrener Pferdehalter, und dies war sicher nicht die erste Kolik, mit der er sich herumschlug. Die gekonnte Diagnosestellung der jungen Frau imponierte ihm.

»Von ’nem Mädchen als Tierarzt hab ich noch nie gehört«, bemerkte er, als Nellie und Phipps sich verabschiedeten, nachdem das Pferd zum ersten Mal wieder Kot abgesetzt hatte. »Aber gut gemacht, Dr. …«

»Nellie«, sagte Nellie gelassen. »Und vergessen Sie nicht: Er darf erst wieder fressen, wenn die Vaseline hinten rauskommt …«

»Noch was?«, fragte sie hoffnungsvoll, als Phipps den Wagen wieder Richtung Ledegem steuerte.

Im Gegensatz zu ihm wirkte sie erfreut, als sie auf halbem Weg einen jungen Mann auf einem ungesattelten Kaltblut trafen, der Phipps aufgeregt erklärte, eine der Kühe seines Vaters habe Probleme beim Kalben. In der Praxis hatte man ihm gesagt, Dr. De Groot junior sei unterwegs, und nun war er froh, Phipps gefunden zu haben. Phipps konnte seine Begeisterung nicht teilen, lenkte sein Pony jedoch sofort zum Hof des Bauern Jansen. Die Kuh, ein knochiges schwarz-weißes Tier, lag im Stall und muhte kläglich.

»Die Antje ist meine beste Milchkuh«, bemerkte der Bauer, nachdem er Phipps – und äußerst verwundert auch Nellie – begrüßt hatte. »Aber beim Kalben tut sie sich schwer. Jedes Mal …«

Nellie erkundigte sich, wie oft die Kuh bereits gekalbt hatte, Phipps entledigte sich derweil seiner Oberbekleidung, um die Lage des Kalbes zu ertasten. Er wusch Hände und Arme, rieb einen Arm mit Vaseline ein, führte ihn in den Geburtskanal und stöhnte, als er bei einer weiteren Wehe gequetscht wurde. Nellie wurde langsam klar, weshalb Phipps diese Arbeit hasste. Er brauchte die Sensibilität seiner Hände für sein Geigenspiel. Es tat ihnen sicher nicht gut, in einem kalten Stall im Geburtskanal einer Kuh zu stecken.

»Das Kalb liegt richtig, es ist nur ziemlich groß«, konstatierte er schließlich. »Wir müssen der Kuh helfen. Hol mal die Stricke aus dem Wagen, Nellie. Wir knoten sie an den Vorderläufen fest und versuchen, das Kalb herauszuziehen.«

Nellie hatte inzwischen erfahren, dass Antje zum vierten Mal kalbte, und war rasch mit dem Tauwerk zurück. »Darf ich?«, fragte sie hoffnungsvoll.

Während der Bauer sie verständnislos und Phipps sie resigniert anschaute, hatte sie bereits die Ärmel ihres durch die Behandlung des Pferdes schon ziemlich verschmutzten Kleides aufgekrempelt, die Arme mit Kernseife geschrubbt und wie Phipps mit Vaseline eingerieben. Geschickt formte sie eine Schlinge aus dem Tauwerk, sprach die Kuh freundlich an und schob ihre Hand in die Scheide des Tieres. Sie war hingerissen, als sie die Vorderläufe des Kalbes im Geburtskanal fühlte, die noch weichen Hufe in den Eihäuten. Ihr Gesicht nahm einen verklärten Ausdruck an, obwohl die nächste Wehe auch ihr zusetzte.

»Es kommt wahrscheinlich sowieso gleich«, bemerkte sie. »Es steckt nicht vollständig fest, es bewegt sich schon etwas.« Konzentriert brachte sie die Schlinge an, wie sie gelesen hatte, dass man es machen sollte, zog ihre Hand heraus und wies Phipps und den Bauern an, die nächste Wehe durch Ziehen zu unterstützen. Sie selbst half ebenfalls – und lachte, weil sie rücklings ins Stroh fiel, als das Kalb plötzlich ins Freie glitt. Phipps befreite es von den Eihäuten.

»Ein prächtiger Bulle!«, erklärte er und schob der Kuh das kleine Tier zu, um ihr zu erlauben, es sauber zu lecken. Nellie half ihr mit Strohbüscheln und konnte nicht aufhören, das Kälbchen zu bewundern.

Der Bauer hatte inzwischen eine Flasche Genever aus einem Versteck im Stall geholt und füllte drei Gläser. »Da müssen wir jetzt einen drauf trinken!«, befahl er. »Ein Mädchen, das mir ein Kalb auf die Welt holt … Man möchte es nicht für möglich halten!«

»War mein erstes!«, sagte Nellie stolz und schaffte es, den Schnaps zu kippen, ohne sich zu schütteln. »Aber es war fantastisch!«

»Und wo ham Sie das gelernt, wenn ich fragen darf, junge Frau?«, erkundigte sich der Bauer und schenkte nach.

Nellie trank unerschrocken. »Oh, ich hab mit Dr. De Groot zusammen in Utrecht studiert«, erklärte sie.

Phipps war nahe daran, sich zu verschlucken. »Wir müssen jetzt aber los«, drängte er zur Eile. »Die Abendsprechstunde …«

Nellie verabschiedete sich vergnügt.

»War mir eine Ehre«, meinte der Bauer galant. »Dr. …«

»Nellie«, stellte Nellie sich vor. Dann kletterte sie zu Phipps auf den Bock.

»Das war aufregend!«, freute sie sich, als das Pony antrabte.

Phipps sah sie von der Seite an. »Du stinkst nach Kuhstall«, sagte er. »Pass bloß auf, dass deine Mutter dich nicht so erwischt. Das Kleid kannst du eigentlich nur noch wegwerfen.«

Nellie sah überrascht an sich herunter. An ihre Kleidung hatte sie gar nicht mehr gedacht. Phipps hatte eine Schutzweste aus Gummi getragen und war durch das Ablegen seiner Oberbekleidung auch halbwegs sauber geblieben. An Nellies wadenlangem Kleid haftete allerdings Kuhmist, und es war blutverschmiert.

»Oh …« Sie seufzte. »Die Sachen sind aber auch unpraktisch im Stall. Nächstes Mal ziehe ich Reithosen an. Du nimmst mich doch wieder mit, oder?« Sie blickte ihn hoffnungsvoll an.

Phipps seufzte. Sein ungeliebter Beruf war ihm noch nie so erträglich erschienen wie an diesem Nachmittag mit Nellie. Sie unterhielt ihn während der Fahrten über Land, übernahm freudig die Arbeiten, die er hasste – sie war weitaus besser als er, auch im Großtierbereich. Andererseits durfte er gar nicht daran denken, was passieren würde, wenn seine und Nellies Eltern dahinterkamen, dass er sie mitnahm. Eigentlich hätte er das gleich unterbinden sollen – aber hatte er zu Nellie jemals Nein sagen können?

»Sicher«, erwiderte er resignierend. »Am Montag, wenn du dich freimachen kannst.«

Nellie nickte. »Ich hab ja sonst nichts zu tun, wie du weißt. Ich brauche nur eine gute Ausrede. Gibt es hier irgendeinen Wohltätigkeitsverein, bei dem ich mich engagieren könnte? Die Kirche schmücken oder so?«

Phipps musste lachen. »Blumen stecken hast du auch gelernt?«

Nellie lachte mit. »Klar! Um meinen Mann und meine Kinder mit einem behaglichen, gepflegten Heim zu erfreuen. Wozu mir Dr. Pauwel einfällt. Der kommt ja morgen zu Besuch. Hoffentlich ist er nicht gar zu langweilig.«

Es gelang Nellie, sich unbemerkt von ihren Eltern ins Haus zu schleichen, ihr Kleid wegzuwerfen und sich gründlich zu waschen, bevor das gemeinsame Abendessen anstand. Nichtsdestotrotz schnüffelte ihre Mutter immer wieder irritiert, als Elfriede das Essen auftrug.

»Es kann eigentlich nicht sein, aber mich dünkt, als röche es hier nach Kuhstall«, bemerkte sie.

Nellie wurde glühend rot. »Also, ich rieche nichts«, erklärte sie und entschuldigte sich dann möglichst bald.

Nachdem sie die Badewanne mit heißem Wasser gefüllt hatte, verbrachte sie zwei Stunden in einem Schaumbad, und hoffte, danach nach Rosen zu duften.

Nellie verbrachte einen enervierenden Vormittag mit den Vorbereitungen auf den Besuch Dr. Pauwels. Ihre Mutter bestand darauf, dass ein Kuchen nach einem ihrer Rezepte aus dem Hauswirtschaftsunterricht der St. Elisabeth School gebacken wurde. Sie brütete stundenlang über der Frage, wie Nellie sich beim ersten Treffen kleiden sollte, und frisierte sie dreimal neu, bis sie sich für eine dezente Flechtfrisur entschied, sie jedoch auflockerte, indem sie links und rechts des Gesichts zwei Strähnen herausließ und zu Locken drehte. Nellies Einwand, diese Frisur sei unmodern, ließ sie nicht gelten.

»Die Frisur ist wunderschön, sie zeigt die Fülle, den Glanz und die Schönheit deines Haars, aber sie protzt nicht damit …«

Nellie verdrehte die Augen. Der Gedanke an ein Treffen ihrer Tochter mit dem fabelhaften Dr. Pauwel ließ ihre Mutter regelrecht poetisch werden. Was das Kleid anging, so wählte sie schließlich ein mädchenhaftes weißes Nachmittagskleid, dessen Rock und Oberteil Lochstickereien aufwiesen. Ein breiter blauer Gürtel betonte die Taille. Nellie sollte dazu flache weiße Stoffschuhe tragen. Sie war wenig begeistert.

»Das weiße?«, fragte sie unwillig. »Soll ich ihn gleich heiraten?«

Ihre Mutter lachte nervös. »Natürlich nicht, Unsinn, Kind! Aber das Weiß betont deine Jugend und Unschuld …«

»Großmutter hat es mir für ein Picknick gekauft«, bemerkte Nellie. »Ein Picknick bei strahlendem Sonnenschein. Da trugen fast alle Weiß, auch die Herren. Es war äußerst unpraktisch, es hat hinterher endlos gedauert, die Grasflecken zu entfernen. Heute ist es frisch, und es regnet. Warum kann ich nicht einfach das goldbraune Kostüm anziehen? Rock und Bluse – und Kostümjacke, falls wir rausgehen.«

»Wir gehen doch nicht aus dem Haus, Cornelia! Nein, ein hübsches Hauskleid ist absolut angebracht, und das Weiß steht dir gut. Hör auf mich, du wirst unwiderstehlich wirken …«

Nellie fragte sich, ob sie das überhaupt wollte. Sie hätte sich den Mann lieber erst angesehen, bevor sie versuchte, Eindruck auf ihn zu machen.

Ihre Mutter erwies sich aber als unerbittlich, und Nellie gab schließlich nach. Inzwischen war sie sogar gespannt auf den jungen Arzt, den ihre Mutter derart vergötterte. Sie half brav beim Decken des Tisches und suchte Vasen heraus. Ein wohlerzogener Kavalier würde sowohl ihr als auch ihrer Mutter Blumen mitbringen.

Dr. Hermanus Pauwel erschien auf die Minute pünktlich und sorgte für eine kleine Sensation in Ledegem, indem er in einem Automobil vorfuhr. Bislang gab es kein einziges Privatfahrzeug im Dorf, und selbst in Kortrijk konnte man die Leute, die sich ein solches leisteten, an zwei Händen abzählen. Firmenwagen und Lastwagen sah man zwar schon häufiger, doch den Luxus eines Automobils gestanden sich nur wenige Exzentriker zu. Dr. Pauwel fuhr seinen kleinen Sportwagen selbst und trug dazu stilvoll eine Cabriolethaube aus Leder, die er lässig abnahm, als er sich dem Hauseingang näherte. Auf der Fahrt musste sie ihn gegen den Wind und den herrschenden Sprühregen geschützt haben.

Elfriede öffnete und half ihm im Eingangsbereich aus dem sportlichen Mantel, bevor er seine Blumen überreichte und Nellie und ihre Mutter förmlich begrüßte. Er war zweifellos wohlerzogen – aber das war auch schon alles, was auf den ersten Blick für ihn sprach. Der junge Mann war etwas untersetzt, zeigte jetzt schon Geheimratsecken und hatte wässerige hellblaue Augen. Sein auffälligstes Merkmal war sein sehr breiter Mund mit ungewöhnlich vollen himbeerroten Lippen. Nellie fühlte sich spontan an einen Frosch erinnert, der am Rouge ihrer Mutter genascht hatte. Sie musste sich hinter ihrem Blumenstrauß verstecken, um nicht zu lachen, und versuchte im Folgenden, nicht pausenlos an einen Froschteich mit paarungswilligen Insassen zu denken. Auf keinen Fall konnte ein Frosch enthusiastischer quaken als ihre Mutter bei der Begrüßung ihres Wunschschwiegersohns.

»So kommen Sie doch herein, Herr Doktor! Ein so ungemütliches Wetter heute, wie schön, dass Sie überhaupt hergefunden haben! Und die hübschen Blumen! Cornelia, würdest du sie für uns arrangieren? Cornelia hat einen exquisiten Geschmack, was diese Dinge angeht, einen ausgeprägten Sinn für das Schöne …«

Von Nellie wurden vorerst keine Wortäußerungen verlangt. Sie stellte die Blumen in die Vasen und holte dann auf Anweisung ihrer Mutter ihren Vater zum Kaffee. Dr. Van der Heyden war vor der Aufregung im Haus in seine Praxis geflohen, um Akten aufzuarbeiten. Nun warf er Nellie einen prüfenden Blick zu.

»Hübsch siehst du aus«, bemerkte er. »Dr. Pauwel kann sich glücklich schätzen …«

»Vater …«

Nellie wollte anmerken, dass sie sich bislang keinesfalls mit dem jungen Arzt verlobt habe, aber im nächsten Augenblick gab sie auf. Es würde früh genug Ärger geben, wenn sich der Frosch nicht wider Erwarten in einen Prinzen verwandeln sollte. Da musste sie nicht jetzt schon streiten.

Ihre Mutter und Dr. Pauwel unterhielten sich eifrig, als sie und ihr Vater wieder zu ihnen stießen. Josefine Van der Heyden pries eben die Haselnusstorte. »Cornelia hat sie selbst glasiert.

An die Zimtglasur lässt sie keinen anderen, das ist so eine Art Geheimrezept …«

Nellie wollte schon wieder die Augen verdrehen. So eine Glasur konnte jedes Kind erstellen. Ob sich Dr. Pauwel darüber wirklich nicht im Klaren war?

Der Arzt schaufelte eine große Gabel voll Kuchen in sein Froschmaul und lobte die Torte dann in den höchsten Tönen. »Ihre Mutter hat mir schon früher gesagt, dass Sie eine gute Köchin sind, Mademoiselle Van der Heyden«, wandte er sich jetzt an sie persönlich.

Weshalb er die französische Anrede wählte, verstand Nellie nicht ganz, aber ihre Mutter schien darüber begeistert. Vielleicht entsprach es also der Mode, junge Damen mit Mademoiselle statt dem niederländischen Juffrouw anzusprechen.

»Meine Mutter übertreibt«, antwortete Nellie. »Aber da ich zwei Jahre lang Unterricht in der Kochkunst hatte, bringe ich selbstverständlich mehr zustande als ein Spiegelei.«

Der Frosch versuchte ein Lächeln. »Auch ein Spiegelei, zubereitet von solch hübscher Hand, würde trefflich munden.« Nellie fragte sich, ob er seine Ausdrucksweise mittels eines Konversationslexikons erworben hatte. Sie ließ die Schmeichelei unbeantwortet. »Wenngleich es wohl doch mehr die Hände einer Künstlerin sind«, fuhr Dr. Pauwel fort und blickte auf Nellies lange, schmale Finger. Nellie hätte sie am liebsten zur Faust geballt, schon, damit er ihre Fingernägel nicht sah. Natürlich waren sie nach dem langen Bad am Abend zuvor makellos sauber, aber sie waren kurz und wenig gepflegt. Maniküre und intensive Arbeit mit Tieren schlossen sich nun einmal weitgehend aus. »Sie … zeichnen, sagt Ihre Mutter?« Der Frosch schien entschlossen, sie aus der Reserve zu locken.

»Gelegentlich«, erklärte Nellie und dachte an ihre Kopien anatomischer Zeichnungen. »Nur bin ich nicht sehr begabt. Es gibt so viele Künstler, die es besser können.«

Nellie hielt es im Grunde für überflüssig, dass mäßig begabte Maler endlos Unterricht im Zeichnen erhielten. Niemand würde ihre Werke je in ein Museum hängen, und besonderen Spaß machte es auch nicht, wenn man nichts Erwähnenswertes zustande brachte.

»Nun stellen Sie Ihr Licht aber nicht unter den Scheffel!«, meinte Dr. Pauwel. »Ich würde jedenfalls gern einmal eine Ihrer Zeichnungen sehen …«

»Dr. Pauwel ist sehr kunstinteressiert«, warf Josefine Van der Heyden ein. »Gibt es nicht bald wieder eine Sonderausstellung im Museum in Kortrijk?«

Der Frosch führte aus, dass eine Schau junger Künstler geplant sei und dass er sich freuen würde, Mademoiselle Van der Heyden und selbstverständlich auch ihre Mutter dazu einladen zu dürfen.

»Ich möchte gern Ihre Meinung zu den ausgestellten Werken hören«, erklärte er.

Nellie nickte ergeben. Konversation auf Vernissagen hatte sie in Utrecht gründlich studiert, sie würde zu jedem Kunstwerk irgendetwas bedeutsam Klingendes zu sagen finden.

»Es ist ja von so großem Vorteil, direkt im Zentrum zu wohnen«, fügte Josefine hinzu. »Mit Ihrem Stadthaus sind Sie mittendrin, alle kulturellen Angebote nur einen Steinwurf entfernt …«

Nellie dachte neidisch an Phipps, der jetzt vielleicht zu einem Wochenendnotfall gerufen wurde, während sie gelangweilt auf die Fragen eines ziemlich uninteressanten Mannes einging. Sie erfuhr im Laufe des Gesprächs noch, dass Dr. Pauwels große Leidenschaft der Münzsammlung galt. Er besuchte regelmäßig Versteigerungen und fand das außerordentlich aufregend.

»Vielleicht möchten Sie mich ja einmal begleiten, Mademoiselle Cornelia«, schlug er vor. »Diese prickelnde Atmosphäre …«

Nellie fragte sich, wer ihm erlaubt hatte, sie beim Vornamen zu nennen.

Schließlich war es ihr Vater, der die Kaffeestunde beendete. Dr. Van der Heyden schien ähnlich gelangweilt von seinem Kollegen wie seine Tochter und entschuldigte sich mit Aktenarbeit. Dr. Pauwel verabschiedete sich daraufhin sofort. Nicht ohne eine feste Verabredung mit Nellie und ihrer Mutter zum Besuch besagter Kunstausstellung am folgenden Wochenende abzumachen.

»Es wäre mir eine Freude, Sie dazu abholen zu dürfen«, erklärte er und wies auf seinen Wagen. Wie er in dem Zweisitzer sie und ihre Mutter unterzubringen gedachte, blieb Nellie ein Rätsel. Ihr Einwand, sie könnten einfach die Bahn nehmen, wurde sowohl von ihrer Mutter als auch von ihrem neuen Kavalier beiläufig weggelacht.

»Es würde mir nie einfallen, den Damen eine so strapaziöse Reise zuzumuten!«, sagte der Frosch.

Zum Abschied küsste er ihr die Hand. Sie atmete auf, als sich die Tür hinter ihm schloss.

»Da siehst du, du hast ihm gefallen!«, jubelte ihre Mutter. »Er ist eine glänzende Partie, Cornelia. Und so wohlerzogen …«

»Bei einem Frosch würde ich da eher von ›dressiert‹ sprechen.« Phipps lachte, als Nellie ihm die Begegnung am nächsten Tag in allen Einzelheiten schilderte.

»Kann man Amphibien dressieren?«, überlegte sie. »Oder fällt das eher unter Balzverhalten? Jedenfalls müsste man diesen Dr. Pauwel schon mit viel Schwung an die Wand werfen, damit ein Prinz draus würde. Ich werde ihn ganz sicher nicht heiraten, egal, wie viele Stadthäuser, Automobile und Goldmünzen er hat. Die ›prickelnde Atmosphäre‹ einer Münzauktion … Also wenn er das schon spannend findet … Dabei ist er Arzt! Er kann Leben retten! Das ist prickelnd!«

Von seiner Praxis hatte Dr. Pauwel nicht viel erzählt, lediglich ein paar Patientinnen erwähnt, bei denen es sich ausschließlich um die Frauen von Adligen oder Industriellen handelte. Er schien keine schweren Fälle zu behandeln, sondern sich eher um die Wehwehchen gelangweilter Damen zu kümmern.

»Was haben wir heute vor?« Interessiert lauschte Nellie Phipps' Besuchsplan. Zwei Lahmheiten bei Pferden waren abzuklären, eines davon wohl ein Hufgeschwür. In einem Schafbestand war Moderhinke zu bekämpfen, und eine Kuh litt offenbar an Pansentympanie.

»Da fahren wir zuerst hin«, bestimmte Nellie.

Sie war wieder ganz in ihrem Element und hatte Dr. Pauwel fast schon vergessen, als Phipps die Sprache auf Brautwerbung brachte.

»Es hat übrigens angefangen«, bemerkte er, während er das Pony zwischen abgeernteten Feldern hindurchlenkte.

»Was meinst du?«, fragte Nellie. Sie konnte seinen Gedankensprüngen nicht immer folgen.

»Na, das, was du gesagt hast. Dass meine Eltern eine Frau für mich suchen. Und der restliche Landkreis wohl auch. Der Schlachter hat mir seine Tochter derart eindeutig angedient …« Phipps schüttelte sich.

»Eevje?« Nellie kicherte. Eevje war ein nettes Mädchen, aber sie wog ungefähr doppelt so viel wie Phipps.

»Und die Hendriks haben uns eine Einladung zur Reitjagd geschickt«, sprach Phipps weiter. »Persönlich unterzeichnet von Anneke. Meine Mutter war hingerissen, am liebsten hätte sie mir gleich ein Jagdpferd gekauft …«

»Als Investition in deine Zukunft?« Nellie lachte.

Die Hendriks waren Großgrundbesitzer und die resolute Tochter Anneke eine schneidige Reiterin und Jägerin. »Lass es bloß! Anneke würde dich zum Frühstück verspeisen.«

Phipps lachte mit. »Sie hat etwas von einer Gottesanbeterin, da liegst du nicht falsch«, bemerkte er. Sowohl Phipps als auch sie kannten Eevje und Anneke, die nun als Heiratskandidatinnen für den jungen Tierarzt infrage kamen, von Kindheit an.

»Mein Vater preist Ina Smits in den höchsten Tönen«, führte Phipps weiter aus. »Sie sieht zwar aus wie eine verstörte Eule, aber sie versteht sich auf Buchhaltung und wäre mir damit eine große Hilfe. Ich weiß gar nicht, was ich zu all dem sagen soll.«

Nellie zuckte mit den Schultern. »Na, was schon? Nein. Genau das, was ich zu meinem Froschdoktor sagen werde. Wobei du es erheblich leichter hast. Bei dir läuft die Zeit nicht, du kannst auch mit vierzig noch heiraten, wenn du so lange warten willst. Bei mir tickt die Uhr. So hat es jedenfalls meine Mutter ausgedrückt. Wer zu wählerisch ist, endet als alte Jungfer. Aber jetzt mal zu der Kuh: Was meinst du, einfach Aufgasung oder schaumige Gärung? Haben wir ein Mittel mit Silikon?«

In den nächsten Wochen fanden sich noch etliche mögliche Heiratskandidatinnen für Phipps, und Nellie lernte auf Wunsch ihrer Mutter Dr. Pauwel näher kennen. Auf keinen Fall, so befand Mevrouw Van der Heyden, dürfe sie sich von seinem Äußeren abschrecken lassen, sie müsse dem jungen Mann eine Chance geben, sie von seiner einnehmenden Persönlichkeit zu überzeugen. Nellie ging also mit ihrem Froschkönig, wie sie ihn Phipps gegenüber nannte, auf Kunstausstellungen und in Konzerte, tanzte mit ihm auf dem Ärzteball, einer der ersten Veranstaltungen der Saison, und begleitete ihn sogar auf eine seiner geliebten Münzauktionen. Aufgeregt ersteigerte er eine Münze aus dem 18. Jahrhundert und erklärte Nellie, er werde sie in Zukunft besonders in Ehren halten, weil Nellie ihm bei der Auktion zweifellos Glück gebracht habe.

Nellie machte all das anstandslos mit, doch sie langweilte sich. Sie lebte nur auf, wenn sie mit Phipps über Land fuhr, um die Tiere der Bauern zu behandeln. Hier fühlte sie sich gebraucht, und die Arbeit machte ihr Spaß. Erstaunlich schnell erwarb sie sich dabei den Respekt der Landbevölkerung. Nellie holte quer liegende Ferkel aus Sauen, behandelte Milchfieber bei Kühen und kämpfte um das Leben von an Kolik erkrankten Pferden. Gemeinsam mit Phipps konstruierte sie aus Tränkeimern Inhalationsgeräte für hustende Pferde, entband Schafe, entwurmte Ziegen und wagte sich sogar an schwierige Operationen. Ein gelungener Kaiserschnitt bei einer Stute machte sie beide fast berühmt im Landkreis, und immer öfter baten besonders Pferdebesitzer, Phipps möchte »Dr. Nellie« mitbringen, wenn er zu ihnen herauskam. Im Gegensatz zu ihrem Freund, der sich nicht für Pferde interessierte, ja sich sogar vor ihnen fürchtete, liebte sie die Tiere und verstand auch alle anderen vierbeinigen Patienten durch sanfte Ansprache und Streicheln zu beruhigen.

Nellie war überaus stolz, als sie davon hörte, Phipps sorgte sich eher. Das Ganze ging seiner Ansicht nach schon viel zu lange gut. Irgendwann würde sein Vater dahinterkommen, dass Nellie ihn begleitete, und was sowohl die De Groots als auch die Van der Heydens dazu sagen würden, konnte er sich lebhaft vorstellen. So bemühte er sich, immer als Erster am Telefon zu sein, um mit den Patientenbesitzern zu sprechen, und sie selbst in Empfang zu nehmen, wenn sie in die Praxis kamen, um ein Medikament abzuholen. Schließlich war zu befürchten, dass sie vor seinem Vater Lobeshymnen auf Dr. Nellie sangen. Die Entdeckung war nur eine Frage der Zeit, und so war Phipps zwar erschrocken, aber nicht überrascht, als sein Vater ihn eines Abends mit hochrotem Kopf in der Praxis erwartete. Eigentlich hatte er dort nur seine Tasche abstellen wollen, bevor er ins Haus ging, doch nun schwante ihm, dass eine Unterredung bevorstand. Dr. De Groot machte denn auch keine Umstände, sondern baute sich sofort drohend vor seinem Sohn auf.

»Philipp – ich glaube, du hast mir etwas zu sagen. Also raus mit der Sprache: Wer zum Teufel ist Dr. Nellie?«

»Und was hast du gesagt?«, fragte Nellie, nachdem er sie am nächsten Tag auf dem Weg zum Dorfladen abgepasst und auf einen wenig genutzten Spazierweg im Wald gelotst hatte.

Phipps hob die Schultern. »Ich hab mich natürlich rausgeredet. Hab gesagt, dass du mir nur manchmal ein bisschen hilfst, weil du doch so gern mit Tieren umgehst und dich zu Hause langweilst. Dr. Nellie sei nur ein Spitzname, den dir die Bauern gegeben haben.«

»Und hat er's geglaubt?«, erkundigte sich Nellie besorgt.

Phipps nickte. »Klar hat er's geglaubt. Wie sollte er auch darauf kommen, dass du nicht weniger von Tiermedizin verstehst als ich? Was wir da in Utrecht gemacht haben …«

»… war eine großartige Sache«, beendete Nellie Phipps' Satz. »Und die Bauern finden gar nichts dabei, dass ich ihre Tiere behandle. Mijnheer De Wit hat gestern noch gesagt, ich hätte so schöne schmale Hände, wie gemacht für die Hilfe beim Lammen …«

Phipps verzog das Gesicht. »Ja. Und Bauer Bevers hat sich ausdrücklich lobend über den Inhalationsapparat für sein Pferd geäußert. Es hustet kaum noch. Leider musste er das ausführlich vor meinem Vater ausbreiten, so kam alles heraus. Und ich sage dir, mein Vater schäumt! Gestern war es zu spät, aber heute wird er mit deinem Vater reden. Wir bekommen beide gewaltigen Ärger, Nellie. Es geht nicht so weiter. Egal, wie gut du arbeitest, und egal, wie gern ich dich mitnehme. Sieh es ein!«

Nellie kaute auf ihrer Lippe herum. »Dann …«, sagte sie schließlich, »… gibt es nur eine Möglichkeit. Wir zwei werden heiraten müssen.«

Phipps sah sie verwirrt an. »Heiraten? Ich … dich?«

»Na, so abstoßend findest du mich doch wohl nicht«, erwiderte Nellie beleidigt.

Phipps rieb sich die Stirn. »Ich finde dich überhaupt nicht abstoßend«, versicherte er ihr. »Aber ich … ich finde dich jetzt auch nicht besonders … Also, ich … ich hab mir das alles ganz anders vorgestellt mit dem Heiraten. Ich hab mir jemanden gewünscht, der zu mir passt. Ein Mädchen, das die Musik liebt, so wie ich … Eine Frau, nach der ich mich verzehre … der ich Lieder widme … vor deren Fenster ich die Geige spiele, bevor ich mich ihr erkläre.«

Phipps klang verträumt und verzweifelt zugleich. Vor allem, als Nellie über sein Geständnis lachte.

»Also, Phipps, bei allem Verständnis für deine romantische Ader. Aber vor wessen Fenster willst du denn fiedeln? Vielleicht vor dem von Anneke Hendriks? Die kriegst du höchstens rum, indem du das Jagdhorn bläst. Bei ›Fuchs ist tot‹ kriegt sie wahrscheinlich leuchtende Augen. Schubert-Lieder dagegen?« Sie schüttelte den Kopf.

»Oder denkst du an Eevje De Meuren?«

Phipps' Vater war hellauf begeistert von der Tochter des Schlachters. Die junge Frau war drall und stets gut gelaunt – sie hätte sicher Leben in das Haus der De Groots gebracht. Phipps hatte, wie Nellie mitleidlos zu bemerken pflegte, nicht mehr mit ihr gemeinsam als ein Zaunkönig mit einer Elefantenkuh.

»Ich kann mir dein Lied für sie gut vorstellen«, lästerte sie weiter. »Wumm, wumm, Elefantin bricht durch den Dschungel …« Sie trommelte auf dem Tisch.

»Du … du machst dir doch auch nichts aus Musik«, murmelte Phipps verzagt. »Oder würdest du dich freuen über ein Lied für dich?«

Nellie lächelte. »Du hast mir schon mal eins geschrieben«, erinnerte sie ihn. »Damals, als du anfingst mit der Fiedelei und gesagt hast, für dich sei jeder Mensch mit einer Melodie verbunden. Ich weiß sogar noch, wie meine ungefähr ging.« Sie summte etwas Unbestimmtes.

Phipps wusste es natürlich noch. Das Stück hatte Nellies Energie, ihre Entschlossenheit und Leidenschaft ausgedrückt.

»Von mir aus kannst du das gern noch mal vor meinem Fenster spielen«, erklärte sie. »Und … also damals, beim Tierärzteball, als wir zusammen … getanzt haben … da hab ich dir doch auch gefallen.« Sie blickte ihn vielsagend an.

Phipps nickte. Er erinnerte sich an die Küsse, die sie in dieser verzauberten Nacht getauscht hatten, und versuchte, sich Nellie erneut als seine Prinzessin vorzustellen. Leider gelang es ihm nicht. Wenn er an Nellie dachte, so sah er die tatkräftige junge Frau, die ihr Haar zum Zopf flocht, kein Problem damit hatte, ihren Arm bis zur Schulter im Darm eines Pferdes zu versenken, und nichts dabei fand, wenn sie nach Kuhmist roch. Es war keine abstoßende Vorstellung, aber seinen Träumen entsprach sie nicht.

»Du gefällst mir immer«, sagte Phipps leise. »Ich mag dich sehr gern, ich bin gern mit dir unterwegs, und ich wünsche dir nur das Beste. Ich bin dein Freund, ich werde immer auf deiner Seite sein. Nur … ich liebe dich nicht.«

Nellie seufzte. »Ich bin auch nicht in dich verliebt«, gestand sie. »Aber eine Heirat löst einfach meine Probleme. Und deine ebenso. Gib es doch zu, du kommst ohne mich nicht halb so gut zurecht mit der Großtierpraxis. Die Viecher sind dir einfach nicht geheuer. Und selbst bei den Kleintieren: Wenn ein Hund mal knurrt, versuchst du dich an Ferndiagnosen. Du bist nicht zum Tierarzt geboren, du brauchst mich, wenn du hier bestehen willst. Ansonsten hättest du in Utrecht bleiben und Musik studieren müssen. Dann hättest du dich in eine wunderschöne Harfnerin verlieben können oder in eine Opernsängerin, und ihr wärt beide berühmt geworden und hättet durch die Welt reisen können. Das hast du dich bloß nicht getraut, und nun musst du es ausbaden. Ohne Hilfe wird das schwierig.«

Phipps kaute auf seiner Unterlippe. In Situationen wie diesen wirkte sein rundes Gesicht immer noch etwas kindlich. »Ich …«, hob er an, aber Nellie war noch nicht fertig.

»Sieh es einfach mal so mit der fehlenden Liebe, Phipps: Ich würde dich nicht um jeden Preis festhalten. Falls du es dir noch irgendwann anders überlegen solltest, wenn du irgendwann rauswolltest und es doch noch versuchen wolltest mit der Musik, oder wenn du dich unsterblich in eine andere verlieben würdest – mir brächst du damit nicht das Herz. Ich würde dich sofort freigeben …«

»Und dafür die Praxis behalten?«, fragte Phipps. Vielleicht sollte es spöttisch klingen, aber Nellie hörte vor allem einen Hoffnungsschimmer heraus.

»Würdest du es mir missgönnen?«, fragte sie.

Phipps schüttelte den Kopf. »Würdest du es mir versprechen?«, fragte er dann. »Also, dass … dass es nicht für immer sein müsste … dass du, wenn ich einen Ausweg fände …«

Nellie nickte großzügig. »Hoch und heilig!«, beteuerte sie, wobei sie sich beim allerbesten Willen keinen Ausweg für Phipps vorstellen konnte.

Gut, damit konnte sie sich noch beschäftigen, wenn es tatsächlich einmal dazu kam. Jetzt würde sich erst mal ihr Traum erfüllen. Einer Tierarztfrau würde niemand verbieten, ihren Mann zu begleiten, wenn er auf die Bauernhöfe fuhr, und bei der Kleintiersprechstunde erwartete man sogar von ihr, dass sie half. Wenn sie Phipps heiratete, konnte sie ohne Einschränkung als Tierärztin arbeiten.

Noch am selben Tag erklärten Phipps und Nellie ihren jeweiligen Eltern, dass sie endlich entdeckt hätten, wie sehr sie sich seit Jahren liebten. Weder wollte Nellie den jungen Dr. Pauwel heiraten noch Phipps die Metzgerstochter. Sowohl die De Groots als auch die Van der Heydens würden sich damit abfinden müssen. Phipps hatte Nellie einen Heiratsantrag gemacht, und sie hatte angenommen. Die Zustimmung der Eltern war nur eine Formsache.

»Cornelia und Philipp«, erklärte Greta De Groot schließlich, während sie widerwillig eine Flasche Sekt öffnete, um die Verlobung zu feiern, »waren wohl schon immer füreinander bestimmt.«

Berührungen

Deutschland – Berlin
1912 *bis* 1914

»Mit Auszeichnung bestanden!«

Der Schulrat, der Marias Abiturprüfung beobachtet hatte, hielt ihr gratulierend die Hand entgegen. Maria nahm sie widerstrebend. Sie fasste andere Menschen ungern an, hatte jedoch gelernt, dass es oft nicht anders ging. Aber musste der Mann sie dabei auch noch lüstern anstarren? Maria wusste, dass sie nach landläufiger Ansicht hübsch war. Sie war zierlich, ihr Gesicht herzförmig, die Augen tiefblau und groß. Wenn sie ihr dunkles Haar nicht aufsteckte wie an diesem Tag, reichte es ihr bis zur Hüfte. Ihr Bruder behauptete, sie sehe wie Schneewittchen aus. »Und dabei wärst du doch lieber ein Zwerg, der sich leicht irgendwo verstecken kann«, pflegte er sie zu necken, was Maria nicht nachvollziehen konnte. Sie war keine Märchenfigur, und sie wollte auch keine sein, keine große und keine kleine. Eigentlich wollte sie nur ihre Bücher, ihre Ruhe – und die Tiere …

Nachdem ihre Chemielehrerin und die Schuldirektorin ebenfalls ihre Gratulation ausgesprochen hatten, verspürte Maria Erleichterung. Dies war ihre letzte Prüfung gewesen. Sie hatte auch das mündliche Abitur geschafft, hatte sich in einem engen Raum den Fragen von drei Prüfern gestellt und sie alle beantwortet, ohne sich ihre Platzangst anmerken zu lassen. Damit war sie fertig mit der Schule. Maria verabschiedete sich und schloss aufatmend die Tür des Prüfungsraums hinter sich. Eigentlich brauchte sie das Lyzeum jetzt überhaupt nie mehr zu betreten – oder höchstens noch zur Abiturfeier. Ihre Eltern würden darauf bestehen, dass sie ihr Zeugnis persönlich in Empfang nahm. Sie würde die Bühne besteigen und im Mittelpunkt stehen müssen. Maria schüttelte sich. Aber für heute hatte sie frei.

So knapp wie eben möglich beantwortete sie die ängstlichen Fragen ihrer Mitschülerinnen, die auf dem Flur noch auf ihre Prüfungen warteten. Dabei empfand sie deren nervöse Erkundigungen als völlig überflüssig. Was hatten sie davon zu wissen, wie es bei ihr, Maria, gelaufen war? Ihre eigenen Prüfungen konnten gänzlich anders ausfallen. Sie wusste aber, dass sie sich nicht gänzlich drücken konnte. Es gehörte zu den Auflagen ihres Vaters, sich möglichst nicht »wunderlich zu verhalten«, wie er es ausdrückte. Ihr Bruder hatte ihr verraten, wie sie das anstellte, und sie hielt sich an seine Anweisungen zum Umgang mit anderen Menschen.

Dann endlich war auch das geschafft. Sie verließ das Lyzeum und atmete tief durch, als sie auf der Straße stand. Es war noch früh, und das Wetter war schön, sie konnte in den Zoologischen Garten gehen. Wenigstens für kurze Zeit, denn natürlich würden ihre Eltern sie zu Hause erwarten, um vom Ausgang der Prüfung zu erfahren. Wieder mal eine Sache, die sie nicht recht verstand. Sie war achtzehn Jahre alt, und abgesehen von ein paar ersten mündlichen Tests in der Volksschule, in denen sie in Panik geraten und verstummt war, hatte sie jede Prüfung mit Auszeichnung bestanden. Maria brauchte dafür kaum zu lernen, sie behielt alles, was sie las oder hörte. Es brannte sich in ihr Gehirn ein und schlug dort Purzelbäume. Sie erkannte Zusammenhänge und Differenzierungen, sah chemische Formeln oder anatomische Zusammenhänge plastisch vor sich. Dieses Denken war oft nicht abzustellen, und wenn sie sich dann noch darauf konzentrieren musste, die Nähe anderer Menschen auszuhalten, ihre Fragen zu beantworten und ihre Scherze zu verstehen, dann war das ermüdend. Auch jetzt fühlte sie sich erschöpft. Sie brauchte wenigstens ein paar Stunden, um sich zu entspannen.

Der Berliner Zoo grenzte an die Tiergartenstraße, eine Villengegend, in der das Haus ihrer Eltern stand. Von der Schule aus hätte sie eigentlich die Elektrische nehmen müssen, aber Maria entschied sich zu laufen, um die Enge in der Tram zu umgehen. Die Straßenbahn würde um diese Zeit sicher voll sein. Die Menschen fuhren zur Arbeit oder zum Einkaufen in die Stadt.

In den Zoologischen Garten dagegen ging so früh kaum jemand. Maria schlenderte also durch das Elefantentor, ihren Lieblingseingang, zeigte ihren Sonderausweis vor und hatte dann fast den gesamten Tiergarten für sich. Glücklich wanderte sie über die gepflegten Wege und verweilte vor dem Elefantenhaus. Die riesigen Tiere bewegten sich im Freigehege. Maria setzte sich davor auf eine Bank und versuchte, sie zu spüren. Wie immer, wenn sie in die einfache, freundliche Gedankenwelt der Tiere eintauchte, empfand sie eine eigenartige Ruhe. Sie meinte, mit ihnen die Zweige auf der Zunge zu schmecken, die sie wählerisch mit dem Rüssel aus einem Haufen Grünzeug klaubten, empfand ihr langsames, genüssliches Kauen nach und nahm ihre Ruhe in sich auf, bevor sie weiterging.

Die Antilopen waren nervöser, sprunghafter, Maria hatte mehr mit ihnen gemeinsam als mit den gemütlichen Dickhäutern. Wie sie war sie vorsichtig, misstraute ihrer Umwelt, immer bereit, im Notfall zu fliehen. Doch die Antilopen hatten ihre Herde – während sie andere Menschen eher mied. Sie fühlte sich überfallen von ihrem Gerede, ihren Fragen und ihrem Wunsch nach Geselligkeit. Im Zoo konnte sie das Gefühl der Tiere, Teil einer Gruppe zu sein, nachvollziehen und genießen. Sie überließ sich der Geborgenheit der Herde, freute sich mit den Tieren am frischen Gras und wanderte dann weiter. Nachdem sie noch etwas bei den Flamingos verweilt und versucht hatte, mit ihnen den Wind in ihrem Federkleid zu spüren und die Leichtigkeit des Balancierens auf nur einem Bein, fiel ihr siedend heiß ein, dass sie nicht nur ihren Eltern einen Bericht über die bestandene Prüfung schuldete. Auch der einzige Mensch, den sie in einem gewissen Sinne einen Freund nannte, würde darauf warten.

Nicht allzu unwillig wandte sie ihre Schritte zu den Verwaltungsgebäuden, wo der Zootierarzt Dr. Rüttig seine Praxis hatte. Maria betrat das Haus ohne Zögern, sie war hier bekannt. Dr. Rüttig hatte ihr sogar einen Ausweis ausgestellt, mit dem sie den Zoologischen Garten besuchen konnte, ohne Eintritt zu zahlen. Wenn er nicht gerade draußen war, um ein Tier zu behandeln, würde sie ihn in seinem Büro finden. Tatsächlich erklang ein etwas brummiges »Herein«, als sie an die Tür klopfte. Dr. Rüttig erinnerte Maria immer etwas an einen Bären. Er hatte eine tiefe Stimme, war korpulent und trug einen Vollbart. Als er sie erkannte, lächelte er.

Maria überlegte, ob auch sie den Mund verziehen sollte, verzichtete dann jedoch auf die Geste. Dr. Rüttig brauchte sie nichts vorzuspielen, er kannte sie.

»Ich habe bestanden«, sagte sie ernst.

Der Tierarzt nickte. »Chemie?«, erkundigte er sich.

Maria bejahte. »Das ganze Abitur«, erklärte sie. »Also wenn Sie … wenn Sie jetzt mit dem Dekan der Universität sprechen würden …«

Dr. Rüttig hatte Maria ein gutes Jahr zuvor kennengelernt. Sie hatte seine Aufmerksamkeit erregt, weil sie zwei Stunden lang vor einem Terrarium gestanden hatte, in dem eine Boa constrictor völlig unbeweglich in einer Astgabel lag. Er hatte in der Anlage zu tun gehabt und sich gefragt, was sie daran so fesselte. Schließlich hatte er sie angesprochen.

»Sie … ist nicht sehr lebhaft«, hatte er angemerkt und auf

die Schlange gewiesen. »Sie heißt übrigens Fredegunde. Aber sie hört nicht darauf.«

Er hatte gelächelt, um ihr die Scheu zu nehmen, denn er war davon ausgegangen, dass es ihr nicht geheuer sein konnte, von einem fremden Mann angesprochen zu werden.

Maria hatte das Lächeln nicht erwidert, war aber auch nicht erstaunt oder gar verängstigt gewesen.

»Sie verdaut«, hatte sie ernst gesagt. »Dafür braucht sie Ruhe. Sie wird sich erst wieder bewegen, wenn sie Hunger bekommt.«

»Und darauf wartest du?«, hatte er verwundert gefragt.

Maria hatte den Kopf geschüttelt. »Nein. Ich versuche nur … sie zu spüren … was in ihr vorgeht … wie es sich anfühlt, wenn man tagelang nur schläft. Und sie wächst. Sie wird sich irgendwann häuten. Es muss … ein sonderbares Gefühl sein, zu groß für seine Haut zu werden.«

Sein Interesse an der seltsamen Zoobesucherin war geweckt gewesen. »Du versuchst, ihre Gedanken zu lesen?«, hatte er gefragt.

Marias Blick war nach wie vor auf die Schlange gerichtet gewesen. »Ich weiß nicht, ob sie sehr viel denkt, aber ich wüsste gern, wie sie sich fühlt, wenn sie verdaut. Wenn man ein bisschen über ihre Anatomie weiß, ist es einfacher, sie zu … spüren. Ich würde es gern nachlesen. Nur gibt es über Schlangen keine Bücher.« Ihr Gesicht hatte sich unglücklich verzogen.

»Sicher gibt es Bücher«, hatte er lächelnd erwidert. »Komm einfach mal mit, Mädchen!«

Maria war ihm dann ohne Argwohn in sein Büro gefolgt und hatte staunend ein Buch über die Anatomie der Reptilien in Empfang genommen.

»Darf ich … darf ich kurz hineinlesen?«, hatte sie aufgeregt gefragt.

Er hatte erneut gelächelt. »Du darfst es mitnehmen. Bring es mir, sagen wir in einer Woche, wieder, und dann erzähl mir, wie sich Fredegunde so fühlt, wenn sie verdaut.«

Maria war pünktlich am selben Tag der folgenden Woche zurückgekommen, hatte dankend das Buch zurückgegeben und ihn mit einem detaillierten Vortrag zu den Verdauungsvorgängen und Ausscheidungen der Würgeschlange überrascht. Über die Gefühle des Reptils hatte sie nicht gesprochen, er hatte angenommen, sie schäme sich vielleicht dafür, ihm Einblick in ihre Gedankenwelt gewährt zu haben.

Seitdem hatte Maria ihn regelmäßig besucht. Er lieh ihr Bücher und ließ sie in den Ferien helfen, die Tiere zu behandeln. Dabei bewies sie äußerstes Geschick, selbst schwierigste Patienten beruhigten sich unter ihren Händen, und sie kannte sehr schnell jedes anatomische Detail einer speziellen Tierart. Als sie einmal aufgrund eines Artikels aus einem Lehrbuch über Ziegen auf Parasitenbefall bei einem Lama schloss, war er endgültig von ihrer Berufung überzeugt gewesen. Maria war die geborene Tierärztin.

»Aber ich darf nicht Veterinärmedizin studieren«, hatte sie gesagt, als er sie darauf ansprach. »Weil ich eine Frau bin.« Es hatte emotionslos wie die meisten ihrer Äußerungen geklungen, doch inzwischen kannte er Maria gut genug, um ihr anzusehen, wenn sie enttäuscht war oder irgendetwas nicht nachvollziehen konnte.

»Der Beruf ist zu anstrengend«, hatte sie die Argumente der Veterinärmediziner in leierndem Tonfall wiederholt. »Und Frauen können nicht wissenschaftlich denken.«

Dr. Rüttig hatte lachen müssen. »Das glaubst du doch nicht, Maria!«

Sie hatte ihn ernst angeblickt und bemerkt: »Ich weiß ja nicht, wie Männer denken.«

»Und du hast nie versucht, sie zu berühren?«, hatte er lächelnd gefragt. Er hatte inzwischen gewusst, dass sie ihre seltsame Art, Kontakt mit den Tieren aufzunehmen, »berühren« nannte, obwohl sie dazu nicht die Hände auf sie legen musste. Mitunter hatte er sich gefragt, ob sie dabei wirklich nur aus ihrem Wissen über Anatomie und Verhalten auf die Stimmungen und Gefühle der Tiere schloss, oder ob es eine besondere Gabe war, die sie anwandte. »So wie Fredegunde, die Schlange?«

Er hatte sich einfach nicht bezähmen können, sie zu necken, obwohl sie die Scherze meistens nicht verstand.

»Nein«, hatte Maria ungerührt geantwortet. »Ich mag Menschen nicht anfassen.«

Offenbar bezog sich das ebenso auf körperliche wie geistige Berührungen.

Er hatte beschlossen, nicht weiter nachzufragen.

»Ich werde mich jedenfalls für dich einsetzen«, hatte er erklärt. »Ich kenne den Rektor der Tiermedizinischen Fakultät. Wir sind befreundet. Es muss doch möglich sein, dass er dich zum Studium zulässt. Glaub mir, Maria – du denkst mit Sicherheit wissenschaftlicher als die gesamte männliche Studentenschaft zusammen.«

Und nun war es so weit. Maria stand in seinem Büro und hoffte auf Hilfe.

Er nickte ihr zu. »Erst mal herzlichen Glückwunsch, Maria! Und natürlich spreche ich mit Professor Eberlein. Aber was ist mit deinen Eltern? Werden sie einem Studium zustimmen? Du weißt, es kostet Gebühren. Und einer Frau wird man kein Stipendium gewähren.«

Sie hatten schon mehrmals darüber gesprochen. Er wusste, dass Maria aus einer vermögenden Familie kam, allerdings auch aus einer sehr konservativen. Ihr Vater war eine Art Privatier – er besaß große Landgüter im Osten, das Leben eines Gutsherrn hatte ihn indes nie gereizt. Friedrich von Prednitz war kunstinteressiert, er liebte das kulturell ansprechende Leben in der Hauptstadt, und er hatte eine Berlinerin geheiratet.

Sein Schwiegervater nahm eine hohe Stellung am Hofe Kaiser Wilhelms ein. Friedrich hatte Amelie kennengelernt, als er in Berlin Kunstgeschichte studierte, und sich nach der Heirat in der Tiergartenstraße mit ihr niedergelassen. Sie führte ein großes Haus, obwohl ihr Mann nur gelegentlich Gutachten über Kunstwerke schrieb oder als Berater bei Ausstellungen tätig war. Das Ehepaar lebte von den Einkünften seiner Güter in Pommern, die ein überaus fähiger Verwalter für die Familie führte. Maria hatte noch einen Bruder – nach allem, was sie erzählte, ihr Freund und Vertrauter in der Familie.

Maria blickte ins Leere.

»Du hast noch nicht gefragt?«, erkundigte sich Dr. Rüttig.

»Ich hab es meinem Bruder gesagt«, antwortete die junge Frau. »Er wird für mich fragen. Er sagt, meine Eltern müssen es mir erlauben. Weil ich anders bin.«

Maria berichtete das emotionslos. Sie schien sich ihres Andersseins nicht zu schämen.

Dr. Rüttig seufzte. »Dann solltet ihr diese Unterredung nicht aufschieben«, sagte er. »Und ich hoffe sehr, ihr habt Erfolg. Bei Professor Eberlein bin ich optimistisch, der ist eigentlich ganz fortschrittlich. Ich denke, er würde sich nicht gegen eine Frau im Veterinärstudium wehren. Aber deine Eltern müssen zustimmen. Gegen ihren Willen hast du keine Chance.«

Als Maria nach Hause in die Tiergartenstraße kam, war ihre Mutter nicht zu Hause.

Die gnädige Frau mache Besuche, beschied sie ein Dienstmädchen. Und ja, der gnädige Herr sei da, allerdings in seinem Arbeitszimmer, wo er nicht gestört werden wolle. Der Herr Fähnrich sei reiten, doch er werde, ebenso wie die gnädige Frau, zum Mittagessen zurückerwartet.

Maria bedankte sich. Wie es aussah, hatte ihre Familie ihre Abiturprüfung völlig vergessen. Aber in einer Stunde würden alle im Esszimmer versammelt sein. Vielleicht ein guter Zeitpunkt, das schwierige Gespräch zu führen.

Maria wusste, dass von ihr erwartet wurde, sich zum Essen umzuziehen. Sie ging hinauf in ihr Zimmer, einem mit hellen Möbeln eingerichteten Raum, der wirkte wie das typische Mädchenzimmer aus illustrierten Zeitschriften. Ihre Mutter hatte ihr Kinderzimmer neu einrichten lassen, als sie zwölf geworden war – Maria wusste noch, wie verzweifelt sie den alten Möbeln nachgetrauert hatte. An den Wänden befanden sich ein paar Kunstdrucke, die ihr Bruder ihr einmal geschenkt hatte. Sie zeigten Pferde- und Reitermotive. Ansonsten hortete sie viele Bücher und drei Spieluhren. Alles stand ordentlich an seinem Platz, auch auf dem Schreibtisch und in den Schränken herrschte mustergültige Ordnung. Maria ließ kein Hausmädchen und keine Zofe an ihre Sachen heran. Jedes Ding in ihrem Besitz hatte seinen ganz bestimmten Platz, und es regte sie auf, wenn etwas woandershin gelegt wurde. So fand sie auch das blaue Nachmittagskleid sofort, das sie an Donnerstagen gern anzog. Maria meinte, dass jeder Wochentag seine ganz bestimmte Farbe hatte, und wenn sie die Möglichkeit hatte, wählte sie ihre Kleidung entsprechend aus. Zur Prüfung hatte sie ein dunkelblaues Kostüm und eine weiße Bluse getragen. Sie kontrollierte ihr Haar, das noch genauso akkurat aufgesteckt war wie am Morgen, und las noch ein wenig, als sie die Schritte ihres Bruders auf dem Flur vor den »Kinderzimmern« hörte.

Maria stand auf und öffnete die Tür. »Walter?«

Walter von Prednitz wandte sich sofort zu ihr um. Er war ein großer, schlanker junger Mann, dem die Uniform des Fähnrichs hervorragend stand. Er hielt sich gerade, sein glattes dunkelbraunes Haar war ordentlich geschnitten. Walter hatte ein ovales, freundliches Gesicht und warme blaue Augen. Er ähnelte Maria, doch seine Züge waren herber. Vor allem wirkte sein Ausdruck lebendiger. In Walters Gesicht spiegelten sich all seine Gefühle wider. Zurzeit leuchtete es vor Freude auf, seine Schwester zu sehen.

»Schneewittchen!«, rief er sie bei dem Kosenamen, den nur er für sie benutzte, und der sie immer noch befremdete. »Wie war die Prüfung?«

»Gut«, sagte Maria. »Mit Auszeichnung bestanden.«

Zum ersten Mal fühlte sie etwas Stolz.

Walter nickte. »Ich habe nichts anderes von dir erwartet«, erklärte er. »Trotzdem würde ich dich gern drücken. Darf ich?«

Maria bewegte sich auf ihn zu. Eigentlich mochte sie keine Umarmungen, nur bei Walter machte es ihr nicht viel aus. Sie genoss es zwar nicht, nahm es aber als Zeichen seiner Liebe und Wertschätzung.

»Dr. Rüttig will mit Professor Eberlein sprechen«, kam sie dann mit ihrem Anliegen heraus. »Das ist der Rektor der Tiermedizinischen Fakultät an der Universität. Er meint, er würde mich zum Studium zulassen. Vater muss es allerdings erlauben. Du hast gesagt, du sprichst mit ihm.«

Walter verzog das Gesicht. »Jetzt?«, fragte er. »Gleich?«

»Dr. Rüttig sagt, wir sollten das Gespräch nicht aufschieben«, wiederholte Maria die Worte ihres Mentors.

Walter seufzte. »Na schön«, erwiderte er. »Ich geh mich gerade mal frisch machen, dann begeben wir uns zusammen in die Höhle des Löwen …«

Maria runzelte die Stirn. »Ich war schon im Zoo …«, bemerkte sie.

Walter lachte. »Das war eine Metapher, Schneewittchen. Ein Scherz. Wir begeben uns einfach zusammen ins Esszimmer.«

Ihre Eltern, Friedrich und Amelie von Prednitz, saßen dort bereits zusammen und nahmen einen Sherry als Aperitif. Ihr Vater war ein kräftiger Mann mit ausladendem Schnauzbart – man hätte eher einen Gutsherrn als einen Gelehrten in ihm vermutet, obwohl sein Gehrock nicht zu dieser Rolle gepasst hätte. Ihre Mutter war eine gepflegte Frau, die ihren Kindern die feinen Züge und das dunkle Haar vererbt hatte. Das ihre war zu einer modischen Frisur aufgesteckt, sie trug noch das rostrote Kleid, in dem sie wohl ihre Besuche gemacht hatte. Es war gut knöchellang, über den weiten Rock fiel eine halblange Spitzentunika. Eigentlich gehörte ein extravaganter Hut zu dem Ensemble, doch den hatte sie abgenommen.

Walter begrüßte die Eltern unbefangen. Er kam besser mit ihnen aus als sie selbst, aber er hatte natürlich auch nie ungewöhnliche Wünsche durchsetzen müssen. Ihr Bruder strebte die Offizierslaufbahn an, seit er zum ersten Mal auf einem Pferd gesessen hatte. Dabei ging es ihm weniger um bunte Uniformen und die Freude am Kampf als um das Reiten. Walter hoffte auf eine Berufung an die Kavallerieschule Hannover, die wohl beste Reitakademie Europas. Später konnte er es sich gut vorstellen, die Güter seines Vaters in Pommern zu übernehmen. Weder ihr Vater noch ihre Mutter hatten irgendetwas gegen diese Zukunftspläne einzuwenden.

»Wie ist deine Prüfung verlaufen, Maria?«, wandte der Vater sich nun an sie. Erfreut darüber, dass er doch daran gedacht hatte, berichtete Maria von dem guten Ergebnis.

»Na, dann hat es ja nun endlich ein Ende mit der ganzen Lernerei«, bemerkte ihre Mutter und wies das Hausmädchen mit einer Handbewegung an, die Suppe aufzutragen. »Latein und Griechisch … das ist doch keine Beschäftigung für ein junges Mädchen von Stand …«

»Die Prüfung war in Chemie«, sagte Maria.

In ihrem Lyzeum war Latein unterrichtet worden, kein Griechisch. Ihre Mutter hatte das nie interessiert.

»Maria möchte auch keine alten Sprachen studieren«, mischte sich Walter betont gelassen ein und berichtete dann wie nebenbei von ihren Studienplänen.

Ihr Vater hörte sich seine Rede ruhig an.

Ihre Mutter reagierte mit hysterischem Gelächter. »Studieren? Maria? Um Himmels willen! Und dann auch noch so etwas Unappetitliches! Wir haben dich nicht dazu erzogen, mit dreckigen Viechern zu arbeiten. Blut … Körpersäfte … man mag gar nicht darüber reden! Das kommt natürlich nicht infrage. Du hättest auch gar keine Zeit für ein Studium. Im Herbst wirst du debütieren und dann …«

»Ich will nicht debütieren«, sagte Maria so entschlossen und rüde, dass ihre Mutter zusammenzuckte.

Sie war so entschiedene Auflehnung ihrer Tochter nicht gewöhnt, im Allgemeinen war Maria fügsam. Sie wusste, dass sie ihre Defizite hatte, und schon um nicht anzuecken, verhielt sie sich in der Regel so, wie man es ihr sagte. Aber der Tanzkurs, den sie gemeinsam mit den anderen Mädchen aus ihrer Lyzeumsklasse besucht hatte, war zu viel gewesen. Sie schaffte es einfach nicht, höflich Konversation zu machen – es war ihr nicht gegeben, über Belanglosigkeiten zu reden, und sie konnte nicht lügen. Insofern brüskierte sie ihre Mitschülerinnen immer wieder, indem sie auf rhetorische Fragen wie »Macht das Kleid mich dick?« oder »Glaubt ihr, dass Heinrich von Breden mich mag?« gelassen mit Ja beziehungsweise Nein antwortete. Dazu kamen die Enge auf dem Tanzboden, der Zwang, sich von einem fremden Tanzpartner anfassen zu lassen … Am Ende des ersten Abends hatte sie zitternd und verkrampft in ihrem Bett gelegen und war nicht fähig gewesen, sich auch nur einfachsten Begegnungen mit anderen Menschen zu stellen wie etwa der Teilnahme am gemeinsamen Abendessen mit den Eltern.

Walter hatte sich schließlich zu ihr gesellt und ihr ein altes Buch vorgelesen, das Singvögel vorstellte. Er hatte ihr Fragen nach den Vögeln gestellt, was sie beruhigte – und letztlich war sie wieder zu sich gekommen. Zu den weiteren Tanzstunden hatte Walter sie begleitet, und sie hatte ausschließlich mit ihm getanzt. Er wusste seitdem, dass es völlig unmöglich sein würde, seine Schwester in ein weißes Kleid zu stecken, dem Kaiser vorzustellen und sie dann den Komplimenten und Berührungen eines fremden jungen Mannes nach dem anderen auszusetzen.

»Liebling, natürlich willst du debütieren!« Ihre Mutter schüttelte den Kopf, wobei ihre sorglich ondulierten Locken wippten. »Jedes Mädchen will …«

»Maria ist aber nicht ›jedes Mädchen‹«, unterbrach Walter sie. »Maria ist anders. Mein Gott, Mutter, das kann dir doch in all den Jahren nicht entgangen sein!«

Amelie von Prednitz blickte ihren Sohn verständnislos an. Tatsächlich hatte sie an der Erziehung ihrer Kinder relativ wenig Anteil genommen. Maria und ihr Bruder Walter waren stets von Kinderfrauen versorgt worden, und so war ihr anscheinend auch nicht aufgefallen, dass Maria seltsame Verhaltensweisen zeigte, seit sie drei Jahre alt war. Als kleines Mädchen hatte sie Stunden damit zugebracht, am Fenster zu sitzen, in den Garten hinauszuschauen und die Vögel zu beobachten, die dort an Meisenringen naschten oder im Vogelbad plantschten. Das Kindermädchen hatte ihr die Namen einiger Vögel genannt, und sie war seitdem fixiert darauf gewesen, die Tiere zu erkennen. Der vier Jahre ältere Walter, der schon zur Schule gegangen war, hatte ihr eines Tages ein Büchlein mitgebracht, das Zeichnungen der heimischen Vögel enthielt, und ihr die Namen dazu vorgelesen. Ein paar Wochen später hatte er festgestellt, dass sie die Vögel identifizieren und ihre Namen entziffern konnte – schon im Alter von vier Jahren hatte sie das System der Zuordnung von Lauten zu Buchstaben intuitiv begriffen und sich damit selbst das Lesen beigebracht.

Auf die Singvögel war eine Passion für Spieluhren gefolgt. Nachdem Maria eine solche zum Geschenk erhalten hatte, war sie von der kleinen Tänzerin fasziniert gewesen, die sich darin drehte, und hatte das Maschinchen zunächst auseinandergebaut, um es dann ebenso gekonnt und akribisch wieder zusammenzusetzen. Sie hatte das mehrmals getan und dann ihre Mutter erzürnt, indem sie es bei einer wertvollen Spieluhr mit einem Gehäuse aus Intarsienarbeit, die diese in ihrem Salon zur Schau stellte, zu wiederholen versuchte. Maria hatte die Aufregung nie begriffen. Sie hätte die Uhr wieder zusammengesetzt, hätte ihre Mutter sie ihr nicht entrissen. Stundenlang hatte sie um die kaputte Uhr geweint – die ein Uhrmacher schließlich für viel Geld repariert hatte.

Maria hatte später noch zwei weitere Spieluhren untersucht, die Walter ihr zum Geschenk gemacht hatte, und anschließend begonnen, sich allgemein für Tiere zu interessieren. Ein Zoobesuch hatte sie tief beeindruckt. Als sie eingeschult worden war, war sie immer angeeckt – zunächst hatte sie gar nicht gesprochen und dann angefangen, die Lehrerin zu verbessern oder andere Kinder zu brüskieren, indem sie immer direkt gesagt hatte, was sie dachte. Ihr Vater hatte sie eines Tages streng abgemahnt und ihr befohlen, sich fürderhin nicht mehr »sonderlich« zu benehmen. Sie hatte sich ratlos an Walter gewandt, der ihr geduldig erklärt hatte, was sie falsch machte. Seitdem bemühte sie sich um ein angepasstes Verhalten. Es gelang ihr nicht immer, aber Walters Rat »Wenn du dir nicht sicher bist, sagst du einfach gar nichts«, hatte ihr oft in Situationen geholfen, die sie nicht hatte einschätzen können.

Im Lyzeum, das zu besuchen ihr Vater ihr erlaubt hatte, obwohl ihre Mutter eine Hauswirtschaftsschule vorgezogen hätte, war es zudem einfacher geworden. Der Unterrichtsstoff hatte Maria nicht so deutlich unterfordert wie der in der Volksschule, die Klassenkameradinnen hatten sie subtiler verspottet als die Volksschulkinder. Meist hatte sie gar nicht bemerkt, dass sie gehänselt und ausgegrenzt worden war. Sie hatte in ihrer eigenen Welt gelebt und allenfalls ihren Bruder und später Dr. Rüttig daran teilhaben lassen.

Ihre Mutter hatte von all dem also nichts gemerkt, und auch jetzt winkte sie ab.

»Maria ist vielleicht etwas exzentrisch«, behauptete sie. »Aber mit der Zeit wird sich das legen.«

Während Maria und Walter ihre Suppe nicht angerührt hatten, nahm ihr Vater eben den letzten Löffel.

»Maria«, erklärte er dann, »war immer wunderlich. Das kannst du nicht leugnen, Amelie. Es mag tatsächlich schwierig sein, einen passenden Mann für sie zu finden. Insofern denke ich, dass sie die Zeit bis dahin ebenso mit einem Studium überbrücken kann wie mit irgendeiner anderen Beschäftigung. Wenn man dich also zulässt, Maria, dann kannst du studieren. Auch Tiermedizin, so wenig angemessen das sein mag. Allerdings wirst du selbstverständlich debütieren. Es muss ja nicht in diesem Herbst sein. Deine Tochter ist achtzehn, Amelie, sie kann noch im nächsten Jahr dem Kaiser vorgestellt werden. Dann ist sie vielleicht reifer und fügt sich bereitwilliger in den ihrem Stand entsprechenden Lebensweg. Und nun können wir vielleicht in Ruhe essen. Du solltest das Mädchen bitten, den Kindern die Suppe noch einmal aufzuwärmen, Amelie.«

»Das … das ist wirklich nicht nötig«, sagte Maria.

Sie lächelte nicht, aber Walter sah die Freude und Erleichterung in ihren Augen.

Maria betrat zögernd den Hörsaal. Schon die riesige Eingangshalle der Universität, die vielen Korridore und Hinweisschilder zu den verschiedenen Fakultäten hatten sie schwindlig gemacht. Dazu wimmelte es in dem Gebäude von Menschen – oder eher von Männern. Frauen hatte Maria noch nicht gesehen, aber das wunderte sie nicht. Sie war die erste Frau, die in Deutschland Tiermedizin studieren würde, und Professor Eberlein hatte sie nur unter Vorbehalt aufgenommen. Das Vorgespräch mit ihm hatte sie mehr aufgeregt als jede Prüfung, doch ihre Ernsthaftigkeit und ihr Vorwissen hatten ihm imponiert. Minutiös hatte sie ihm die Fälle geschildert, bei denen sie Dr. Rüttig im Zoo assistiert hatte – zudem musste der Zootierarzt ihm auch einiges über sie erzählt haben. Jedenfalls hatte er ihren Wunsch, sich mit Tieren zu beschäftigen, nicht angezweifelt oder verlacht, sondern sie nur ernst darauf hingewiesen, dass das Studium schwierig und lang werden würde, dass man ihr keinen Sonderstatus einräumen werde und dass er von ihr erwarte, sich ihren Kommilitonen gegenüber zurückhaltend zu benehmen.

»Sie verstehen, was ich meine«, hatte der imponierende Mann, unter dessen spitzer Nase sich ein gepflegter Schnäuzer gen Himmel reckte, erläutert. »Dies ist eine Universität, kein Heiratsmarkt.«

Maria hatte genickt. »Ich suche keinen Mann«, hatte sie ernst gesagt, woraufhin Professor Eberlein in Gelächter ausgebrochen war.

»Dann hoffen wir mal, dass Sie auch von keinem gefunden werden«, neckte sie der Rektor. »Wir sehen Sie dann in der Einführungsvorlesung, Fräulein von Prednitz.«

Zu ebendieser war Maria nun unterwegs, und schließlich fand sie den Hörsaal. Sie hatte befürchtet, dass er voll sein würde und dass sie neben fremden Kommilitonen sitzen müsste, doch tatsächlich verliefen sich die Erstsemester in dem großen Raum mit den aufsteigenden Stuhlreihen. Maria hatte freie Platzwahl und strebte nach vorn, wobei sie an mehreren ihrer Mitstudenten vorbeimusste, die sich, meist in Gruppen, in den hinteren Reihen niedergelassen hatten. Als sie die jungen Männer passierte, pfiff man ihr nach. Sie erschrak und überlegte dann kurz, wie sie dieses Verhalten zu interpretieren hatte. Tatsächlich kannte sie es in der Form des Auspfeifens, also als Ausdruck des Missfallens, wenn etwa ein Künstler den von ihm erwarteten Leistungen nicht entsprach. Außerdem pfiffen Männer Mädchen nach, um ihnen auf reichlich taktlose Weise zu verstehen zu geben, dass ihnen ihr Äußeres gefiel. Maria überlegte, dass hier wohl von Letzterem auszugehen war, und fragte sich, ob ihre Kleidung zu irgendwelchen Missverständnissen Anlass geben konnte. Das strenge dunkelblaue Kostüm, in dem sie schon ihre Abiturprüfung absolviert hatte, war allerdings sicher passend gewählt.

Sie kam zu dem Schluss, dass die Pfiffe eine Provokation darstellen sollten. Am besten reagierte sie gar nicht darauf, ebenso wenig wie auf das Gelächter und Getuschel der jungen Herren. Stattdessen konzentrierte sie sich auf die Wahl des richtigen Platzes. Sie wollte gern vorn sitzen, um alles mitzubekommen, aber auffallen wollte sie auch nicht. So entschied sie sich für einen Platz ganz rechts am Rand der zweiten Reihe.

Zwei junge Männer waren wohl ähnlichen Überlegungen gefolgt. Sie saßen in der dritten Reihe ganz links. An den Pfiffen und dem Gelächter hatten die beiden sich nicht beteiligt, allerdings wisperte der eine dem anderen etwas zu, wobei er zu Maria hinüberschaute. Der andere blickte missbilligend drein. Maria machte sich daran, ihren Block und einen Stift aus der Tasche zu holen und vor sich hinzulegen wie die anderen Studenten. Tatsächlich machte sie sich selten Notizen, wenn sie einem Vortrag folgte, doch anscheinend war das hier üblich, und sie wollte unbedingt alles richtig machen.

Schließlich trat Professor Eberlein aufs Podium, begrüßte die »Herren Studenten«, um sich dann zu verbessern und die Dame einzubeziehen. Danach gab er einen Überblick über die Inhalte des Studiums, das die jungen Leute in den nächsten Jahren erwartete, führte aus, dass zunächst die theoretischen Grundlagen zu erarbeiten seien wie Chemie und Physik. Anatomie und Heilkunde würden sich anschließen.

Maria folgte dem Vortrag fasziniert und vergaß irgendwann mitzuschreiben. Es war zu interessant, als der Rektor einen Streifzug durch die Geschichte der Tiermedizin anschloss, wobei er bei den Ägyptern begann, griechische und römische Heilkundler streifte und auch arabische Ärzte nicht vergaß. Maria erfuhr zu ihrer Verwunderung, dass die ersten Tierärzte sich auf Maultiere spezialisiert hatten und dann auf Pferde. Nur den Ägyptern hatten ihre heiligen Katzen am Herzen gelegen. Am Schluss berichtete Professor Eberlein von den dunklen Zeiten im Mittelalter und letztlich von den ersten tierärztlichen Ausbildungsstätten.

Als er Fragen zuließ, hob ein junger Mann in der fünften Reihe die Hand.

»Und hat man in all der Zeit je von einer Frau als Tierärztin gehört?«

Maria fand die Frage interessant, während Professor Eberlein die Zornesröte ins Gesicht stieg. Er fing sich allerdings schnell.

»Frauen«, antwortete er, »haben sich von jeher um die Gesundheit der Menschen und Tiere in ihrem Haushalt gesorgt. Ebenso wie sie Hausmittel bei ihren Kindern anwandten, werden sie den ihnen anvertrauten Tieren Umschläge gemacht und Kräutertränke zubereitet haben. Nicht immer wurde ihnen das gedankt. Wir wissen von etlichen Frauen, die als Hexen angeklagt wurden, weil sie angeblich die Tiere ihrer Nachbarn vergiftet hatten. Meist waren es heilkundige Frauen – es darf also angenommen werden, dass die Anstrengungen, die sie unternommen haben, um besagte erkrankte Tiere zu heilen, vergeblich waren, weil den Tieren nicht mehr zu helfen war. Schriftliche Zeugnisse von Frauen als Heilerinnen sind nicht erhalten, doch die sind auch rar, was Männer angeht. Auf jeden Fall gibt es keinen Grund, daran zu zweifeln, dass Frauen sich das Wissen über Tiermedizin ebenso aneignen können wie Männer. Ist Ihre Frage damit beantwortet?«

Der junge Mann setzte sich feixend. Ein paar andere lachten – und einer, der sich innerhalb einer Gruppe offenbar sicher fühlte, warf, ohne sich zu melden, eine weitere Frage ein.

»Und Juden?«, rief er in den Saal, woraufhin sich die Augen sämtlicher Studenten den beiden jungen Männern in der dritten Reihe zuwandten. Einer von ihnen stand auf, um zornig etwas zu erwidern.

Professor Eberlein war jedoch schneller. Er schlug verärgert mit dem Zeigestock auf das Pult. »Nun reicht es aber!«, donnerte er. »Ich dulde es nicht, dass hier irgendjemand wegen seiner Religion oder seines Geschlechts verunglimpft wird. Diese Universität ist eine Stätte der Forschung und Lehre. Krude politische Ansichten haben hier nichts zu suchen! Also lassen Sie das dumme Gerede und beweisen Sie Ihrer weiblichen Mitstudentin und Ihren jüdischen Kommilitonen erst einmal, dass Sie ihnen auf wissenschaftlichem Gebiet überlegen sind. Sofern Sie denn mehr können, als Sprüche zu klopfen! Damit ist diese Vorlesung geschlossen. Um elf erwartet Sie Professor Dörrs mit der ersten Vorlesung in organischer Chemie. Ich danke Ihnen, meine Herren … meine Dame.«

»Und dem überflüssigen Judenpack …«, hörte Maria es hinter sich wispern.

Sie schaute kurz zu den zwei jungen Männern in Reihe drei, senkte dann den Kopf und packte ihre Sachen zusammen. Der Saal leerte sich rasch, und sie wollte schon ebenfalls hinausgehen, überlegte es sich dann jedoch anders. Die kurze Pause verbrachte sie lieber auf ihrem Platz im Hörsaal. Hier war es jetzt ruhig, sie konnte sich ein paar Minuten lang entspannen, bevor der Vorlesungsraum sich wieder füllte.

Die Chemievorlesung besuchten weit mehr Studenten als die Einführungsveranstaltung. Maria erfuhr später, dass in diesem Fach so viele Studenten durch die Prüfungen fielen, dass stets etwa die Hälfte der Hörer aus Wiederholern bestand. Sie war nun froh, geblieben zu sein – die meisten Studenten, die sich Plätze in den hinteren Reihen suchten, bemerkten sie gar nicht. Trotzdem erntete sie genügend neugierige und missbilligende Blicke. Nur einer der jüdischen Studenten, die wieder in Reihe drei Platz nahmen, und zu denen sich jetzt ein weiterer junger Mann gesellte, lächelte ihr beiläufig zu.

Professor Dörrs, ein kleiner, vogelartig wirkender Mann mit quäkender Stimme, nahm keinerlei Notiz von Maria. Entweder man hatte ihn gar nicht über die weibliche Studentin informiert, oder es interessierte ihn einfach nicht. Er schaute auch sonst kaum in die Reihen seiner Zuhörer, sondern spulte seine Vorlesung routiniert ab. Wahrscheinlich hielt er sie seit Jahren in jedem Semester.

Maria lauschte ihm trotzdem gebannt. Die Bausteine des Lebens … Vor ihrem inneren Auge erschienen die Kohlenstoffverbindungen, von denen Dörrs sprach, in Farben und Bildern, sie sah aus Ketten und Ringen Moleküle entstehen. Es war fast, als nähme sie an der Entstehung des Lebens selbst teil. Erst als der Professor einen Schluck Wasser trank, fand sie kurz in die Wirklichkeit zurück und ließ den Blick über die anderen Studenten schweifen. Die meisten von ihnen schrieben eifrig mit, einige machten sich nur Notizen. Der junge Mann, der ihr eben zugelächelt hatte, ließ den Stift in atemberaubender Geschwindigkeit über die Seiten seiner Kladde gleiten, die beiden anderen in seiner Gesellschaft wirkten eher desinteressiert.

Maria vergaß sie alle, als der Professor weitersprach.

Die Vorlesung war um halb eins zu Ende, und langsam verspürte Maria Hunger. Es sollte eine Mensa geben, hatte ihr Vater gesagt, wo sich die Studenten verpflegen konnten. Sie wartete ein bisschen, bis der Saal sich weitgehend geleert hatte, und folgte dann ihren Kommilitonen. Tatsächlich fand sich der Speiseraum schnell – aber Maria schreckte vor dem Lärm und dem Gedränge darin zurück. Bevor sie sich hineinwagte, wollte sie lieber gar nichts essen. Auf der Suche nach einer anderen Möglichkeit, die Mittagspause zu verbringen, begab sie sich in das weitläufige Treppenhaus. Hier war es ruhig, nur gelegentlich kam jemand herauf oder ging hinunter. Auf einer der unteren Stufen saß ein junger Mann und öffnete eben eine Thermosflasche. Ein aromatischer Kaffeeduft breitete sich aus.

Maria war unvermittelt kurz stehen geblieben – und wurde prompt bemerkt. Sofort erkannte sie den Studenten, der ihr im Vorlesungssaal zugelächelt hatte. Und er tat es wieder. Sie überlegte gerade, ob es richtig wäre, das Lächeln zu erwidern, als der junge Mann sie ansprach.

»Kommen Sie doch her und setzen Sie sich«, sagte er freundlich. »Wir kennen uns ja, wir sind beide im ersten Semester.«

»Ich kenne Sie nicht«, stellte Maria richtig. »Ich habe Sie heute zum ersten Mal gesehen. Bei der Einführungsvorlesung. Aber es ist richtig, dass wir beide im ersten Semester sind.«

Der junge Mann wirkte ob dieser Antwort etwas befremdet,

schien dann jedoch entschlossen, sie nicht als Ablehnung zu verstehen.

»Dann muss ich mich wohl erst vorstellen, bevor Sie sich setzen können. Mein Name ist Bernhard Lemberger.« Er stand auf und verbeugte sich.

Maria wusste, dass sie jetzt ebenfalls lächeln musste, und tat es. »Ich bin Maria von Prednitz«, sagte sie und sprach dann wieder mal das aus, was ihr gerade durch den Kopf ging. »Bernhard ist kein jüdischer Name.«

Ihr Kommilitone lachte. »Es besteht kein Zwang für jüdische Mitbürger, ihre Kinder Nathan oder Rachel zu nennen«, erklärte er. »Meine Eltern sind keine praktizierenden Juden. Wir haben jedes Jahr einen Weihnachtsbaum, und wir bemalen Ostereier.«

Maria schien etwas Zeit zu brauchen, um das zu verdauen. »Aber dann sind Sie kein Jude«, sagte sie schließlich. »Dann sind Sie eher Christ. Oder Agnostiker. ›Jude‹ bedeutet ›Angehöriger der jüdischen Religionsgemeinschaft‹.«

»Oder des jüdischen Volkes«, bemerkte Bernhard Lemberger.

Maria runzelte die Stirn. »Sind Sie nicht Zugehöriger des deutschen Volkes?«, fragte sie.

Bernhard lachte niedergeschlagen. »Da fragen Sie mal die da«, sagte er und wies auf eine Gruppe Studenten, die eben aus Richtung Mensa kamen und lebhaft miteinander redend auf die Treppe zugingen.

Als sie Bernhard und Maria bemerkten, hielten sie inne.

»Da schau mal! Unsere weibliche Mitstudentin und der Judenlümmel – traulich vereint!« Einer der Männer trat vor.

Maria erkannte in ihm den jungen Mann, der nach weiblichen Tierärzten in der Geschichte gefragt hatte.

»Dabei soll sie von Adel sein«, meinte ein anderer. »Pfui Teufel! Ein Blaustrumpf, und schmeißt sich obendrein an einen Juden ran.«

Bernhard schien entschlossen, die Pöbeleien zu ignorieren, aber Maria konnte mal wieder nicht anders, als auf einen Fehler hinzuweisen.

»Ein ›Blaustrumpf‹ ist eine diskriminierende Bezeichnung für eine Frau, die aus eigenem Entschluss unverheiratet bleibt«, erläuterte sie. »Das Wort ist also so definiert, dass diese Frau keine Beziehungen zu Männern eingeht. Auch nicht zu Juden.«

Der Sprecher sah sie verblüfft an, doch der Anführer der Störenfriede sprach bereits weiter.

»Die will die Vorlesungsunterlagen«, schloss er messerscharf. »Hat nämlich kein Wort mitgeschrieben, die Kleine. Aber unser Bernhard war ja schon immer ein Streber. Geht's um die Mitschrift, gnädiges Fräulein?«

Maria schüttelte den Kopf, wieder ohne Ärger oder Furcht zu zeigen. Sie nahm die Frage völlig ernst. »Ich brauche nicht mitzuschreiben«, erläuterte sie. »Ich habe ein gutes Gedächtnis. *In dieser Veranstaltungsreihe wollen wir uns mit den Grundlagen der organischen Chemie beschäftigen. Dabei geht es um sämtliche Verbindungen des Kohlenstoffes mit anderen Elementen – und damit den Baustoffen allen Lebens auf dieser Erde. Die Besonderheit des Kohlenstoffatoms besteht darin, dass es über vier Bindungselektronen verfügt, die es ihm ermöglicht, unpolare Bindungen mit ein bis vier weiteren Kohlenstoffatomen einzugehen …«* Sie begann, die Vorlesung Professor Dörrs wörtlich wiederzugeben. Bernhard Lemberger schaute nun genauso verdutzt wie die anderen Studenten. *»Es kommt dadurch zu linearen oder verzweigten Kohlenstoffketten, mitunter auch Ringen. Alternativ können andere Elemente wie Wasserstoff oder Sauerstoff an den Bindungselektronen andocken, was zur Bildung von sehr vielfältigen und zum Teil sehr großen Molekülen führen kann …«*

Der Anführer der Studentengruppe räusperte sich. »Kommt, Brüder, das haben wir schon mal gehört«, bemerkte er. »Gehen wir … Zeit für ein Bier in der Bertha.«

Maria und Bernhard verfolgten schweigend den Abgang der Männer. Dann brach Bernhard in schallendes Gelächter aus.

»Das war unübertrefflich! Das Gesicht von Klaus Weberlein! Ich hab schon oft gesehen, dass er dämlich wie ein Schafbock guckt, aber diesmal ... Unglaublich!« Er wandte sich an Maria. »Sie können wirklich die ganze Vorlesung auswendig?«

Maria beschäftigten andere Dinge. »Woran können die erkennen, dass Sie ein Jude sind?«

Das Thema ließ sie nicht los. Ihr Gegenüber war blond wie sein Widersacher. Seine Augen waren blau, sein Gesicht ebenmäßig und gebräunt. Äußerlich bestanden keine Unterschiede zu den Männern, die eben gegangen waren. Lediglich ein Merkmal fehlte – die anderen Studenten hatten alle entweder eine Narbe oder eine frische Wunde an der Wange gehabt. Ihr Bruder hatte so etwas allerdings auch nicht, es konnte also nicht Juden und Nichtjuden unterscheiden.

Bernhard lächelte. »Wir waren seit der Sexta in derselben Schulklasse«, löste er das Rätsel. »Und seitdem piesackt er mich. Das macht mir eigentlich nichts aus, wie gesagt, er ist ein Hohlkopf. Aber die Bande, mit der er jetzt herumzieht, gefällt mir gar nicht.«

»Die bilden eine Bande?«, fragte Maria. »Wie die Räuber? Oder wie Robin Hoods Merry Men?«

»Wie Letztere ganz sicher nicht«, erwiderte Bernhard unglücklich. »Und auch sonst sprechen Sie bitte nicht von der ›Bande‹. Die könnten sonst wütend werden. Tatsächlich handelt es sich um ein Corps, eine Studentenverbindung. In diesem Fall eine schlagende. Haben Sie die Schmisse nicht bemerkt?« Er fasste sich an die Wange.

»Die Narben im Gesicht?«, fragte Maria. »Die bedeuten etwas?«

»Sie fechten eine Art rituelle Kämpfe aus«, erklärte Bernhard. »Und kleine Verletzungen kommen dabei häufig vor. Ich glaube, sie fügen sie sich sogar gezielt zu.«

»Warum machen sie das?«, erkundigte sie sich.

Bernhard zuckte mit den Schultern. »Ich weiß es nicht. Der Schmiss ist so eine Art Ehrenzeichen oder Erkennungszeichen. Was weiß ich, weshalb sie sich nicht einfach eine Brosche anstecken.«

Maria runzelte wieder die Stirn. »Es wäre interessant zu wissen, warum Menschen sich absichtlich verletzen. Glauben Sie, es wäre ein wunderliches Verhalten, wenn ich Ihren Bekannten danach fragte?«

Bernhard lachte wieder. »Ich würde sagen, es wäre Selbstmord«, scherzte er und hielt inne, als er ihren fragenden Ausdruck sah. »Das war ein Scherz«, erläuterte er. »Ich wollte sagen: Diese Leute wären über eine solche Frage wahrscheinlich sehr erzürnt.« Maria seufzte. »Möchten Sie einen Kaffee?«, fragte Bernhard, wohl um sie aufzumuntern. Er nahm einen Becher aus seiner Tasche. »Hier, ich hab noch nicht davon getrunken.«

»Ich glaube nicht, dass Sie eine ansteckende Krankheit haben«, sagte Maria und nahm den Kaffee dankend entgegen. »Wir können uns den Becher gern teilen.«

»Wir müssen jetzt sowieso in die nächste Vorlesung«, stellte Bernhard mit einem Blick auf seinen Plan fest. »Physik. Das lag mir wenig in der Schule.«

»Im Lyzeum hatten wir es nur zwei Jahre lang«, berichtete Maria. »Aber hier geht es ja um Medizin. Es soll da Strahlen geben, mit deren Hilfe man einen Körper durchleuchten kann. Ich bin gespannt, wie es funktioniert. Gehen wir zusammen?«

Bernhard hob die Schultern. »Wenn es Sie nicht kompromittiert, mit mir zusammen gesehen zu werden.«

Maria fand, dass ein Lächeln angebracht war. »Es fällt höchstens unter ›ein bisschen wunderliches Verhalten‹. Aber mein

Vater erfährt es ja nicht. Und … Sie? Dürfen Sie … Ich meine, wird Ihr Freund Ihren Eltern nicht verraten …?«

»Nathan ist nicht mein Freund, sondern nur eine Art Leidensgenosse«, verriet Bernhard. »Wir sind die einzigen Juden in unserem Semester, da schließt man sich unweigerlich zusammen. Aber im Grunde ist Nathan ein genauso eingebildeter Kerl wie die anderen. Sein Vater hat eine große Tierarztpraxis, die er mal übernehmen soll, und gesellschaftlich hätte er viel lieber Kontakt zu Klaus und den seinen als zu mir oder zu Ihnen. Pech, dass die ihn nicht dabeihaben wollen. Gehen wir?«

Maria nickte. Sie war froh, nicht mehr allein zu sein.

Kapitel 3

In den ersten Semestern wurde über niemanden an der Tiermedizinischen Fakultät so viel geklatscht wie über Maria und Bernhard. Sie galten bald als Paar, obwohl sie niemals den Anschein einer Liebesbeziehung erweckten. Sie hielten sich nicht an den Händen, und sie suchten keine Tuchfühlung, wenn sie auf der Treppe saßen und ihr mitgebrachtes Essen verspeisten. Maria hatte Bernhard am Anfang ernsthaft gefragt, ob auch er sich vor dem Gewimmel in der Mensa fürchte, dann aber erfahren, dass ihm einfach das Geld für das Mensaessen fehlte.

»Mein Vater ist Angestellter bei der Stadt. Ein eher kleiner. Wir müssen uns anstrengen, um die Studiengebühren aufzubringen und all die Bücher zu bezahlen, die ich unweigerlich brauche. Da bleibt kein Groschen übrig, egal, wie preiswert das Mensaessen ist«, gestand Bernhard ohne Scham.

Er arbeitete neben dem Studium zudem als Laufbursche, und in den Ferien suchte er sich Aushilfstätigkeiten. Maria erzählte ihm eifrig von ihrer Arbeit im Zoo.

»Dafür bekomme ich aber kein Geld«, sagte sie. »Es macht mir Spaß.«

Die Arbeit im Zoo verschaffte Maria einen großen Vorteil, als die ersten Prüfungen abgelegt waren und praktische Übungen im Seziersaal anstanden. Dr. Rüttig hatte sie stets zusehen lassen, wenn ein Tier aufgrund unklarer Todesursache seziert werden musste, und sie kannte die nötigen Instrumente und ihre Anwendung. Von all dem profitierte auch Bernhard, denn

Maria und er bildeten selbstverständlich eine Zweiergruppe am Seziertisch. Und wieder wurden sie Zielscheibe von Spott und dummen Scherzen.

Maria fand Hundehoden in den Taschen ihres Laborkittels, Bernhard eine Kippa im Magen eines Schweins. Nathan wurde darüber fuchsteufelswild, denn ihm hatte man die Kopfbedeckung am Tag zuvor entwendet, um sie dann heimlich in den Körper des Tieres einzunähen. Für ihn, einen gläubigen Juden, war das ein Sakrileg, schließlich galten Schweine im Judentum als unrein. Es kam zu einem massiven Streit, da er Bernhard verdächtigte, den bösen Streich verübt zu haben. Bernhard trug keine Kippa. Letztlich konnte man ihn zwar als Täter ausschließen, die Tat aber keinem der anderen Studenten nachweisen.

»Ich denke, es geht darum, dass die anderen dir die guten Noten neiden«, erwiderte Marias Bruder, als sie ihn fragte, warum diese Streiche eigentlich nicht als wunderliches Verhalten eingeordnet wurden. »Und wer so etwas tut, verhält sich nicht wunderlich, sondern schlicht bösartig. Lass dir davon keine Angst machen, Schneewittchen.«

Walter von Prednitz hatte seine eigenen Sorgen. In den vergangenen Jahren war seine Karriere ganz nach seinen Wünschen verlaufen. Er war zum Leutnant befördert und an die Kavallerieschule Hannover abkommandiert worden, wo er erfolgreich und ausgesprochen glücklich war. Die Arbeit mit den Pferden befriedigte ihn ebenso wie Maria ihr Studium der Tiermedizin. Doch seit dem Frühling 1914 schienen dunkle Wolken aufzuziehen. Walters Ausbilder sprachen immer häufiger davon, dass es Krieg geben könnte. Die Reitakademie würde in einem solchen Fall geschlossen und die Adepten Kavallerieregimentern zugeteilt und an die Front geschickt werden.

Walter mochte daran gar nicht denken. Er war ein leidenschaftlicher Reiter, hatte sich aber nie mit dem Gedanken auseinandergesetzt, eines Tages mit seinem Pferd in die Schlacht ziehen zu müssen. Wofür sollte er auch kämpfen? Politik interessierte ihn nicht, und mit dem Deutschen Kaiser verband er vor allem die Tatsache, dass der ein schlechter Reiter war und sich im Manöver nicht als großer Stratege hervortat. Friedrich von Prednitz kritisierte zudem die oft wenig diplomatische Ausdrucksweise des Staatsoberhauptes. Kaiser Wilhelm pflegte die Souveräne anderer Länder häufig zu brüskieren. Überhaupt beobachtete Marias und Walters Vater die politische Lage aufmerksam. Er war äußerst alarmiert, als der österreichische Thronfolger im Juni dem Attentat eines Serben zum Opfer fiel.

Maria hätte davon kaum etwas wahrgenommen, doch ihr Mentor Dr. Rüttig äußerte sich besorgt. »Es kommt zur Mobilmachung«, befürchtete er im Juli. »Die Russen und Österreicher rüsten schon auf. Und ob es uns gelingt, uns da herauszuhalten …«

Die deutsche Regierung unternahm halbherzige Versuche dazu. Das Auswärtige Amt versuchte zwischen Österreich und Serbien zu vermitteln. Wilhelm II. machte dies jedoch zunichte.

»Mit den Serben muss aufgeräumt werden, und zwar bald.«

Friedrich von Prednitz schüttelte den Kopf, als er die Äußerung des Kaisers zitierte. Er hatte es sich zur Gewohnheit gemacht, seiner Familie am Frühstückstisch die Zeitung vorzulesen. Amelie erklärte zwar, dass ihr davon nur übel würde, Maria und Walter, der zur Zeit des Attentats gerade Urlaub hatte, warteten dagegen stets gespannt auf Neuigkeiten.

»Das heißt, Deutschland wird Österreich im Krieg gegen Serbien unterstützen?«, fragte Maria.

»Wenn's nur das wäre …« Walter ließ sein Wurstbrot sinken, ihm verging gerade sichtlich der Appetit. »Aber es gibt Militärbündnisse. Wer Serbien angreift, der legt sich damit auch mit Russland an, außerdem mit Großbritannien und Frankreich.«

»Die ganze Welt wird brennen«, sagte Friedrich von Prednitz ernst. »Und danach wird nichts mehr so sein, wie es war.«

»Werden sie dich jetzt in den Krieg schicken?«, fragte Maria Bernhard am Tag der Mobilmachung.

Die meisten Deutschen schienen die Bedenken ihres Vaters und Dr. Rüttigs nicht zu teilen. Die Straßen waren voll von jubelnden und begeisterten Menschen, vor allem jungen Männern, die es nicht abwarten konnten, sich freiwillig zu den Waffen zu melden.

Bernhard schüttelte den Kopf. »Vorerst nicht«, meinte er. »Studenten sind freigestellt, ich habe auch meinen Grundwehrdienst noch nicht abgeleistet, also wäre ich ziemlich nutzlos an der Front. Ich könnte mich höchstens freiwillig melden.«

Maria blickte ihn verständnislos an. »Das wirst du doch nicht tun, oder?«, ereiferte sie sich ungewöhnlich emotional für ihre Verhältnisse. »Man würde auf dich schießen. Ich glaube, die meisten Leute haben das noch gar nicht begriffen, aber Krieg ist so definiert, dass sich Männer bewaffnet gegenüberstehen, um sich, aus abstrakten oder territorialen, von ihrer Regierung definierten Gründen gegenseitig umzubringen.«

Bernhard lachte grimmig. »So eine Definition habe ich zwar noch nie gehört, trotzdem hast du natürlich recht. Die Teilnahme an einem Krieg ist potenziell lebensgefährlich. Ich werde mich deshalb nicht freiwillig melden, sondern hoffen, dass alles vorbei ist, bevor ich mein Studium beendet habe. Ist das in deinem Sinne?«

Marias Miene verdüsterte sich. »Ich wünschte, mein Bruder könnte sich das auch aussuchen. Aber er wird kämpfen müssen.«

Bernhard seufzte. »Wir können ihm nur Glück wünschen.«

Walter von Prednitz wurde gleich zu Beginn des Krieges zum Leutnant befördert und dem 1. Garde-Ulanen-Regiment zugeteilt. Er musste sich von Hannover aus nach Berlin begeben. Der Abzug der Kavalleristen erfolgte so schnell, dass er nicht einmal Zeit fand, sich bei seiner Familie zu verabschieden. In der nächsten Zeit würde Maria ihm nur noch schreiben können – die Familie von Prednitz erhielt eine sogenannte Feldpostnummer, über die er zu erreichen sein sollte.

Dabei gehörte Walter zu den wenigen, die von ihrer Einberufung nicht begeistert waren. Die allermeisten jungen Deutschen gingen freiwillig zum Heer, selbst an der Hochschule lichteten sich in den nächsten Tagen und Wochen die Reihen der Studenten. Klaus Weberlein und seine Clique meldeten sich ebenso schnell zu den Waffen wie Nathan Groß. Plötzlich schien es egal, ob jemand Christ oder Jude war, Sozialist oder national gesinnt. »Ich kenne keine Parteien mehr, ich kenne nur noch Deutsche!«, erklärte der Kaiser.

Während sich Maria und Bernhard auf die Zwischenprüfungen vorbereiteten, rückte das deutsche Heer über Belgien in Richtung Frankreich vor.

Krieg

Belgien – Ledegem, Kortrijk
1914 bis 1919

Kapitel 1

Nellie und Phipps führten eine harmonische Ehe.

In Bezug auf die Hochzeit hatten sich die De Groots durchgesetzt. Sie hatten sich schon bald nach der Verlobung für eine Trauung in der Dorfkirche mit anschließender Feier im Dorfkrug ausgesprochen, während Josefine Van der Heyden lieber in einem feinen Hotel in Kortrijk gefeiert hätte. Nach der Trauung hatte die Landbevölkerung ihren jungen Tierarzt und seine Dr. Nellie immer wieder hochleben lassen.

Auch die Hochzeitsnacht war zufriedenstellend verlaufen. Im Gegensatz zu vielen anderen jungen Frauen hatte Nellie schließlich genau gewusst, was zu erwarten gewesen war, und sich nicht vor Phipps gefürchtet. Gemeinsam hatten sie sich durch ihr erstes Mal getastet, wie sie damals beim Tierärzteball auch mit dem Küssen experimentiert hatten.

Beide fanden schnell Freude daran, miteinander zu schlafen, aber die Gefahr, dass die Leidenschaft mit ihnen durchging, bestand nicht. So war es kein Problem für Nellie, baldigen Kindersegen zu vermeiden. Phipps ließ sich bereitwillig darauf ein, an ihren fruchtbaren Tagen enthaltsam zu sein. Er rechnete sogar mit und hielt sich freiwillig zurück, wenn an einem Tag auch nur entfernt die Möglichkeit bestand, ein Kind zu zeugen. Nellie führte das darauf zurück, dass er immer noch an das Versprechen dachte, das sie ihm vor der Hochzeit gegeben hatte: Falls sich die Gelegenheit ergeben sollte, seine Träume von einer Musikerlaufbahn wahr zu machen, würde sie ihn freigeben – zumindest sofern sie bis dahin nicht durch ein Kind gebunden waren.

Sie selbst glaubte nicht an eine zweite Chance für Phipps, doch auch sie wollte noch keine Kinder. Stattdessen genoss sie es, nun ganz offiziell als Tierärztin arbeiten zu können. Um Phipps Zeit zu geben, seinen Leidenschaften zu frönen, übernahm sie viele Hausbesuche und die Kleintiersprechstunde, während er Geige und Klavier übte. Sein Vater bemerkte das kaum, er zog sich immer mehr aus der Praxis zurück und unternahm Reisen mit seiner Frau. Jahrzehntelang hatte er sich keinen Urlaub gegönnt, weil sich nie eine Vertretung gefunden hatte. Nun nutzte das Ehepaar die neue Freiheit und erkundete Europa.

Auch im Sommer 1914 hoffte Nellie, das Haus mehrere Wochen für sich und Phipps allein zu haben – das Zusammenleben mit ihren nach wie vor sehr herrischen Schwiegereltern war das Einzige, was ihr Glück ein wenig trübte. Bereits zwei Wochen nach der Abreise der De Groots nach Ungarn erreichte Phipps jedoch ein Telegramm.

»Meine Eltern kommen zurück«, berichtete er. Nellie war gerade in der Praxis dabei, Spritzen zu sterilisieren. »Irgendein Thronfolger ist ermordet worden – in Serbien. Deshalb brechen sie die Reise ab.«

Nellie runzelte die Stirn. »Wollten sie nicht nach Ungarn? Das ist doch ziemlich weit weg.«

Tatsächlich hatte sie nur ungefähre Vorstellungen davon, wo Serbien und Ungarn lagen. In der St. Elisabeth School war kaum Geografie unterrichtet worden, und sie hatte sich auch nicht dafür interessiert. Weder sie noch Phipps hatten Sinn für Erdkunde und Politik.

»Ich glaube, der Mord hatte was mit Ungarn zu tun. Darüber stand letztens was in der Zeitung.«

Phipps machte sich an den Zeitungen zu schaffen, die von ihnen ungelesen im Wartezimmer lagen.

»Hier«, sagte er, als er fündig wurde. »Der österreichische Thronfolger Franz Ferdinand und seine Gattin Sophie. Erschossen von einem Mitglied der Untergrundorganisation Mlada Bosna. Der Täter erhoffte sich dadurch die Befreiung Bosnien-Herzegowinas von der österreichisch-ungarischen Herrschaft.«

»Wieso das denn?«, fragte Nellie. »Hört sich nach einer verworrenen Angelegenheit an.«

»Jedenfalls meinen die Österreicher, die serbische Regierung könne darin verwickelt sein, und drohen mit Konsequenzen. Hier steht, schlimmstenfalls könnte es Krieg geben.« Phipps fuhr fort, die Zeitung zu studieren.

»Und deshalb kommen deine Eltern jetzt zurück?« Nellie klang alles andere als begeistert. »Ist das nicht ein bisschen übertrieben?«

Phipps zuckte mit den Schultern. »Ich kann's nicht beurteilen«, sagte er ehrlich. »Aber in den nächsten Monaten werden wir wohl wieder auf die abendlichen Klavierkonzerte verzichten müssen.«

Nellie hörte gern zu, wenn Phipps nach dem Abendessen für sie spielte. Seine Mutter behauptete dagegen, von der »Klimperei« Kopfschmerzen zu bekommen.

»Stattdessen musst du die Kleintiersprechstunde machen.« Nellie seufzte.

Dr. De Groot konnte nicht nachvollziehen, wie oft Nellie allein hinaus zu den Bauern fuhr, aber hätte er sie mit den Kleintieren selbstständig arbeiten sehen, hätte es Ärger gegeben.

»Ein paar Tage haben wir ja noch«, tröstete Phipps. »Sie wollen den nächsten Zug nehmen, aber zwei bis drei Tage braucht der bestimmt.«

In den nächsten Tagen begannen Phipps und Nellie die Zeitungsmeldungen zu verfolgen, und als die De Groots zurückkehrten, wurde das gemeinsame Studieren der Nachrichten am Frühstückstisch schnell zur Gewohnheit. Phipps' Eltern berichteten von Unruhen, die in Österreich-Ungarn sofort ausgebrochen waren, nachdem der Thronfolger gestorben war. Der Herzog war zwar nicht sonderlich beliebt gewesen, aber der Konflikt mit Serbien schwelte wohl schon lange – ebenso wie weitere Konflikte zwischen Deutschland, Frankreich und Großbritannien. Russland schlug sich auf die Seite Serbiens und sammelte Truppen. Österreich forderte Reparationszahlungen von Serbien und stellte Ultimaten. Der deutsche Kaiser hielt martialische Reden.

»Die ganze Welt scheint verrückt geworden«, meinte Nellie. »Wenigstens Belgien bleibt neutral.«

Die belgische Regierung schien entschlossen, den Irrsinn eines Krieges nicht mitmachen zu wollen. Das Land gehörte keinem Bündnis an, das es im Ernstfall zwang, einem anderen Land Waffenhilfe zu leisten.

»Ich mache mir trotzdem Sorgen«, bemerkte Dr. De Groot. »Wenn Deutschland und Frankreich kämpfen, könnten wir zwischen ihnen zerquetscht werden.«

Vorerst bemühten sich die beteiligten Mächte allerdings noch um Frieden, und Nellies größte Sorge war die Frage, wie sie die Behandlung eines an Kolik erkrankten Pferdes mit der Forderung ihrer Schwiegermutter nach einem gründlichen gemeinsamen Hausputz verbinden konnte.

Dann jedoch eskalierten die Ereignisse.

»Die Russen machen mobil«, verkündete Dr. De Groot am 30. Juli nach Lektüre der Zeitung. »Und man geht davon aus, dass die Deutschen und Franzosen nachziehen. Worüber die Bevölkerung allgemein begeistert zu sein scheint. Die Männer melden sich in Scharen zu den Waffen.«

»Ich hab immer noch nicht ganz verstanden, worum es geht«, gestand Nellie und biss in ihr Honigbrot.

Mevrouw De Groot sah sie strafend an. »Das musst du ja

auch nicht«, bemerkte sie. »Das ist Männersache. Dir dagegen obliegt der Haushalt. Kann ich wenigstens heute mit deiner Mitarbeit bei der Durchsicht der Wintergarderobe rechnen?«

»Ich glaube, der Krieg geht uns Frauen sehr wohl etwas an«, sagte Nellie später verärgert zu Phipps. »Wenn Soldaten durchziehen und sie … Na ja, du weißt schon. Und wenn sie ihre Männer verlieren … Du meldest dich auf keinen Fall freiwillig, wenn Belgien sich doch noch beteiligt.«

»Belgien beteiligt sich nicht«, erklärte Phipps, der sich in der letzten Zeit etwas besser informiert hatte. »Unsere Neutralität wurde im Londoner Protokoll von sämtlichen Großmächten garantiert. Schon 1839, da gab es wohl irgendwelche Streitigkeiten zwischen Frankreich, Belgien und den Niederlanden. Ich habe das nicht ganz begriffen, aber es ist sonnenklar.«

Nellie rieb sich die Stirn. »1839? Das ist lange her. Wer weiß, ob dieser Kaiser Wilhelm und der Zar Nikolaus, und wie sie alle heißen, sich da noch dran erinnern … Fährst du jetzt noch mal raus zu meinem Koliker? Es ging ihm gestern besser, ich fürchte nur, die Sache ist noch nicht ausgestanden. Und ich mach mich mit deiner Mutter an den Hausputz. Damit es wenigstens sauber ist, wenn die Deutschen kommen …« Sie lachte.

Drei Tage später lachte sie nicht mehr.

»Die Deutschen haben Luxemburg besetzt«, las Dr. De Groot am Abend des 2. August aus einer Sonderausgabe der Zeitung vor. »In der letzten Nacht«, erklärte er, nachdem er den Artikel zu Ende gelesen hatte. »Blitzartig, die Luxemburger wurden völlig überrascht, es gab praktisch keine Gegenwehr. Und unserem König haben sie ein Ultimatum gestellt. Sie fordern freien Durchzug durch unser Land, ansonsten würden sie Belgien als Feind betrachten. Was das bedeutet, können wir uns wohl alle vorstellen.«

»Und wird der König ihnen das gewähren?«, fragte Phipps besorgt. »Um … um den Krieg zu vermeiden?«

»Wenn er dem stattgibt, wird uns Frankreich als Feind betrachten«, bemerkte Nellie. »Dann fallen die Franzosen hier ein. Krieg gibt es auf jeden Fall.« Sie war blass geworden. »Was machen wir jetzt?«, fragte sie in die Runde, ohne jemanden speziell anzusprechen.

»Lebensmittel horten«, sagte Mevrouw De Groot. »Reis, Nudeln, Kartoffeln, geräucherte Würste … alles, was sich lange hält. Du gehst zum Metzger, Philipp, Cornelia in den Kolonialwarenhandel. Kauf auch Bohnen, Linsen …«

»Und Genever«, fügte Dr. De Groot hinzu. »Oder anderen Schnaps. Der Alkohol geht im Krieg meistens zuerst aus.«

Nellie schüttelte den Kopf. »Nein, Mutter De Groot«, erklärte sie. »Du gehst zum Metzger. Ich fahre mit Phipps nach Kortrijk in die Apotheken und kaufe alles an Verbandsmaterial und Medikamenten, was wir in den nächsten Monaten in der Praxis brauchen. Du schreibst mir Rezepte, Phipps. In Kortrijk können wir dann auch gleich Lebensmittel einkaufen, wir müssen uns nur einen größeren Wagen leihen. Frag bei Bauer Jansen, der wohnt am nächsten und ist uns noch was schuldig. Wir haben schließlich gerade drei Nächte bei seiner kranken Kuh verbracht …«

Die De Groots verfielen – wie viele andere Bürger – in den nächsten Stunden in hektische Aktivität. Nellie und Phipps erfuhren am Nachmittag in Kortrijk, dass König Albert das Ultimatum der Deutschen abgelehnt hatte. Die Mehrzahl der Bevölkerung war da ganz seiner Meinung. Die belgischen Truppen begannen, sich zu sammeln.

»Können wir die Deutschen zurückschlagen?«, fragte Nellie, als sie einem nach Osten marschierenden Infanterieregiment begegneten.

Die Männer trugen schmucke blaugraue Uniformen, die

noch ziemlich neu wirkten. Viele Manöver hatten sie darin sicher noch nicht bestritten.

Phipps schüttelte den Kopf. »Nie«, sagte er. »Vielleicht werden wir sie ein paar Tage aufhalten. Aber so unvorbereitet, wie wir sind … Wer hat denn hier mit Krieg gerechnet?«

Nellie seufzte. »Wir sind jetzt jedenfalls gut vorbereitet«, erklärte sie und wies auf die Kisten mit Verbandszeug, Nahtmaterial und Medikamenten, die sich hinter dem Kutschbock auf dem Lieferwagen stapelten. Dazu hatten sie Säcke voller Hülsenfrüchte, Reis und andere Lebensmittel erstanden. »Wir können die Praxis weiterführen.«

»Wenn ich nicht an die Front muss«, sagte Phipps leise. »Allgemeine Mobilmachung … Ich weiß gar nicht, was das heißt. Aber es sieht schon aus, als würde jeder Mann gebraucht.«

»Du kannst doch gar nicht schießen«, sagte Nellie schockiert. »Was wollen sie denn da mit dir anfangen?«

Die De Groots erfuhren noch am Abend, welchen Dienst Phipps seinem Vaterland leisten sollte. In Ledegem wie in allen anderen Orten war eine Abordnung von Militärs eingetroffen, um Freiwillige für die Verteidigung des Landes zu rekrutieren.

»Wer keine militärische Ausbildung hat, wird hinter der Front zu Hilfsdiensten eingesetzt«, verkündete ein junger Leutnant. Er schien der Kavallerie anzugehören, und nachdem sich die Söhne der meisten Bauern – teilweise gleich zusammen mit ihren Reit- und Zugpferden – verpflichtet hatten, hatte er auch an die Tür der De Groots geklopft. »Wir haben erfahren, dass dem Landkreis hier zwei ausgebildete Tierärzte zur Verfügung stehen«, erklärte er, nachdem Nellie ihn hereingebeten hatte. »Die Armee ist dagegen völlig unterversorgt. Wir haben Militärärzte und Freiwillige für Feldlazarette, aber wenn Pferde oder Meldehunde verletzt werden oder erkranken, erwartet sie keine ausreichende fachkundige Versorgung. Insofern würde ich Sie bitten, Dr. De Groot …«, er wandte sich an Phipps, »… sich als Heeresveterinär zu verpflichten. Das Land braucht Sie!«

»Ich …« Phipps war nicht begeistert, fand aber keinen plausiblen Grund abzulehnen.

Auch sein Vater schien bereits nach Argumenten zu suchen. Die zwei hatten nicht mit Nellies Einwurf gerechnet.

»Die Pferde brauchen dich«, erklärte sie. »Das Land wirst du als Freiwilliger kaum unterstützen können, doch der Herr Leutnant hat recht, die Tiere müssen versorgt werden, und dabei kannst du dich einbringen. Schlimm genug, dass man sie in den Krieg mit hineinzieht. Die Pferde melden sich ja nicht freiwillig. Jedenfalls verdienen sie den bestmöglichen Schutz.« Sie musste an sich halten, um sich nicht gleich selbst als Tierärztin zur Verfügung zu stellen.

»Sie würden praktisch ausschließlich hinter der Front arbeiten«, wandte sich der Leutnant wieder an Phipps, nachdem er Nellie ein dankbares Lächeln geschenkt hatte. »Sie würden einen Offiziersrang als Stabsveterinär erhalten und natürlich den entsprechenden Sold. Sie kennen sich doch aus mit Pferden?«

Phipps nickte widerwillig. »Aber ich müsste hier wieder allein die Stellung halten«, beschwerte sich sein Vater. »Eigentlich wollte ich bald etwas kürzertreten.«

Der Leutnant sah ihn strafend an. »Der Krieg verlangt von uns allen Opfer«, erklärte er.

»Und ich helfe ja auch«, meldete sich Nellie erneut.

»Zudem werden Sie weniger zu tun haben«, fügte der Leutnant hinzu. »Dreiundzwanzig Pferde allein aus diesem Landkreis wurden der Armee bereits zur Verfügung gestellt. Es wäre Ihre erste Aufgabe, Dr. De Groot, sie auf ihre Tauglichkeit zu überprüfen. Also kann ich mit Ihrer Verpflichtung rechnen?«

Phipps sah von einem zum anderen. Seinem Vater waren die Argumente ausgegangen, und bei Nellie konnte er offenbar nicht mit Unterstützung rechnen.

»Mir bleibt wohl nichts anderes übrig«, erwiderte er unglücklich.

Am 4. August überschritt die deutsche Armee die Grenze nach Belgien – und Philipp De Groot folgte einer Kavallerieeinheit in Richtung Lüttich, wo das erste Feldlazarett für Tiere installiert werden sollte.

Nellie verabschiedete ihn liebevoll. »Du weißt, dass ich gehen würde, wenn ich könnte«, sagte sie entschuldigend.

Phipps seufzte. »Du hattest schon immer mehr Sinn für Abenteuer.«

Sie schüttelte ernst den Kopf. »Das ist kein Abenteuer, und wir sind keine Kinder mehr. Ich würde dich liebend gern hierbehalten, aber wir können die Pferde nicht im Stich lassen. Also pass gut auf meine Schützlinge auf.« Sie wies auf den Tross von meist schweren Pferden, die von den Bauern zur Verfügung gestellt worden waren – Infanteriepferde. Sie würden Kanonen und Nachschubtransporte ziehen. »Und auf dich!«

Nellie küsste ihn und winkte ihm nach. Phipps schaute verbissen nach vorn.

Namur, 20. 8. 1914

Liebste Nellie!

Ich hoffe, dass Dich dieser Brief noch erreicht – sicher bin ich mir da nicht, denn die Deutschen rücken schneller vor, als wir zurückweichen können, und ich fürchte, unsere Befehlshaber haben anderes zu tun, als die Feldpost ordnungsgemäß befördern zu lassen. Ich will aber dennoch versuchen, Dir einen Eindruck davon zu vermitteln, was hier passiert – es ist mir einfach ein Bedürfnis, meine Gefühle und Gedanken mit Dir zu teilen.

Du weißt, Nellie, dass die Welt für mich stets aus Musik bestanden hat, dass ich jedes Ereignis und jeden Menschen, dem ich be-

gegne, mit einer Melodie verbinde, die unweigerlich in meinem Kopf erklingt. So ist auch der Krieg für mich eine Symphonie – doch sie hat nichts wirklich Melodisches. Stattdessen … Nellie, es ist, als dirigierte hier der Teufel sein Orchester der Verdammten! Es ist laut. Der Lärm der Geschützfeuer vermischt sich mit dem der Einschläge von Mörserkanonen. Dazu kommen Schreie – Schreie der Angst, der Schmerzen, auch mal des Triumphes. Hufschläge, Herzschläge … Manchmal möchte ich den Kopf in den Armen verbergen, um nicht mehr zu hören, wie sich das alles zu einer Kakofonie des Verderbens vereinigt.

Dabei sollte ich der Front eigentlich gar nicht so nahe kommen. Ich sollte den Soldaten zunächst nur bis Lüttich folgen, wo in Fort Loncin das erste Veterinärhospital geplant war. Doch als wir eintrafen, wurde das Fort belagert, ebenso wie die anderen elf Festungen, die Lüttich schützen sollten. Die Deutschen hatten unsere Truppen bis dorthin vor sich hergetrieben, und wir verschanzten uns in den Forts, während die Soldaten sie heldenhaft gegen die Truppen von Generalfeldmarschall Karl von Bülow verteidigten.

Für mich gab es praktisch nichts zu tun, Pferde wurden nicht eingesetzt. Aber ich erinnerte mich an Deine Überzeugung, dass die Unterschiede zwischen Menschen und Tieren sooo groß nicht sein können, und also half ich im Feldlazarett aus. Es war schrecklich. Nach längeren Gefechten wussten die Ärzte kaum, wo sie anfangen sollten, so viele Verwundete trafen ein. Sie wurden nach Schwere der Verletzungen selektiert – wobei nicht etwa die Sterbenden zuerst operiert wurden, sondern diejenigen, bei denen eine Rettung am wahrscheinlichsten war. In diesen Tagen wurde die Musik in meinem Kopf zu einem zornigen Requiem.

Am 14. August brachten die Deutschen dann ein riesiges Geschütz vor das Fort, sie nannten die Kanone Dicke Bertha. Unser Oberbefehlshaber, General Leman, wies die Ärzte und Tierärzte daraufhin an, das Fort zu räumen. Wir mussten Lüttich verlassen und uns nach Namur zurückziehen. Die Stabsärzte schafften den Abzug in impo-

nierender Geschwindigkeit – als wir die Festung verließen, hörten wir schon die ersten Einschläge der Mörsergeschosse. Wenige Stunden später brach das Fort über seinen Verteidigern zusammen. Die wenigen Überlebenden gerieten in Gefangenschaft. Sie werden wohl nach Deutschland deportiert.

Nun betreiben wir das Hospital in Namur – inzwischen sind auch verletzte Pferde eingetroffen. Bislang konnten wir alle retten, was vor allem daran liegt, dass es nur die leicht verletzten bis hierher schaffen. Kann ein Pferd das Tempo des Rückzugs nicht mithalten, so lassen die Truppen es einfach zurück. Manchmal erschießen sie die Tiere, doch die Soldaten berichten auch von beklemmenden Bildern schwerst verletzter Pferde, die am Rande der Rückzugswege stehen oder liegen und langsam krepieren. Und das sind nicht die einzigen Schreckensmeldungen, die wir erhalten. Immer öfter kommen uns Berichte darüber zu Ohren, wie die deutschen Truppen in den von ihnen eroberten Orten wüten. Es scheint, als wollten sie an der belgischen Bevölkerung Rache dafür nehmen, dass unser König ihr unseliges Ultimatum ablehnte und sie zwang, sich den Weg durch unser Land zu erkämpfen.

In verschiedenen Städten wurden gleich nach dem deutschen Einmarsch willkürlich Menschen zusammengetrieben und erschossen. Angeblich hätten sie Widerstand geleistet oder wären als Spione erkannt worden. Dabei handelt es sich um alte Männer, Frauen und Kinder! Was für ein Spionagenetz hätten die schon bilden können? Angesichts dieser Nachrichten befürchte ich manchmal, Du könntest eher in Gefahr geraten als ich, denn wenn nicht noch ein Wunder geschieht, werden die Deutschen bald bis nach Flandern vorrücken. Haltet Euch auf jeden Fall versteckt, falls sie kommen – angeblich sind die ersten Tage der Besetzung die schlimmsten, die Besatzer sind dann noch erhitzt vom Kampf und gierig nach Blut.

Zurzeit rückt von Bülow zügig nach Namur vor. Heute wird um Brüssel gekämpft, es wird zweifellos fallen. Dann sind wir wieder in der Hauptschusslinie, aber das Oberkommando plant jetzt schon die

Verlegung der Hospitäler nach Antwerpen. Wir werden also erneut in Sicherheit gebracht – und laut unserer Heeresleitung gibt es sogar noch etwas Hoffnung. Großbritannien und Frankreich schicken Truppen auf dem Seeweg. Wann sie ankommen, weiß niemand, man spricht schon vom Wettlauf zum Meer.

Vielleicht lässt sich ja zumindest ein Teil unseres Landes halten – ich hoffe von ganzem Herzen, dass die vereinigten Truppen die Deutschen aufhalten können, bevor sie unser Dorf erreichen.

Ich denke an Dich und höre Deine Melodie, Nellie. Sie tröstet mich, wenn ich meine, verrückt zu werden bei all dem Krach und dem Blut. Und sie hilft mir, meine Kameraden aufzuheitern. Jeden Abend spiele ich die Geige – für meine Kollegen, für die Verletzten im Hospital und für Deine Pferde. Ich wünschte, ich könnte sie auch wieder für Dich spielen.

Dein Phipps

Nellie ließ den Brief sinken, der sie am 25. August erreicht hatte. Sie hatte Tränen in den Augen, nie hätte sie gedacht, dass Phipps so wunderbare Briefe schreiben konnte. Die Nachrichten, die er ihr hier übermittelt hatte, waren ihr allerdings nicht neu. Nach wie vor berichteten die Zeitungen vom Kriegsverlauf, am Tag zuvor war auch Namur eingenommen worden. Die in Städten wie Andenne, Dinant und Tamines verübten Gräuel an der Zivilbevölkerung waren ebenfalls Thema der Berichterstattung gewesen und hatten die De Groots und Van der Heydens zutiefst schockiert.

Ihre Mutter hatte den Vorschlag gemacht, nach Utrecht zu ihren Großeltern zu fliehen, doch Nellies Vater wollte seine Patienten nicht allein lassen – und Nellie nicht ihre Tiere. Dabei focht sie bei der Arbeit auf ziemlich verlorenem Posten. Dr. De Groot hatte auch die Behandlung der Großtiere wieder an sich gerissen und reagierte gereizt, wenn die Pferdebesitzer nachfragten, ob nicht Dr. Nellie kommen könne. Nellie half sich, indem sie den Telefondienst übernahm und sich sofort auf den Weg machte, wenn ein Pferdebesitzer anrief. Sie musste sich dann allerdings jedes Mal rechtfertigen, wenn ihr Schwiegervater davon erfuhr. Immerhin erlaubte er ihr inzwischen, ihm in der Kleintierpraxis zur Hand zu gehen – doch auch dies war eine Gratwanderung. Nellie musste sich nützlich machen, ohne erkennen zu lassen, dass sie Diagnose und Behandlung genauso gut hätte vornehmen können wie der alte Tierarzt.

Von ihrer Schwiegermutter wurde Nellie ebenfalls mit Argusaugen beobachtet. Sie befürchtete, dass sie bei ihren Besuchen auf den Bauernhöfen den Jungbauern schöne Augen machte. Die befanden sich inzwischen zwar überwiegend an der Front, doch davon wollte Mevrouw De Groot nichts hören. Sie konnte sich schlicht nicht vorstellen, dass Nellie nur um der Tiere willen bei Wind und Wetter oder gar bei Nacht das Pony anspannte, oft nachdem ihr Mann die Besitzer auf den nächsten Tag vertröstet hatte. Nellie wünschte sich Phipps von ganzem Herzen zurück – und die alten De Groots ans andere Ende der Welt.

Nach dem ersten, sehr schnellen Vormarsch der Deutschen zeigten sich die Belgier erstaunlich tapfer. Sie hielten die Festung Antwerpen den gesamten September hindurch – Phipps schrieb in dieser Zeit regelmäßig und berichtete von einem erneut fast leeren Tierhospital, während die Soldaten im Feldlazarett starben. Inzwischen war es in den besetzten Gebieten zu weiteren Ausschreitungen gekommen. Besonders in der alten Stadt Löwen brannten die Häuser, darunter die Bibliothek mit unschätzbar wertvollen Werken der Literatur und Buchdruckerkunst. Weiterhin wurden zweihundert Zivilisten getötet.

Anfang Oktober fiel Antwerpen – doch die Belgier zogen sich kämpfend zurück. Endlich waren nun auch erste britische und französische Truppen eingetroffen, die sie dabei unterstützten. Die Front rückte Kortrijk nun gefährlich nahe, sie sollte die

Stadt dennoch nicht überrollen. Die flüchtenden Belgier und ihre Alliierten umgingen sie und zogen sich hinter den Fluss Yser zurück. Der Fluss bildete nun die hart umkämpfte Frontlinie – und Kortrijk lag auf der rechten Seite, im von Deutschland kontrollierten Gebiet. Es würde nicht lange dauern, bis die Besatzer die Stadt in Besitz nahmen. Der Ortsvorsteher von Ledegem riet seinen Bürgern, das Dorf nicht zu verlassen.

Der Einmarsch der Deutschen vollzog sich schließlich undramatisch. Kortrijk und die umliegenden Orte wurden nicht von brutalen Frontkämpfern eingenommen, sondern vom Tross des Heeres besetzt. Kortrijk war die der Front nächstgelegene größere Stadt, und so waren die Besatzer weniger daran interessiert zu zerstören, als die Infrastruktur zu nutzen. Natürlich übernahm das deutsche Militär das Rathaus, einen prächtigen gotischen Bau, um dessen Glasfenster und unschätzbare Wandmalereien die Bürger gefürchtet hatten. Die Besatzer zerstörten allerdings nichts, sie setzten dort nur vier Stadtverordnete als Geiseln fest, die alle paar Stunden gewechselt wurden. Die Aktion sollte dazu dienen, die Ruhe zu bewahren, doch nach den Ausschreitungen in den anderen Städten lag den Bürgern nichts ferner als Aufruhr. Entschieden wichtig war den Deutschen zudem der Bahnhof, der sofort besetzt wurde, sowie die Sperrung sämtlicher Brücken. Am Abend des 17. Oktober konnte die Bevölkerung aufatmen. Es war nicht zu Ausschreitungen oder gar Erschießungen gekommen, es wurden lediglich Gebäude als Verwaltungssitze und Militärhospitäler requiriert. Das beste Hotel am Platz sollte künftig Offiziere beherbergen. Es sah aus, als gedächten die Deutschen, lange zu bleiben.

In Ledegem ließen sich die Besatzer erst zwei Tage später blicken. Zwei Versorgungsoffiziere und einige Soldaten erklärten das Dorf offiziell zur deutschen Verwaltungszone und begannen sofort, Verpflegung für die Truppen zu requirieren. Die Männer durchsuchten die Bauernhöfe und beschlagnahmten Vorräte und Tiere, vor allem Pferde und schlachtreifes Vieh. Natürlich hatten die Landwirte mit solchen Maßnahmen gerechnet und einen Teil ihres Viehbestandes in den Wald getrieben. Wertsachen hatte man größtenteils vergraben. So hielt sich der Schaden in Grenzen, aber die Deutschen begnügten sich selbstverständlich nicht mit einem einzigen Raubzug, sondern verpflichteten die Bauern gleich, das Heer mit Milch und Fleisch zu beliefern. Ob sie dafür bezahlt werden würden, ließen die Besatzer offen.

Nellies Familie blieb völlig ungeschoren. Phipps hatte das Reitpferd seines Vaters mitgenommen, als er sich dem Heer angeschlossen hatte, und das Pony Cees befanden die Deutschen wohl als zu klein, um ihnen nützlich zu sein. An medizinischem Material schien es den Besatzern vorerst auch nicht zu mangeln – sowohl Nellies Vorräte als auch die ihres Vaters für seine Patienten blieben unbehelligt. Die gehamsterten Lebensmittel hatte Greta De Groot gut versteckt.

Nachdem die Deutschen das Dorf verlassen hatten, ging das Leben im Großen und Ganzen weiter wie zuvor. Nellie hatte jetzt noch weniger zu tun, da der Tierbestand sich weiter minimiert hatte, allgemein herrschte große Unsicherheit darüber, was die Zukunft bringen würde. Eine Zeitung gab es nicht mehr, die Dörfler waren von der Welt abgeschnitten. Vom Kriegsverlauf erfuhren sie nur etwas, wenn sich jemand nach Kortrijk wagte und sich dort umhörte, doch das tat kaum jemand. Nellie dagegen wollte wissen, was vor sich ging, und ein paar Tage nach dem Einmarsch traute sie sich, ihr Pony in Richtung Kortrijk zu lenken. Sie stellte fest, dass der Ausflug völlig risikofrei war. Auf dem Weg begegneten ihr gelegentlich deutsche Militärfahrzeuge und Reiter, doch die kümmerten sich nicht um die Zivilisten, sie schienen alle sehr beschäftigt. Am Ortseingang wurde kontrolliert, Nellie empfanden die damit beauftragten Soldaten allerdings nicht als bedrohlich. Sie versuchten sogar, mit ihr zu flirten, und sie machte gute Miene zum bösen Spiel, indem sie lächelte und versuchte, die Anspielungen und Komplimente der Deutschen zu verstehen und zurückzugeben.

Im Ort dominierten dann endgültig die deutschen Uniformen, die meisten Männer waren feldgrau gewandet und trugen Mützen oder Pickelhauben. Sie wirkten nicht übertrieben martialisch, sondern eher müde und schlecht gelaunt – was sicher auch daran lag, dass es in Strömen regnete. Die belgischen Bürger der Stadt wagten sich deshalb wohl gar nicht erst auf die Straße, man sah nur selten Passanten. Viele Geschäfte waren geschlossen, die Lokale und Hotels jedoch geöffnet – und gefüllt mit deutschen Gästen. Nellie wagte nicht, ihr Gespann davor abzustellen und hineinzugehen. Ein ganzer Trupp von Soldaten marschierte vom Bahnhof aus zum Casinoplatz. Hier war eine Schule zur Einquartierung frischer Truppen umfunktioniert worden. Rund um den Bahnhof herrschte der meiste Betrieb. In der Nähe war ein Lazarett untergebracht, und Nellie sah diverse Krankentransporte. Auf einem der Lastwagen, der anscheinend notdürftig versorgte Verwundete von der Front in die früher als Museum und Theater genutzten Hallen an der Schouwburgplein gebracht hatte, erkannte sie eine belgische Uniform. Ein junger Leutnant, der totenblass wirkte. Sein rechter Arm war nur noch ein Stumpf, durch den Notverband rann Blut. Dennoch schien der Mann ansprechbar.

Nellie lenkte ihren Wagen neben den Krankentransport, der vor dem Lazarett auf Pfleger wartete. »Was geht vor an der Front?«, fragte sie den Verwundeten.

»Nichts …« Die Stimme des Mannes war schwach. »Nichts vor und nichts zurück. Hoch… Hochwasser … der Regen. Sie … sie kämpfen noch, aber alles versinkt im Schlamm … Wir werden uns … eingraben, da … werden uns eingraben … Schützengräben …« Er verstummte.

Nellie verstand nicht recht, was er mit dem Eingraben

meinte, und hatte auch das Wort ›Schützengraben‹ noch nie gehört. Sie musste jedoch weiterfahren, da Pfleger mit Tragen aus dem Hospital kamen.

Erdarbeiten planten offenbar auch die Deutschen. Als Nellie zum Bahnhof kam, sah sie, dass ein Lastwagen mit Spaten und Schalholz beladen wurde. Kortrijk hatte einen großen Bahnhof mit ausladenden Hallen, und Nellie stellte fest, dass ein Teil davon zu Ställen umfunktioniert wurde. Offenbar reisten mit der Bahn nicht nur Männer, sondern auch Pferde an, oder requirierte Pferde wurden nach Deutschland geschickt. Bisher waren noch wenige Ständer besetzt, meist von schweren Infanteriepferden. Nellie fand es erfreulich, dass die Tiere hier immerhin im Trockenen stehen würden.

Für eine Gruppe belgischer Soldaten, die man in eine Art Pferch gesperrt hatte, galt das nicht. Niemand hatte sich die Mühe gemacht, einen Unterstand für die Kriegsgefangenen zu errichten. Manche schützten sich mit Planen vor dem Regen, andere ließen sich stoisch durchnässen. Den beiden Bewachern der Gefangenen, älteren Infanteristen, blieb ebenfalls nichts anderes übrig. Sie standen herum und hielten sich an ihren Gewehren fest. Nellie fand eine Anbindemöglichkeit für ihr Pony auf dem Bahnhofsplatz und schlich sich hinter einem riesigen Stapel von Strohballen bis an den Pferch. Sehr bald wurde sie von einem der Gefangenen bemerkt. Der Mann schlenderte unauffällig möglichst nah an sie heran.

»Was ist los an der Front?«, fragte sie auch ihn.

Er sah sich um, bevor er antwortete. »Die Front steht«, erklärte er dann hastig. »Wir haben sie aufgehalten. Wir und die Yser, das Hochwasser bringt alle Kämpfe zum Erliegen. Wir bauen jetzt Schützengräben. Um die Stellung zu halten. Die Franzosen denken an eine Offensive, wenn das Wetter besser wird. Aber der König lehnt das ab, er hält es nicht für aussichtsreich.«

»Das Wetter wird ja jetzt auch nicht mehr besser«, bemerkte Nellie. »Es ist Oktober. Die nächsten sechs Monate wird es regnen. Was … was machen die Deutschen mit ihnen?« Sie umriss mit einer Handbewegung das Lager der Kriegsgefangenen.

»Deportieren. Zwangsarbeit für den Kaiser. Aber ich versuch abzuhauen, wenn's eben möglich ist.« Der Mann schien optimistisch zu sein.

»Dann viel Glück!«, wünschte ihm Nellie, bevor ihr noch etwas einfiel. »Wissen Sie was von den Stabsveterinären? Vom Pferdehospital?«

»Nee, ich war direkt an der Front. Und soweit ich weiß, ist das Feldlazarett in Hazebrouck. Da werden die ganzen Ärzte sein, die nicht an der Front sind.«

Nellie bedankte sich, wünschte dem Mann und seinen Gefährten noch einmal Glück und ging dann zurück zu ihrem Pony. Sie versuchte, ein paar Einkäufe zu machen, doch das erwies sich als aussichtslos. Nur der Apotheker verkaufte ihr einige wenige Medikamente. Seine Regale waren weitgehend leer.

»Die Deutschen haben sich hier schon bedient«, sagte der Mann seufzend, »aber selbst, wenn ich noch viel zu verkaufen hätte … man weiß ja gar nicht, welche Währung zurzeit gilt. Die Deutschen haben Belgien jetzt zum Generalgouvernement erklärt, und die Nationalbank hat direkt deutlich gemacht, dass sie kein Geld mehr herausgibt. Also zahlen wir jetzt mit dem belgischen Franc oder der Reichsmark oder was? Womöglich sind die Scheine hier gar nichts mehr wert.« Er ließ das Geld, das ihm Nellie gerade gegeben hatte, achtlos durch die Hände gleiten.

Nellie bedankte sich auch bei ihm, bevor sie sich auf den Heimweg machte. Mehr würde sie nicht erfahren können. Aber immerhin hatte sie am Abendbrottisch etwas zu erzählen. Und sie brauchte sich keine Sorgen um Phipps zu machen. Wie es aussah, war er in Sicherheit.

Während die Soldaten an der Westfront den ersten Winter in den Schützengräben verbrachten und dort unter Kälte, Nässe und Ungeziefer litten, ging das Leben in Ledegem weiter wie bisher. In Kortrijk kam es zwar bereits zu Lebensmittelengpässen, aber die Bauern hatten genügend gehortet und produzierten weiterhin Eier und Milch. Nellie und Dr. De Groot ließen sich jetzt in Naturalien bezahlen, wenn sie sich um deren Tiere kümmerten, und ihr Vater hielt es mit seinen menschlichen Patienten nicht anders. Das erste Kriegsjahr hätte insofern glimpflich für alle vorübergehen können – wäre es zwischen Nellie und Dr. De Groot nicht letztlich zum Eklat gekommen. Nach wie vor spielte sie das Spiel mit dem Telefon – und die Pferdebesitzer schienen es inzwischen zu durchschauen. Sie legten auf, wenn nicht Nellie, sondern ihre Schwiegermutter den Hörer abnahm. Irgendwann musste die Sache jedoch herauskommen, und das geschah im März 1915, als ein Pferdezüchter um eine Trächtigkeitsuntersuchung bei zwei seiner Stuten bat. Mevrouw De Groot nahm den Anruf entgegen, aber ihr Mann zeigte wenig Begeisterung, gleich am nächsten Tag und wahrscheinlich wieder mal in strömendem Regen ins Nachbardorf zu fahren, wo der Züchter lebte.

»Kann er nicht einfach abwarten, ob die Stuten wieder rossig werden?«, fragte er unwillig. »Oder dicker?«

»Sie rossen wohl beide ziemlich still«, bemerkte Nellie. Sie kannte den Züchter und war sicher, dass er auf ihren Besuch hoffte. »Und er will es bald wissen, weil er Angst hat, dass die Stuten requiriert werden. Wenn sie trächtig sind, nehmen die Deutschen sie ihm nicht weg.«

Die Deutschen requirierten eigentlich lieber Wallache – kastrierte Hengste –, aber die sehr schönen Warmblutstuten dieses Züchters hätte ihre Kavallerie sicher nicht abgelehnt. Sie waren nur nicht gleich mitgenommen worden, weil sie Fohlen bei Fuß geführt hatten, als die Besatzer die Ställe das erste Mal inspiziert hatten.

Dr. De Groot murmelte etwas Unverständliches und widmete sich dann wieder seinem Wurstbrot. Nellie beschloss, nach der Kleintiersprechstunde am nächsten Morgen selbst hinzufahren und die Stuten zu untersuchen. Sie tat das gern. Es war im frühen Stadium der Trächtigkeit eine knifflige Aufgabe, und die Herausforderung reizte sie.

Pony Cees musste tatsächlich mal wieder bei Regen aus dem Stall – aber das Wetter besserte sich, als Nellie unterwegs war, und die Fahrt machte ihr Spaß. Der Winter war lang und kalt gewesen, es hatte wenig zu tun gegeben, und Nellie hatte sich die Zeit damit vertrieben, deutsche Zeitungen zu entziffern, die einzigen, die zurzeit in Kortrijk zu haben waren. Durch die Lektüre blieb sie wenigstens halbwegs auf dem Laufenden über den Kriegsverlauf, auch wenn die Deutschen möglicherweise einiges beschönigten. Während die Front im Westen praktisch eingefroren war, wurde im Osten den ganzen Winter über heftig gekämpft. Zurzeit tobte eine Schlacht in den Karpaten, die Deutschland und Österreich zu gewinnen schienen. Nach dem Kriegseintritt des Osmanischen Reiches aufseiten der Deutschen und der Ausweitung des Krieges auf die Kolonien wurde inzwischen fast auf der ganzen Welt gekämpft. Nur Amerika hielt sich noch heraus, und auch in Neuseeland und Australien gab es keine Kämpfe. Nellie konnte das nicht nachvollziehen, und sie kannte niemanden sonst, der erklären konnte, warum man sich eigentlich so erbittert bekriegte. Hier zogen Staaten gegeneinander in die Schlacht, die vorher nie etwas miteinander zu tun gehabt hatten, und ganz sicher keinen Streit.

Schließlich erreichte sie den gepflegten Hof der Familie Goossen. Die Goossens gehörten zu den reichsten Landwirten der Gegend, sie betrieben eine Rinderzucht, aus der viele preisgekrönte Tiere hervorgegangen waren. Ihren Zuchtbullen hatten nun allerdings die Deutschen requiriert, er war mit dem Zug nach Bayern gereist. Umso mehr befürchtete Mijnheer Goossen, nun auch noch seine Zuchtstuten zu verlieren. Er betrieb die Pferdezucht als Hobby, ohne eigenen Hengst, aber er besaß vier bildschöne niederländische Warmblutstuten. Zwei von ihnen hatten vor Kurzem abgefohlt, zwei weitere waren einen Monat zuvor belegt worden. Sie warteten nun im Stall auf Nellie. Mijnheer Goossen begrüßte sie erfreut und half ihr, das Pony anzubinden.

»Da hab ich ja Glück, dass Sie Zeit für uns hatten, Dr. Nellie«, sagte er fröhlich. »Nichts gegen den alten Dr. De Groot, bei Rindern ist der unschlagbar, aber mit Pferden hat er nicht die glücklichste Hand.«

Nellie fand das auch, äußerte sich jedoch nicht dazu. Stattdessen folgte sie dem Züchter in den Stall und sprach die Stuten freundlich an, während ein Bursche sie aufhalfterte und eine nach der anderen in die Stallgasse führte. Nellie griff wieder mal zu Vaseline und führte ihre Hand dann in den Enddarm des Pferdes ein. Von dort aus konnte ein guter Tierarzt die Gebärmutter ertasten und herausfinden, ob ein Fohlen darin heranwuchs.

Bei der ersten Stute war Nellie sich schnell sehr sicher, und der Züchter strahlte. Bei der zweiten war die Diagnose schwieriger.

»Also … trächtig ist sie auf jeden Fall«, befand Nellie schließlich. »Ich kann leider eine Zwillingsträchtigkeit nicht ausschließen.«

Das war eine schlechte Nachricht. Stuten brachten nur selten gesunde Zwillinge zur Welt, meist verloren sie beide Fohlen. Der Züchter wirkte denn auch betroffen.

»Wollen Sie versuchen, eins abzudrücken?«, fragte er, wenig begeistert.

Nellie schüttelte den Kopf. »Nein, ich würde raten, erst mal abzuwarten. In den meisten Fällen resorbiert die Stute das zweite Fohlen in den ersten Trächtigkeitswochen. Wir sollten einfach in einem Monat noch mal nachsehen, und …«

»Was zum Teufel machst du da, Cornelia?« Während Nellie, den Arm immer noch im Pferdedarm, die Handlungsmöglichkeiten erklärte, tauchte urplötzlich Dr. De Groot im Stalleingang auf.

Sowohl Nellie als auch Willem Goossen und der Knecht zuckten zusammen.

»Vater De Groot …«

Nellie stammelte etwas vor sich hin und zog ihren Arm aus dem Pferdedarm. Phipps' Vater musste jedoch schon gesehen haben, dass sie die Trächtigkeitsdiagnose professionell durchgeführt hatte.

»Der Viehhändler hatte die Freundlichkeit, mich mitzunehmen«, erklärte der Tierarzt sein Erscheinen. »Aber wie ich sehe, hat meine Arbeit ja schon jemand anderes übernommen.« Er warf Nellie einen frostigen Blick zu.

Willem Goossen nickte freundlich. »Ja, tut mir leid, dass Sie sich nun auch noch herbemüht haben. Wir sind jedenfalls schon fertig – und Dr. Nellie hat mir Hoffnung auf zwei gesunde Fohlen gemacht –, falls uns nicht ein drittes in die Quere kommt. Wie wär's? Gehen wir ins Haus und trinken eine Tasse Kaffee? Meine Frau hat sogar Kuchen gebacken – unsere Hühner sind ja noch ganz fleißig.«

Er zwinkerte ihr und ihrem Schwiegervater zu. Der sah allerdings nicht aus, als wäre er in der Stimmung, bei einem Kaffeeklatsch ein wenig zu plaudern. Und sie selbst war es ebenso wenig.

Dr. De Groot lehnte denn auch gleich ab. »Nein, danke. *Dr. Nellie* kann mich gleich mit zurücknehmen. Ich schätze, meine Schwiegertochter wird mir auf dem Weg einiges zu erklären haben.«

Willem Goossen blickte zweifelnd von einem zur anderen und verabschiedete sich.

»In einem Monat rufe ich dann noch mal an«, rief er Nellie zu.

Sie nickte zerstreut und wappnete sich für die Stunde der Wahrheit.

»Du siehst also, Vater De Groot«, sagte sie gespielt optimistisch, nachdem sie ihrem Schwiegervater von Phipps' und ihren gemeinsamen Studien in Utrecht erzählt hatte. Sie hielt locker die Zügel, das Pony fand praktisch allein nach Haus. »Ich bin nicht weniger qualifiziert als Phipps. Natürlich habe ich keine Prüfungen abgelegt, aber ich hätte sie bestanden, da bin ich sicher. Und inzwischen habe ich viel Erfahrung mit Großtieren. Ich kann Phipps mühelos ersetzen.«

Dr. De Groot blitzte sie an. »Das glaubst du nicht wirklich, Cornelia! Diese Scharade, die ihr da aufgeführt habt … ich bin empört! Und selbstverständlich wirst du nicht weiter als Tierarzt – oder sollte ich gar ›Tierärztin‹ sagen? – praktizieren …«

»Tierärztin wäre das richtige Wort«, fiel Nellie ihm ins Wort. »Und warum soll eine Frau keine Trächtigkeit beim Pferd feststellen oder einem Hund eine Wunde verbinden können? Ich tue das jetzt seit zwei Jahren, Vater De Groot. Und bislang hat sich noch niemand beschwert. Im Gegenteil.«

»Eine Frau soll all das nicht tun, weil es nicht ihrem Wesen entspricht«, erklärte Dr. De Groot. »Es wird weder ihrer körperlichen noch ihrer seelischen Natur gerecht. Frauen sind auch rein intellektuell nicht in der Lage, die komplizierten Zusammenhänge im Körper zu erfassen, die der Praxis der Medizin zugrunde liegen …«

Nellie hätte beinahe gelacht. »Dann bin ich da wohl eine Ausnahme«, bemerkte sie. »Ich habe Phipps' sämtliche Bücher gelesen und ihn vor jeder Prüfung abgehört. Du kannst mich gern heute noch prüfen. Chemie, Anatomie …«

Sie war sich sicher, dass sie bei einer solchen Prüfung besser abschneiden würde als ihr Schwiegervater. Der praktizierte schließlich seit fünfundzwanzig Jahren ohne jede Fortbildung.

»Völliger Unsinn, Cornelia. Du machst dir da selbst etwas vor, und Philipp … der hat sich ja schon immer von dir zu Dummheiten anstiften lassen. Eine Frau, Cornelia, gehört ins Haus. Sie kümmert sich um die Küche, die Kinder …« Er hielt inne. »Cornelia, ist das womöglich der Grund, dass eure Ehe in zwei Jahren noch nicht mit Kindern gesegnet wurde? Obwohl ihr es ja durchaus regelmäßig versucht …«

Nellie sah ihn empört an. »Wie kannst du das wissen?«

Dann wurde es ihr jedoch klar. Das Haus war hellhörig, natürlich. Auch Phipps und sie bekamen mit, wenn sich die alten De Groots vor dem Schlafengehen noch unterhielten, wenn sie die konkreten Worte auch nicht verstanden. Sie waren allerdings noch nie auf die Idee gekommen, dass das andersherum genauso war. Und sich nicht auf Worte, sondern andere Geräusche bezog …

Nellie errötete tief.

»Habt ihr die Empfängnis … womöglich bewusst verhindert?« De Groots Stimme wurde regelrecht bedrohlich.

Nellie wollte zunächst leugnen, doch dann überwand ihr Zorn ihren Wunsch, den Schwiegervater zu beschwichtigen.

»Ich würde sagen, das geht dich nichts an«, erklärte sie, so ruhig sie eben konnte. »Es ist empörend, im Ehebett bespitzelt zu werden. Wenn Phipps zurückkommt, werden wir ausziehen.«

Dr. De Groot lachte. »Das werden wir dann sehen«, bemerkte er. »Vorerst jedenfalls wirst du dich aus meiner Arbeit heraushalten. In meiner Praxis wirst du kein Tier mehr behandeln, egal, wie viel du zu können und zu wissen meinst. Auch nicht, wenn Philipp zurückkehrt, was in der nächsten Zeit ja wohl nicht zu erwarten ist. Sobald er allerdings wiederkommt, wird er sich einiges von mir anzuhören haben. Wir haben ihm viel zu viele Schrullen durchgehen lassen. Die Freundschaft mit einem Mädchen, diese Geige …«

»Phipps ist erwachsen«, erinnerte ihn Nellie.

»Vielleicht lehrt ihn ja der Krieg, sich auch so zu benehmen«, sagte sein Vater. »Und nun Schluss mit diesem leidigen Thema. Von jetzt an übernehme ich wieder sämtliche Hausbesuche, und ich werde die Patientenbesitzer darüber aufklären, welchem kindischen Streich sie da aufgesessen sind. *Dr. Nellie* gibt es nicht mehr.«

Kapitel 3

Die Stimmung im Haus der De Groots blieb auch in den nächsten Wochen frostig – Nellies Eltern waren ebenso aufgebracht wie ihre Schwiegereltern. Die Möglichkeit, ihre Tochter hätte längst schwanger sein können, hätte darauf aber bewusst verzichtet, um einem Beruf nachzugehen, der ihr verboten war, brachte Josefine Van der Heyden an den Rand der Hysterie. Nellies Vater erklärte ihr, wie zutiefst enttäuscht er von ihr war, sprach von Betrug und Amtsanmaßung.

»Wahrscheinlich hast du dich sogar strafbar gemacht«, sagte er. »In Zukunft hast du dich jedenfalls zu benehmen. Wenn du im Haus nicht genug zu tun hast, kannst du dich ja im Frauenverein engagieren.«

»Und Socken für unsere Soldaten an der Front stricken?«, fragte Nellie provokant.

Mit dieser Aufgabe hatten sich die Frauen tatsächlich den Winter über beschäftigt, wobei es natürlich schwierig war, die Socken aus dem besetzten Land heraus und zu ihren Adressaten zu schaffen. Sie witzelte, dass die von den Deutschen so gefürchteten Franc-tireurs, wie man französische und belgische Spione und Partisanen nannte, wohl hauptsächlich damit beschäftigt waren, Socken über die feindlichen Linien zu schmuggeln. Tatsächlich wurden die Strickwaren in die freien Niederlande verschickt. Von dort, so hoffte man, würden sie an die Front gelangen.

»Zum Beispiel«, erklärte ihr Vater, ohne auf die Ironie einzugehen. »Such dir eine Beschäftigung, mit der du nicht aneckst.«

Nellie hatte selten etwas so schwierig gefunden. Ihre Mutter als auch Mevrouw De Groot waren gute Hausfrauen, und beide hatten eine Haushaltshilfe. Für Nellie gab es da kaum etwas zu tun. Sie beschäftigte sich also mit Lesen – wobei sie Bücher und Zeitschriften über Tiermedizin nach wie vor interessanter fand als Romane – und der Informationsbeschaffung. Wann immer ihr Schwiegervater auf Pferd und Wagen verzichten konnte, fuhr sie mit Cees nach Kortrijk und besorgte Zeitungen. Immer wieder sprach sie mit belgischen Kriegsgefangenen, aber es gab nur wenige. Die deutschen Zeitungen, die Nellie immer müheloser las – sie lernte bei ihrer Lektüre unweigerlich die fremde Sprache –, berichteten von vielen Toten aufseiten der Alliierten.

Seit Ende April setzten die Deutschen Giftgas ein, und anfänglich waren die Belgier, Briten und Franzosen davor panisch geflohen. Die Zeitungen veröffentlichten Fotos von Pferden und Meldehunden, die wie die deutschen Soldaten spezielle Gasmasken trugen, damit sie geschützt waren. Das Gas unterschied schließlich nicht zwischen Freund und Feind, und je nachdem, wie sich der Wind drehte, waren auch die Angreifer betroffen. Nellie hoffte, dass die Alliierten und ihre Tiere ebenso schnell damit ausgestattet wurden, befürchtete indes, dass die Verteidiger bislang keine Zeit gehabt hatten, sich mit der Entwicklung von Gasmasken für Vierbeiner zu befassen.

Die Deutschen siegten ebenfalls an der Ostfront – die Zustände dort mussten für Mensch und Tier verheerend sein –, und sie führten einen U-Boot-Krieg, auch gegen Handels- und Passagierschiffe. Nachdem dabei einige Hundert Amerikaner umgekommen waren, schien Amerika nahe daran, in den Krieg einzugreifen. Noch ließ sich das Land allerdings von den Deutschen beschwichtigen.

Die Stimmung in Kortrijk war schlecht, die Stadtbevölkerung litt unter der ungenügenden Versorgung mit Lebensmitteln. Den deutschen Besatzern ging es dagegen relativ gut. Es gab inzwischen elf Militärlazarette im Ort, und die Genesenden sowie die Besatzungstruppen amüsierten sich in den Bier- und Weinlokalen. Zum Teil hatte man die Gaststätten – wieder aus Furcht vor Spionen oder Attentätern – für die belgische Bevölkerung gesperrt. Auch das Kino stand den Bewohnern von Kortrijk nur noch an wenigen Tagen zur Verfügung.

Nellies Besuche in Kortrijk verliefen in der Regel stets nach dem gleichen Muster. Sie durchlief die deutschen Kontrollen – inzwischen kannte man sie und begrüßte sie launig, und sah nach, ob es irgendetwas Brauchbares zu kaufen gab, das für belgische Francs zu haben war. Es waren drei Währungen im Umlauf: belgisches Geld, deutsches Geld und spezielles, von der Stadtverwaltung ausgegebenes Kriegsgeld. Letzteres, so berichtete ihr alter Freund, der Apotheker, nahmen die Ladeninhaber mehr als ungern. Schließlich würde es nach dem Krieg unweigerlich wertlos sein.

»Ist an ›nach dem Krieg‹ denn überhaupt zu denken?«, fragte Nellie.

Der Apotheker zuckte mit den Schultern. »Ewig hat noch keiner gedauert«, meinte er. »Und wenn Sie mich fragen: Die Deutschen und ihre Alliierten kämpfen an so vielen Fronten. Irgendwann werden sie ausbluten, auch wenn sie jetzt noch siegen. Aber wie lange das dauern wird? Haben Sie irgendeine Nachricht von Ihrem Mann?«

Nellie schüttelte den Kopf. Manche Belgier erhielten über die Niederlande Briefe ihrer Angehörigen. Phipps hatte wohl noch nicht daran gedacht, dass er nur ihren Großeltern hätte schreiben müssen, um mit ihr in Kontakt zu kommen.

»Ich denke, die Mediziner sind nicht so gefährdet«, erwiderte sie hoffnungsvoll.

Der Apotheker zog die Augenbrauen hoch. »Ein paar müssen unweigerlich an die Front, die Erstversorgung der Verwundeten erledigen. Aber Ihr Mann ist ja Tierarzt. Und im Grabenkrieg kommen wohl kaum Tiere zu Schaden.«

Nellie seufzte. »Das sagen Sie so. Und was Pferde angeht, ist es sicher nicht ganz falsch. Es gibt dagegen Meldehunde und Brieftauben. Haben Sie gehört, dass man den hiesigen Züchtern jetzt verboten hat, ihre Tiere fliegen zu lassen? Sofern man sie nicht sowieso schon alle requiriert hat … Die Deutschen kennzeichnen ihre Tauben, alle anderen schießen sie ab. Damit wir nicht womöglich mit den Alliierten in Kontakt treten und Geheimnisse verraten.«

Der Apotheker nickte. »In Bezug auf Spione sind sie paranoid«, bestätigte er. »Auf dem Bahnhof simulieren sie ständig falsche Truppenbewegungen und geben Falschmeldungen heraus, um mögliche Agenten in die Irre zu führen. Dabei tut sich hier doch gar nichts, was sich zu melden lohnt.«

Nach dem Besuch in der Apotheke fuhr Nellie zum Bahnhof und band ihr Pony an der gewohnten Stelle auf dem Bahnhofsplatz an. Sie hoffte, in dem inzwischen völlig verschmutzten und stinkenden Lager erneut Gefangene zu treffen und heimlich ausfragen zu können. Außerdem warf sie dabei gern einen Blick auf die Pferde in den Ställen der Deutschen. Neben der provisorischen Anlage am Bahnhof hatten die Besatzer einen Mietstall in der Gegend requiriert, in dem die Stadtbewohner, die keine Ställe bei ihren Häusern hatten, vor dem Krieg ihre Pferde einquartiert hatten. Nun waren die schmucken Kutsch- oder Reittiere durchweg in den Händen der Deutschen, und ihre Ställe bewohnten schwere Warmblüter oder Kaltblüter, die ständig Nachschub an die Front brachten. Nellie war es natürlich, wie allen Belgiern, verwehrt, die Ställe zu betreten, aber vieles spielte sich auf dem Platz vor den Gebäuden ab, der zwar eingezäunt, doch von außen einsehbar war.

Nellie fiel ein eleganter Fuchs auf, zweifellos ein Reitpferd.

Sein Reiter, ein schlanker, junger Soldat in Kavallerieuniform, stand neben ihm und sprach mit einem kleinen, vierschrötigen Mann in der Uniform eines Wachtmeisters. Nellie hatte Letzteren schon oft bei den Pferden gesehen. Die beiden schienen sich über eine Sache nicht einigen zu können, aber schließlich händigte der Mann dem Kavalleristen einen Tiegel aus, dazu Verbandsmaterial. Damit ließ er ihn allein. Nellie schob sich neugierig näher heran – und sah eine klaffende Wunde unterhalb des Sprunggelenks des rotgoldenen Wallachs.

»Das müsste genäht werden.« Nellie konnte nicht an sich halten, als sie sah, wie der Soldat ungeschickt versuchte, dem Tier einen Verband anzulegen. »Es ist ein ziemlich tiefer Schnitt, und dazu die Hauttasche … Wenn die Wunde nicht richtig versorgt wird, wird sie sich entzünden.«

Der junge Mann sah auf. Er hatte ein schmales Gesicht und war überhaupt sehr dünn. Sein dunkles Haar war glatt wie die Mähne des Pferdes, und seine auffällig blauen Augen wirkten besorgt.

»Der Stallmeister hat mir gesagt, ich soll es fest bandagieren und ansonsten jeden Tag dreimal draufpinkeln … Äh … Verzeihung, urinieren.« Dem Deutschen schien jetzt erst bewusst zu werden, dass er mit einer Frau sprach. Sofort bemühte er sich um eine gewähltere Ausdrucksweise. »Oh … äh … Sprechen Sie Deutsch?«

Nellie hatte ihn auf Niederländisch angesprochen, und er hatte auf Deutsch geantwortet. Beide hatten einander verstanden, doch Nellie traute ihren Sprachkenntnissen nicht. Sie schüttelte deshalb den Kopf und sprach in ihrer Sprache weiter. Der junge Mann näherte sich dem Zaun, sodass sie nicht mehr rufen musste.

»Draufpinkeln ist im Prinzip nicht ganz unrichtig, der Harnstoff wirkt desinfizierend. Fest bandagieren dürfen Sie dagegen nicht, da schneiden Sie die Blutzufuhr ab. Also wenn überhaupt, dann ... dann machen Sie mit Ihrem Urin einen Angussverband ... Aber wie gesagt, ich würde ...«

Der Deutsche hob verständnislos die Hände. Ihr rasches Niederländisch war zu viel für ihn.

»Französisch?«, schlug er vor und schien sich gleich darauf bewusst zu werden, wie falsch sie das verstehen konnte. Er wurde rot. »Ich meine ... könnten wir in der französischen Sprache kommunizieren?« Er wechselte dabei gleich in das neue Idiom.

Nellie lächelte. Als Absolventin zweier Höherer-Töchter-Schulen sprach sie natürlich perfekt Französisch. Sie wiederholte ihre Anweisungen.

»Ich würde es jedenfalls lieber nähen«, erklärte sie. »Dann bleibt auch keine so hässliche Narbe zurück. Haben Sie hier keinen Tierarzt?«

»Nein!« Der Deutsche wirkte unglücklich. »Die Kavallerieeinheiten haben mitunter welche, aber hier kommen keine Kavalleristen mehr zum Einsatz. Nur ein paar Melde- und Aufklärungsreiter wie ich ...« Er wickelte die Bandage, die er gerade um das Bein seines Pferdes legen wollte, wieder auf und erhob sich. »Gestatten: Leutnant Walter von Prednitz, abgeordnet vom 1. Garde-Ulanen-Regiment ...«

»Aber es kommen doch jeden Tag neue Pferde an«, wunderte sich Nellie. »Wieso meint man dann, keinen Tierarzt zu brauchen?«

Von Prednitz nickte. »Infanteriepferde. Sie werden angespannt und bringen Material an die Front. Ein paar Ochsengespanne gibt's auch. Die werden nur anscheinend nicht krank. Oder man lässt sie verrecken.« Letzteres klang verbittert. »Warum soll's ihnen besser gehen als den Männern in den Schützengräben?«

»Für die gibt es Hospitäler«, wandte Nellie ein. »Gleich elf hier in Kortrijk ...«

»Dahin schaffen es bloß nicht alle …« Der Leutnant seufzte. »Wenn Sie wüssten, wie es da zugeht … Aber was machen wir jetzt mit meinem Kondor? Kennen Sie einen Tierarzt, der ihn behandeln würde? Obwohl er Deutscher ist?«

Nellie lächelte. »Ein Trakehner, wie ich sehe«, befand sie mit Blick auf den Brand, der die deutsche Pferderasse erkennen ließ. »Ich kann die Wunde nähen. Ich bin Tierärztin.«

Erstaunlicherweise reagierte Walter von Prednitz darauf nicht verwundert. Dabei war Frauen das Studium der Veterinärmedizin doch auch in Deutschland verboten, wenn Nellie sich richtig erinnerte.

»Ich habe meine Tasche dabei«, sagte Nellie. Eine Notfallausrüstung war immer im Wagen, den jetzt auch Dr. De Groot für seine Besuche bei den Bauern benutzte. »Wenn Sie mir inzwischen heißes Wasser besorgen …«

Von Prednitz nickte erleichtert. »Ich … ich werde Sie natürlich bezahlen«, versprach er.

Nellie zuckte mit den Schultern. »Ich würde mich ehrlich gesagt mehr über Naturalien freuen. Wie Sie vielleicht wissen, hat die Zivilbevölkerung hier wenig zu essen – und bei den Tieren sieht es noch schlechter aus. Vielleicht … ein Sack Hafer für mein Pony?«

Von Prednitz lachte und betrachtete sie mit neuem Interesse. »Sie sind schon ein bisschen eigen, Frau Doktor …«, bemerkte er.

Nellie schüttelte den Kopf. »Ich habe nicht promoviert«, gestand sie. »Bitte einfach nur Mevrouw De Groot. Cornelia De Groot.«

Als Nellie mit der Tasche zurückkam, öffnete ihr Leutnant von Prednitz das Tor zu den Stallanlagen. Bei seinem Pferd stand inzwischen auch wieder der rundliche Wachtmeister. Misstrauisch musterte er sie.

»Die soll Tierärztin sein?«, fragte er skeptisch. »Die hätt' ich eher im Bordell verortet. Heiß und rothaarig …« Er grinste und leckte sich die Lippen.

Von Prednitz warf ihm einen bösen Blick zu. »Stallmeister Hansen, ich muss doch sehr bitten. Mevrouw De Groot wird freundlicherweise mein Pferd behandeln, dafür muss sie sich keine schmutzigen Bemerkungen anhören. Mevrouw De Groot, das ist Hansen, der Stallmeister hier. Er kümmert sich gewöhnlich um die Wehwehchen unserer Pferde.«

Nellie grüßte freundlich – Hansen dagegen ließ sich zu keiner Antwort herab. Er verfolgte argwöhnisch, wie sie sich die Hände wusch und die Wunde des Pferdes reinigte, dann Catgut aufzog und die Verletzung mit ein paar Stichen nähte. Das Pferd zuckte dabei natürlich und machte Versuche zu steigen, Leutnant von Prednitz konnte es zum Glück beruhigen.

»Jetzt bandagieren wir es noch – aber gut abgepolstert, und dann sollte es heilen. In zehn Tagen können wir die Fäden ziehen«, erklärte Nellie schließlich zufrieden.

»Kommen Sie dazu wieder?«, fragte Walter von Prednitz.

Nellie wollte nicken, als Hansen sie unterbrach. »Die Fäden kann ich wohl selbst ziehen«, sagte er mürrisch.

»Das ist nicht so schwierig«, erklärte Nellie. Sie wollte keinen Streit mit dem unsympathischen Stallmeister.

»Ich hätt's auch nähen können«, behauptete der. »Aber war überflüssig. Wenn Sie einfach draufgepinkelt hätten …«

»Kondor sollte allerdings die nächsten Tage stehen«, wandte sich Nellie an den Leutnant. Inzwischen sprach sie wieder Niederländisch. Französisch verstand der Stallmeister sicher nicht. Die Rücksicht zahlte sich nur nicht aus. Hansen widersprach sofort. »Quatsch, Herr Leutnant. Das kleine Biest will Sie nur von der Front fernhalten. Wehrkraftzersetzung!«

Von Prednitz lachte. »Na, na, das klingt ja, als wäre Kondor das einzige Pferd, das die deutsche Armee zu bieten hätte. Für die paar Tage find ich schon einen anderen Beritt, Hansen.« Der Stallmeister wandte sich grummelnd ab. »Hören Sie nicht auf ihn, Frau Doktor«, sagte der junge Leutnant. »Kondor bekommt seine Genesungszeit, da können Sie sicher sein. Und ich wäre sehr glücklich, wenn Sie auch das Fädenziehen übernehmen würden.«

Nellie lächelte. »Kein Doktor, nur Mevrouw De Groot«, wiederholte sie. »Und natürlich komme ich gern wieder.«

»Es geht mich ja nichts an, aber warum haben Sie eigentlich nicht promoviert?«, fragte Walter von Prednitz, als er ihr anschließend den schweren Sack Hafer zum Wagen brachte, den er ihr als Honorar abgezweigt hatte. »Ich dachte, auch jeder Tierarzt hätte einen Doktortitel.«

Nellie rieb sich die Stirn. »Streng genommen bin ich nicht mal ein approbierter Tierarzt«, gab sie zu. »Ich … Was ich kann, habe ich privat gelernt, sozusagen mitstudiert bei meinem Mann. Man lässt Frauen nicht an die Universität, verstehen Sie?«

»Ja?« Von Prednitz schien sich ehrlich zu wundern. »Ich dachte, das hätte sich inzwischen geändert. Weil nämlich … Also meine Schwester studiert Tiermedizin in Berlin.«

»Was?« Bei Nellie schlug die Nachricht ein wie eine Bombe. Vor ihrem inneren Auge sah sie sich Seminare besuchen und Prüfungen ablegen. Es hätte noch so viel mehr gegeben, was sie hätte lernen können, wenn sie nur nicht immer Phipps als Vermittler gebraucht hätte. Aber da war ja dieser vermaledeite Krieg … Und sie war verheiratet. »Hier geht es jedenfalls nicht«, fuhr sie leise fort. »Als mein Mann noch nicht im Krieg war, bin ich trotzdem zurechtgekommen. Die Hauptsache war für mich, dass ich in unserer Tierarztpraxis arbeiten konnte. Zurzeit ist das leider nicht der Fall, mein Schwiegervater, er ist auch Veterinär, hält nichts von Frauen im Beruf. Weder mit noch ohne richtiges Studium.«

Walter von Prednitz sah aus, als ob er ihr widersprechen wollte, doch dann schien er ihr unglückliches Gesicht zu sehen und schwieg.

»Vielleicht können Sie sich mal mit meiner Schwester austauschen, wenn … das hier vorbei ist«, erwiderte er schließlich. »Der Krieg kann ja nicht ewig dauern.«

»Das wäre sehr schön«, meinte Nellie und stellte ihre Tasche unter den Bock des Wagens. »Wir sehen uns dann in zehn Tagen …«

»Das hoffe ich«, sagte der Leutnant leise.

Nellie wollte ihn schon darauf hinweisen, dass er sich auf sie verlassen konnte, doch dann wusste sie, dass er es völlig anders gemeint hatte. Ein Meldereiter im Krieg war immer in Gefahr – ihr neuer Bekannter konnte sich nicht sicher sein, ob er die nächsten zehn Tage überlebte.

Der deutsche Kavallerist ging Nellie die ganzen nächsten Tage nicht aus dem Kopf, wobei sie sich selbst dafür schalt, sich um einen völlig Fremden und obendrein einen Feind Sorgen zu machen. Als sie schließlich wieder nach Kortrijk fuhr und in einem der Ställe zunächst nur den missmutigen Stallmeister Hansen antraf, machte sie sich schon auf das Schlimmste gefasst. Dann jedoch trat der Leutnant aus einer der hinteren Boxen, seinen Kondor an der Hand.

»Es ist wunderbar verheilt«, freute er sich, und Nellie musste ihm zustimmen. Von der hässlichen Wunde war nur noch eine schmale Narbe zu sehen. Wenn das Fell wuchs, würde man später gar nichts mehr erkennen. Wenn es ein Später für Kondor gab. Von jetzt an würde sie sich wahrscheinlich auch noch um den rotgoldenen Wallach sorgen. »Hätten Sie noch ein bisschen Zeit?«, fragte Walter von Prednitz fast etwas verlegen, als sie mit dem Fädenziehen fertig war. »Ich … hab da nämlich jemanden von der Front mitgebracht. Einen neuen Patienten …«

Er sprach leise, anscheinend wollte er von Hansen nicht unbedingt gehört werden. Der hatte sich diesmal allerdings gar nicht um Nellie gekümmert. Er schien anderes zu tun zu haben.

»Noch ein Pferd?«, fragte Nellie.

Der Leutnant schüttelte den Kopf. »Kommen Sie mal«, bat er und führte sie in die Box seines Pferdes. Auf einer schmutzigen Decke in einer Ecke lag ein Hund mit verbundenem Kopf. Er wedelte schwach, als sie eintraten.

»Wer bist du denn?«, fragte Nellie freundlich und näherte sich dem verletzten Tier. Es war ein großer gelblich brauner Mischlingshund, unter dessen Vorfahren sie Labradore und Schäferhunde vermutete. »Bist du ein braver Hund und lässt mich mal deinen Kopf sehen?«

»Sein Ohr«, erklärte der Leutnant. »Er ist ein Patrouillenhund – einer der besten bislang. Aber vor zwei Wochen hätte ihm eine Granate beinahe das Ohr abgerissen. Seitdem hat er panische Angst vor den Geschützen. Er verkriecht sich und wimmert, sobald es knallt. Der Hauptmann der Einheit, zu der er gehört, wollte ihn deshalb erschießen, aber die Männer haben ihn versteckt und heimlich gefüttert. Die verstehen ihn – sie stehen ja selbst oft kurz vor dem Grabenkoller. Leider hat sich die Wunde entzündet und eitert. Fieber hat er wohl auch. Ohne Hilfe wird er sterben. Und als ich nun von Ihnen erzählte … Die Männer haben gesammelt – hier sind ihre Wurstrationen von dieser Woche. Ihr Honorar.«

Nellie errötete. »Das kann ich nicht annehmen …«, murmelte sie, als er ihr ein großes Paket überreichte. »Uns … uns geht es gar nicht so schlecht.«

»Dann geben Sie es jemandem, dem es schlechter geht. Ich kann's auf keinen Fall wieder mitnehmen«, erwiderte Walter von Prednitz. »Wollen Sie sich Benno jetzt mal ansehen?«

Nellie löste vorsichtig den durchgebluteten Verband und förderte ein blut- und eiterverklebtes Ohr zutage. Sie pfiff durch die Zähne.

»Das Ohr kann ich nicht mehr retten«, sagte sie bedauernd. »Das muss ich abnehmen. Und das ginge natürlich einfacher in der Praxis …«

»Können Sie ihn denn mitnehmen?«, fragte der Leutnant.

»Wie haben Sie ihn überhaupt hierherbekommen?«, erkundigte sie sich. »Auf dem Pferd?«

Von Prednitz lächelte. »Nein, das nun doch nicht. Ein Verwundetentransport hat ihn mitgenommen. Im Ernst, die Jungs haben ihn mit auf den Wagen geschmuggelt, zwei Leichtverletzte haben auf ihn aufgepasst. Sie sehen, er ist ihnen wichtig.«

»Dann wollen wir uns mal um ihn kümmern«, meinte Nellie. »Ich kann ihn leider nicht mitnehmen, mein Schwiegervater würde mir den Kopf abreißen. Wir werden es hier machen. Sie müssen mir assistieren.«

Kurze Zeit später hatte sie sterile Tücher auf dem Stroh ausgebreitet und bereitete eine Chloroformmaske vor.

»Zum Glück ist die noch in der Tasche – der Vater meines Mannes benutzt sie nicht, der macht Narkosen nur in der Praxis. Mein Mann und ich haben die Hunde und Katzen auch schon mal auf den Höfen ihrer Besitzer behandelt.« Sie lächelte. »Meistens kastriert, ich hasse es, wenn man Kätzchen ertränkt. Tröpfeln Sie langsam Äther auf die Maske, er soll einschlafen. Und dann geben Sie weitere Tropfen darauf, wenn er sich rührt. Ich versuche, schnell zu machen.«

Sie arbeitete in fliegender Eile, das Ohr des Hundes war tatsächlich nicht zu retten. Am Ende hatte sie eine saubere Wunde, die sie mit ein paar Stichen vernähte und dann verband.

»Geschafft, lassen wir ihn aufwachen«, sagte Nellie erleichtert. Walter von Prednitz entfernte die Maske. »Ich bleib noch ein bisschen bei Benno«, beschloss Nellie. »Er kann Krämpfe bekommen oder sich erbrechen. Besonders Letzteres geschieht häufig nach der Narkose. Was machen Sie danach mit ihm? Er kann doch nicht zurück an die Front.«

Der Leutnant zuckte mit den Schultern. »Ich nehme ihn mit in mein Quartier. Ist natürlich nicht erlaubt, aber ich hab eine Offiziersunterkunft in einem früheren Gasthof, dem Au Pont de la Lys. Da wird man mich schon nicht erwischen. Auf Dauer muss er allerdings irgendwohin, wo er sicher ist und es nicht dauernd knallt.«

Nellie seufzte. »Wenn die Wunde verheilt ist, kann ich ihn

mitnehmen und sagen, ich hätte ihn gefunden«, schlug sie vor. »Meine Schwiegereltern haben etliche Hunde, da wird schon noch einer mehr satt. Aber es darf keiner wissen, dass ich ihn operiert habe. Und erst recht nicht, dass er der deutschen Armee gehört hat. Wo kriegen Sie die eigentlich her, die Meldehunde?«

Der Leutnant berichtete, dass die Hunde in Deutschland gesammelt wurden und dass viele Hundehalter es gar nicht erwarten konnten, ihre Tiere dem Heer zur Verfügung zu stellen.

»Eine seltsame Art von Patriotismus«, fügte er an. »Manche melden sich auch freiwillig zusammen mit ihrem Hund. Die werden dann gemeinsam ausgebildet.«

»Und hat das irgendwelche Vorteile?«, fragte Nellie.

»Für den Hundeführer? Nein, der lebt eher gefährlicher als der gemeine Soldat. Kann natürlich sein, dass er einen höheren Dienstgrad bekommt. Ich weiß das nicht so genau. Vor Benno hatte ich nie einen Hund.« Er streichelte das Tier, das brummende Töne von sich gab, während es langsam zu sich kam.

Nellie musste plötzlich an Flipflop denken, den sie sich mit Phipps geteilt hatte. Anscheinend war jeder Mann, der ihr sympathisch war, für sie mit einem Hund verbunden …

Lächelnd begann sie, von ihrem geretteten Welpen zu erzählen. Walter von Prednitz berichtete von seiner Schwester Maria und ihrer frühen Leidenschaft für Singvögel und dann für die Tiere im Zoo. Sie plauderten, bis Benno wieder wach war und seinem vorläufigen Herrchen in den Gasthof folgen konnte.

Nellie fuhr heim und fühlte sich glücklich. Sie redete sich ein, dass es nur daran lag, dass sie endlich wieder in ihrem geliebten Beruf hatte arbeiten können. Ganz sicher hatte es nichts mit Walter von Prednitz zu tun.

In den nächsten Wochen sprach es sich dann doch bei den deutschen Besatzern herum, dass eine belgische Tierärztin bereit war, sich um ihre Pferde, Hunde, Tauben und Katzen zu kümmern. Nellie nahm nun stets ihre gesamte Ausrüstung mit, wenn sie nach Kortrijk fuhr, und versuchte, sich an feste Wochentage zu halten, damit man ihr Patienten vorstellen konnte. Sie verarztete die Stallkatze der Ställe am Bahnhof, diagnostizierte Rotz bei einem der neu hinzugekommenen Pferde und setzte bei Stallmeister Hansen durch, dass das Tier isoliert wurde. Eigentlich hatte sie es gleich erschießen wollen, da die Krankheit unheilbar war, doch Hansen bestand darauf, dass es sich um einen einfachen, leicht zu heilenden Husten handelte. Er fing sich damit Ärger ein. Die Kavalleristen – insgesamt waren drei Berufsreiter in diesem Frontabschnitt als Meldereiter tätig – erkannten die hoch ansteckende Krankheit sehr schnell und sorgten dafür, dass das Pferd getötet und Hansen gerügt wurde.

»Das war einfach unverantwortlich«, regte sich Leutnant von Prednitz auf. »Vor allem, da er es sicher besser wusste. Es ging ihm nur darum zu widersprechen. Dabei hätte das Tier den gesamten Bestand anstecken können. Dann hätten wir hier fünfzig tote Pferde gehabt, und es ist nicht gerade so, dass wir an Nachschub an Tieren ersticken.«

Nellie hörte hier zum ersten Mal, dass auch im deutschen Heer kein Überfluss an Ressourcen herrschte. Die Zeitungen schrieben nichts darüber, doch Walter von Prednitz gab ganz offen Auskunft. Der Versorgungsmangel der Zivilbevölkerung in seiner Heimat war schon seit dem ersten Kriegswinter beträchtlich, und nun gab es zudem Einschränkungen bei der Truppe. Seit dem Frühjahr 1915 bekamen die Pferde weniger Hafer, und die Hunde hielt man ebenfalls knapp. Stallmeister Hansen experimentierte mit Ersatzfuttermitteln wie Gerste, Mais, Hirse, Erbsen und Bohnen, doch ein schwer arbeitendes Kaltblutpferd war damit kaum satt zu bekommen. Nellie tat es in der Seele weh, als sie sah, wie die zunächst properen Tiere zu mageren Knochengestellen wurden. Immer wieder wurde sie mit Erschöpfungszuständen konfrontiert, die Hansen mit Alkohol- oder Kaffeegaben zu kurieren versuchte. Was die Überbelastung der Zugpferde anging, waren sich Nellie und Hansen ausnahmsweise einig. Auch der Stallmeister schimpfte, als höchste Weisung erfolgte, nur noch vier Pferde vor schwere Wagen zu spannen, die eigentlich die Zugkraft von sechs verlangten.

Im Herbst 1915 kam es an der Front wieder zu erbitterten Schlachten mit hohen Verlusten an Menschenleben und natürlich auch an denen der Vierbeiner. Die Pferde zogen ihre Wagen und trugen ihre Reiter durch den Kugelhagel und wurden nicht selten getroffen. Nellie behandelte Schusswunden, wenn die Tiere es überhaupt bis zurück nach Kortrijk schafften. Tote Pferde wurden an der Front durch spezielle Einheiten ausgeschlachtet. Aus ihren Körpern konnte Fett, Leim, Tiermehl und Fleisch für die Soldaten gewonnen werden. Walter von Prednitz empfand das als widerlich, sah aber ein, dass man die Tiere nicht einfach verwesen lassen konnte.

»Es bleiben ohnehin zu viele unbegraben auf dem Schlachtfeld«, sagte der junge Leutnant niedergeschlagen. »Mensch und Tier. Es stinkt wie beim Abdecker … Aber man kann nicht immer raus, um die Toten zu bergen. Am Anfang hielt man noch Feuerpausen ein. Jetzt allerdings …«

Der Hass zwischen den Kriegsparteien vertiefte sich immer mehr. Der Kampf wurde gnadenlos.

»Es muss schlimm sein«, bemerkte Nellie und säuberte die große Wunde an der Flanke eines Kaltblutpferdes.

Walter von Prednitz gab ein trostloses Lachen von sich. »Schlimm ist gar kein Ausdruck. Es ist die Hölle, Mevrouw De Groot. In den Schützengräben leben die Soldaten im Schlamm, stehen ständig unter Beschuss, Nachschublieferungen kommen mitunter nicht durch. Fast immer herrscht ohrenbetäubender

Lärm. Geschützfeuer, Schreie, immer wieder Schreie. Gestank nach Verwesung und Pulverdampf und Gas. Wir führen Gasangriffe, sofern das Wetter es erlaubt, und unter den Masken kann man kaum richtig atmen. Zwischendurch befiehlt die Heeresleitung immer mal wieder Ausfälle – der pure Irrsinn. Wer auch nur die Nase aus den Schützengräben steckt, wird erschossen. Drinnen ist man allerdings genauso wenig sicher. Die Gräben stehen unter Mörserbeschuss. Und wenn sie getroffen werden, mischt sich der Schlamm mit Blut, verstümmelte Leichen und Körperteile liegen herum, oft werden noch lebende Männer darunter begraben. Überall ist Stacheldraht, liegen Minen, Bombentrichter sind Stolperfallen. Auch für die Pferde …«

»Sie müssen da regelmäßig durch?«, fragte Nellie besorgt.

»Sicher«, bestätigte der Leutnant. »Wir versuchen, uns hinter den Linien zu halten, aber immer ist das nicht möglich, Kondor und ich stehen eigentlich täglich unter Beschuss.«

Nellie hatte den Leutnant an diesem frostigen Herbsttag nach Wochen zum ersten Mal wieder in Kortrijk angetroffen. Nachdem sie sieben Tage lang ständig zwischen den Frontabschnitten unterwegs gewesen waren, sollten sich Reiter und Pferd eine Weile erholen.

»Und jetzt wird es wieder Winter«, klagte Walter von Prednitz, der offenbar glücklich war, Nellie sein Herz ausschütten zu können. »Ständiger Regen, das Land, das von so vielen Einschüssen durchsiebt worden ist, wird sich unweigerlich in einen Sumpf verwandeln …«

»Gibt es keine Unterstände?«, fragte Nellie beklommen.

»Oft nur Planen«, antwortete der Leutnant. »Es wird ja auch immer wieder was zerschossen – oder die Front rückt fünfzig Meter vor, dann muss man neue Schützengräben ausheben …«

»Die … die Deutschen kommen also voran?« Nellie sank das Herz.

Der Leutnant schüttelte den Kopf. »Nein. Nicht wirklich.

Wenn eine Schlacht geführt wird, gewinnt meist einer etwas an Boden. Wir oder die anderen, es geht immer hin und her. Eine Entscheidung ist in absehbarer Zeit nicht zu erwarten. Aber für diese paar Meter Boden sterben Hunderte. Es ist zum Verrücktwerden ...« Er hatte den Kopf zwischen den Händen verborgen, sah nun jedoch auf. »Ich sollte nicht so offen sprechen. Wenn Sie das weitererzählen ...«

»Geht es den anderen denn besser?«, erkundigte sich Nellie. »Den Briten und Franzosen – und meinen Leuten?«

Der Leutnant reagierte mit erneutem Kopfschütteln. »Nein. Die krepieren genauso elend wie wir. Mag sein, dass es mit ihrem Nachschub besser klappt, aber ich bezweifle es, vor allem um diese Jahreszeit. Die bekommen ja vieles übers Meer. Allerdings werden auch Schiffe abgeschossen. Es ist auf beiden Seiten die Hölle – und es scheint niemals zu enden ... nicht, bevor alle tot sind.«

Nellie konnte nicht anders, sie legte die Hand auf den Arm des Leutnants. »Kein Krieg dauert ewig«, wiederholte sie die Trostworte des Apothekers. »Verlieren Sie nur nicht den Mut. Und ... passen Sie auf sich auf!«

Walter von Prednitz lächelte. »Sie wünschen mir Glück?«, fragte er. »Bin ich nicht der Feind?«

Nellie zuckte mit den Schultern. »Ich kann an Sie nicht als einen Feind denken. Sie haben mir ja nie etwas getan.«

»Mein Volk hält Ihr Land besetzt«, erinnerte er sie.

»Woran weder Sie noch ich etwas ändern können«, erwiderte Nellie. »Ihr Tod würde uns auch nicht befreien. Aber gut, wenn ich Ihnen schon kein Glück wünschen darf, dann passen Sie wenigstens auf Kondor auf!«

Kondor wurde Nellie bei ihrem nächsten Besuch in dem früheren Mietstall, der immer weniger einem Stall voller Arbeitspferde glich, sondern mehr wie ein Pferdehospital wirkte, von einem Burschen vorgeführt. Es durchfuhr sie eisig, als sie Einschusslöcher an seinem Hals und seiner Kruppe bemerkte.

»Sind wohl nur Fleischwunden, meint Hansen«, bemerkte der Junge, der Karl hieß. »Er könnt' die Kugeln selbst rausschneiden. Aber er meint, der Leutnant würd' wohl wollen, dass Sie das machen. Er ist ja immerhin ein Held.« Karl streichelte über Kondors Nase.

»Leut… Leutnant von Prednitz ist ein Held?«, fragte Nellie mit ersterbender Stimme.

»Nee … also ja, doch, der Leutnant ist sicher auch ein Held. Nur der Kondor hier, der hat 'nen Verwundeten ganz allein aus der Schusslinie geschleppt. Der sollt' eigentlich 'nen Orden kriegen.«

»Ein Pfund Hafer wäre ihm wahrscheinlich lieber«, murmelte Nellie. »Was … was ist denn mit dem Leutnant?«

»Im Lazarett«, gab der Junge Auskunft. »Aber ist nicht schlimm, hat sich nur den Arm verstaucht, als er in den Schützengraben gesprungen ist. Und ein paar Kratzer vom Stacheldraht … Wird er überleben. Und Leutnant von Lindau wohl auch.«

Nellie versuchte, ihr Aufatmen zu verbergen. Was genau geschehen war, erschloss sich ihr zwar noch nicht, sie konnte sich aber jetzt nur auf das Pferd konzentrieren. Sie sondierte die Wunden und stellte fest, dass die Kugeln wirklich nicht tief im Muskelfleisch saßen und keine Bänder oder Sehnen verletzt hatten.

»Es wird allerdings wehtun, die Kugeln herauszuschneiden«, sagte sie und holte widerstrebend die Nasenbremse aus der Tasche.

Das aus einem Stock und einer daran befindlichen Öse bestehende Instrument wurde um die Oberlippe eines Pferdes geschlungen und half, es ruhig zu halten, während schmerzhafte Behandlungen durchgeführt wurden. Auch dies tat leider weh. Nellie verwendete die Bremse deshalb so selten wie möglich, legte sie jetzt aber an und erklärte dem Stallburschen, wie sie zu halten war. Der erwies sich zum Glück als erfahren, und so konnte sie die Kugeln ohne Zwischenfälle entfernen und die Wunden nähen.

Von Stallmeister Hansen erfuhr sie später mehr über Leutnant von Prednitz und Kondors Heldentat.

»Ist schon ein Teufelskerl, der Leutnant, auch wenn er um seinen Gaul ein bisschen viel Gewese macht. Aber das war ein Husarenstück. Hut ab!«

Das Pferd von Ludwig von Lindau, einem der anderen Meldereiter, wie Nellie erfuhr, war auf eine Mine getreten und zerfetzt worden. Der Oberleutnant war dabei zu Boden geschleudert worden, ein Arm und ein Bein waren verletzt, er blutete stark. Der Feind hatte das Feld daraufhin unter Beschuss genommen, keiner der Männer aus dem Schützengraben hatte es gewagt, sich herauszubegeben und den Verletzten zu bergen. Sie hatten dennoch ihr Bestes getan, um Leutnant von Prednitz Feuerschutz zu geben, der hinter von Lindau geritten war, sich hastig vom Pferd hatte fallen lassen, dem Verletzten auf Kondor geholfen und sich selbst in den Schützengraben geflüchtet hatte. Kondor war mit dem Verletzten aus der Schusslinie galoppiert, wobei ihn zwei Schüsse getroffen hatten. Auch Ludwig von Lindau war noch von einer Kugel in den Oberschenkel getroffen worden. Walter von Prednitz dagegen hatte Glück gehabt und sich bei dem Hechtsprung über den Stacheldrahtverhau in Sicherheit bringen können. Dabei war er hart aufgekommen, gefährlich verletzt war er jedoch nicht. Kondor war schnurstracks nach Kortrijk galoppiert – als er ankam, war Oberleutnant von Lindau bewusstlos vom Pferd gestürzt. Und nun redeten alle von Kondors heldenhaftem Verhalten.

»Ich hoffe, sie danken es dir wenigstens«, flüsterte Nellie dem Goldfuchs zu, bevor sie sich anderen Pferden zuwandte. »Ein paar Wochen Ruhe hast du dir mindestens verdient.«

Tatsächlich wurde Kondor ein paar Tage später in ein Pferdelazarett weit hinter den Linien geschickt. Inzwischen hatten auch die Deutschen eingesehen, dass die Tiere an der Front zumindest ein Minimum an veterinärmedizinischer Versorgung brauchten, und Erholungseinrichtungen geschaffen.

Leutnant von Prednitz erhielt ein anderes Dienstpferd.

Nellie hätte täglich Pferde und Hunde in Kortrijk behandeln können, aber natürlich fand sich kein Grund, so oft in die Stadt zu fahren. Bislang wusste niemand von ihrer Arbeit bei den Deutschen. Wenn sie dafür Lohn in Naturalien erhielt, behauptete sie stets, sie habe die Nahrungsmittel in der Stadt gekauft. In Kortrijk fiel es irgendwann auf, dass sie sich alle paar Tage am Bahnhof herumtrieb – Nellie wusste, dass über sie geredet wurde. Im zweiten Kriegswinter eskalierte der Versorgungsnotstand, der Hunger und die Sorge um ihre Kinder trieb viele Belgierinnen in die Prostitution. Andere suchten sich feste Liebhaber unter den Besatzungssoldaten. Viele Verwaltungskräfte waren ja dauerhaft in Kortrijk stationiert.

Nellie befürchtete, dass man auch ihr eine Liebschaft unterstellte. Bis jetzt hatte sich allerdings nichts bis nach Ledegem herumgesprochen. Nach wie vor waren die Dörfer abgeschnitten von der Stadt, die Deutschen kamen nur nach Ledegem und die umliegenden Orte, um die Bauern noch mehr zu schröpfen oder Zwangsarbeiter einzuziehen. Viele arbeitsfähige Männer wurden nach Deutschland verschleppt, die Höfe wurden von Greisen und Frauen bearbeitet. Kaum einer hatte noch kräftige Zugtiere oder Reitpferde, es war also schon ein logistisches Problem, in die Stadt zu kommen. Der Zugverkehr war längst völlig in der Hand der Deutschen, die Zivilbevölkerung hatte keinen Zugang mehr. Für die verbliebenen Bürger von Ledegem waren Nellie und ihr Pony deshalb die einzige Verbindung zur Welt. Nellie kaufte Zeitungen und konnte sie lesen – inzwischen beherrschte sie die deutsche Sprache fließend –, und sie teilte die Informationen gern mit ihrer Familie. Greta De Groot sorgte dann für die weitere Verbreitung. Nellies Schwiegermutter genoss die wichtige Rolle, die sie damit im Dorfleben spielte, und machte somit keine Anstalten, Nellie die Fahrten in die Stadt zu verbieten. Eher waren es ihr Schwiegervater und ihre Mutter, die bohrende Fragen stellten.

»Was machst du nur so oft und so lange in Kortrijk?«, wollte Josefine Van der Heyden wissen. »Kind, da läuft doch nichts, wofür wir uns schämen müssen? Dein Mann ist immerhin schon eineinhalb Jahre fort.«

Nellie schaute sie verständnislos an, bevor sie begriff, dass ihre Mutter auf eine mögliche Liebschaft anspielte. Sie musste lachen, als sie Fragen über ihr Verhältnis zu dem Apotheker stellte.

»Mama, Mijnheer De Frees ist bestimmt sechzig Jahre alt, kahlköpfig und verheiratet. Glaubst du wirklich, ich betrüge seine Frau mit ihm auf seinem Ladentisch?«

Josefine errötete umgehend. »Ich bitte doch um eine weniger drastische Ausdrucksweise«, rügte sie ihre Tochter. »Aber was machst du dann mit ihm?«

Nellie pflegte ihre Besuche bei Mijnheer De Frees vorzuschieben, wenn sie wieder einmal gefragt wurde, warum der Kauf von ein paar Zeitungen mehrere Stunden gedauert hatte.

»Wir reden«, antwortete Nellie. »Über den Kriegsverlauf, über die Geschehnisse in Kortrijk … Mijnheer De Frees spricht Deutsch, er hört einiges von den Besatzern, das anderen verborgen bleibt. Und er ist ziemlich klug. Er erklärt mir vieles über diesen Krieg, was ich nicht verstehe. Und zum Glück hält er mich nicht für zu zart besaitet, um auch schlechte Nachrichten zu verkraften.«

Ihre Mutter pflegte sich zurückzuziehen und auf ihre schwachen Nerven hinzuweisen, wenn Nellie aus den Zeitungen vorlas.

Die Deutschen und ihre Verbündeten sahen sich noch als Sieger, allerdings traten nun immer mehr Staaten wie Bulgarien und Rumänien in den Krieg ein. 1916 gab es erste Rückschläge für die Deutschen. Die Schlacht um Verdun ging verloren, bei der Schlacht an der Somme gelang es, die deutsche Front um acht bis zehn Kilometer zurückzudrängen. Dabei kamen aufseiten der Alliierten mehr als sechshundertzwanzigtausend Mann um, bei den Deutschen fielen mindestens vierhundertzwanzigtausend. Nellie konnte sich diese Massen an Toten kaum vorstellen, befürchtete aber, dass Leutnant von Prednitz sehr wohl dazu fähig war. Sie sah den jungen Mann zurzeit nur selten. Er war stets unterwegs – und immer in Gefahr. Wenn sie ihn doch einmal in Kortrijk antraf, wirkte er ausgemergelt und erschöpft.

Im Herbst 1916 wurde dem Infanteriepferdedepot in Kortrijk dann endlich ein Tierarzt zugewiesen. Nellie erfuhr es von dem missmutigen Stallmeister Hansen, der auf den deutschen Veterinär genauso schlecht zu sprechen war wie auf sie selbst.

»Ihre Dienste werden hier nicht mehr benötigt«, erklärte er ihr. »Wir haben jetzt unseren eigenen Quacksalber. Is' genauso verrückt auf Alkohol wie Sie, nur dass er sich den innerlich verabreicht.«

Nellies strikte Hygienemaßnahmen, die ständige Desinfektion von Instrumenten und Wunden vorsah, war dem Stallmeister von jeher ein Dorn im Auge gewesen.

»Sie meinen, er trinkt?«, fragte Nellie besorgt.

Hansen nickte. »Der säuft wie 'n Loch«, bestätigte er.

Nellie hätte sich den Kollegen zu gern selbst angesehen, aber ohne Auftrag wagte sie sich nicht in die Ställe. Tatsächlich lenkte sie ihr Pony ziellos über den Grote Markt. In den imposanten Gebäuden, die ihn säumten, gab es diverse Läden und Lokale, in denen sich die deutschen Soldaten gern aufhielten. Vor dem Postamt traf sie dann tatsächlich einen flüchtigen Bekannten, Walter von Prednitz' Freund Ludwig von Lindau. Der Oberleutnant hinkte immer noch, war aber aus dem Heimaturlaub zurück. Er gab bereitwillig Auskunft über den neuen Tierarzt.

»Er heißt Dr. Maier oder Müller oder so, und er war vorher in Frankreich. An der Somme, habe ich gehört, hat da die Erstversorgung der verletzten Tiere gemacht. Danach war er wohl nicht mehr er selbst. Jedenfalls habe ich ihn hier noch nie nüchtern gesehen. Das heißt natürlich nicht, dass er unfähig ist. Er macht seine Arbeit, aber er hasst alle Belgier, Franzosen, Briten und was sonst noch alles so an der Somme gekämpft hat. Gehen Sie ihm lieber aus dem Weg, Dr. De Groot.«

Bei den Deutschen hatte es sich eingebürgert, Nellie mit dem Doktortitel anzusprechen, und sie widersprach dem nicht mehr.

»Dann werde ich ja nicht mehr gebraucht«, erwiderte Nellie betrübt. »Aber gut, wenn ein Tierarzt präsent ist – jetzt, da wir so viel mit Koliken zu tun haben.«

Seit die Futterrationen für die Pferde noch mehr gekürzt worden waren, erkrankten immer mehr Tiere an Koliken, wobei dies eine Sammelbezeichnung für Bauchschmerzen aller Art war. Ursache war meist verschmutztes und ungeeignetes Futter – die Pferde fraßen alles an, was sie finden konnten, und das waren oft verschimmeltes Stroh, Äste, Blätter und leider häufig Giftpflanzen. Stallmeister Hansen behandelte sie dann mit einer Mischung aus Rizinusöl, Honigschnaps und Aspirin – mitunter mit verblüffenden Erfolgen. Nellie kam selten zeitig genug dazu, um eine alternative Behandlung vorzunehmen. Die meisten Koliken zeigten sich bei Nacht.

»Hören Sie … hören Sie eigentlich mal was von Leutnant von Prednitz?«

Nellie wechselte das Thema. Eigentlich hatte sie sich nicht nach dem Leutnant erkundigen wollen, aber ihre Sorge nahm denn doch überhand, zumal sie damit rechnen musste, ihre Zeit demnächst wieder hauptsächlich in Ledegem zu verbringen und gar nichts mehr über den jungen Mann zu erfahren.

»Sicher«, entgegnete von Lindau. »Wenn ich ihn mal treffe, trinken wir einen zusammen. Nur wo er unterwegs ist, das darf ich nicht sagen. Ich will ja keine militärischen Geheimnisse ausplaudern.«

Nellie nickte. »An der Front?«, fragte sie dann doch noch mal nach.

Oberleutnant von Lindau schüttelte den Kopf. »Wie gesagt …«

Nellie seufzte. »Na schön. Sind Sie denn schon wieder im Einsatz?«, erkundigte sie sich, eigentlich nur um der Höflichkeit willen.

Oberleutnant von Lindau schaute sie misstrauisch an. »Sie interessieren sich sehr für deutsche Truppenbewegungen, ja?«

Nellie runzelte die Stirn. »Nein«, sagte sie. »Gar nicht …«

Es sei denn, ihr würdet endlich Richtung Deutschland abziehen, dachte sie, sprach das aber selbstverständlich nicht aus.

»Dann stellen Sie auch nicht so viele Fragen«, beschied der Offizier sie.

Nellie grüßte kurz und verzog sich zu ihrem Wagen. Sie

ahnte nicht, welche Folgen dieses kurze Gespräch noch haben sollte.

Ein paar Tage danach – der Spätherbst hatte Flandern bereits fest in der Gewalt, es regnete, und ein Sturm tobte – hämmerte jemand nachts gegen die Tür der De Groots. Alle hatten bereits geschlafen, versammelten sich aber schließlich zitternd vor Kälte im Korridor, denn das Klopfen hörte nicht auf.

Dr. De Groot hob drohend seine Waffe, eine altmodische Pistole, die er vor den Deutschen versteckt gehalten hatte.

»Wer ist da?«, donnerte er.

Zur allseitigen Überraschung meldete sich eine Stimme auf Deutsch. »Machen Sie auf, wir brauchen einen Tierarzt!«

Dr. De Groot verstand nichts, öffnete jedoch widerwillig die Tür, bevor sie womöglich gestürmt wurde.

Nellie hatte den Mann verstanden, und sie ahnte Schlimmes.

Vor der Tür stand allerdings kein bewaffneter Soldat, sondern der Pferdebursche, der sich zuletzt um Kondor gekümmert hatte. Er atmete auf, als er sie sah.

»Doktor, Sie müssen kommen! Das Pferd vom Stadtkommandanten hat eine Kolik. Das Wundermittel vom Hansen wirkt nicht. Er weiß nicht mehr weiter, und da …«

»Stallmeister Hansen schickt dich?«, wunderte sich Nellie.

Der Junge – seine feldgraue Uniform war völlig durchnässt – nickte. »Der Herr Generalmajor hängt doch so an dem Zossen«, erklärte er. »Hansen hat Angst, dass er uns alle an die Front schickt, wenn er stirbt.«

»Was ist denn mit Dr. Müller?«, fragte Nellie.

»Der macht nicht auf, ist total betrunken. Sein Bursche versucht, ihn wach zu kriegen, aber …«

»Cornelia, darf ich mal erfahren, was hier vorgeht?«, fragte Dr. De Groot. »Was will dieser Deutsche von dir?«

»Hilfe«, sagte Nellie geistesabwesend. »Ich komme gleich,

Karl, ich muss mich nur rasch anziehen. Vielleicht kannst du mein Pony schon mal anspannen. Es steht im Stall …«

»Die Straßen sind total verschlammt«, sagte Karl. »Können Sie nicht reiten, Doktor?«

»Nennt er dich Doktor?«, fragte Greta De Groot.

Nellie antwortete nicht. »Klar kann ich das«, wandte sie sich an den Burschen. »Das Pony trägt mich. Ich muss nur meine Ausrüstung mitnehmen. Du hast sicher Satteltaschen.«

Damit waren eigentlich alle Militärsättel versehen.

Ohne auf ihre Schwiegereltern zu achten, die gemeinsam auf sie einredeten, hastete Nellie die Treppe hoch, zog ihr Reitzeug über sowie einen warmen Mantel. Dann lief sie in den Stall. Der Bursche hatte ihr Pony schon gesattelt, während Dr. De Groot zornig auf ihn einsprach. Karl versuchte, ihn zu beschwichtigen, aber da keiner der beiden den anderen verstand, war das Gespräch nicht sonderlich ergiebig.

»Cornelia, du bist uns eine Erklärung schuldig!«, donnerte ihr Schwiegervater.

Nellie unterdrückte ein Seufzen. Das würde schwierig werden. »Sobald ich zurück bin, Vater De Groot. Aber jetzt muss ich nach Kortrijk. Eine Kolik. Ein äußerst wertvolles Pferd …«

Der schwarze Hengst des Stadtkommandanten war tatsächlich ein Schmuckstück und trotz der schlechten Versorgung der Pferde immer noch recht gut genährt. Es hieß, das Tier sei Privatbesitz des Generalmajors, und er habe es aus Deutschland kommen lassen, als er den verhältnismäßig ruhigen Verwaltungsposten in Kortrijk erhielt. Nellie konnte sich vorstellen, was dem Stallpersonal drohte, wenn Napoleon nun starb.

Der Bursche Karl war kein besonders guter, aber ein schneidiger Reiter. Auf dem Rückweg nach Kortrijk verlangte er seinem ohnehin schon erschöpften Infanteriepferd alles ab. Nellie wies ihn schließlich an, das Tier ausruhen zu lassen.

»Ich finde allein in die Stadt, und Cees ist ausgeruht«, erklärte sie. Ihr Pony war in deutlich besserem Zustand als der Wallach des Jungen. Es hatte im Sommer Weidegang gehabt und war insofern gut genährt. Wie die meisten Kleinpferde brauchte es wenig Kraftfutter. »Wie hast du mich überhaupt gefunden?«

Karl zuckte mit den Schultern. »Ein paar Leute gefragt, wo's hier einen Tierarzt gibt. Ich hätt' sonst auch den alten Kerl mitgenommen, aber ich hab Ihren Wagen vor dem Haus gesehen. Da wusste ich, dass ich richtig bin.«

Nellie lächelte. »Gut gemacht!«, lobte sie. »Aber jetzt reite ich mal vor.« Karl blieb weisungsgemäß zurück, und Nellie und Cees schafften die Strecke nach Kortrijk in Rekordtempo. In dem früheren Mietstall brannten die Stalllaternen. Die Box des Hengstes war hell erleuchtet, und Hansen sowie zwei Stallhelfer versuchten gerade, das elegante Pferd wieder auf die Beine zu bringen. Es wehrte sich allerdings verzweifelt. Der Hengst wälzte sich am Boden, er hatte ganz offensichtlich große Schmerzen.

»Frau Doktor …« Hansen klang regelrecht unterwürfig. »Sie sind unsere letzte Hoffnung. Tun Sie was! Kriegen Sie ihn wieder hin!«

Nellie hatte nicht viel Hoffnung. Das Tier war eingefallen und schweißüberströmt. Es rollte mit den Augen, und als es nun wieder aufstand, taumelte es. Nellie hörte sein Herz ab. Es raste.

»Ich werde ihn mal rektal untersuchen«, sagte sie. »Aber ich glaube nicht, dass ich ihn noch retten kann. Das Beste wäre wahrscheinlich, ihn gleich von seinen Leiden zu erlösen.«

Hansen blitzte sie an. »Dafür haben wir Sie nicht kommen lassen!«

Nellie seufzte. Sie bereitete sich vor und führte schließlich ihren Arm in den Enddarm des Pferdes. Es war nicht ohne Risiko. Das verzweifelte Pferd konnte nach ihr schlagen und sie schwer verletzen, doch Napoleon schien aufgegeben zu haben. Er stand still und zitterte am ganzen Körper. Nellie fand die Ursache seiner Schmerzen denn auch schnell.

»Es ist Darmverschlingung, Stallmeister«, sagte sie unglücklich. »Da kann ich nichts tun. Er hat entsetzliche Schmerzen, die von Ihrem Hausmittel noch schlimmer geworden sind. Das Abführmittel konnte hier nichts ausrichten, der Darm ist völlig verschlossen. Es tut mir leid.«

»Sie können ihm doch noch dieses Öl geben, was Sie immer nehmen«, flehte Hansen. »Das dann hinten rauskommt.« Nellie und Phipps behandelten Darmverlagerungen mit flüssiger Vaseline. Sie machte den Darm durchlässiger und bewirkte in Verbindung mit Bewegung des Tieres oft eine Normalisierung. »Oder diesen, diesen Tropf …«

Nellie schüttelte den Kopf. »Herr Stallmeister, meine Vaseline würde genauso wenig durchgehen wie Ihr Rizinusöl«, sagte sie. »Ringerlösung kann ich ihm natürlich intravenös zuführen, aber das würde gar nichts helfen. Man könnte ihm höchstens den Bauch aufschneiden und die Därme wieder ordnen. Das hat nur, soweit ich weiß, noch nie jemand gemacht.«

»Dann machen Sie's!«, forderte Hansen verzweifelt.

Nellie streichelte den schweißnassen Hals des wunderschönen Pferdes.

»Das Pferd stirbt, Herr Stallmeister. Kein Tierarzt der Welt kann hier noch etwas tun. Bitte haben Sie Mitleid, und machen Sie seinen Schmerzen ein Ende. Er wird sonst so elend zugrunde gehen …«

»Was is' hier los?« Von der Stallgasse her erklang eine verwaschene Stimme. Ein großer, ungepflegt wirkender Mann in der Uniform eines Stabsarztes mit dem Zeichen des Veterinärs an der Schulter schob sich ins Licht und hickste. »Hier … hier gäb's 'ne Kolik, sagt mein Bursche … He, was macht das Weib hier?«

»Herr Stabsveterinär!« Hansen wandte sich sofort dem nächsten Hoffnungsträger zu. »Das Pferd des Stadtkommandanten. Dr. De Groot sagt, es gäbe keine Möglichkeit, es zu retten, aber Sie …«

»D… d… das is' die belgische Hure, die sich ›Tierarzt‹ nennt?« Dr. Müller musterte Nellie aus rot geränderten Augen. »Für Doktorspiele mag sie ja gut sein … Nu lass mich mal, Mädchen. Kannst uns ja hinterher noch zeigen, was du draufhast. Jetzt kümmern wir uns erst mal um den Gaul …« Nellie stand hilflos da, während auch Dr. Müller den Hengst noch einmal abhörte. Auf die Rektaluntersuchung verzichtete er. »Tja, Hansen, der geht übern Jordan«, sagte er dann emotionslos. »Da können Sie gar nichts machen. Hätten Sie mich mal zwei Stunden früher gerufen …«

»Da waren Sie …« Hansen wollte etwas einwenden, aber der Tierarzt sprach schon weiter.

»Dann hätt' ich was tun können. Nur so … Das Herz wird bald versagen, da ist keine Zeit mehr für irgendwas. Hätten Sie mal …«

Nellie wollte nur noch den Hengst erlösen und heraus aus diesem Albtraum. »Das Pferd hat eine Darmverschlingung«, sagte sie kurz. »Das ist tödlich und war es auch schon vor zwei Stunden. Sie hätten dem Ganzen nur schneller ein Ende machen können, wenn Sie auf Ihrem Posten gewesen wären, wie es sich gehörte.«

»Nu werd mal nicht frech, Kleine. Aber wo sie recht hat, hat sie recht. Geben Sie mir mal Ihre Dienstwaffe, Hansen.«

Er selbst hatte seine Pistole nicht mitgebracht, wahrscheinlich hatte er das Anlegen der Waffe einfach vergessen. Der Stallmeister musste seine Waffe auch erst holen. Dann machte der Tierarzt nicht viel Federlesen, er setzte die Waffe an und …

»Nicht da!«, rief Nellie. »Höher!«

Der Schuss dröhnte durch den nächtlichen Stall, doch das

Pferd fiel nicht sofort um wie erwartet. Es schwankte, aus dem Einschussloch und aus dem Maul des Tieres floss Blut.

»Muss ich wohl noch mal …«, murmelte Dr. Müller.

Das Pferd stöhnte. Es fiel jetzt ins Stroh, zuckte.

Nellie platzte fast vor Wut. Sie hatte bei den Deutschen noch nie ein Pferd erschossen – wenn es nötig war, ein Tier zu töten, hatte das einer der Soldaten übernommen und vorher meistens Phipps. Dessen Pistole lag nach wie vor in ihrer Notfalltasche, und sie wusste, wie sie einzusetzen war. Sie fand sie mit einem Griff.

»Gehen Sie mal da weg!«, forderte sie den Tierarzt auf und kniete sich neben das Pferd. »Es ist gleich vorbei …«, flüsterte sie und begann, eine beruhigende Melodie zu summen.

Dabei setzte sie die Waffe richtig an und drückte ab. Das Pferd zuckte noch einmal, dann zeigte es keine Regung mehr. Richtig platziert, hatte die Kugel sein Gehirn zerstört.

Nellie wollte nach ihrem Stethoskop greifen, um den Tod des Tieres zu bestätigen, und dabei die Waffe wieder in der Tasche verschwinden lassen. Dr. Müller griff jedoch nach ihrer Hand.

»Nichts da! Die Pistole wird sichergestellt. Hansen, Sie Idiot, Sie haben uns nicht nur eine Hure in den Stall geholt, sondern eine Heckenschützin. Wie lange spionierst du hier schon, Mädchen? So nah am Bahnhof, wo du jeden Zug kontrollieren kannst?«

Nellie achtete nicht auf ihn. Sie überließ ihm die Waffe, hielt ihre Hand an die Nüstern des Pferdes, das nicht mehr atmete, und bekam dann auch das Stethoskop zu fassen, um sein Herz abzuhören.

»Er ist tot«, sagte sie leise. »Es tut mir wirklich sehr, sehr leid. Ich wünschte, ich hätte etwas tun können … Aber manchmal … Ich geh dann jetzt. Geben Sie mir wohl die Pistole wieder?«, fragte sie Hansen. »Sie sehen ja, dass ich sie manchmal brauche.«

Hansen schien völlig weggetreten. Er starrte nur mit glasigen Augen auf das tote Pferd.

Da tat sich etwas am Stalleingang. Zwei schwer bewaffnete Männer kamen näher.

»Militärpolizei. Patrouille«, stellte einer von ihnen sie vor. »Hier wurde geschossen?«

Nellie wollte erklären, doch Dr. Müller kam ihr zuvor.

»Gut, dass Sie kommen. Sie müssen die Frau festnehmen. Eine Spionin, bewaffnet. Hat sich hier eingeschlichen. Angeblich hat sie die Pferde behandelt. Wer weiß, wie viele sie umgebracht hat.«

»Was?« Nellie erkannte endlich, in welcher Gefahr sie schwebte. »Ich hab nichts getan! Stallmeister Hansen hat mich selbst … Herr Stallmeister, nun bestätigen Sie doch …«

»Ich hab da schon immer meine Zweifel gehabt«, meldete sich der vierschrötige Mann zu Wort. »Das ganze Gerede und Rumgemache um die Pferde … und die seltsamen Diagnosen … Damals das Pferd, das angeblich Rotz hatte …«

»Wir nehmen die Frau jetzt erst mal in Haft«, sagte einer der Militärpolizisten. »Morgen kann sich dann der Stadtkommandant damit befassen. Was waren das denn jetzt für Schüsse? Ist jemand verletzt?«

»Nur ein Pferd ist tot«, erklärte Dr. Müller, plötzlich erstaunlich nüchtern.

Nellie hoffte, dass wenigstens der Stadtkommandant sein wunderschönes Pferd ehrlich betrauern würde.

Das Gefängnis von Kortrijk lag gleich gegenüber dem Bahnhof an der Casinoplein. Es war ein trutziges Gebäude mit großen Bogenfenstern, das an eine Burg erinnerte. Nellie wusste später nicht mehr genau, wie sie in die kleine, feuchte und kalte Zelle gekommen war, deren Tür sich kurz nach ihrer Verhaftung hinter ihr geschlossen hatte. Sie fand sich vor einem vergitterten

Fenster wieder, das Ausblick auf die Schienen bot – eben fuhr wieder ein Zug ab.

Nellie empfand eine krude Mischung aus Trauer, Wut und Angst. Trauer um das Pferd, das sie nicht hatte retten können, Wut auf ihren verbitterten, betrunkenen Kollegen, dem es so leichtgefallen war, sie zu denunzieren, und den Stallmeister, der ihr in den Rücken gefallen war. Dazu kam natürlich eine sich steigernde Furcht. Würde man sie wirklich als Spionin anklagen? Und wurden Spione nicht gewöhnlich erschossen? Nellie begann nun auch die Kälte zu spüren. Ihre Sachen waren nach dem Ritt durch den Regen noch nicht ausreichend getrocknet, und sie hatte vorher schon gefroren. Solange sie um das Pferd gekämpft hatte, hatte sie alles andere vergessen.

Jetzt sah sie sich in der Zelle um und fand eine kratzige Decke auf dem Bett. Zögernd wickelte sie sich darin ein in der Hoffnung, sich keine Flöhe und Läuse zu holen … Während ihr langsam wärmer wurde, dachte sie über ihre Lage nach. Die De Groots würden sicher etwas unternehmen, wenn sie am Morgen nicht zurückkam. Allerdings würden sie ihr kaum helfen können. Sie konnte eigentlich nur darauf hoffen, dass der Stadtkommandant ihr glaubte – zumindest der Bursche Karl würde bestätigen, dass Stallmeister Hansen ihn aufgefordert hatte, sie zu holen. Und dann war da natürlich Leutnant von Prednitz …

Bei dem Gedanken an ihn fühlte sie sich gleich besser. Walter von Prednitz würde nicht zulassen, dass ihr irgendetwas geschah. Er würde alles richtigstellen. Sofern er zurückkam. Sofern er nicht im Kugelhagel gestorben oder von einer Bombe zerfetzt worden war … Doch dann empfand sie plötzlich etwas wie Sicherheit. Sie würde es wissen, wenn er tot wäre. Sie würde es spüren …

Ihr Verstand sagte ihr, dass das nicht möglich war, aber sie war zu erschöpft, um auf ihn zu hören. Und sie ließ zu, dass ihre Fantasie ihr Walter von Prednitz' Gesicht vorgaukelte, bevor sie auf der harten Pritsche in einen unruhigen Schlaf fiel.

Sie wurde früh am Morgen geweckt – Stimmen und das Klappern von Blechgeschirr erweckten das Gefängnis zum Leben. Nellie fror schon wieder und hatte Hunger, den harten Kanten Brot, den sie erhielt, spülte sie mit der undefinierbaren Flüssigkeit herunter, die wohl Kaffee sein sollte. Danach hatte sie nichts weiter zu tun, als hinaus auf die Schienen zu blicken. Mit einem Anflug von Galgenhumor befand sie, dass dies der ideale Beobachtungsposten für Spione war, die den Zugverkehr der Deutschen dokumentieren wollten. Sie sah auch Reitpferde sowie Gespanne in den Ställen aus und ein gehen und erkannte den leicht hinkenden Gang von Oberleutnant von Lindau, der dort eintrat, um sein Pferd entgegenzunehmen. Nach Walter von Prednitz schaute sie allerdings vergeblich aus.

Gegen Mittag wurde sie zum Verhör befohlen. Ein Major, der es schon verdächtig zu finden schien, dass sie deutsch sprach, forderte sie auf, die Geschehnisse der letzten Nacht zu schildern und sich zu den gegen sie gerichteten Vorwürfen zu äußern. Nellie gab möglichst umfassend Auskunft, sie hatte nichts zu verbergen. Schließlich bat sie den Major, sich um ihr Pony kümmern zu dürfen. Wahrscheinlich war der arme Cees immer noch vor dem Mietstall angebunden.

»Vielleicht kann er ja in einem der Ställe untergebracht werden, bis mein Schwiegervater ihn abholt oder bis Sie mich hier herauslassen.« Sie versuchte es mit einem Lächeln und einem Scherz. »Er spioniert bestimmt nicht.«

Der Major verzog den Mund. »Wenn Sie ein Pferd haben, werden wir es requirieren«, erklärte er. »Und Frechheit nützt Ihnen hier gar nichts.«

Ernüchtert ließ sich Nellie hinausführen, schöpfte aber wieder Hoffnung, als sie Ludwig von Lindau auf dem Korridor vor dem Verhörzimmer warten sah. Von Prednitz' Freund würde sich bestimmt für sie einsetzen.

Vorerst hieß es allerdings wieder warten. Als man ihr spätnachmittags eine dünne Steckrübensuppe brachte, bereitete sie sich seelisch darauf vor, eine weitere Nacht im Gefängnis zu verbringen.

Kapitel 6

Walter von Prednitz meinte, sich keine Minute länger auf dem Pferd halten zu können. Er war seit einer Woche unterwegs, meist in strömendem Regen, häufig unter Beschuss. In den letzten Tagen hatte er sein Pferd nicht einmal absatteln können. Am 12. Dezember hatten Deutschland und Österreich ein Friedensangebot an die Alliierten gerichtet, und die Reaktionen darauf wurden nun minutiös beobachtet. Die Heeresleitung wollte genaue Informationen über die Lage an der Front – mehr, als mit Brieftauben zu vermitteln war. Die Meldereiter waren deshalb ständig aktiv, Reiter und Pferde wurden gefordert bis zur Erschöpfung. Nun erhoffte Walter sich ein paar Tage Ruhe in seinem Quartier in Kortrijk. Er musste nur noch ausgiebig Meldung machen – die Weiterleitung seiner Nachrichten würden dann andere übernehmen. Der Leutnant ritt den Mietstall an, und sein ebenso müdes Pferd begrüßte seinen Stall mit einem erfreuten Wiehern. Walter musste jedoch warten, bis er das Tor durchreiten konnte. Ein Kaltblutpferd, das der Stallbursche Karl führte, schleppte eben den Kadaver eines toten Artgenossen hinaus.

»Guten Tag, Herr Leutnant!«, grüßte er freundlich. »Das ist schön, Sie gesund wiederzusehen. Wir hörten von heftigen Kämpfen. Obwohl wir den Kerlen jetzt den Frieden angeboten haben. Hat der Kaiser doch gemacht, nicht, Herr Leutnant? Warum wollen die denn jetzt nicht?«

Walter seufzte. Er war entschieden zu erschöpft, um dem

treuherzigen Jungen jetzt noch die Weltlage zu erklären. Tatsächlich hatte die deutsche Regierung nicht im Entferntesten mit einer Annahme des Friedensvertrags gerechnet. Der diente eher dazu, eine Rechtfertigung dafür zu finden, die Kriegführung der Deutschen noch mehr zu verschärfen und vor allem das deutsche Volk wieder sicher unter der Fahne zu sammeln. In den letzten Monaten war eine gewisse Kriegsmüdigkeit zu beobachten gewesen. Die Menschen in Deutschland hungerten, man sprach bereits vom Steckrübenwinter. Wenn man den Menschen nun weismachen konnte, dass die Aggression nicht von ihrem Kaiser ausging, sondern lediglich von den frevlerischen Alliierten, wären sie eher bereit, die Härten an der Heimatfront zu ertragen.

Statt zu antworten, warf Walter einen Blick auf das tote Pferd. »Ist das nicht Napoleon, Karl?«, fragte er. »Der Hengst vom Stadtkommandanten? Was ist denn da passiert?«

Karl hob bedauernd die Schultern. »Kolik, Herr Leutnant. Darmverschlingung. Der Hansen und die Frau Doktor haben alles versucht, aber …«

»Cornelia De Groot?« Walter spürte seine Lebensgeister wiedererwachen. »Sie war hier? Was ist denn mit dem neuen Tierarzt?«

Gleich darauf lieferte ihm Karl eine ziemlich unverständliche Version der Geschehnisse in Kortrijk einschließlich der Verhaftung von Nellie De Groot.

»Also noch mal, Karl«, fragte Walter nach. »Sie soll eine Spionin sein? Wer behauptet denn so was?«

»Na, der Stallmeister«, erklärte Karl. »Und der Dr. Müller. Der meint, sie hätte wohl ein paar Pferde hier umgebracht, um die Wehrkraft zu versetzen oder so.«

»Zersetzen, Karl«, berichtigte Walter. »Aber das ist doch Unsinn! Sie hat weit mehr Tiere gerettet, als unter ihren Händen gestorben sind. Und Hansen weiß das ganz genau.«

»Er hätte mich sonst wohl auch nicht geschickt, sie zu holen«, stellte Karl scharfsinnig fest. »Trotzdem hat Hansen gesagt, das Pferd damals, das mit dem Rotz, das hätte gar keinen Rotz gehabt.«

»Hat man dich denn zu der Sache befragt, Karl?«, erkundigte sich Walter. »Und hast du gesagt, dass du Mevrouw De Groot geholt hast?«

Der Junge schüttelte den Kopf. »Mich fragt doch keiner«, erwiderte er und schien damit nicht mal unzufrieden zu sein.

Wahrscheinlich dankte er dem Himmel für seinen ruhigen Posten, den Walter ihm beschafft hatte. Er war schon als Wehrdienstleistender in Berlin Pferdeknecht gewesen. Mit den Tieren hatte er eine gute Hand, war sonst jedoch nicht der Hellste.

Walter seufzte. »Dann gehe ich wohl erst mal zur Stadtkommandantur, bevor die da Feierabend machen.« Es war ein Freitag gegen Abend. Wahrscheinlich würde sich vor dem kommenden Montag niemand mehr mit Nellies Fall befassen, wenn er nicht einschritt. »Sattle doch bitte mein Pferd ab, wenn du hier fertig bist. Und wenn ihr noch irgendwo eine Schüppe Hafer horten solltet … Er hat sie sich verdient.«

Generalmajor Eggersmann, der Stadtkommandant von Kortrijk, blätterte in der Akte *Cornelia De Groot*, die ihm sein Stellvertreter eben gebracht hatte. Er war immer noch erschüttert vom Tod seines Pferdes. Seit er den Kadaver inspiziert und festgestellt hatte, dass das Tier sicher unter unvorstellbaren Qualen gelitten hatte, bevor es jemand ziemlich stümperhaft von seinen Leiden erlöst hatte, war er fest entschlossen, die Sache lückenlos aufzuklären. Schlüssel des Ganzen schien die in der Nacht festgenommene angebliche Spionin zu sein – zunächst hatte er angenommen, sie hätte das Tier absichtlich vergiftet. Nun vermutete er, dass sein Napoleon schon an Koliken gelitten hatte, bevor sie dazugekommen war. Im Verhör hatte sie behauptet, man habe sie extra rufen lassen, um das Pferd zu behandeln, und obendrein erklärt, Tierärztin zu sein und sich schon vorher um die Pferde in den Ställen der Deutschen gekümmert zu haben. Erst bei Eintreffen des Stabsveterinärs habe sie ihre Leistungen eingestellt.

Was den Stabsveterinär anging, so hatte Eggersmann ihn gleich am Morgen nach dem Verenden des Tieres selbst verhört und den Alkohol gerochen, den jede Pore seiner Haut ausschwitzte. Es war unmöglich, dass dieser Mann in der Nacht von Napoleons Tod nüchtern gewesen war. Seiner Behauptung, Cornelia De Groot habe das Pferd getötet, war insofern nur bedingt Glauben zu schenken. Stallmeister Hansens Aussagen waren auch wenig erhellend gewesen. Er hatte bestätigt, dass die angebliche Spionin sich monatelang in den Ställen der Etappe herumgetrieben und Pferde behandelt hatte.

Eggersmann fand das alles nicht nachvollziehbar und hätte die Frau vielleicht sogar freigelassen, wäre da nicht die Aussage des Oberleutnant von Lindau gewesen. Der Meldereiter, der nach seiner schweren Verletzung nur leichten Dienst schob, hatte sich unaufgefordert zur Aussage gemeldet, als er von den Vorfällen im Stall gehört hatte, und erklärt, er kenne Cornelia De Groot flüchtig und habe sich vor einiger Zeit mit ihr unterhalten. Dabei hatte er angeblich den Eindruck gewonnen, dass sie versuchte, ihn über den Einsatz der Melde- und Patrouillenreiter, den Frontverlauf und die Strategie der Deutschen auszuhorchen. Es spreche durchaus für die Raffinesse des Feindes, ihnen eine hübsche Frau in der Tarnung einer Tierärztin als Laus in den Pelz zu setzen, so von Lindau.

Schließlich war noch ein Dr. Theo De Groot, Tierarzt aus Ledegem, erschienen und hatte sich nach seiner Schwiegertochter erkundigt. Den Spionagevorwurf hatte er als lächerlich abgetan. Der Major, der das Verhör geführt hatte, hatte die Aussage wörtlich niedergeschrieben: *Meine Schwiegertochter ist zweifellos ein verwöhntes junges Ding, das zur Selbstüberschätzung neigt, was mein Sohn in seiner blinden Verliebtheit noch bestärkt hat. Sie hat ein paar heilkundliche Kenntnisse, doch sie ist selbstverständlich keine Tierärztin – kein Wunder, dass sie das Pferd nicht retten konnte. Noch weniger ist sie allerdings eine Spionin. Verzeihung, aber dafür fehlt es ihr an Hingabe – und an Verstand. Wer sollte sie außerdem angeworben haben hier auf dem Lande? Das ist alles hanebüchener Unsinn.*

Dr. De Groot hatte das Pony an sich genommen, mit dem die junge Frau gekommen war. Dann war er nach Ledegem zurückgekehrt. Das Schicksal seiner Schwiegertochter schien ihn nicht weiter zu kümmern.

Für Eggersmann blieb die Lage unklar – immerhin waren sich alle mehr oder weniger darüber einig, dass Cornelia De Groot Napoleons Tod verursacht hatte. Die junge Frau selbst hatte zugegeben, das Pferd letztlich erschossen zu haben – vielleicht, um nicht eingestehen zu müssen, dass es ihr an den Fertigkeiten fehlte, es zu heilen?

»Herr Generalmajor?« An der Bürotür des Stadtkommandanten klopfte es, und sein Adjutant trat ein. »Da ist ein Leutnant von Prednitz für Sie. Meldereiter, eben eingetroffen. Sieht ziemlich derangiert aus, will Sie aber sofort sprechen. Es geht um Ihr Pferd, sagt er. Und die Tierärztin.«

Walter hatte nicht damit gerechnet, so schnell vorgelassen zu werden, doch der Stadtkommandant ließ ihn keine drei Minuten warten. Er warf lediglich einen etwas unwilligen Blick auf seine verschmutzte, durchnässte Uniform.

»Sie kommen direkt von der Front, Herr Leutnant?«, fragte er. »Ist irgendetwas so Dringendes, dass Sie sich nicht vorher waschen konnten?«

Walter nickte. »Verzeihen Sie, Herr Generalmajor, aber die Sache duldet wirklich keinen Aufschub. Schließlich geht es um schwerwiegende Anschuldigungen, und ich wollte gehört werden, bevor Cornelia De Groot womöglich als Spionin verurteilt und ins Reich geschickt wird.«

»So schnell mahlen die Mühlen des Gesetzes nun doch nicht«, beschied ihn Eggersmann. »Allerdings bin ich sehr daran interessiert, was Sie zu sagen haben. Man wirft dieser Cornelia De Groot ja nicht nur Spionage vor, sondern auch den Tod meines Pferdes, und den aufzuklären ist mir ein persönliches Anliegen.«

Walter wunderte sich. »Wer sagt das denn? Ich denke, das Pferd litt an Darmverschlingung. Cornelia De Groot hätte das kaum verursachen können. Und sie war ja noch gar nicht da, als die Kolik anfing. Mein Bursche hat sie erst später geholt.«

»Dann schildern Sie mir doch mal, was Ihrer Meinung nach in dieser Nacht in den Ställen vor sich gegangen ist!«, meinte Eggersmann und bot Walter mit einer Handbewegung einen Platz an. »Und möchten Sie vielleicht einen Cognac? Sie sehen aus, als könnten Sie einen vertragen. Ich selbst brauche ganz sicher einen. Es geht mir etwas an die Nieren, nun die dritte oder vierte Version vom Tod meines Pferdes hören zu müssen.«

Walter nahm den Cognac, erklärte sich allerdings außerstande, eine weitere Version der fraglichen Nacht beizusteuern. »Schließlich war ich nicht dabei. Aber ich kann Ihnen die Vorgeschichte erzählen. Meiner Ansicht nach ist Mevrouw De Groot über jeden Zweifel erhaben. Sie mag ihre Qualifikationen auf einem etwas ungewöhnlichen Weg erlangt haben, aber sie ist eine äußerst umsichtige Tierärztin und integre Person.« Der Stadtkommandant hörte geduldig zu, wie Walter von Cornelias Arbeit mit den Pferden und Hunden der Garnison berichtete, ihre großen Erfolge und wenigen Verluste, die sie stets zu Tode betrübt zurückließen. »Mevrouw De Groot würde nie einem Tier willentlich schaden«, schloss er. »Und sicher auch keinem Menschen. Sie der Spionage zu bezichtigen ist absurd.«

Eggersmann runzelte die Stirn. »Sie sind nicht etwa in sie verliebt, Herr Leutnant?«

Walter sah ihn verblüfft an – und merkte plötzlich, dass er das nicht ganz ehrlich leugnen konnte.

»Sagen wir … ich schätze sie sehr«, erklärte er.

Der Stadtkommandant griff noch einmal nach der Cognacflasche.

»Dann sollten wir die Dame herkommen lassen. Ich würde gern selbst hören, was sie zu sagen hat. Sie scheint mir zumindest eine interessante Persönlichkeit zu sein.«

Nellie war bereits fest davon ausgegangen, mindestens noch diese Nacht, wenn nicht gar das gesamte Wochenende oder länger inhaftiert zu bleiben. Als man sie gegen Abend erneut zum Verhör holte, verspürte sie Angst.

Würden die Deutschen so weit gehen, Spione zu foltern? Oder wollte man sie gleich erschießen? Sie meinte, sich zu erinnern, dass Erschießungen im Allgemeinen im Morgengrauen erfolgten, doch sicher war sie da nicht.

Nellie fühlte sich etwas besser, als der schweigsame Soldat, der ihr mit der Waffe in der Hand folgte, ohne sie auch nur eine Sekunde aus den Augen zu lassen, sie aus dem Gefängnis heraus und zum Rathaus führte, wo die Etappenkommandantur untergebracht war. Dort brachte er sie nicht in ein Kellerverlies, sondern in den Bürotrakt und schließlich in einen Raum, in dem ein Mann hinter einem ausladenden Schreibtisch saß. Der Soldat trat hinter ihr ein, nahm Haltung an und meldete.

»Herr Generalmajor, die Gefangene.«

»Danke, Soldat«, sagte der Mann hinter dem Schreibtisch und stand auf. »Sie dürfen wegtreten.«

Nellie musterte ihr Gegenüber. Der große, schwere Mann mit dem kahlen Schädel musste Generalmajor Eggersmann sein. Er hatte wache blaue Augen, mit denen er sie abschätzig musterte, und scharfe Gesichtszüge. Aber hatte man ihr nicht gesagt, dass er sein Pferd sehr gerngehabt hatte?

»Es tut mir sehr, sehr leid, dass Ihr Pferd gestorben ist«, brach es aus Nellie heraus, bevor er sie etwas fragen oder sie auch nur begrüßen konnte. »Ich hätte so gern mehr für Napoleon getan, er war ein so außerordentlich schöner Hengst. Und so freundlich. Selbst als es ihm schon sehr schlecht ging, hat er nicht versucht, zu beißen oder zu schlagen. Es ist wirklich schade, dass wir ihn verloren haben.« Sie sah den Stadtkommandanten an und stellte fest, dass auch er sie musterte. Dabei schien sie keinen besonders guten Eindruck auf ihn zu machen, und es wunderte sie nicht. Sie war sich ihrer schmutzigen Reithosen, ihres verschlissenen Wollpullovers und ihres strähnigen Haares wohl bewusst. In Ermangelung eines Kamms war sie am Morgen nur mit den Fingern hindurchgefahren und hatte es dann wieder im Nacken zusammengebunden. Inzwischen hatten sich erneut Strähnen gelöst. Nellie schob sie sich aus dem Gesicht und wurde dann erst gewahr, dass sich noch ein weiterer Mann im Zimmer befand. Als sie Walter von Prednitz erkannte, konnte sie sich nicht bezähmen. Ein erleichtertes Lächeln flog über ihr Gesicht. »Herr … Leutnant …«

Walter nickte ihr zu.

»Mevrouw De Groot …« Sein Blick war freundlich, beinahe zärtlich.

»Ent… entschuldigen Sie meinen Aufzug«, wandte Nellie sich erneut an den Kommandanten. »In … in Ihren Zellen fehlt es ein wenig an … Toilettenartikeln.«

Eggersmann verzog leicht belustigt den Mund. »Mevrouw De Groot, Ihre sanitären Probleme interessieren mich weniger«, erklärte er. »Ich würde lieber wissen, was Sie getan oder unterlassen haben, um mein Pferd zu töten.«

Nellie sah ihn traurig an. »Ich habe Napoleon erschossen«, gab sie zu. »Ihr Stabsveterinär wollte es tun, war aber offenbar zu betrunken, um richtig zu treffen. Ich wollte dem Tier weiteres Leid ersparen. Es tut mir wirklich leid, aber es ging nicht anders.«

»Dr. Müller meinte, das Pferd wäre zu retten gewesen, wenn man ihn nur früher hinzugezogen hätte«, fuhr Eggersmann fort.

Nellie schüttelte den Kopf. »Nein«, sagte sie. »Ich habe Napoleon rektal untersucht, er hatte eine Darmverschlingung, die einen Darmverschluss verursachte. Nichts und niemand auf der Welt hätte ihn retten können. Zumindest heute noch nicht …« Nellie blickte ins Leere, und ihre Augen begannen zu leuchten. »Irgendwann einmal wird man so etwas sicher chirurgisch lösen können«, bemerkte sie. »Den Bauchraum öffnen, die Därme wieder ordnen, eventuell bereits abgestorbenen Darm entfernen. Aber dazu müsste man das Pferd in Vollnarkose versetzen, und wir haben noch nicht die Mittel. Man bräuchte auch einen geeigneten Operationssaal. In einem Stall kann man nicht steril arbeiten. Ich hoffe, dass es eines Tages spezielle Kliniken für Pferde geben wird …« Sie seufzte. »Nach dem Krieg. Zurzeit … zurzeit gibt es ja nicht mal Forschung …«

Eggersmann runzelte die Stirn. »Das war also Ihre Motivation dafür, sich hier einzuschleichen und zu spionieren? Um den Krieg zu beenden und die medizinische Forschung voranzutreiben? Zumindest originell.«

Nellie blitzte ihn an. »Ich habe nicht spioniert. Ich wüsste gar nicht, wie ich das anstellen sollte. In einem Stall werden doch keine kriegswichtigen Entscheidungen getroffen. Und was sollte ich denn herausfinden, was die Männer nicht sehen, die in all diesen Aufklärungsflugzeugen sitzen, die neuerdings hier herumfliegen?«

Tatsächlich hatte der Flugverkehr über Flandern in den letzten Monaten stark zugenommen. Sowohl die Deutschen als auch die Alliierten setzten Flugzeuge zur Aufklärung ein, und es kam bereits zu Luftgefechten.

Eggersmann unterbrach sie. »Und was hat Sie dann dazu bewogen, Mevrouw De Groot, Ihre Heilkünste hier an unseren Pferden, an deutschen Pferden, zu versuchen? Ohne nennenswerte Vergütung, wie ich hörte?«

Nellie verzog das Gesicht. »Wenn Pferde eine Nationalität haben, dann ist sie ihnen zumindest nicht bewusst«, bemerkte sie. »Was gut für Sie ist, Herr Generalmajor, denn sonst könnten Sie all die requirierten belgischen Pferde nicht einfach in Ihrer Armee einsetzen. Sie würden dann schließlich riskieren, dass die für den Feind spionieren oder gar Sabotage betreiben.«

Der Stadtkommandant konnte sich ein Grinsen nicht verkneifen. »Touché, Frau Doktor«, bemerkte er.

»Nur De Groot bitte«, korrigierte Nellie. »Ich habe nicht promoviert. Und warum ich Ihren Pferden meine Diagnose- und Behandlungskenntnisse zur Verfügung gestellt habe? Ich bin Tierärztin. Und die Pferde … Haben Sie sich mal überlegt, wie das alles für sie ist? Ich meine, Ihre Soldaten, die wissen ja vielleicht, warum sie da in den Schützengräben hungern und frieren und sterben. Aber so ein Pferd, das versteht all das nicht. Es vertraut dem Menschen, es ist bereit, ihm zu folgen – und es weiß nicht, warum es plötzlich beschossen wird, viel zu schwer arbeiten muss und nicht genug zu fressen bekommt. Das Mindeste, was wir da tun können, ist, ihm angemessene tierärztliche Versorgung zu bieten. Ich jedenfalls fühle mich verpflichtet, leidenden Tieren zu helfen, egal, wem sie gehören und ob ich dafür bezahlt werde oder nicht. Natürlich lasse ich mich lieber bezahlen, ich muss ja auch von etwas leben. Da fällt mir ein … Werden Spione eigentlich bezahlt?«

Eggersmann lachte, obwohl er bei ihrem Vortrag das Gesicht verzogen hatte. Obwohl er seinen Hengst sehr geschätzt hatte, waren ihm zu große Gefühle für Tiere offenbar suspekt. »Ich glaube, die meisten Spione handeln aus Patriotismus«, erwiderte er. »Aber bevor Sie jetzt doch darüber nachdenken, einen

Spionagering zu gründen ... Ich bin fest entschlossen, Stabsveterinär Dr. Müller versetzen zu lassen. Er wird seinen Aufgaben ganz offensichtlich nicht mehr gerecht. Schade um ihn. Er galt einmal als sehr guter Tierarzt ...«

»Nicht jeder verkraftet, was er an der Front sieht und erlebt«, warf Walter von Prednitz ein. Nellie wagte erst jetzt, ihn genauer anzusehen, und bemerkte, wie ausgemergelt und erschöpft er wirkte. »Es ist mehr, als mancher Mensch ertragen kann.«

Eggersmann verzog erneut das Gesicht. »Nun fangen Sie nicht an, Schwächlinge und Drückeberger zu entschuldigen. Dr. Müller wird die Möglichkeit bekommen, sich erneut an der Front zu bewähren. Womit hier die Stelle eines Tierarztes wieder vakant wäre, und wir schwimmen nicht gerade in Bewerbern. Leutnant von Prednitz hat sich sehr positiv über Ihre Qualifikation geäußert, Mevrouw De Groot. Desgleichen müssen Sie Stallmeister Hansen überzeugt haben, obwohl der nie zugeben würde, dass irgendeine Behandlung besser wirkt als seine Hausmittel – erst recht, wenn sie durch die Hand einer Frau erfolgt. Wenn Sie also bereit wären, Mevrouw De Groot, sich ganz offiziell und natürlich mit angemessener Vergütung um die kranken und verletzten Tiere dieser Heeresgruppe zu kümmern, so würde ich Sie anstellen.« Nellie meinte, nicht richtig zu hören. Vor ein paar Minuten hatte sie noch befürchtet, erschossen zu werden, und nun bot ihr dieser Mann eine Stelle an? »Überlegen Sie es sich«, fuhr Eggersmann fort. »Sie müssten dann nur in Kortrijk Wohnung nehmen, aber ein Quartier für Sie wird sich finden lassen. Selbstverständlich eines, das über jeden Zweifel erhaben ist, vielleicht im Haus einer Witwe oder einer alleinstehenden Frau. Wir wollen ja nicht, dass Ihr Ruf leidet.«

Nellie befürchtete, dass das auf jeden Fall passieren würde. Sie mochte sich die Reaktion ihrer Schwiegereltern auf eine Anstellung bei den Deutschen kaum vorstellen. Aber wenn sie

Nein sagte, würde sie bis zu Phipps' Rückkehr keine Gelegenheit mehr haben, in ihrem Beruf zu arbeiten. Und viele Pferde und Hunde würden ohne ihre Hilfe sterben.

»Ich … ich glaube, ich muss das erst mit meinen Schwiegereltern besprechen«, murmelte Nellie. »Sie … werden sicher dagegen sein.«

Eggersmann hob die Schultern. »Sie müssen es wissen«, erwiderte er.

Nellie holte tief Luft. »Ich mache es«, sagte sie dann.

Nellie graute es zwar davor, aber natürlich würde sie noch einmal nach Ledegem zurückkehren müssen, um ihre Sachen zu holen. Sie würde eine Möglichkeit finden müssen. Vorerst stellte sich jedoch die Frage nach einer Unterkunft für diese Nacht. Es war recht spät geworden, und sie scheute davor zurück, ihre Schwiegereltern jetzt noch anzurufen und sich abholen zu lassen. Sie fühlte sich keinen weiteren Auseinandersetzungen gewachsen.

Nellie fiel schließlich der Apotheker ein, ihr einziger Freund in der Stadt. Er wohnte über seiner Apotheke und hatte, wenn sie sich recht erinnerte, eine Frau und drei Töchter. Es wäre sicher nicht kompromittierend, wenn sie dort für eine Nacht unterkäme. Ein Telefon hatte er allerdings nur in den Geschäftsräumen.

»Wir gehen einfach hin«, schlug Walter von Prednitz vor, nachdem sie sich vom Stadtkommandanten verabschiedet hatten. »Und sonst nehme ich Sie mit in meine Unterkunft. Sie wissen ja, ich bin im Au Pont de la Lys einquartiert. Die Wirtin scheint recht umgänglich zu sein, vielleicht findet sie ja noch ein Zimmer für Sie.«

Nellie runzelte die Stirn. Ein Gasthaus voller deutscher Soldaten und anschließend nur das Wort einer Wirtin, dass Nellie ihr Zimmer wirklich allein bewohnt hatte? Ihrem Ruf war das sicher nicht zuträglich. Doch an diesem Abend war ihr alles egal. Sie wollte nur noch ein sauberes, warmes Bett und vor allem die Möglichkeit, sich zu waschen und zu kämmen. Außerdem hatte sie Hunger.

Das Hausmädchen des Apothekers öffnete sofort – die ganze Familie war zu Hause und saß gerade beim Abendessen. Die Eltern und drei hübsche junge Mädchen löffelten Steckrübensuppe. Sie luden Nellie – und etwas verhaltener auch den Leutnant – gleich dazu ein, nachdem sie ihr Anliegen geschildert hatte. Natürlich würde sich ein Bett für sie finden. Die Einladung zum Essen lehnte Walter von Prednitz ab, und auch ihr selbst wäre es peinlich gewesen, das karge Mahl mit der Familie zu teilen.

»Ich nehme Mevrouw De Groot mit ins Damberd, wenn es ihr recht ist«, erklärte er. »Wenn es nur möglich wäre, dass sie sich vorher etwas frisch macht – ich würde auch gern schnell in mein Quartier gehen und etwas Trockenes anziehen. Kann ich Sie in einer Stunde abholen, Frau Doktor?«

Nellie lächelte. »Nur De Groot, wie Sie wissen. Und nur, wenn es Familie De Frees nicht stört, dass ich dann erst später am Abend wiederkomme.«

Der Apotheker und seine Frau versicherten, dass sie nicht allzu früh ins Bett gingen, sie würden gern auf Nellie warten.

Walter von Prednitz verabschiedete sich daraufhin – und am Tisch der De Frees begann eine eifrige Diskussion. Die drei Mädchen konnten sich kaum darüber beruhigen, dass Nellie mit einem leibhaftigen deutschen Leutnant ins Damberd gehen sollte – einem großen Gasthof mit Restaurant und einer Weinstube, die vor dem Krieg allgemein beliebt gewesen war, jetzt jedoch deutschen Offizieren vorbehalten blieb.

»Und er sieht so gut aus, Mevrouw De Groot! Scheint wirklich nett zu sein. Wo haben Sie ihn kennengelernt?«

»Sie müssen sich unbedingt waschen und kämmen … Soll ich Ihnen die Haare machen? Ich kann das gut.«

»Vielleicht passt Ihnen ja ein Kleid von Henny. Können wir

aufstehen, Mama, Papa? Wir müssen ihr helfen, damit sie gut aussieht!«

Die Schwestern zwitscherten durcheinander, während ihre Eltern Nellie ernst anblickten.

»Man hat Sie also freigesprochen vom Vorwurf der Spionage?«, fragte der Apotheker.

Inzwischen hatte anscheinend ganz Kortrijk von ihrer Verhaftung und der angeblichen Spionin gehört und sich Sorgen um sie gemacht.

Nellie nickte. »Es war ja nichts dran«, erklärte sie und berichtete dann von dem unerwarteten Angebot des Stadtkommandanten.

Die De Frees schienen sich jedoch nicht für sie freuen zu können.

»Sie müssen wissen, was Sie tun«, bemerkte Mevrouw De Frees. »Aber Sie können sich darauf gefasst machen, dass Sie dafür irgendwann die Konsequenzen tragen müssen.«

Nellie zuckte mit den Schultern. »Ich krieg sowieso nie eine Zulassung als Tierärztin. Da ist es doch auch egal, ob ich jetzt ein bisschen illegal arbeite.«

Mevrouw De Frees verzog das Gesicht. »Das meinte ich gar nicht …«

»Nun kommen Sie aber, Mevrouw De Groot!«, rief das jüngste der Mädchen eifrig. »Wir machen Wasser zum Waschen heiß. Und Sie müssen das Kleid anprobieren …«

»Gehen Sie schon«, sagte der Apotheker. »Wie meine Frau schon sagt, es ist Ihre Entscheidung. Und ich zumindest wünsche Ihnen Glück.«

Etwas verwundert folgte Nelly den drei Mädchen, die aufgeregt duftende Seife hervorgekramt hatten, Unterwäsche heraussuchten und ihr schließlich in ein Kleid halfen, das ihr zwar ein wenig zu kurz war, aber sonst recht gut saß. Vor dem Krieg waren weite Kleider in Mode gewesen, und so passte Nellie problemlos in das hellblaue Sonntagskleid der sechzehnjährigen Maike. Es war sehr hübsch, das Oberteil leicht gerüscht und locker über den gerade geschnittenen, am Saum bestickten Rock fallend, die Ärmel halblang.

»Steht Ihnen viel besser als Maike«, behauptete die kleine Marie, und Henny machte sich an Nellies Haaren zu schaffen. Sie flocht sie und steckte sie locker auf.

Nellie konnte die Verwandlung kaum glauben, als sie sich im Spiegel sah. So passte sie wirklich in ein nobles Restaurant. Nur die schweren Stiefel störten, in die Schuhe der zierlichen Mädchen passten ihre Füße nicht.

Walter von Prednitz stutzte, als Nellie ihm kurze Zeit später gegenübertrat. Zum ersten Mal sah sie das Aufleuchten in seinem Gesicht, das früher so typisch für ihre Verehrer gewesen war. Er selbst sah allerdings auch gut aus. Er trug eine saubere Uniform, roch nicht mehr nach Schweiß und Blut, sondern nach Kernseife, und hatte sein Haar mit Wasser nach hinten gekämmt, was seine ausdrucksvollen Züge betonte. Nach Armeevorschriften brauchte er dringend einen Haarschnitt, ihr dagegen gefiel es gut, dass sein Haar etwas länger war.

»Dann gehen wir mal«, sagte er und legte ihr seinen langen Armeemantel um die Schultern. »Sonst frieren Sie ja, Cornelia.«

Das klang fragend. Bisher hatte er sie nie beim Vornamen genannt.

»Nellie«, korrigierte sie. »Meine Freunde nennen mich Nellie. Die Bauern haben immer Dr. Nellie gesagt.«

Walter lächelte. »Dr. Nellie passt hervorragend«, bemerkte er und hielt ihr seinen Arm hin. »Nennen Sie mich einfach Walter.«

Sie hakte sich befangen ein. Es war nicht gut für den Ruf einer belgischen Frau, am Arm eines deutschen Soldaten gesehen zu werden. Zum Glück waren es von der Apotheke bis zum Damberd nur ein paar Schritte. Und als sie den Gastraum betraten, stellte sie fest, dass sie keineswegs die einzige Frau in Begleitung eines Offiziers war. Teilweise trugen die Damen Vorkriegskleider wie sie selbst, wirkten verhärmt und senkten verschämt den Blick, als sie eintraten. Einige waren grell geschminkt, farbenfroh gekleidet und sprachen zu laut.

Walter führte sie zu einem ruhigen Tisch in einer Ecke und orderte Wein.

»Das Essen ist nichts Besonderes«, entschuldigte er sich. »Die Gasthöfe können ja auch nur mit dem kochen, was es gerade gibt. Aber der Wein ist hervorragend. Vorkriegsbestände. Das Lokal hat einen gut gefüllten Keller.«

Die Bedienung brachte eine Flasche und erklärte ihnen, dass es an diesem Abend Sauerbraten gab. »Mit Kartoffeln und Rotkohl.«

Nellie staunte. Das war ein Festessen. Natürlich nickte sie, als Walter bestellte, obwohl sie befürchtete, dass sie womöglich den armen Napoleon verspeisen würden.

Langsam und ehrfürchtig nahm sie einen Schluck Wein. »Ich hab seit zwei Jahren keinen mehr getrunken«, gab sie zu. »Bier schon, das brauen die Bauern ja noch aus dem letzten Hopfen, den sie irgendwo versteckt anbauen. Und Schnaps. Aber Wein …«

»Dann genießen Sie ihn, Nellie«, sagte Walter freundlich. »Es gibt nicht mehr viel, was wir hier genießen können. Wenn ich Sie also mit einem Glas Wein glücklich machen kann …«

»Ich bin vor allem froh, dass man mich nicht erschossen hat«, erwiderte sie. »Dieser Dr. Müller hat den größten Unsinn erzählt, und ich fürchte, Ihr Freund Oberleutnant von Lindau hat mich noch zusätzlich beschuldigt. Ich hatte eigentlich gedacht, er würde *für* mich aussagen, aber irgendwas muss er in den falschen Hals bekommen haben.«

»Er kommt mit seiner Lage schlecht zurecht«, bemerkte Walter. »Hat sich nach der Verwundung zu schnell wieder an die Front versetzen lassen – er konnte es kaum erwarten, erneut für Kaiser und Vaterland in den Krieg zu ziehen. Tatsächlich ist er noch nicht voll einsatzfähig. Sie schicken ihn nur mit banalen Aufträgen herum, meist hinter der Front. Das wurmt ihn.« Das Essen kam, und Nellie machte sich hungrig darüber her. Es schmeckte köstlich – und sie beschloss, nicht länger über die Herkunft des Fleisches nachzudenken. »Sie wissen es übrigens nicht«, sagte Walter, als sie ihre Teller geleert hatten. »Die Soldaten in den Schützengräben«, führte er weiter aus, als Nellie ihn verständnislos ansah. »Sie haben dem Generalmajor gesagt, Sie hofften, die Soldaten wüssten, wofür sie kämpfen. Aber dem ist nicht so. Nicht einmal Ludwig von Lindau könnte den Sinn dieses Krieges erklären – obwohl der ja offenbar gerne dabei ist. Die meisten Männer in den Schützengräben … die wollen nur noch weg. Immer mehr von ihnen werden verrückt. Die stammeln und zittern nur noch und sind zu nichts mehr zu gebrauchen. Jedenfalls jubelt niemand mehr. Und es ist keineswegs ›süß und ehrenvoll‹, fürs Vaterland zu sterben.«

»Ich glaube, unsere Leute wissen schon, wofür sie kämpfen«, hielt Nellie dagegen. »Also die Belgier. Wir … wir wollen unser Land gern zurückhaben. Wir wollen es wieder bestellen, damit alle genug zu essen bekommen. Ist es wahr, dass um die Frontlinie herum alles zerstört ist? Alles voller Granattrichter?«

Walter nickte. »Es ist eine Wüste, eine Schlammwüste jetzt im Winter – oder eine groteske Landschaft aus Eis, wenn es friert. Dann kommt keiner mehr durch, die Pferde würden sich die Beine brechen. Wenn es richtig kalt ist, kommt allenfalls mit Meldehunden Essensnachschub an die Front. Denen legt man dann Packtaschen um. Die Männer erfrieren mitunter in den Gräben, oder sie frieren sich Gliedmaßen ab. Im Osten soll das noch sehr viel schlimmer sein. Hier wird es ja selten wirklich eiskalt. Der Schlamm und die Feuchtigkeit sind allerdings schlimm genug. Und die Aussichtslosigkeit. Seit Jahren bewegt sich nichts. Und ja, für Ihre Leute ist das anders. Die Belgier wissen, worum es geht – und die Russen. All die Verteidiger ihrer Länder an der Ostfront. Deshalb … deshalb werden die ja auch den Krieg gewinnen …« Er rieb sich die Stirn.

Nellie war ehrlich verwundert. »Sie glauben, Deutschland verliert?«, fragte sie.

»Nicht so laut!«, bat er. »Ich bekomme sonst gewaltigen Ärger. Aber ja, ich glaube, dass wir uns gegen die ganze Welt nicht halten können. Die Amerikaner werden jetzt bald in den Krieg eintreten. Frische, wohlgenährte Soldaten aus einem riesigen Land. Modernste Kriegsmaschinerie … Panzer, Flugzeuge … Und die Deutschen im Reich sind genauso kriegsmüde wie die Jungs in den Gräben. Irgendwann ist das alles vorbei.«

»Und dann?«, fragte Nellie.

Walter schenkte ihnen Wein nach. Er antwortete nicht.

»Was macht eigentlich Ihre Schwester?«, erkundigte sich Nellie schließlich, um das Thema zu wechseln. »Sie sagten mal, sie studiere Tiermedizin.«

Walter nickte, froh über den Themenwechsel. »Maria hat inzwischen Examen gemacht«, berichtete er. »Summa cum laude natürlich, wie nicht anders zu erwarten. Sie ist trotzdem nicht ganz glücklich …«

»Findet sie keine Stellung?«, fragte Nellie.

Das erschien ihr logisch. Wer würde schon eine weibliche Tierärztin anstellen?

»Sie wollte eigentlich eine eigene Praxis eröffnen. Mit einem Kommilitonen. Die beiden haben während des ganzen Studiums zusammengearbeitet. Aber nun wurde er gleich nach dem Examen eingezogen. Zum Glück nicht zur Front, er ist in einem Remontendepot im Reich – Sie wissen schon, wo Pferde für den Krieg gesammelt und auf ihre Tauglichkeit hin geprüft werden. Insofern ist er wenigstens nicht in Gefahr. Das hilft Maria nur auch nicht.«

»Kann sie die Praxis nicht erst mal allein eröffnen?« Bei einem so guten Examen hätte sie selbst das ohne Weiteres gewagt.

Walter rieb sich die Stirn. »Ich weiß nicht … Maria … Na ja, unser Vater würde das wohl nicht erlauben.«

Nellie seufzte. »Immer dasselbe. Was macht sie denn jetzt?«

»Sie wollte im Zoo arbeiten, aber da stellen sie niemanden mehr ein, eher verringern sie Tier- und Pflegerbestand. Dr. Rüttig, der Zooveterinär, hat ihr immerhin ermöglicht, dort zu promovieren. Das tut sie jetzt erst mal.« Walter nahm einen Schluck von seinem Wein.

»Worüber?«, fragte Nellie neugierig. »Phipps und ich wollten eigentlich auch promovieren, aber irgendwie sind wir nicht dazu gekommen.«

Walter dachte kurz nach. »Maria schreibt irgendwas Vergleichendes über den Magen-Darm-Trakt von Lamas und Ziegen oder Schafen. Sie mag Lamas.«

»Wenn sie vergleichende Studien zur Anatomie betreibt, muss sie sie aufschneiden«, gab Nellie zu bedenken.

Walter nickte. »Sie werden sowieso getötet«, erklärte er. »Zu Marias großem Bedauern. Im Zoo haben sie genauso Futtermangel wie wir hier. Und Raubkatzen kann man nicht mit Steckrüben füttern. Also schlachten sie Tiere, die leicht nachzuzüchten sind, und verfüttern das Fleisch an die Tiger.«

»Arme Lamas und Ziegen«, murmelte Nellie. »Wird Ihre Schwester denn ihren Kommilitonen heiraten, wenn er den Krieg überlebt?«, erkundigte sie sich.

Walter hob die Schultern. »Eher nicht. Maria … Ich glaube nicht, dass sie heiraten will. Sie ist … sie ist eine Einzelgängerin. Mein Vater nennt sie ›wunderlich‹.«

Nellie lachte. »Meiner würde mich wohl ähnlich bezeichnen. Und Sie?« Ein bisschen berauscht vom Wein blinzelte sie Walter zu. »Sind Sie verheiratet?«

Er trug keinen Ring, aber das musste nichts bedeuten, womöglich war es Frontsoldaten sogar verboten.

Walter lächelte, sein Blick wurde weich. »Was Sie alles wissen wollen …«, neckte er sie. »Nein, ich bin nicht verheiratet. Allerdings verlobt.«

Nellie spürte zu ihrer Verblüffung fast so etwas wie Enttäuschung. »Mit einem schönen Mädchen?«, fragte sie.

Walter nickte ernst. »Mit einem sehr schönen Mädchen«, behauptete er.

»Und es ist nicht wunderlich?«, fragte Nellie.

Walter lachte. »Nein. Irmgard ist absolut nicht wunderlich. Sie ist genau das, was meine Eltern sich für mich wünschen.«

Nellie verzog das Gesicht. »Da haben Sie ja Glück«, sagte sie. »Aber ich fürchte, ich muss jetzt gehen. Die De Frees werden schon warten.«

Walter nickte. »Ich habe morgen frei. Wenn Sie wollen, leihe ich mir einen Wagen und fahre Sie nach Hause.«

Nellie hatte das leise Gefühl, dass es besser wäre, sich von ihrem Schwiegervater abholen zu lassen. Es war jedoch zu verlockend, dessen Strafpredigt noch etwas hinauszuzögern.

»Gern«, sagte sie. »Ich freue mich.«

Kapitel 8

Mevrouw De Frees verzog missbilligend das Gesicht, als Walter von Prednitz am nächsten Morgen an ihrer Tür klingelte, um Nellie abzuholen.

»Es scheint, als wäre der junge Herr ein bisschen zu sehr an Ihnen interessiert«, gab sie Nellie zu bedenken, als die ihre Sachen zusammenpackte. »Sind Sie sich dessen bewusst?«

Nellie bemühte sich, empört zu gucken. »Ich bin verheiratet«, erklärte sie. »Und darüber habe ich Leutnant von Prednitz nicht im Unklaren gelassen.«

Die Apothekerin hob die Augenbrauen. »Hoffentlich vergisst er's nicht«, meinte sie. »Grüßen Sie Ihre Eltern und Schwiegereltern. Ihr Vater war lange nicht hier. Wird keiner mehr krank in Ledegem?«

Nellie schüttelte den Kopf. »Das Dorf ist ja halb leer«, gab sie Auskunft. »Die jungen Leute sind an der Front oder in Kriegsgefangenschaft oder zum Arbeitseinsatz in Deutschland rekrutiert. Ich hatte Glück, dass mir das bis jetzt erspart blieb. Und die Alten sterben weg – Sie wissen ja, wie das ist. Zu wenig Essen, zu wenig Heizmaterial. Diejenigen, die sich halten, sind zähe Kerle. Der alte Bauer Jansen und seine Frau zum Beispiel, die bearbeiten noch den ganzen Hof. Zum Krankwerden haben die gar keine Zeit.«

»Dann wünschen Sie Ihren Eltern jedenfalls alles Gute«, meinte Mevrouw De Frees und verabschiedete sich von Nellie. Für den jungen Leutnant hatte sie nur einen kühlen Blick.

Walter brachte einen recht großen Wagen mit, keinen kleinen Zweisitzer, wie Nellie ihn fuhr.

»Ich dachte … also, wenn Sie Ihre Sachen gleich mitnehmen wollen … Der Generalmajor hat den Quartiermeister schon angewiesen, etwas für Sie zu finden. Bis heute Abend werden Sie sicher wissen, wo Sie unterkommen.«

Nellie fand das überlegenswert, hielt es sich aber noch offen. »Ich muss mich schon verabschieden«, erwiderte sie. »Auch von meinen Eltern. Wahrscheinlich werden alle entsetzt sein, und jeder wird mir lang und breit mitteilen wollen, warum.«

»Ein weiterer Grund zu fliehen«, bemerkte Walter mit einem verschmitzten Lächeln. »Ich habe jedenfalls frei, ich kann gern warten.«

Die De Groots zeigten sich überrascht, die Van der Heydens erleichtert, als Nellie wiederauftauchte. Alle vier kamen aus ihren jeweiligen Häusern, als der Wagen vorfuhr.

»Kind, was machst du nur für Sachen!«, regte Josefine sich auf, während sie ihre Tochter umarmte. »Spionageverdacht … Wir dachten, sie würden dich erschießen.«

»Und warum haben sie dich jetzt wieder freigelassen?«, erkundigte sich Dr. De Groot misstrauisch. »Als ich in Kortrijk war, sah das noch ganz anders aus.«

»Ich konnte es richtigstellen«, sagte Nellie vage. »Der Tierarzt, der mich verleumdet hat, wird versetzt. Und ich … Na ja, ich kann es euch auch gleich allen sagen. Seine Stelle bekomme ich.«

Ihr Schwiegervater wurde nicht einfach wütend, er explodierte.

»Das ist nicht möglich!«, donnerte er. »Das schlägt dem Fass den Boden aus! Mein Sohn kämpft an der Front, und seine Frau … seine Frau kollaboriert mit dem Feind!«

»Phipps kämpft doch gar nicht …«, wollte Nellie einwenden, aber jetzt meldete sich auch ihr Vater.

»Du arbeitest für die Deutschen? Du unterstützt die Aggressoren, die Besatzer, die Mörder ...«

»Ich arbeite für die Pferde«, stellte Nellie richtig. »Und die Hunde – ich hab sogar schon mal zwei Brieftauben wieder hingekriegt, obwohl dieses Geflügel ja meistens gleich stirbt, wenn's was hat. Ich tue das Gleiche wie Phipps ...«

»Nur dass du auf der falschen Seite kämpfst«, höhnte ihr Vater.

»Ich werde umkommen vor Scham«, verkündete Josefine. »Meine Tochter, eine Kollaborateurin. Du bist nicht besser als ...«

»... als die Weiber, die sich mit den Deutschen ins Bett legen«, führte Mevrouw De Groot den Gedanken weiter. »Pfui, kann ich dazu nur sagen. Pfui, pfui, pfui!«

»Und du hast das schon länger gemacht«, warf Dr. De Groot ihr weiter vor. »Schon monatelang. Leugne es nicht, die hätten dich sonst nicht geholt, mitten in der Nacht. Womöglich ...« Er zeigte empört auf Benno, der erfreut an Nellie hochsprang, »... womöglich ist der Köter auch von den Deutschen! Hast du ihm das Ohr abgeschnitten, Cornelia? Haben wir hier einen deutschen Armeehund beherbergt?«

»Amputiert«, sagte Nellie beleidigt. »Er wäre ansonsten gestorben. Und er hat sich nicht freiwillig gemeldet.«

»Er wäre besser verreckt!«, rief Mevrouw De Groot. »Hast du Medikamente und Verbandsmaterial an ihn verschwendet?« Sie blickte Benno an, als hätte der sich seine Verletzung nur zugezogen, um die medizinischen Bestände der Alliierten zu sabotieren. Benno wedelte mit dem Schwanz.

»Was können denn die Tiere für den Krieg?«

Nellie versuchte es noch einmal mit logischen Argumenten, aber niemand zeigte sich ansprechbar.

»Du hattest schon immer eine krankhafte Einstellung zu Tieren«, erklärte ihr Vater. »Wir hätten das von Anfang an viel strenger unterbinden sollen.«

Nellie wollte bemerken, dass es an Versuchen dazu nicht gemangelt hatte, hielt sich indes zurück.

»Ich nehme Benno mit«, sagte sie. Wahrscheinlich wäre der Hund sonst Gefahr gelaufen, als Spion erschossen zu werden. »Das Pony hat übrigens auch kollaboriert, es hat mich immer brav nach Kortrijk gebracht.«

»Cees bleibt hier!« Ironie war an Dr. De Groot von jeher verschwendet gewesen. »Und wenn mein Sohn zurückkommt …«

»Philipp wird entrüstet sein«, fügte seine Frau hinzu.

»Du bist nicht mehr meine Tochter«, sagte Josefine theatralisch.

Nellie beschloss, ihren Koffer zu packen, bevor die Diskussion eskalierte. Gefolgt von Benno ging sie ins Haus der De Groots. Sie raffte nur das Nötigste zusammen und war bald wieder unten.

Walter hatte im Wagen gewartet.

»Das ging aber schnell«, bemerkte er. »Sind das all Ihre irdischen Besitztümer?«

Nellie verzog das Gesicht. »Natürlich nicht. Nur ein paar Kleider zum Wechseln.«

»Sie gehen also davon aus, noch einmal zurückzukommen?«

Nellie blickte ihn verwundert an. »Selbstverständlich«, sagte sie. »Spätestens, wenn der Krieg vorbei ist und mein Mann wiederkommt.«

»Ihr Mann würde Ihnen also verzeihen?«, fragte Walter provokant. »Er würde Sie verteidigen, wenn man anfinge, Sie zu teeren und zu federn?«

Nellie winkte ab. »Phipps würde mich verstehen«, erwiderte sie. »Er kennt mich. Und er kämpft nicht an der Front, er kümmert sich um verwundete Pferde und Hunde, genau wie ich. Dabei wird er die Vierbeiner ebenso wenig nach ihrer Nationalität und ihrer Gesinnung fragen.«

»Sie müssen einander sehr lieben«, bemerkte Walter.

Nellie lächelte. »Wir sind vor allem Freunde«, stellte sie richtig. »Wir sind die allerbesten Freunde.«

In den nächsten Monaten wurde Cornelia De Groot wieder zu Dr. Nellie oder Mevrouw Dr. Nellie – die Deutschen achteten auf Förmlichkeiten. Sie bezog ein Zimmer bei einer meist übel gelaunten Witwe, deren Mann lange vor dem Krieg gestorben war. Mevrouw Mulder hatte keinen Sohn oder Neffen im Krieg verloren, verstand sich jedoch als glühende Patriotin. Nellie nahm sie die Kollaboration mit dem Feind persönlich übel. Sie mochte auch nicht glauben, dass Nellie wirklich als Tierärztin arbeitete, sondern unterstellte ihr immer wieder, einem deutschen Würdenträger als Geliebte zu dienen, obwohl Nellie ihr nie einen Grund dazu gab, das zu glauben. Sie ließ sich nicht einmal von Walter von Prednitz abholen, wenn sie gelegentlich einen Abend mit ihm verbrachte. Häufig kam das ohnehin nicht vor. Der junge Leutnant war ständig unterwegs, und jedes Mal, wenn er zurückkehrte, wirkte er deprimierter und erschöpfter.

Für die Menschen in Kortrijk – sowohl die Besatzer als auch die Einheimischen – kam der Krieg nun näher. Schon im zweiten Kriegsjahr hatte es Luftgefechte im Raum über Flandern gegeben, Freiherr von Richthofen, der berühmte Jagdflieger, der von allen nur der Rote Baron genannt wurde, war ein paar Monate in der Nähe von Kortrijk stationiert gewesen und hatte hier eine Fliegerstaffel aufgebaut. Doch Ende 1917 verloren die Deutschen ihre Lufthoheit, und die Alliierten begannen mit einem Bombardement auf Etappenstädte.

Nellie erschrak zu Tode, als die erste Bombe auf Kortrijk fiel. Es geschah am helllichten Tag, sie befand sich in einem der Ställe und behandelte ein Pferd, als Benno plötzlich lauthals zu heulen begann. Gleich darauf war das Dröhnen des sich nähernden Flugzeugs zu hören gewesen und kurz danach die Detonation. Die erste Bombe richtete noch keinen größeren Schaden an, doch von da an ließen die Angreifer nichts unversucht, um Kortrijk in Schutt und Asche zu legen. Hauptangriffsziel waren der Bahnhof und das Rathaus – der Stadtkommandant ließ die Pferdeställe sofort in einen weniger gefährdeten Bereich der Stadt verlegen. Zudem wurde unter dem Bahnhofsplatz ein Schutzkeller angelegt, der hauptsächlich den Deutschen als Zuflucht diente. Die normale Stadtbevölkerung musste mit den Kellern ihrer Häuser vorliebnehmen und erreichte sie nicht immer rechtzeitig. Es gab erste Tote unter der Zivilbevölkerung.

Nellie konnte nun ungefähr erahnen, wie es an der Front sein musste, wenn sie Einschläge vernahm, Menschen schreien hörte und flüchten sah und anschließend den Ansturm auf die Verbandsplätze miterlebte. Sie selbst war meist früh gewarnt, Benno spürte die Angriffe im Voraus. Er jaulte dann herzzerreißend und hörte damit auch im Luftschutzkeller nicht auf. Die anderen Flüchtigen beschwerten sich darüber – die Nerven lagen ohnehin blank, und das Letzte, was die verängstigten Menschen brauchten, war ein Hund, der mit den schnell installierten Warnsirenen um die Wette heulte.

Nellie suchte die umliegenden Keller irgendwann gar nicht mehr auf, sondern blieb mit Benno bei den Pferden, um die Tiere zu beruhigen – desgleichen tat Stallmeister Hansen, was den gegenseitigen Respekt sehr förderte.

»Mumm haben Sie ja, Dr. Nellie«, sagte er anerkennend, als ganz in der Nähe der Ställe ein Haus Opfer der Bomben wurde und vier Frauen starben.

»Was bleibt mir anderes übrig …« Nellie seufzte.

Natürlich hätte sie versuchen können, nach Ledegem zurückzukehren, wo sicher keine Bomben fielen. Aber sie fürchtete die Ächtung durch die Dörfler mehr als den Krieg – ihr reichten schon die Anfeindungen, denen sie in der Stadt ausgesetzt war. Seit die Deutschen sie inhaftiert hatten, war sie in

Kortrijk bekannt. Man wusste, dass sie für die Besatzer arbeitete, und ließ sie die Verachtung für Kollaborateure spüren. Oft spuckten Frauen vor Nellie aus, oder Männer beschimpften sie als Hure. Sie begann dadurch, mit den Frauen zu fühlen, die tatsächlich das Bett mit Deutschen teilten. Einige taten das aus Not und ließen sich mit Lebensmitteln bezahlen, manche hatten sich tatsächlich verliebt. Sie litten dann besonders unter der Ächtung, und ihre Männer konnten sie nicht einmal »ehrbar« machen, denn die Heirat mit Einheimischen war den Deutschen verboten.

Im Frühjahr 1918 nahmen die Angriffe noch zu, und das Leben in Kortrijk wurde zur Hölle. Die einst schmucken Straßen waren nicht wiederzuerkennen, viele der gepflegten Stadthäuser nur noch rauchende Ruinen, die Straßen voller Schutt. Die Stadtbewohner sahen nun beinahe so verhärmt und erschöpft aus wie die Frontsoldaten.

Walter sah Nellie bedauernd an, als er endlich wieder einmal in der Stadt war.

»Sie sehen aus, als hätten Sie seit drei Tagen nicht mehr geschlafen«, bemerkte er, nachdem sie sich begrüßt hatten.

»Sie auch«, gab Nellie zurück.

»Bei mir trifft es zu. Ich saß am Funkgerät im Schützengraben. Haben Sie nicht von der Schlacht bei Ypern gehört?«, fragte Walter. »Der Frühjahrsoffensive? Sie wären eine schlechte Spionin geworden.« Er lächelte kraftlos.

»Wer hat denn gewonnen?«, fragte Nellie.

Sie hatte längst aufgehört, deutsche Zeitungen zu lesen. Nach der Arbeit und den durch die Angriffe schlaflosen Nächten war sie dazu einfach zu müde gewesen.

»Wir haben den Kemmelberg erobert«, sagte Walter ohne jede Euphorie. »Die wichtigste Höhenstellung der Gegend. Dann wurde der Angriff abgebrochen – wir haben es einfach nicht weitergeschafft. Über hunderttausend Mann Verlust und die restlichen Kämpfer fast verhungert und völlig am Ende. Zu allem Übel wütet die Spanische Grippe.«

»Gab es viele tote Pferde?«, fragte Nellie.

Walter zuckte mit den Schultern. »Sie werden bestimmt noch ein paar Patienten bekommen. Aber nicht viele. Das Pferd im Krieg hat sich überlebt. Diese Schlacht wurde mit Panzern geschlagen, unter Unterstützung der Luftwaffe. Sie haben uns abgeschossen wie Hasen …« Er rieb sich die Stirn.

»Und Ihnen ist nichts passiert?«, fragte sie, obwohl er ja leibhaftig vor ihr stand. »Wieso waren Sie auf einmal Funker? Sie sind doch Meldereiter.«

»Meldereiter wurden nicht gebraucht. Ich war Heeresgruppe II zugeteilt, sollte ein paar ausgelaugten, verzweifelten Soldaten befehlen, mit dem Namen des Kaisers auf den Lippen aus den Schützengräben zu springen und sich ins Maschinengewehrfeuer des Feindes zu stürzen … Natürlich hätte ich sie dabei anführen müssen. Aber ich hatte wohl einen Schutzengel – obwohl ich das nicht sagen dürfte, denn mein Glück war das Unglück eines anderen. Der Funker der Heeresgruppe ist gefallen, und ich konnte das Morsealphabet …«

Nellie runzelte die Stirn. »Das lernt man in der Kavallerieschule Hannover?«

Walter schüttelte den Kopf. »Nein, das war eine Marotte von Maria, meiner Schwester. Als sie vier oder fünf war, hat sie ein Funkgerät gesehen oder davon gehört oder gelesen, und plötzlich wollte sie nur noch über Morsezeichen kommunizieren. Ansonsten hat sie kein Wort mehr gesprochen, meine Eltern wären beinahe verrückt geworden. Ich hab's dann gelernt und mit ihr mittels Klopfzeichen von einem Zimmer zum anderen gefunkt. Sie konnte sich vor Begeisterung kaum einkriegen. Zum Glück gab sich der Tick, bevor sie in die Schule kam.«

»Ihre Schwester hatte seltsame Marotten«, bemerkte Nellie.

Walter lächelte – wie immer, wenn er von Maria sprach,

wurde sein Gesicht weich. »Sie ist … wunderlich, wie ich schon einmal bemerkte.«

»Sie ist großartig, denn sie hat Ihnen das Leben gerettet«, sagte Nellie.

Er nickte. »Mit großer Wahrscheinlichkeit. Als Funker habe ich nicht in vorderster Linie gearbeitet, aber natürlich alles mitbekommen. Es war ein Inferno, Nellie. Das Schlachtfeld … Da haben mal Bäume gestanden, das war mal ein Wald. Dann wurde alles abgeholzt für die Schützengräben … und wieder und wieder vermint, wieder und wieder umgepflügt durch die Granaten. Die Erde ist durchsetzt mit Blut und zerschmetterten Körpern … Und dann die Gewehre – Geschützfeuer, Tage, Nächte … Wir haben neue Maschinengewehre … Es ist unfassbar. Die Welt zerfleischt sich, die Universitäten sind geschlossen, aber neue Waffen, die entwickeln sie immer noch. Ich halte das bald nicht mehr aus, Nellie. Niemand hält das noch lange aus.« Er vergrub kurz das Gesicht in den Händen. »Können wir vielleicht einfach nur spazieren gehen, Nellie? Ich weiß, ich sollte Sie eher zum Essen ausführen … Sie sehen ganz verhungert aus.«

Nellie lächelte matt. »Auch dieses Kompliment kann ich zurückgeben. Ich glaube übrigens nicht, dass man uns im Damberd noch mal so etwas Gutes wie Sauerbraten vorsetzt. Da gibt's auch nur noch Steckrübeneintopf, hab ich gehört.«

»Das wäre mir egal. Aber der Krach … das Gerede … die Kerle, die immer noch vom Sieg sprechen …« Walter versuchte, ruhig zu atmen.

»Die Amerikaner sind in Europa gelandet, ja?«, fragte Nellie.

Walter nickte. »Dafür haben die Russen einem Frieden zugestimmt, nachdem sie ihren Zaren aus dem Amt gejagt haben. Also wurden wieder mehr Kapazitäten frei, mehr Männer als Kanonenfutter für die Westfront. Es wird irgendwann vorbei sein, aber jetzt … Wenn ich nur ein bisschen Stille fände …«

»Das sollte sich machen lassen.«

Nellie führte ihn hinunter zur Leie. Am Fluss war es ruhig, nur gelegentlich hörte man seltsame Laute aus dem Gebüsch, die Benno zum Knurren oder leisen Bellen anregten.

»Was ist das?«, fragte Walter. »Doch nicht das, was ich denke?« Er runzelte die Stirn.

»Ich weiß ja nicht, was Sie denken, aber ja, es sind … kopulierende Paare.« Nellie spürte, dass sie errötete, als Walter über ihre geschwollene Ausdrucksweise lachte.

»Es ist eigentlich nicht komisch«, sagte sie. »Das sind Frauen … die machen es für Geld. Aus lauter Verzweiflung. Sie können ihre Kinder nicht mehr ernähren. Am Houtmarkt dürfen sie nicht anschaffen, da stehen die Professionellen, und die jagen sie fort. Die halten sich für was Besseres, vor allem die Registrierten, die es nur mit Deutschen treiben. Also machen die vielen Mütter es am Fluss für einen Kanten Brot. Mit jedem. Und sie werden dafür noch angespuckt.« Nellies Stimme klang verbittert.

Walter seufzte. »Lassen Sie uns von hier weggehen. Und über etwas Schöneres reden. Ich muss morgen schon wieder an die Front.«

»Dann muss ich mich ja wieder sorgen«, sagte Nellie.

In diesem Moment begann Benno zu jaulen. Nellie blickte erschrocken in den Himmel. Sie sah und hörte noch nichts, aber sie wusste, dass der Hund sich nicht irrte.

»Die Bomber kommen!«, erklärte sie alarmiert. »Wir müssen irgendwo Schutz suchen, falls sie die Broeltürme unter Beschuss nehmen …« Die beiden trutzigen Türme links und rechts des Flusses dienten als Waffenlager. »Die Flieger folgen dem Flusslauf …«

Walter ergriff ihre Hand. »Hier war doch irgendwo ein Heuschober …«

Sie liefen zurück, erreichten den Schober und warfen sich ins Heu. Benno, der eben noch am Flussufer herumgeschnüffelt hatte und schlammverschmiert war, schmiegte sich jaulend an Nellie.

»Das war mein letztes halbwegs gutes Kleid«, meinte sie bedauernd, zog das zitternde Tier jedoch näher an sich, als sie nun die Motoren der Flugzeuge hörten. Walter legte den Arm um sie beide. Es war fast dunkel, und die Angreifer flogen tief, um ihre Ziele erkennen zu können. Ein Heuschober in den Flussauen gehörte mit hoher Wahrscheinlichkeit nicht dazu, doch sie duckten sich trotzdem, als der erste Einschlag erfolgte. Zum Glück nicht in nächster Nähe. Der Pilot steuerte wohl doch die Innenstadt an und hatte sich nur am Fluss orientiert. »Kommen noch mehr?« Nellie hob den Kopf und blickte Walter an. Er hielt sie immer noch fest. Es fühlte sich gut an.

»Ich weiß nicht«, sagte er. »Aber … ich kann daran jetzt auch gar nicht denken. Ich denke nur daran, wie gern ich dich küssen würde.«

Nellie fragte sich, ob ihr Herz lediglich wegen des Fliegerangriffs wie rasend klopfte, oder ob es mit Walters Umarmung und seinen Lippen zu tun hatte, die den ihren plötzlich so nah waren. Immer noch war Lärm aus der Stadt zu hören. Der Angriff dauerte an, weitere Bomben fielen. Aber am Fluss war es dunkel, und im Schober schienen sie seltsam weit vom Geschehen entfernt. Die Welt wirkte ausgeschlossen, es gab nur sie beide und das duftende Heu.

»Wir sollten das nicht tun«, gab Nellie zu bedenken.

»Wir sollten überhaupt nicht hier sein«, flüsterte Walter. »Ich sollte in Deutschland sein und meine Pferde nicht zu Schanden reiten, sondern tanzen lassen … und du …«

»Ich hab nie das gemacht, was ich sollte«, erwiderte Nellie, öffnete die Lippen und fühlte sich erfasst von einer Woge der Wärme und des Glücks, als Walter sie küsste.

Es war völlig anders als alles, was sie mit Phipps erlebt hatte. Kein angenehmes Gefühl, nein, ein Rausch, der ihren ganzen

Körper erglühen ließ. Sie vergaß alles um sich herum, meinte sich aufzulösen und mit Walter zu verschmelzen. Nellie klammerte sich an ihn und kam erst wieder zu sich, als der Hund, den sie dabei fast erdrückt hätte, beleidigt quietschte. Sie löste sich von Walter, und ihre Lippen trennten sich, doch er fuhr fort, mit winzigen Küssen ihre Stirn zu liebkosen, ihre Wangen, ihren Hals … Nellie meinte wieder zu zerfließen, weich und willenlos in seinen Armen zu werden, dann nahm sie sich zusammen. Entschlossen holte sie Atem und fand dann auch ihre Stimme wieder.

»Hör auf, Walter! Wir werden nicht am Fluss …«

»… kopulieren?«, neckte er sie. Sein ganzes Gesicht war ein Lächeln. »Natürlich nicht. Ich … ich möchte dir auch nicht zu nahe treten, Nellie … Es ist bloß so, dass ich dich liebe. Ich wollte es mir nicht eingestehen, aber ich … ich hab mich nach dir gesehnt, selbst in den schlimmsten Stunden …«

»Ich hab mich um dich gesorgt«, gab Nellie zu. »Ist das … Liebe?«

»Es ist zumindest wunderlich«, Walter wirkte jetzt regelrecht ausgelassen, »wenn man sich um einen Mann sorgt, den man eigentlich hassen sollte. Ich bin der Feind, Nellie …«

Nellie schüttelte den Kopf. »Ich hab dich nie als einen Feind gesehen. Vielleicht wusste ich von Anfang an …«

»Du wusstest, dass du mich liebst?«, fragte er und sah sie flehentlich an.

»Dass ich dich lieben könnte«, schränkte Nellie ein. »Im Ernst, Walter, das ist verrückt. Ich bin verheiratet, du bist verlobt, und wir sind im Krieg. Obendrein gegeneinander. Wir sollten das hier vergessen.«

Walter schüttelte den Kopf und zog sie erneut in die Arme. »Ich hab schon viel zu oft getan, was ich sollte«, sagte er und küsste sie noch einmal.

In den nächsten Monaten sollten Nellie und Walter sich nicht wiedersehen. Im Sommer 1918 endete die Siegesserie der Deutschen und ihrer Verbündeten endgültig. An allen Fronten gab es riesige Verluste, und man sprach von Frieden, ohne die gegenseitigen Vorschläge ernst zu nehmen. In Kortrijk kämpften Besatzer wie Einwohner mit dem Bombenkrieg und der Hungersnot – inzwischen wurden nicht nur Kartoffeln, sondern selbst Sägespäne ins Brot eingebacken. Stallmeister Hansen musste Pferde erschießen, die aus Schwäche und Erschöpfung nicht mehr auf den Beinen stehen konnten, wohl wissend, dass die Tiere nichts gebraucht hätten als ein paar ordentliche Rationen Hafer und Heu. Die belgische Bevölkerung hielt sich mit den Gaben aufrecht, die in vier amerikanischen Läden gegen Bezugsscheine abgegeben wurden. Schon seit Anfang des Krieges wurden dort Lebensmittelspenden aus dem Ausland verteilt, was die Deutschen duldeten.

Nachdem ein weiterer Vorstoß der Deutschen von Amerikanern und Franzosen abgewehrt und ein letzter Angriff Österreich-Ungarns in Italien gescheitert waren, begann an der Westfront die Abfolge von Schlachten, die als Hunderttageoffensive der Alliierten in die Geschichte eingehen sollte. Erneut verloren die Deutschen Zehntausende von Kämpfern, und die Männer weigerten sich immer häufiger, die Befehle zum Angriff zu befolgen. Schließlich sah selbst die Heeresleitung ein, dass die Kämpfe nicht zu gewinnen waren, beschloss jedoch, die Armee solle sich mit Defensivoperationen über Wasser halten und die Alliierten damit zermürben. Erst wenn ihr Kampfeswille gelähmt worden sei, werde man Friedensgespräche anbieten. Der Kampfeswille der zum Teil frischen Truppen aus Amerika und Australien war hingegen nicht zu brechen. Sie zwangen die deutsche Front mehr und mehr zurück und näherten sich im Oktober 1918 Kortrijk.

Die Besatzer der Stadt waren allerdings weit davon entfernt aufzugeben. Stattdessen wurde überall in der Stadt Sprengstoff verlegt – vor allem unter den Brücken. Die Gerechtshof-Brücke, in deren Nähe Nellie und Walter an jenem denkwürdigen Frühlingstag Unterschlupf gefunden hatten, wurde gesprengt, einen Tag später explodierten siebenhundert Kilo Sprengstoff unter der Brücke an den Broeltürmen. Sie wurden dabei schwer beschädigt. Inzwischen standen die Alliierten im Ortsteil Overleie und versuchten sich am Aufbau einer Pontonbrücke über den Fluss. Ein Rauchvorhang, der die Bewohner der Stadt zunächst in Panik versetzte, weil sie annahmen, die Deutschen hätten Feuer gelegt, sollte das Vorhaben verschleiern, doch die Deutschen kamen dahinter und setzten die Schlauchboote der Befreier unter Artilleriebeschuss.

Derweil beschloss die Etappenkommandantur endlich den Rückzug. Die letzten erschöpften Pferde wurden vor viel zu schwere Wagen gespannt, um Akten, Waffen und Beutegut nach Süden zu bringen. Nellie weinte, als sie sich von Stallmeister Hansen, dem Burschen Karl und ihren vierbeinigen Schützlingen verabschieden musste.

»Sie lassen es nicht zu, dass man die Pferde einfach am Straßenrand verrecken lässt, wenn sie nicht mehr können, ja?«, bat sie beide noch einmal. »Gönnen Sie ihnen wenigstens eine Kugel … auch wenn es heißt, Sie sollen Munition sparen. Mit den paar Kugeln wird der Krieg nicht mehr gewonnen.«

Hansen versprach es, sichtlich gerührt. »Hätt' ich nicht gedacht, Dr. Nellie, dass wir noch mal Freunde werden«, sagte er mit versagender Stimme. »Wollen Sie … wollen Sie nicht mitkommen?«

Nellie schüttelte den Kopf. »Das kann und darf ich nicht, und das will ich auch nicht. Ich gehöre zu meinen Leuten. Selbst wenn die es nicht einsehen wollen: Ich habe nie für die Deutschen gearbeitet, nur für die Pferde …«

Und dann meinte sie plötzlich, ihren Augen nicht zu trauen. Aus Richtung Roeselare, wo jetzt irgendwo die deutsche Front verlaufen musste, näherten sich drei Männer zu Pferde. Sie hielten auf dem Platz vor den Ställen. Einer davon war Walter von Prednitz.

»Herr Leutnant …« Stallmeister Hansen nahm Haltung an.

»Nein, Herr Oberleutnant!« Walters Uniform war mit neuen Rangabzeichen versehen. »Man hat Sie befördert, meinen Glückwunsch! Was machen Sie denn hier? Ich denke, wir ziehen ab …«

Walter nickte. Nellie nahm wahr, dass er sie bemerkt hatte, aber er tat so, als sähe er sie nicht.

»Die Etappenkommandantur zieht sich zurück, das ist richtig. Dennoch soll versucht werden, den Einmarsch des Feindes aufzuhalten. Leutnant von Tars und Leutnant von Lassen sollen unter meiner Leitung die Verteidigung der Stadt organisieren. Wir werden die verbliebenen Truppen sammeln …« Stallmeister Hansen wurde blass. »Natürlich nur die, die nicht schon den Marschbefehl haben«, beruhigte ihn Walter.

»Wirklich, Herr Oberleutnant?«, fragte einer der jungen Offiziere. »Sollten wir nicht …?«

»Was wir sollen, bestimme ich«, fuhr Walter ihm über den Mund. »Sie fahren jetzt, Stallmeister Hansen. Viel Glück!«

Nellie atmete auf, als der schwere Wagen, den Hansen steuerte, sich in Richtung der Stadttore entfernte.

»Und die Herren Leutnants schauen sich die Lazarette daraufhin an, ob man noch ein paar Leichtverletzte rekrutieren kann. Dazu die Militärpolizei – möglichst alle waffenfähigen Männer, die wir hier noch haben. Dr. Nellie, würden Sie sich eben mein Pferd ansehen? Ich meine, es wäre vorhin etwas unklar gegangen.«

Walter stieg ab, während seine jungen Untergebenen sich daranmachten, ihre Aufträge zu erfüllen. Nellie stürzte sich auf ihn, als sie weg waren.

»Bist du von Sinnen?«, schrie sie. »Willst du hier noch die letzten Männer verheizen? Du glaubst nicht wirklich, die Alliierten ließen sich auf einen weiteren Grabenkrieg ein. Die schicken ihre Flugzeuge und machen euch und die Stadt dem Erdboden gleich!«

»Ich freu mich auch, dich wiederzusehen, Nellie«, sagte Walter mit müder Stimme. »Und die Verteidigung der Stadt wurde mir befohlen, ich konnte mich nicht weigern. Dazu diese zwei Leutnants. Von Tars ist ein scharfer Hund, auf den muss man aufpassen. Ich werde natürlich tun, was ich kann, um das Schlimmste zu verhindern. Glaub mir, dass ich nicht erschossen werden möchte. Nicht jetzt in den letzten Tagen des Krieges …«

Nellie sah zu ihm auf und erkannte, dass die Furchen in seinem Gesicht noch tiefer geworden waren, die Ringe unter den Augen noch dunkler. Walter von Prednitz war nur noch ein Schatten seiner selbst, aber eben hatte er Hansen und den Pferden noch eine Chance gegeben zu entkommen. Vielleicht hatte er seine Pläne.

»Verbringst du noch einen Abend mit mir, Nellie?«, fragte er. »Morgen werde ich die Männer in Stellung bringen müssen und die Leutnants beschäftigen. Heute Nacht dagegen …«

»Die Brücken wurden gesprengt«, sagte Nellie. »Und das Damberd …«

Walter lächelte schief. »Im Damberd bereitet man sich unzweifelhaft schon auf die Amerikaner vor. Und versucht, den

Eindruck zu erwecken, dass man dort nie Deutsche bedient hat …«

Nellie überlegte. Hätte man sie am Tag zuvor gefragt, ob sie Walter noch einmal treffen wollte, so hätte sie sicher abgelehnt. Dieser eine verzauberte Abend konnte und sollte sich nicht wiederholen. Aber nun, da er da war …

»Triff mich gegen acht in den Ställen«, sagte sie leise. »Sie sind jetzt leer, niemand wird uns stören. Ich warte auf dich, auch wenn es spät wird.«

Walter sah sie lange an. »Ich hätte nicht gedacht, dass ich noch einmal glücklich sein dürfte«, flüsterte er. »Und ich habe nicht erwartet, dich noch einmal wiederzusehen. Ich wusste, dass es so besser war, aber …«

»Es sollte anscheinend so sein.« Nellie seufzte. »Wobei wir wieder bei unserem Lieblingswort ›sollen‹ wären.«

Walter lächelte. »Wir sehen uns«, sagte er und bestieg sein Pferd.

Nellie verbrachte den Rest des Tages damit, so viele Lebensmittel zu kaufen wie möglich. Sie hatte noch ihren monatlichen Bezugsschein vom amerikanischen Laden und tauschte ihn nicht wie sonst gegen Grundnahrungsmittel ein, die ihre Vermieterin dann zu scheußlich schmeckenden Eintöpfen verkochte, sondern gegen eine Dose Corned Beef und ein Glas Mixed Pickles. Beim Bäcker legte sie ihr gesamtes verbliebenes belgisches Geld auf den Tisch und hoffte, dass das Brot, das sie dafür bekam, kein oder nur wenig Sägemehl enthielt. Schließlich suchte sie einen bekannten Schwarzmarkthändler auf, bei dem sie eine Unmenge deutsches Geld für ein kleines Stück Butter ausgab. Aus all dem würde sie eine schmackhafte Mahlzeit für sich und Walter zusammenstellen können – nur Wein fehlte noch, aber der war nicht aufzutreiben.

Sie freute sich deshalb, dass Walter eine Flasche aus der Tasche seines langen Offiziersmantels hervorzauberte, als er gegen acht im Stall eintraf, der im Übrigen nicht verwaist war, wie Nellie eigentlich angenommen hatte. In den Ständern standen die drei Pferde, mit denen Walter und die beiden Leutnants in die Stadt gekommen waren. Nellie hatte jedem der Tiere einen Kanten ihres Brotes gegeben und dann das Picknick vorbereitet – auf einer von ihrer Vermieterin stibitzten Tischdecke, die sie auf den Stallboden gelegt hatte, standen Teller mit belegten Broten, zwei Gläser und eine Flasche Wasser. Darum herum hatte sie Stroh aufgehäuft, damit sie bequem sitzen konnten. Sie strahlte, als sie den Wein sah.

»Zwei Seelen, ein Gedanke«, kommentierte sie. »Ich hätte gern welchen besorgt, aber das war hoffnungslos.«

»Ich hab die Weinstube im Bahnhof geplündert«, sagte Walter. »Die war bekanntlich nur für Deutsche, und jetzt ist niemand mehr da. Da hab ich mich einfach bedient.«

»Und wo stecken deine Leutnants?«, fragte Nellie, während er sich setzte und die Flasche öffnete.

»Patrouillieren am Fluss. Ich hab das als ungemein wichtig dargestellt und ihnen erklärt, sie sollten auf keinen Fall die Pferde mitnehmen, sondern das zu Fuß machen, um nicht aufzufallen. So könnten sie Leute festnehmen, die womöglich mit dem Feind kollaborieren und den Fluss überschreiten, um ihm Informationen zukommen zu lassen.« Walter schenkte ihnen ein.

»Hältst du das für wahrscheinlich?«, erkundigte sich Nellie.

Er schüttelte den Kopf. »Ach was! Die Einheimischen werden sich in ihren Kellern verkriechen, bis die Briten da sind. Sie befürchten doch noch Gefechte. Wenn es nach meinen Leutnants ginge, würden wir die Stadt tatsächlich noch im Häuserkampf verteidigen.«

»Das tut ihr aber nicht?«, sorgte sich Nellie.

»Nein. Mein Auftrag lautet: So lange wie möglich am Überschreiten der Leie hindern. Das heißt, sobald die Briten drüber sind, ziehen wir ab.«

Er stieß mit ihr an, nahm einen Schluck und beließ ihn genießerisch noch etwas im Mund, bevor er ihn die Kehle hinunterrinnen ließ.

»Und bis dahin lässt du kämpfen? Das ist Irrsinn, es werden nur noch ein paar Leute mehr umkommen, und …« Nellie nahm einen großen, hastigen Schluck.

Walter legte den Arm um sie. »Nellie, wenn du ein britischer Befehlshaber wärst, wo würdest du die Leie überqueren?«

Nellie runzelte die Stirn. »Ich hab von Strategie keine Ahnung«, sagte sie.

»Brauchst du auch nicht, denk einfach mal nach!«

Nellie überlegte. »Auf jeden Fall nicht mitten in der Stadt«, erwiderte sie dann. »Ich würde mir einen Flussabschnitt suchen, der möglichst zwischen Feldern liegt. Gut einzusehen – und abseits von der nächsten Siedlung. Und vielleicht würde ich es sogar an zwei Stellen machen, rechts und links der Stadt. Die könnte ich dann mit meinen Truppen in die Zange nehmen.«

Walter nickte. »Das mit den zwei Stellen ist ein guter Hinweis, da bin ich noch gar nicht draufgekommen. Ist aber irrelevant. Wir jedenfalls werden die Stadt verteidigen. Genau den Flussabschnitt, den die Leutnants jetzt gerade überwachen. Morgen werden wir da Schießstände aufbauen, mit Sandsäcken und allem Drum und Dran. Da stellen wir unsere Leute dann auf. Ein trauriger Haufen übrigens. Einige kaum genesene Verwundete, dazu ein paar Etappenhengste, die nicht rechtzeitig mit ihren Akten das Weite gesucht haben. Und ich hoffe, die Briten überrumpeln uns dann von hinten und nehmen alle in Gefangenschaft, bevor ein Schuss fällt. Oder wir erfahren rechtzeitig von ihrem Durchbruch, und wer noch kann, zieht ab.«

»Würdest du lieber in Gefangenschaft gehen oder abziehen?«, erkundigte sich Nellie.

Walter hob die Schultern. »Das muss ich wohl dem Schicksal überlassen. Am liebsten würde ich so schnell wie möglich nach Hause kommen. Obwohl es natürlich riskanter ist, denn wir kämpfen ja noch …«

»Eine Gefangennahme wäre auch riskant«, bemerkte Nellie. »Womöglich fängt doch noch jemand eine Schießerei an.«

Walter nickte.

»Leihst du mir morgen dein Pferd?«, fragte Nellie. »Ich könnte ein bisschen die Leie entlangreiten …«

»Wenn sie dich sehen, halten sie dich fest«, gab Walter zu bedenken.

Nellie lächelte. »Ich hab da eine Geheimwaffe …« Sie wies auf Benno. »Du weißt, dass er heult, sobald er Schlachtlärm hört. Und sie werden mit Panzern kommen, oder? Vielleicht unterstützt durch Aufklärungsflugzeuge …«

»Aber schießen werden sie wahrscheinlich nicht«, meinte Walter.

»Müssen sie auch nicht. Benno wird sie spüren, irgendwie gibt er das dann immer zu erkennen, und ich habe Zeit, mich zu verstecken. Lass es mich versuchen, Walter, du riskierst nichts. Ich bringe dein Pferd spätestens morgen Abend zurück.«

Nellie lehnte sich an ihn. Er trug seine Uniform, und sie fürchtete, Pulverdampf und Blut zu riechen, aber seit der letzten Schlacht, an der er teilgenommen hatte, war sie wohl gereinigt worden oder er hatte eine neue erhalten. Das schneidige Auftreten ihrer Offiziere schien den Deutschen immer noch wichtig zu sein.

»Versuch es«, sagte Walter. »Und nun lass uns über etwas anderes reden. Es ist unser letzter Abend, wir sollten …« Er lachte. »Wir werden ihn genießen.«

Nellie äußerte keine Bedenken mehr. Eng aneinandergeschmiegt vertilgten sie ihr kleines Festmahl, tranken den Wein und küssten sich. Zwischendurch sprachen sie über ihre Familien, über Nellies Tierarztstudium und Walters sonderbare Schwester Maria, die er über alles liebte. Nellie hatte über ihren Bruder nicht viel zu berichten. Auch er hatte sich zu Beginn des Krieges freiwillig gemeldet und diente nun wohl irgendwo als Stabsarzt. Stattdessen sprach sie über ihre Beziehung zu Phipps.

»Dann war es also … so eine Art Vernunftehe?«, fragte Walter verwundert. »Ihr könnt sie jederzeit lösen?«

Nellie schüttelte den Kopf. »Er kann sie jederzeit lösen«, korrigierte sie. »Ich habe versprochen, ihn nicht allein zu lassen mit seiner Praxis und seinen Eltern.«

»Und du willst das auch nicht«, befand Walter hörbar enttäuscht. »Du würdest nicht … mit mir kommen? Obwohl du mich liebst?«

Nellie seufzte. »Wie sollte denn das gehen, Walter? Ich kann mich doch nicht dem deutschen Heer anschließen. Und das will ich auch nicht. Was sollte ich machen in Berlin?«

»Mich heiraten«, erklärte Walter.

Nellie lächelte. »Die Männer in meinem Leben machen mir immer die allerromantischsten Heiratsanträge«, neckte sie ihn. »Aber das geht nicht so leicht. Ich müsste erst geschieden werden. Und du … du hast eine Verlobte. Ein sehr schönes Mädchen … hast du selbst gesagt.« Sie liebkoste seine Hand.

»Nicht so schön wie du«, sagte Walter.

»Das sagst du jetzt. Wenn du sie erst wiedersiehst … Nein, Walter, wenn diese Nacht vorbei ist, wenn dieser Krieg vorbei ist und wir immer noch leben, dann werden wir in unsere wirkliche Welt zurückkehren. Du wirst nach Berlin zurückgehen und dein Leben neu ordnen. Du kannst ja wohl kein Offizier mehr sein, oder? Werden sie Deutschland nicht entwaffnen, nachdem es diesen Krieg angezettelt hat? Vielleicht wirst du irgendwas studieren …«

»Ich werde die Güter meines Vaters in Pommern übernehmen«, warf Walter ein. »Wir könnten das zusammen tun …«

»… und ich werde weiter mit Phipps zusammen sein und mich um die Tiere kümmern, während er Geige spielt.« Nellie ließ sich nicht beirren. »Ich hab das gern getan, Walter. Ich werde nichts vermissen …«

Nellie sah zu ihm auf, um ihm in die Augen zu sehen. Er nahm ihr Gesicht zwischen seine rauen Hände und küsste sie.

»Sag nicht, dass du das nicht vermissen wirst«, flüsterte er dann und begann, ihr Mieder zu öffnen. »Ich will, dass du deine Meinung änderst … Heute Nacht werde ich dich so lieben, dass du gar nicht mehr anders kannst …«

Nellie ließ sich von ihm ins Stroh betten und öffnete sein Hemd. Es war nicht kalt, die Oktobernacht war ungewöhnlich warm, und die Leiber der Pferde gaben weitere Wärme ab. Walter zog seinen Mantel über sie, als sie schließlich nackt beieinanderlagen und ihre erste und letzte Nacht zelebrierten.

»Wenn du willst, gehört die Zukunft uns«, sagte er zärtlich, als sie in seinen Armen fast schon eingeschlafen war.

Nellie seufzte. »Ich fürchte, uns gehört gar nichts«, murmelte sie. »Nur eine Erinnerung. Eine wunderschöne. Und vergiss nicht, ich nehme mir morgen dein Pferd.«

Als Walter am Morgen erwachte, war Nellie gerade darum bemüht, den schweren Sattel auf seinen knochigen Braunen zu wuchten.

»Lass mich das doch machen!« Walter nahm ihr den Sattel ab und legte ihn dem Braunen auf. »Und du musst auch nicht gleich fort.« Er sah sie bittend an, bereit, sie erneut zu küssen.

Nellie schüttelte den Kopf. »Wenn du mir hier mit einem leckeren Frühstück mit Milchkaffee und frischen Croissants aufwarten könntest, würde ich mit mir reden lassen«, scherzte sie, »aber wir können leider beide nicht zaubern. Also bitte, lass mich reiten. Die Briten werden die Leie nicht am helllichten Tag überqueren. Sie machen das in der Morgendämmerung oder am Abend, wenn sie schon oder noch etwas sehen können, aber sonst keiner mehr unterwegs ist. Wenn sie es also heute Morgen gemacht haben, spüre ich sie auf.«

»Wenn sie auf dem Weg in die Stadt sind, könnten sie dich festhalten«, gab Walter zu bedenken.

Nellie winkte ab. »Eine belgische junge Frau, die aus der Stadt reitet, um im Morgengrauen Kräuter zu sammeln?« Sie zog einen Schmollmund und blickte ihn treuherzig an. »Man kann daraus Suppe kochen, Mister Soldat«, sagte sie mit hellem Stimmchen. »Und meine Geschwister haben Hunger. Alle haben Hunger in Kortrijk. Befreien Sie uns jetzt?«

Walter musste lachen. »Dann geh schon«, gab er nach. »Aber pass auf dich auf!« Als sie das Pferd schon aus dem Stall führen wollte, rief er sie noch einmal an. »Nellie, da ist noch etwas. Falls wir uns nicht wiedersehen ... falls sie dich schnappen oder ich falle oder auch, falls ich noch lebend wegkomme ... Die letzten Besatzungstruppen haben Sprengsätze versteckt. Im Rathaus, im Belfried, im Bahnhof und im Damberd. Insgesamt eintausendachthundert Kilo. Ich sollte sie zünden, bevor ich die Stadt aufgebe.«

Nellie wandte sich ruckartig um. »Aber das ... das würde die ganze Stadt vernichten!«

»Ich werde sie ja nicht zünden«, beruhigte sie Walter. »Nur ist es nicht ausgeschlossen, dass noch irgendjemand davon weiß. Einer der Verwundeten oder einer der Etappenhengste, die es dank unserer eifrigen Leutnants nicht mehr rausgeschafft haben. Wenn so jemand die Nerven verliert und sie tatsächlich in die Luft jagt ... Du musst es den Briten sagen, Nellie. So schnell wie möglich. Sie müssen die Sprengsätze suchen und entschärfen.«

Nellie biss sich auf die Lippen. Sie fürchtete sich ohnehin

schon davor, als Kollaborateurin verhaftet zu werden. Und nun sollte sie sich auch noch direkt nach der Befreiung in die Hände der Alliierten begeben?

»Du machst das doch, Nellie, oder?«, fragte Walter besorgt.

Nellie nickte. Sie hatte mal wieder keine Wahl.

Während Walter den traurigen Rest des Besatzungsheers auf dem Rathausplatz inspizierte und zu verschiedenen Aufgaben einteilte, unternahm Nellie ihren Erkundungsritt. Sie trabte flussabwärts, wo die Landschaft bald ländlich wurde. Flussaufwärts war das Ufer mehr bebaut. Nun war es inzwischen hell – wären die Alliierten in der Morgendämmerung aufgebrochen, müssten sie die Leie schon überquert haben. Sie traf allerdings niemanden, nur Benno bellte manchmal in Richtung Fluss. Nellie meinte, schemenhaft Reiter zu erkennen, die hinter Bäumen in Deckung gingen, sobald sie den Hund bemerkten.

»Kann gut sein, dass sie den Fluss auskundschaften«, sagte sie zu Horaz, Walters neuem Pferd. Er war leicht zu reiten, aber nicht so schön und so edel, wie Kondor gewesen war. »Heute Abend kommen wir hier noch einmal her.«

Sie ritt zurück in die Stadt, hatte jetzt jedoch das Pech, ein paar Stadtbewohner zu treffen, die in einem verwahrlosten früheren Park nach Holz und Buschwerk suchten, um ihre Öfen zu befeuern. Die Männer und Frauen blickten sie feindselig an.

»Wird das ein Fest sein, wenn hier die Bäume voller Verräter und Huren hängen«, bemerkte einer von ihnen.

Die anderen stimmten zu. Nellie fühlte sich beklommen, konnte aber nicht umhin zu antworten.

»Wo sehen Sie hier Bäume, Mijnheer Clarsen?«, fragte sie.

Sie kannte den Mann flüchtig, er war Kohlenhändler gewesen. Und wahrscheinlich einer der Männer, die im Laufe von drei Kriegswintern praktisch alle Bäume in der Stadt gefällt hatten, um Brennholz zu gewinnen.

»Ich seh hier jedenfalls 'ne Verräterin!«, keifte eine Frau. »Geteert und gefedert gehörst du. Wie die anderen Nutten, die 's den Deutschen besorgt haben!«

Nellie atmete tief durch. Ob sie in Gefahr war? Sie zwang sich, gelassen an den Menschen vorbeizureiten. Benno knurrte sie drohend an. Vielleicht würde er ja auf seine Herrin aufpassen.

Sie brachte Walters Pferd in den verwaisten Stall und gab ihm etwas von dem übrig gebliebenen Heu. Sie selbst schlich sich an ihrer Wirtin vorbei in ihr Zimmer, wo sie mit Benno den Tag verbrachte. Auf weitere Begegnungen mit der Stadtbevölkerung hatte sie vorerst keine Lust.

Am Abend, als sie erneut an der Leie entlangritt, verwandelte sich ihr ach so mutiger Hund ganz plötzlich in ein winselndes Häufchen Elend. Benno wollte auf keinen Fall weiter, und wenn sich Nellie sehr konzentrierte, meinte auch sie das Dröhnen von Lastwagen oder Panzern zu hören sowie Männerstimmen. Sie war sicher noch weit entfernt von dem Heerestrupp, der hier eine Pontonbrücke über die Leie baute oder eine Furt durchschritt, aber sie meinte, die Präsenz der Männer zu spüren. Vielleicht fiel ihr auch nur auf, dass die Geräusche der Natur fehlten – dass keine Vögel mehr zwitscherten und sich kein Kleingetier im Schilf am Ufer regte.

Nellie stieg ab und entschied, noch etwas zu warten und intensiv zu lauschen. Eine halbe Stunde später war sie sicher, dass sich an der Leie auf Höhe des dörflichen Vorortes Marke etwas tat. Sie beschloss, keine weiteren Risiken einzugehen.

»Ab in die Stadt, Benno!«, befahl sie dem sichtlich erleichterten Hund. »Schicken wir die Deutschen nach Hause.«

Walter hatte die Stellungen in der Stadt am Ufer der Leie wahrhaft stümperhaft gesichert. Es patrouillierte auch niemand hinter der Linie der Schützen, der sie daran gehindert hätte, sich bei einem Angriff sofort zu ergeben.

Nellie rief einen der Männer an, der hinter einer Barriere aus Sandsäcken lag und erschrocken auffuhr, als er ihre Stimme hörte.

»Ich muss Oberleutnant von Prednitz sprechen«, sagte sie mit fester Stimme.

Der Mann grinste. »Der hat jetzt was anderes zu tun, Kleine, aber ich hätte grad Zeit …«

Nellie fragte sich, warum sie bei den bestimmt fünfzig Männern des letzten Aufgebots ausgerechnet an diesen Idioten hatte geraten müssen. Sie würdigte den Mann keiner Antwort, sondern ritt weiter zur nächsten Stellung. Hier hielten sich zwei sehr junge Männer nervös an ihren Gewehren fest.

»Kann einer von Ihnen Meldung beim Oberleutnant machen?«, fragte sie jetzt, um eine militärisch korrektere Ausdrucksweise bemüht. »Sagen Sie ihm, der Feind hat auf Höhe von Marke flussaufwärts die Leie überquert.«

Der junge Mann musste Walter sofort gefunden haben, auf jeden Fall hörte sie gleich darauf Befehle. Walter bemühte sich ganz offensichtlich, die Verteidigungslinie aufzulösen. Die Männer sollten sich zurück in die Hospitäler begeben oder sich nach Süden zurückziehen, um die deutsche Front zu finden und zu verstärken.

»Und das gilt auch für Sie, Leutnant von Tars«, donnerte Walter. »Holen Sie sich Ihr Pferd und …«

»Ihr Pferd ist ja wohl schon da«, bemerkte der junge Offizier anzüglich. »Stammt die Meldung vielleicht von Ihrer persönlichen Meldereiterin?«

Walter seufzte. »Leutnant von Tars, Sie können sich gern von der Richtigkeit der Meldung überzeugen. Reiten Sie flussaufwärts und erkunden Sie die Lage. Sie, von Lassen, reiten flussabwärts. Gut möglich, dass der Feind an zwei Stellen durchgebrochen ist. Das dürfte die Heeresleitung brennend interessieren. Eine ganz neue Strategie …«

Nellie musste sich das Lächeln verbeißen. Obwohl das eigentlich nicht komisch war. Mit hoher Wahrscheinlichkeit schickte Walter zumindest den einen der jungen Offiziere in den sicheren Tod.

»Ich kann den Kerlen nicht helfen«, flüsterte er ihr zu, als er sein Pferd von ihr übernahm. »Die bestehen sonst noch darauf, die armen Männer hier in die Abwehrschlacht zu führen. Wann, meinst du, werden die Briten da sein?«

Nellie zuckte mit den Schultern. »Wenn ihr Glück habt, erst morgen früh«, sagte sie. »Ich bin mir nicht sicher, aber ich vermute, es sind recht viele. Bis die alle über den Fluss sind …«

»Dann … reite ich jetzt«, sagte Walter und griff nach ihrer Hand. »Ich würde dich gern küssen. Nur hier …«

Zu viele der im Aufbruch begriffenen, gleichzeitig verängstigten und erleichterten Soldaten sahen zu.

»Ist schon gut«, erwiderte Nellie. »Ich hoffe, du kommst durch …«

»Wir könnten uns schreiben«, drängte Walter.

Nellie schüttelte den Kopf. »Nein. Leb einfach dein Leben. Viel Glück!«

Sie winkte ihm nicht nach, als er davonritt, sondern begab sich erneut in ihr Quartier, wo Mevrouw Mulder sie keifend begrüßte.

»Wo waren Sie gestern Nacht? Was haben Sie gemacht? Mit irgendwelchen kranken Pferden können Sie sich ja wohl nicht mehr rausreden. Jetzt, wo die meisten Deutschen weg sind.«

Nellie hatte eigentlich genau das vorgehabt. »Das Pferd des Oberleutnants, der gestern gekommen ist, hatte eine Kolik«, behauptete sie.

Die Witwe warf ihr einen abschätzigen Blick zu. »Das wird sich ja wohl bald klären – wenn sie die ganzen Vaterlandsverräter an die Wand stellen. Ich glaub Ihnen jedenfalls kein Wort. Und ich muss Sie auch nicht mehr in meinem Haus dulden. Die

Zeit der Einquartierung ist vorbei! Die Leute sagen, die Briten haben die Leie überquert.«

»Was Sie nicht sagen«, murmelte Nellie und ging.

Sie würde eine weitere Nacht im Stall verbringen und von ihren Erinnerungen zehren. Eng an ihren Hund geschmiegt, schlief sie ein, diesmal ohne wärmenden Mantel.

Am nächsten Morgen marschierte eine britische Division auf den Grote Markt, jubelnd begrüßt von der Bevölkerung. Für Kortrijk war der Krieg vorbei.

Nellie lauschte vom Stall aus auf die Begeisterungsstürme ihrer Mitbürger. Schließlich zog sie einen Schal über ihr auffälliges rotblondes Haar und mischte sich unter die Menge. Sie musste ihr Versprechen einlösen und die Briten über den Sprengstoff in Kenntnis setzen. Besorgt näherte sie sich dem Grote Markt, den widerstrebenden Benno an der Leine hinter sich her schleifend. Die Soldaten, die hier aufmarschierten, rochen nach Krieg … Der Hund jaulte leise.

Vor dem Rathaus herrschte hektische Aktivität. Frühere Mitglieder der Stadtverwaltung und die britischen Militärs hatten sich eingefunden, um das Herz der Stadt wieder mit Leben zu füllen. Allerdings gab es niemanden, der dabei die Zügel in der Hand hielt – der allseits beliebte Bürgermeister der Stadt war während der Besatzung gestorben. Es war unklar, ob sich die Briten vor Ort einrichten und die Stadt erneut in ein Heeresversorgungszentrum verwandeln würden oder ob das Rathaus gleich wieder unter zivile Verwaltung kam. Die Soldaten sollten wohl irgendwo Quartier nehmen, standen vorerst aber nur herum und beäugten die Lokale rund um den Platz. Ein paar der geschäftigen Wirte bereiteten sich schon wieder darauf vor, ihre Weinstuben und Bierkeller zu öffnen.

Nellie stellte fest, dass kaum Pferde zugegen waren. Stattdessen standen etliche motorisierte Lastwagen und Mannschaftswagen vor dem Rathaus und sogar zwei Panzer. Und halb Kortrijk war auf den Beinen. Männer bewunderten die Panzer, Frauen liefen zwischen den Soldaten herum und verteilten die letzten, lange gehorteten Leckereien an die Befreier. Andere schenkten Bier oder Selbstgebrannten aus. Übermütige Mädchen, die sonst nichts zu verschenken hatten, ließen sich küssen. Bereits angetrunkene Männer sangen die Nationalhymne. Allgemein herrschte Volksfeststimmung.

Nellie wandte sich an einen der Soldaten, der etwas abseits vom Trubel erschöpft auf seinem Rucksack saß. »Wo finde ich denn wohl den Kommandeur?«, fragte sie, zunächst in ihrer Sprache, dann auf Französisch.

Der Mann schien kein Wort zu verstehen. Dafür mischte sich jetzt eine Frau ein, die mit einer Schnapsflasche von einem der Soldaten zum anderen ging. Nellie erkannte eine Nachbarin ihrer ehemaligen Wirtin – und wurde ihrerseits erkannt.

»Sag der das bloß nicht!«, rief die Frau dem Soldaten zu. »Die Kanaille hat mit den Deutschen paktiert. Die ist eine von den Verrätern. Mach dich davon, du Miststück, mit solchen wie dir beschäftigen wir uns später!«

»Aber ich …« Nellie wandte sich noch einmal an den auch von der Schimpftirade unbeeindruckten Briten.

Jetzt wurden auch andere Belgier aufmerksam.

»Das stimmt, die hab ich mit Deutschen gesehen. Immer im Pferdestall – hat da wohl angeschafft …« Ein Mann zeigte mit dem Finger auf Nellie.

»Die sollte man in Gewahrsam nehmen! Was will sie denn jetzt von den Briten? Sich wieder ranschmeißen?«

»Die sucht den Kommandeur. Womöglich ein Attentat …«

»War da nicht mal was mit einer Pistole?«

»Die hat eine Waffe?«

Plötzlich konnte sich der Mob, der sich um Nellie scharte, gar nicht schnell genug zurückziehen. Zwei Männer erwiesen sich jedoch als beherzt genug, sie zu ergreifen. Benno bellte, biss aber nicht. Als einer von ihnen nach ihm trat und Nellie die Leine losließ, war es um seine Beherrschung geschehen. Mit eingezogenem Schwanz floh er in Richtung Stall.

»Wo bringen wir sie denn nun hin?«, fragte der andere Mann.

»Am besten gleich hängen!«, rief eine Frau.

Nellie bemühte sich, ruhig zu bleiben. »Ich muss den Kommandeur sprechen«, sagte sie in Richtung der britischen Soldaten.

Einige von ihnen begannen, sich für den Aufruhr zu interessieren. Für einen großen, dünnen Mann mit einem länglichen Gesicht und imponierendem Schnauzbart machten sie Platz.

»Was ist hier los?«, fragte er auf Französisch.

Die meisten der Kortrijker, die sich versammelt hatten, um Nellie zu beschimpfen, sprachen die Sprache nicht fließend. Aber die Worte *collaboration*, *assassinat* und *agent* fielen doch einigen von ihnen ein.

Nellie holte tief Luft. »Bitte, Monsieur …«

»Colonel«, berichtigte der Mann. »Colonel Lynton-Rhodes. Sprechen Sie Französisch?«

Nellie nickte.

»Deutsch spricht sie ebenfalls!«, rief einer ihrer Peiniger.

»Leider kein Englisch«, sagte Nellie. »Aber ich muss mit Ihrem Kommandeur sprechen. Gern auch mit Ihnen, Sie können es ja dann weitergeben. Ich …« Sie schaute sich um. Wenn sie jetzt ausposaunte, dass überall in der Stadt Sprengstoff verteilt war, der jeden Moment hochgehen konnte, mochte das unübersehbare Folgen haben. »Ich will nicht, dass eine Panik ausbricht.«

Der Colonel zog eine Augenbraue hoch. »Warum sollte das passieren? Und was wirft man Ihnen überhaupt vor? Kollaboration mit den Besatzern? Und Planung eines Attentats? Gehörten Sie zu den … Damen, die deutschen Offizieren zu Willen waren?« Der Colonel sprach ein fließendes und äußerst gewähltes Französisch.

Nellie schüttelte den Kopf. »Nein. Nichts dergleichen. Ich

habe nur Informationen … sehr brisante Informationen. Bitte hören Sie mich an …«

»Sie sind also tatsächlich Spionin?«, fragte der Colonel.

Hinter ihm hatten sich ein paar Soldaten postiert, und er wies auf Nellie und gab einen Befehl. Zwei der Männer bedeuteten den Belgiern, die sie immer noch festhielten, sie loszulassen, postierten sich allerdings neben ihr.

»Nein!«, wiederholte Nellie. »Ich bin Tierärztin. Aber ich muss Ihnen etwas sagen. Oder dem Kommandeur …«

Der Colonel gab einen weiteren Befehl, woraufhin einer der beiden Soldaten Nellie abtastete. Sie wollte sich wehren, zumal die Belgier in ihrer Umgebung feixten, weil sie hofften, man würde sie gleich ausziehen. Dann begriff sie, worum es ging. Er suchte nach Waffen.

»Ich bin nicht bewaffnet«, erklärte sie. »Himmel, ich will doch niemandem etwas tun! Ganz im Gegenteil!«

»Dann kommen Sie mal mit.«

Der Colonel führte Nellie ins Rathaus, wo verschiedene Militärs und Zivilpersonen die Hinterlassenschaften der Deutschen durchgingen. Viel war es nicht. Die meisten Unterlagen waren vernichtet worden, oder ihre Gerätschaften hatten die Deutschen mitgenommen. Der Colonel ging auf einen erheblich kleineren, korpulenten Mann zu.

»Major General?«

Er sprach den Kommandeur auf Englisch an, der daraufhin etwas in Nellies Richtung bellte, das wie eine Frage klang.

»Sie sollen schnell sagen, was Sie zu sagen haben, er hat nicht viel Zeit«, übersetzte Lynton-Rhodes.

Nellie atmete auf. Sie rasselte ihre Informationen herunter. »Im Damberd, im Belfried, im Bahnhof und hier im Rathaus … Tausendachthundert Kilo Dynamit.«

Der Kommandant spitzte die Lippen. »Und wo hier?«, fragte er. Der Colonel übersetzte. »Wieso soll ich das überhaupt glauben? Woher wissen Sie das? Man beschuldigt Sie der Kollaboration, der Spionage … Woher soll ich wissen, dass Sie keine Lügen erzählen?«

Nellie bemühte sich, ruhig zu atmen. »Warum lassen Sie nicht einfach danach suchen?«, fragte sie. »Ich weiß es von einem deutschen Offizier. Aber ich bin keine Spionin. Und auch keine Kollaborateurin. Ich bin Tierärztin.«

Der Kommandant stutzte. »Tatsächlich? Vielleicht können Sie sich meinen Wallach nachher mal ansehen. Er hat einen bösen Satteldruck …«

Nellie hätte sich am liebsten an den Kopf gefasst. »Das tue ich sehr gern, Major General«, sagte sie. »Aber verhindern Sie doch erst mal, dass dem Pferd ein Gebäude auf den Kopf fällt.«

Der Colonel unterdrückte ein Lachen und schien ihren Ausbruch bei der Übersetzung etwas abzumildern.

Der Major General rief ein paar Leute herbei und gab Befehle, gleich darauf begann ein Trupp Soldaten, das Rathaus zu durchsuchen. Der Major General beschäftigte sich inzwischen mit der Karte von Kortrijk. Colonel Lynton-Rhodes fuhr mit Nellies Verhör fort.

»Sie wollen also als Tierärztin für die Deutschen gearbeitet haben«, wiederholte er ihre Erklärung. »Oder was wollten die Leute andeuten?«

»Ich habe für ihre Pferde gearbeitet«, rechtfertigte sich Nellie. »Und wie ich es schon mal einem deutschen Offizier erklärt habe: Pferde haben kein Gefühl für Nationalität. Genauso wenig wie Hunde und Brieftauben, um die habe ich mich auch gekümmert. Und um eine Katze, die ein paar Soldaten sich im Schützengraben hielten. Obwohl es zweifellos eine belgische Katze war. Sozusagen eine Kollaborateurin.«

Der Colonel lächelte wieder verstohlen hinter seinem Schnurrbart. »Sie haben dafür von den Deutschen Geld bekommen?«, fragte er.

»Ja. Von dem konnte ich mir nur leider nichts kaufen«, erwiderte Nellie. »Es gab hier ja nichts mehr, höchstens auf dem Schwarzmarkt, und so viel verdient man als Tierärztin auch nicht.«

»Wie heißen Sie eigentlich?«, fragte der Colonel schließlich.

Nellie nannte ihren Namen. »Mein Mann ist ebenfalls Tierarzt und dient in der belgischen Armee«, erklärte sie. »Er hat sich gleich zu Beginn des Krieges freiwillig gemeldet. Philipp De Groot … vielleicht kennen Sie ihn.«

Lynton-Rhodes dachte kurz nach. Dann hellte sein Gesicht sich auf. »Der Violinist?«, fragte er.

Nellie nickte verdutzt. »Woher wissen Sie …?«

»Die Tierärzte unterhielten ein Pferdehospital in Ypern. Verletzte Tiere kamen direkt dorthin. Doch am Abend engagierte Dr. De Groot sich in der Truppenbetreuung – ein sehr wichtiges Gebiet, um die Moral der Männer zu stärken. Er spielte in einer Combo mit ein paar Amerikanern, meistens in Tanzbars. Gelegentlich gab er auch klassische Konzerte. Ich war jedes Mal tief bewegt. Ihr Mann spielt mit so viel Ausdruck – wie ein Berufsmusiker.«

Nellie nickte. »Das wollte er eigentlich werden. Aber sein Vater betreibt halt diese Tierarztpraxis …«

»Eine Verschwendung von Talent«, bedauerte der Colonel. »Andererseits hat es ihm vielleicht das Leben gerettet. Als Tierarzt in der Etappe arbeitete er ziemlich ungefährdet. Als Geiger hätte man ihn an die Front geschickt. Wie André Devaere. Ein Pianist, gebürtig aus Kortrijk, ein Genie. Er starb gleich 1914 …«

Nellie senkte den Kopf. »Das tut mir leid. Und Sie haben recht, Philipp wäre es wahrscheinlich genauso ergangen. Er ist kein Kämpfer …«

Noch bevor sie weiterreden konnte, klangen aufgeregte Stimmen aus dem Treppenhaus. Befehle wurden gebrüllt, Männer setzten sich in Bewegung.

»Kommen Sie«, sagte Colonel Lynton-Rhodes. »Das Gebäude wird evakuiert. Sie haben den Sprengstoff gefunden.«

Ein paar Stunden später waren sämtliche Sprengstoffverstecke der Deutschen aufgedeckt und die Sprengsätze entschärft.

Der Major General lud Cornelia De Groot zu einem festlichen Dinner ein, das ein Koch der Briten zubereitete. Zum ersten Mal kostete sie Yorkshire Pudding. Colonel Lynton-Rhodes übersetzte ihre Geschichte für den Kommandanten, der sich brennend dafür interessierte, wie genau sie dazu gekommen war, für die Deutschen zu arbeiten.

»Und morgen schauen Sie sich unsere Pferde an«, erklärte der Major General schließlich. »Sie sagten, Sie hätten in einem früheren Mietstall praktiziert? Den werden wir übernehmen. Als Tierlazarett. Die Lazarettbesatzung wird in ein paar Tagen hier eintreffen. Wir lösen die Etappe in Ypern auf, die Front rollt ja immer schneller nach Süden. Sie werden Ihren Mann also bald wiedersehen.«

Kapitel 11

Bei den Briten gab es für eine Tierärztin nicht allzu viel zu tun. Nellie behandelte hauptsächlich Sattel- und Geschirrdruck – das war bei den Deutschen ebenfalls ein Problem gewesen, denn die harten und schweren Militärsättel konnten mitunter tagelang nicht abgenommen werden, wenn die Armee in Bewegung war. Dazu verloren die Pferde an Gewicht, ein ursprünglich gut passender Sattel konnte dann an Stellen aufliegen, wo er scheuerte.

Wenn sie nicht gerade arbeitete, staunte Nellie, wie schnell sich das Leben in der Stadt normalisierte. Natürlich waren immer noch viele Uniformen zu sehen – überall, wo sich bislang die Deutschen amüsiert hatten, hielten sich nun die Briten auf, und auch unter ihnen gab es mal Schlägereien unter Betrunkenen. Immerhin waren sie Freunde. Sie schikanierten niemanden, kontrollierten niemanden – allgemein herrschte eine herzliche Atmosphäre. Vor allem gab es endlich Nachschub an Lebensmitteln und anderen Dingen des täglichen Bedarfs. In den unbesetzten Teilen Belgiens hatte es keine Hungersnot gegeben. Zwar hatte während des Krieges nicht im üblichen Maße gesät und geerntet werden können, doch auf dem Seeweg waren Güter aus Frankreich und Großbritannien herbeigeschafft worden. Nun belieferten die Großhändler erneut Läden im befreiten Belgien.

Nellie stand voller Begehrlichkeit vor einem Geschäft für Damenkonfektion. Sie hatte sich zwar nie allzu viel aus Kleidung gemacht, nach vier Jahren Krieg waren die wenigen Kleidungsstücke, die sie aus Ledegem mitgebracht hatte, jedoch völlig verschlissen. Sie hatte schon einige in weite Hosenröcke umgeändert, bei der Arbeit waren die praktischer als Kleider. Jetzt hätte sie schon gern eins der eleganten Kostüme gehabt, die der Laden ausstellte. Die anderen Frauen der Stadt konnten es sich allerdings auch kaum leisten, hier einzukaufen. Das im Krieg gedruckte Notgeld nahmen die Händler nicht mehr an, deutsches Geld erst recht nicht, und Francs waren rar.

Nellie tröstete sich damit, dass sie sicher wieder an ihre in Ledegem verbliebene Vorkriegsgarderobe herankommen würde, wenn Phipps tatsächlich demnächst zurückkehrte. Er würde das Verhältnis zwischen ihr und seinen Eltern klären müssen. Falls er sie überhaupt noch mochte, so verwahrlost, wie sie war … Nellie hatte mitunter Zweifel. Wenn sie dazu kam, einen Blick in einen Spiegel zu werfen, war sie selbst erschrocken über ihr Aussehen. Sie war zu dünn, und sie schlief seit dem Abzug der Deutschen im Stall. An richtiges Waschen war da nicht zu denken – sicher roch sie nach Pferd.

In Bezug auf Phipps bewegten sie zwiespältige Gefühle. Im Grunde freute sie sich, ihn wiederzusehen, sie hatte ihn als Freund vermisst. Nun war da allerdings Walter. Sie trauerte ihrer Liebe nach und hatte natürlich auch ein schlechtes Gewissen – schließlich hatte sie ihren Mann betrogen, egal, wie man es hinstellte.

Nellies Scham hielt sich jedoch in Grenzen. Die Freude, wieder mit Phipps vereint zu werden, mit ihm zusammenzuarbeiten und letztlich in ihr altes Leben zurückzukehren, überwog.

Kortrijk rüstete sich inzwischen für die erste Siegesfeier. Die Deutschen klammerten sich an die sogenannte Antwerpen-Maas-Stellung – dort wurde noch erbittert gekämpft –, aber man rechnete binnen kürzester Zeit mit einer Kapitulation. Auf keinen Fall würde die deutsche Front noch einmal bis nach Kortrijk vorstoßen.

Am 28. Oktober kam der Befehlshaber des 16. britischen Armeekorps, Generalleutnant Watts, in die Stadt, um seine Truppen zu inspizieren, und halb Kortrijk versammelte sich in den Straßen, um ihn einmarschieren zu sehen. Es war ein sonniger, wenn auch kalter Tag, und der Einzug der Reiter und Fußsoldaten des Korps gestaltete sich wie ein Triumphmarsch. Die Leute winkten den Soldaten zu, die saubere Uniformen trugen und sehr schneidig wirkten, und alle stimmten ein, als jemand die Brabançonne anstimmte, die belgische Nationalhymne. Danach intonierten sie die Marseillaise und versuchten sich schließlich an der britischen Hymne. Die Männer legten die Hand aufs Herz, manche Frauen weinten vor Rührung. Die Stadtverordneten zeichneten den Generalleutnant mit der Ehrenbürgerwürde von Kortrijk aus, und er machte der Stadt die Fahne des Regiments zum Geschenk. Abgesehen von Benno, der von jeder Uniform nur Schlimmstes erwartete, waren alle bester Stimmung. Wieder wurde getrunken und auf den Straßen getanzt.

Nellie konnte sich allerdings nicht entspannen, sie ließ die feierliche Atmosphäre nicht an sich heran. Voller Ungeduld wartete sie auf den Tross, die Nachhut der siegreichen Armee. Die Ärzte mit den Verwundeten aus den Lazaretten in Ypern würden eintreffen – und die Tierärzte, womöglich ebenfalls mit den letzten Patienten.

Nellie musste lange ausharren – wahrscheinlich wollte man die befreite Bevölkerung nicht gleich wieder mit den unschönen Seiten des Krieges konfrontieren, indem man die Sanitätsbrigaden in der Parade mitfahren ließ. Die Lastwagen mit dem großen roten Kreuz auf den Planen trafen erst ein, als das Fest auf dem Grote Markt sich fast schon auflöste. Auf dem letzten prangte das V mit dem Äskulapstab, dem Zeichen der Tierärzte.

Nellie lief auf das Fahrzeug zu, sobald es hielt. »Phipps?«, rief sie. »Philipp De Groot?«

Sie fand sich in seinen Armen wieder, bevor sie ihn noch richtig ansehen konnte.

»Nellie, Mensch, Nellie! Du bist hier? Du wusstest, dass ich heute ankomme? Hast du dir etwa den ganzen Nachmittag dieses schaurige Gesinge angehört? Wir haben vor der Stadt gewartet, bis sie fertig waren mit den Lobpreisungen, ich hab schon Magenschmerzen von all den falschen Tönen.«

Nellie lachte und weinte zugleich, als sie sich an ihn schmiegte. Das war der alte Phipps – die Befreiung der Stadt fand er nebensächlich, solange die Leute bei den Freudengesängen nicht den richtigen Ton trafen. Auf seinem Rücken hing seine Geige in einem festen Reisefutteral.

»Ich hab nicht mitgesungen«, sprach Nellie sich immerhin selbst von jeder Schuld frei. »Wenn's mir auch nicht viel ausgemacht hat. Ich bin so froh, dass du wieder da bist. Wie geht es dir, Phipps?«

Sie löste sich etwas von ihm, sodass sie sich nun gegenseitig ansehen konnten. Der Krieg hatte Phipps deutlich weniger zugesetzt als ihr selbst. Er wirkte zwar schlanker als vorher, aber gereift. Sein damals noch kindlich volles Gesicht war kantiger geworden, ein paar erste Fältchen hatten sich eingegraben – allerdings war er längst nicht so gealtert wie Walter allein in den letzten Monaten. Nellie fragte sich, ob er je einen Schützengraben gesehen hatte. Tage und Nächte hatte er sicher nicht darin verbracht.

»Es geht mir gut«, sagte er denn auch. »Es gab ein paar harte Zeiten, doch im Allgemeinen … Aber wie ist es dir ergangen? Du siehst aus, als hättest du im Stall geschlafen.«

Nellie lachte glücklich. Noch immer nahm er kein Blatt vor den Mund. Falsche Komplimente hatte sie von ihrem Mann nicht erwartet.

»Hab ich tatsächlich. Das ist übrigens Benno.« Sie wies auf den Hund, der im Beisein der Sanitäter nicht heulte. Schließlich hatte er die letzten Monate mit ihr in ihrem improvisierten Lazarett verbracht. Den Geruch von Lysol und Kampfer war er gewohnt. »Ein Kriegsveteran.«

Phipps nahm sein Ohr in Augenschein und streichelte ihn. »Sauber amputiert«, erklärte er. »Du hast also praktiziert. Mein Vater hat letztlich klein beigegeben?« Er klang hoffnungsvoll.

Nellie schüttelte den Kopf. »Ich muss dir so viel erzählen … Hast du Patienten unter den Pferden? Ein paar sind lahm gegangen bei der Parade – und steif, sicher Satteldruck. Dann zeige ich dir den Stall.«

Phipps schüttelte den Kopf. »Ich will dich jetzt erst mal küssen. Auch wenn du nach Pferd riechst. Du hast mir gefehlt.«

Er zog sie wieder an sich und suchte ihre Lippen. Nellie erwiderte seinen langen, hungrigen Kuss und spürte seine Erektion – sicher war er lange nicht mit einer Frau zusammen gewesen. Sie strich über sein Haar, das immer noch weich und lockig war. Erst jetzt wurde ihr wieder bewusst, dass er im Gegensatz zu Walter kaum größer war als sie.

»Heute Nacht …«, flüsterte sie ihm zu. Er strahlte sie an. »Allerdings wirst du eine angemessene Unterkunft finden müssen«, ging sie dann wieder zum Praktischen über. »Vielleicht sogar mit einem Bad …«

Phipps hatte keine Patienten. Er hatte die genesenden Pferde in Ypern örtlichen Tierärzten überlassen. Also kümmerte er sich tatsächlich um ein Quartier. Nellie kehrte in den Stall zurück und nahm die Pferde der Kavalleristen in Empfang, die bei der Parade mitgeritten waren. Wie erwartet verarztete sie angeschwollene Sehnen und Satteldruck. Zum Teil litten die Tiere auch an Husten, einige Soldaten erzählten ihr, dass das auf überlebte Gasangriffe zurückging.

»Die Pferde haben es häufiger überlebt als die Menschen«, erklärte ein junger Brite nüchtern, der Französisch sprach. »Und die Hunde …« Er tätschelte Benno. Nellie verriet ihm lieber nicht, dass der Hund auf der anderen Seite gekämpft hatte. »Ich hätte auch gern wieder einen Hund … wenn ich nach Hause komme …«

Nellie sah in seinen Augen die Schatten der Schützengräben. Er mochte Ähnliches erlebt haben wie Walter.

Als schließlich alle Pferde zufrieden Heu und Hafer kauten – Futterlieferungen waren pünktlich vor ihrer Ankunft eingetroffen –, wanderte sie müde zurück zum Grote Markt, um Phipps zu suchen. Sie fragte im Rathaus nach, wo die Tierärzte untergebracht waren, und wurde sofort ins Damberd verwiesen.

»De Groot, nicht wahr? Ihr Mann hat eine der Offizierssuiten bezogen. Sie wissen, wo der Gasthof ist?« Nellie wunderte sich. Bei den Deutschen waren die Stabsärzte nicht so nobel untergebracht worden. »Ist ein großartiger Musiker, Ihr Mann«, sprach der Quartiermeister weiter. »Hab ihn öfter spielen hören in Ypern – die Lieblingsmusik meines Mädels. Ich hatte ein Mädel in Ypern …« Die Augen des Mannes begannen zu leuchten. »Wenn Ihr Mann spielte und wir tanzten, dann … dann konnten wir alles vergessen.«

Nellie bedankte sich für das Lob und vermutete, dass Phipps seine fantastische Einquartierung weniger seinem Rang als Stabsarzt denn seiner Kunst verdankte. Sie traf ihn schließlich im Gastraum des Damberd, wo er mit anderen Ärzten und Offizieren Bier trank. Vergnügt rief er sie zu sich.

»Meine Herren … darf ich vorstellen? Meine Frau Cornelia, Tierärztin in Ledegem. Ich vermute, sie hat die Praxis in Schwung gehalten, solange ich fort war.«

Nellie schüttelte den Kopf, aber das würde sie ihm später erzählen. »Ich hab die Pferde der Garnison betreut in den letzten Tagen«, stellte sie richtig. »Und jetzt wird mich da mein

Mann unterstützen. Habt ihr Stallpersonal, Phipps? Angelernte Sanitäter? Es sind einige angeschlagene Pferde zu versorgen …«

Ein nicht mehr ganz junger Mann in der Uniform eines Stabsarztes lächelte ihr zu. »Sieht aus, als hätte die junge Kollegin alles im Griff«, sagte er anerkennend. »Da können Sie sich ja weiterhin der Geige widmen, De Groot. Kommen wir noch in den Genuss eines Konzerts in Kortrijk, bevor Sie wieder in Ihrem Dorf verschwinden?«

Nellies Herz schlug höher. Phipps sollte nach Ledegem zurückkehren? Bald?

Die Männer luden sie zu einem Glas Wein ein, dann endlich konnten sie und Phipps sich loseisen. Phipps nahm die Flasche mit aufs Zimmer.

»Du kommst nach Hause?«, fragte Nellie, sobald sie allein waren.

Er biss sich auf die Lippen. »Ich … nehme meinen Abschied. Ja. Es gibt hier nicht mehr viel zu tun, der Krieg ist im Grunde zu Ende. Sie beraten schon über einen Waffenstillstand, obwohl diese Irren an der Front weiterkämpfen. Es kommen immer noch Menschen um.«

»Und Pferde …«

Nellie seufzte. Sie dachte an Walter – und ihre vierbeinigen Schützlinge. Womöglich lag er noch in irgendeinem Schützengraben, und die Pferde starben im Bombenhagel oder aus schierer Erschöpfung.

Phipps sah sie liebevoll an. »Lass uns heute nicht davon sprechen. Lass uns gar nicht sprechen, nur …« Er machte Anstalten, sie zu umarmen. Nellie fiel plötzlich ein, dass sie kein Bad mehr genommen hatte seit ihrer Nacht mit Walter.

»Sei mir nicht böse, Phipps, aber ich muss mich erst waschen …«

»Ein bisschen Pferdegeruch macht mir gar nichts aus«, widersprach Phipps.

Nellie machte sich dennoch energisch los und öffnete die Tür zu ihrem Zimmer – dem größten des Gasthofes, das tatsächlich ein Bad besaß. Kurze Zeit später lag sie in heißem, duftendem Wasser und versuchte, auch die Erinnerungen von sich abzuwaschen. Dass es besser gelang, als sie gedacht hatte, mochte am Wein liegen. Phipps kam ins Bad und sah ihr lächelnd zu, wie sie sich in der Wanne aalte.

»Du bist ein bisschen dünn geworden«, bemerkte er. »Aber du siehst hübsch aus, versteh mich nicht falsch. Ihr hattet wenig zu essen? Sogar auf dem Land?«

»Ich war nicht auf dem Land, ich war in Kortrijk.«

Nellie hatte eigentlich keine Lust, gleich über Phipps' Eltern zu sprechen, aber dann gab sie Phipps doch einen kurzen Abriss der Ereignisse, während sie aus der Wanne stieg und sich abtrocknete. »Wir müssen die Praxis wiederaufbauen«, erklärte sie. »Dein Vater wird alles getan haben, meine Reputation zu zerstören. Und mein Ruf dürfte ziemlich ruiniert sein.«

Phipps wirkte betroffen. Einen Augenblick fürchtete Nellie sogar, er könnte ihre Arbeit für die Pferde der Deutschen genauso verdammen wie ihr Schwiegervater. Dann nahm er sie jedoch in die Arme.

»Ich werde dir helfen«, versprach er. »Du sollst die Praxis haben, ich hab's dir versprochen … Aber jetzt …«

Nellie grübelte nicht über seine Worte nach, als er sie gleich darauf hochhob, ins Zimmer trug und auf das riesige, weiche Bett legte. Es drängte ihn, in sie einzudringen, doch er beherrschte sich und bemühte sich, sie ebenfalls zu erregen, bevor er endlich vor Seligkeit explodierte. Nellie sah keine Regenbögen, doch sie war auch nicht unglücklich. Der Wein und Phipps' Freundlichkeit halfen ihr, nicht an Walter zu denken. Schließlich schlief sie zufrieden in den Armen ihres alten Freundes ein – vor sich eine sichere Zukunft.

Eigentlich wollte Nellie sich am Morgen in den Stall begeben, Phipps einweisen und die gemeinsame Arbeit aufnehmen, er ließ sie hingegen ausschlafen und bestand dann darauf, ein opulentes Frühstück aufs Zimmer zu bestellen.

»Für keins der Tiere besteht Lebensgefahr«, erklärte er und ließ eine Wurstscheibe für Benno von dem Tablett fallen, das er eben vom Zimmerkellner entgegengenommen hatte und nun auf den Tisch stellte. »Also komm essen, wir ... haben einiges zu bereden.«

Nellie wälzte sich aus dem Bett. Tatsächlich duftete der Kaffee köstlich, und die Brötchen und Croissants versprachen himmlischen Genuss. Seit vier Jahren hatte sie keine frischen Croissants mehr gegessen ... Sie suchte nach etwas möglichst Sauberem zum Anziehen und schlüpfte am Ende in ein Hemd von Phipps. Ihr Haar fiel ihr offen über die Schultern, und sie fühlte sich herrlich verrucht, wie die Heldin der nichtssagenden Romane, hinter denen sie früher ihre medizinischen Lehrbücher versteckt hatte.

»Echte Butter ... ich kann's kaum glauben! Aber ich denke, in Ledegem kriegen wir die wieder öfter. Die Bauern brauchen die Milch ja nicht mehr abzuliefern. Allem Ärger zum Trotz: Ich freu mich auf Ledegem. Vielleicht werden deine Eltern ja wieder öfter verreisen, und wir haben das Haus für uns. Und ich freu mich auf die Tiere unserer alten Kunden. Die Hunde und Katzen ... Benno wird dem Himmel danken, wenn er keinen Geschützlärm mehr hört.«

Nellie schloss kurz die Augen, streckte sich und ließ den Geschmack von Bohnenkaffee und Croissants auf sich wirken. Sie merkte erst, als sie den nächsten Schluck nehmen wollte, dass Phipps sie ernst ansah.

»Nellie«, sagte er. »Ich ... ich muss dir was gestehen. Ich ... Schau mal, ich war im Krieg nicht nur als Tierarzt tätig. Wir waren fest in Ypern stationiert – und auch wenn die Stadt umkämpft war, es gab Kulturangebote. Ich hab natürlich Musik gemacht …«

Nellie lächelte. »Und du hast dir damit Dutzende von Bewunderern geschaffen, ich weiß. Schon der erste Brite, den ich kennenlernte, hat von dir geschwärmt.«

Phipps nickte, ohne ihr Lächeln zu erwidern. »Ja. Ich hatte Erfolg. Großen Erfolg. Ich habe außerdem mit anderen zusammengespielt – auch mit Berufsmusikern. Jeffrey, der Bassist in der Combo, in der ich Tanzmusik gemacht habe, ist Amerikaner. Und du glaubst nicht, was sich da in der Musikwelt tut! Ganz neue Stile, neue Richtungen, Blues, Jazz … es gibt unendliche Möglichkeiten …«

»Und?«, fragte Nellie. Auf einmal wurde ihr kalt, und das Croissant schmeckte pappig.

»Na ja, das … das ist die Chance, von der wir damals gesprochen haben. Die Chance, die sich für mich bietet. Ich nehme meinen Abschied von der Armee, Nellie, aber ich geh nicht zurück nach Ledegem. Jedenfalls nicht für immer. Ich hätte nicht erwartet, dass es zwischen dir und meinem Vater so eskalieren würde, und deshalb komme ich natürlich erst mal mit. Ich helfe dir, wieder Boden unter den Füßen zu bekommen. Die Leute sollen nach Dr. Nellie verlangen, wenn sie anrufen. Mein Vater wird sich dem fügen müssen. Er ist ja nicht mehr der Jüngste. Jetzt im Krieg mag er mit der Arbeit fertig geworden sein, aber nun wird es einen Aufschwung geben. Die Bauern werden sich umstellen müssen, der Trend geht zu größeren Ställen, höheren Tierbeständen und effektiver Haltung. Da wird ein Tierarzt oder eine Ärztin gebraucht, der oder die in allem auf dem neuesten Stand ist. Du wirst die Praxis übernehmen, Nellie, wie versprochen. Nur du …«

»Ich muss dich freigeben«, unterbrach sie ihn tonlos. »Wie versprochen.«

»Du wirst dich doch daran halten?«

Er klang fast etwas furchtsam, was Nellie Hoffnung machte.

Sie nickte. »Und wo willst du hin?«, fragte sie.

Phipps begann, aufgeregt im Zimmer umherzugehen.

»Das hab ich dir doch schon gesagt«, behauptete er. »In die Vereinigten Staaten. Nach Amerika! Gerade jetzt, nach dem Krieg, dürsten die Leute nach Unterhaltung, nach Musik, nach Leben! Jeffrey ist sicher, dass es da eine Zukunft für mich gibt. Du … könntest natürlich mitkommen …« Es klang zögernd. Ganz offensichtlich würde Phipps das neue Leben lieber ungebunden angehen.

Nellie schüttelte den Kopf und nahm noch einen Schluck Kaffee. »Ich wäre dir nur ein Klotz am Bein«, sagte sie. »Nein, ich … ich werde glücklich sein in Ledegem. Mit der Praxis. Aber du musst es deinem Vater sagen …«

Phipps nickte abwesend. Er schien die Angst vor seinem Vater überwunden zu haben. Der Krieg hatte ihn härter gemacht.

Der Waffenstillstand mit den Deutschen wurde am 11. November geschlossen. Kortrijk feierte ein weiteres Mal, und die Briten rüsteten sich zum Abzug. Sie würden noch überwachen, ob die Deutschen sich an die Bedingungen hielten und die besetzten Gebiete in Belgien und Frankreich tatsächlich räumten. Ein voll besetztes Tierlazarett brauchten sie jedoch nicht mehr.

Nellie und Phipps kehrten am 15. November zurück nach Ledegem. Sie fanden die Häuser ihrer Eltern weitgehend unverändert vor, lediglich die Gärten waren zu Nutzgärten umgewandelt worden.

Wie erwartet fiel der Empfang durch die De Groots und Van der Heydens verhalten aus. Natürlich waren alle glücklich, Phipps wiederzusehen. Allerdings warfen ihm seine Eltern wortreich vor, seine Frau mit zurückgebracht zu haben.

»Sie hat dich den ganzen Krieg hindurch betrogen! Sie hat mit dem Feind paktiert, sie ist eine Hure …« Mevrouw De Groot steigerte sich erneut in ihre Empörung hinein.

Phipps schüttelte den Kopf. »Bitte sprich nicht so von meiner Frau, Mutter!«, bat er sich gelassen aus. »Nellie genießt mein volles Vertrauen. Sie mag für die Deutschen gearbeitet haben, aber nicht als Prostituierte. Sie ist Tierärztin – das wisst ihr. Wenn sie ein krankes Tier sieht, will sie helfen. Im Grunde haben wir den ganzen Krieg hindurch das Gleiche getan. Sie und ich haben kranke und verletzte Tiere behandelt. Nur eben auf verschiedenen Seiten.«

Nellie schwieg, auch darüber, dass sie ihr Lazarett allein geführt hatte – gegen die Ressentiments des Stallmeisters und ohne die Unterstützung erfahrenerer Ärzte, während er nebenbei noch reichlich Zeit gehabt hatte, Konzerte zu geben. Sie hatte sicher schwerer gearbeitet.

Dr. De Groot gab allerdings nur ein Schnauben von sich. »Du willst sie jetzt also wieder mitfahren lassen auf die Höfe?«, fragte er böse. »Egal, was die Leute sagen und denken?«

»Was die Leute denken, ist mir ziemlich egal«, erwiderte Phipps. »Und was sie zu sagen haben, müssen sie mir ins Gesicht sagen. Oder ins Telefon. Wenn sie ausdrücklich verlangen, dass du ihre Tiere behandelst – oder ich …«, Letzteres kam nur widerstrebend heraus, »… wird Nellie sie natürlich nicht anfassen. Aber wie du dich sicher erinnerst, war es vor dem Krieg eher umgekehrt. Die Bauern wussten Nellie zu schätzen.«

»Ich könnte euch bei der Tierärztekammer anzeigen«, drohte De Groot.

Phipps hob die Schultern. »Dann zerstörst du deine eigene Praxis. Sofern es überhaupt jemanden kümmert. Wir hatten Krieg, auch die Tierärztekammer wird neu aufgebaut werden müssen. Es wird auch über Frauen in der Veterinärmedizin gesprochen, Vater. Ewig wird man Frauen das Studium nicht verwehren. Nellie kann ihre Prüfungen dann nachholen …«

»Cornelia täte gut daran, ihre Sünden zu büßen, indem sie dir eine gute Frau ist und dir erst einmal Kinder schenkt«, warf seine Mutter ein. »Wenn du schon an ihr festhältst, obwohl …«

Nellie fiel siedend heiß ein, dass sie in der Nacht zuvor nicht verhütet hatten – ebenso wenig wie in der Nacht mit Walter, doch da war ihre Periode gerade erst vorbei gewesen. Sie erinnerte sich nicht, wie lange sie jetzt zurücklag, ihr Zyklus war durcheinander durch die Unterernährung im Krieg. Sicher erschwerte das auch eine Empfängnis. Es würde schon nichts passiert sein.

»Warum lasst ihr uns nicht einfach in Ruhe?«, fragte Phipps. »Wir sind erwachsen. Wir waren im Krieg … Und glaub mir, Vater, ich habe Dinge gesehen, gegen die all diese Diskussionen nur läppisch sind …«

»Du warst im Krieg«, korrigierte seine Mutter.

Nellie schäumte, ließ es sich aber nicht anmerken.

»Wir haben alle den Krieg überlebt«, sagte sie begütigend. »Darüber sollten wir uns freuen. Und jetzt das Beste machen aus dem Frieden. Lass uns die Praxis wiederaufbauen, Vater De Groot. So wie wir es uns vorstellen. Lass es uns wenigstens versuchen. Vielleicht wirst du angenehm überrascht sein.«

»Und die Alternative …« Phipps räusperte sich. »Die Alternative ist, dass ich gehe – dass wir gehen. Dann übernimmt niemand die Praxis. Ich … wir … können uns auch anderswo etwas aufbauen.«

Nellie wusste, dass er nicht von einer Tierarztpraxis sprach. Wenn sein Vater nicht nachgab, würde sie ihn nach Amerika begleiten müssen …

Sie wartete, während es in Theo De Groots hochrotem Gesicht arbeitete.

»Ach, macht doch, was ihr wollt!«, sagte er schließlich, stand auf und verließ den Raum. »Ihr werdet schon noch sehen, was ihr davon habt!«

Nellies Eltern reagierten verhaltener auf die Rückkehr ihrer Tochter. Sie zeigten nicht direkt Freude, ließen aber auch keine allzu bösen Worte fallen. Wenn Phipps seiner Frau verzieh, dann wollte sie nicht den ersten Stein werfen, ließ Josefine Van der Heyden ihre Tochter in gewohnter Theatralik wissen.

Nellie sagte nichts. Ihre Eltern waren mit dem Generationenwechsel weitaus zufriedener als die De Groots. Nellies Bruder Lukas hatte den Krieg überlebt und kehrte als stolzer Oberstabsarzt zurück. Er brannte darauf, die Praxis zu übernehmen, und Dr. Van der Heyden war entschlossen, sie ihm gleich ganz zu überlassen. Er überlegte, mit seiner Frau nach Utrecht zu ziehen. Josefines Eltern wurden langsam alt, sie brauchten Unterstützung, und die niederländische Stadt bot mehr Zerstreuungen und Möglichkeiten für Pensionäre als das Hinterland des kriegsgebeutelten Kortrijk. Nellie hoffte, dass Lukas etwas moderner dachte als ihre Eltern und seine Schwester als Tierärztin respektieren würde.

Was die Klienten der Praxis anging, so gewöhnten sie sich erstaunlich schnell wieder an »Dr. Nellie«. Den Gerüchten, die über sie umgingen, hatten sie wenig Glauben geschenkt. Ihre Frauen hatten sie zwar eifrig verbreitet, aber die Arbeit mit den Tieren oblag den Männern, und die hatten Nellie stets geschätzt. Als Phipps und sie nun wieder begannen, gemeinsam zu praktizieren, lag Aufbruchstimmung in der Luft. Die Bauern stockten ihren Viehbestand auf, die ersten Pferdezüchter ersetzten die von den Deutschen requirierten Pferde – oft aus den Beständen der alliierten Armeen, die ihre nicht mehr gebrauchten Tiere verkauften oder versteigerten. Nellie war glücklich, als sie zur ersten Trächtigkeitsuntersuchung gerufen wurde und feststellte, dass im kommenden Jahr wieder Fohlen geboren werden würden.

Auch das Familienleben der De Groots normalisierte sich. Phipps spielte am Abend Klavier in ihrem Salon, und Nellie hörte zufrieden, seine Mutter grummelnd zu. Nellie und Phipps schliefen wieder gern miteinander. Da ihr Zyklus immer noch unregelmäßig war, benutzte er Kondome. Es ging ihnen gut, und Nellie hoffte schon, dass Phipps seine Auswanderungspläne aufgegeben hatte. Doch dann, am ersten Tag des Jahres 1919, eröffnete er ihr, dass er am kommenden Morgen gehen würde.

»Übermorgen fährt ein Schiff ab Antwerpen. Jeffrey hat Tickets gebucht, für sich und für mich.«

»Und für Claudine?«, fragte Nellie.

Sie wusste inzwischen, dass auch eine Sängerin zu der Combo gehörte, in der Phipps gespielt hatte. Eine Krankenschwester, der eine sehr schöne Stimme zu eigen sein sollte. Phipps hatte in höchsten Tönen von ihr geschwärmt, und Nellie vermutete, dass zwischen den beiden etwas mehr gewesen war als das gemeinsame Musizieren.

Er zuckte mit den Schultern. »Ich weiß nicht, ob Claudine mitgeht oder nicht. Aber glaub mir, Nellie, ich gehe wirklich nicht wegen Claudine. Ich habe dich nicht betrogen … Na ja, zumindest nicht sooo … Also, ich war nie mit irgendeiner Frau liiert. Es geht nicht um eine Frau. Es geht um die Musik. Um meine Bestimmung. Bitte, Nellie, mach es mir nicht so schwer. Das ist mein Ausweg. Du hast bekommen, was du wolltest. Nun bin ich an der Reihe.«

»Sag es deinen Eltern«, forderte Nellie.

Doch als sie ihren Schwiegervater am nächsten Morgen am Frühstückstisch sitzen und mit zorngerötetem Gesicht einen Brief lesen sah, wusste sie, dass Phipps die Auseinandersetzung mal wieder gescheut hatte. Er war einfach gegangen und hatte sie mit den Folgen allein gelassen, die nicht lange auf sich warten ließen.

»Cornelia!«

Dr. De Groot rief sie zu sich, als sie zwei Wochen später von der Arbeit nach Hause kam. Sie hatte zwei an Kolik erkrankte Pferde betreut und war erschöpft. In der letzten Zeit wurde sie schnell müde. Immerhin sah es bei beiden Tieren recht gut aus. Sie würden wohl überleben.

»Ja, Vater De Groot?«

Widerstrebend wandte sie sich ihrem Schwiegervater zu, der im Eingang zum Salon stand, als sie gerade die Treppe hinauf in das Schlafzimmer gehen wollte, das sie mit Phipps geteilt hatte.

»Cornelia, ich möchte dir jemanden vorstellen.«

Dr. Theo De Groot gab die Tür frei und damit den Blick auf einen mageren jungen Mann mit hellem Haar und fliehendem Kinn. Er trug die Uniform der belgischen Armee. Wahrscheinlich war er erst kurz zuvor aus dem Dienst entlassen worden.

»Dies ist Dr. Raul Desmet, Tierarzt. Er hat wie Philipp in der Armee gedient.«

Nellie gab artig die Hand. »Freut mich, Sie kennenzulernen«, behauptete sie. »Kennen Sie Phipps? Er ist leider nicht da, er …«

»Dr. Desmet ist nicht hier, um meinen Sohn zu besuchen«, erklärte Dr. De Groot, »sondern auf meine Einladung hin. Ich sandte sie ihm, nachdem er sich letzte Woche bei mir meldete. Dr. Desmet hat nicht so viel Glück gehabt wie Philipp. Seine Eltern – Freunde von mir – sind im Krieg umgekommen. Die Praxis, die er erben sollte, wurde zerbombt.«

Der junge Mann blickte ernst, schien sich mit dem Verlust aber schon weitgehend abgefunden zu haben. Zumindest erkannte Nellie keine Verzweiflung oder Unsicherheit in seinem Blick.

»Das tut mir leid«, sagte Nellie. Sie ahnte schon, was gleich darauf kommen sollte.

»Ich habe ihm deshalb angeboten, in meiner Praxis zu arbeiten. Da Philipp ja offenbar keinen Wert auf sein Erbe legt …« Dr. De Groot verzog das Gesicht.

Er wollte weitersprechen, aber Nellie fiel ihm ins Wort. »Er hat Ersatz gestellt«, rief sie. »Ich werde sehr gut mit der Praxis fertig …«

Dr. Desmet lächelte herablassend, bevor er sich zum ersten Mal selbst zu Wort meldete.

»Dr. De Groot hat mir schon von Ihnen erzählt. Seines Sohnes wackere kleine Helferin …« Er hatte eine hohe, fast quäkende Stimme.

Nellie blitzte ihn an. »Ich bin Tierärztin«, sagte sie scharf. »Die Besitzer unserer Patienten schätzen mich, ich …«

»Dr. Desmet ist ein sehr erfahrener Pferdetierarzt«, fuhr De Groot fort. »Die Kunden werden sich schnell an ihn gewöhnen.«

»Ich würde mich sehr freuen, wenn Sie mich bei den ersten Fahrten über Land begleiten und den Tierbesitzern vorstellen könnten«, wandte Desmet sich wieder an Nellie.

Er schien sie auf einmal näher anzusehen, und Nellie erkannte Interesse in seinem Blick. Womöglich dachte er gerade daran, Phipps auch in anderer als nur beruflicher Hinsicht zu beerben.

»Wir können gern zusammenarbeiten«, sagte sie steif.

Desmet lächelte wieder. »Das würde mich sehr freuen«, erklärte er.

Nellie erfreute es keineswegs. Dr. Desmet, der im Haus ihrer Schwiegereltern Wohnung genommen hatte und dem Mevrouw De Groot ganz selbstverständlich Kleidung von Phipps änderte – »Der arme Junge hat nichts, außer der Uniform. Vollständig ausgebombt ist die Familie …« –, begleitete sie gleich am nächsten Tag bei ihrer Runde. Von Zusammenarbeit konnte jedoch keine Rede sein. Er stellte sich selbstbewusst als neuer Tierarzt vor, berichtete von seiner Tätigkeit an der Front und nahm ganz entschieden die Zügel in die Hand. Nellie überließ er allenfalls Hilfstätigkeiten, und wenn jemand sie mit Dr. Nellie ansprach, betonte er sofort im nächsten Satz die Anrede Mevrouw De Groot.

Zu Nellies Erschrecken war er damit erfolgreich. Neben Phipps hatten die Bauern sie respektiert – schon, weil sie die bessere Tierärztin war. Dr. Desmets selbstbewusstes Auftreten und seine unbestreitbare Kompetenz flößten ihnen dagegen Achtung ein. Und Nellie musste sehr schnell feststellen, dass seine Männlichkeit ein entscheidender Vorteil für ihn war. Die Bauern waren bereit, zum Wohl ihrer Tiere und damit ihres Geldbeutels mit einer weiblichen Tierärztin zu arbeiten. Sobald sich aber ein männlicher Ersatz für sie bot, liefen sie mit fliegenden Fahnen zu ihm über.

Binnen weniger Wochen schien Dr. Nellie, die Tierärztin von Ledegem, zum Bestandteil einer Anekdote geworden zu sein, die man sich bestimmt noch lange erzählen würde. Wenn man jedoch einen Tierarzt brauchte, rief man Dr. Desmet.

Nellie war ziemlich demoralisiert, als sie sechs Wochen nach seiner Abreise ein Brief von Phipps erreichte. Er meldete seine gesunde Ankunft in New York und nannte ihr eine Adresse in Boston. Hier war er vorerst bei seinem Freund Jeffrey und dessen Familie untergekommen. *Wir bleiben auf jeden Fall in Verbindung*, schrieb Phipps. *Du kannst mir immer schreiben, wenn etwas Dringendes anliegt. Lass mich unbedingt ab und zu wissen, wie es Dir geht.*

Nellie fand, dass die dringendsten Dinge eigentlich schon vor Phipps' Abreise hätten geregelt werden müssen. Die Scheidung zum Beispiel, das offizielle Ende ihrer Ehe, das Phipps befreien und das auch ihr die Möglichkeit geben würde, eine neue Beziehung einzugehen. In der letzten Zeit dachte sie wieder häufiger an Walter – und Maria, seine Schwester. Sie hatte in Berlin studieren dürfen … Nellie kam langsam zu der Einsicht, dass sie die tiermedizinischen Examina würde nachholen müssen, wenn sie auf Dauer respektiert werden und in ihrem Beruf arbeiten wollte. Vorerst jedoch …

Sie fühlte sich schon wieder müde. Es ging ihr allgemein nicht gut. An diesem Morgen hatte sie sich wie an so vielen anderen in den vergangenen Wochen übergeben müssen. Und jetzt schmerzte ihr Rücken, und ihre Brüste spannten, als stünde ihre Periode kurz bevor. Flüchtig überlegte sie, wann die eigentlich fällig war – und erschrak zutiefst, als ihr bewusst wurde, wie lange sie ausgeblieben war. Zyklusschwankungen … Eine Zeit lang hatte sie diese mit der Mangelernährung in Zusammenhang gebracht. Aber in den vergangenen drei Monaten hatte sie gut gegessen und mehrere Kilo zugenommen. Ihr Zyklus hätte sich normalisieren müssen, die letzte Periode, an die sie sich sicher erinnerte, hatte sie jedoch kurz vor ihrer Nacht mit Walter gehabt …

Nellie wollte den Gedanken zuerst nicht wahrhaben, aber sie konnte es nicht leugnen. Alle Symptome deuteten auf eine Schwangerschaft hin. Das Kind konnte nicht von Walter sein, die ungeschützte Nacht mit Phipps dagegen …

Kapitel 13

Lieber Phipps …

Nellie begann den Brief an ihren Mann eben zum dritten Mal, und schon wieder kaute sie am Füllfederhalter. Dabei fiel es ihr nicht schwer, Phipps von dem Kind zu berichten – er war in jener Nacht schließlich genauso leichtsinnig gewesen wie sie. Schwieriger war es, einen Vorschlag bezüglich der Konsequenzen zu machen, die sich daraus für sie beide ergeben würden. Sollte sie Phipps bitten heimzukehren? Er war ein verantwortungsbewusster Mann – womöglich würde er dem Ruf nachkommen. Das wäre das Aus für ihrer beider Träume. Er würde in Ledegem als Tierarzt arbeiten, sie würde den Haushalt führen und das Kind erziehen. In der Kleintiersprechstunde würde sie sicher noch manchmal helfen dürfen, aber um als Großtierärztin weiter tätig zu sein, würde sie die Unterstützung der Großeltern brauchen – und mit der war sicher nicht zu rechnen, wenn sie auch überzeugt davon war, dass die De Groots sie und das Enkelkind nicht des Hauses verweisen würden, falls Phipps nicht zurückkam. Es wäre also nicht nötig, dass er sein selbstbestimmtes Leben ebenfalls aufgab. Schlimm genug, wenn es sie treffen würde.

Nellie beschloss, dass es egoistisch wäre, Phipps zurückzubitten. Die Alternative, zu ihm nach Amerika zu gehen, damit sie das Kind gemeinsam großziehen konnten, gefiel ihr allerdings auch nicht. Phipps mochte im Krieg Englisch gelernt haben – aber für sie war es eine ganz neue Sprache. Selbst wenn es in Amerika also möglich wäre, dass eine Frau als Tierärztin arbeitete – die notwendigen Examina würde sie erst nach Jahren des Sprachstudiums ablegen können. So lange konnte sie höchstens in einer Fabrik oder als Zugehfrau Geld verdienen, und in der ersten Zeit, bis das Kind aus dem Gröbsten heraus wäre, gar nicht. Für die Ernährung der Familie würde also wieder Phipps zuständig sein. Ob er das als Musiker schaffen konnte, war fraglich. Wahrscheinlich würde er sich zunächst irgendeine andere Arbeit suchen müssen, statt seine Karriere aufzubauen. Im Grunde blühte ihnen also eine ähnliche Zukunft wie in Ledegem – nur unter unvorhersagbaren Bedingungen. Nellie neigte dazu, auch diese Lösung zu verwerfen.

Nachdem sie die Alternativen zum ersten Mal durchgegangen war, hatte sie kurz darüber nachgedacht, das Kind gar nicht erst zu bekommen. Während des Krieges hatte sie in Kortrijk keine einzige schwangere Prostituierte gesehen. Es musste dort also eine zuverlässige Engelmacherin geben – bestimmt fand sie ihren Namen leicht heraus. Allerdings wehrte sich alles in ihr, das werdende Leben zu vernichten. Sie empfand jedes Mal ein solches Glücksgefühl, wenn sie ein Fohlen in einer Stute erspürte oder einem Lamm oder Kälbchen auf die Welt half. Und nun sollte sie sich die Erfahrung dieses Wunders verwehren? Nein, sie wollte ihr Kind! Und wenn sie die Angelegenheit einmal aus Sicht des Kindes betrachtete, so war es bestimmt am besten, in Ledegem zu bleiben. Das Dorf war idyllisch, das Kleine würde inmitten der Natur mit Tieren und freundlichen Menschen aufwachsen. Sowohl ihre Eltern als auch ihre Schwiegereltern würden es vergöttern – besonders natürlich, falls es ein Junge war. Und selbst ein Mädchen … Nellie erinnerte sich an eine wunderbare Kindheit. Sie war frei mit Phipps in den Wäldern umhergestreift, hatte sein Pony geritten … Das Kind würde in Ledegem glücklich sein. Nur seine Mutter würde verkümmern, ohne einen Beruf, ohne einen Mann.

Wobei Nellie gar nicht so sehr an Phipps dachte, sondern eher an Walter und seinen Antrag. Er hatte sie heiraten und mit nach Berlin nehmen wollen. Und für sie war das ein wunderschöner Traum gewesen. Ein Mann, den sie liebte und der sicher nichts dagegen hatte, wenn sie noch ein paar Semester studierte. Im Gegenteil, in Kortrijk hatte er sie immer darin unterstützt, ihre Arbeit zu tun. Und Maria mochte ebenfalls aufgeschlossen sein, vielleicht konnte sie sogar in ihrer Praxis helfen. Oder … Nein, Walter wollte ja nach Pommern – seine Familie hatte da riesige Güter. Zweifellos mit unzähligen Tieren, die regelmäßig einen Tierarzt brauchten. Nellie begann sich für den Gedanken zu erwärmen, mit ihm auf dem Land zu leben. Allein die Vorstellung, sich wieder in Walters Arme zu schmiegen und in den Regenbogen seiner Liebe einzutauchen, war verlockend. Die Frage war nur, ob er bereit sein würde, das Kind eines anderen aufzuziehen.

Eine Reise nach Berlin war in jedem Fall ein Risiko.

Nellie versuchte sich an einer Güterabwägung. Für Phipps war es das Beste, wenn sie ihre eigenen Pläne verfolgte. Er würde ihrer Idee, nach Berlin zu gehen, sicher seinen Segen geben. Sie selbst sah keine vernünftige Alternative. Blieb nur noch das Kind, das in Ledegem sicher ruhiger aufwachsen würde.

Nellie kämpfte kurz mit einem schlechten Gewissen – dann strich sie sich über ihren schon leicht gewölbten Bauch.

»Tja, überstimmt, Baby«, sagte sie bedauernd. »Du musst dich damit abfinden. Deine Mama sucht das Abenteuer.«

Lieber Phipps!

Ich freue mich, dass Du gesund in der Neuen Welt angelandet bist, und dass Du schon berufliche Perspektiven siehst. Amerika hat nur auf Dich gewartet. Nutz Deine Chance!

Was mich angeht, so gibt es eine schöne Neuigkeit, die Dich im ersten Moment allerdings erschrecken wird. Ich bin schwanger,

Phipps, wir bekommen ein Kind. Ich habe ausgerechnet, dass es in jener ersten Nacht zum Kriegsende passiert sein muss, als wir beide, glücklich und trunken vom Sieg, überhaupt nicht daran gedacht haben, irgendwelche Maßnahmen zur Verhütung zu ergreifen. Nun musst Du Dich aber nicht ängstigen. Es ist absolut unnötig, dass Du deshalb Deine Pläne änderst. Im Gegenteil, unser Kind soll seinen Vater einmal auf der Bühne sehen und vor Stolz auf ihn fast platzen. Ich werde ihm natürlich von Dir erzählen. Bis das der Fall ist, komme ich gut allein zurecht. Also mach Dir keine Sorgen um uns, sondern verwirkliche Deinen Traum.

In Liebe, Deine Nellie

Das Äffchen

Deutschland – Berlin
1919 bis 1924

Nellie wusste nicht, warum sie Phipps in ihrem Brief nichts von Berlin erzählt hatte – vielleicht war ihr Entschluss doch nicht so fest gewesen, vielleicht hatte sie noch über weitere Möglichkeiten nachdenken wollen. Am nächsten Tag gab es aber erneut eine Auseinandersetzung mit ihrem Schwiegervater, der sie zwar widerwillig in der Kleintiersprechstunde helfen ließ, ihr jedoch ständig über den Mund fuhr und jeden ihrer Vorschläge zur Behandlung eines Tieres lächerlich machte. Seine Methoden waren zum Teil ziemlich veraltet, Nellie hätte vieles anders und besser gemacht – Phipps' Vater reagierte dieses Mal jedoch mit ungezügeltem Zorn und überspannte den Bogen damit deutlich.

»Meine Güte, warum habe ich bloß so einen Weichling als Sohn?«, schimpfte er. »Ein richtiger Mann hätte dich längst geschwängert, und dann bliebest du wohl endlich an deinem Platz!«

Für Nellie gab es daraufhin kein Zögern mehr. Sie wollte ihr Kind nicht an diesem Ort zur Welt bringen – und sie wollte keine Versuche der De Groots oder ihrer Eltern riskieren, sie dazu zu zwingen.

»Wir nehmen den nächsten Zug nach Berlin«, erklärte sie Benno, der sich bei Dr. De Groots Ausbrüchen genauso verängstigt unter dem Tisch versteckte wie bei Bombeneinschlägen während des Krieges. »Nun komm raus, wir müssen nachsehen, wann einer fährt.«

Nellie fuhr zum Bahnhof und studierte die Fahrpläne. Züge nach Süden gab es fast jeden Tag, allerdings keine Direktverbindung nach Deutschland. Man nahm zunächst den Zug nach Brüssel, fuhr dann ein Stück durch die Niederlande, und schließlich wurde bei Venlo die Grenze überquert. Danach führte die Bahnstrecke noch durch halb Deutschland, aber dort sollte es Verbindungen nach Berlin geben. Tatsächlich stellte sich Benno, den sie natürlich mitnehmen wollte, als das größte Hindernis heraus. So kurz nach dem Krieg waren alle Züge überfüllt. Für Hunde, zumal so große, gab es keinen Platz. Ernüchtert wandte sie sich vom Fahrkartenschalter ab und wurde gleich darauf fast von Benno, der zu einem Artgenossen strebte, umgerissen. Der Hund war ein wichtig wirkender Belgischer Schäferhund, der ein Geschirr trug. Darauf, wie auch am Arm seines Besitzers, fand sich ein Zeichen: drei schwarze Punkte auf gelbem Grund. Die Menschen machten dem Blinden und seinem Führhund ganz selbstverständlich Platz und halfen dem Mann in einen wartenden Zug. Der Hund sprang vor ihm hinein.

In Nellie keimte ein verwegener Plan. Ähnliche Geschirre waren im Krieg für Meldehunde im Einsatz gewesen. Bennos hatte sie aufgehoben, weniger aus sentimentalen Gründen, sondern weil sie an einen therapeutischen Einsatz dachte. Sollte ein Hund eine Halsverletzung haben und kein Halsband tragen können, konnte man sich damit helfen. Mit Phipps hatte sie einmal einen Fall gehabt, bei dem der Hund nach einer Speiseröhrenverletzung jedes Mal ins Röcheln geriet, wenn sich die Leine straffte. Mit einem Geschirr hätte er keine Probleme gehabt.

Bennos altes Geschirr wandelte sie kurzerhand in das eines Blindenhundes um. Blieb das Problem mit seiner Lärmempfindlichkeit. Sie konnte vielleicht eine Blinde spielen, aber niemals würde der Hund sie in die Richtung eines fauchenden Ungeheuers wie einer Dampflokomotive führen. Nellie musste vorausgehen. Schließlich redete sie sich ein, dass Frechheit siegen würde.

Sehr früh am Morgen des nächsten Montags verließ sie noch in der Dunkelheit das Haus ihrer Schwiegereltern. Weder meldete sie sich ab, noch hatte sie den De Groots und ihren eigenen Eltern von ihrer Schwangerschaft und ihren Plänen erzählt. Wenn sie aufwachten, würden sie ihr Zimmer leer vorfinden – zumindest, wenn alles glattging. Mit klopfendem Herzen zerrte sie Benno zum Zug und lächelte dem Bahnwärter zu, als der sie ansprach.

»Er ist noch in der Ausbildung«, erklärte sie und wies auf das Geschirr. »Ich arbeite für die Blindenhilfe – jetzt nach dem Krieg und diesen unsäglichen Gasangriffen werden ja sehr viele Führhunde gebraucht. Dieser hier ist für einen Veteranen in Hasselt. Ich soll ihn hinbringen und dabei gleich das Zugfahren mit ihm trainieren.«

Der Bahnwärter runzelte die Stirn. »Sehr unerschrocken scheint er mir nicht zu sein …«

Nellie seufzte. »Da haben Sie sicher recht, aber wie gesagt, der Bedarf ist groß, wir nehmen auch die weniger talentierten. Ich kriege das hin mit dem Benno. Keine Sorge!« Damit stieg sie ein, ließ den Bahnführer ihren Rucksack sehen, den sie ebenfalls mit den drei Punkten und der Aufschrift »Blindenhilfe« versehen hatte, und dankte dem Himmel, als Benno ihr folgte.

Sie waren auf dem Weg.

Nellie schwindelte sich mit Benno durch weitere drei Umsteigebahnhöfe und beschloss, das erste Geld, das sie in Deutschland verdienen würde, der Blindenhilfe zu spenden. Sie schämte sich ein wenig, die Hilfsorganisation zu missbrauchen, und entfernte die Zeichen sofort, als sie Berlin endlich erreichte.

Seltsamerweise hatte die Stadt mehrere Bahnhöfe. Nellie entschied sich, am Zoologischen Garten auszusteigen. Der Name war ihr einfach am sympathischsten. Dazu wirkte er einladend, er war alt und weitläufig. Der Bahnsteig war, wie auf allen anderen Bahnhöfen, auf denen sie gewesen war, voller verhärmter, blasser Menschen in verschlissenen Wintermänteln, die entweder abgenutzte Koffer oder Rucksäcke mitschleppten und verloren und unsicher wirkten, als wüssten sie nicht wirklich, wohin. In jeder Ecke saßen Bettler – oft Kriegsversehrte – und hielten den Passanten Hüte oder Konservendosen entgegen, in denen nur selten etwas Geld klimperte.

Nellie taten die Menschen leid, doch auch sie hatte nichts zu verschenken. Sie hatte nur wenige Francs aus Ledegem mitgenommen – mit einem schlechten Gewissen, weil sie das Geld aus der Kasse der Tierarztpraxis entwendet hatte. Inzwischen hatte sie es gegen deutsches Geld eingetauscht und war von der Menge, die sie dafür bekommen hatte, durchaus beeindruckt. Ob man sich allerdings viel damit kaufen konnte, wusste sie nicht. Auf jeden Fall war es besser, vorerst zu sparen.

Als Nellie und Benno die Bahnhofshalle verließen, standen sie auf einem Platz, der sicher einmal prunkvoll gewesen war, jetzt hingegen grau und zerschlagen aussah. Ein Teil der Häuser zeigte Spuren von Bombeneinschlägen, der Schnee, der kürzlich gefallen war, war schmutzig und feucht. Es gab auch längst nicht so viele Motorfahrzeuge, wie Nellie das in einer Stadt dieser Größe erwartet hätte. Auf dem Platz hielt eine Tram, und ab und zu sah man Gefährte, die von mageren Pferden gezogen wurden. Die meisten Männer und Frauen waren mit Handkarren unterwegs, die sie mühsam durch den Schneematsch zogen. Alle wirkten geschäftig, aber mürrisch, unglücklich und verfroren – die Kleidung vieler bestand nur noch aus Lumpen. Immerhin warteten ein paar Droschken, vor denen resignierte Pferde im kalten Wind standen. Sehr viele Fahrgäste schien es nicht zu geben. Es stimmte wohl, was sie in Belgien in den Zeitungen gelesen hatte. Nach dem Krieg waren die Deutschen verarmt.

Nellie würde allerdings kaum etwas anderes übrig bleiben, als eine Droschke zu nehmen. Ihr Problem war, dass sie die Adresse von Walters Elternhaus in Berlin nicht kannte, und sie schalt sich dafür, dass sie nicht eingewilligt hatte, brieflich mit ihm in Verbindung zu bleiben. Sie war dennoch guten Mutes. Die Familie von Prednitz war ganz offensichtlich reich. Sie mochte ein großes Haus in Berlin führen, das einem Droschkenkutscher bekannt war.

Tatsächlich nickte bereits der erste, den sie ansprach. »Aber den Köter nehm ick nich' mit, Frolleinchen«, berlinerte er. »Und eijentlich lohnt sich's ooch jar nich' loszufahrn. Da können Se in fünf Minuten zu Fuß hinjehn.«

Nellie konnte ihr Glück kaum fassen. Sie merkte sich die Wegbeschreibung des Kutschers, bedankte sich und zog den hingerissenen Benno von einer Litfaßsäule weg, an der sich vor ihm wohl so ziemlich jeder Berliner Hund verewigt hatte. Er sah sie so lange beleidigt an, bis sie ihm erlaubte, auch noch rasch sein Bein zu heben.

»Damit bist du zumindest offiziell angekommen«, bemerkte sie. »Das war ja wohl dein Meldezettel. Und für mich fängt es gleichfalls nicht schlecht an. Jetzt muss nur noch Walter zu Hause sein.«

Sie hoffte, dass er nicht schon auf einem der Güter seiner Familie in Pommern weilte – und dass er überhaupt noch am Leben war. Ihre größte Befürchtung, er könnte noch während der letzten Kriegstage gefallen sein, wagte sie nicht einmal dem Hund gegenüber auszusprechen. Die Deutschen hatten schließlich noch fast einen Monat gekämpft, nachdem sie sich von Walter getrennt hatte.

Nellies Weg führte am Zoologischen Garten vorbei, und obwohl das berühmte Elefantentor etwas verwahrlost wirkte, wäre sie gern hineingegangen, um sich die Tiere anzusehen. Zumindest die verbliebenen … Sie mochte sich nicht vorstellen, wie viele das Schicksal der Lamas und Ziegen geteilt hatten und im Magen von Raubkatzen gelandet waren. Gleich dachte sie wieder an Maria von Prednitz und ihre Doktorarbeit. Doch all das musste warten. Nun bog sie erst mal in die Tiergartenstraße ein und fand das Stadthaus der Familie von Prednitz sofort – ein aufwendiger Bau im neobarocken Stil mit Stuckverzierungen und Säulen. »Der protzigste Kasten in der ganzen Straße«, hatte der Droschkenkutscher gesagt. Nellie gab ihm lächelnd recht. Das Tor des kunstvoll geschmiedeten Zauns, der einen kleinen, seltsamerweise ziemlich ungepflegten Vorgarten von der Straße trennte, war zum Glück nur angelehnt.

Nellie trat ein, holte tief Luft und betätigte die Türglocke. Es war kurz nach vier – keine schlechte Zeit für einen Besuch. Allerdings sah sie nicht sehr repräsentativ aus. Sie hatte die Nacht im Zug verbracht und war davon überzeugt, völlig zerzaust zu wirken. Nun, Walter hatte sie schon in schlimmerem Zustand gesehen. Sie wartete. Sicher würde ein Dienstbote öffnen.

Die junge Frau, die schließlich in der Tür auftauchte, trug allerdings keine Dienstbotenuniform, sondern ein einfaches blaues Kleid, wie es vor dem Krieg modern gewesen war. Nellie konnte trotzdem kaum umhin, sie anzustarren. Vor ihr stand die schönste Frau, die sie je gesehen hatte. Sie hatte einen hellen Teint und langes dunkles Haar, das durch einen Madonnenscheitel geteilt und im Nacken zusammengebunden war. Ihr Gesicht war herzförmig, die Augen blau und die Lippen fein geschnitten.

Schneewittchen, fuhr es Nellie durch den Kopf. Walter hätte keinen passenderen Kosenamen für seine Schwester finden können. Maria von Prednitz wirkte nicht unfreundlich, lächelte jedoch nicht. Sie schien nicht zu wissen, was sie sagen oder tun sollte. Wahrscheinlich öffnete sonst ein Bediensteter.

Nellie beschloss, die Initiative zu ergreifen und sich vorzustellen. »Guten Tag. Ich bin Cornelia De Groot. Aus Belgien. Und ich suche Walter von Prednitz. Das … das ist doch das Haus derer von Prednitz, oder?«

»Ja«, sagte die junge Frau, und ihre schönen Augen verdunkelten sich. »Ich suche Walter auch. Ich weiß nur nicht recht, wo ich anfangen soll.«

Nellie wunderte sich. Wieso suchte Maria ihren Bruder? Ob Walter vermisst war? Aber das hätte seine Schwester nie so ausgedrückt!

Maria musterte Nellie immer noch, jetzt hingegen schien ihr etwas einzufallen. In ihren Augen blitzte es auf.

»Sie sind Nellie«, stellte sie fest. »Die Tierärztin. Walters Nellie!«

Nellie lächelte. »Das könnte man so sagen«, formulierte sie vorsichtig.

»Dann sind Sie doch noch gekommen! Walter hat recht gehabt. Sie haben es nicht ernst gemeint, dass Sie ihn nicht wiedersehen wollten.«

Nellie seufzte. »Ich habe es schon ernst gemeint. Nur haben sich die Umstände verändert. Hören Sie, kann ich nicht hereinkommen? Es ist ziemlich kalt hier draußen.« Das war sogar untertrieben. Es war eiskalt und es schneite.

»Das ist gut, dass Sie es ernst gemeint haben. Ich kann Leute nicht leiden, die ständig Dinge sagen, die sie nicht meinen«, erklärte Maria sachlich. »Natürlich können Sie hereinkommen. Ich hätte Sie gleich bitten müssen. Ich bin eine schlechte Gastgeberin.« Es klang nicht wie eine typische Entschuldigung, und Maria unterstrich es auch nicht durch Gesten wie etwa einen Griff an ihre Stirn. Eigentlich hörte es sich an, als analysierte die junge Frau ihr Verhalten und gäbe als Ergebnis der Überlegung einen Fehler zu. »Sonst hat eins unserer Hausmädchen geöffnet«, gab sie nun auch weitere Erklärungen ab, während sie Nellie voraus ins Haus ging. »Aber wir mussten das Personal entlassen. Wir haben jetzt nur noch eine Zugehfrau und einen Hausdiener.«

Benno hatte im Garten herumgeschnüffelt, folgte ihnen nun jedoch ins Haus. Maria nahm ihn jetzt erst wahr – und Nellie beobachtete verwundert, wie eine Veränderung in ihr vorging. Ihre etwas maskenhaft wirkenden Züge wurden weich, sie hockte sich zu Benno hinunter und begrüßte ihn freundlich, allerdings streichelte sie ihn erst, als er sich offensichtlich gern dazu bereit zeigte.

»Du bist ja ein Hübscher! Und so ein Netter! Aber was ist mit deinem Ohr passiert?« Bevor Nellie antworten konnte, schien Maria sich zu erinnern. »Ist das Benno?«, fragte sie.

Walter musste ihr wirklich eine Menge von seiner Zeit mit Nellie erzählt haben. Sie nahm das als Zeichen dafür, dass er nicht vermisst oder tot war. Er war anscheinend aus dem Krieg zurückgekehrt und dann … Verschwunden? Nellie beschloss, erst einmal die Vorstellungsrunde zu Ende zu führen, bevor sie nachhörte.

»Sie sind Maria? Die Tierärztin?«, fragte sie und musste lächeln, weil sie ziemlich genau Marias Worte wiederholt hatte. »Walters Schwester?«

Maria lächelte jetzt ebenfalls, es ließ ihre Gesichtszüge noch schöner wirken.

»Ja«, sagte sie und wandte sich dann wieder Benno zu. »Wie haben Sie ihn hergebracht? In den Zügen sind Hunde verboten.«

Nellie nickte. »Unter Vorspiegelung falscher Tatsachen ist es mir gelungen«, erklärte sie und zog die Binde mit dem Blindenzeichen aus der Tasche.

Maria schien ein bisschen zu brauchen, um die Verbindung zwischen ihren Worten und der Geste zu verstehen, dann lachte sie.

»Sie sind klug!«, bemerkte sie anerkennend.

Nellie verzog das Gesicht. »Na ja, so stolz bin ich nicht darauf, den Namen der Blindenhilfe missbraucht zu haben. Meine Mutter wäre entsetzt, wenn sie davon erführe.«

»Meine auch«, sagte Maria, und wieder war da die Andeutung eines Lächelns. Nellie wunderte sich darüber, wie wenig ausdrucksvoll ihr Blick war – ganz im Gegensatz zu Walters, dem man jede Gefühlsregung sofort angesehen hatte. »Aber es hat ja niemandem geschadet«, konstatierte die junge Frau.

Nellie sollte noch lernen, dass dies Marias Vorstellung von Moral war. Solange etwas niemandem schadete, war es auch nicht verwerflich.

»Genau«, stimmte Nellie zu. »Und ich konnte ihn nicht in Belgien lassen. Da hassen sie die Deutschen.« Sie lächelte und streichelte Benno.

»Er ist doch kein Deutscher«, sagte Maria ernst. »Er ist ein Hund. Als solcher kennt er keinen Nationalstolz.« Sehr viel Humor schien Bennos Schwester nicht zu haben. »Möchten Sie eine Tasse Tee?«, fragte sie jetzt. Anscheinend erinnerte sie sich wieder an ihre Pflichten als Gastgeberin.

Nellie folgte ihr durch ein kleines, elegant gestaltetes Empfangszimmer in ein Treppenhaus, das eher wie ein Foyer wirkte. Die geschwungenen, mit kostbaren Teppichen ausgelegten Stufen erlaubten sicher große Auftritte, an den Wänden hingen Gemälde. Gut möglich, dass die Familie hier Empfänge gegeben hatte. Vom Foyer führte eine Tür in den Salon, auch dies ein Prachtstück wilhelminischen Einrichtungsstils. Es gab schwere Möbel, große Vasen, Skulpturen und eine Vitrine, in der kostbares Porzellan ausgestellt war. Kein Wunder, dass es mehrerer Hausmädchen bedurft hatte, das Haus in Ordnung zu halten und zu putzen.

»Ich kann Tee kochen«, sagte Maria. Es klang, als beschriebe sie tatsächlich eine Fähigkeit, über die nicht jeder verfügte.

»Das wäre sehr nett«, erwiderte Nellie.

Sie fror immer noch und war zudem hungrig. Das mochte sie allerdings nicht sagen – schließlich wusste sie nicht, wie es um die Lebensmittelvorräte der Familie von Prednitz stand.

»Setzen Sie sich doch«, forderte Maria sie auf. »Oder wollen Sie mit in die Küche kommen? Die Küche ist ziemlich weit weg.«

Tatsächlich befand sich in dem angrenzenden Speisezimmer ein Speisenaufzug. Die Küche musste also im Souterrain liegen. Nellie und Benno folgten Maria über eine Treppe nach unten, die sonst bestimmt hauptsächlich von Dienstboten benutzt wurde. Durch mehrere Korridore erreichten sie eine Küche, die gut und gern Platz für ein ganzes Geschwader von Köchinnen und Küchenmädchen bot. Sie war großzügig ausgestattet. Glänzende Kupfertöpfe und Pfannen hingen an den Wänden. Das Zentrum bildete ein riesiger Gasherd.

Maria entzündete das Gas an einer der Kochstellen und setzte Teewasser auf. »Sie müssen Hunger haben«, stellte sie dann fest. »Und Benno wird auch fressen wollen.« Sie öffnete einen hölzernen Eisschrank sowie einen Vorratsschrank, doch der Inhalt war bescheiden. Im Vorratsschrank fanden sich ein Kanten Brot und ein paar Steckrüben, im Eisschrank lag ein Knochen. »Immerhin etwas für Benno«, freute sich Maria.

Nellie runzelte die Stirn. »Das ist ein Suppenknochen«, stellte sie fest. »Ihre Mutter wäre nicht begeistert, wenn wir ihn an den Hund verfüttern würden.« Ihr selbst lief bei dem Gedanken an einen heißen Eintopf das Wasser im Munde zusammen. »Sie sollten ihn vorher auskochen.«

»Ich kann nicht kochen«, sagte Maria.

Nellie wunderte sich. Walters Schwester musste in ihrem Alter sein, vielleicht ein bisschen jünger, aber sie schien ihr mitunter fast kindlich.

»Um eine Suppe zu kochen, muss man nicht studiert haben«, beschied sie die junge Frau gelassen. »Ich kann Ihnen zeigen, wie das geht. Dann braucht Ihre Mutter nicht mehr zu kochen, wenn sie nach Hause kommt. Sie wohnen doch hier mit Ihren Eltern zusammen?« Maria bejahte. »Sehen Sie, dann machen wir Ihrer Mutter jetzt eine kleine Freude«, erklärte Nellie und griff nach dem Knochen und einem Küchenbeil, das ebenfalls an einer der Wände hing.

»Das glaube ich nicht«, erwiderte Maria. »Meine Mutter wird sich nicht freuen, dass Sie da sind.«

»Warum denn nicht?«, fragte Nellie und zerteilte den Knochen.

»Weil Walter Ihretwegen fortgegangen ist«, antwortete Maria.

Nellie wäre fast das Beil aus der Hand gefallen. »Meinetwegen? Aber wieso denn das? Ich … ich hatte ihm doch gesagt, dass wir uns nicht wiedersehen können …«

»Trotzdem wollte er Irmgard von Mehden nicht mehr heiraten«, gab Maria Auskunft. Dann erzählte sie in dem singenden Tonfall, der ihr zu eigen war und den man, wenn man ihr übel gewollt hätte, leicht leiernd hätte nennen können, wie es mit Walter nach ihrem Abschied in Kortrijk weitergegangen war. Nellie setzte derweil den Knochen mit Wasser auf, fügte ein paar Gewürze und Salz hinzu und begann, die Steckrüben zu schälen und in Stücke zu schneiden. Eine Möhre fand sich auch noch.

Maria berichtete, dass ihr Bruder die deutsche Frontlinie tatsächlich erreicht hatte, ohne von den Alliierten gefangen genommen zu werden. Er hatte dann bis zum Ende des Krieges als Funker gedient, war aber gleich nach der Kapitulation nach Berlin abberufen worden. Offiziell war dies ein Gefallen, den ein entfernter Verwandter, ein hohes Tier bei der Heeresleitung, Walters Vater hatte tun wollen. Tatsächlich ging es dem General wohl hauptsächlich darum, lästige und in seinen Augen ehrabschneidende Tätigkeiten auf einen vertrauenswürdigen Adjutanten abzuwälzen. Walter kam also heim und verbrachte den Winter damit, den Abzug der deutschen Armee aus den diversen besetzten Gebieten zu koordinieren. Er versuchte, Nachschub an Lebensmitteln und Kleidung für die dort noch verbliebenen Soldaten zu besorgen und ihren Rücktransport in die Heimat zu organisieren, verbuchte das Kriegsgerät und die Pferde, die von den Alliierten requiriert worden waren, und erfasste Kriegsgefangene. Währenddessen plante seine Familie die Hochzeit mit seiner Vorkriegsverlobten Irmgard von Mehden – obwohl Walter gleich nach seiner Rückkehr erklärt hatte, er gedenke, die Verlobung zu lösen.

»Er sagte, er habe sich in Belgien verliebt, und eine andere wolle er nicht heiraten. Das wäre auch gegenüber Irmgard nicht richtig gewesen«, erklärte Maria. »Aber unsere Eltern nahmen ihn nicht ernst und die von Mehdens ebenfalls nicht. Irmgard wollte endlich eine Hochzeit. Sie sagte, sie habe lange genug gewartet.«

Nellie fand es zwar seltsam, einen widerstrebenden Mann zur Heirat zwingen zu wollen, aus der Sicht der jungen Adligen konnte sie es hingegen nachvollziehen. Irmgard vermochte sich wohl nicht vorzustellen, unverheiratet zu bleiben, und wenn sie jetzt vielleicht schon Ende zwanzig war, würde sie kaum einen neuen Kandidaten finden.

»Warum wollten Ihre Eltern das denn unbedingt?«, fragte sie nach, während sie das Gemüse der köchelnden Brühe hinzufügte. »Ich verstehe ja, dass Irmgard nicht als alte Jungfer enden will. Doch weshalb ist die Hochzeit so wichtig für Ihre Eltern?«

Gleich darauf erfuhr sie, dass die Verarmung der von Prednitzens nicht durch den Krieg verursacht war. Im Gegenteil, die Familie hatte keinen Hunger leiden müssen wie die meisten anderen Deutschen, sondern war dank der Güter in Pommern reichlich mit Nahrungsmitteln versorgt worden. Auch Gelder waren geflossen, denn die Überschüsse der Güter waren zu sehr guten Preisen an die Reichswehr verkauft worden. Dann jedoch war der Frieden gekommen und damit die Forderung, diverse Gebiete zwischen Pommern und der Weichsel an Polen abzutreten. Es galt als beschlossen, und die Güter der von Prednitzens lagen mitten in diesem Gebiet. Dazu hatte der Verwalter die polnischen Landarbeiter wohl recht schlecht behandelt. Als sie davon gehört hatten, dass das Land künftig ihnen gehören würde, hatten sie den Aufstand geprobt und ihn hinausgeworfen. Seitdem waren Geld- und Lebensmittelsendungen ausgeblieben, und wie es aussah, machte auch die Ordnungsmacht in Pommern keine Anstalten, die Landarbeiter in ihre Schranken zu verweisen.

»Offiziell gehört das Land wohl noch zu Deutschland und damit uns, aber es lohnt sich nicht, darum zu kämpfen, hat mein Vater uns gesagt«, fuhr Maria fort. »Wenn überhaupt, hätte Walter hinreisen müssen und vor Ort versuchen, das Land wieder in Besitz zu nehmen, nur wollte er das nicht.« Maria wiederholte, wie Walter reagiert hatte. »Ich habe nicht den Krieg überlebt, um mich dann von einem aufgebrachten Polen mit der Mistgabel erstechen zu lassen.«

»Wo er recht hat, hat er recht«, bemerkte Nellie. »Und nun lassen Sie mich mal raten: Die Familie von Mehden hat ihre Güter nicht verloren.«

Maria schüttelte den Kopf. »Nein. Die liegen in Oldenburg. Und Irmgard hätte eine große Mitgift erhalten. Ihr Vater hat sie noch aufgestockt, nachdem Walter so … so unentschlossen war. So nannten sie das alle: unentschlossen. Aber Walter wusste genau, was er wollte. Es hat nur niemand auf ihn gehört. Seinen Abschied hat er letzten Monat nehmen können, die Hochzeit hatten sie auf eine Woche später angesetzt. Walter ist hingegangen, und er hat Nein gesagt.«

»Er hat die Braut vor dem Altar stehen lassen?«, fragte Nellie ungläubig.

»Ja«, erwiderte Maria, ohne eine Regung zu zeigen. »Das war nicht sehr höflich. Aber es war sein Recht. Seitdem ist er verschwunden.«

Nellie wusste nicht, ob sie lachen oder weinen sollte. Auf jeden Fall hatten sich ihre unmittelbaren Zukunftspläne durch Walters Flucht in nichts aufgelöst. Obwohl ihre Chancen langfristig sicher gut standen. Wenn Walter sie so sehr liebte, dass er auf ein großes Vermögen verzichtete und zudem einen derartigen Eklat verursachte, dann würde er auch ihr Kind akzeptieren.

Sie setzten sich an den Küchentisch und redeten über Marias Studium und Nellies Kriegserlebnisse. Als die Suppe fertig war, fischte Nellie den Knochen heraus, zupfte die letzten daran haftenden Fleischfetzen ab und ließ ihn dann für Benno abkühlen.

»Wollen wir gleich essen, oder warten wir auf Ihre Eltern?«, fragte sie Maria.

In letzterem Falle musste sie sicher damit rechnen, leer auszugehen.

»Nehmen Sie sich ruhig etwas«, sagte Walters Schwester. »Ich möchte nicht. Ich esse kein Fleisch.«

Das erklärte ihre Magerkeit, obwohl ihre Familie den ganzen Krieg über gut versorgt gewesen war. Wahrscheinlich hatte der Verwalter hauptsächlich Würste und Schinken geschickt, weniger Kartoffeln oder Gemüse.

»Warum haben Sie das denn nicht gleich gesagt?«, fragte Nellie. »Dann hätte ich ein paar Steckrüben extra aufgesetzt …«

»Ich esse einfach das Brot«, sagte Maria genügsam. »Mein Vater sagt, es gibt keine Extrawürste. Es wird gegessen, was auf den Tisch kommt. Aber ich will ja eben keine Würste. Ich esse kein Fleisch.«

Nellie fand das äußerst nobel und konsequent. Nichtsdestotrotz war ihr übel vor Hunger. Mit schlechtem Gewissen füllte sie sich einen Teller und folgte Maria damit zurück in den Salon.

In der Küche war es zwar wärmer, aber Maria hatte schon die ganze Zeit unter dem für sie ekelerregenden Geruch der Fleischbrühe gelitten und wollte nun raus aus dem Küchendunst.

»Wie sieht es denn mit Ihren Plänen aus?«, erkundigte sich Nellie, als sie sich gegenübersaßen und Suppe löffelten, beziehungsweise an dem ziemlich harten Brotkanten knabberten. »Walter sagte, Sie wollten eine Praxis aufmachen. Zusammen mit einem Kommilitonen.«

Über Marias Gesicht zog ein Schatten. Obwohl sie sich erst gerade kennenlernten, meinte Nellie, Walters Schwester inzwischen schon die kleinsten emotionalen Regungen ansehen zu können.

»Bernhard ist auch verschwunden«, erklärte sie. »Als wir das Studium beendet hatten, wurde er eingezogen. Und ich glaube … ich glaube, mein Vater hatte etwas damit zu tun.«

Nellie fiel auf, dass sie zum ersten Mal eine Annahme äußerte. Bisher hatte sie sich nie vage ausgedrückt.

»Was ist denn passiert?«, fragte Nellie.

»Wir hatten immer nur Walter von unseren Plänen erzählt, nicht meinen Eltern. Als wir die Prüfung dann geschafft hatten, habe ich ihnen Bernhard vorgestellt.«

»Sie mochten ihn nicht?«, erkundigte sich Nellie.

»Sie sagten, es sei ausgeschlossen, dass eine von Prednitz einen Juden heiratet. Dabei wollten wir gar nicht heiraten. Nur eine Praxis gründen. Nur zusammenarbeiten. Aber mein Vater hat das nicht geglaubt. Er hat sehr hässliche Dinge zu Bernhard gesagt. Er sei ein Mitgiftjäger, er wolle mich ausnutzen … Bernhard ist deshalb gegangen. Und dann haben sie ihn eingezogen.«

»An die Front?«, fragte Nellie mit trockenem Mund.

»Ich weiß nicht … als Tierarzt …« Maria hatte nichts mehr von dem jungen Mann gehört.

»Tierärzte schickte man im Allgemeinen nicht in die Schützengräben«, tröstete Nellie. »Es ist sehr gut möglich, dass er überlebt hat. Sicher wird er sich bei Ihnen melden.«

»Dann wird mein Vater ihm das Gleiche sagen«, meinte Maria. »Und er wird wieder weglaufen. Er mag sich nicht streiten. Ich mag das auch nicht. Mit ihm war es ruhig. Er hat nicht gestört.«

Wieder eine Äußerung, die Nellie nur seltsam finden konnte.

»Warum machen Sie es dann nicht allein?«, fragte sie. »Also die Praxisgründung. Sie sind doch als Tierärztin approbiert?«

Maria nickte. »Und ich habe promoviert«, ergänzte sie sachlich, ohne dass Stolz in ihrer Stimme mitschwang. »Nur … Mein Vater sagt, ich kann keine Praxis führen. Wegen der Menschen.«

Nellie runzelte die Stirn. »Um eine Praxis zu führen, sollten Sie doch vor allem etwas von Tieren verstehen«, meinte sie.

»Die Tiere haben Besitzer«, erläuterte Maria. »Und die stoße ich vor den Kopf, wann immer ich mit ihnen rede.«

Nellie brauchte ein paar weitere Fragen, um ihr zwei Beispiele dafür zu entlocken. Schließlich berichtete Maria von Irmgard von Mehdens völlig überfüttertem Schoßhund, zu dessen Übergewicht sie sich schonungslos geäußert hatte, und einer todkranken Katze, die man ihr viel zu spät gebracht hatte, und die sie nur noch hatte einschläfern können. Sie hatte es vor den Augen der schluchzenden neunjährigen Besitzerin getan.

»Das war natürlich nicht sehr taktvoll«, bemerkte Nellie. »Sie hätten das Kind hinausschicken müssen.«

Maria nickte. »Das hat mein Vater auch gesagt. Aber ich bin Tierärztin, keine Psychologin.«

Nellie rieb sich die Stirn. »Ich fürchte«, bemerkte sie, »ein bisschen Psychologie gehört durchaus zu unserem Beruf.«

»Deshalb soll ich ja keine Praxis eröffnen«, folgerte Maria ergeben. »Und im Institut an der Universität, wo ich promoviert habe, kann ich nicht mehr arbeiten, die stellen jetzt Männer ein. Der Zoo hat kein Geld … Ich soll heiraten, sagt mein Vater. Einen passenden Mann suchen.«

Nellie fragte sich, wer diese schöne, aber doch ziemlich seltsame junge Frau wohl heiraten würde und wie sie einen großen Haushalt führen sollte, wenn sie schon mit einfachsten Formen der Diplomatie überfordert war. Ganz abgesehen von ihren mangelnden hauswirtschaftlichen Fähigkeiten.

»Hätten Sie denn Geld für eine Praxis?«, erkundigte sie sich vorsichtig.

Maria bejahte. »Ich habe ein Haus«, erwiderte sie. »Geerbt von meinem Großvater. In der Torstraße. Und Geld aus den Mieteinnahmen.«

Nellie sagte das nichts. »Ist das in der Innenstadt?«, erkundigte sie sich.

»Beim Oranienburger Tor. Es gibt viele Lokale drum herum«, erklärte Maria vage. »Und ja, es liegt schon zentral. Aber mein Vater meint, man könne dort keine Praxis eröffnen.«

»Machen Sie immer das, was Ihr Vater sagt?«, fragte Nellie.

Marias emotionslose Ergebung in ein keineswegs unvermeidbares Schicksal brachte sie langsam auf.

»Ich soll das tun, was vernünftig ist«, antwortete die junge Frau lakonisch. »Man tut, was vernünftig ist.«

Nellie schüttelte den Kopf. »Nein, Fräulein von Prednitz! Sie müssen das tun, was Sie glücklich macht. Das, was Sie wirklich wollen. Wollen Sie heiraten?«

Maria schüttelte heftig den Kopf. »Nein. Ich … ich mag Menschen nicht berühren. Das würde sich ändern, wenn ich verliebt sei, sagt meine Mutter. Aber statistisch gesehen wäre es doch sehr unwahrscheinlich, dass ich mich gerade in den Mann verliebe, den ich heiraten soll.«

Nellie musste lachen. »Fräulein von Prednitz … Maria … Ich hatte da gerade eine Idee, aber ich fürchte, ich könnte Sie damit vor den Kopf stoßen«, sagte sie dann.

Maria runzelte die Stirn. »Sie haben keinen Grund, mich zu stoßen«, überlegte sie. »Also müssen Sie das als Metapher meinen. Sie wollen … taktlos sein?«

»Man könnte es so nennen.« Nellie seufzte. »Denn mein Vorschlag … Wir kennen uns erst zwei Stunden, und damit mit der Tür ins Haus zu fallen …« Marias Stirn runzelte sich erneut. »Ich meine, es ist vielleicht etwas verfrüht, Ihnen den Vorschlag zu unterbreiten, aber er würde alle Probleme lösen, Ihre und meine. Ich habe kein Geld und keine Praxis, kann dagegen sehr gut mit Menschen umgehen. Obendrein habe ich recht viel Erfahrung. Sie haben Geld und ein Haus für eine Praxis, eine tierärztliche Approbation und Lust, mit Tieren zu arbeiten. Warum tun wir uns nicht zusammen? Gibt es Wohnungen in Ihrem Haus? Könnte ich dort wohnen? Könnten wir dort wohnen?«

Nellie war völlig überrascht, als Maria sich fast umgehend bereit erklärte, ihren Vorschlag anzunehmen. Sie ließ sich ihre Argumente für die gemeinsame Praxis nur kurz durch den Kopf gehen.

»Walter hat gesagt, Sie sind eine gute Tierärztin«, wiederholte sie dann die Meinung ihres Bruders. »Und ich kann Sie gut ertragen. Ich glaube, Sie würden nicht allzu sehr stören.«

Nellie lachte. »Das ist mal ein Kompliment«, bemerkte sie. »Leider würde das kaum jemand unterschreiben, mit dem ich bisher zu tun hatte. Den meisten Leuten passe ich gar nicht so in den Kram … Ich meine, die meisten Leute finden mich eher unkonventionell.«

»Mich auch«, sagte Maria. »Aber ich meine das anders. Es ist eher so … Sie denken nicht so laut …«

Nellie runzelte die Stirn. »Ich hab noch nie darüber nachgedacht, ob Leute laut oder leise denken«, gab sie zu. Wenn sie allerdings überlegte … Es hatte Leute gegeben, deren Missbilligung sie geradezu körperlich hatte spüren können – Stallmeister Hansen zum Beispiel und ihr Schwiegervater. Ihre Mutter und ihre Großmutter. Die Anwesenheit anderer war ihr dagegen kaum aufgefallen, wie etwa die ihres Großvaters, und Walters und mitunter Phipps' Gegenwart hatte sie sogar als tröstlich empfunden.

»Doch«, beteuerte Maria. »Wenn ich unter vielen Menschen bin, halte ich es fast nicht aus. Es ist dann, als bedrängten sie mich … mit ihren Gedanken, ihren Worten, ihren Fragen … Und am schlimmsten ist es, wenn sie mich anfassen. Einfach so, ohne richtigen Grund. Das haben Sie nicht versucht.«

Tatsächlich gehörte Nellie nicht zu den Menschen, die andere ständig berühren, ihnen auf die Schulter schlagen oder sie umarmen wollten. Sie fasste lieber Tiere an als Menschen.

»Ich habe aber viele Fragen gestellt«, wandte sie ein.

»Weil Sie etwas wissen wollten«, sagte Maria. »Dann ist es in Ordnung. Viele Fragen sind … nur ein Rauschen.«

Nellie überlegte. Auch hier hatte Walters Schwester nicht unrecht. Wie oft wurde man gefragt, wie es einem ging, obwohl niemanden die Antwort interessierte. All die Konversation, in der man sie geschult hatte, beruhte nur auf nichtssagenden Fragen und Antworten, die niemand brauchte.

»Dann lassen Sie es uns miteinander versuchen«, schloss Nellie.

»Mit Benno«, sagte Maria.

Wieder leuchtete ihr Gesicht auf. Benno lag auf einem Perserteppich und zerkaute genüsslich seinen Knochen.

»Auch wenn Ihre Eltern wieder dagegen sind?«, fragte Nellie noch mal vorsichtig nach. »Wir sollten uns übrigens duzen, oder?«

»Sie werden mir glauben, dass ich dich nicht heiraten will«, erklärte Maria ganz ernst. »Du bist verheiratet, nicht?«

Nellie erzählte kurz von ihrer Ehe und davon, dass sie Phipps hatte gehen lassen. »Leider hab ich kurz danach festgestellt, dass ich schwanger bin«, gab sie zu. »Das … macht es natürlich nicht einfacher mit unserer Praxis.«

»Ist das Kind von meinem Bruder?«, fragte Maria.

Nellie überlegte kurz, zu bejahen oder die Frage immerhin offen zu lassen, dann beschloss sie, die Partnerschaft mit Walters Schwester nicht mit einer Lüge zu beginnen.

»Nein. Es ist von meinem Mann. Ein Versehen gleich nach

dem Krieg.« Sie berichtete von dem Tag der Befreiung Kortrijks. »Ich habe Phipps von dem Kind geschrieben, aber ich habe ihm versprochen, es allein großzuziehen. Ich habe gehofft, dass Walter mir hilft.«

»Ich helfe dir«, sagte Maria großzügig. »Ich mag kleine Kinder. Sie sind ein bisschen wie Tiere, sie haben nicht so viele wirre Gedanken. Ich … ich mag sie … sogar berühren.«

»Sie schreien manchmal ziemlich laut«, dämpfte Nellie ihre Euphorie. »Was ist denn nun mit deinen Eltern?«

Maria strich sich das Haar aus dem Gesicht. »Ich sage es ihnen heute Abend. Es ist besser, du bist nicht dabei. Das macht sie nur ärgerlich. Aber verbieten können sie es nicht. Ich bin volljährig, es ist mein Geld und mein Haus. Ich habe sogar gewählt. Wir haben jetzt das Frauenwahlrecht. Mein Vater kann mir nichts mehr vorschreiben. Ich bin Tierärztin, und da ist es vernünftig, eine Praxis zu haben. Und weil ich nicht gut mit Menschen umgehen kann, ist es vernünftig, das mit jemandem zusammen zu tun, der es kann. Das werde ich ihm sagen.«

Nellie zweifelte nicht daran, dass Maria ihre Argumente sachlich vortragen und alle Einwände an sich ablaufen lassen würde. Sie hatte ihren Vorschlag als machbar und vernünftig befunden, und davon würde sie sich nicht abbringen lassen. Der Glaubenssatz, den ihr Vater ihr eingetrichtert hatte, würde sich jetzt gegen ihn wenden.

»Vielleicht können wir uns das Haus dann morgen mal ansehen«, schlug Nellie vor.

Maria nickte. »Um zehn«, sagte sie. »Komm hierher. Mein Vater wird in der Universität sein, und meine Mutter kann dich kennenlernen. Du darfst nur nicht weglaufen, wenn sie dich nicht mag. Jüdin bist du nicht, oder?« Nellie verneinte. »Dann ist es ja gut. Du willst mich nicht heiraten und bist keine Jüdin, und eine Mitgiftjägerin kannst du auch nicht sein.« Maria schien sehr zufrieden.

»Ich könnte irgendwann Walter heiraten, falls er sich wieder einfindet«, gab Nellie zu bedenken.

Über Marias Gesicht flog erneut so etwas wie ein Lächeln. »Walter hat kein Geld«, sagte sie.

Nellie fand eine Pension in der Nähe des Bahnhofs und des Zoos. Sie war billig und nicht allzu sauber, dafür hatte niemand etwas dagegen, dass sie Benno mit aufs Zimmer nahm. Nach dem Knochen und der Suppe waren sie beide halbwegs gesättigt, und Nellie schlief gut in ihrer ersten Nacht in Deutschland. Maria verhielt sich zweifellos etwas ungewöhnlich, aber sie mochte Walters Schwester. Sie brauchte jemanden, der sie ein bisschen unterstützte. Nellie glaubte an ihre neue Partnerschaft.

»Du kriegst dann eben erst eine Tante und später einen Vater«, flüsterte sie ihrem Kind zu. »Wir machen das schon.«

Nellie erschien pünktlich am nächsten Morgen im Haus derer von Prednitz und wurde von Marias und Walters Mutter mit äußerst unfreundlichen Worten empfangen.

»Sie sind das also«, begrüßte sie Frau von Prednitz. Sie war trotz des Vorkriegskleides eine gepflegte und imponierende Erscheinung. Ihr dunkles Haar war sorgfältig frisiert und aufgesteckt, ihre braunen Augen blitzten hinter einem altmodischen Monokel hervor, das sie zwischendurch hielt, als benutzte sie es gelegentlich als Waffe. »Die Frau, die meinem Sohn den Kopf verdreht hat. Und nun versuchen Sie es bei Maria. Eine Tierarztpraxis … zwei Frauen … Und dann noch in der Torstraße! Unmöglich.«

»Es ist nicht unmöglich«, meldete sich Maria. »Man braucht nur ein Geschäft anzumelden und Steuern zu zahlen. Dann ist es erlaubt.«

»Undenkbar«, verbesserte sich ihre Mutter. »Wenn unsere Bekannten das erfahren … Du wirst nie einen passenden Mann finden, Maria. Und Sie … Sie …« Sie stieß mit dem Monokel Richtung Nellie. »Sie werden sich eine goldene Nase verdienen und Maria damit ruinieren.«

Nellie verzichtete darauf, sie darauf hinzuweisen, dass beides in Kombination nicht möglich war, wenn man ein Geschäft gemeinsam führte. Maria, die das sonst wahrscheinlich angemerkt hätte, dachte bestimmt noch über die Bedeutung der goldenen Nase nach.

»Wir halten es durchaus für machbar«, sagte Nellie freundlich, und fragte sich, ob es ihr Schicksal war, ständig mit zeternden Müttern konfrontiert zu werden. »Wir sind beide beruflich qualifiziert, und auch wenn die Zeiten im Moment schlecht sind: Sehr bald werden sich die Leute wieder Haustiere halten. Gerade im Bezirk Mitte.« Letzteres war geraten, aber Nellie nahm an, dass die meisten begüterten Menschen im Zentrum einer Stadt lebten. »Das mit Walter tut mir leid. Ich hatte mich von ihm getrennt. Ich …«

»Schöne Trennung!«, höhnte Frau von Prednitz. »Sie sind doch hergekommen, um ihn wiederzusehen, leugnen Sie es nicht! Sie sollten sich schämen, Mevrouw De Groot. Eine verheiratete Frau …«

»Wir müssen uns auf den Weg machen«, unterbrach Maria sie. »Hoffentlich kommen wir durch. Es gibt so viele Unruhen in der Stadt …«

»Das kommt noch hinzu«, regte sich Frau von Prednitz auf. »Auf den Straßen wird gekämpft. Zwei Frauen allein sind da Freiwild …«

»Wer kämpft denn hier?«, fragte Nellie, nachdem sie Maria ohne weitere Diskussionen auf die Straße gefolgt war. »Der Krieg ist doch vorbei.«

»Es wurde gekämpft«, berichtigte Maria. »Zurzeit ist es ruhiger, da demonstrieren sie nur. Leute, die nicht zufrieden sind mit der Nationalversammlung, die wir gewählt haben. Manche wollen keine Republik, die wollen den Kaiser zurück …«

»Der hat abgedankt, nicht?«, bemühte Nellie sich daran zu erinnern, was sie in Belgien in den Zeitungen gelesen hatte. »Da wird er doch kaum zurückkommen.«

»Er wollte nicht abdanken, er musste«, kommentierte Maria. »Wahrscheinlich käme er ganz gern zurück. Und dann gibt es noch die Spartakisten. Die wollen den Kommunismus wie in Russland.«

»Die Russen haben ihren Zar ja umgebracht«, erinnerte sich Nellie. »Wollen das diese Spartakisten auch mit dem Kaiser tun?« Nellie fand all das verwirrend.

»Der ist ja schon weg«, sagte Maria. »Aber mein Vater befürchtet, sie könnten die Adelsfamilien verfolgen wollen. Und allen ihr Geld wegnehmen … Ich hab das nicht ganz verstanden. Obwohl ich es nachgelesen habe: *Der Spartakusbund ist eine Vereinigung marxistischer Sozialisten, die das Ziel einer internationalen Revolution des Proletariats verfolgen, um Kapitalismus, Imperialismus und Militarismus weltweit zu bekämpfen.*«

»Hast du das auswendig gelernt?«, wunderte sich Nellie.

Maria schüttelte den Kopf. »Nein, ich kann mir nur alles, was ich lese oder höre, leicht merken. Das heißt natürlich nicht, dass ich es auch verstehe. Ich finde diese Leute vor allem … laut.«

Für Maria war damit wohl alles gesagt. Nellie hätte sich gern noch näher informiert, aber da die Kämpfe laut Marias Angaben zumindest vorerst beendet waren, beschloss sie, sich nicht weiter damit zu belasten. Zu Fuß lief man eine gute halbe Stunde in die Torstraße. Sie hätten eine Trambahn nehmen können, Maria mochte das Gedränge jedoch nicht, und Nellie hatte keine Lust, Benno womöglich wieder als Blindenhund ausgeben zu müssen. Also spazierten sie durch das vom Krieg schwer getroffene Berlin. Die Gebäude, auch frühere Prachtbauten, waren zum

Teil durch Bomben, zum Teil durch die Straßenkämpfe beschädigt. Benno hob sein Bein an einer umgefallenen Litfaßsäule, die Einschusslöcher aufwies. Ein ausgebranntes Geschütz stand noch auf der Straße, ein paar zerlumpte Männer versuchten, es auseinanderzunehmen. Das Eisen ließ sich bestimmt verkaufen.

Die Menschen auf den Straßen bestätigten Nellies Eindruck vom Vortag: Berlin lag am Boden. Jeder versuchte, irgendwie am Leben zu bleiben, aber während die Hungerzeit in Belgien nach dem Krieg zu Ende war, kämpfte man hier immer noch mit Unterversorgung. Ein Mann zog einen Handkarren voller Kohlen, den zwei andere bewachten. Vor Bäckereien mit mageren Auslagen standen Frauen nach Brot an.

»Alles wird teurer«, sagte Maria. »Man nennt das Inflation. Es kommt von *inflatio*, das heißt aufblähen. In der Wirtschaftswissenschaft bezeichnet es eine länger bestehende Teuerung von Gütern und Dienstleistungen, wobei sich zwangsläufig die Kaufkraft des Geldes vermindert.« Auch das schien sie irgendwo nachgeschlagen oder zufällig gelesen zu haben. »Mein Vater meint, das wird noch schlimmer.«

Inzwischen erreichten sie die Torstraße, ursprünglich eine sicher hochherrschaftliche Straße, die jetzt verlassen wirkte. Die Häuser waren zum Teil durch Bomben beschädigt, zum Teil etwas heruntergekommen, die meisten Untergeschosse waren wohl vermietet. Es gab viele Bars und Restaurants. Manche warben mit Kabarett – geöffnet war zurzeit keines der Etablissements. Allerdings trieben sich Frauen auf der Straße herum, die Nellie mit geübtem Blick als Prostituierte erkannte. Nahe der Kreuzung Friedrichstraße waren sie unglaublich jung und wirkten völlig erschöpft, verfroren und verzweifelt. So langsam dämmerte es ihr, was Marias Mutter mit »Und dann noch in der Torstraße …« gemeint hatte.

Maria blieb schließlich vor einem schmalen, zweistöckigen Haus nahe einer Straßenkreuzung stehen. Hier liefen Friedrichstraße, Chausseestraße, Torstraße und Hannoversche Straße zusammen. Das Haus hatte sicher schon bessere Tage gesehen, wies jedoch keine Kriegsschäden auf. SCHMIEL DAMENMODE verriet ein Schild über dem Ladenlokal im Erdgeschoss. Allerdings war das Schaufenster leer.

»Die Schmiels haben von selbst gekündigt. Ich brauchte sie nicht rauszuwerfen«, verriet Maria in ihrem singenden Tonfall, aber Nellie kannte sie inzwischen gut genug, um herauszuhören, dass sie sich darüber freute. Es wäre ihr ganz offensichtlich unangenehm gewesen, ihren Mietern wegen Eigenbedarf kündigen zu müssen. »Deshalb ist das Geschäft jetzt frei und die Wohnung darüber auch.«

Die Schmiels hatten ihren Laden gut in Ordnung gehalten. Er war besenrein übergeben worden und wirkte, als könnte man gleich wieder Kleidung in die Regale räumen.

»Die Regale können wir zum Teil gebrauchen«, meinte Nellie. »Und sonst … Der Eingangsbereich kann Wartezimmer werden, auch die Schaufenster können bleiben. Ist doch gut, wenn die Leute gleich reingucken können, ob was los ist. Hier müssten wir eine Wand einziehen, um die Behandlungs- und Operationsräume abzutrennen. In die hinteren Räume – das waren wohl Lager, Teeküche und was weiß ich – können wir Käfige bauen und Tiere stationär aufnehmen. Es passt großartig, Maria. Daraus machen wir eine schöne, geräumige Praxis.«

»Ich muss das ausmessen«, sagte Maria, zog Maßband, Bleistift und Block aus der Tasche und begann mit der Arbeit.

Kurze Zeit später präsentierte sie Nellie zu deren Überraschung einen sauber gezeichneten Grundriss des Ladenlokals, in den sie in Absprache mit ihr die notwendigen baulichen Änderungen einfügte.

»Hier kommen Untersuchungstische rein, und da wird der OP-Tisch stehen, und die Käfige bringen wir dort unter …«, begeisterte Nellie sich und griff schließlich ihrerseits nach dem

Bleistift, um die Inneneinrichtung zu skizzieren, was jedoch nicht auf Marias Zustimmung traf.

»Wir müssen erst wissen, wie groß die Tische und die Käfige genau sind«, erklärte sie und radierte Nellies Kritzeleien kurzerhand aus.

Nellie nahm es gelassen. »Dann besorgen wir uns Kataloge. Nur … Wie werden wir das alles bezahlen?«

Nellie biss sich auf die Lippen, bevor sie weitersprach. Sie mochte sich nicht anhören, als wäre sie hinter Marias Geld her, aber Walters Schwester hatte gesagt, sie könne die Praxis finanzieren. Nun stellte sich die Frage, ob sie wusste, wie das praktisch zu bewältigen wäre. Maria war manchmal erstaunlich patent, wie eben mit dem Grundriss. In anderen Dingen schien sie eher weltabgewandt.

»Es gibt ein Bankkonto«, erklärte sie nun. »Ich habe ein Bankkonto. Aber ich weiß nicht, wie viel darauf ist …«

»Du hast es dir nie angesehen?«, wunderte sich Nellie. »Egal, es muss einiges drauf sein, diese Schmiels haben doch Miete bezahlt. Und es gibt noch einen Mieter im obersten Stock, nicht? Den sollten wir vielleicht kennenlernen. Und danach gehen wir zur Bank.«

Auf dem Weg in den zweiten Stock inspizierten sie erst noch die Wohnung über der Praxis, eine geräumige Dreizimmerwohnung mit Küche und Bad.

Nellie durchschritt sie erfreut. »Ein Zimmer für mich und das Baby, eins für dich, das Wohnzimmer und die Küche teilen wir uns. Ist das für dich in Ordnung?«

Maria wirkte irritiert. »Ich … du … du meinst, ich soll auch hier wohnen?«

Nellie runzelte die Stirn. »Natürlich. Warum denn nicht? Willst du bei deinen Eltern bleiben und dir jeden Tag anhören, wie unpassend das ist, was du tust? Jeden Morgen eine halbe Stunde laufen, bis du hier bist? Und abends im Dunkeln zurück? Ich bin mir nicht sicher, aber so wie es hier aussieht, kann es sein, dass in dieser Gegend nach Einbruch der Dunkelheit ziemlich finstere Gestalten herumschleichen.«

»Ja?« Maria waren die Kneipen in der Straße wohl nicht aufgefallen und auch nicht die Prostituierten in der Friedrichstraße. Sie selbst hätte sie vor dem Krieg ebenfalls nicht als solche erkannt. »Also ich … ich hab nie an Umziehen gedacht … Ich muss darüber nachdenken.« Maria wirkte unsicher, fast ängstlich.

»Du bist doch nicht allein«, tröstete Nellie und wollte sie spontan umarmen.

Sie war überrascht, als Maria sich erschrocken zurückzog. Bennos ähnlich liebevolle Annäherung – auch er war ein geborener Tröster – schien sie dagegen zu begrüßen. Sie streichelte den großen Hund und wandte sich dann unsicher an Nellie.

»Werden wir dann … Freundinnen?«, fragte sie.

Nellie lächelte verwundert. »Ich denke, das sind wir jetzt schon«, erwiderte sie.

In Marias Gesicht ging ein Lächeln auf. »Das ist schön. Ich wollte immer eine Freundin«, erklärte sie.

»Was machen Sie da?« Aus dem Treppenhaus erscholl eine unfreundliche Männerstimme, die Maria zusammenfahren ließ. »Köter sind hier nicht erlaubt.«

Am Treppengeländer im zweiten Stock zeigte sich ein älterer Mann in verschlissener Kleidung mit einem griesgrämigen Gesichtsausdruck. Maria wirkte hilflos ob des plötzlichen verbalen Angriffs. Nellie war es unangenehm, die Initiative übernehmen zu müssen, aber nachdem Walters Schwester sekundenlang um eine Antwort zu ringen schien, griff sie ein.

»Wer sind denn Sie, um das zu bestimmen?«, fragte sie. »Dies hier ist Maria von Prednitz, die Eigentümerin dieses Hauses. Ich bin Nellie De Groot, und wir werden hier demnächst gemeinsam einziehen. Mit Benno, unserem Hund.«

Maria begann sich langsam zu fassen. »Herr Obermeier … Gerhard Obermeier?«, fragte sie.

»Der bin ich«, polterte der Mann. »Und Sie wollen die Hausbesitzerin sein? Ich hab hier bisher nur einen Herrn von Prednitz gesehen, der …«

»Mein Vater«, sagte Maria. »Aber ich habe das Haus von meinem Großvater geerbt. Sie sind mein Mieter. Sie müssen tun, was ich will, ich muss nicht tun, was Sie wollen.«

»Ich werd Ihnen gleich was erzählen, Frolleinchen, ich …« Der Mann baute sich bedrohlich vor Maria auf. Benno knurrte.

»Maria hat das natürlich nicht so gemeint«, begütigte Nellie. »In Ihrer Wohnung können Sie selbstverständlich tun, was Sie wollen. Aber hier unten werden wir wohnen, und in dem Ladenlokal entsteht eine Tierarztpraxis …«

»In dem Geschäft von dem Juden?«, fragte Obermeier. »Da ist man als guter Deutscher froh, dass der weg ist, und dann … Ich versteh nicht, dass der von Prednitz den nicht schon eher rausgesetzt hat …«

»In dem Laden von Herrn Schmiel«, berichtigte Nellie. »Und da derselbe seine Miete regelmäßig gezahlt und auch sonst keinen Ärger gemacht hat, gab es keinerlei Grund, ihm zu kündigen.«

»Sie sind auch keine Deutsche«, stellte Obermeier argwöhnisch fest.

»Nein, ich bin Belgierin«, bestätigte Nellie. »Aber der Hund ist Deutscher, er hat sogar in der Armee gedient und sozusagen für Deutschland sein Ohr verloren. Also bitten wir um etwas Respekt.«

Maria gab eine Art Kichern von sich. »Schöner Tausch …«, grollte Obermeier. »Der Jude is' weg, dafür kriegen wir zwei freche Weiber und einen Köter … Da werd ich mit dem alten von Prednitz drüber reden … Verlasst euch drauf …« Damit zog er sich zurück.

Maria wirkte verwundert. »Wieso will er mit meinem Vater reden? Du hast ihm doch gesagt, das Haus gehört mir.«

»Und das wird er auch wissen, er hat ja einen Mietvertrag unterschrieben. Du vielleicht nicht, wahrscheinlich warst du bei seinem Einzug noch minderjährig. Aber dein Name muss erwähnt sein. Das ist pures Imponiergehabe. Hör da gar nicht hin!«

»Imponiergehabe?«, fragte Maria. »Das gehört zum Sexualverhalten von Tieren, und … meistens sehen die Männchen dabei sehr schön aus.«

Nellie lachte. »Tja, unser lieber Herr Obermeier wird zwar nie die Schönheit eines Pfaus erreichen, der seine Federn aufstellt, aber Aufplustern kann er sich ganz gut. Man sagt das nur so, Maria, das mit dem Imponiergehabe. Wenn jemand einen anderen einschüchtern oder erschrecken will, obwohl er eigentlich nichts zu sagen hat. Und nun such dir ein Zimmer aus, und dann gehen wir zur Bank. Mal sehen, was der ›gute Deutsche‹ an Miete zahlt, und ob wir ihm die nicht erhöhen können, damit er auszieht.«

Maria wählte – Nellie und das Baby brauchten schließlich mehr Platz – das kleinere Schlafzimmer. Sie hoffte, die Möbel aus ihrem Elternhaus hineinstellen zu können.

»Dann sieht es aus wie immer«, sagte sie.

Das schien ihr wichtig zu sein.

Die Bank, eine gediegene Privatbank, lag in der Innenstadt. Die Angestellten blickten zunächst etwas ungläubig, als sie mit Benno eintraten. Nachdem Nellie jedoch Maria vorgestellt hatte – ihre neue Freundin sprach tatsächlich ungern mit Fremden –, wurden sie gleich an den Direktor verwiesen, der sie in sein gediegen eingerichtetes Büro bat. Benno ließ sich erfreut auf dem Teppich nieder, schloss die Augen und begann umgehend zu schnarchen.

»Wie kann ich Ihnen helfen, Fräulein von Prednitz? Ich bin sehr erfreut, endlich einmal Ihre Bekanntschaft zu machen. Bisher hat Ihr Vater Sie ja immer vertreten.« Der Direktor wandte sich sofort an Maria. Er wirkte sehr freundlich.

»Ich habe hier ein Konto«, sagte Maria. »Und ich würde gern … also ich brauche Geld.«

»Wir wollten erst mal den Kontostand erfragen«, half ihr Nellie. »Und dann benötigt Fräulein von Prednitz eine beträchtliche Summe für den Umbau ihres Hauses und die Einrichtung einer Tierarztpraxis.«

Der Direktor nickte. Erstaunlicherweise schien er das nicht für die dumme Idee eines verwöhnten Mädchens zu halten.

»Das ist klug, dass Sie das Geld investieren möchten, Fräulein von Prednitz«, lobte er. »Schließlich besteht die Gefahr einer anhaltenden Inflation, da ist es besser, es in Sachwerten anzulegen. Ich teile Ihnen gleich den Kontostand mit.« Er rief nach einem Sekretär, der sich sofort auf den Weg machte, die Daten bei der Buchhaltung abzufragen. »Wer ist denn der Tierarzt, der die Praxis führen wird, wenn ich fragen darf?«, wandte er sich dann wieder an Maria. »Womöglich der zukünftige Gatte?«

Maria öffnete schon den Mund, aber Nellie war schneller. »Darüber möchte meine Freundin noch keine Auskunft geben«, erklärte sie. »Sie verstehen … bevor es offiziell ist …« Sie lächelte verschämt, der Direktor grinste breit.

Maria blickte verwirrt, blieb jedoch still. Als der Sekretär mit einem Kontoauszug erschien, studierte sie ihn eifrig.

»Das ist viel«, sagte sie erfreut.

Nellie warf einen Blick darauf. Tatsächlich lag auf dem Konto eine stattliche Summe, aber es war längst nicht so viel, wie sie erwartet hatte.

»So viel ist das gar nicht«, dämpfte sie Marias Begeisterung. »Wenn man bedenkt, dass zwei Mieter jahrelang pünktlich gezahlt haben …«

Der Direktor nickte. »Ihr Herr Vater hat vor kurzer Zeit einen größeren Betrag abgehoben. Er wollte es in Gold investieren oder in Immobilien …«

»Hoffentlich nicht in Kriegsanleihen«, bemerkte Nellie.

»Und wo ist das Gold?«, fragte Maria.

Der Bankdirektor zuckte mit den Schultern. »Da werden Sie Ihren Herrn Vater fragen müssen«, meinte er. »Hier gibt es jedenfalls kein Depot auf Ihren Namen, Fräulein von Prednitz.«

»Aber eines auf Herrn von Prednitz?«, fragte Nellie.

Der Direktor wirkte etwas pikiert. »Darüber darf ich keine Auskunft geben«, erklärte er.

Nellie sah ihre ratlose Freundin an. »Wir gehen jetzt erst mal einen Kaffee trinken und kommen dann wieder«, beschied sie ihn. »Vorerst vielen Dank, aber wir haben einiges unter vier Augen zu besprechen.«

Eine Stunde später entzog Maria ihrem Vater die Bankvollmacht. Am Abend wollte sie ihn zudem auf das Gold ansprechen.

»Das wird er dir nicht geben«, meinte Nellie. »Das könntest du höchstens einklagen, und du willst doch gegen deine Eltern nicht vor Gericht gehen. Also müssen wir mit dem auskommen, was wir haben. Für die Einrichtung der Praxis sollte es reichen, danach müssen wir eben was verdienen. Dafür haben wir schließlich studiert.«

Kapitel 3

Nellie bezog die Wohnung in der Torstraße sofort, auch wenn sie bisher unmöbliert war. Es gelang ihr, noch am Nachmittag eine Matratze zu erstehen sowie Bettzeug und eine Decke für Benno. Maria wollte versuchen, ihre Eltern zur Herausgabe von ein paar Möbelstücken zu überreden.

Besonders erfolgreich gestaltete sich das nicht. Es gab wohl einen gewaltigen Streit im Hause von Prednitz, aber dann ließen die Eltern Maria ziehen und ihre Jungmädchenzimmermöbel mitnehmen. Von weiterem Mobiliar, für das Wohnzimmer, das Wartezimmer der Praxis oder gar Nellies Zimmer, trennten sie sich nicht. Auf keinen Fall, so ließ Frau von Prednitz verlauten, werde man dieser dreisten Verführerin bei der Verwirklichung ihrer betrügerischen Absichten Hilfe leisten.

»Der Hausdiener hat dann doch noch was für mich vom Speicher geholt«, erklärte Maria und wirkte fröhlich. »Helfen Sie uns beim Abladen, Paule?«

Der kleine, dünne Mann, der ein Pferdefahrzeug mit Marias Habe darauf gesteuert hatte, nickte beflissen. Er hinkte und war deshalb wohl vom Krieg verschont oder schon in den ersten Schlachten kriegsuntauglich geschossen worden. Er schien die Tochter seines Arbeitgebers zu mögen.

»Aber nich' gleich wat Kleenet machen, nur weil dit Ding so famos is'«, ermahnte er sie, während er eine bildschöne, fein gedrechselte Wiege auslud.

Nellie konnte sich vor Begeisterung kaum halten.

»Meine Eltern werden sie wohl nicht mehr brauchen«, kommentierte Maria. »Ich hab sie aber nicht gefragt. War das nun Diebstahl, Nellie?«

Unsicher sah sie Nellie an und erinnerte sie wieder an ein eigentlich braves Kind, das eben eine Dummheit gestand.

»Wir können sie zurückbringen, wenn wir sie nicht mehr brauchen«, beschwichtigte sie Nellie und wies den Hausdiener an, die Wiege in ihr Zimmer zu bringen. Danach lud er Marias Möbel aus, die Nellie einigermaßen überraschten. Es waren tatsächlich Möbel eines Jungmädchenzimmers – jemand schien vor etlichen Jahren mit viel Sorgfalt ein verspieltes Backfischzimmer gestaltet zu haben. Es gab ein Himmelbett, einen mit Schnitzereien verzierten Kleiderschrank, einen kleinen Schreibtisch und Regale. Neben medizinischen Wälzern wurden Letztere auch mit Kinderbüchern bestückt, wobei Paule es Maria nicht recht machen konnte. Die Möbel mussten nach einem ganz bestimmten Plan aufgestellt, die Bücher in einer ausgeklügelten Reihenfolge geordnet werden.

»Ich glaube, hier können Sie nicht behilflich sein«, sprach Nellie Paule an, als Maria ihn zum dritten Mal anfauchte. Die Abkehr von der Ordnung schien sie wirklich aufzubringen, viel mehr als die Nachricht, dass ihr Vater ihr Geld abgehoben hatte, ohne zu fragen. »Aber vielleicht wissen Sie ja, wo man billig gebrauchte Möbel kriegt, und würden mit mir hinfahren und mir ein paar herbringen.«

Paule war gern behilflich. Während Maria weiter einräumte, fuhr er Nellie in ein nahe gelegenes Arbeiterviertel, in dem schmutzige Kinder auf den Gehsteigen spielten und streunende Katzen vor Frauen flüchteten, die ihre Wäsche trotz des Schneefalls im Hof aufhängten.

»Die trocknet doch gar nicht«, wunderte sich Nellie.

»In deren Buden isset ooch feucht«, entgegnete Paule. »Und eng. Da könn' Se nich' noch 'n Wäscheständer uffstellen.«

Nellie taten die Kinder, die Katzen und die Frauen leid, aber daran konnte sie nichts ändern. Schließlich hielt Paule vor einem Ladenlokal, in dem es Möbel zu kaufen gab. Sehr billige neue und noch billigere alte, die deutliche Gebrauchsspuren aufwiesen.

Nellie konnte sich nicht entscheiden.

»Nehmen Se neue«, riet Paule. »Für dit Frolleinchen. Dit is' da pingelig. Nich' dat se sich dann nich' druffsetzt.«

Nellie nahm sich den Rat zu Herzen und erstand zwei neue Stühle und einen neuen Tisch für das Wohnzimmer. Für ihr eigenes Zimmer wählte sie eine gebrauchte Kommode, auf der sie das Kind würde wickeln können, und ein gebrauchtes Bett. Später konnten sie sich besser einrichten, zunächst musste Geld für die Praxiseinrichtung gespart werden.

Als Nellie und Paule heimkehrten – sie hatten noch lange vor einem Lebensmittelladen angestanden, um für ein horrendes Geld ein Brot und etwas Gemüse zu erstehen –, wurde es langsam dunkel in der Gegend rund um die Friedrichstraße. Die ersten Bars und Kabaretts öffneten, Freier verhandelten mit den Prostituierten.

»Dies ist nicht die beste Wohngegend«, bemerkte Nellie.

Paule nickte zustimmend. »Nee, dit is' Friedrichstadt. Hier wird jefeiert. Wenn man die Kohle hat. Aber et jibt imma 'n paar Leute, die dit Jeld dafür ham. Raffkes. Kriegsjewinnler …« Er spuckte aus.

Tatsächlich waren die meisten Leute auf der Straße besser gekleidet und genährt als die Menschen, die Berlin tagsüber bevölkerten.

»War das hier schon immer so?«, fragte Nellie.

Sie dachte an die Schmiels, deren Geschäft eigentlich einen gutbürgerlichen Eindruck gemacht hatte, und auch an Obermeier, der mit Vergnügen ganz sicher nichts am Hut hatte.

»Nee«, gab der Hausdiener Auskunft. »Erst seit dem Krieg.

Wie jesacht – so wat jeht imma. Die anderen Jeschäfte sind alle einjejangen wie die Primeln im Krieg. Jab ja nüscht …«

»Und die … Schmiels?«, fragte Nellie. Womöglich kannte Paule die jüdische Familie, die bisher ihr Haus bewohnt hatte.

»Dit war'n feene Leute. Aber ham nur druff jewartet, dat der Krieg vorbei war. Dann ham se ihr janzet Jeld jenommen und sind ab nach Amerika. Die ham da Familje, da jeht dit. Und vorm Krieg ham se jut vadient.« Paule schien nichts gegen Juden zu haben.

Er half Nellie bereitwillig beim Abladen und Aufstellen der Möbel. Maria ließ sich nicht blicken. Sie hatte sich mit Benno in ihr Zimmer zurückgezogen.

Nellie bedankte sich bei Paule, gab ihm ein großes Stück Brot als Trinkgeld und kochte dann eine Suppe aus dem Gemüse. Als sie fertig war, rief sie Maria.

»Hast du denn keinen Hunger gehabt?«, fragte sie. Eigentlich hatte sie erwartet, dass allein der Geruch der Suppe die neue Freundin aus ihrem Zimmer gelockt haben müsste.

»Ich vergesse es manchmal«, gestand Maria. »Das Essen, meine ich.«

Auch das erklärte ihre Magerkeit. Nellie beschloss, in Zukunft auf sie aufzupassen.

In den nächsten Wochen widmeten sich die Freundinnen vor allem dem Ausbau und der Einrichtung der Tierarztpraxis. Maria steuerte Ideen bei, ließ sich auf der Baustelle jedoch erst blicken, wenn die Arbeiter Feierabend machten. Nellies Vorschlag, Kosten zu sparen, indem sie zum Beispiel Anstreicherarbeiten selbst übernahmen, begeisterte sie nicht.

»Ich klettere nicht gern auf Leitern«, erklärte sie, was Nellie allerdings nicht überzeugte.

»Dann streichst du unten«, bestimmte sie. »Oder willst du, dass der alte Obermeier hier arbeitet?«

Marias poltriger Mieter war Maler und Anstreicher und hätte den Auftrag, die Praxis zu streichen, nur zu gern gehabt, sosehr er das Gesamtunternehmen auch ablehnte. Maria war dann tatsächlich mit dem Pinsel zur Stelle, als die Handwerker am Abend abzogen, und arbeitete akribisch. Während Nellie großzügig mit der Rolle über die Wände fuhr, pinselte Maria selbstvergessen und langsam. Das Ergebnis war perfekt, kein Anstreicher hätte es professioneller aussehen lassen.

Perfekt ausgewählt hatte Maria auch die Praxiseinrichtung. Sie hatte an jede Kleinigkeit gedacht. Von der Operationslampe bis zur Pinzette war alles bei einem renommierten Praxisausstatter bestellt worden, der gerade wieder mit der normalen Produktion nach dem Krieg begonnen hatte. Beide Frauen warteten ungeduldig auf die Lieferung und ließen ein Schild malen: TIERARZTPRAXIS PARADIES. Rund um den Schriftzug lagen Schafe, Löwen, Katzen und Hunde.

»Es soll friedlich hier sein«, begründete Maria ihre Idee.

Nellie stimmte zu. Name und Philosophie gefielen ihr.

Leider wurde das Schild gleich in der ersten Nacht missverstanden. Nellie und Maria erwachten davon, dass jemand gegen die Ladentür trommelte. Nellie ging hin, um zu sehen, was los war. »Wir haben noch nicht geöffnet«, erklärte sie dem angetrunkenen Mann, der vor der Tür stand. »Und nachts dann auch nur in Notfällen. Wo … haben Sie denn Ihr Tier?«

»Tier?« Der Mann kicherte. »Mädle, I könnt scho zum Tier werde, wenn'S mich einlasst«, bemerkte er in schwäbischem Dialekt. »Will doch wisse, was Berlin zu biete hat, auch e bissele schweinisch …«

»Ich schätze, Sie verwechseln da etwas«, beschied Nellie ihn bestimmt. »Dies ist eine Tierarztpraxis. Kein Bordell.«

»Net?« Der Mann wirkte enttäuscht. »Dann müsset ihr aber net ›Paradies‹ drüberschreibe …« Immerhin zog er ab, ohne weiter zu verhandeln.

Nellie schwante, dass es mit der Lage ihrer Praxis noch Probleme geben würde.

»Bestimmt wird es besser, wenn die Praxis erst eröffnet ist«, tröstete sie Maria, als zwei Tage später erneut Betrunkene vor der Tür standen, um nachzufragen, was es mit dem neuen Klub auf sich habe. Diesmal nahm Nellie Benno mit nach unten, dessen Knurren die Männer schnell ernüchterte. Sein Bellen weckte allerdings die Obermeiers, wobei sich Frau Obermeier als genauso unangenehm erwies wie ihr Mann.

»Könnt ihr eure Freier nicht leiser reinbitten?«, brüllte sie durch den Hausflur. »Schlimm genug, dass hier jetzt rumgehurt wird. Da müsst ihr die Kerle nicht noch das ganze Haus zusammentrommeln lassen.«

Nellie verzichtete auf eine Erwiderung. Sie hatte den ganzen Tag mit der Einrichtung der Praxis verbracht – die erste Lieferung war endlich gekommen. Nun war sie müde, auch weil Maria die Arbeit ziemlich anstrengend gestaltete. Sie war wild entschlossen, die Praxis genau der des Zootierarztes Dr. Rüttig anzugleichen, und bestimmte bei jedem Instrument und jeder Lampe genau, wo sie abgelegt oder aufgehängt werden sollten. Nellie war grundsätzlich egal, was wo stehen würde, aber es fiel ihr auf die Nerven, dass sie Maria nichts recht machen konnte, selbst wenn sie konstruktive Änderungen vorschlug. Am Schluss musste Maria einsehen, dass eine hundertprozentige Kopie nicht möglich war, doch das machte sie nervös und missgelaunt.

Am Abend wirkte sie erschöpft und zog sich in ihr Zimmer zurück, während Nellie gern noch etwas gefeiert hätte. Sie hatte sogar eine Flasche Dünnbier aufgetrieben, um auf die ersten Erfolge anzustoßen, musste sie aber allein trinken.

»Du bist nicht wegen irgendetwas böse, oder?«, erkundigte sie sich vorsichtig bei ihrer Mitbewohnerin.

Nellie war entschlossen, keine Misstöne zwischen ihnen aufkommen zu lassen. Missverständnisse mussten sofort geklärt werden.

»Nein, bestimmt nicht«, beteuerte Maria. »Es … es tut mir auch leid. Ich muss manchmal einfach nur allein sein. Bist du deshalb ärgerlich?«

Nellie verneinte. Sie war gern bereit, Maria ihre Rückzugsräume zu lassen, fühlte sich jedoch ein bisschen einsam. Sie sehnte sich nach den Treffen mit Walter und den langen Gesprächen über Gott und die Welt oder nach den Abenden mit Phipps, wenn er für sie Klavier gespielt hatte. Natürlich war er dabei ebenso in seiner eigenen Welt gewesen, aber die Musik hatte ihr einen kleinen Zugang dazu erlaubt.

Maria dagegen wahrte Distanz, so harmonisch sich ihr Zusammenleben auch gestaltete. Sie war stets höflich und freundlich – nur wenn Nellie gegen ihre strengen Ordnungsvorstellungen verstieß, wurde sie böse. Es schien sie völlig aus der Bahn zu werfen, wenn eine Tasse nach dem Abspülen mal versehentlich zu den Tellern gestellt wurde, statt an ihren bestimmten Platz im Regal. In der Praxis und im Operationsbereich würde das wahrscheinlich ähnlich sein, aber da sah Nellie es eher ein. In Notfällen musste schließlich jeder genau wissen, wo dieses oder jenes Instrument oder Medikament war. Nellie bemühte sich, flexibel zu sein. Wenn Maria das Ganze so wichtig war, hielt sie sich eben an ihre Vorgaben. Ihre Freundin wusste das zu schätzen und sprang ihrerseits über ihren Schatten, wenn es zum Beispiel darum ging, endlos nach Lebensmitteln anzustehen, obwohl sie darunter fast körperlich litt und anschließend blass und abgekämpft wirkte. Nellie hätte das Einkaufen gern übernommen, schaffte es jedoch irgendwann nicht mehr, die Schwangerschaft verursachte ihr Probleme – sie litt an geschwollenen Beinen und häufigem Harndrang.

Die vollständige Renovierung und Einrichtung der Praxis zog sich bis zum Sommer hin. Die Prophezeiungen der Finanzexperten bewahrheiteten sich – das Geld verlor immer mehr an Wert, die Dinge wurden stündlich teurer, und oft gab es auch Lieferschwierigkeiten. Nicht alle Betriebe, die Materialien für den Ausbau der Praxis liefern sollten, hatten die Produktion nach dem Krieg wieder voll aufgenommen, und Maria wollte erst eröffnen, wenn alles vollständig eingerichtet war. Bislang reichten ihre Mieteinnahmen zum Glück für den täglichen Bedarf. Man konnte gegen die Obermeiers zwar einiges sagen, doch mit der Miete waren sie nie im Rückstand. Sollte es mit der Geldentwertung weitergehen, konnte es zwar irgendwann knapp werden, doch dann würde hoffentlich die Tierarztpraxis etwas einbringen.

Bislang hatte Nellie diese Sorgen vor sich hergeschoben, sie beschäftigte sich jetzt mehr mit dem nahenden Ende ihrer Schwangerschaft. Lange Zeit war sie ziemlich agil gewesen, doch nun trug sie schwer an ihrem Baby, zumal es wärmer wurde. Für Nellie war es der erste Sommer in der Großstadt, und wenn die Sonne schien, stand die Hitze in den Straßenschluchten. Sie war schweißgebadet und schimpfte, als sie eines Nachmittags zurück in ihre Wohnung kam.

»Den Weg hätte ich mir sparen können«, stieß sie aus, während sie die Schuhe von den geschwollenen Füßen streifte und sich aufs Bett fallen ließ. »Dr. Markwart wird ganz gewiss nicht kommen. ›Hausgeburten mache ich nur in besseren Häusern‹«, flötete sie und imitierte dabei seinen Tonfall. »›Und sicher nicht bei Frauen, deren Familienstand … zumindest etwas fraglich ist … Ich glaube auch nicht, junge Frau, dass Sie sich das Honorar leisten können …‹«

»Er war nicht nett zu dir?«, fragte Maria verdutzt. Sie hatte Nellie den Hausarzt ihrer Familie empfohlen. Einen anderen Mediziner kannte sie nicht.

»Er ist ein impertinenter Schnösel«, urteilte Nellie. »Eine Hebamme soll ich mir suchen, meinte er. Aber empfehlen konnte er mir keine. Ich soll die Frauen in meinem Viertel fragen.«

»Wirst du das machen?«, fragte Maria naiv.

Nellie seufzte. Ihre Freundin hatte immer noch nicht ganz begriffen, welche Frauen die Gegend rund um die Friedrichstraße hauptsächlich bevölkerten.

»Ich denke, da muss ich mich eher in den Arbeitervierteln umhören«, meinte sie. »Auf gut Glück eine Frau bestellen, die vielleicht gar keine richtige Ausbildung hat …«

»Ich habe eine gute Ausbildung«, bemerkte Maria.

Nellie seufzte erneut. Mitunter verstand ihre Freundin sie falsch. »Das weiß ich, Maria, aber du bist Tierärztin. Du kannst keine Babys entbinden.«

Maria blickte sie verwundert an. »Warum nicht? *Die Geburt erfolgt durchschnittlich zweihundertsechsundsechzig Tage nach der Zeugung. Bei Erstgebärenden dauert sie etwa dreizehn Stunden. Die Eröffnungswehen dienen der Verkürzung des* Cervix uteri *und der Weitung des* Ostium uteri. *Sie erfolgen unregelmäßig. Nach dem Blasensprung werden die Kontraktionen und die darauffolgenden Retraktionen häufiger, der Uterus drückt den Fötus in Richtung Beckenausgang. Bei Eintritt des Kindes in das Becken der Mutter erfolgt eine 90-Grad-Drehung des Fötus. Idealerweise liegt das Kind am Ende mit dem Gesicht Richtung Coccyx. In Ausnahmefällen …*«

»Schon gut, schon gut!« Nellie stoppte Marias Redefluss. Zweifellos konnte ihre Freundin den Verlauf der Geburt genau vorbeten und hatte sich vermutlich auch sämtliche möglichen Komplikationen gemerkt. »Es ist wirklich lieb, dass du das alles für mich nachgelesen hast …«

Maria schüttelte den Kopf. »Oh, das habe ich nicht. Ich habe alles über Gynäkologie gelesen, als meine Menstruation einsetzte. Meine Mutter hat nur herumgedruckst, ich dachte, ich wäre krank. Dann fand ich heraus, dass andere Mädchen auch

Blutungen haben, und da habe ich Walter gebeten, mir ein Buch zu kaufen. In der Universitätsbuchhandlung. Er hat gesagt, er sei Medizinstudent.«

Nellie schmunzelte. Walter musste das unendlich peinlich gewesen sein, aber Maria wusste seitdem zweifellos Bescheid. Sie selbst verfügte ebenfalls über umfassendes gynäkologisches Wissen, schließlich hatte ihr viele Jahre die Bibliothek ihres Großvaters offen gestanden, und auch sie hatte sich informiert. Sie hätte sich allerdings nicht getraut, ein Baby zur Welt zu bringen.

»Aber was ist mit der Praxis, Maria?«, gab sie zu bedenken. »Du warst ja sicher noch nie bei einer Geburt dabei.«

»Doch«, erklärte Maria zu ihrer Verwunderung. »Beim Mathildchen war es eine ganz normale Geburt. Dr. Rüttig und ich haben im Grunde nur zugesehen. Bei Coco war es schwierig. Am Ende haben wir einen Kaiserschnitt gemacht. Ich habe assistiert. Inzwischen könnte ich es auch selbst machen …«

Nellie schwante etwas. »Mathildchen und Coco waren aber keine Menschen?«, erkundigte sie sich.

»Primaten«, sagte Maria. »Mathildchen ist eine Schimpansin und Coco eine Gorillafrau. Ihre Genitalien und der Geburtsverlauf unterscheiden sich nur unwesentlich von denen des Homo sapiens.«

Nellie lachte. »Na, dann kann meinem Äffchen ja bei dir nichts passieren«, neckte sie die Freundin, die ihr Angebot tatsächlich ernst meinte.

Trotzdem sah sie sich in den nächsten Tagen nach örtlichen Hebammen um – ohne größeren Erfolg zu haben. In der nächsten Zeit sollte ein Versicherungswesen eingeführt werden, das auch ärmeren Frauen den Zugang zu professioneller Versorgung ermöglichen würde, aber vorerst halfen die Arbeiterinnen sich meist gegenseitig. Hebammen gab es zwar, doch wenn Nellie die Anspielungen der Frauen richtig verstand, so sorgten die häufiger für nicht unerwünschte Fehlgeburten denn dafür, Kinder gesund zur Welt zu bringen.

Als es schließlich so weit war, war Nellie bereit, Marias Angebot anzunehmen. Ein erneuter Besuch bei Dr. Markwart hatte immerhin ergeben, dass bei Mutter und Kind alles in Ordnung war, größere Geburtskomplikationen waren nicht zu erwarten.

»›Sie sind doch ein ganz gesundes Mädchen‹«, imitierte Nellie erneut erbost die Äußerungen des Arztes. »›Frauen Ihrer Art gebären meist wie die Katzen, machen Sie sich keine Sorgen.‹ Der Kerl scheint mich wirklich für eine Prostituierte zu halten.«

»Oder für eine Frau vom Lande«, überlegte Maria. »Meine Tante hat mal ihr Küchenmädchen zu ihm geschickt, als es schwanger war. Da hat er sich ähnlich geäußert. Sie sollte aufpassen, dass sie's nicht in der Küche verliert ...«

»Impertinenter Schnösel«, wiederholte Nellie ihre Einschätzung. »Was ist das denn hier? Hast du den Lachgasverdampfer raufgeholt?« Maria hatte einige Vorbereitungen getroffen, während Nellie den Arzt noch einmal aufgesucht hatte. Auf ihrem Bett lagen Wachstücher und frisch gewaschene Handtücher. Ein Stethoskop sowie eine Schere zum Durchschneiden der Nabelschnur und diverse andere Instrumente lagen bereit und waren desinfiziert.

»Du meinst es wirklich ernst?«, fragte Nellie. »Du traust dir das zu?«

»Ich habe eine gute Ausbildung«, wiederholte Maria. »Aber du wirst nicht gebären wie eine Katze. Die Anatomie einer Katze unterscheidet sich stark von der eines Primaten. Die Föten ...«

»Schon gut, Maria, das hat er nicht wörtlich gemeint«, fiel ihr Nellie ins Wort. »Ich werde natürlich gebären wie eine Primatin. Ein niedliches kleines Äffchen ...« Sie hob lachend die Hand, als Maria gleich zu einem weiteren Vortrag ansetzte. »Maria, ich weiß, dass ich ein Menschenbaby zur Welt bringen werde und keinen Gorilla. Der Vater ist mir ja bekannt ...«

»Gorillaspermien und menschliche Eizellen sind nicht kompatibel«, dozierte Maria, während Nellie mal wieder den Kopf schüttelte.

Auch Scherze verstand ihre Freundin nicht immer sofort.

Nellies Wehen setzten ein, nachdem sie erneut nächtliche Besucher hatte abwehren müssen, die der Meinung waren, ein Tierbordell gefunden zu haben. Als sie sich die Treppe wieder hinaufquälte, platzte ihre Fruchtblase. Sie strauchelte, und Benno bellte, was natürlich Frau Obermeier auf den Plan rief. Nellie war froh, als Maria dadurch aufmerksam wurde und ihr in die Wohnung half.

»Wenn das Baby die zetern hört, bleibt es vor Schreck womöglich drin«, scherzte sie, als sie sich vorsichtig aufs Bett legte. Gleich darauf erfasste sie die erste Wehe.

Maria half ihr beim Ausziehen und ertastete geschickt die Öffnung des Muttermundes. »Erst ein Zentimeter, das dauert noch«, erklärte sie. »Medizinisch brauchst du vorerst keine Hilfe, aber man soll sich jetzt um die Gebärende kümmern. Ich kann dir einen Tee kochen oder die Suppe aufwärmen.« Nellie hatte mal wieder Gemüsesuppe gekocht. »Oder ich kann dir vorlesen oder mich mit dir unterhalten.« Sie dachte kurz nach. »Weißt du schon, wie du das Baby nennen willst?«, fragte sie dann.

Anscheinend hatte sie sich schon im Vorfeld Gesprächsthemen ausgedacht.

»Johannes, wenn es ein Junge wird, und Margarete für ein Mädchen«, erklärte Nellie.

»Hast du dafür bestimmte Gründe?« Auch das klang etwas auswendig gelernt.

Nellie lächelte. »Johannes nach Johannes Brahms, Phipps' Lieblingskomponist. Und Margarete, weil ich den Kurznamen Grietje so schön finde. So würde ich meine Tochter gern rufen.

Außerdem heißt meine Schwiegermutter Greta. Es würde ihr schmeicheln, wenn die Kleine den gleichen Namen trüge.«

»Hättest du lieber einen Jungen oder ein Mädchen?«, fragte Maria weiter.

»Einen Wirbelwind!« Nellie lachte. »Ein Kind, das möglichst bald auf die Welt kommt.« Sie krümmte sich unter der nächsten Wehe.

Maria runzelte die Stirn. »Soll ich dir jetzt einen Tee machen?«, fragte sie.

Maria bemühte sich redlich, sie zu beschäftigen, während die Wehen häufiger und stärker kamen. Sie ließ sie schlummern, wenn sie zwischen zwei Kontraktionen Ruhe fand, und als es wirklich schmerzhaft wurde, reichte sie ihr eine Atemmaske und dosierte Lachgas.

Nellie atmete es ein und verspürte gleich Erleichterung.

»Ich habe es nicht allzu hoch dosiert, wir wollen ja mitbekommen, wie schnell es weitergeht«, sagte Maria fürsorglich und kontrollierte noch einmal den Muttermund. »Er ist jetzt schon weit offen. Und ich höre das Baby … das Herz …« Sie hielt das Stethoskop an Nellies Bauch. »Es schlägt kräftig. Ich glaube, das Kind dringt jetzt ins Becken vor. Es drückt auf den Darm, was bei der Mutter reflektorisch einen Pressdrang auslöst …«

»Danke, ich spür's …« Nellie stöhnte. »Gib mir noch mehr Lachgas …«

Maria kommentierte sachlich die Vorgänge, unterdessen schob sich das Kind in die Welt. Erst als das Köpfchen zu sehen war, wurden ihre Bemerkungen begeisterter. »Ich seh's … es hat ganz viel Haar … Ich kann es gleich fassen …«

Maria half mit sanfter Hand nach, als nun die Schultern geboren wurden und fing das Baby auf, als es mit einer letzten starken Wehe ins Leben rutschte.

»Ein Mädchen!«, freute sie sich und zertrennte die Nabelschnur. »Ein lebendiges, gesundes kleines Mädchen.« Sie fuhr allerdings zusammen, als es gleich darauf zu schreien begann. »Das ist laut«, sagte sie irritiert.

»Ich hoffe«, sagte Nellie stöhnend, »dass dies das Einzige ist, was es mit den Spartakisten gemein hat. Zeig es mir, ich will es sehen!«

Maria ließ das Baby auf ihren Bauch gleiten, und Nellie richtete sich ein wenig auf, um ihrer Tochter zum ersten Mal ins Gesicht zu blicken.

»Grietje«, sagte sie zärtlich. »Ist sie nicht wunderschön?«

Maria runzelte die Stirn. »Na ja, sie ist zerknittert und rot, und die Fontanelle ist eingedrückt. Der Kopf ist ein bisschen schief. Sie ist außerdem ganz verschmiert. Ich sollte sie waschen.«

Nellie zog Grietje beleidigt an sich. Maria ließ sie und ihr Baby noch etwas ausruhen, bevor sie die Kleine wieder hochnahm und im ebenfalls vorbereiteten warmen Wasser badete.

Nellie bekam inzwischen wieder Wehen, und Maria stand ihr bei der Austreibung der Nachgeburt bei.

»Es war längst nicht so schlimm, wie ich gedacht hatte«, sagte sie schließlich, als sie, ihre Tochter im Arm, zufrieden im Bett lag.

»Das liegt am Lachgas«, bemerkte Maria. »Die meisten Ärzte geben den Frauen keins. Weil Gebären ja eine natürliche Sache ist. Der Schmerz gehört dazu, aber ich wollte nicht, dass du schreist.«

Nellie überlegte, ob sie eben die Versuchsperson bei einem medizinischen Experiment geworden war, doch sie mochte nicht nachfragen.

»Du hast das ganz wunderbar gemacht«, bestätigte sie ihrer Freundin. »Du hast eindeutig Begabung für die Behandlung von Primaten.«

Kapitel 4

Nellie erholte sich schnell von der Geburt, und Grietje erwies sich als verhältnismäßig ruhiges Baby. Mitunter schrie sie allerdings sehr laut, was Maria nicht gut vertrug. Sie zog sich dann in ihr Zimmer zurück und steckte sich Watte in die Ohren. Als Grietje eines Nachts Blähungen hatte und nicht mehr aufhören wollte zu brüllen, fand Nellie ihre Freundin morgens zusammengerollt im Kleiderschrank ihres Zimmers.

»Wovor versteckst du dich denn?«, fragte sie verwundert.

Maria schüttelte den Kopf und machte Anstalten, den Schrank zu verlassen. »Ich verstecke mich nicht«, stellte sie richtig. »Es ist bloß so, dass ich … Also wenn mir alles zu viel wird, wenn es zu laut ist, dann … muss ich mich zurückziehen, mich abgrenzen. Damit ich mich beruhige. Meistens reicht es, wenn ich in mein Zimmer gehe. Aber manchmal … Geht es Grietje denn jetzt besser?«

Nellie bejahte und kochte Tee – Kamille für Grietje und einen Rest ihrer Schwarzteevorräte für Maria und für sich. Bohnenkaffee und hochwertiger Tee waren immer noch sehr teuer.

»Findest du mich … sehr wunderlich?«, fragte Maria, als sie zusammen am Tisch saßen. »Meine Mutter meinte, ich wäre verrückt.« Es war ihr sichtlich peinlich, dass Nellie sie an ihrem Zufluchtsort entdeckt hatte.

Nellie überlegte. »Na ja, ganz normal ist das sicher nicht«, erwiderte sie dann. »Andererseits: Wir hatten gerade vier Jahre Krieg. Hunderttausende von Menschen haben einander ohne wirklich erkennbaren Grund bestialisch umgebracht, erschossen, vergast, erstochen, Bomben geworfen. Das ist verrückt! Oder diese Leute, die hier jede dritte Nacht an die Tür klopfen, weil es sie gelüstet, mit Tieren zu kopulieren … Die Männer, die dafür bezahlen, die kleinen Mädchen zu vergewaltigen, die sich in der Friedrichstraße prostituieren … Wenn ich an all den Irrsinn in der Welt denke, dann möchte ich mich fast selbst in einen Schrank zurückziehen.«

»Du findest es nicht schlimm?«, fragte Maria ängstlich. »Und du bist nicht böse, weil ich … weil ich Grietjes Schreien nicht ertragen kann? Eigentlich mag ich die Kleine ja …«

Nellie schüttelte den Kopf. »Nein. Ich finde das etwas eigenwillig, aber böse bin ich nicht. Irgendwas an dir ist anders, das hat Walter schon gesagt, du bist einfach etwas empfindlich. Also mach dir nichts draus. Wenn Grietje noch mal so lange schreit, gehe ich mit ihr in die Praxis. Da hört sie keiner – außer vielleicht ein paar Verrückte draußen. Und die schreckt sie sicher eher ab.«

Tatsächlich nahm Nellie ihrer Freundin die Empfindsamkeit zwar nicht übel, sah sie allerdings mit Sorge. Maria würde sie bei der Versorgung des Kindes nie vertreten können, dabei hatte sie eigentlich gehofft, demnächst wieder viele Aufgaben außer Haus übernehmen zu können. Maria lagen weder Einkäufe noch Behördengänge, und wenn etwas auf dem Schwarzmarkt erstanden werden musste, war sie völlig verloren. Sie konnte nicht handeln und ließ sich immer wieder übers Ohr hauen. Nun sah es so aus, als müsste Nellie ihre Tochter mitnehmen, wenn sie irgendetwas außer Haus erledigen musste. Das machte es komplizierter. Bei der Arbeit in der Praxis würde Grietje dagegen nicht stören, Nellie beschloss, sie einfach mit in den Behandlungsraum zu nehmen.

»Meinst du nicht, sie könnte sich infizieren, wenn sie mit

kranken Tieren in Berührung kommt?«, sorgte sich Maria. »Die Abwehr ist doch bei so kleinen Kindern noch nicht ausreichend entwickelt.«

Nellie zuckte mit den Schultern. »Dazu müssten ja erst mal Patienten kommen«, bemerkte sie. »Bislang sehe ich jedenfalls keine Gefahr.«

Sie hatten die Praxis am ersten August feierlich eröffnet und für die ersten Patientenbesitzer sogar Sekt bereitgehalten. Leider mussten sie ernüchtert feststellen, dass niemand kam, obwohl sie die Eröffnung in zwei Tageszeitungen angekündigt hatten. Auch zwei Wochen danach herrschte im Wartezimmer der Tierarztpraxis Paradies noch gähnende Leere. Maria vertrieb sich die Zeit damit, die medizinischen Instrumente nach Größe zu ordnen, Nellie las die *Berliner Morgenpost*. So erfuhr sie von der Verabschiedung der neuen deutschen Verfassung und freute sich, dass sie die Gleichstellung der Frau vorsah.

»Ich glaube ja nicht, dass das große Auswirkungen auf die Praxis hat, aber der Anfang ist gemacht«, meinte sie. »Grietje kann später Reichskanzlerin werden, wenn sie das möchte.«

Grietje gab einen Quietschton von sich. Benno bellte.

»Benno, nicht schimpfen, wenn das Baby quengelt«, wies Nellie ihn zurecht.

Maria schüttelte den Kopf. »Deshalb bellt er nicht. Hör mal, da ist jemand an der Tür!«

Sie konnten die Tür zum Wartezimmer nicht schnell genug öffnen. Und tatsächlich erschien eben ihre erste Patientin.

Ein zerlumptes, dürres und schrill geschminktes Mädchen schob sich herein, in den Rock ihres Kleides hatte sie eine blutende, miauende Katze gewickelt. Das Mädchen schluchzte.

»Er hat die Puss an die Wand geschmissen«, stieß es hervor. »Und getreten … Bitte, können Sie ihr helfen? Ich … ich kann auch bezahlen, ich …«

Während Maria nur Augen für die verletzte Katze hatte,

schaute sich Nellie das Mädchen genauer an und erkannte es als eine der noch kindlichen Huren, die auf der Friedrichstraße auf Freier zu warten pflegten. Es konnte kaum älter als dreizehn oder vierzehn Jahre sein.

»Ist das deine Katze?«, fragte sie.

Maria nahm dem Mädchen das Tier behutsam aus dem Arm, lief ins Behandlungszimmer und legte es auf den Tisch. Die Katze maunzte kläglich. Sie hatte eine Wunde am Kopf, und eins ihrer Beine schien verdreht.

»Weiß nicht, sie kommt immer zu mir«, sagte das Mädchen. »Und manchmal nehm ich sie auf den Arm, im Winter, wenn es kalt ist … Ich kauf ihr Milch, wenn ich kann. Und sie streicht um meine Beine. Sie ist so lieb …«

Einen anderen Besitzer hatte die Katze also wahrscheinlich nicht. Sie war knochenmager, außer dem Mädchen fütterte sie wohl niemand. »Sie redet mit mir. Sie schnurrt. Und ich rede mit ihr …« Das Mädchen weinte leise. »Bitte helfen Sie ihr. Sie … sie ist die Einzige, die nett zu mir ist.«

»Wir tun unser Bestes«, versprach Nellie. »Aber du musst dich jetzt hier hinsetzen und warten …«

Aus dem Behandlungszimmer hörte man die Katze maunzen und Grietje grummeln. Ausgerechnet jetzt musste sie wach werden …

Nellie hatte einen Geistesblitz. »Pass auf, Kleine. Wir kümmern uns jetzt um deine Katze, und du schaust solange nach meinem Baby.« Entschlossen holte sie den Korb mit Grietje aus dem Behandlungszimmer und stellte ihn neben das Mädchen auf die Wartebank. »Wie heißt du eigentlich?«, fragte sie dann.

»Ich bin die Lene«, stellte sich das Mädchen leise vor. »Aber Onkel Fritz sagt, ich soll mich Helena nennen …«

»Lene passt besser«, erklärte Nellie. »Und das ist Grietje. Der Hund heißt Benno …« Benno war ihr gefolgt. Er fühlte sich für das Baby verantwortlich und blickte Lene argwöhnisch an. »Seht zu, dass ihr keinen Krach macht.«

Damit ging sie zu Maria, die schon dabei war, die Wunde der Katze zu säubern.

»Ich glaube nicht, dass der Schädel gebrochen ist«, sagte sie. »Vielleicht eine Gehirnerschütterung, aber wahrscheinlich einfach nur eine Platzwunde. Ein Bein ist gebrochen.«

»Und das Becken wohl auch«, stellte Nellie fest, während sie das Tier vorsichtig abtastete. Puss schnurrte, wie Katzen es oft taten, wenn sie Schmerzen hatten und hilflos waren.

»Das Bein können wir richten«, überlegte Maria. »Und das Becken …«

»… heilt bei Katzen gewöhnlich von selbst, wenn sie nur weitgehend ruhiggestellt werden«, vervollständigte Nellie die Diagnose. »Wir behalten sie da und packen sie in den allerkleinsten Käfig. Dann können wir auch sehen, ob die Kopfwunde wirklich harmlos ist.«

Maria nickte und griff nach einer Schiene und Verbänden. Sie gab der Katze etwas Lachgas, bevor sie den Beinbruch vorsichtig richtete und schiente. Nellie beobachtete ihre Freundin zum ersten Mal bei der Behandlung von Tieren und bemerkte zufrieden, wie geschickt und sanft sie vorging. Dabei summte sie beruhigend.

Nellie half ihr, indem sie das Tier festhielt. Dann rief sie Lene herein. »Wie es aussieht, wird deine Puss am Leben bleiben«, eröffnete sie dem Mädchen, das den Korb mit Grietje mitbrachte und vorsichtig abstellte.

Erleichtert streichelte es die Katze, während Nellie nach ihrer Tochter schaute. Sie war wieder eingeschlafen.

»Wie hast du denn das geschafft?«, fragte Nellie und wies auf das Körbchen. »Gewöhnlich ist sie nicht so leicht zu beruhigen, wenn sie erst mal wach ist. Dann hat sie meistens Hunger.«

Lene lächelte schwach. »Ich hab fünf kleine Geschwister«,

sagte sie. »Und richtig satt wurden wir alle nie …« Sie wirkte traurig.

»Vielleicht erzählst du mir ein bisschen von dir«, schlug Nellie vorsichtig vor. »Du …«

»Ich kann bezahlen«, versicherte Lene. »Onkel Fritz lässt uns zwanzig Pfennig von jedem Freier, und ich werde es sparen. Ich bring jeden Tag was vorbei, ich versprech's …«

»Onkel Fritz?«, fragte Nellie entsetzt. »Dein eigener Onkel schickt dich zu den Männern?«

Lene schüttelte den Kopf. »Wir nennen ihn nur so. Weil er für uns sorgt. Er passt auf uns auf, wir schlafen in seiner Wohnung … Ohne ihn würden wir verhungern.«

»Also ist er dein Zuhälter. Hat er dich gezwungen, für ihn anschaffen zu gehen?« Nellie sah sie mitfühlend an.

Lene verneinte wieder. »Er hat mich gefunden. Als ich zu Hause rausgeschmissen wurde. Ich war auf der Straße … und man findet jetzt doch keine Arbeit. Ich hab überall gefragt, aber … die feinen Leute nehmen keine Dienstmädchen, haben selbst kein Geld mehr und wollen auch keine wie mich … Und die Fabriken, die bauen sie jetzt ja zum Teil sogar ab …« Es gehörte zu den Reparationsverträgen, die Deutschland mit den Alliierten geschlossen hatten, dass ganze Fabriken abgebaut und in anderen Ländern wieder aufgestellt wurden. »Onkel Fritz hat mir Essen gegeben und … und die Arbeit … Er will nur nicht, dass ich die Puss habe … Die faucht die Freier an, wissen Sie, die ist ganz eigen …« Lene rang die Hände und starrte unglücklich auf ihr blutverschmiertes Kleid. »Das wird ihm auch nicht gefallen«, sagte sie resigniert.

»Also hat dieser Onkel Fritz die Katze misshandelt?«, fragte Nellie.

Lene nickte. »An die Wand geworfen«, wiederholte sie dann. »Und getreten. Sie hat so geschrien …« Sie begann wieder zu weinen.

»Sie wird gesund werden«, tröstete Nellie. »Und vorerst muss sie sowieso hierbleiben, da kann er ihr nichts tun. Aber was machen wir denn mit dir, Lene? Du kannst nicht weiter anschaffen, du bist noch ein Kind.«

Lene lächelte traurig. »Ich bin kein Kind mehr, seit ich zehn war«, bemerkte sie. »Da kam der Macker von meiner Mama das erste Mal in mein Bett …«

»War der nicht im Krieg?«, fragte Nellie.

»Mein Vater war im Krieg. Der Hermann ist schon lange wieder da. Hat ein Bein verloren. Und ein Auge. Aber der konnte noch genug sehen … Und das Ding zwischen seinen Beinen, das war auch ganz gesund …« Lene liefen immer noch die Tränen die Wangen hinunter. Nellie legte einen Arm um sie und zog sie an sich, als sie erneut heftig schluchzte. »Es tat so weh. Es tut immer noch weh. Aber ich wollte doch ein braves Mädchen sein … Ich war immer ein braves Mädchen, hab immer gemacht, was meine Mama wollte … Und dann … Ich wär ein Teufelsgör, hat der Hermann gesagt. Und dass ich ihn verführt hab. Er hätte das gar nicht gewollt …«

»Das hat er gesagt, als deine Mutter ihn erwischt hat?«, vermutete Nellie.

Das Mädchen nickte. »Und dann haben sie mich rausgeschmissen. Gab sowieso nicht genug für alle zu essen. Ich könnt's ja bei der Fürsorge versuchen, hat meine Mama gesagt. Aber vor dem Amt hab ich Angst. Die schicken einen ins Heim – und da ist es noch schlimmer, hat Anne erzählt. Die ist da ausgerissen, und jetzt schafft sie auch an für Onkel Fritz.«

Lene befreite sich aus Nellies Umarmung und blickte verzweifelt auf ihr Kleid. »Damit kann ich nicht mehr arbeiten«, stellte sie unglücklich fest. »Onkel Fritz wird mir ein neues geben, aber das muss ich dann abzahlen … Dabei muss ich doch Ihnen …«

Nellie seufzte. Sie hatte nie ernstlich damit gerechnet, für die Behandlung der Katze bezahlt zu werden, das war sowieso zweitranging. Wichtiger war das Mädchen …

»Hör zu, Lene«, sagte sie nach kurzer Überlegung. »Ich brauche ein Kindermädchen. Jemand muss sich um Grietje kümmern, wenn ich arbeite oder außer Haus bin. Ich würde dich nehmen, ich kann nur nicht viel zahlen …«

»Du kannst gar nichts zahlen«, stellte Maria richtig, die eben wieder ins Behandlungszimmer kam, die Katze liebevoll und vorsichtig aufnahm und in einen tragbaren kleinen Käfig legte. »Wir haben nicht viel Geld«, erklärte sie dann bedauernd in Richtung Lene. »Die Praxis ist noch nicht angelaufen, und die … die Dinge werden immer teurer.«

»Unsere bisherigen Einnahmen beschränken sich auf die Mietzahlungen der Bewohner des zweiten Stockes«, erklärte Nellie. »Und meine Freundin hat recht, eigentlich können wir uns kein Kindermädchen leisten. Aber ich denke, etwas zu essen für dich und die Puss werden wir schon aufbringen. Wenn du also zuerst nur gegen Kost und Logis arbeiten würdest …«

»Wo soll sie denn schlafen?«, erkundigte sich Maria. »Sie kann nicht bei mir … Es tut mir leid, ich kann mit niemandem das Zimmer teilen, ich …«

»Das verlangt auch niemand«, begütigte Nellie. »Sie kann im Wohnzimmer schlafen oder hier in der Praxis. Ich denke, schlimmer, als sie es jetzt hat, kann es bei uns gar nicht sein. Oder, Lene?«

»Ich schlaf mit zwei anderen Mädchen auf einer Matratze«, gestand sie. »Und tagsüber machen wir darauf die Freier …«

Maria schaute verunsichert. »Um wessen Hand halten diese Freier an?«, fragte sie. »Und was muss mit ihnen gemacht werden?«

Lene sah sie an, als wäre sie nicht bei Trost.

»Ich erkläre dir das später«, beschied Nellie ihre Freundin. »Jedenfalls ist das nicht zumutbar. Du bleibst gleich hier, Lene.

Wasch dir das Gesicht, und dann müssen wir dein Kleid reinigen …«

»Ein Kleid kann ich dir geben«, erklärte Maria überraschend. »Kleider kann ich abgeben. Kleider sind nicht wichtig.«

Für Maria mochten Kleider nicht wichtig sein, aber Lene weinte fast vor Glück, als sie ihr kurz darauf eins ihrer Vorkriegskleider heraussuchte. Es passte recht gut. Schließlich war Maria zierlich und klein.

»So etwas Schönes hab ich noch nie gehabt«, flüsterte Lene. »Darin … darin wird Onkel Fritz mich gar nicht erkennen. Und dann kann er mir auch nichts tun, weil ich doch weggelaufen bin …«

»Wir hatten jetzt also eine Patientin«, zog Maria Bilanz, als sie am Abend allein waren. Lene schlief erschöpft in eine Decke gewickelt auf dem Boden neben Grietjes Wiege. »Aber niemand hat für sie bezahlt. Dafür haben wir noch einen Menschen mehr und eine Katze, die wir füttern müssen. Das war kein gutes Geschäft.«

Nellie seufzte und verzichtete darauf, die Freundin darauf hinzuweisen, dass sie sich möglicherweise auch noch einen gefährlichen Feind geschaffen hatten.

»Nein, ein gutes Geschäft war das nicht«, sagte sie. »Ich denke nur, uns blieb nichts anderes übrig.«

Maria runzelte die Stirn. »Doch«, erwiderte sie. »Wir hätten sie wegschicken können. Aber ich versteh dich schon. Du willst sagen: Es war richtig.«

Nellie lächelte. »Genau«, erklärte sie. »Es war richtig.«

Lene bewährte sich als Kindermädchen. Sie ging geduldig und liebevoll mit Grietje um und hielt nebenbei die Wohnung sauber. Zudem schaffte sie es, auch die spärlichsten Lebensmittel noch zu etwas halbwegs Schmackhaftem zu verkochen. Große Auswahl hatte sie jedoch nicht. Wer nicht auf dem immer noch florierenden Schwarzmarkt etwas eintauschen konnte, musste sich nach wie vor mit Kartoffeln und Steckrüben helfen. Alles andere wurde teurer und teurer. Viele Kinder überlebten nur durch Schulspeisungen, finanziert durch die Quäker, eine amerikanische Glaubensgemeinschaft. Nellie wirtschaftete so sparsam wie eben möglich, sie war aus der Kriegszeit daran gewöhnt, darben zu müssen. Nach wie vor waren Patienten rar, und zahlende Patientenbesitzer noch seltener.

So erschien zum Beispiel ein Kind mit einer verletzten Taube, die Maria liebevoll versorgte, während Nellie sich ziemlich sicher war, dass das Tier im Kochtopf der Familie landen würde, sobald die Mutter des kleinen Retters seiner ansichtig wurde. Eine alte Frau kam mit einem nierenkranken Dackel, den sie irgendwie durch den Krieg gebracht hatte. Sie sah aus, als steckte sie ihr gesamtes Geld in die Versorgung des Hundes, und Nellie brachte es nicht übers Herz, ihr viel zu berechnen. Ein paar Lichtblicke gab es durch die Behandlung von Pferden, nachdem ein überfordertes Wagenpferd vor ihrer Tür gestürzt war und Nellie zu Hilfe kam.

Während die Wirtschaft in Berlin weitgehend am Boden lag,

florierten die Kabaretts, Bars und Bordelle in Friedrichstadt. Sie alle erhielten regelmäßig Lieferungen – in aller Regel Alkohol –, und nur selten kamen die Waren mit Lastkraftwagen. Häufiger waren es Pferdefuhrwerke mit schlecht versorgten Zugtieren, die zu Fuhrunternehmen gehörten. Die Fahrer waren nicht die Eigentümer der Pferde, und oft taten diese ihnen leid, wenn sie arbeiten mussten, obwohl sie lahmten oder Scheuerstellen vom Geschirr aufwiesen. Als sich herumsprach, dass die Tierärztinnen in der Torstraße kompetent und diskret waren, hielten die Männer ihre Gespanne oft vor der Praxis an und baten um Hilfe für die Pferde. Nellie und Maria versorgten entzündete Augen und wunde Mäuler. Sie raspelten Zähne, gaben Einreibemittel für geschwollene Gelenke aus und Wundheilsalben. Die Fahrer zahlten in Naturalien – schließlich fiel es kaum auf, wenn aus einer Kiste voller Sektflaschen eine oder zwei verschwanden. Nellie tauschte die Spirituosen dann auf dem Schwarzmarkt gegen Milch und Käse.

Sie und Maria kamen damit einigermaßen über die Runden, bis die junge Republik im Frühjahr 1920 erneut von Unruhen erschüttert wurde. Diesmal versuchten ehemalige Offiziere den Sturz der Regierung – erst ein Generalstreik beendete den Kapp-Putsch. Auf die Inflation hatte das keinen Einfluss, das Geld verlor stetig weiter an Wert. Im Sommer versuchte Maria es mit einer Mieterhöhung, allerdings kannten die Obermeiers ihre Rechte. Es waren Fristen einzuhalten, und die Mieten konnten nur um einen bestimmten Prozentsatz erhöht werden. Maria fand das ziemlich verwirrend, und Nellie erkannte es als der Mühe kaum wert.

»Wenn die Inflation fortschreitet, helfen uns die paar Mark auch nicht weiter«, erklärte sie. Wieder einmal hatte sie die Zeitung aufgeschlagen und überflog die neuesten Schreckensmeldungen. »Wir sollten lieber nach bezahlter Arbeit suchen. Im Zoo ist wirklich nichts zu machen?«

Nellie hätte auch als Tierpflegerin gearbeitet, aber die Tiergärten kämpften nach wie vor ums Überleben. Niemand wurde eingestellt.

Maria schüttelte den Kopf. »Und in den Laboren auch nicht. Ich war in der Universität und habe die Anschläge studiert. Die Einzigen, die Tierärzte suchen, sind … Schlachthöfe.« Ihr Körper verkrampfte sich schon bei dem Gedanken.

»Schlachthöfe?«, fragte Nellie. »Ja, klar, Fleischbeschau. Da könnte man was kriegen?«

»Ich … ich glaub nicht, dass ich das kann«, stammelte Maria.

Nellie zuckte mit den Schultern. »Versuch es!«, ermunterte sie ihre Freundin. »Wenn uns das wirklich retten würde … Ich meine, wir sind uns doch einig, dass die Praxis irgendwann laufen wird. Wir müssen diese Durststrecke nur überstehen. Also geh gleich heute in die Universität und hol die Adresse für die Bewerbung. Du schaffst das schon!«

Maria kam gleich mit drei Adressen zurück. Anscheinend wurde Tierärzte für die Fleischbeschau und die Beaufsichtigung der Schlachtungen händeringend gesucht.

»Erstaunlich, wenn man bedenkt, dass es für Normalbürger kaum Fleisch zu kaufen gibt«, bemerkte Nellie und suchte auf einem Stadtplan nach dem nächstgelegenen Schlachthof. »Bewirb dich hier, Maria. Du weißt, ich würde es machen, aber ich hab nun mal keine Papiere. Sie werden ja irgendeinen Beleg dafür haben wollen, dass du wirklich Tierärztin bist.«

Maria war leichenblass, als sie am nächsten Tag gehorsam loszog, um sich im Schlachthaus vorzustellen.

»Wahrscheinlich nehmen sie sowieso keine Frauen«, sagte sie, um sich Mut zu machen, doch sie wurde überrascht. Dem Betreiber des Schlachthofs schien ihr Geschlecht völlig egal zu sein, und auch ihre Qualifikationen prüfte er nur flüchtig.

»Ich soll gleich morgen anfangen. Um fünf Uhr früh«, berichtete sie, als sie zurückkehrte, noch bleicher als vor der Bewerbung. »Aber ich weiß nicht, Nellie, ich …«

»Hast du denn während des Studiums nicht im Schlachthaus gearbeitet?«, fragte Nellie. Phipps hatte dort ein Praktikum ableisten müssen.

»Ich bin … krank geworden …«, gestand Maria. »Ich … ich war höchstens ein paar Tage da.«

»Na ja, die hast du, wie man sieht, überlebt«, erklärte Nellie rigoros. »Und jetzt schaffst du das auch. Geh hin und beiß dich durch!«

Maria blickte sie kläglich an. »Ich kann nicht in Fleisch beißen«, sagte sie.

Früher hätte Nellie das komisch gefunden, doch jetzt machte sie sich Sorgen.

Maria verließ das Haus im Morgengrauen des Folgetages. Nellie war nervös, beruhigte sich jedoch, als der Vormittag fortschritt und ihre Freundin noch nicht zurück war. Zumindest hatte Maria die neue Arbeit nicht gleich hingeworfen.

Als sie gegen Abend heimkehrte, verlor sich Nellies Optimismus. Maria war kreidebleich, ihre Augen eingefallen, sie sah aus, als hätte sie Kilos an Gewicht verloren. Ihre Hände zitterten, und sie antwortete nicht auf Nellies und Lenes Fragen darüber, wie es gewesen war. Mit starrem Blick verzog sie sich ohne ein Wort auf ihr Zimmer, schloss die Tür hinter sich – und gleich darauf hörten Nellie und Lene ein klagendes, verzweifeltes Wimmern, als käme es von einem Tier.

»Ich gehe mal nachsehen«, meinte Nellie, obwohl sie damit die ungeschriebene Regel brach, dass Maria in ihrem Zimmer auf keinen Fall gestört werden wollte. »Sie hat doch was. Sie …«

Nellie fand Maria in einer Art Schneidersitz auf ihrem Bett

sitzend. Sie hatte die Arme um ihren Körper geschlungen und schaukelte wie besessen vor und zurück. Dabei weinte sie.

»Maria … Maria, kann ich dir irgendwie helfen?« Nellie wollte die Freundin in den Arm nehmen, dann fiel ihr noch rechtzeitig ein, dass eine Berührung jetzt sicher das Letzte war, das Maria ertragen würde. »Ich mache einen Tee, ja? Hast du etwas gegessen? Maria, hör doch auf damit, das macht mir Angst …«

Maria war nicht ansprechbar. Schließlich gab Nellie es auf. Sie stellte nur ein Kännchen mit stark gesüßtem Tee und eine Tasse neben Marias Bett.

»Ich geb dir noch ein bisschen Zeit, dann lasse ich dir ein Bad ein«, sagte sie sanft. »Und … und Maria, ich sehe es ein … Du musst da nie wieder hin.«

Es dauerte noch einige Stunden, doch irgendwann tapste Maria wie ein Schatten aus ihrem Zimmer ins Bad und schien bereit, das Entsetzen abzuspülen. Die Kleidung, die sie an diesem Tag getragen hatte, warf sie weg.

Am nächsten Tag bewarb sich Nellie mit Marias Approbationsurkunde in einem der anderen Schlachthäuser. Sie erhielt die Stelle als Fleischbeschauerin ohne jegliche Probleme und fand in ihrem neuen Büro das *Handbuch der Fleischkunde* von Adolf Schmidt-Mülheim. Nachdem sie die wichtigsten Kapitel rasch überflogen hatte, mogelte sie sich erfolgreich durch den ersten Tag. Am Abend beschloss sie, das Büchlein mitzunehmen, um ihre Kenntnisse aufzufrischen. Einer der Schlachter steckte ihr ein in Wachspapier eingewickeltes Päckchen zu.

»Hier, Frau Doktor, beste Rinderlende! Kriegense sonst nur aufm Schwarzmarkt …«

Nellie nahm das Paket dankend entgegen, obwohl allein der Gedanke an das blutige Fleisch Übelkeit in ihr weckte. Als sie nach Hause zurückkehrte, gab sie es Lene.

»Hier, Lene, mach dir das morgen, wenn wir bei der Arbeit sind. Und lüfte danach gut …« Maria sah ihre Freundin verwundert an. Gewöhnlich war sie es, die auf gründlichem Lüften der Wohnung bestand, wenn Nellie, was selten vorkam, einen Suppenknochen ausgekocht hatte. »Ich will das nie wieder riechen«, sagte Nellie. »Und nie wieder essen. Ich versteh dich jetzt, Maria. Vollkommen. Es ist … es ist barbarisch …«

Maria nickte erleichtert, nachdem sie eben noch schuldbewusst gewirkt hatte. Nach dem Erlebnis auf dem Schlachthof am Tag zuvor hatte sie noch kein Wort gesprochen.

»Dann gehst du auch nie wieder hin?«, fragte sie jetzt tonlos.

Nellie biss sich auf die Lippen. »Doch«, erwiderte sie. »Wir brauchen das Geld. Solange die Praxis zu wenig einbringt, mache ich die Fleischbeschau. Wir geben nicht auf!«

Nellie arbeitete fast drei Jahre lang täglich auf dem Schlachthof. Sie hasste es, hielt damit jedoch ihre kleine Gemeinschaft über Wasser. Lene war ein wunderbares Kindermädchen, sie betreute Grietje liebevoll und führte Nellie und Maria obendrein den Haushalt. Auch zum Kochen und Putzen musste sie in ihrer Ursprungsfamilie angehalten worden sein. Dazu blieb sie gern in der Wohnung – noch immer fürchtete sie sich vor ihrem früheren Zuhälter. Die Katze Puss hatte sich zum Glück völlig erholt und ernährte sich selbst bei regelmäßigen Ausflügen. An Mäusen und Ratten schien in Friedrichstadt kein Mangel zu herrschen.

Den Menschen ging es nicht so gut. Deutschland ächzte unter den gewaltigen Reparationszahlungen, die in Goldmark zu leisten waren. Als Zahlungsmittel im Reich galt weiterhin die Reichsmark, und die verlor zusehends an Wert. Schließlich konnte der Staat den Forderungen der Siegermächte nicht mehr nachkommen, woraufhin Frankreich und Belgien das Ruhrgebiet besetzten. Die Regierung rief zu passivem Widerstand durch Streik auf und druckte Unmengen von Geld, um die Streikenden zu unterstützen. Das verstärkte die Inflation. Plötzlich kostete das Brot Tausende von Reichsmark – auch Nellies Lohn hätte jetzt nicht mehr gereicht, um ihre kleine Familie zu ernähren. Zu ihrer Erleichterung hatte einer der Metzger jedoch einen Narren an ihr gefressen und gab ihr immer wieder große Fleischstücke mit, die sie dann auf dem Schwarzmarkt gegen Brot, Gemüse oder Gegenstände des täglichen Gebrauchs eintauschte. Der Schwarzmarkt florierte nach wie vor, im Gegensatz zur Tierarztpraxis. Tatsächlich verringerte sich sogar die Anzahl der Pferdepatienten. Der Lastkraftwagen setzte sich durch, und die Pferde wanderten in die Schlachthäuser. Nellie litt, wenn sie frühere Patienten dort ihren letzten Weg gehen sah.

Dagegen verstärkten sich die nächtlichen Belästigungen durch Möchtegernfreier. Die Vergnügungsindustrie rund um die Praxis blühte, die Kabaretts und Freudenhäuser hatten Gäste aus ganz Europa.

»Ist ja kein Wunder«, sagte Nellie niedergeschlagen, als sie an einem Spätnachmittag heimkam und die Straße bereits voller Feiernder und Betrunkener fand. »Jeder, der nach Berlin kommt, wird auf einen Schlag Millionär. Für ein paar Francs oder Dollars gibt es ein Vermögen an Reichsmark – und das geben die Kerle dann hier aus. Wir hätten das Haus damals verkaufen und die Praxis woanders eröffnen sollen.«

»Hör auf, ich hab schon Kopfschmerzen«, klagte Maria.

Sie sprach es nicht aus, aber die Ursache ihrer Kopfschmerzen waren in diesem Fall Lene und Grietje, die vergnügt auf Kochtöpfe einschlugen.

»Wir machen Musik, Mami!«, hatte die fast vierjährige Grietje Nellie stolz erklärt, als sie heimgekommen war.

Tatsächlich fand Nellie die Trommelei gar nicht so unharmonisch. Grietje machte nicht einfach Krach, sondern schlug einen Takt. Für die geräuschempfindliche Maria war es dennoch wie Folter.

»Spielt mal etwas Leiseres«, schlug Nellie ihrer Tochter und deren jungem Kindermädchen vor. »Könnt ihr nicht auf einem Kamm blasen?«

Zur Begeisterung der kleinen Grietje machte sie es vor, wenn sie auch nur ziemlich schrille Töne erzeugte. Lene war kaum erfolgreicher, aber immerhin konnte Maria die »Musik« in ihrem Zimmer nicht hören. Grietje versuchte fasziniert, es nachzumachen, und Nellie fühlte sich an Phipps erinnert. Je älter Grietje wurde, desto mehr sah sie ihm ähnlich. Sie hatte zwar Nellies rotblondes Haar geerbt, aber Phipps' Locken und sein zumindest in der Kindheit rundliches Gesicht. Ihre Augen waren blaugrau wie die seinen. Sie hatte sein schüchternes Lächeln, allerdings Nellies Durchsetzungswillen. Grietje wusste genau, was sie wollte, und wickelte sowohl ihre Mutter als auch Lene gekonnt um den Finger. Bei Maria klappte das nicht so gut. Sie war freundlich, aber konsequent, und wenn Grietje schrie, um ihren Willen durchzusetzen, zog sie sich zurück. Das Verhältnis der beiden zueinander war distanziert, doch von gegenseitigem Respekt geprägt. Maria küsste und drückte Grietje nicht, sie nahm sie dennoch immer ernst.

Von Phipps hatte Nellie in den letzten Jahren nichts gehört, aber sie hatte ihm ihre Adresse in Berlin auch nicht mitgeteilt. Zwar hätte sie das gern getan, doch der Zettel mit seiner ohnehin nur vorläufigen Anschrift in den Staaten war verloren gegangen. Sie hätte ihre Eltern oder Schwiegereltern kontaktieren müssen, um zu erfahren, wohin sie ihm schreiben konnte, und danach stand ihr nicht der Sinn. Schließlich hätte sie dann den De Groots und Von der Heydens gegenüber zugeben müssen, dass ihre Flucht bislang noch nicht in ein erfolgreiches Berufsleben gemündet war, und sie hätte ihnen auch ihre Enkelin nicht verschweigen können. All das war ihr zuwider, und sie befürchtete zudem, ihre Familie würde eine Kontaktaufnahme als Hilferuf interpretieren. Dabei war Nellie stolz darauf, ihre Tochter ohne jede Unterstützung aufzuziehen. Sie würde auf keinen Fall bei irgendjemandem zu Kreuze kriechen. Für Maria galt das im Übrigen genauso. Auch sie suchte keinen Kontakt zu ihren Eltern. Nellie nahm allerdings an, dass die von Prednitzens ihre Tochter im Auge behielten. Schließlich wohnten sie in derselben Stadt und hatten genügend Geld, für Informationen zu zahlen.

In diesen Tagen im Frühsommer 1923 fühlte sich Nellie allerdings oft schlapp und ausgebrannt. Es war heiß in Berlin, dazu kamen der Lärm und der Gestank im Schlachthaus. Die Schlachtabfälle, die schon mal auf dem Hof gelagert wurden, verwesten schnell.

Eines Abends, sie hatte sich schon mühsam durch den Arbeitstag geschleppt, fühlte sie sich besonders erschöpft, und sie war alles andere als begeistert, als sie gegen elf Uhr, sie war gerade eingeschlafen, durch ein Hämmern an der Haustür geweckt wurde.

»Schon wieder so ein Perverser, der meint, er könnte es hier mit Hunden und Katzen treiben«, murmelte sie seufzend, während sie sich aus dem Bett wälzte und schnell einen Morgenmantel überwarf.

Vor Kurzem hatte jemand nach Hennen gefragt. Nellie hatte in Berlin nie davon gehört, doch in den Niederlanden schienen Tierbordelle tatsächlich zu florieren. Nun tastete sie sich durch das halbdunkle Treppenhaus, Benno wie immer neben sich.

An der Tür hämmerte es weiter. Der unerwünschte Besucher war anscheinend außerordentlich aggressiv. Nellie griff in das Beutelchen mit gemahlenem Pfeffer, das sie zur Abwehr etwaiger Angreifer immer bei sich trug. Allerdings schien der vierschrötige Mann, den sie vor der Tür stehen sah, als sie öffnete, nicht betrunken zu sein. Und er begrüßte sie nicht mit unflätigen Worten, sondern wirkte eher erleichtert.

»Jott sei Dank, dat eena uffmacht! Ham Se denn hier nie Notfälle, Frolleinchen?«

»Frau Dr. De Groot«, berichtigte Nellie steif und zog ihren Morgenmantel enger um sich. »Womit können wir Ihnen helfen?«

»Sie sind die Frau Doktor? So 'ne Hübsche? Könn' Se denn ooch wat, Mädchen?« Der Mann musterte sie skeptisch.

»Frau«, wiederholte Nellie verärgert. »Wie gesagt, Frau Dr. De Groot, Tierärztin mit mehrjähriger Berufserfahrung. Also bitte sagen Sie mir, worum es geht, oder verziehen Sie sich. Ich muss früh raus und brauche meinen Schlaf.«

Der Mann schien sich zu besinnen. »War nich' so jemeint, Frau Doktor. Ick meen ja nur … Et jeht um 'n Viech, aber wat anderet als Hund und Katze. Behandeln Se ooch Affen?«

Nellie sah ihn verwundert an. Der Mann war ihr nicht geheuer, er wirkte nicht wie ein gesetzestreuer Bürger. Andererseits erschien er ihr nicht bedrohlich, sondern ehrlich beunruhigt. Sie beschloss, ihn ernst zu nehmen.

»Ich nicht, aber meine Kollegin«, erklärte sie sachlich. »Dr. von Prednitz war mal Zootierärztin. Was ist es denn für ein Affe?«

Der Mann blickte sie an, als hätte sie chinesisch gesprochen. »Wat weeß denn icke?«, fragte er. »Kleen, haarig – und krank. Und die Berger sitzt inner Jadrobe und heult, dat se ooch nich' mehr leben will, wenn dit Vieh übern Jordan jeht … Is' natürlich stockbesoffen … Dabei muss se gleich ufftreten …«

Nellie hörte Schritte auf der Treppe. Maria musste ihr Gespräch mit dem Mann zumindest teilweise mitgehört und daraus geschlossen haben, dass es sich tatsächlich um ihren ersten Notfall handelte. Sie war bereits angezogen. Sie trug lange Hosen – seit dem Krieg galt es zwar als etwas extravagant, aber nicht mehr als grundsätzlich unschicklich, wenn Frauen Hosen trugen – und eine leichte Bluse. Das Haar hatte sie im Nacken zusammengebunden. Der Mann musterte sie interessiert.

»Sie sind die zweete Frau Doktor? Nich' eher 'ne Professionelle? Du könntst dich bei mir dumm und dämlich verdienen, Mädchen, weeste dit?«

»Auch Frau Dr. von Prednitz möchte respektvoll behandelt werden«, wies Nellie ihn in die Schranken.

Maria wirkte gelassen. »Danke«, sagte sie. »Ich bin sehr zufrieden mit meinem Beruf. Sie haben einen kranken Affen? Wo ist er denn?«

»Sach ick doch!«, rief der Mann. »Inner Jadrobe von die Berger. Die schleppt den immer mit sich rum.« Beim Blick in ihre verständnislosen Gesichter beschloss er dann doch, weiter ins Detail zu gehen. »Ach so, Se wissen vielleicht nich' … Die Weiße Maus, Mädchen, dit is' meen Laden. Eins a Kabarett, Tanz … Meen Name ist Sachs, Peter Sachs … Ick betreib dit Lokal … Wenn Se also mitkommen wollen … Jibt ooch 'n Schampus.«

Während Maria noch in ihrer charakteristischen Art die Stirn runzelte, hatte Nellie verstanden.

»Das Tier scheint einer Schaustellerin zu gehören«, erklärte sie ihrer Freundin. »Die in dem Nachtlokal an der Ecke auf ihren Auftritt wartet. Ich denke, da kannst du ruhig mitgehen, Herr Sachs wird schon aufpassen. Oder soll ich mitkommen?«

Der Mann verdrehte die Augen. »Dit muss jetz' vor allem schnell jehen, meene Damen. Bevor dit Vieh mir dit halbe Lokal zerlegt hat, so wie dit tobt. Von die Berger mal janz abjesehn …«

»Das Tier ist also unruhig?«, fragte Maria.

»Könn' Se so sagen«, bestätigte Sachs.

Die Weiße Maus lag tatsächlich nur ein paar Straßen weiter, und im Gefolge des vierschrötigen Sachs kam Maria unbehelligt durch die Menschenmassen, die sich bei Nacht in ganz Friedrichstadt durch die Straßen bewegten. Über dem Kabaretttheater prunkten beleuchtete Reklametafeln, die mit Schönheitstanz und spektakulärer Akrobatik warben. Sie betraten zuerst eine Art Foyer mit Garderobe und Sektbar, an der eine Frau in aufreizend kurzem Kleidchen bediente.

»Wat Neuet von die Berger?«, fragte Sachs in ihre Richtung.

Die junge Frau verneinte. »Schreit nach wie vor rum, und der Affe krampft«, erklärte sie unerwartet sachverständig.

Sachs murmelte einen Fluch. »Dann komm' Se man schnell, Schampus jibtet später«, forderte er Maria auf, die ihm nun wortlos in den Theatersaal folgte.

Auf der Bühne tanzten weiß gekleidete, kalkweiß geschminkte Mädchen, deren Kleidung nur aus Schleiern bestand. Die Musik dazu war fordernd und mitunter unmelodisch, die Bewegungen der Tänzerinnen wirkten eckig und provokant. Sie präsentierten ihre Körper auch nicht lächelnd, nein, eher so, als wollten sie das Publikum damit verspotten, obwohl es die Provokation dahinter sicher nicht erkannte. Es bestand vorwiegend aus Männern. Die wenigen Frauen waren grell geschminkt und trugen Kleider mit zu tiefen Ausschnitten.

Die Männer verbargen ihre Gesichter zum Teil hinter Masken, was Maria nur noch mehr irritierte. Andere wirkten gefährlich, viele hatten Tätowierungen und muskulöse Oberkörper. Auf die Bühne achteten diese Männer kaum, sie schienen sich untereinander zu unterhalten oder zu streiten. Maria wich zurück, als einer von ihnen nach ihr griff.

»Pfoten weg, Fritze, dit is' die Frau Doktor«, donnerte Sachs ihn an. »Und ick will keene Schläjerei heute. Wo die Berger schon wieder nich' richtig tickt.«

Maria war froh, als sie durch eine Seitentür neben der Bühne in die Räume der Schausteller flüchten konnte. Viel ruhiger war es hier allerdings auch nicht. Frauen in leichten Kostümen warteten in den Korridoren rauchend auf ihren Auftritt. Flaschen standen überall herum, auf Nüchternheit auf der Bühne schien Sachs keinen Wert zu legen. Ein Mann jonglierte mit vier Bällen. Und über allem lag ein schauriges Heulen, das aus einer der Garderoben drang.

»Die Berger?«, fragte Sachs.

Der Jongleur nickte, und Sachs stieß die Tür zu der Garderobe auf.

»Nu jib endlich Ruhe, Marika! Dit Äffchen wird dit schon

wegstecken, ick hab ihm sojar 'ne Tierärztin besorgt. Dit is' die Frau Dr. von Prednitz …«

Maria blickte in einen albtraumhaft chaotischen Raum, in dem umgeworfene und volle Flaschen, Essensreste, skurrile durchgeschwitzte Kostüme und aufreizende Unterwäsche auf jeder Ablage und auf dem Boden ein stinkendes Stillleben bildeten. In der Mitte des Ganzen saß eine kraushaarige Frau auf dem Boden. Ihr Gesicht war weiß geschminkt und verweint. Der Mund war mit blutrotem Lippenstift angemalt.

Ein Auftrittsplakat, das als Wandschmuck diente, zeigte die Frau leicht bekleidet in seltsam verrenkter Körperhaltung. Es warb für »Tänze des Grauens und der Lust«. Die Frau trug eine Art Hemd, das mit Erbrochenem besudelt war. Der Urheber dessen lag zitternd in ihrem Schoß: ein Kapuzineräffchen.

Maria wollte es der Frau aus den Armen nehmen, aber sie schluchzte auf. Maria warf Sachs einen hilflosen Blick zu. Er griff schließlich ein.

»Nu komm ma runter, Marika!«, herrschte er die Frau an und entriss ihr kurzerhand das Äffchen, um es dann vorsichtig auf die einzige freie Ecke des Tisches zu legen. Ein weißes Pulver war darauf verstreut.

»Was ist das denn?«, fragte Maria zerstreut, dann konzentrierte sie sich auf ihren Patienten.

Sie sah auf den ersten Blick, dass das Äffchen dehydriert war. Sein Herz schlug heftig – sie brauchte nicht einmal ein Stethoskop, um es zu spüren –, und sein Atem ging unregelmäßig. Es wimmerte.

»Ärztin willste sein, aber Schnee erkennste nich'?«, herrschte die Frau sie lallend an.

Maria runzelte die Stirn. »Das ist kein Schnee. Schnee würde hier schmelzen«, konstatierte sie.

Marika Berger lachte schrill.

»Dit is' Kokain«, klärte Sachs Maria auf. »Dit schnupft se …

wird se wach von, sacht se.« Er blickte unwillig auf seinen Star. »Nu zieh dir endlich an, Marika, dit Publikum wartet!«

»Kokain ist ein Alkaloid«, dozierte Maria. »Der Methylester des linksdrehenden Benzoylecgonins. Wird mitunter als Lokalanästhetikum eingesetzt, hat aber vor allem eine starke Wirkung auf das Zentralnervensystem. Bei Überdosierung kann es zu Herzrhythmusstörungen, Hirninfarkten und Krämpfen kommen. Genau den Symptomen, die der Affe zeigt. Es ist davon auszugehen, dass das Tier die Droge zu sich genommen oder eingeatmet hat.«

Marika Berger begann zu kichern. »Der Affe kokst?«, fragte sie. »Nascht hinter meim Rücken mein' Schnee weg?« Ihre Aussprache war verwaschen.

»Das Tier wollte sich bestimmt nicht absichtlich berauschen«, sagte Maria unnachgiebig. »Sie müssen es besser beaufsichtigen. Es kann an so etwas sterben.«

»Ach was, von Schnee stirbste nich'«, erklärte die Tänzerin. Ihre Sorge um den kleinen Affen schien verflogen.

»Komma jetz' in de Klamotten«, drängte Sachs.

Marika Berger warf das verschmutzte Hemd ab. Darunter war sie nackt. »Nee, ich tanz gleich so«, sagte sie, griff nach einem Strohhalm und sog damit das weiße Pulver, das rund um den Affen verstreut war, in die Nase. »Der Affe schläft so lange sein' Rausch aus.«

Sie schlüpfte in Stöckelschuhe und wankte hinaus.

Maria blickte auf eine halb geleerte Whiskeyflasche, die auf dem Boden stand. »Kann sie denn so noch tanzen?«, fragte sie, während sie dem Äffchen eine Injektion gab. Es brauchte ein herzstärkendes Mittel. Außerdem Flüssigkeit.

»Tanzen kann se imma«, meinte Sachs unbesorgt. »Und se säuft von früh bis spät. Zwischendurch kokst se, um wieder wach zu werden. Könn' Se dem Affen helfen? Vorhin war er janz verrückt, und nu kiekt er, als ob er gleich abkratzt.«

»Er hat sich im Rausch völlig verausgabt«, erklärte Maria. »Und sich dann übergeben, gekrampft … Jetzt ist er erschöpft. Das Herzrasen und die Atemprobleme machen es auch nicht besser. Aber das kann ich behandeln. Ich denke, in ein paar Stunden ist er wieder der Alte.«

»Is' ja sonst ooch janz niedlich«, bemerkte Sachs und ließ damit zum ersten Mal so etwas wie Mitgefühl erkennen.

»Kapuzineräffchen sind sehr niedlich«, sagte Maria. »Und sehr klug. Aber auch neugierig. Frau … Berger muss besser auf das Tier achten.«

Der Varietébesitzer schnaubte. »Die kann doch nich' mal uff sich selbst uffpassen. Wie soll se dit dann für dit Äffchen tun?«

Nach kurzer Zeit am Tropf ging es dem Äffchen deutlich besser. Sein Herz und sein Atem hatten sich beruhigt, und es schien seinen Rausch auszuschlafen. In Maria regte sich die Neugier.

»Kann ich … da wohl mal zusehen, bei dem Tanz?«, fragte sie verlegen. »Ohne belästigt zu werden?« In den Zuschauerraum wollte sie auf keinen Fall.

Sachs nickte gelassen. »Klar, von hinter die Bühne. Warten Se ma. Ick sach eena von die Mädels, dat se uff 'n Affen kiekt.«

Er verschwand kurz und kam mit einer der noch grell geschminkten Tänzerinnen herein, die sich sofort besorgt nach dem Äffchen erkundigte und gern bei ihm blieb.

Maria folgte dem Varietébesitzer durch etliche Gänge in die Kulissen des Theaters. Von hier aus hatte man einen guten Blick auf Marika Berger, die sich zu seltsamen Klängen zuckend auf der Bühne wand.

»Sie krampft«, konstatierte Maria. »Sie …«

»Nee«, beruhigte sie Sachs. »Dit is' nur 'n Element von ihr'm Tanz. So nennt se dit. Element. Nennt dit Todeszittern. Ick würd's ja mehr Tittenwackeln nennen, aber die Berger sacht, dit wär allet Kunst.«

Die Männer im Zuschauerraum schienen auch nicht gerade

zutiefst beeindruckt. Sie jubelten der Tänzerin eher zu, wenn sie ihnen Hintern und Brüste zeigte, und sparten nicht mit schmierigen Kommentaren. Marika Berger ärgerte das, sie gab nicht minder ordinär zurück. Vor allem die kräftigen tätowierten Männer an einem der Tische, die trotz ihrer Darbietungen lachten und erzählten, waren ihr ein Dorn im Auge. Schließlich glitt sie wie selbstverständlich von der Bühne, näherte sich tanzend einem der maskierten Männer im Publikum, der eben »Schneller, schneller, geile Sau!« auf die Bühne gerufen hatte, und schlug ihm ihre Brüste um die Ohren. Dann ergriff sie seine Maske mit den Zähnen und zog sie ihm ab. »Seht die Maske des Todes!«, schrie sie schrill und spie das Stück Stoff auf den Boden, woraufhin sie zum Tisch der anderen Pöbler weitertänzelte, ein Sektglas nahm und einem der Männer den Inhalt ins Gesicht schüttete. Er schnappte nach Luft und sprang auf, doch sie war längst mit schlangengleichen Bewegungen zurück auf die Bühne gesprungen und führte ihren Tanz fort. Er endete in einem schrillen Ton, zu dem sie sich auf den Boden warf, die Beine gespreizt, dem Publikum die Vagina zugewandt.

»Das war … eigentümlich«, bemerkte Maria. »Warum sind die Männer zum Teil maskiert?«

Sachs lachte. »Die wollen nich' jesehn werden. Sind aus de Provinz, Bayern, Schwaben, Typen, die irjendwat in Berlin zu tun ham und hier ihr Jeld verjubeln. Wat ihre Olle für zu Haus ooch jut jebrauchen könnte … Wenn die hier jesehn werden, und am Nebentisch sitzt 'n Bauer aus'm nächsten Ort … dit wär zu peinlich.«

»Und die da?«

Maria wies auf den Tisch mit den tätowierten, martialisch wirkenden Zuschauern, die sie zuvor belästigt hatten.

»Dit? Dit is' die Crème de la Crème vom Kiez«, gab Sachs Auskunft. »Teils lassen die ihre Pferdchen in der Friedrichstraße loofen …«

Maria blickte irritiert. »Sie machen Pferderennen?«, fragte sie.

Sachs kicherte. »Se sind echt vom andern Stern, Frau Doktor. Nee. Die kassiern dit Jeld von den armen Mädchen, die draußen uff Freier warten. Teils sind dit echte Jauner, die von Raub und Totschlag leben, dann Schieber, Spekulanten, und der Dicke da, dit is 'n Boxer. Hat jestern im Sportpalast 'ne dicke Börse abjeräumt ... Mit denen legste dich besser nich' an. Machen mir ooch immer wieder Ärjer, aber Jeld ham se ohne Ende – und jeben's hier aus.«

Maria hatte nun wirklich genug gesehen. Sie schaute noch mal nach ihrem Patienten, der langsam wieder wach wurde und hungrig zu sein schien. Marika Berger fütterte ihn mit einem Zuckerstückchen.

»Das ist nicht gut für seine Zähne«, beschied Maria sie streng. »Geben Sie ihm lieber Gemüse oder Obst. Und wenn Sie jetzt hier fertig sind, gehen Sie mit ihm nach Hause. Er braucht Ruhe.«

»Nach Hause?« Die Berger lachte. »Nu geht die Nacht doch erst richtig los!« Sie nahm einen tiefen Zug aus der halb leeren Whiskeyflasche.

»Vielleicht könnte ich auf ihn aufpassen«, schlug die kleine Tänzerin vor. »Ich kann ihn morgen früh ins Adlon bringen.« Marika Berger lebte in dem Luxushotel in der noblen Straße Unter den Linden, nahe dem Brandenburger Tor.

»Dit dünkt mich doch ne jute Lösung«, erklärte Sachs. »Kiek ma, Marika, der pennt jetzt sowieso!«

Maria war beruhigt, als sich die Berger schließlich darauf einließ. Sie gab dem Mädchen noch ein Medikament für das Äffchen mit, blieb, bis Marika Berger abgerauscht war, nicht ohne den Affen vorher theatralisch abzuküssen, und bat Sachs dann um Begleitung nach Hause. Der Gastronom sah Marika Berger nach, die sich für die weitere Nacht in einen Smoking gekleidet hatte, nachdem sie sich nachgepudert und die vorher voll wirkenden Lippen blutrot und ganz schmal angemalt hatte.

»Se is' schon 'n Orijinal«, meinte er. »Aber irjendwann wird dit böse enden … Wat bin ick Ihnen denn jetz' schuldig, Frau Doktor?«

Maria erklärte beschämt, dass Nellie für das Finanzielle zuständig sei. »Sie kann morgen mit der Rechnung vorbeikommen. Aber es wird viel sein. Notfalleinsätze sind nicht billig.«

Sachs nickte. »Tun Se sich keen' Zwang an – ick hol mir dit Jeld eh von die Berger zurück. Und hier – nehmen Se 'ne Flasche Schampus mit, als kleenet Dankeschön. Se ham mir heut Abend echt den Arsch jerettet …«

Maria fragte sich, inwiefern, da sie doch nur den Affen behandelt hatte. Sie sprach die Frage allerdings nicht aus, der Gastronom hielt sie sowieso schon für naiv.

Nellie erwachte sofort, als Maria die Tür zu ihrer Wohnung öffnete. Sie konnte nicht fest geschlafen haben, wahrscheinlich hatte sie sich Sorgen gemacht.

»Und? Wie war's?«, fragte sie.

Maria setzte sich. »Wunderlich«, sagte sie, und begann, ihre Erlebnisse minutiös zu schildern. »Herr Sachs nannte die Frau ein ›Original‹«, berichtete sie schließlich. »Wobei ich den Begriff eher der Kunstwelt oder dem notariellen Bereich zugeordnet hätte. Ich fand sie befremdlich. Und wenig vertrauenerweckend.«

»Der arme Affe«, kommentierte Nellie.

Kapitel 7

Die Tierärztinnen konnten es sich nicht erklären, aber die nächtliche Behandlung des berauschten Kapuzineräffchens schien eine Wende in ihrer Praxis einzuleiten. Schon am nächsten Nachmittag hatten sie einen weiteren zahlungskräftigen Kunden, allerdings einen, der zunächst für Aufregung sorgte.

Lene, die Maria in der Praxis helfen wollte, während Nellie sich nach der Arbeit auf dem Schlachthof etwas ausruhte und mit ihrer Tochter spielte, kam leichenblass in die Wohnung, willens, sich im nächsten Schrank zu verstecken.

»Onkel Fritz … Ein Freund von ihm … der ist in der Praxis … im Warteraum. Bestimmt … bestimmt sucht er mich, er …« Das junge Mädchen war völlig in Panik.

Nellie stand auf. »Keine Angst«, versuchte sie Lene zu beruhigen. »Ich werde dem Herrn schon das Passende sagen, wenn er hier herumpöbelt. Aber ich denke, wenn er was von dir wollte, hätte er an der Wohnungstür geklingelt. Und nach all den Jahren ist das sowieso unwahrscheinlich. Du bleibst jetzt bei Grietje, und ich gehe runter und finde raus, was er will.«

Als sie in die Praxis kam, ließ Maria den kräftigen, breitschultrigen Mann gerade in den Behandlungsraum. Der angebliche Bekannte des Zuhälters sah wenig onkelhaft aus, er hatte eher brutale Gesichtszüge. Quer über seine Nase und Wange verlief eine Narbe. Maria hatte jedoch keinen Blick für ihn, sondern nur für den kleinen Hund, den er sich wie eine Tasche unter den Arm geklemmt hatte.

»Tach«, stellte er sich vor. »Ralle Manzinger. Bin hier wegen dem Pudelchen.« Er setzte das Tier, einen flauschigen Welpen, auf den Untersuchungstisch.

»Das ist aber kein Pu…«

Maria wollte wohl darauf hinweisen, dass es sich eher um einen Mischling als um einen reinrassigen Pudel handelte, Manzinger sprach allerdings bereits weiter.

»Is'n Jeburtstachsjeschenk. Für meene Luise. Die wünscht sich so 'n Schoßhund. Hat 'n Heidenjeld jekostet … so 'n Pudelchen vom Züchter … Aber soll 'n Stammbaum ham wie der Kaiser …«

»Tatsächlich?« Nellie blitzte Maria an. Die kannte diesen Blick und schwieg. »Und was fehlt ihm nun?«

»Kotzt und scheißt«, erklärte Manzinger kurz. »Looft aus ihm raus wie Wasser …«

»Das Tier ist zweifellos verwurmt«, bemerkte Maria. »Gucken Sie mal auf den aufgeblähten Leib. Und Flöhe hat es auch …«

»Dazu ist es dehydriert«, erklärte Nellie. »Wir geben ihm jetzt Flüssigkeit, ein Mittel gegen die Parasiten … Kommen Sie morgen wieder, Herr Manzinger, dann wird es ihm sicher besser gehen. So lange kümmern wir uns um ihn. Wann … hat Ihre Tochter denn Geburtstag?«

Manzinger lachte. »Is' nich' meene Tochter. Is' meene Olle. Ne Rakete im Bett. Tänzerin. Aber nich' so spillerig wie die Berger … Und morgen hat se Jeburtstach. Ick treff se abends. Bis dahin muss dit Pudelchen wieder jut sein.« Der Mann griff in seine Tasche, beförderte eine Handvoll Geldscheine heraus und warf sie auf den Tisch. »Hier, Vorschuss. Kaufen Se dem Pudelchen wat Jutet zu fressen!« Damit ging er.

Maria und Nellie sahen einander sprachlos an.

»Als ob es ein Ding wäre, das repariert werden muss«, wunderte sich Nellie.

»Daraus wird sicher kein reinrassiger Pudel«, bemerkte Maria. »Immerhin bleibt er klein. Aber welche Rassen da mit drin sind …«

Nellie hob die Schultern. »Ist völlig egal. Die beschenkte Dame wird das gar nicht bemerken. Und wenn doch irgendwann, dann hat sie das Tierchen längst ins Herz geschlossen. Manzinger ist stolz auf seinen Rassehund, und der Verkäufer kann sich dazu gratulieren, einen König der Unterwelt über den Tisch gezogen zu haben – ganz schön mutig, nebenbei bemerkt. Und der kleine Mischling wird verwöhnt statt ausgesetzt. Es sind also alle zufrieden. Nur wir müssen jetzt sehen, dass wir das verwahrloste kleine Ding bis morgen auf Vordermann bringen. Ich geb ihm gleich mal was für den Magen …«

Lene konnte sich nicht darüber beruhigen, dass Ralle Manzinger auf einmal ein Herz für Hunde entwickelte. Sie erzählte, dass er als brutaler Schläger galt, der den gesamten Schwarzmarkt regierte. Er versorgte »Onkel Fritz« mit Luxusgütern und wusste zweifellos, dass der die Mädchen, die für ihn auf den Strich gingen, hungern und frieren ließ.

»Wo die Liebe hinfällt«, bemerkte Nellie und meinte eher Manzingers Vernarrtheit in Luise als seine plötzliche Tierliebe.

Zum Glück erholte sich der kleine Hund wirklich rasch. Nellie ließ es sich nicht nehmen, ihn auch noch zu baden und zu bürsten, bevor sie ihn Manzinger wieder übergab. Der Schieber war hingerissen von dem flauschigen Knäuel und zahlte widerspruchslos eine horrende Rechnung.

»Am besten sollte Ihre Luise alle zwei Wochen mit ihm vorbeikommen«, gab ihm Nellie noch mit auf den Weg. »Hunde in der Entwicklungsphase, gerade Rassehunde, sollten gesundheitlich engmaschig überwacht werden. Und für das Pudelchen ist das Beste doch wohl gerade gut genug.«

Die nächsten Patientenbesitzer aus dem Showbusiness waren sympathischer. Zwei junge Männer, die sehr vertraut miteinander wirkten, kamen mit sechs Möpsen. Die Tiere wirkten in ihrer Zaubershow im Varieté mit, und nun zeigten zwei davon Krankheitserscheinungen. Nellie behandelte sie auf einen fiebrigen Infekt hin und schärfte den Besitzern ein, die anderen genau zu beobachten, da ein solcher meistens ansteckend sei.

»Tun wir schon, Frau Doktor« versicherte einer von ihnen und drückte ein Küsschen auf den Kopf eines der Möpse.

»Sind ja schließlich unsere Kinder!«

»Wetten, dass die alle zusammen in einem Bett schlafen?«, bemerkte Nellie lachend, als die beiden mit ihrer Menagerie abgezogen waren. »Aber ich kenne Familien, die einander weit weniger zugetan sind.«

Zu einem anderen Zauberer gehörte eine kranke Taube, um die sich Nellie ein paar Tage später kümmerte, und richtig exotisch wurde es, als eine Schönheitstänzerin mit einer Schlange erschien.

»Was für ein prächtiger Python!« Maria freute sich und nahm ihr das lethargisch wirkende Tier von der Schulter. »Ein Albino, nicht? Die Farbe ist selten.«

Die Frau nickte stolz. Sie war sehr besorgt um Karamba, mit der sie in Varietés auftrat.

»Seit zwei Tagen hat sie sich praktisch nicht bewegt!«

Maria befragte die Besitzerin ausführlich und stellte schließlich fest, dass ihr ein paar Tage zuvor die Mäuse entlaufen waren, mit denen sie Karamba fütterte. Noch bevor sie dessen gewahr geworden war, hatte es Karamba bemerkt, die anscheinend kein Terrarium bewohnte, sondern mit ihrer Besitzerin das Zimmer teilte.

»Sie hängt über meinem Garderobenständer«, gestand die Frau ohne jede Besorgnis.

Sie schien nicht zu befürchten, eines Tages von ihrem Liebling erwürgt zu werden. Die Schlange war jedenfalls auf die Jagd gegangen und hatte sich gleich mehrere der Mäuse einverleibt, weit mehr, als ihre Besitzerin ihr sonst zugestand.

»Meiner Ansicht nach ist sie ganz gesund«, versicherte ihr Maria nach ausführlicher Untersuchung des bewegungslosen Tieres. »Sie hat sich lediglich überfressen. Nun braucht sie ein paar Tage, um das zu verdauen, und so lange liegen Pythons einfach nur herum. Geben Sie ihr eine Woche Ruhe. Falls es dann noch nicht besser ist, kommen Sie wieder.«

Nach einer Woche zeigte Karamba erneut Lebensregungen, und ihr Frauchen zahlte die Rechnung, ohne zu murren.

»Wenn das so weitergeht«, freute sich Nellie, »kann ich die Arbeit auf dem Schlachthof bald aufgeben.«

Leider hatte das plötzliche Florieren der Praxis durch Marias und Nellies Kontakte im Halbweltmilieu auch negative, ja sogar gefährliche Aspekte. Eines Morgens, Nellie war längst auf dem Schlachthof, brachte ein sehr junges Mädchen eine gleichaltrige Freundin, die weinte und sich schwer auf sie stützte.

»Lise!« Lene, die wieder mal Türdienst hatte, erschrak, als sie die Mädchen sah. Sie kannte die beiden. »Lise, was hast du denn gemacht?«, fragte sie.

Lise stöhnte, Blut lief ihr die Beine hinunter.

»Sie war bei der Engelmacherin«, erläuterte das andere junge Mädchen, das sich mit Lotte vorstellte. »Gestern Abend. Und seitdem blutet sie. Hat geweint und geschrien, die ganze Nacht.«

»Dr. Klapper?«, fragte Lene.

Der Mediziner, von den Huren Klapperstorch genannt, galt als erste Adresse für Abtreibungen.

»Nee. Der war Onkel Fritz zu teuer. Das hat Muttchen Priberius gemacht – aus den Mietskasernen …«

»Und jetzt?«, fragte Lene.

Gleichzeitig öffnete sich die Tür zum Behandlungszimmer. Maria kam nachsehen, warum es so lange dauerte mit ihrem Patienten.

»Na, ich dachte … So Tierärzte … das sind doch auch Doktoren. Und hier sind es Frauen. Ich dachte …« Das Mädchen sah Lene und dann Maria flehend an.

»Kommt rein«, sagte Maria. »Ich muss es mir ansehen. Das war … eine Abtreibung?«, fragte sie dann.

Das Mädchen nickte. Gemeinsam mit Lene half Maria Lise auf den Behandlungstisch, über den sie vorher ein sauberes Leintuch gelegt hatten. Er war etwas klein für einen Menschen, aber Lise war ein zierliches Ding, dessen eingefallene Gesichtszüge ein wenig an ein Mäuschen erinnerten. Sie war genauso jung wie Lene, als sie gekommen war, dreizehn Jahre alt, wie Maria auf Nachfragen erfuhr.

»Du bist noch viel zu jung für Geschlechtsverkehr«, sagte Maria. »Und die Frau, die versucht hat, dir dein Kind wegzumachen, scheint nicht die richtigen Instrumente zu haben. Sie hat die ganze Scheide verletzt und das Innere auch … Ich muss eine Ausschabung machen und die Schnitte nähen … Bringt sie bitte in den OP, ja?«

»Können Sie das denn?«, fragte das begleitende Mädchen ängstlich. »Ist das genauso wie bei Hunden?«

Maria schüttelte den Kopf. »Nein, die menschliche Anatomie ist anders, aber ich habe eine gute Ausbildung.«

Sie gab dem weinenden, von Schmerzen geschüttelten Mädchen Lachgas und machte sich schließlich mit sehr kleinen Instrumenten an die Arbeit. Maria hatte noch nie eine Ausschabung vorgenommen, aber sie wusste, dass sie eine geschickte und vorsichtige Chirurgin war. Nach kurzer Zeit war sie fertig.

»Die Blutungen sollten nun bald aufhören. Und sie wird wieder ganz gesund. Sieh nur zu, dass sie sich ausruht und nicht so schnell wieder Männer an sich heranlässt. Sie muss mindestens zwei Wochen pausieren, besser vier.«

Maria ließ Lise noch eine Stunde ruhen, dann schickte sie die Mädchen fort. Zwar graute es ihr, sie zurück in das schmutzige Haus gehen zu lassen, von dem Lene berichtet hatte, aber eine andere Möglichkeit gab es nicht. Sie hatte getan, was sie konnte.

Nellie war dennoch entsetzt, als sie von der heimlichen Operation hörte. »Maria, wie konntest du? Damit machst du dich strafbar. Abtreibungen sind verboten.«

Maria zuckte mit den Schultern. »Das war keine Abtreibung. Das Kind war längst tot. Es war nur eine Ausschabung.«

»Trotzdem! Wir sind Tierärzte, keine Humanmediziner. Und wenn wir es wären, hätten wir die Mädchen melden müssen. Du gefährdest unsere Existenz, Maria!«

Maria sah sie an. »Mir blieb nichts anderes übrig«, sagte sie.

Nellie runzelte die Stirn. »Muss ich dich an deine eigenen Worte erinnern?«, fragte sie. »Man hat immer eine Wahl.«

»Aber dann wäre das Mädchen gestorben«, meinte Maria. »Ich wollte sagen: Es war richtig.«

Nellie hoffte, dass es wenigstens eine einmalige Sache blieb, aber natürlich sprach es sich unter den Straßenmädchen herum, dass hier jemand Hilfe leistete, wenn eine Abtreibung schiefgelaufen war.

Sehr bald kamen andere Frauen, die nach dem Eingriff nicht aufhörten zu bluten – und schließlich ein weiteres Mädchen aus der Obhut von »Onkel Fritz«.

»Bitte, bitte, ich hab so Angst«, wimmerte Fanny. »Ich soll zum Muttchen. Aber die hätte die Lise beinah umgebracht. Sie meinte, Sie hätten gesagt, sie hat keine guten Instrumente genommen, und ich …«

Die kleine Fanny war noch dünner und zierlicher als Lise.

»Wie alt bist du denn?«, fragte Maria.

Fanny schluchzte. »Elf«, sagte sie.

Maria rieb sich die Stirn. »Ich könnte es mit einem Pflanzencocktail versuchen. Thujone wirken abtreibend, sie sind in diversen, leicht erhältlichen Pflanzen enthalten. Aber ich habe da keine Erfahrung. Es kann zu schlimmen Nebenwirkungen kommen …«

»Können Sie's nicht einfach rausholen?«, flehte Fanny. »Es kann noch nicht groß sein, ich hab erst zwei Monate keine Periode mehr …«

Maria biss sich auf die Lippen. »Wir versuchen erst mal einen Tee, der die Blutung anregt. Vielleicht geht das Kind ja auf halbwegs natürliche Weise ab. Dein Körper ist doch noch gar nicht bereit für eine Schwangerschaft.«

Lene begab sich in die nächste Apotheke und kaufte Wermut und Salbei, Beifuß und Schafgarbe. Fanny trank den sehr bitteren Tee brav mit Honig.

»Nun warten wir mal zwei Tage ab«, meinte Maria.

Sie war außerordentlich erleichtert, als Lene am nächsten Tag vom Einkaufen zurückkam und freudestrahlend berichtete, bei Fanny habe die Monatsblutung eingesetzt.

»Das war so einfach«, freute sie sich. »Danke, Dr. von Prednitz!«

»Wirkt aber nicht immer«, warnte Maria. »Erzählt jetzt bloß nicht herum, wir hätten das Wundermittel gegen ungewollte Schwangerschaften.«

»Und wovon träumst du nachts?«, fragte Nellie entsetzt, als Maria ihr später die Geschichte beichtete. »Natürlich werden sie es herumerzählen. Und damit wirst du hier erstmalig mit einer richtigen Abtreibung in Verbindung gebracht. Mensch, Maria! Schon die Hilfe war riskant genug, und jetzt …«

»Es ist keineswegs sicher, dass das Mädchen schwanger

war«, gab Maria zu bedenken. »In dem Alter konnte es eine ganz normale Regelstörung sein, der mit dem Tee abgeholfen wurde.«

»Das wird dir nur keine der Frauen glauben«, warf Nellie ein. »Das muss aufhören, Maria, du bringst uns in Teufels Küche. Auch wenn es vielleicht richtig ist, was du da tust. Es ist streng verboten.«

»Ich mache es ja nicht in der Küche«, verteidigte Maria sich.

Nellie hörte nicht zu.

»Lene, finde bitte morgen heraus, wo dieses Muttchen Priberius wohnt«, befahl sie ihrem Kindermädchen. »Ich muss mit der Frau reden. Vielleicht sollten wir einfach an der Quelle ansetzen …«

Magdalene Priberius, Muttchen Priberius, wie jeder sie nannte, wohnte in der Arbeitersiedlung in der Mainzer Straße, nicht weit von dem Laden für gebrauchte Möbel entfernt. Sie reagierte empört, als Nellie bei ihr klingelte und ihr ihre illegalen Aktivitäten auf den Kopf zu sagte.

»Da ham Se keene Beweise für!«, fuhr sie Nellie an. »Ick … ick kann Se anzeijen. Wejen Beleidijung!«

Nellie seufzte. »Frau Priberius, sparen wir uns doch diese Streitereien. Natürlich würden Sie mich niemals anzeigen. Und ich will Ihnen auch nichts anhaben. Im Gegenteil. Ich will Ihnen helfen, Ihre Arbeit besser zu tun. Das ist gut für Sie, gut für Ihre Kundinnen und vor allem gut für uns, denn Ihre ganzen Misserfolge stehen neuerdings bei uns vor der Tür. Sie verdanken meiner Kollegin, dass Sie sich noch nicht des Mordes schuldig gemacht haben. Zumindest nicht in den letzten paar Wochen. Also lassen Sie mich jetzt rein, und wir finden eine Lösung.«

Die Engelmacherin öffnete schließlich widerwillig die Tür. Nellie zeigte ihr zunächst das Buch über weibliche Anatomie und Erkrankungen der Unterleibsorgane, das Walter vor Jahren für Maria gekauft hatte. Geduldig erklärte sie die Entwicklung des Fötus und was zu tun war, um eine Ausschabung sauber durchzuführen.

»Das geht natürlich besser, wenn die Patientin stillhält. Vielleicht besorgen Sie sich also etwas Opium oder ein anderes starkes Beruhigungsmittel. Auf dem Schwarzmarkt bekommt man Morphium … Die Berger, Sie wissen schon, diese Tänzerin aus dem Varieté, frühstückt angeblich in Äther und Chloroform getränkte Rosenblätter. Sagen Sie Ihren Patientinnen, sie sollen so was mitbringen. Wenn die Frauen mit Gewalt festgehalten oder angebunden werden müssen, weil es so wehtut, können Sie nicht ordentlich arbeiten.« Nellie hatte kleinere Instrumente mitgebracht – und war entsetzt, als sie zu sehen bekam, mit welchen provisorischen, teilweise selbst zusammengebastelten Utensilien die Engelmacherin die Abtreibungen vornahm. »Das geht nun gar nicht«, beschied sie ihre Schülerin und erklärte ihr gleich noch, was sie tun musste, um ihre Instrumente zu sterilisieren. »Es muss alles sehr sauber sein, sonst bekommen die Mädchen Infektionen. Kommen Sie doch mal in unsere Praxis! Wir sterilisieren morgen einen Mops. Das ist zwar längst nicht dasselbe wie eine Gebärmutterentfernung beim Menschen, aber einen gewissen Eindruck vom richtigen Gebrauch von Instrumenten sollten Sie bekommen.«

Nellie hatte kaum daran geglaubt, aber Muttchen Priberius erwies sich als durchaus interessiert und lernfähig. Im Grunde war sie eine gutmütige Frau, die ihren Kundinnen wirklich helfen wollte. Sie selbst, so verriet sie, habe dreizehn Kinder zur Welt gebracht und wäre bei der letzten Geburt beinahe gestorben.

»Da hätt' ick mir so wat jewünscht wie mich … Nich' teuer, aber jut.«

»Gut werden Sie jetzt erst werden«, sagte Nellie.

Nellie ließ die Frau – sie war erst fünfunddreißig, wirkte jedoch wie mindestens fünfzig Jahre alt – bei der Kastration einer der Mopsdamen assistieren. Dabei legte sie großen Wert auf sauberes Arbeiten.

Mit sehr schlechtem Gewissen und überaus besorgt gab sie dann sogar der Bitte der Engelmacherin statt, ihr bei einer Abtreibung zuzusehen und zu sagen, was sie möglicherweise falsch machte. Wenn sie dabei Hilfe leistete, gab Nellie sich in ihre Hand. Man hätte sie der Beihilfe zur Abtreibung beschuldigen und verurteilen können.

Die Frau, um die es ging, war kein Freudenmädchen, sondern eine Nachbarin der Priberius. Für Narkosemittel hatte sie kein Geld, aber sie regte sich trotz aller Schmerzen nicht, als die Engelmacherin begann, krallte ihre rissigen, abgearbeiteten Finger nur in die Decke, auf der sie lag.

»Nüscht … nüscht kann schlimmer sein als noch 'ne Jöre«, stieß sie stöhnend aus, als Nellie sich über ihren Durchhaltewillen wunderte. »Ick … ick hab all meene Ableja jern, aber zehn sind jenuch. Weeß ooch nich' mehr, wie ick se durchbringen soll bei der Jeldentwertung.« Nellie verstand die Frau, als sie die Bande magerer, zerlumpter Mädchen und Jungen sah, die vor deren Wohnung ängstlich auf ihre Mutter warteten. Es war der Familie sicher jetzt schon nicht möglich, alle satt zu bekommen. »Wissen Se jetz', warum ick dit mache?«, fragte Frau Priberius fast verlegen und bedankte sich für Nellies Ratschläge.

Nellie nickte – und hörte nie wieder von der Engelmacherin und ihren Patientinnen. Frau Priberius machte keine Fehler mehr – zumindest blieb Maria davon unbehelligt.

Die Inflation nahm ab Herbst 1923 dramatische Formen an. Dinge des täglichen Gebrauchs wie Brot und Butter kosteten plötzlich Milliarden Reichsmark. Löhne wurden täglich ausbezahlt, die Menschen standen mit riesigen Taschen oder gar

Schubkarren an, um die vielen, meist druckfrischen Scheine in Empfang zu nehmen. Damit rannten sie dann so schnell sie konnten in die Läden, denn die Preise verdoppelten sich oft innerhalb weniger Stunden. Für die Händler war dies ein Verlustgeschäft – immer mehr ließen ihre Geschäfte geschlossen. Für die Menschen, die sich ihre Löhne nicht in Naturalien auszahlen lassen konnten wie Nellie und Maria, bedeutete das eine Katastrophe. Kinder hungerten, Familien drängten sich auf den Bahnhöfen, um aufs Land zu fahren und dort auf abgeernteten Feldern nach letzten Kartoffeln oder Getreideähren zu suchen. Oft versuchten sie auch zu stehlen, doch die Polizei auf dem Lande bewachte die Felder – und schoss scharf. In der Stadt stürmten die Hungernden Bäckereien und Marktstände. Nellie, Lene und Maria verließen ihre Wohnung nur noch, wenn es nicht anders ging. Auf den Straßen tobte der Mob, und auf den bekannten Plätzen des Schwarzmarktes mussten sie damit rechnen, überfallen zu werden.

Natürlich gab es auch Leute, die von der Inflation profitierten. Die Raffkes, wie die Berliner sie nannten, bevölkerten die Varietés und Restaurants in Friedrichstadt, die Weiße Maus machte astronomische Umsätze. Die Männer brachten nun auch ihre Frauen mit, meist ebenfalls Halbweltdamen, wie Manzingers Luise, die sich als teuer gekleidete und geschickt geschminkte Matrone entpuppte – ihr Pudelchen wurde nach Strich und Faden verwöhnt. Sie schleppte das Hündchen überallhin mit und weckte damit Begehrlichkeiten bei den anderen Frauen der Inflationsgewinnler.

Maria und Nellie konnten sich kaum mehr retten vor Schoßhunden und Perserkatzen, die Aufnahme in den Villen der Wohlhabenden fanden. Außerdem wurden viele Wachhunde angeschafft. Die Boxer schmückten sich mit Bullterriern, die sie aus Großbritannien importierten, und Marika Bergers Äffchen brauchte immer mal wieder tierärztliche Hilfe. Anscheinend bediente sich der Kleine öfter bei den Rauschmitteln seines Frauchens, wonach er aufgekratzt oder apathisch wurde. Einmal wurde Maria gerufen, weil er die Bar des Etablissements erklommen hatte, in dem die Berger tanzte – in der Weißen Maus war ihr längst wegen ihres schlechten Benehmens gekündigt worden –, und nun die Gäste mit Champagnerflaschen bewarf. Die Tänzerin wollte sich darüber ausschütten vor Lachen, der Besitzer war verständlicherweise nicht so begeistert. Maria holte das überkandidelte Äffchen schließlich mit einem Betäubungsmittel, das sie ihm mittels eines Blasrohrs verabreichte, zurück auf den Boden und erwarb sich damit die Bewunderung der Zuschauer.

»Dit nenn ick treffsicher!«, rief einer der Gäste lachend.

Er erschien am nächsten Tag mit einem Deutschen Schäferhund in der Praxis, seinem künftigen Wachhund, den er untersuchen lassen wollte.

Auf dem Höhepunkt der Inflation kündigte Nellie im Schlachthaus. Die Tierarztpraxis brachte genug ein, um sie alle zu ernähren.

»Wie kommen denn eigentlich deine Eltern mit der Inflation zurecht?«, fragte Nellie Maria, kurz nachdem sie ihre Ganztagsarbeit in der Praxis wieder aufgenommen hatte.

Sie packte eben ihre Sachen für die Hausbesuche, die sie regelmäßig übernahm. Auch die kleine Grietje richtete sich für die Besuchsrunde her, Nellie pflegte sie mitzunehmen. Grietje genoss das Zusammensein mit ihrer Mutter, vor allem die vielen neuen Bekanntschaften. Sie war inzwischen viereinhalb Jahre alt und äußerst aufgeschlossen. Die Frauen in den Bars vergötterten sie, ebenso die Damen in den Villen der Kriegsgewinnler.

»Kann ich gleich wohl wieder singen?«, fragte sie jetzt und zog theatralisch einen Schal über ihr Kleidchen.

Die Sängerinnen in den Varietés, die oft probten, während Nellie ihre Tiere behandelte, imponierten ihr und ließen sie oft mitsingen und auf dem Klavier herumklimpern.

Maria ignorierte Grietje und antwortete stattdessen Nellie. »Meine Eltern haben genug, das sie versetzen können«, sagte sie. »Allein der Schmuck meiner Mutter sollte sie durch die schlechten Zeiten bringen.«

Für Wertgegenstände gab es so viele Nahrungsmittel und andere Güter, wie man haben wollte, und die von Prednitzens waren immer reich gewesen. Auch Maria selbst besaß wertvollen Schmuck, sie hatte bei ihrem Auszug sogar daran gedacht, ihn mitzubringen. Dank Nellies Arbeit auf dem Schlachthof und der meist in Naturalien bezahlten Behandlung der Pferde hatte sie diesen Schatz bislang jedoch nicht angreifen müssen.

»Macht es dir nichts aus, dass du so gar keinen Kontakt zu ihnen hast?«, fragte Nellie. »Vielleicht … vielleicht haben sie ja was von Walter gehört.«

Maria schüttelte den Kopf. »Wenn Walter wüsste, dass ich nicht mehr zu Hause wohne, würde er mich finden. Es tut mir wirklich leid, Nellie, ich wünsche mir ehrlich für dich, dass er zurückkommt. Aber ich glaube nicht, dass er sich bei meinen Eltern meldet. Sie sind alle … zu stolz.«

Stolz schien für Maria etwas äußerst Abstraktes zu sein. Sie selbst war sehr geradeheraus und eigentlich niemals beleidigt. Nach wie vor fand Nellie das Zusammenleben unkompliziert – vor allem seit Grietje aus dem Gröbsten heraus war und nicht mehr jede Nacht schrie. Seit die Kleine sprechen konnte, hatte Maria auch ein zwar seltsames, jedoch durchaus gutes Verhältnis zu Grietje. Sie kuschelte nie mit dem Kind, beantwortete hingegen geduldig seine endlosen Fragen.

Nellie machte sich schließlich auf den Weg zu ihren Patienten und strebte mit ihrer Tochter an der Hand durch das morgendliche Berlin. Auch so viele Jahre nach dem Krieg wirkte die Stadt noch grau und depressiv. An den Straßenecken saßen Bettler, oft Kriegsversehrte, und vor dem Amt standen Arbeitslose um ihre Unterstützung an. Sie betrug inzwischen fast zwanzig Millionen Mark pro Woche und war trotzdem zum Leben zu wenig und zum Sterben zu viel. Ein Pfund Butter kostete vierundachtzig, ein Brötchen zweiundzwanzig Millionen Mark. Viele Kinder auf der Straße waren barfuß – Nellie hoffte, dass die Schulspeisung durch die Amerikaner sie immerhin am Leben hielt.

Ihr Ziel an diesem Tag war zunächst ein großes Varieté, dessen Bühne Platz für Tiernummern bot. Eine exotische Tänzerin ritt auf einem Elefanten auf die Bühne – ein Tier, das Maria aus dem Zoo kannte. Der Tiergarten hatte es aus Not verkaufen müssen. Nun litt Wombo unter einer Hautinfektion. Maria hatte sie behandelt, und Nellie sollte nur noch einmal nachsehen. Das riesige Tier imponierte ihr. Es war zum Glück ebenso gutartig wie gewaltig.

»Ick lass Ihre Kleene jern ma' reiten«, bot die »indische Tempeltänzerin, unter Lebensgefahr befreit von einem deutschen Expeditionsleiter«, die in Wirklichkeit aus Pankow stammte, freundlich an. Nellie wurde daraufhin erst bewusst, dass Grietje verschwunden war. Die Tonleitern, die aus einem der Probenräume des Etablissements klangen, wiesen ihr jedoch schnell den Weg zu ihrer Tochter. Grietje saß auf dem Schoß eines schrill gekleideten Entertainers und hämmerte auf ein Klavier ein.

»Do re mi fa so la si do«, sang der Mann mit. »Und jetzt rückwärts: *Do si la so fa mi re do …*«

»Ich will ein Lied spielen«, forderte Grietje. »Das mit den Entchen.«

Nellie war verblüfft. *Alle meine Entchen* bot sich natürlich an, wenn man von der Tonleiter aus auf ein Lied übergehen wollte. Aber dass Grietje das auch erkannt hatte … Sie wunderte sich noch mehr, als ihre Tochter gar keine weiteren Anleitungen erwartete, sondern gleich losspielte. Sie verhaspelte sich nur ein- oder zweimal, korrigierte sich jedoch sofort wieder. Bevor Nellie sich einschalten konnte, spielte Grietje das Lied noch einmal, und der Entertainer improvisierte dazu eine Begleitung mit der linken Hand. Kind und Mann strahlten, als sie fertig waren.

Nellie klatschte.

»Sie haben eine äußerst begabte Tochter, Frau Doktor«, sagte der Mann. Er führte am Abend durch die Show. Nellie kannte ihn aus der Praxis. Gemeinsam mit seinem Lebenspartner hielt er einen Chihuahua und zwei Siamkatzen in einer Wohnung um die Ecke. Der Hund hatte einen nervösen Magen, was daran lag, dass die Katzen permanent Jagd auf ihn machten. »Sie sollte Klavierstunden nehmen.«

Nellie lachte. »Dafür haben wir vorerst noch kein Geld«, beschied sie ihn. »Aber ja, Grietje gleicht ihrem Vater nicht nur äußerlich, sondern scheint zudem seine musikalische Begabung geerbt zu haben. Mein Mann hat sehr gut Geige gespielt.«

Das Clownsgesicht des jungen Mannes verzog sich. »Sie haben Ihren Mann im Krieg verloren?«, fragte er mitfühlend.

»Kann man so sagen«, erwiderte Nellie. Sie sprach ungern mit Kunden über ihre Geschichte. »Nun komm, Grietje, bedank dich bei Tony, und dann müssen wir weiter. Dem Elefanten geht's wieder ganz gut. Du kannst ihn sogar mal reiten, wenn du möchtest.«

Grietje stimmte zu und kicherte, als das riesige Tier sie mit dem Rüssel um die Taille fasste und auf seinen Rücken hob. Sie mochte Tiere und fürchtete sich nicht vor ihnen, aber die Leidenschaft, die Nellie schon als Kind für Vierbeiner gehegt hatte, schien sie nicht zu teilen. Sie trennte sich nach einem kurzen Ritt unbeschwert von Wombo und tänzelte vor sich hin singend neben ihrer Mutter her zurück auf die Straße. Ihr nächstes Ziel waren die Villenviertel in Zehlendorf. Nellie nahm die Trambahn und war entsetzt, wie teuer das Billett war.

»Ein paar Millionen für eine Fahrt?«, fragte sie. »Ich glaube, zurück gehen wir zu Fuß.«

Der Schaffner zuckte mit den Schultern. »Besser is 'n Fahrrad«, riet er. »Die meesten Leute fahrn jetzt Rad. Wenn Se noch eens ham … Sonst kost dit ja ooch Billiarden … Wo dit allet noch hinführn soll … Wo wollen Se denn hin, gnädje Frau … und dit Püppchen?«

Grietje lächelte ihm zu, und er erließ ihr den Kinderfahrschein. Die Tram war ohnehin fast leer. Nellie konnte sich den Fahrpreis von ihrer betuchten Kundin erstatten lassen, aber der

Mehrheit der Menschen blieben nun auch öffentliche Verkehrsmittel verwehrt.

Der nächste Patient gehörte der Gattin eines stadtbekannten Schiebers, August Grotten. Er hatte auf dem Schwarzmarkt ein Vermögen erworben und residierte nun in einer riesigen Villa. Seine Else konnte jeden Abend unter fünf Pelzmänteln wählen und scheuchte eine zahlreiche Dienerschaft herum, da sie natürlich nie gelernt hatte, ein großes Haus effizient zu führen. Ihr ganzer Stolz war Prinz, ein echter King Charles Spaniel, eingeführt aus Großbritannien. Das Tierchen war völlig überzüchtet, seine viel zu flache Nase machte ihm das Atmen kaum möglich. Es war schon nach wenigen Minuten Gassigehen völlig erschöpft. Brachyzephales Atemwegssyndrom hatte Maria diagnostiziert – Nellie hatte so etwas vorher nie gesehen. Sie hatten den kleinen Hund schließlich operiert und sein zu langes Gaumensegel entfernt. Das war nicht ohne Risiko gewesen, Nellie hatte drei Kreuze gemacht, als der kleine Prinz überlebt hatte und es ihm danach tatsächlich etwas besser gegangen war.

Else Grotten verehrte sie und Maria seitdem als Götter in Weiß und erwartete sie und Grietje jetzt mit echtem Bohnenkaffee, exzellenten Teeküchlein und vielen Geschichten über die Wundertaten, die Prinz verübte, seit er sich wieder einigermaßen bewegen konnte. Nellie hörte geduldig zu, während sie das Hündchen kraulte. Grietje suchte derweil nach einem Klavier, wie es in den meisten wohlhabenden Haushalten stand.

Alle meine Entchen, das aus einem Nebenzimmer des Salons zu hören war, bewies kurz darauf, dass sie es gefunden hatte.

Nellie entschuldigte sich. »Sie hat das gerade erst gelernt, und jetzt würde sie wahrscheinlich den ganzen Tag klimpern, wenn sie könnte.«

Else wehrte lachend ab. »Ach, lassen Sie doch, es stört ja nicht. Und so ist das Ding wenigstens zu was nutze. Ich kann nicht spielen, mein Mann erst recht nicht. Aber haben muss man ja so ein Instrument – wir geben manchmal Abendgesellschaften, und dann kommt ein Pianist. Ehrlich gesagt gibt mir das alles wenig. Na ja, wir gehören zur feinen Gesellschaft, und da muss das sein, sagt mein August. Und Ihre Tochter hat das gerade erst gelernt, sagen Sie? Dafür spielt sie aber gut. Gefällt mir besser als das, was der Pianist spielt, das Lied hier kenne ich wenigstens.« Wieder lachte sie.

Nellie musste ebenfalls lachen und fragte sich, was der Pianist – zweifellos ein Absolvent eines der besten Konversatorien, wenn auch zurzeit vom Hungertod bedroht, wohl dazu gesagt hätte. Doch tatsächlich klangen Grietjes Interpretationen des Entchenliedes immer besser. Als Nellie ihr kurz darauf über die Schulter sah, erkannte sie, dass sich die Kleine sogar eine kleine Begleitung für die linke Hand ausgedacht hatte.

»Sie sollten ein Klavier haben«, bemerkte Else Grotten, während Nellie Prinz untersuchte und Grietje sich an *Hänschen klein* versuchte. »Soll ich mal mit meinem August sprechen?«

August Grotten konnte alles besorgen. Ein Klavier würde keine besonderen Ansprüche an sein Organisationstalent stellen.

Nellie wiederholte, dass die Praxis jetzt zwar genug abwarf, um davon leben zu können, Extravaganzen jedoch nicht zuließ, und verabschiedete sich. Grietje konnte sich nur schwer von dem Klavier losreißen.

Ein paar Tage später standen sie ungläubig vor einem Lastwagen, dessen Fahrer ein Klavier vor ihrem Haus ausladen wollte.

»Doch, doch, is' für Sie, jnädje Frau. Oder für dit Frollein Tochter: Margarete De Groot. Von 'nem Prinzen, hat der Grotten jesacht. Jeschenk vom Prinzen. Hab jar nich' jewusst, dat dit Jesocks vom Schloss noch so viel Pinkepinke hat …«

Nellie unterdrückte ein Grinsen bei der Überlegung, was

Kaiser Wilhelm wohl von dieser solventen Verwandtschaft gehalten hätte.

»Der Prinz entstammt eher der britischen Linie«, erklärte sie, und da stürzte auch schon Grietje freudestrahlend aus dem Haus. Nellie resignierte. »Na, dann bringen Sie es mal hoch«, sagte sie. »Und hören Sie nicht hin, wenn die Nachbarschaft zetert. Die zetert immer.«

Frau Obermeier wurde der Ankündigung selbstredend gerecht und regte sich wortreich darüber auf, dass nun mit noch mehr Krach aus der Wohnung der Tierärztinnen zu rechnen war. Dabei war das völliger Unsinn, denn schon Marias ausgeprägte Lärmempfindlichkeit hatte Grietje zu einem sehr leise spielenden Kind gemacht. Die Kleine unterwarf sich sogar meistens deren rigiden Ordnungsprinzipien, weil Lene darauf drängte. Das junge Mädchen schien immer noch in der Angst zu leben, es könnte irgendwann bei ihren Retterinnen in Ungnade fallen und erneut Onkel Fritz ausgeliefert werden. Zumal Nellie und Maria ja beste Beziehungen zu den Kreisen ihres früheren Zuhälters unterhielten. Sie behandelten nicht nur Luises Pudelchen, sondern auch den Bullterrier Zeus, den sich Ralle Manzinger vor Kurzem zugelegt hatte.

Maria war verdutzt, als die Männer das Klavier in ihr Wohnzimmer stellten.

»Grietje wird nur klimpern, wenn du in der Praxis bist«, beruhigte Nellie sie. »Es wird keine Lärmbelästigung geben.«

Maria lächelte. »Musik ist kein Lärm«, sagte sie. »Du wirst ihr ja sicher beibringen, richtig zu spielen.«

Nellie sah sie ungläubig an. »Ich?«, fragte sie entsetzt. »Also, wenn ich spiele, können wir die Katze abschaffen. Da verlassen die Ratten das Haus ganz freiwillig.«

Maria blickte sie fragend an. »Ich dachte, der Rattenfänger hätte Flöte gespielt.«

Nellie lachte. »Das war ein Scherz. Ich kann nicht Klavier

spielen, Maria. Oder nur so wenig, dass es eher abschreckend wirkt als wie Musik.« Lächelnd erzählte sie der Freundin von ihren Musikstunden in Utrecht.

»Dann muss ich es ihr beibringen«, erklärte Maria, als sie geendet hatte. »Ich spiele gut.«

Zu Nellies Überraschung und Grietjes Begeisterung bewies sie das gleich mit einem korrekten Spiel von Beethovens *Für Elise*. Nellie musste allerdings zugeben, dass das nichts Ungewöhnliches war. Klavierspiel gehörte zur Ausbildung jeder höheren Tochter, und die hatte Maria selbstverständlich durchlaufen, obwohl ihr der Besuch eines naturwissenschaftlich ausgerichteten Lyzeums erlaubt worden war. Sie spielte fehlerfrei, wenn auch etwas hölzern. Grietje würde sie sicher eine ausgezeichnete Technik vermitteln können. Grundlagen, dachte Nellie. So jedenfalls hatte Frederique Leclerc das genannt. Später würde sich zeigen, ob mehr daraus werden konnte.

Im November 1923 endete dann endlich die Spirale aus Geldentwertung und Steigerung der Preise. Die Regierung gab die Rentenmark aus. Gegen eine Billion Papiermark erhielt man exakt eine Rentenmark. Die Inflation hatte viele alte Vermögen vernichtet, viele Mittelständler und vormals reiche Bürger ruiniert. Jetzt trat wieder Normalität ein. Grietje drückte sich begeistert die Nase an den Schaufenstern von Spielzeuggeschäften platt, die zur Weihnachtszeit wieder prall gefüllt waren. Nellies und Marias Kunden zahlten ihre Rechnungen nicht mehr in Naturalien oder ausländischen Währungen, sondern in Mark. Bald erschienen die ersten ganz normalen Bürger, die sich wieder trauten, ein Katzenbaby oder einen Welpen in die Familie aufzunehmen.

Gleichzeitig versandete die exzessive Vergnügungsindustrie. Viele Kabaretts und Varietés in Friedrichstadt mussten schließen, die verbliebenen setzten eher auf bunt ausgestattete Revuen mit Reihen voller lebensfroher Tänzerinnen als auf Marika Bergers befremdende Todestänze. Zwar fand sie noch das eine oder andere Engagement, stieg jedoch ab. Die Bars, in denen sie tanzte, wurden immer schmieriger und verruchter. Nellie und Maria erklärten ihr irgendwann, sie würden ihr Äffchen gern im Adlon behandeln, wenn es krank war, aber in die dunklen Seitenstraßen, in denen sie tanzte, wagten sie sich nicht mehr.

Die Normalisierung des Alltags brachte jedoch auch Nachteile mit sich. Anfang 1924 stellten Nellie und Maria fest, dass ihre Patientenzahl sich verringerte.

»Nein, das ist nicht nur, weil die paar Bullterrier von den Zuhältern wegfallen«, stellte Maria fest, als sie die Patientenakten durchsah. Nellie hatte den Schwund der Einnahmen lediglich auf den Einbruch der Schattenwirtschaft zurückgeführt. »Es bleiben Leute mit Schäferhunden weg, Frauen mit Schoßhündchen … Es sieht fast aus, als hätten wir Konkurrenz bekommen.«

Luise Manzinger, die immer noch regelmäßig mit ihrem Pudelchen vorbeikam, obwohl es gar nicht mehr so gut lief mit Ralles Geschäften, löste schließlich das Rätsel.

»Die rennen alle zu diesem Dr. Neuner in der Friedrichstraße«, erklärte sie. »Das ist ein ganz Schneidiger. War Tierarzt in der Armee und hat jetzt seine Praxis aufgemacht. Behandelt auch die Pferde auf der Rennbahn – und er macht Sie schlecht, Dr. De Groot. Frauen als Tierärzte, das wär ein Treppenwitz der Geschichte, sagt er. In der schlechten Zeit hätte man sich da vielleicht behelfen können. Doch jetzt ist er da – eine Lichtgestalt. Die Mädels schwärmen von ihm, und die Männer mit den scharfen Hunden gehen auch lieber da hin. Selbst Ralle überlegt, ob er den Zeus nicht lieber zu Neuner bringt. Der verzärtelt die Köter nicht so.«

Nellie und Maria setzten bei den Wach- und Kampfhunden

eher auf Bestechung als Zähmung mit Gewalt. Sie hatten immer Leckerbissen und freundliche Worte für die sonst streng gedrillten Tiere übrig und konnten sie deshalb im Großen und Ganzen gefahrlos behandeln.

»Dann wird er aber gebissen«, bemerkte Maria. »Ich verstehe das nicht. Wir haben die Leute doch nicht enttäuscht. Sie waren immer zufrieden mit uns. Warum wechseln sie jetzt?«

Nellie seufzte. Sie erlebte das schließlich nicht zum ersten Mal.

»Sie vertrauen männlichen Ärzten einfach mehr«, sagte sie. »Egal, wie gut wir sind, an einen Mann kommen wir in den Augen vieler Kunden nicht heran. Aber davon lassen wir uns nicht abschrecken. Wir müssen kämpfen. Wir bieten bessere Preise und bessere Betreuung der Tiere, vielleicht eine Art Leistungspaket, um die Leute an die Praxis zu binden. Wir können uns auch besonders auf Katzen konzentrieren. Bei denen funktioniert das System von diesem Neuner bestimmt nicht so gut.«

Nellie und Maria mussten erneut um ihr Auskommen kämpfen, doch wenn sie bescheiden lebten, reichte es. Nellie bot die geringere Arbeitsbelastung obendrein die Chance, sich endlich um die Realisierung des Traumes zu bemühen, der sie ursprünglich nach Berlin geführt hatte. Sie bewarb sich an der Universität um einen Studienplatz in Tiermedizin.

»Ich hoffe, ich muss nicht bei Adam und Eva anfangen«, sagte sie zu Maria, als der Dekan sie zu einem Vorgespräch einlud. »Vielleicht könnte ich sagen, ich hätte in Belgien schon ein paar Semester studiert.«

»Da würden sie Unterlagen fordern«, ernüchterte die Freundin sie. »Die Universitäten arbeiten zusammen. Selbst wenn du sagst, du hättest die Scheine verloren, finden sie raus, ob du immatrikuliert warst. Sag besser die Wahrheit. Zu mir war der Dekan immer ganz nett.«

Natürlich war er auch mit Marias Mentor Dr. Rüttig befreundet gewesen, während sich für Nellie niemand einsetzen würde. Sie ging mit Herzklopfen zur Vorstellung, stellte dann jedoch fest, dass Maria in der Hochschule den besten Eindruck hinterlassen hatte. Nellie behauptete, in der Praxis der Freundin als Assistentin zu arbeiten, und der Dekan legte das als positiv für ihre Bewerbung aus.

»Wie wäre es, wenn wir Sie einfach zu den Prüfungen für die Grundlagenkurse zulassen, ohne dass Sie die Vorlesungen besucht haben?«, fragte der Professor. »Wenn Sie bestehen, können Sie gleich im Bereich Veterinärmedizin einsteigen. Wenn es mit Chemie, Physik und Grundlagen der Anatomie allerdings hapert, werden Sie von vorn beginnen müssen.«

Nellie bedankte sich überschwänglich und verbrachte die nächsten Wochen mit nächtelangem Studium. Maria hörte sie geduldig ab – sie hatte nichts von all dem vergessen, was sie damals gebüffelt hatte, ohne dass es letztlich für das Studium oder gar die Praxis relevant gewesen wäre. Nellie musste es sich erst mühsam wieder ins Gedächtnis rufen. Sie wurde zusehends nervöser, als die Prüfungen näher rückten.

»Soll ich mitgehen?«, fragte Maria, als es schließlich so weit war.

Nellie würde einen ganzen Tag in der Universität verbringen und drei Klausuren schreiben. Sie schüttelte den Kopf, denn sie wusste, dass Maria nur fragte, weil sie irgendwann gelernt hatte, dass man einer Freundin moralische Unterstützung anbieten musste. Tatsächlich war sie sicher der Ansicht, dass ihre Anwesenheit auf Nellies Abschneiden in den Prüfungen nicht die geringste Auswirkung haben würde.

»Ach was, das schaffe ich allein«, erwiderte Nellie. »Unternimm lieber etwas mit Grietje. Es ist Freitag, da ist in der Praxis sowieso nichts los. Und Lene hat ja frei.«

Lene hatte zu ihrer übergroßen Freude eine ihrer Schwestern wiedergefunden. Das Mädchen arbeitete in einer Fabrik – es war ebenfalls vor dem übergriffigen Stiefvater geflohen, allerdings erst nach der Währungsreform. Nun trafen sich die Schwestern gelegentlich und hatten sich viel zu erzählen – auch wenn die schlimmsten Dinge vorerst sicher nicht zur Sprache kamen.

»O ja, dann gehen wir in die Neue Welt!«, bestimmte Grietje begeistert.

Sie drängte schon lange darauf, den Vergnügungspark an der Hasenheide besuchen zu dürfen, aber in der letzten Zeit hatte

Nellie einfach keine Zeit gehabt, und Lene fürchtete sich, allein mit dem Mädchen zu gehen. Ihr steckten die Erlebnisse mit Onkel Fritz noch so sehr in den Knochen, dass sie nichts, was das Wort Vergnügen im Namen führte, als harmlos betrachten konnte.

Nellie runzelte die Stirn. »Ich weiß nicht, Grietje ...« Maria und Vergnügungsparks passten nicht so recht zusammen.

Maria nickte jedoch tapfer. »In Ordnung, Grietje, das machen wir. Als Belohnung dafür, wie fleißig du Klavier übst.«

Das tat Grietje wirklich. Ihre Begeisterung für das Instrument war keineswegs abgeflaut, wie Nellie aufgrund der peniblen Beschränkung auf Tonleitern und Fingerübungen befürchtet hatte, aus der sich Marias Unterricht zusammensetzte. Tony im Varieté wäre die Stunden sicher kindgerechter angegangen.

Grietje hüpfte herum und intonierte Freudenschreie. Maria hielt sich die Ohren zu.

»Vielleicht nimmst du Ohrenschützer mit«, bemerkte Nellie lächelnd.

Schließlich war es so weit. Nellie ging in einem neuen dunklen Kostüm zur Prüfung, Maria und Grietje nahmen die Elektrische zur Hasenheide. Sie war überfüllt wie vor der Inflation, und Maria musste sich sehr zusammennehmen, ruhig zu bleiben, das Kind an der Hand zu halten und Sicherheit auszustrahlen. Sie war froh, als sie die Tram verlassen konnte, doch auch im Vergnügungspark war es voll. Grietje staunte über die futuristischen Türme und Tore am Eingang zur Neuen Welt und zeigte sich begeistert über die Teichanlage vor der Veranstaltungshalle, in der verschiedene Springbrunnen blubberten und spritzten. Es gab Rutschen und Karussells, die Grietje alle ausprobieren wollte. Maria kaufte ihr Limonade und Zuckerwatte und fand im Marionettentheater, das immerhin nicht unter freiem Himmel spielte, selbst ein bisschen Ruhe. Grietje fieberte mit dem Kasperl, machte sich später jedoch Sorgen um das Krokodil, dem er schließlich einen Knüppel auf den Kopf schlug.

»Du machst das wieder heil, Tante Maria, nicht?« Maria nickte lächelnd. »Jetzt zur elektrischen Eisenbahn!«, bestimmte die Kleine. Die weitläufige Anlage gab es seit 1879. Damals hatte Walter von Siemens sie auf der Gewerbeausstellung in Moabit vorgeführt. Grietje amüsierte sich köstlich über die kleinen Züge, die selbstständig durch naturgetreu nachgebaute, winzige Landschaften tuckerten. »Irgendwo machen sie auch Zirkus …«, rief Grietje. »In so einer Ma … Manoge …«

»Manege«, korrigierte Maria.

Sie hatte gelesen, dass es eine Freiluftmanege gab, fand sie jedoch nicht. Stattdessen entdeckte sie ein Schild HIPPODROM. Das verhieß Pferde – wenn auch keine glücklichen. Hippodrome waren im Allgemeinen Bierwirtschaften oder Bierzelte, denen eine Reitbahn angegliedert war. Wer immer sich berufen fühlte, konnte ein Pferd ausleihen und den anderen Gästen seine Reitkünste vorführen. Für die war das meist eine Gaudi, für die Tiere eher Quälerei.

Maria strebte dem Etablissement trotzdem zu. Sie wollte wenigstens sehen, in welchem Zustand die Tiere waren, und eventuell den Tierschutz alarmieren. Es gab Tierschutzgesetze in der neuen deutschen Republik, auch wenn sich kaum jemand darum scherte.

In der Reitbahn standen fünf magere Warmblutpferde, sämtlich gesattelt. Im Biergarten um sie herum war nicht allzu viel los, nur an einem der Tische saß eine Gruppe Zecher, die angetrunken genug wirkten, um es mit einem Ritt zu versuchen. Einer ermutigte gerade die anderen. Maria und Grietje gingen zu den Pferden hinüber. Ein blonder junger Mann drehte sich zu ihnen um.

»Na, Kleine, magst du eine Runde reiten?« Er wandte sich

freundlich an Grietje, doch dann sah er Maria und schien zu Stein zu erstarren.

»Ma… Maria …«

Maria sah dem jungen Mann ins Gesicht, was sie im Allgemeinen nicht gern tat, vor allem Augenkontakt scheute sie. Doch jetzt meinte sie, die Stimme zu erkennen. Ein Blick auf den Blondschopf überzeugte sie davon, ihren Kommilitonen Bernhard Lemberger vor sich zu haben. Der junge Mann wirkte deutlich gealtert. Seine früher von Lachfältchen umgebenen blauen Augen lagen tief in den Höhlen, hinter ihrer Sanftheit schien das Grauen zu lauern, das sie während des Krieges gesehen hatten. Um seinen Mund hatten sich Falten eingegraben, eine Wange war vernarbt.

»Bernhard«, sagte Maria leise und führte ihre Hand hinauf zu seiner Narbe. »Nun doch ein Schmiss?«

Bernhard musste lachen. »O mein Gott, du sagst immer noch alles frei heraus, was dir gerade in den Kopf kommt. Maria, wie sehr ich dich vermisst habe!«

»Ich war die ganze Zeit hier«, beteuerte sie. »Und ich habe mir Sorgen gemacht. Wo warst du im Krieg? Warum hast du nie geschrieben?«

Bernhard sah sie betroffen an. »Ich habe geschrieben«, sagte er beleidigt. »Zunächst jede Woche. Am Anfang war es auch noch gar nicht so schlimm, aber …«

»Ich habe nie einen Brief erhalten«, erwiderte Maria. »Glaubst du, meine Eltern …?«

»Deine Eltern werden die Briefe abgefangen haben«, erklärte Bernhard. »Ich habe das schon befürchtet. Wenn du eine Freundin gehabt hättest oder so, hätte ich an sie geschrieben. Aber du … du hast ja kaum jemanden in deine Welt gelassen.« Er sah von Maria zu Grietje, und sein Blick wurde schmerzlich. »Jedenfalls bis dahin. Jetzt … Ist das deine Tochter, Maria?«

Maria schüttelte den Kopf. »Natürlich nicht!«, sagte sie. »Das ist Grietje. Sie gehört zu meiner Kollegin. Nellie kommt aus Belgien.«

Bernhard lächelte augenscheinlich erleichtert. »Du hast eine Kollegin? Du arbeitest als Tierärztin?«

»Sicher«, sagte Maria. »Wir haben zusammen eine Praxis gegründet. So wie wir beide es vorhatten. Nur, du bist ja nicht zurückgekommen nach dem Krieg …«

In Marias stets leicht gesungener Wortmelodie schwang selten ein starkes Gefühl mit, doch jetzt meinte Bernhard Enttäuschung herauszuhören. »Ach, Maria …« Er seufzte. »Nach dem, was ich mir von deinen Eltern anhören musste … nach all diesem Hass und dieser Missgunst … diesen Unterstellungen … und dann der Krieg … ich war …«

»He, Kerle, mach uns ma 'n Pferd fertig!«

Die Männer am Tisch im Biergarten schienen sich geeinigt zu haben. Ein bärtiger Hüne und ein kleiner Dicker torkelten in die Reitbahn.

Bernhard verzog das Gesicht. »Ich muss jetzt arbeiten«, sagte er leise. Es klang, als schämte er sich. »Wartet ihr?«

Maria und Grietje setzten sich an einen der Tische, bestellten erneut Limonade und sahen sich das Schauspiel an. Es war wie erwartet entwürdigend und für die Pferde alles andere als angenehm. Der große Mann erstieg einen Fuchs und versuchte ihn mit groben Hilfen zum Traben zu bringen, der kleine Dicke versuchte sich an einem Rappen, nahm von einer Aufstiegshilfe aus aber zu viel Schwung und rutschte gleich auf der anderen Seite wieder herunter. Der Hüne hing schief auf seinem Pferd. Die anderen Männer johlten. Bernhard stand in der Mitte der Bahn und sah machtlos zu. Er war wohl dafür zuständig, die Pferde wieder einzufangen, wenn sie ihre Reiter verloren hatten. Die Tiere trotteten dann meist bereitwillig auf ihn zu. Sie schienen ihm zu vertrauen.

Maria fand das Hippodrom äußerst heruntergekommen. Es hatte wenig mit den Bildern zu tun, die man von entsprechenden Etablissements zu sehen bekam. Darauf gab es meist eine Art Direktor oder Reitlehrer, der in Frack und Zylinder in der Mitte stand und die Pferde bei Bedarf mit einer Peitsche anfeuerte. Bernhard tat nichts dergleichen. Er wartete nur ab, bis eine Viertelstunde vorüber war. Dann rief er die Männer in die Mitte.

»Das war's für eine Mark«, erklärte er.

Die Reiter protestierten ein wenig, waren jedoch sichtlich erleichtert, das Ganze lebend überstanden zu haben. Ihre Freunde feierten sie als Helden, als sie an ihren Biertisch zurückkehrten.

»Du arbeitest nicht als Tierarzt«, konstatierte Maria, als Bernhard jetzt zu ihnen kam.

Weitere Kunden waren nicht in Sicht, und auf die Pferde brauchte niemand aufzupassen. Sie waren zufrieden, wenn sie in der Mitte der Bahn stehen und sich ausruhen konnten.

Bernhard lächelte traurig. »In gewisser Weise schon«, erklärte er und wies auf die Pferde in der Bahn. »Die Gäule haben mehr Malaisen, als wir in drei Pferdesprechstunden in der Universität gesehen haben. Als ich hier anfing, hatten alle Satteldruck, offene Stellen am Rücken, Arthrose, zwei die Räude. Sonst wären sie hier nicht gelandet bei dem Mangel an Pferden, den Deutschland hat …«

»Und warum arbeitest du hier? Gab es keinen Tierarzt, der dich angestellt hätte?«

Maria fragte, obwohl sie sich die Antwort denken konnte. Ihre eigene Praxis hatte nach dem Krieg ja auch kaum Patienten gehabt. Andererseits war Bernhard nicht an ein Haus in Friedrichstadt gebunden. Er hätte sich eine Arbeit auf dem Land suchen können, in einem Gestüt – oder wie Nellie auf dem Schlachthof.

Bernhard rieb sich die Stirn. »Ich bin immer noch Jude,

Maria«, sagte er knapp. »Und ich war im Krieg. In den ersten Jahren als Tierarzt in einem Remontedepot. Es ging darum, die Pferde für den Krieg zu sichten, einzuteilen … Sie bekamen auch eine Art Grundausbildung, man versuchte, sie an Geschützfeuer und Lärm zu gewöhnen. Am Anfang kamen kräftige, geeignete Pferde, später nahm man alles an, was einigermaßen laufen konnte. Die meisten Pferde, die wir wegschicken mussten, haben nicht überlebt.«

Maria nickte. »Dasselbe hat Nellie erzählt. Sie war im Krieg in Belgien und hat Pferde behandelt.«

»Schließlich gab es kaum noch Pferde, jedenfalls brauchte man keine Tierärzte, um sie für tauglich zu befinden. Deshalb hat man uns als Tierärzte an die Front geschickt. Ich … ich habe Dinge gesehen …« Er schlug die Hände vors Gesicht. »Ich kann das nicht erzählen. Und als es aus war … als sie die letzten Pferde erschossen haben, da hatte ich keine Kraft mehr. Ich konnte mich nicht noch einmal mit deinem Vater anlegen. Am liebsten wollte ich … Ich wollte nur noch allein sein.«

»Das kenne ich«, sagte Maria. »Mir geht es oft so, wenn die Welt zu laut ist, zu schrill.«

»Und zu blutig«, flüsterte Bernhard. »Wie der Schlachthof. Ich habe es da versucht, nachdem mich niemand als Tierarzt anstellen wollte. Aber ich hab's nicht geschafft.«

»Ich auch nicht«, erklärte Maria. »Nellie schon. Nellie ist stark.«

»Diese Nellie hat in Belgien studiert?«, fragte Bernhard. »Ich dachte, du wärst die erste Tierärztin in Europa gewesen.«

»Das ist eine lange Geschichte«, beschied ihn Maria. »Nellie macht heute ihre ersten Prüfungen an der Universität Berlin. Ich werde dir später alles erzählen. Wirst du hierbleiben? Oder suchst du eine andere Arbeit?«

Grietje wurde unruhig. »Können wir die Ma… Ma… Manege suchen?«, fragte sie.

»Der Zirkus ist da drüben«, antwortete Bernhard. »Aber große Attraktionen haben sie nicht. Die besseren Schausteller arbeiten in den Varietés in der Stadt. Und das Hippodrom … Ich hab mich nie nach etwas anderem umgesehen, weil ich die Pferde nicht allein lassen wollte. Sie tun mir leid. Aber nächste Woche gehen sie sowieso alle zum Abdecker. Das Hippodrom wird geschlossen, stattdessen wird es hier einen Boxring geben. Boxen ist wohl ein großes Geschäft …«

Maria nickte. »Die Boxer zahlen immer ihre Rechnungen«, erklärte sie. »Viele haben Hunde. Du … verlierst dann deine Arbeit?«

Bernhard verzog das Gesicht. »Falls ich nicht plötzlich mein Talent als Boxer entdecke …« Maria blickte ihn irritiert an. »Ich kann nicht als Boxer arbeiten«, präzisierte er. »Und einen Tierarzt als Betreuer brauchen die Cracks auch nicht. Obwohl sie sich gern Löwenherz oder Bärenpranke nennen.«

»Du kannst zu uns kommen«, lud Maria ihn ein. »Wenn Nellie nun mehr Zeit in der Universität verbringt, kannst du in der Praxis helfen. So, wie wir es immer geplant hatten.«

Bernhard sah sie ungläubig an. »Du hättest einen Platz für mich? Ich könnte … als Tierarzt arbeiten? Oh, Maria, du bist das Beste, was mir je passiert ist!«

Nellie und Maria kamen gleichermaßen euphorisch zurück in ihr Zuhause und Grietje nicht minder. Sie hatte den Tag im Vergnügungspark genossen. Nellie hatte ihre Ergebnisse natürlich nicht sofort bekommen, die Prüfungen waren ihr jedoch einfach erschienen. Grietje platzte mit all ihren Erlebnissen heraus und war kaum zu bremsen, jede Einzelheit wurde genauestens geschildert. Als sie zu dem Mann kam, mit dem sie bei den Pferden Limonade getrunken hatten, brachte Nellie ihre Tochter erfolgreich zum Schweigen, um Maria von ihrer Begegnung mit Bernhard berichten zu lassen.

»Er hat sich so gefreut. Er sagte, ich sei das Beste, was ihm je passiert sei. Dabei bin ich doch kein Ereignis. Es muss wieder so eine seltsame Redewendung sein, die ich noch nie gehört habe.«

»Du bist schon etwas Besonderes«, antwortete Nellie lächelnd, doch es war ein gezwungenes Lächeln. »Und es ist schön, dass sich Bernhard wohlbehalten wieder eingefunden hat. Aber eine Arbeit in unserer Praxis … Du weißt, dass die Einkünfte zurückgehen, seit Dr. Neuner da ist …«

Maria blickte sie skeptisch an. »Du hast doch nichts gegen Juden?«, fragte sie.

Nellie schüttelte den Kopf. »Wie sollte ich?«, fragte sie. »Ich hab nie einen kennengelernt. Zumindest nicht bewusst. Sie tragen ja keine Abzeichen oder so.«

»Hier erkennt man sie«, meinte Maria. »Ich weiß auch nicht, woran, doch alle Leute wissen, wer ein Jude ist. Und wenn du nun nicht willst, dass er in der Praxis arbeitet …«

»Dann hat das ganz sicher nichts mit seiner Religion zu tun«, erklärte Nellie. »Die Frage ist nur, ob die Praxis uns alle ernährt.« Nellie fand, dass sie ihre Bedenken nicht für sich behalten konnte, wollte aber keineswegs den Eindruck erwecken, etwas gegen Marias Studienfreund zu haben. Tatsächlich war das Gegenteil der Fall, Marias Aufregung und Freude nach der Wiederbegegnung hatten sie neugierig gemacht. Maria hatte sonst nie auch nur einen Funken von Interesse an einem Mann gezeigt. Bernhard hingegen hatte sie gerngehabt. Vielleicht verbarg sich hinter dieser Freundschaft ja doch so etwas wie Liebe. »Andererseits ist Bernhard ja nicht nur ein Jude, sondern vor allem ein Mann«, überlegte sie jetzt weiter. »Die Patientenbesitzer, die erwägen, zu Dr. Neuner zu wechseln, könnten es erst mal bei uns mit Dr. Lemberger versuchen.« Sie lächelte. »Oder mit Dr. Bernhard. Ich denke, dass die Leute die Juden an ihren Nachnamen erkennen. Etwas anderes ist kaum möglich. Der kleine Trick könnte uns also allen helfen.«

Maria sah sie bewundernd an – erneut eine Regung, die man ihr gewöhnlich nicht anmerkte.

»Woher hast du nur immer diese Einfälle?«, fragte sie.

Nellie erhielt kurz darauf Nachricht, dass sie all ihre Prüfungen bestanden hatte. Man erließ ihr folglich das Vorstudium und lud sie gleich fürs nächste Semester zu den ersten Veranstaltungen im Hauptstudium ein.

Bernhard stellte sich in der folgenden Woche in der Torstraße vor, er war Nellie sehr sympathisch. In mancher Hinsicht erinnerte er sie an Walter, in anderer an Phipps. Für eine Offizierslaufbahn hätte er nie die ausreichende Durchsetzungsfähigkeit aufgebracht. Nun hatte er es als Jude und Beamtensohn auch nicht allzu leicht gehabt. Schon in der Schule hatte er gelernt, Demütigungen hinzunehmen, ohne zurückzuschlagen.

Dr. Neuner hätte er in Sachen Selbstbewusstsein nichts entgegenzusetzen gehabt, doch bei den Patientenbesitzerinnen punktete er mit seiner Jugend und seinem guten Aussehen, seiner Zuvorkommenheit und Höflichkeit und dem sanften Umgang mit ihren Schoßhündchen und Kätzchen. Luise Manzinger schnurrte wie ein solches, wenn er ihr Pudelchen untersuchte, und ihre Freundinnen fanden sich bald wieder ein, um Dr. Bernhard ihre Lieblinge vorzustellen. Er trug also durchaus zum Fortbestand der Praxis bei und übernahm bereitwillig Nellies Außendienst, wenn sie in die Universität ging. Sehr schnell gewann er auch Grietjes Herz, und so nahm er die Kleine gern auf seine Hausbesuche mit.

»Sie müssen das aber nicht machen«, bemerkte Nellie verlegen. »Wir haben Lene als Kindermädchen, es ist nicht nötig, dass Sie sich mit Grietje belasten.«

Bernhard biss sich auf die Lippen. »Wenn ich ehrlich bin«, murmelte er, »hab ich die Kleine sehr gern bei mir. Nicht nur, weil sie ein süßes Ding ist, sondern … sondern vor allem als Schutzschild. Wenn ich Grietje mitnehme, machen mir die Frauen keine zweideutigen Angebote, verstehen Sie?«

Nellie lachte. Sie verstand durchaus. All die Frauen, die nach ihrer Heirat mit Schiebern und Zuhältern in Villen und Landhäusern wohnten, waren niemals Kinder von Traurigkeit gewesen. Sie hatten die wilde Zeit in Berlin in vollen Zügen genossen und waren halbe Nächte mit ihren Gatten durch die Bars und Varietés gezogen. Nun bemühten sich ihre Männer, irgendwie ehrlich zu werden, was meist mit mehr Arbeit und weniger Verdienst verbunden war. Die Frauen sahen sich zu Hausfrauen degradiert, sollten sparen und Umgang mit der alten feinen Gesellschaft – Professoren, höheren Beamten, Adligen und Bankdirektoren – pflegen. Dabei langweilten sie sich oft zu Tode, und der fesche junge Tierarzt kam ihnen wie gerufen für ein Abenteuer. Bernhard zeigte jedoch keinerlei Interesse.

Bernhard Lemberger – Nellie hatte keine drei Minuten gebraucht, um das festzustellen – liebte nur eine Frau: Maria von Prednitz. Er musste schon vor dem Krieg bis über beide Ohren verliebt in sie gewesen sein und betete sie nun geradezu an. Maria bemerkte nichts davon. Nellie wünschte sich für beide, dass sich das irgendwann ändern würde. Sie schöpfte Hoffnung, als Bernhard begann, Maria zu Spaziergängen, ins Theater oder ins Kino einzuladen, und sie tatsächlich annahm. Maria sah so endlich *Das Cabinet des Dr. Caligari*, über das Berlin seit Jahren sprach, konnte mit dem expressionistischen Film allerdings nicht viel anfangen. Auch Theatervorstellungen gaben ihr wenig – am meisten genoss sie Ausflüge in den Zoo, der endlich wieder zu früherem Glanz zu finden begann. Gemeinsam mit

Bernhard besuchte sie Dr. Rüttig, der in den Kriegs- und Nachkriegsjahren schwer gealtert war. Die vielen Tiere, die er verloren hatte – aber auch die langjährigen Tierpfleger, die im Schützengraben gestorben waren, gingen ihm nach.

»Aber wir bekommen neue Lamas, Maria«, erklärte er mit gespielter Fröhlichkeit. »Alles wird wieder besser.«

Das Sommersemester 1924 begann im April, und Nellie genoss die Veranstaltungen in der Universität. Am meisten faszinierten sie die vielen Neuerungen, die die Medizin seit Phipps' Studium in Utrecht erfahren hatte. Zum ersten Mal sah sie eine Röntgenaufnahme – eine Technik, die bei Tieren zwar noch nicht zum Einsatz kam, auf die Dauer aber sicher auch die Veterinärmedizin revolutionieren würde. Zudem wurde auf dem Gebiet der Impfstoffe und Heilseren immer weiter geforscht, es wurden immer mehr Krankheitserreger identifiziert.

»Eigentlich müsste man ständig weiterstudieren!«, erklärte sie Bernhard und Maria begeistert. »Auf jeden Fall müssen wir alle medizinischen Zeitschriften abonnieren, um auf dem Laufenden zu bleiben.«

Grietje wurde im Juli fünf Jahre alt und freute sich schon auf die Schule. Bis zu ihrer Einschulung war es noch lange hin, aber sie war ein aufgewecktes Kind und konnte es nicht erwarten, all die Kinderbücher selbst zu studieren, die Nellie und Maria ihr vorlasen. Lene las schlecht, was kein Wunder war, denn sie hatte nur wenige Jahre die Volksschule besucht. Sie sang und spielte lieber mit Grietje, statt Bücher mit ihr anzusehen.

»Du gehst dann einfach noch mal mit mir in die Schule!«, bestimmte Grietje.

Dann half ihr gerade Lenes unsicheres Buchstabieren dabei, erste Lesekenntnisse zu erwerben. Sie begriff, worum es ging, und überraschte ihre Mutter mit ersten gelesenen Worten. Mitunter sah sie sich aber auch nur die Bilder in Marias alten

Kinderbüchern an und dachte sich dazu Geschichten oder Lieder aus, die meist in fremden Ländern spielten. Nach wie vor war das Klavier ihr Lieblingsspielzeug. Noten lesen konnte sie längst.

Nellie hatte Semesterferien, als die Tierärztinnen nach langer Zeit wieder einmal ein Anruf von Marika Berger erreichte. Wie fast immer war sie völlig hysterisch.

»Der Affe … er bewegt sich nicht mehr … Sie müssen sofort kommen. Ich glaub, der is' tot …«

Nellie, sie hatte das Gespräch angenommen, blieb ruhig. »Dr. von Prednitz ist leider gerade in einer Operation«, beschied sie die Tänzerin. »Und Dr. Bernhard assistiert ihr. Ich könnte allerdings gleich kommen. Wenn es wirklich dringend ist …«

Im Allgemeinen übernahm Maria nach wie vor die Behandlung ihres Lieblingspatienten, aber es war auch schon vorgekommen, dass Nellie nach ihm sah.

»Is' mir ganz egal, wer kommt!«, rief die Tänzerin verzweifelt. »Hauptsache, Sie tun was. Mein Äffchen, mein süßes Äffchen …«

Ihre Stimme klang relativ klar, sehr betrunken konnte sie noch nicht sein. Nun war es auch erst Nachmittag, da war sie sicher noch nicht lange wach.

»Was hat das Tierchen denn genau?«, erkundigte sich Nellie. »Ist es hyperaktiv oder lethargisch?«

»Wacht nicht auf!«, schrie Marika Berger. »So kommen Se doch!«

»Ich bin sofort da«, erklärte Nellie. »Bleiben Sie ruhig, es wird schon nicht so schlimm sein.«

Marika Berger residierte nach wie vor im Adlon. Sie schien also immer noch genug zu verdienen, um sich Luxus leisten zu können. Nellie griff also nach ihrer Tasche und schrieb rasch einen Zettel für Maria und Lene, die mit Grietje im Zoo war.

Dann nahm sie die Tram und war in nur wenigen Minuten in der Innenstadt vor den Toren des berühmten Hotels. Sie war gespannt auf die Lobby. Bislang war nur Maria hier gewesen, um das Äffchen zu behandeln.

Der junge Mann an der Rezeption, bei dem sie sich meldete und nach Marika Bergers Zimmernummer fragte, gab ihr allerdings keine Zeit, all den Prunk, das Gold und die Lüster, die brokatbezogenen Sessel und feingeschwungenen Tischchen anzusehen.

»Gott sei Dank, dass Sie da sind. Die Berger tobt. Aber ich glaub nicht, dass Sie bei dem Äffchen noch viel machen können. Die Frieda, das Zimmermädchen, sagt, das sei mausetot.«

Das klang nicht ermutigend. Im Gefolge eines kleinen Pagen, den man ihr zugesellte, nahm Nellie den Aufzug und stand gleich darauf in einem mit Seidentapeten ausgekleideten Korridor vor dem Zimmer der Tänzerin. Der Junge klopfte schüchtern. Als Antwort kam eine Art Heulen.

»Frau Berger?« Nellie ergriff die Initiative. »Hier ist die Tierärztin. Machen Sie auf, dann kann ich Ihrem Äffchen vielleicht helfen.«

Aus dem Zimmer klang ein Schluchzen, und jemand tapste zur Tür. Nellie sah sich der verweinten, stark abgemagerten und verlebten Tänzerin gegenüber.

»Er regt sich nich'«, jammerte sie – und hielt Nellie das schlaffe Körperchen des kleinen Affen entgegen.

Nellie fragte sich, was sie damit gemacht hatte, seit sie es gefunden hatte. Vorsichtig nahm sie es an sich und erkannte auf den ersten Blick, dass das Zimmermädchen recht hatte. Das Tierchen atmete nicht mehr. Nellie bettete es nichtsdestotrotz auf eine Kommode und hörte es ab. Auf sämtlichen sonstigen Möbeln stapelten sich wie immer bei der Berger Kleider, Zeitschriften, Flaschen und Essensreste. Einen exponierten Platz hatte eine Wasserpfeife. Marika Berger trank Cognac aus einem Wasserbecher. Der kleine Page stand fasziniert vor dem Chaos.

»Es tut mir leid, Frau Berger, aber hier kann ich nichts mehr tun«, sagte Nellie schließlich. »Das Äffchen ist tot – wobei ich eine Todesursache ohne Autopsie nicht diagnostizieren kann. Es hat sich allerdings nicht erbrochen und eingekotet, Gifteinwirkung ist also unwahrscheinlich. Wie haben Sie es denn gefunden?«

»Im Bett«, weinte die Berger. »Hat immer bei mir geschlafen, und meistens hat's mich geweckt. Aber heute … da lag's unter dem Kissen … ganz verdreht …«

Nellie kam ein schlimmer Verdacht. »Kann es sein, dass Sie es erdrückt haben, Frau Berger?«, fragte sie.

»Erdrückt?« Die Tänzerin schrie schrill auf. »Ich werd' doch meinen Liebling nich' erdrücken. Bisschen kuscheln, ja, hab ihn manchmal in 'n Arm genommen, aber …«

»Ich nehme an, dass Sie nicht nüchtern waren, als Sie gestern zu Bett gingen. Stimmt das?«, fragte Nellie nachdrücklich.

Die Berger lachte – ihre Stimmungen schwankten ständig. »Schäfchen, wer geht denn nüchtern ins Bett?«

Nellie seufzte. »Der Affe womöglich auch nicht. Ich nehme an, dass er wieder an Ihren Rauschmitteln genascht und tief geschlafen hat – das hatten wir ja schon mehrmals. Und dann haben Sie sich im Schlaf einfach draufgelegt, und er ist erstickt.« Sie öffnete die Augen des toten Tieres und suchte nach Einblutungen. »Ja. Tod durch Ersticken ist sehr wahrscheinlich«, stellte sie fest. »Zum Trost kann ich Ihnen sagen, dass er wahrscheinlich kaum etwas gemerkt hat, weil er schon bewusstlos war. Sonst hätte er sich gewehrt. Es tut mir sehr, sehr leid.«

»Ich bin also nich' schuld?«, fragte die Berger. »Er hat … er hat selbst was genommen, er …«

Nellie verschlug es fast die Sprache. Wie konnte sich die Frau so von aller Schuld am Tod des Tieres reinwaschen?

»Sie haben es natürlich nicht absichtlich gemacht«, sagte sie schließlich. »Soll ich das Tier mitnehmen? Wir könnten eine Autopsie vornehmen und so die Todesursache genau feststellen.«

Tatsächlich hätte sie das Äffchen gern in die Universität mitgenommen. Exotische Tiere bekamen die Studenten selten zu sehen. Marika Berger lehnte jedoch ab.

»Nee … nee … er soll 'n Grab bekommen … ich wollt' immer, dass er mit mir zusammen begraben wird … Er war mein Ein und Alles …« Sie wimmerte und nahm einen großen Schluck Cognac. Nellie glaubte nicht, dass sie hier noch irgendetwas ausrichten konnte. Sie konnte höchstens vorschlagen, das Tier kremieren zu lassen, was letztlich mit allen Kadavern geschah, die in der Hochschule zu Lehrzwecken aufgeschnitten wurden. Aber die Tänzerin war zu betrunken, um zu verstehen, dass sie dann die Asche ihres Äffchens zurückerhalten würde. »Ich muss ihn noch mal halten. Geben Sie ihn mir, ich muss ihn halten. Vielleicht wacht er ja doch wieder auf …«

Nellie beschloss, die weitere Lösung dieses Problems der Hotelleitung zu überlassen. Sie beneidete die Zuständigen nicht gerade darum, der hysterischen, volltrunkenen Frau irgendwann den Kadaver entreißen zu müssen. Mit einem weiteren Ausdruck des Bedauerns verabschiedete sie sich. Dieses Mal nahm sie die Treppe, um sich zu sammeln. Dann wartete sie an der Rezeption, um den jungen Mann, der sie nach oben geschickt hatte, von den Vorgängen im Zimmer der Berger in Kenntnis zu setzen. Neugierig überblickte sie das Foyer, das sich inzwischen mit gut gekleideten Herren und Damen gefüllt hatte. Sie strebten einem der Veranstaltungsräume zu. *Tanztee ab 16 Uhr* verriet ein Schild.

Nellie entschied spontan, sich einen Kaffee zu gönnen. Nachdem sie Bericht erstattet hatte, betrat sie den Tanzsaal, und die Musik nahm sie gleich gefangen. Die schweren Parfüms, die

die Damen aufgetragen hatten, stahlen dem eigentlich verspielt gehaltenen Raum ein bisschen seine Heiterkeit. Nellie suchte sich einen freien Tisch und setzte sich auf einen der zierlichen Wiener Caféhausstühle. Die Musik passte dazu, die Kapelle spielte kaum etwas anderes als Walzer. Während Nellie auf die Bedienung wartete, beobachtete sie die Tänzer und wunderte sich, wie viele der Herren Uniformen trugen. Im Alltag sah man inzwischen kaum noch Uniformierte, wenn überhaupt, dann nur Teile von Uniformen an bedürftigen Menschen, die damit ihre verschlissene Kleidung ausbesserten. Die Männer hier dagegen wirkten gepflegt – es handelte sich ausschließlich um Offiziere. Auf den zweiten Blick stellte sie fest, dass die Damen, die mit den uniformierten Herren tanzten, meist älter waren als ihre Kavaliere. Sie waren zwar sorgfältig geschminkt und gut gekleidet, doch Frauen in Nellies Alter oder noch jünger bildeten die Minderheit.

Schließlich fragte ein junges Mädchen nach Nellies Wünschen und nahm die Bestellung auf. »Sie sind zum ersten Mal hier?«, erkundigte es sich mit Blick auf Nellies Kostüm, das zwar gut geschnitten und aus ordentlichem Stoff war, aber kaum zu einem Tanztee passte.

»Mehr durch Zufall«, bekannte Nellie. »Ich hatte beruflich im Hotel zu tun und … na ja, ich brauchte einen Kaffee. Es ist doch keine geschlossene Veranstaltung?«

»Natürlich nicht.« Das Mädchen lächelte. »Ich wollte nur fragen, ob Sie vielleicht einen Eintänzer an Ihren Tisch bitten möchten … Wir vermitteln da gern.«

Nellie runzelte die Stirn. »Was habe ich denn unter einem Eintänzer zu verstehen?«, fragte sie. »Einen … Gigolo?« Sie konnte es kaum glauben, aber eigentlich hatte sie in den letzten Jahren in den wilden Kellerbars Berlins noch ganz anderes gesehen als ältere Frauen, die sich junge Männer kauften.

Das Mädchen errötete. »Dies ist das Adlon, gnädige Frau«,

sagte es beleidigt. »Wir würden keine … unanständigen Kontakte vermitteln. Es geht einzig und allein um Tanz. Es fehlt an Kavalieren, und so stellen sich junge Männer – oft ehemalige Offiziere – gegen ein kleines Entgelt als Eintänzer zur Verfügung. Das hat nichts Unsittliches. Jedenfalls nicht hier bei uns im Adlon.«

Nellie entschuldigte sich für ihr Unwissen, bedankte sich für das Angebot und sah dem Treiben weiter zu, während sie auf ihren Kaffee wartete. Tatsächlich teilten manche Damen den Kaffeetisch mit einem der Herren, andere Tänzer forderten bei jedem Tanz eine andere Frau auf. Neben den Uniformierten waren Männer im Frack oder Anzug unterwegs. Nur wenige schienen gemeinsam mit einer Dame gekommen zu sein.

Der Kaffee war erstklassig, dazu gab es einen Keks, und Nellie entspannte sich. Sie versuchte, die Szene auf dem Zimmer von Marika Berger zu vergessen, als plötzlich ein Paar an ihr vorbeitanzte, dessen Anblick das Blut in ihren Adern gefrieren ließ. Die Dame war eine Frau in den Sechzigern oder gar Siebzigern, der Mann viel jünger …

»Walter?«, stieß Nellie aus. Der Mann wandte sich um – und Nellies Vermutung wurde zur Sicherheit. »Walter von Prednitz!«

Walter verharrte mitten in der Bewegung. Auch er traute seinen Augen nicht, doch dann besann er sich offenbar, warf Nellie einen verständnisheischenden Blick zu, sprach kurz mit seiner Tanzpartnerin und brachte den Tanz zu Ende. Nellie bewunderte seine Selbstbeherrschung. Sie nahm noch einen Schluck Kaffee. Ihr Mund war trocken, ihre Hände zitterten. Halluzinierte sie, oder hatte sie ihn wirklich gefunden?

Als die Musik endete, führte Walter von Prednitz seine Partnerin galant zurück an ihren Tisch – auf dem Nellie ein zweites Gedeck erkannte. Die Frau konnte also nicht allein gekommen sein. Eine Freundin? Oder Walter?

Walter schien sich jetzt zu entschuldigen und strebte Nellies Tisch zu. Dabei hatte sie Zeit, ihn sich näher anzusehen. Er sah gut aus. Die Spuren, die der Krieg in sein Gesicht geschnitten hatte, waren zwar nicht getilgt, doch er wirkte weder so mager noch so verhärmt wie in den letzten Kriegstagen und wie Bernhard, als Maria ihn gefunden hatte.

»Nellie … das … das kann nicht sein, das träume ich …« Er ließ sich auf dem zweiten Stuhl an ihrem Tisch nieder, als bräche er zusammen, griff nach ihren Händen. »Nellie, wo kommst du her … Was machst du hier?«

Nellie überließ ihm ihre Hände und fühlte sich gut dabei. Wären die Begegnung und die Szenerie nicht so unwirklich gewesen, hätte sie Walter umarmt.

»Das sollte ich wohl eher dich fragen«, beschied sie ihn bestimmt. »Wer ist denn seit fünf Jahren verschollen, nachdem er seine Verlobte vor dem Traualtar hat stehen lassen? Was ist da passiert, Walter?«

Sie entzog ihm die rechte Hand und versuchte, sich damit eine Haarsträhne aus dem Gesicht zu streichen. Sie hatte sich vor dem Aufbruch nicht die Mühe gemacht, in den Spiegel zu sehen. Wahrscheinlich sah sie schrecklich aus.

In Walters Augen stand jedoch die altbekannte Zärtlichkeit und Bewunderung.

»Du bist noch genauso schön wie damals, Nellie«, flüsterte er. »Du hast dich kein bisschen verändert. Wahrscheinlich bist du doch eine Luftspiegelung …«

»Die Luftspiegelung kneift dich gleich«, erwiderte Nellie. »Schon als Strafe dafür, dass du Maria so lange darüber im Unwissen gelassen hast, wo du bist und was du tust.«

Über Walters Gesicht zog leichte Röte. »Das ist alles nicht so einfach …«, behauptete er.

Nellie hob den Blick, als ein Schatten über sie fiel.

»Herr Leutnant!« Die Dame, mit der Walter eben getanzt

hatte, stand plötzlich hinter ihm und musterte Nellie mit durchdringendem Blick. »Darf ich Sie erinnern …«

Walter erhob sich beflissen. »Selbstverständlich, Gräfin. Ich stehe gleich wieder zu Ihrer Verfügung. Ich habe nur … eine Bekannte getroffen, eine Kriegsbekanntschaft … Gräfin von Albrechts, Frau Cornelia De Groot.«

»Sehr erfreut, Ihre Bekanntschaft zu machen«, sagte die Gräfin schmallippig. Sie war schlank, hatte eine erstklassige Figur für ihr Alter, ihr Gesicht verriet ihre frühere Schönheit. Es war schmal, die weiße Haut erinnerte an altes, von Sprüngen durchzogenes Porzellan – Nellie wäre es wie ein Sakrileg erschienen, hier von Falten zu sprechen. Ihre Züge hatten jedoch etwas Hartes, Maskenhaftes. Klare grünblaue Augen fixierten sowohl Nellie als auch Walter. Nellie erkannte darin keine Wärme. »Ich erwarte Sie dann an unserem Tisch, Herr Leutnant. Der nächste Tanz ist ein Walzer …«

Nellie sah Walter fragend an. Er rieb sich die Stirn, saß sichtlich wie auf heißen Kohlen. Die ältere Dame wanderte zwar zurück an ihren Platz und ließ sich von einem beflissenen Kellner den Stuhl zurechtschieben. Sie beobachtete Walter jedoch mit unwilligen Blicken.

»Nellie, ich … ich kann dir das alles erklären …«, sagte er mühsam.

Nellie war in den Grundfesten erschüttert, fing sich jetzt jedoch und half Walter schließlich weiter.

»Es muss ja nicht heute sein«, meinte sie. »Wir könnten uns morgen treffen. Im Café Tiergarten? Um diese Zeit?«

Walter biss sich auf die Lippen. »Um diese Zeit muss ich tanzen«, erklärte er.

Nellie ließ den Blick durch den Raum schweifen. »Am Abend vermutlich auch«, sagte sie kühl.

»Du musst das verstehen. Es ist mein Beruf«, verteidigte sich Walter. Er war erkennbar verlegen.

Nellie hätte beinahe gelacht. »Du weißt schon, dass ›Beruf‹ von ›Berufung‹ kommt, oder?«, neckte sie ihn.

Walter lächelte sein altes entschuldigendes Lächeln, in dem immer auch Zärtlichkeit mitschwang, wenn er es Nellie schenkte.

»Es ist mein Broterwerb«, berichtigte er.

»Dann treffen wir uns also zum Frühstück«, bestimmte Nellie. »Es sei denn, du … hast auch da deine Pflichten …«

Die Gräfin blitzte ihn jetzt erkennbar ungeduldig an. Sie hob die Sektflasche und füllte demonstrativ zwei Gläser.

»Zum Frühstück!«, bestätigte Walter.

Gewinner

Deutschland – Berlin
1924 bis 1929

Am nächsten Morgen überließen Nellie und Maria Bernhard die Praxis und Lene das Kind, nahmen gemeinsam die Tram zum Tiergarten und saßen schon vor ihrem Kaffee, als Walter erschien. Er sah sehr gut aus. Zu einem modischen Hut trug er einen locker geschnittenen Anzug mit leichter Taillierung, gestreifte Hose und gestreifte Krawatte, dazu eine Weste und ein einreihiges Sakko. Alles war neu, Nellie kam sich in ihrem schlichten Etuikleid wie Aschenputtel vor, und Maria wirkte streng in ihrem Kostüm.

»Maria!« Walter streckte seiner Schwester überrascht die Hände entgegen, und Maria erlaubte ihm, sie zu umarmen. »Du hast sie mitgebracht, Nellie!«, rief er strahlend. »Aber du hast ja auch gestern schon angedeutet, dass ihr euch kennt. Ihr müsst mir alles erzählen … Maria, ich hab dich so vermisst!«

Walter strahlte vor Wiedersehensfreude, während Maria kühl blieb.

»Ich war da«, sagte sie. »Du hättest mich treffen können.«

Walter seufzte. »Es war alles nicht so einfach, Maria … Nellie …«, wiederholte er seine Entschuldigung vom Vortag. »Der Entschluss, Irmgard zu verlassen … zumal mit einem solchen Eklat … Ich konnte mich in der Gesellschaft nicht mehr sehen lassen. Jedenfalls wollte ich eine Zeit lang verschwinden. Ich wollte eine Arbeit finden, etwas Geld sparen und dann nach Belgien zurück, um nach Nellie zu suchen. Ich hatte geplant, dich aus diesem Ledegem herauszuholen, Nellie, und aus dieser seltsamen Ehe. Du solltest mit mir zusammen sein, zur Universität gehen wie Maria und danach deine eigene Praxis haben … Aber dann …«

Nellie lag die Frage auf der Zunge, was genau er denn hatte arbeiten wollen, aber Walter berichtete gleich selbst von seinen enttäuschten Hoffnungen. Außer Reiten und dem Umgang mit Pferden hatte er nicht viel mehr gelernt als Fechten und Schießen – und für keine dieser Fertigkeiten gab es im Berlin der Nachkriegszeit Bedarf. Er schlug sich deshalb zunächst mit Gelegenheitsarbeiten durch, bis ihm ein anderer ehemaliger Offizier von der Möglichkeit berichtete, als Eintänzer zu arbeiten.

»Es ist eigentlich gar nichts dabei«, erklärte Walter, als Maria die Stirn runzelte. »Es ist ein … ein Beruf wie jeder andere. Man stellt sich als Tänzer zur Verfügung, wenn bei einer Gesellschaft mehr Frauen als Männer zugegen sind, auch, wenn eine Dame moderne Tänze erlernen will oder einen tanzfaulen Gatten hat … Manchmal eröffnet man Bälle mit Debütantinnen. Es ist sehr … vielfältig.«

Maria sah ihn skeptisch an. »Ich habe gehört, eine Dame könne sich einen Eintänzer mieten. Für einen Nachmittag oder Abend.«

Walter biss sich auf die Lippen. »Buchen. Wir sagen, die Damen können uns buchen. Und ja, so ist es in der Tat. Aber es geht wirklich nur ums Tanzen. Nicht um …«

»Dafür, dass es nur ums Tanzen geht, hat die Dame gestern ganz schön eifersüchtig geguckt«, bemerkte Nellie.

Walter rieb sich die Schläfen. »Ach, die Gräfin von Albrechts … es ist verrückt! Sie hat einen Narren an mir gefressen. Eine Offizierswitwe, schwerreich, munkelt man. Jedenfalls bucht sie mich regelmäßig. Und dann achtet sie peinlich genau darauf, dass ich ja kein Wort mit einer anderen Dame wechsle.«

»Du könntest ihr Sohn sein«, sagte Nellie in tadelndem Tonfall. All das gefiel ihr nicht.

Maria dagegen zuckte mit den Schultern. »Ist er aber nicht. Und wenn sie doch wirklich nur tanzen will …« Gutgläubig sah sie ihren Bruder an.

Nellie wurde langsam ungeduldig. »Sagt mal, wie naiv seid ihr eigentlich?«, fragte sie mit scharfer Stimme. Bei Maria war sie an Gutgläubigkeit gewöhnt, Walter war ihr dagegen eigentlich immer als recht scharfsinnig erschienen. »Es geht da auf keinen Fall nur ums Tanzen. Die Frau will dich, Walter, mit Haut und Haaren, und die Hälfte von dir meint sie schon zu haben. Lass mich raten: Sie zahlt deine Unterkunft?«

Walter errötete. »Nein«, behauptete er.

»Aber deine Anzüge«, trumpfte Nellie auf. »Lüg nicht, Walter, ich hab mich gestern Abend noch im Adlon erkundigt. Ein Eintänzer verdient gerade mal genug zum Leben – fünf bis maximal vierzig Mark am Tag. Davon kann man sich keinen so feinen Zwirn leisten, wie du ihn heute trägst.«

Walter errötete. »Die Gräfin mag es eben, wenn ich edel gekleidet bin«, verteidigte er sich. »Und ja, ich begleite sie auch schon mal ins Theater, ins Konzert oder Varieté. Aber sonst ist da nichts. Es hat nichts damit zu tun, was zwischen uns war, Nellie – und vielleicht wieder sein wird …«

»Wenn du genug gespart hast?«, fragte Maria.

»Oder wenn du die Gräfin beerbt hast?«, erkundigte sich Nellie mit spitzer Zunge. »So geht das nicht, Walter. Ich bin nach Berlin gekommen, weil ich mit dir leben wollte, nachdem mein Mann unsere Ehe beendet hatte. Ich muss dir viel erzählen. Und ja, wenn ich dich ansehe, schlägt mein Herz noch immer Purzelbäume. Es könnte sein, dass wir wieder zusammenkommen. Aber ich teile dich nicht mit einer alten Dame, die auf mondän macht, und sie gedenkt garantiert nicht, dich mit mir zu teilen. Du wirst dich schon entscheiden müssen … Im Übrigen verdiene ich ganz annehmbar. Ich könnte dich also genauso gut aushalten, wenn auch auf etwas bescheidenerer Basis.«

Walter schüttelte entsetzt den Kopf. »Ich würde niemals Geld von dir annehmen«, erklärte er entrüstet. »Nellie, ich … ich liebe dich. Ich habe alles für dich aufgegeben … Und ich lasse mich von der Gräfin nicht aushalten, ich …« Er rieb sich die Stirn.

Nellie seufzte. »Wir sollten das vielleicht unter vier Augen besprechen. Und ich würde mir eine romantischere Umgebung für solche Geständnisse wünschen. Wie wäre es mit heute oder morgen Abend?«

Walter errötete erneut, als er verneinte.

»Du bist also … gebucht?«, fragte Maria und schob ihre Kaffeetasse von sich fort.

Nellie blitzte ihn an. »Offensichtlich«, sagte sie. »Und ich kann mir gut denken, von wem.«

Nellie und Walter verabredeten sich für den übernächsten Abend. Walter hatte da noch kein Engagement und war entschlossen, auch keines anzunehmen, selbst wenn das für ihn finanzielle Einbußen bedeutete.

Nellie merkte ihm dann jedoch schon bei der Begrüßung an, dass er vorher mit der Gräfin zusammen gewesen war.

»Ich rieche ihr Parfüm«, erklärte sie, nachdem sie einen Kuss auf die Wangen getauscht hatten. »Ein aufdringlicher Duft. Was war es? Wieder ein Tanztee?«

»Eine Vernissage«, gestand Walter. »Ein expressionistischer Künstler auf der Königsallee. Sehr … außergewöhnlich …«

»Die Bilder interessieren mich da weniger«, bemerkte Nellie. »Eher die Begleitung. Die Dame schmückt sich mit dir. Was hat sie dazu gesagt, dass du heute Abend nicht zur Verfügung stehst?«

Walter biss sich auf die Lippen. »Ich kann selbst über meine Zeit bestimmen«, erklärte er. »Und jetzt lass uns nicht mehr ständig von mir reden, erst recht nicht von der Gräfin. Erzähl mir lieber, wie du Maria kennengelernt hast und wie es kommt, dass ihr zusammenarbeitet. Ich will alles von dir wissen, Nellie. Die Gräfin bedeutet mir nichts. Aber du …«

Er legte seine geöffnete Hand auf den Tisch des Restaurants, in dem sie sich getroffen hatten, und wartete, dass sie ihre hineinlegte. Sie tat es nach kurzem Zögern. Dann begann sie zu erzählen. Von Phipps, ihrer Trennung und ihrer Schwangerschaft, von ihrer Flucht aus dem Dorf ihrer Kindheit und der Reise mit Benno. Nach wenigen Minuten war es zwischen ihnen wieder wie damals in Kortrijk. Sie lachten zusammen, verstanden einander ohne Worte. Wie Nellie gehofft hatte, machte Walter kein Problem daraus, dass sie eine Tochter von Phipps hatte.

»Und es ist bestimmt nicht meine?«, fragte er. »Kein Zweifel möglich?«

Nellie schüttelte den Kopf. »Sie ist Phipps wie aus dem Gesicht geschnitten, und sie spielt so selbstverständlich Klavier wie er die Geige. Aber sie wünscht sich einen Vater. Wenn du also Interesse hättest – sie würde dich sicher mögen.«

Walter lächelte. »Ich möchte sie gern kennenlernen. Kann ich euch besuchen?«, fragte er. »Ich würde mir auch die Praxis sehr gern einmal ansehen …«

»Du bist jederzeit willkommen«, sagte Nellie. »Sofern dir dein seltsamer Beruf Zeit dafür lässt.«

Als sie sich voneinander trennten, küsste er sie. Nellie erwiderte den Kuss, lehnte jedoch sein Angebot ab, ihn in seine Wohnung zu begleiten.

»Ich habe es dir schon mal gesagt, Walter … Ich mag es nicht, dich zu teilen. Ich will nicht mit dir in einer Wohnung zusammen sein, die du vom Geld anderer Frauen bezahlst, denen du vielleicht falsche Hoffnungen machst …«

Walter fuhr auf. »Ich bin kein Heiratsschwindler«, empörte er sich. »Ich spiele niemandem etwas vor!«

»Das meine ich auch nicht«, begütigte Nellie. »Du kannst die Frauen jedoch nicht daran hindern, sich in dich zu verlieben. Das geschieht einfach. Und diese Gräfin … Ich kann mir nicht helfen, aber sie macht mir fast etwas Angst.«

Zwei Tage später kam Walter in die Abendsprechstunde – begleitet von der Gräfin von Albrechts und ihrer Siamkatze. Ein betagter Diener, sie nannte ihn Herr Ferdinand, trug die Katze in einem Korb. Das Tier war empört über die Beschränkung seiner Freiheit.

»Einen kranken Eindruck macht sie mir nicht«, schilderte Maria ihren ersten Eindruck, nachdem sie ihren Bruder begrüßt hatte und der Gräfin vorgestellt worden war. Nellie war oben in der Wohnung, um für ihr Studium zu lernen. »Was soll denn mit ihr nicht stimmen?«

Die Gräfin sah sie hoheitsvoll an. »Nun, ich dachte an eine umfassende Untersuchung. Um sicher zu sein, dass sie gesund ist. Sie werden vielleicht Hilfe brauchen. Ist Ihre Kollegin verfügbar?«

»Mein Kollege ist verfügbar«, erklärte Maria. Bernhard wertete im Nebenzimmer Blutproben aus. »Das ist eine sehr schöne Katze. Wenn auch anscheinend etwas wild.« Sie warf einen vielsagenden Blick auf die zerkratzten Hände des Dieners.

Die Gräfin – sie trug ein wadenlanges Kleid mit tief sitzender Taille und farblich passende Stiefeletten, die Knöpfe ihres Pelzmantels hatte sie geöffnet – streifte die Katze mit einem anerkennenden Blick, Maria eher mit einem herablassenden.

»Das ist ihr Geburtsrecht«, erklärte sie. »Sinaida stammt aus den besten siamesischen Linien. Sie ist eigenwillig. Sie weiß, was sie will, und ordnet sich nicht so leicht unter.«

Maria runzelte die Stirn. »Den Aufzeichnungen der Anna Leonowens zufolge hatten Frauen im alten Siam kaum Rechte«, erklärte sie. »Aus feministisch-kritischer Sicht waren sie eher unterdrückt, was sich unter anderem durch die Institution der Vielehe ausdrückte. Anna Leonowens unterrichtete 1862 bis 1867 die Kinder des damaligen Königs in Englisch – es waren um die fünfzig Kinder von verschiedenen Frauen, die sicher alle Adelsfamilien entstammten. Sie hatten sich der Autorität des Königs unterzuordnen …«

Die Gräfin sah sie verständnislos an. »Was hat das mit meiner Katze zu tun?«, fragte sie.

»Gar nichts«, gab Maria gelassen zu. »Katzen orientieren sich im Allgemeinen nicht an den gesellschaftlichen Verhältnissen in den Ursprungsländern ihrer Rasse sowie der Stellung ihrer Familien in der dort herrschenden Hierarchie. Ihr Verhalten hängt eher mit den Erfahrungen zusammen, die sie mit Menschen gemacht haben, oder mit individuellen Charaktereigenschaften. Können Sie das Tier jetzt einmal aus dem Korb nehmen? Ich nehme doch an, dass es mit Ihnen vertraut ist.«

Walter lächelte, als die Gräfin die Hand vorsichtig in den Korb steckte. Die Gräfin überraschte allerdings alle, indem sie die fauchende Katze geschickt am Nackenfell zu fassen bekam, in den Korb drückte, bis sie sich beruhigte, und das ernüchterte Tier dann wie selbstverständlich heraushob und auf den Behandlungstisch setzte. Maria nickte anerkennend und begann, das offenbar kerngesunde Tier abzutasten und abzuhören. Es verspannte sich erneut, als plötzlich etwas gegen die hintere Tür des Behandlungsraums polterte.

»Besser nicht aufmachen, das ist Benno«, sagte Maria, doch da schwang die Tür bereits auf.

Maria konnte die Katze gerade noch am Nackenfell packen und in einem Zwangsgriff fixieren, bevor der alte einohrige Hund hereinstürzte und einen Freudentanz aufführte, um Walter zu begrüßen. Die Gräfin verfolgte indigniert, wie ihr Begleiter den Hund umarmte und kraulte.

»Guter alter Benno! Mein Bester! Dass du mich noch erkennst …« Walter klopfte und streichelte den Hund und sprach freundliche Worte. Benno grunzte und jaulte vor Begeisterung.

»War das Ihr Hund, Herr Leutnant?«, fragte die Gräfin verwundert. »Ich hätte Sie mir eher mit einem etwas … edleren Tier vorstellen können. Einem Weimaraner zum Beispiel …«

Walter lachte. »Etwas mehr Respekt, Gräfin, das ist ein Kriegsveteran. Mevrouw De Groot hat ihn zusammengeflickt, nachdem eine Granate sein Ohr zerfetzt hatte. Danach war er dienstuntauglich, machte sich jedoch als Blindenführhund weiterhin nützlich.« Er zwinkerte Maria zu.

Sie ließ keine Regung erkennen. »Die Katze ist völlig gesund«, erklärte sie in Richtung der Gräfin. »Natürlich kann ich ihr noch Blut abnehmen, aber das halte ich für überflüssig, da sie ja keine Krankheitssymptome zeigt. Kann ich sonst noch etwas für Sie tun, Frau Gräfin?«

Die Gräfin verzog das Gesicht. »Nein, vielen Dank, Fräulein Doktor. Wir kommen wieder, falls irgendetwas sein sollte mit Sinaida.«

Maria nickte. »Wir schicken Ihnen die Rechnung«, sagte sie und wandte sich dann an ihren Bruder. »Möchtest du noch bleiben, Walter? Nellie ist oben. Oder hat dich die Gräfin für heute gebucht?«

Maria sprach völlig emotionslos, sie ließ nicht erkennen, was sie davon hielt. Walter errötete trotzdem.

»Ich komme an einem anderen Tag«, sagte er schließlich. »Heute bin ich in der Tat zeitlich etwas angespannt.«

Maria nickte erneut. »Dann wünsche ich Ihnen noch einen schönen Abend mit meinem Bruder, Frau Gräfin«, erklärte sie gelassen. »Er versteht sich exzellent auf die Kunst des Gesellschaftstanzes, er hat auch mich einstmals zu einem Tanzkurs begleitet.«

Der Diener klappte den Korb mit der Katze zu, nachdem Maria sie hineingesetzt hatte, und schloss sich mit kurzem Gruß der Gräfin und ihrem Kavalier an, als beide die Klinik verließen.

»Was war das denn?«, fragte Bernhard, der die seltsame Konsultation mitbekommen und sich bereitgehalten hatte, um eventuell bei der Bändigung der Katze zu helfen. Er kannte Marias Bruder von früher, hatte es aber nicht sinnvoll gefunden, in den Behandlungsraum zu kommen, um ihn zu begrüßen.

»Das war mein Bruder bei der Arbeit«, antwortete Maria. »Er ist Eintänzer. Aber auf Wunsch begleitet er die Damen auch bei anderen Anlässen.«

»Mir erschien er wie ein braver Schoßhund«, bemerkte Bernhard. Nellie und Lene hatten gekocht, und er blieb zum Essen. Dabei erzählte Maria vom Besuch der Gräfin, und er reicherte ihre spröde Schilderung durch ein paar pointierte Beobachtungen an. »Und der Diener nicht minder. Die Dame hat ihr Personal gründlich unter dem Pantoffel.«

»Sie kann Walter nicht als Mitglied ihres Personals betrachten«, sagte Nellie.

Sie war erzürnt. Walter hatte unzweifelhaft kommen wollen, um sie zu sehen – und anscheinend hatte er das gegenüber der Gräfin erwähnt, die sich ihrerseits angeschlossen hatte. Sie nahm an, dass die Sache eskaliert wäre, hätte sie sich in der Praxis aufgehalten. Die Gräfin führte Walter vor. Und er schien das nicht zu merken oder nicht merken zu wollen.

»Als was denn sonst?«, fragte Bernhard. »Himmel, Nellie, der Mann wird bestellt und bezahlt wie jeder andere Dienstleister. Du solltest das vielleicht nicht so verbissen sehen.«

Nellie blitzte ihn an. »Und wieso gibt es dann keine verheirateten Eintänzer?«, erkundigte sie sich.

Bernhard zuckte mit den Schultern. »Die gibt es bestimmt. Aber ich wette, sie nehmen ihre Eheringe ab, wenn sie sich mit den zahlenden Damen treffen. Reg dich doch nicht so auf, Nellie. Glaubst du wirklich, diese Gräfin ist eine Konkurrenz für dich?«

»Sie ist zumindest ein Ärgernis«, erklärte Nellie. »Ich wünschte, Walter suchte sich einen anderen Beruf.«

Die Beziehung zwischen Walter und Nellie gestaltete sich tatsächlich weiterhin schwierig, obwohl beide sich darüber klar waren, dass sie einander immer noch liebten. Walter lernte Grietje endlich kennen und verstand sich gut mit ihr. Auch er spielte etwas Klavier und alberte gern mit der Kleinen herum, indem er vierhändig mit ihr spielte und sich immer wieder einen Fehler leistete. Grietje mochte nicht aufhören zu kichern, wenn er *O Tannenbaum* angeblich mit *O du Fröhliche* verwechselte. Wenn das Winterwetter es erlaubte, ging er mit Nellie und ihrer Tochter in den Park oder besuchte mit ihnen die Neue Welt. Er versuchte, so viel Zeit wie möglich mit ihnen zu verbringen, am liebsten natürlich mit Nellie allein. Wenn sie jedoch freihatte, war er in aller Regel gebucht – nicht immer von der Gräfin, es gab auch andere Damen, die sich gern ein paar Stunden von dem schneidigen jungen Leutnant aufs Parkett führen ließen.

Das sah die Gräfin von Albrechts jedoch nicht gern – sie verfolgte auch seine geschäftlichen Kontakte mit Argwohn, wie Nellie schnell feststellte. Denn natürlich konnte sie sich nicht beherrschen, Walter und seinen »Buchungen« nachzuspionieren. Bernhard begleitete sie zu einigen Tanztees und beobachtete Walter seinerseits, wenn er – rein zufällig – mit Maria die Vernissagen oder Theateraufführungen besuchte, zu denen die Gräfin mit Walter ging. Walter fiel das zunehmend auf die Nerven, vor allem die Begegnungen mit Maria. Nellie und Bernhard bemühten sich, nicht von ihm und seiner Dame bemerkt zu werden, wenn sie ihn ausspionierten, doch Maria bestand darauf, ihn und die Gräfin zu begrüßen. Sie stellte sie auch anderen Bekannten vor, die sie bei diesen Gelegenheiten traf, und erwähnte dabei immer wieder wie zufällig, dass Walter als professioneller Begleiter an der Seite der Gräfin stand. Luise Manzinger und Else Grotten waren hochinteressiert, als sie ihn mit den Worten »Dies ist übrigens mein Bruder. Er ist Eintänzer, und heute Abend hat ihn die Gräfin von Albrechts gebucht«, vorstellte.

Während ihre Männer feixten, steckte Else Walter heimlich eine Karte zu. »Vielleicht könnten auch wir uns einmal treffen«, raunte sie. »Mein Gatte ist kein begeisterter Tänzer …«

»Du machst mich vor allen Leuten lächerlich«, warf Walter seiner Schwester vor, als er es endlich mal wieder schaffte, in der Torstraße vorbeizuschauen. Er hatte zunächst ein paar heitere Stunden mit Nellie und Grietje im Tiergarten verbracht und nahm sich dann Maria vor. »Ich weiß ja, dass du es nicht so meinst, aber …«

»Was ist denn dabei?«, flötete Nellie. »Ist es nicht ein Beruf wie jeder andere? Dafür musst du dich doch nicht schämen, Walter. Und Else Grotten zahlt sicher gut …«

»Nellie …« Walter errötete. »Ich würde niemals mit eurer Kundin …«

»Nein?«, fragte Nellie jetzt scharf. »Ist Sinaida von Albrechts inzwischen nicht auch unsere Patientin? Finde endlich eine Lösung, Walter, sonst kompromittierst du mich ebenso, wenn wir zusammen gesehen werden. Ein paar Tänze im Adlon sind eine Sache – ich wüsste nicht, dass einer unserer Patientenbesitzer zum Tanztee geht. Aber in der letzten Zeit bist du ständig mit der Gräfin unterwegs. Und nur sehr selten beim Tanz.«

Das stimmte. Je öfter Walter sich mit Nellie traf, desto häufiger buchte ihn die Gräfin für öffentliche Anlässe. Sie schien ihn als Mann an ihrer Seite etablieren zu wollen. Umso peinlicher waren die Begegnungen mit Maria.

Walter seufzte. »Ich versuche ja, sie loszuwerden«, meinte

er. »Aber ich will auch nicht unhöflich sein … Sie hat mich immer sehr unterstützt.«

»Genau da liegt der Hase im Pfeffer«, bemerkte Nellie. »Du meinst, ihr verpflichtet zu sein, und vielleicht bist du es sogar. Gib diesen Beruf auf, Walter, vor allem diese Frau. Mach sonst was, nur hör auf, dich herumführen zu lassen wie ein wohlerzogener Pudel!«

Walters Gelegenheit zum Ausstieg leitete sich im Frühjahr 1925 durch einen Anruf ein. Ludwig von Lindau, sein ehemaliger Kriegskamerad, hatte ihm vormals die Arbeit als Eintänzer empfohlen, doch selbst inzwischen etwas anderes gefunden. Er arbeitete auf der Rennbahn Hoppegarten als Bereiter und Jockey. Nun war er überrascht und äußerst erfreut, als er Walter noch unter dem Telefonanschluss erreichte, den er sich für seine Buchungen als Eintänzer zugelegt hatte. Er gehörte zu einer kleinen Wohnung am Rande von Friedrichstadt, die Walter sich anfänglich mit Ludwig geteilt hatte. Seit dieser die Tanzerei aufgegeben hatte, ermöglichten Walter nur die häufigen Unternehmungen mit der Gräfin, die Miete aufzubringen.

»Walter, altes Haus! Du bist immer noch in der Behrenstraße? Sag nicht, du tanzt auch noch! Mensch, hast du das nötig?«

»Ich muss was essen und irgendwo wohnen«, meinte Walter verstimmt. »Halbwegs menschenwürdig, wenn's geht …«

»Tja, so viel Luxus hab ich hier natürlich nicht«, bemerkte Ludwig. »Ich teil mir eine Wohnung mit einem anderen Bereiter, und es ist ziemlich primitiv, aber das kann sich natürlich ändern, wenn die Gäule, die ich reite, endlich mal gewinnen. Womit wir beim Thema wären. Walter, du hast doch mal erzählt, deine Schwester studiert Tiermedizin. Gibt's die noch? Und ist sie tatsächlich Tierärztin geworden? Mir ist das eingefallen, weil wir damals in Kortrijk diese Dr. Nellie hatten. Wir brauchen hier nämlich dringend eine Frau.«

Walter hörte etwas überrumpelt zu, wie sein Freund zunächst von seiner neuen Arbeit auf der Rennbahn und dann von einem Hengst erzählte, auf den alle große Hoffnungen setzten. Das Tier war jedoch äußerst sensibel und nicht von jedem zu reiten und zu handhaben. Es schien schlechte Erfahrungen mit Menschen und speziell mit Männern gemacht zu haben. Ludwig, der erfahrene Kavallerist, hatte sich dem Pferd zwar so weit angenähert, dass er aufsteigen und reiten konnte, ohne dass der Hengst durchdrehte. Doch kurz vor seinem ersten Start im Rennen hatte sich ein Auge des Pferdes entzündet, und das Leiden hielt sich hartnäckig.

»Das Auge müsste regelmäßig gereinigt und mit Tropfen behandelt werden«, erklärte Ludwig. »Auch diagnostisch wäre da noch einiges zu leisten. Der Tierarzt konnte bisher nur Ferndiagnosen stellen, es ist absolut unmöglich, an den Hengst ranzukommen. Er steigt, wirft sich hin – bevor er sein Auge behandeln lässt, bringt er sich um und den Tierarzt gleich mit. Und da hatte ich eben an deine Schwester gedacht. Vielleicht kommt sie ja an ihn ran.«

Nellie und Maria beschlossen, die Rennbahn gemeinsam aufzusuchen. Maria kannte sich mit Augenheilkunde gut aus, Nellie hatte mehr Pferdeerfahrung. Zudem setzte sie auf ihre besseren kommunikativen Fähigkeiten. Die Behandlung eines Pferdes auf der Rennbahn war womöglich ein Sprungbrett – vielleicht konnten sie in Dr. Neuners Domäne vorstoßen und hier neue Patienten finden. Dabei stellte sich natürlich auch die Frage nach der zweckmäßigen Kleidung für den Besuch in Hoppegarten. Die Damenmode war in diesem Frühjahr zum Glück sportlich orientiert, und Nellie entschied sich für Knickerbockerhosen zu Bluse und langer Weste. Maria hatte nur eine lange Hose. In der Sprechstunde trug sie meist Röcke unter ihrer Schürze. Zur Behandlung eines wehrigen Pferdes waren Hosen auf jeden Fall geeigneter. Beide flochten ihre langen Haare und steckten sie auf. Bislang hatte keine von ihnen sich zu einem modischen Bubikopf durchringen können, obwohl Nellie durchaus damit liebäugelte.

Walter trug Reitzeug, als er sie abholte. Er wollte die Gelegenheit nutzen, seinen Freund wiederzusehen und sich auf der Rennbahn nach einer möglichen Anstellung umzuhören. Nellie bemerkte sofort, dass es sich um elegante zivile Reithosen handelte, nicht etwa um alte Uniformhosen. Möglicherweise war er also auch für Ausritte mit irgendwelchen Damen gelegentlich gebucht worden. Um die Stimmung nicht zu verderben, erkundigte sie sich nicht, ob die Gräfin von Albrechts ritt.

Nellie war noch nie auf einer Rennbahn gewesen und zeigte sich sehr beeindruckt von der Anlage in Hoppegarten. Neben der eigentlichen Rennbahn gab es ein Restaurant, ein Verwaltungsgebäude und drei Tribünen, alles sehr funktionell gestaltet. Neben den der Rennbahn zugehörigen Trainingsställen gab es diverse private Züchter, die ihre Vollblüter auf der Bahn trainierten. Die Grünanlage rund um die Rennbahn war weitläufig und gepflegt, es gab sogar Weidestücke, auf denen die Pferdepfleger ihre edlen Schützlinge an der Hand grasen ließen. Die Rennbahn war gut ans öffentliche Verkehrsnetz angeschlossen, man erreichte sie mit der Bahn.

»Eigentlich hätte man uns ja ein Automobil stellen können«, bemerkte Nellie. »Der Pferdebesitzer hat doch sicher viel Geld und kann es sich leisten.«

»Es ist wohl ein Alleingang des Pferdetrainers und Reiters«, erklärte Walter. »Der Besitzer schwört auf Dr. Neuner, aber der kommt an den Hengst nicht ran. Deshalb versucht der Trainer jetzt auf Ludwigs Anregung hin etwas Neues. Nicht ohne Risiko. Wenn es nicht klappt, machen sie sich zum Gespött der Rennbahn. Und ob der Besitzer dann euer Honorar zahlt ...«

»Du kannst einem wirklich Mut machen«, neckte ihn Nellie. Maria dagegen rekapitulierte bereits während der Fahrt die möglichen Erkrankungen des Pferdes. Zurzeit war sie bei Neoplasien, was sie nicht gerade optimistisch stimmte.

»Nun lass uns das Tier doch erst einmal ansehen«, beruhigte sie Walter.

»Meist übertreiben die Besitzer maßlos, wenn es heißt, das Pferd ließe keinen an sich ran …«

»Aber dies sind Profis«, wandte Nellie ein. »Dein Ludwig und sein Trainer, die sollten doch was von Pferden verstehen.«

Ludwig begrüßte sie am Eingang zu den Ställen, wo Besucher natürlich überprüft wurden. Er zeigte sich sehr galant Nellie gegenüber, dabei schien er verdrängt zu haben, dass er sie in Kortrijk der Spionage bezichtigt hatte. Nellie entschied, nicht an der Vergangenheit zu rühren. Er gab sich begeistert, sie zu sehen, und pries sie dem Trainer gegenüber als hervorragende Tierärztin. Trainer Pitters, ein kleines, vertrocknet wirkendes Männchen, musterte sie eher skeptisch.

»Wenn das mal was gibt …«, murmelte er, führte sie dann jedoch ohne weitere Fragen zu ihrem Patienten. »Das isser. Seine Exzellenz …«

Nellie lachte. »Heißt er so? Seine Exzellenz? Die Leute sind ja wirklich einfallsreich, was Namen betrifft. Wie ruft man ihn denn?«

Sowohl Trainer als auch Reiter blickten sie verständnislos an. Sie pflegten Pferde wohl nicht bei ihrem Namen zu rufen.

»Fürchte dich nicht, denn ich habe dich erlöst. Ich habe dich bei deinem Namen gerufen. Du bist mein.« Maria zitierte die Bibel in ihrer singenden Sprechweise.

Sie musste das unpersönliche Verhältnis der Männer zu dem Pferd ebenfalls stören. Während Ludwig und der Trainer noch über den Sinn ihrer Rede nachzugrübeln schienen, wandte sie sich von den Männern ab, dem Pferd zu. Das Tier stand, von den Menschen abgewandt, in seiner Box und schaute gegen die

Wand. Es wirkte nicht sehr glücklich. »Komm her, Exzellenz. Lass mich dich ansehen …«

Der Hengst war schokoladenbraun und sehr groß. Als er sich Maria nun zuwandte, erkannten sie ein zugeschwollenes, eiterndes und tränendes Auge. Um das Auge herum war das Fell verklebt. Der sonst sehr gepflegte Hengst ließ es sicher nicht zu, sich am Kopf anfassen zu lassen.

»Man kriegt nur mit Mühe ein Halfter drauf«, bestätigte ein Pfleger, der sich ihnen inzwischen zugesellt hatte.

»Na, das müssen wir aber«, bemerkte Nellie. »Geben Sie mir mal eins.« Sie nahm das Halfter an und begann sich dem Pferd mit dem Summen zu nähern, das Walter und Maria schon oft von ihr gehört hatten. Es beruhigte die meisten Pferde. Nellie tastete sich erst mal an seine Schulter heran, kraulte ihm schließlich den Hals und schob ihm dann vorsichtig das Halfter über die Nase. »Und jetzt legen wir dir den Riemen über den Nacken. Ans Auge kommen wir gar nicht ran …« Nellie sprach sanft und beruhigend auf das Pferd ein, das tatsächlich zu reagieren schien. Als das Halfter saß, wandte es sich auch wieder Maria zu, die sich darauf konzentrierte, den Hengst mit ihren Gedanken zu erreichen.

»Er ist aufgeregt, und er hat Schmerzen«, erklärte sie. »Er wird nicht stillhalten, es tut zu weh. Wir müssen ihn sedieren.«

Nellie nickte und suchte in ihrer Tasche nach Veronal.

»Dr. Neuner hält ja nicht viel von diesen neuen Mitteln«, bemerkte der Trainer.

Maria zuckte mit den Schultern. »Emil Fischer und Josef von Mering entwickelten das Mittel vor zwanzig Jahren«, erklärte sie. »So neu ist es also nicht. Es gibt bereits weiterführende Forschungen zu seiner anxiolytischen, sedativen, hypnotischen und narkotischen Wirkung. Wir setzen ein Derivat ein, das …«

»Was hat denn Dr. Neuner gemacht, um ihn ruhig zu kriegen und das Auge zu untersuchen?«, unterbrach Nellie sie.

Der Trainer schürzte die Lippen. »Na, was wohl? Nasenbremse. Der Gaul hätte ihn und sich fast umgebracht. Den Heiner«, er wies auf den Pfleger, »hat er gegen die Wand geschmettert. Der ist immer noch grün und blau …«

»Und bezüglich des Auges ist er damit kein bisschen weitergekommen«, bemerkte Nellie. »Die Nasenbremse hat eine gewisse beruhigende und sedative Wirkung. Aber ein Pferd mit sehr starken Schmerzen kann man damit nicht bändigen. Es sei denn, man fesselt und knebelt es obendrein, es gibt da sicher Methoden … Das haben wir heute nicht mehr nötig. Wir geben dem hübschen Kerl jetzt einfach eine Spritze …«

»Da kann doch das Herz von versagen«, behauptete der Trainer.

»Ja, bei hoch dosierter Gabe von Barbituraten kann es zu Herzstillstand und Atemlähmungen kommen«, gab Nellie zu. »Wir setzen sie deshalb auch zur Euthanasie von Hunden und Katzen ein. Aber wir wissen schon, wie wir es dosieren müssen, keine Sorge. Wir geben ihm gerade so viel, dass er sediert ist. Ich möchte ihn ungern ablegen. Was meinst du, Maria?«

Maria nickte. »Für die Untersuchung nicht. Falls sich natürlich rausstellt, dass wir operieren müssen … Man kann Pferde in Vollnarkose legen, doch es ist nicht ohne Risiko.«

Der Trainer seufzte. »Tun Sie, was Sie nicht lassen können. Ich wasche meine Hände in Unschuld. Es ist ja wohl auch der letzte Versuch. So kann der Hengst nicht starten. Und als Zuchthengst kauft den keiner mit dem Auge. Das liefe auf den Abdecker hinaus …«

Seine Exzellenz war nicht sonderlich gewillt, sich eine Spritze geben zu lassen, aber Marias sanftes Streicheln und Nellies Gesumme wiegten ihn schließlich so weit in Sicherheit, dass Nellie die Vene suchen und die Spritze platzieren konnte. Wenige Minuten später ließ das Pferd den Kopf hängen, und sein Körper entspannte sich. Maria näherte sich dem Auge mit einer

Taschenlampe und einer Lupe. Sie schob die Lider auseinander und legte die rot geschwollene Netzhaut frei.

»Konjunktivitis«, diagnostizierte sie. »Ich glaube nicht, dass die Hornhaut verletzt ist. Aber da … da steckt etwas …«

Nellie reichte ihr eine Pinzette, und Maria bekam mit ruhigen Händen den Fremdkörper zu fassen.

»Eine Granne«, sagte sie. »Sie sollten vielleicht nicht mit Gerstenstroh einstreuen. Grannen sind scharf und können Verletzungen verursachen. Meistens zwar eher im Maul …«

Nellie nickte. »Wir sollten das Maul Seiner Exzellenz auch untersuchen. Gut möglich, dass er sich ungern reiten lässt, weil die Schleimhaut Entzündungen aufweist.«

Maria reinigte das Auge mit einer speziellen Lösung und träufelte Tropfen hinein. »Ich denke, ich mache einen Verband, damit es sich erst mal beruhigt«, schlug sie vor.

»Und dann?«, fragte Ludwig. »Braucht er die Tropfen jetzt täglich? Wer gibt ihm die?«

»Eine von uns kann das machen«, erwiderte Nellie. »Wenn er keine Schmerzen mehr hat, wird er sich bestimmt behandeln lassen. Wir müssten dann allerdings zweimal täglich rauskommen. Das ist nicht billig.«

Der Trainer winkte ab. »Darauf kommt's nicht an«, erklärte er. »Schauen Sie jetzt mal ins Maul. Ich hab das auch schon mal gehört, das mit Gerstenstroh. Aber die Einkäufe macht die Rennbahnleitung, ich hab gar nicht drauf geachtet. Und mit der Inflation in den letzten Jahren … die sparen natürlich …«

Nellie schaute sich das Maul des Pferdes an und wurde sofort fündig. Unter der Zunge fanden sich Verletzungen und Entzündungen. Sie zog die Grannen heraus, desinfizierte und riet zu Spülungen mit Kamillenlösung. »Wenn er Sie das machen lässt. Sonst geben Sie ihm einfach Kamillentee ins Futter. Die meisten mögen das sehr gern.«

»Vielleicht sehen Sie sich die anderen Pferde auch an«,

brummte der Trainer. »Ist ja unwahrscheinlich, dass das nur einer hat. Die Pferde, die ich trainiere, sind alle in diesem Stall. Die meisten sind friedlich.«

Während Seine Exzellenz sich von der Sedierung erholte, untersuchten Maria und Nellie eins der Rennpferde nach dem anderen. Bei vier weiteren fanden sie durch Grannen verursachte Maulverletzungen. Eins hatte obendrein einen vereiterten Zahn.

»Den sollten wir ziehen«, riet Nellie. »Hat sich Dr. Neuner denn nie die Zähne angesehen?«

Der Trainer schüttelte den Kopf. »Das soll der Schmied machen, meint er. Das gehört zu dessen Pflichten. Aber unser Rennbahnschmied ist immer in Eile …«

»Und die Ansicht, der Schmied sollte die Zähne der Pferde raspeln, ist sowieso veraltet«, sagte Nellie. »Wir selbst gehen ja auch zum Zahnarzt und kämen nicht im Traum darauf, stattdessen einen Schuhmacher aufzusuchen. Ziehen wir den Zahn gleich, Maria, oder morgen, wenn wir wieder nach Seiner Exzellenz sehen?«

Ein junger Pfleger kam in den Stall gerannt. »Trainer Pitters? Stimmt dit, dat Se 'n Tierarzt hier ham?«, rief er aufgeregt.

»Gleich zwei«, sagte Ludwig.

»Können wir irgendwie helfen?«, fragte Nellie.

Der junge Mann schaute irritiert zu, wie die Frauen mit Maulgitter und Zahnfeilen agierten, nahm sich dann jedoch zusammen.

»In Stall 2, die Fuchsstute von Jessen, Larissa … Sie hat Kolik … und beim Neuner geht keiner ans Telefon …«

»Der hat jetzt sicher Kleintiersprechstunde«, bemerkte Nellie mit Blick auf die im Stall hängende Uhr. »Guck du dir das an, Maria, ich sedier inzwischen diesen netten Kerl mit dem entzündeten Zahn. Wenn wir sowieso noch bleiben, können wir den auch gleich ziehen. Wie heißt das Pferd?«

Nellie versetzte Junker in leichten Schlaf, während Maria die Stute aus Stall 2 rektal untersuchte und eine geringfügige Verlagerung des Darms feststellte. Sie legte eine Nasenschlundsonde und verabreichte dem Pferd warmes Wasser und flüssige Vaseline, um den Darm wieder durchlässig zu machen. Dann bat sie den Pfleger, es herumzuführen.

»Das regt die Darmtätigkeit an«, erklärte sie. »Aber nicht longieren, das Herz soll nicht belastet werden.«

Zwei Stunden später setzte die Stute Kot ab und schien sich besser zu fühlen.

»Wir sehen dann morgen früh wieder nach ihr«, kündigte Nellie an. Sie hatten Junker seinen Zahn gezogen, sein Aufwachen überwacht und die Stute weiter im Auge behalten. Jetzt waren sie mit all ihren Patienten zufrieden. Mehr als glücklich wirkte Walter. Er hatte sich lange mit dem Trainer unterhalten und seine reiterliche Laufbahn geschildert. Natürlich hatte er nach Arbeit gefragt, und er freute sich nun über ein Angebot. Pitters konnte ihm zwar keine Bereiterstelle anbieten, wohl aber die eines Pferdepflegers.

»Viel Geld verdiene ich da nicht, dafür bekomme ich eine Schlafstelle auf dem Gelände. Wenn ich also die Wohnung kündige, reicht es, um zu leben. Ich werde die Gräfin nicht mehr brauchen«, erklärte er Nellie auf dem Rückweg zum Bahnhof. Sie waren mit dem Zug nach Hoppegarten gekommen.

Nellie blieb stehen und küsste ihn. »Na, das ist mal eine gute Nachricht«, sagte sie. »Aber werde mir bloß nicht schwach, Lieber, wenn sie sich davon nicht begeistert zeigt.«

Zu Walters Überraschung reagierte die Gräfin gelassen auf seine Ankündigung, er werde nicht mehr als Eintänzer arbeiten.

»Das ist ja auch nichts, was ein junger Mann sein Leben lang tun sollte«, erklärte sie. »Wenn ich mir allerdings Ihre Alternative ansehe … Eine Arbeit als Stallbursche … Ist das nicht ein wenig unter Ihrer Würde?« Die Gräfin zückte ihr Lorgnon und blickte ihren Favoriten nachdrücklich an. »Ein Herr Leutnant, der die Mistkarre schiebt?«

Walter wand sich unbehaglich auf seinem Louis-XIV.-Stuhl. Er hatte bei der Gräfin vorgesprochen und war direkt zum Tee in ihr Wohnzimmer gebeten worden. Nun trank er besten Darjeeling aus feinen Porzellantassen. Dazu servierte die Haushälterin, Frau Gertrude, leichtes Gebäck.

»Nun, der Krieg ist vorbei«, sagte er möglichst leichthin. »Den Leutnant gibt es nicht mehr. Ich muss mich anderweitig orientieren.«

»Sagt Ihre kleine Tierärztin?«, fragte die Gräfin. Ein Hauch von Schärfe stahl sich in ihre Stimme.

»Mevrouw De Groot heißt meinen Entschluss gut«, antwortete Walter kurz.

Die Gräfin verzog die schmalen Lippen zu einem falschen Lächeln. »Es hat ja auch durchaus etwas Romantisches … All diese entzückenden Lieder und Geschichten … Ritter Lancelot, der sich erniedrigt um der Liebe der schönen Guinevere willen …«

Walter bemühte sich, nicht zu erröten. »Ich muss doch sehr bitten, Gräfin …«, sagte er schließlich mit bemüht fester Stimme. »Meine Beziehung zu Mevrouw De Groot …«

»… geht mich nichts an. Da haben Sie natürlich recht, mein Herr Leutnant. Sagen wir also Adieu … oder doch Auf Wiedersehen?«

Sie hob ihre Teetasse, als wollte sie mit ihm anstoßen.

»Ich würde ein Wiedersehen nicht ausschließen«, erklärte Walter. »Schließlich bin ich nicht aus der Welt. Und ich denke, ich werde auch nicht bis ans Ende meiner Tage Ställe misten. Es mag Aufstiegsmöglichkeiten geben …«

Die Gräfin lächelte jetzt. »Die gibt es sicher. Ich wünsche Ihnen Glück, Leutnant!«

Walter küsste ihr die Hand und erklärte, nun gehen zu müssen.

Als er das noble Stadthaus der Gräfin verließ, fühlte er sich wie befreit. Nellie hatte recht. Er hatte sich viel zu stark von der älteren Frau vereinnahmen lassen, war devot und vorsichtig geworden, statt ein bisschen draufgängerisch wie früher. Er hatte zu oft gebuckelt und zu wenig gelacht. Aber das sollte sich nun ändern! Er wollte so bald wie möglich genug Geld verdienen, um eine Wohnung für sich und Nellie finanzieren zu können. Heiraten konnte er sie nicht, ihre Ehe bestand noch, doch das Berlin der Nachkriegszeit war nicht prüde. Walter freute sich auf das Zusammenleben mit Nellie und der kleinen Grietje – er wollte ihr sehr gern ein Vater sein.

Zufrieden wandte er sich in Richtung Torstraße. Es war noch früh, er konnte Nellie und Maria gleich von dem harmonischen Gespräch mit der Gräfin erzählen.

Nellie, der es am nächsten Morgen oblag, nach ihren Patienten auf der Rennbahn zu sehen, hatte dort eine weniger harmonische Begegnung. Dr. Neuner stürmte in den Stall, als sie gerade die Stute Larissa untersuchte. Er war ein großer, muskulöser Mann, dem man die militärische Vergangenheit sofort glaubte. Er hielt sich gerade wie ein Soldat, seine Reithosen und Stiefel wirkten wie Teile einer Uniform. Allerdings war er nicht mehr ganz jung. Sein Haupthaar war bereits schütter, sein Gesicht faltig. Unter den hellblauen Augen, die jetzt vor Zorn blitzten, hingen Tränensäcke.

»Was kümmern Sie sich um meine Patientin?«, fragte er ohne Gruß. »Die Pferde in diesem Stall werden von mir betreut. Ich verbitte mir jegliche Einmischung.«

Nellie blieb gelassen. »Wir wurden gestern zu diesem Pferd gerufen, weil es Kolik hatte – auf Bitten des zuständigen Trainers oder Besitzers. Damit war es unser Patient. Wir haben es behandelt, und heute geht es ihm wieder gut. Sie sehen, die Vaseline, die wir gegeben haben, geht ab, der Darm ist wieder durchlässig.«

»Ein leichtes Abführmittel hätte es auch getan«, erklärte Neuner. »Sieht aus, als wäre es viel Lärm um nichts gewesen, und der Besitzer ist nur auf Kosten getrieben worden.«

Jetzt war es vorbei mit Nellies Beherrschtheit. Sie blitzte den Veterinär an. »Die Behandlung unserer Patienten müssen Sie schon uns überlassen. Meine Kollegin hat eine Darmverlagerung festgestellt, ein Abführmittel hätte keineswegs ausgereicht. Sie wissen sicher, dass es bei vielen Formen der Kolik kontraproduktiv ist …«

»Ich werde mich hier nicht mit Ihnen über Behandlungsmethoden streiten«, sagte Neuner kühl, »zumal wir uns zweifelsfrei nicht auf dem gleichen Niveau bewegen. Ich kann Sie nur davor warnen, weiter in meinem Revier zu wildern …«

Nellie holte tief Luft. »Wir wurden gerufen, wie gesagt. Wir haben uns nicht angebiedert.«

»Sie hätten die Behandlung ablehnen können!«, fuhr Neuner sie an. »Schon aus kollegialen Gründen – wenn Sie sich denn als Veterinäre betrachten …«

Nellie lächelte. »So wie Sie die Behandlung der Hunde abgelehnt haben, deren Besitzer von uns zu Ihnen gewechselt sind? Aber Verzeihung, für Sie gilt das natürlich nicht, da Sie uns ja nicht als Veterinäre betrachten. Tut mir leid, Dr. Neuner, aber wir können es uns nicht leisten, neue Patienten abzulehnen. Dazu wäre es ethisch nicht vertretbar gewesen, die Stute leiden zu lassen. Wir waren immerhin schon vor Ort …«

»Sie waren …« Neuner lief vor Erregung rot an. »Sie waren vor Ort? Noch ein Patient, den Sie mir weggeschnappt haben?«

»Seine Exzellenz«, gab Nellie zu. »Sie dürfen übrigens gern zusehen, wenn ich jetzt sein Auge behandle.«

Das war riskant, es konnte sein, dass der verängstigte Hengst ihr keine Annäherung erlauben würde. Doch Nellie vertraute auf ihre Methoden. Bislang hatten ihre Patienten sich immer überzeugen lassen, dass sie ihnen nichts Böses wollte.

Neuner beobachtete nun mit verkniffenem Blick, wie sie den Augenverband löste. Das Auge sah schon sehr viel besser aus, und als Nellie ihren Singsang aus Summen und gutem Zureden ein paar Minuten lang intoniert und den Hengst dabei zunächst am Hals, dann um die Nüstern herum und schließlich zwischen den Augen gestreichelt hatte, ließ Seine Exzellenz sich brav Salbe in das verletzte Auge geben.

»Das war lieb«, lobte Nellie und gab ihm einen Leckerbissen.

»Albernes Getue, Weiberkram«, spottete der Veterinär. »Aber sehen Sie sich vor, Frau … *Doktor!* Wenn Sie mich weiterhin brüskieren, werden Sie mich kennenlernen! Der Beruf des Tierarztes kann von einer Frau nicht adäquat ausgefüllt werden. Sie …«

»Wir sind ja zu zweit«, sagte Nellie sanft. »Und jetzt lassen Sie mich bitte arbeiten, ich muss noch eine weitere Wunde kontrollieren.«

»Dieser Neuner ist nicht wirklich koscher«, bemerkte Walter ein paar Wochen später. Er hatte seine Arbeit in Hoppegarten inzwischen aufgenommen und den Tierarzt mehrfach bei der Arbeit beobachten können. An diesem Tag hatte er seinen freien Abend und besuchte Maria, Nellie und Bernhard in der Sprechstunde. Da gerade nichts los war, konnten sie offen reden. »Ich will nicht sagen, dass er ein schlechter Tierarzt ist, aber es geht ihm nicht nur um die Behandlung der Rennpferde. Er versucht immer wieder, die Rennen betreffende Insidertipps zu bekommen. Würde mich nicht wundern, wenn er wettet. Und er macht euch schlecht, wo immer er kann. Nellie und Maria sind unfähig, weil sie Frauen sind, und Sie, Bernhard, sind als Jude zweifellos nicht würdig, deutsche Pferde zu behandeln.«

»Im Krieg scheint das keinem etwas ausgemacht zu haben«, erwiderte Bernhard bitter.

»Dr. Neuner würde Sie wahrscheinlich dafür verantwortlich machen, dass Deutschland ihn verloren hat«, scherzte Nellie, allerdings nur halbherzig.

In den letzten Monaten waren immer häufiger Verschwörungstheorien laut geworden, die den Verlust des Krieges allen möglichen Volksgruppen unterschoben. Die Juden gehörten natürlich dazu. Sie hätten sich angeblich nicht nur an der Front als Drückeberger gezeigt, sondern auch die Versorgung der Armee und der Bevölkerung mit Lebensmitteln sabotiert.

»Neuner hatte angeblich beim Kapp-Putsch die Finger mit drin«, erzählte Walter weiter. »Ihr wisst schon, 1920, als die Offiziere sich weigerten, den Aufstand niederzuschlagen. Neuner wurde erst danach aus der Armee entlassen. Vorher war er da Oberstabsveterinär, es gab ja noch Pferde …«

»Vor allem mussten Pferde für die Reparationszahlungen requiriert werden«, sagte Bernhard. »Armeepferde, aber auch Privatpferde und Zuchttiere. Beschäftigung für Tierärzte gab es wohl noch genug.«

»Woher wisst ihr das alles?«, fragte Maria.

Während sie dem Gespräch zuhörte, ordnete sie mal wieder Instrumente nach Größen und richtete sie generalstabsmäßig neben dem Behandlungstisch aus.

Bernhard sah ihr wohlwollend zu. »Kollegen von mir wurden dazu abberufen«, erklärte er. »Nach dem Krieg, als die meisten entlassen wurden. Ein paar Tierärzte blieben im Dienst. Natürlich behielten sie keine Juden, aber ich hätte die Arbeit sowieso nicht gern getan.«

»Und Ludwig hat sich umgehört«, fügte Walter hinzu. »Der hat immer noch gute Kontakte. Er ist sauer auf Neuner. Dem hätte ja auch einfallen können, dass Seine Exzellenz sediert werden musste, damit das Auge richtig untersucht werden konnte. Dann hätte er den Fremdkörper schnell gefunden, und das Pferd wäre bald wieder einsetzbar gewesen. Jetzt müssen sie es mühsam wiederaufbauen. Es nimmt übrigens das Gebiss viel besser, seit seine Zähne und die Entzündungen im Maul behandelt wurden.«

»Das ist schön«, sagte Maria. »Sie holen uns ja seitdem immer öfter auf die Rennbahn.«

Das stimmte. Zumindest Trainer Pitters war von ihrer und Nellies Kompetenz überzeugt, er empfahl sie uneingeschränkt weiter. Dabei gefiel ihm nicht nur, wie sie die Pferde behandelten, sondern auch ihr allgemeines Auftreten. Maria war verschwiegen – es war gänzlich ausgeschlossen, dass sie sich irgendeine Information über die Pferde zunutze machen würde, um Wetten geschickt zu platzieren. Nellie bestach durch ihr allgemeines Interesse an Pferden. Sie fachsimpelte gern mit dem Trainer und den Pferdepflegern und Jockeys, ohne sie auszuhorchen wie Dr. Neuner.

Walter gefiel es, wieder mit Pferden zu arbeiten, doch der Schlafplatz – kaum mehr als ein Verschlag bei den Ställen – behagte ihm nicht. Er hatte sich nur ungern von seiner schönen Wohnung in der Behrenstraße getrennt – Nellie hatte ihm die Freude gemacht, ihn dort für eine letzte Nacht vor dem Auszug zu besuchen.

»Wir können uns natürlich auch wieder im Stall treffen«, hatte er gesagt. »Ich habe an unsere erste Nacht nur die allerbesten Erinnerungen. Trotzdem … ein bisschen Komfort hätten wir uns doch verdient, oder?«

Nellie hatte ihn skeptisch angesehen. »Du schwörst mir, dass du dein Bett darin nie mit der Gräfin geteilt hast?«, hatte sie gefragt, woraufhin Walter förmlich die Schwurhand gehoben hatte.

»Nicht mit der Gräfin und auch mit keiner anderen Frau, Cornelia De Groot. Ich schwöre bei meinem Leben, dass ich die Gräfin nie angerührt habe, außer beim Tanz. Es gab keine Liebesbeziehung, egal, was du denkst.«

Nellies und Walters zweite gemeinsame Nacht war wunderschön gewesen. Walter hatte Rosen auf dem Bett verteilt und Sekt stand bereit, für ein paar erlesene Köstlichkeiten musste er sein gesamtes verbliebenes Geld ausgegeben haben. Ein geliehenes Grammofon hatte leise Musik gespielt, diesmal war ihr Zusammensein nicht von Angst und Zweifel überschattet worden.

»Schade, dass es nicht immer so sein kann«, hatte Nellie geseufzt, als sie sich schließlich vor dem Einschlafen aneinandergeschmiegt hatten. »Aber die Praxis wirft nicht genug ab, um diese Wohnung halten zu können. Dazu wäre sie ein bisschen zu klein für uns beide und Grietje, ganz zu schweigen von Lene … und ich hätte gern wieder einen Hund.« Der alte Benno war im Winter kurz nach Walters Wiederauftauchen gestorben.

Walter hatte genickt. »Wir brauchen etwas Größeres. Sobald ich mehr Geld verdiene …«

»Wie willst du das denn machen?«, hatte sie sich erkundigt. »Also, ich hoffe ja eher darauf, dass die Praxis noch besser läuft.«

»Rennreiter verdienen nicht schlecht«, hatte Walter erwidert. »Sofern sie erfolgreich sind. Die Siegprämien sind nicht zu verachten, und je öfter man ein Pferd zum Sieg reitet, desto häufiger wird man gebucht.«

Nellie hatte gelächelt. »Lass dich nicht schon wieder buchen, mein Liebster. Es gefällt mir gar nicht, dich zu verleihen.«

Vorerst war allerdings kein Aufstieg für Walter in Sicht. Immer häufiger entschieden sich Pferdebesitzer für sehr kleine und leichte Männer als Jockeys. Zwar waren immer noch frühere Kavalleristen am Start, die ihre Pferde gut im Griff hatten, doch Trainer und Pferdebesitzer hofften, dass die halben Knaben, die sich todesmutig in die Rennen stürzten, auf Dauer genügend Erfahrung sammeln würden, um zu triumphieren.

Ein paar Wochen nach Beginn der Rennsaison kam Ludwig zu Walter, als der eben eine junge Stute für ihn sattelte. Anastasia war ein Geheimtipp. Sie kam angeblich aus Russland und sollte das Blut des Englischen Vollblüters mit dem des Achal-Tekkiners – einer russischen, ebenfalls sehr schnellen und hochbeinigen Pferderasse – verbinden. Eigentlich gab es dafür keine Beweise, doch man munkelte, dass sie überragend schnell war. Trainer Pitters schwieg beharrlich, wenn man ihn nach den Siegchancen von Anastasia in ihrem ersten Rennen fragte.

Walter musterte seinen Freund. »Bist du noch nicht umgezogen?«, fragte er verwundert. »Es wird bald Zeit, zum Wiegen zu gehen.«

Ludwig hielt den Blouson in den Farben von Anastasias Besitzer Johann Bremer über dem Arm. »Sie wird gewinnen«, sagte er.

Walter runzelte die Stirn. »Im Ernst? Willst du mir jetzt raten, auf sie zu setzen?«

Ludwig schüttelte den Kopf. »Nein. Du sollst sie reiten. Ich werde mich gleich bei Trainer Pitters entschuldigen. Magen-Darm-Verstimmung, üble Sache, ich kann mich kaum auf den Beinen halten.«

Walter lachte. »So siehst du aber gar nicht aus«, neckte er den Freund. »Im Ernst, Ludwig! Was soll das Ganze?«

»Bist du neuerdings schwer von Begriff?«, fragte Ludwig. »Also noch mal, für die etwas Armen im Geiste: Ich gebe dir hiermit die Chance, eine sichere Siegerin im Rennen zu reiten. Sie ist vorher noch nie gestartet, die Quote wird hoch sein, die Siegprämie ist nicht ohne. Aber das Wichtigste ist, dass du dir damit einen Ruf erwirbst. Du kannst auch junge und schwierige Pferde reiten, und du kannst gewinnen. Man wird dir weitere Tiere anvertrauen.«

»Aber du brauchst das Geld doch ebenso«, wandte Walter ein. »Und den guten Ruf! Wieso willst du meinetwegen verzichten?«

»Ich schulde dir was«, erklärte Ludwig. »Du wirst dich daran erinnern, dass du mir das Leben gerettet hast. Dafür stehe ich auf ewig in deiner Schuld. Und für mich ist das kein großer

Verzicht. Es ist ja nur ein kleines Zuchtrennen. In der nächsten Woche starte ich Seine Exzellenz im Großen Preis, und das bringt mir hoffentlich den grandiosen Durchbruch. Also zieh dich jetzt um, und sieh zu, dass du dich mit Anastasia vertraut machst. Sie ist unproblematisch. Halte sie im Mittelfeld und setz dich auf der Zielgerade an die Spitze. Sie ist ein Selbstläufer.«

Walter murmelte einen Dank und nahm die Reitkleidung entgegen. Sie passte, er und Ludwig hatten etwa die gleiche Figur, und die Blousons saßen sowieso locker. Als er fertig war, traf er Trainer Pitters im Stall.

»Ich hoffe, dass Sie sich des in Sie gesetzten Vertrauens als würdig erweisen«, blaffte er ihn an. »Glauben Sie bloß nicht, dass ich nicht gemerkt hab, dass das ein abgekartetes Spiel ist …«

Walter errötete. »Ich wusste davon nichts, Trainer … Wenn Sie … wenn Sie lieber einen anderen Jockey buchen möchten …«

»Die Guten sind längst vergeben«, brummte der Trainer. »Und der Beste steht angeblich hier vor mir. So hat es mir von Lindau jedenfalls versichert. Also versuch ich's mit Ihnen. Das ist Ihre Chance! Reiten Sie, als wäre der Teufel hinter Ihnen her!«

Walter lächelte. »Ich bin jahrelang geritten, während mir Kugeln um die Ohren flogen. Dagegen ist der Teufel harmlos …«

Pitters grinste. »Machen Sie, was Sie wollen. Aber gewinnen Sie!«

Walter war nervös, als er die Stute Anastasia zum Führring ritt. Sie war dunkelbraun, über ihrem Fell lag ein goldener Schimmer. Nellie hätte sie zweifellos gemocht. Er fand es schade, dass sie bei seinem Debüt auf der Rennbahn nicht dabei war, andererseits hätte ihn das noch nervöser gemacht. Zum Glück war Anastasia die Ruhe selbst. Sie schritt durch den Führring, als wäre sie sich ihrer Schönheit bewusst, und begann erst etwas zu tänzeln, als es zum Start ging. Dann stand sie jedoch brav still und wartete auf den Startschuss.

Walter kam gut ab und reihte sich gleich ins Mittelfeld ein. Anastasia galoppierte mit riesigen Sätzen. Walter spürte, dass das Tempo für sie lächerlich war, er hatte fast das Gefühl, ein Dressurpferd zu reiten, das langsam und hoch statt weit galoppierte. Sobald er die Zügel lockerte, würde die Stute sich strecken, ihr Potenzial war gewaltig. Um kein Risiko einzugehen, ließ Walter sie schon im zweiten Drittel des Rennens zum Ende der führenden Pferde aufschließen – zwei Füchsinnen und einer Rappstute. In diesem Rennen waren nur dreijährige Stuten am Start. Als sie auf die Zielgerade abbogen, gab er Anastasia die Zügel frei und trieb sie an. Er war selbst überrascht, wie enorm sie beschleunigte. Ehe er sichs versah, hatte er die führenden Pferde überholt, die anderen, die sich jetzt aus dem Mittelfeld lösten, um anzugreifen, kamen gar nicht mehr an Anastasia heran. Sie siegte mit etwa acht Längen Vorsprung. Walter umarmte sie strahlend und freute sich auf die Siegprämie.

Pitters grinste wieder, als er ihn nach dem Rennen in Empfang nahm. »Ich geb zu, dass Ihr Freund das nicht besser hätte machen können! Der Besitzer will sie gleich nächste Woche zum Großen Preis melden. Dann reiten Sie gegeneinander, und wir sehen, wer der Bessere ist!« Er lachte.

»Ich soll sie reiten?«, fragte Walter atemlos. »Im Großen Preis von Berlin?«

»Na, wer denn sonst? Von Lindau kann seinen Hintern ja nicht teilen. Der sitzt schon auf dem Braunen, dem … Den Namen vergess ich immer wieder.«

»Seine Exzellenz«, half Walter.

»Genau!« Der Trainer lachte. »Mal gucken, ob die russische Großfürstin hier den auch abhängt.«

»Nie!«, sagte Ludwig gelassen, als Walter ihm mit schlechtem Gewissen von seiner Nominierung berichtete. »Das Rennen geht über zweitausendvierhundert Meter, die meisten Pferde haben Erfahrung, die Jockeys sowieso. Mit einer Platzierung für Anastasia kannst du da nicht rechnen. Eigentlich eine dumme Idee, sie überhaupt zu starten. Das ist noch viel zu viel für sie. Im nächsten Jahr ist sie vielleicht reif dafür. Aber Bremer ist jetzt besoffen vom Sieg und stellt das Denken ein.«

Walter war entschlossen, trotz allem sein Bestes zu geben, und in der nächsten Woche hatte er auch genug Leute im Publikum, die ihn anfeuern würden. Maria und Bernhard waren da, Nellie hatte Grietje mitgebracht. Die Kleine war begeistert von den Pferden – und noch mehr von der Kapelle, die zwischen den Rennen Marschmusik spielte. Ihre Instrumente blitzten in der Sonne.

»Trompete klingt famos!«, jubelte sie. »Kaufst du mir eine, Mami?«

Nellie schüttelte lachend den Kopf. »Wenn du da so reinbläst wie der Trompeter hier, fällt uns das Haus über dem Kopf zusammen«, neckte sie das Kind. »Außerdem ist so ein Blasinstrument sicher teuer, und Maria kann dir nicht beibringen, es zu spielen …«

»Wir könnten auf die Pferde wetten«, schlug Grietje vor. Sie war gerade sechs Jahre alt geworden, aber das Prinzip hatte sie bereits verstanden. »Onkel Walter wird bestimmt gewinnen!«

»Nein, werde ich nicht«, erklärte Walter. »Setz bloß nicht auf mich, Nellie, der Favorit ist eher Ludwig. Und selbst der wird kämpfen müssen. Das ist ein starkes Feld.«

»Wir könnten das Risiko minimieren, indem wir auf Platz setzen«, erklärte Maria, als er sich mit Anastasia in den Führring begab. Die Atmosphäre auf der Rennbahn beeindruckte sie nicht, sie hielt sich am Rand und studierte das Tagesprogramm.

»Wir wetten einfach darauf, dass Walter und Herr von Lindau unter den ersten drei Siegern sind.«

»Sollen wir?«, fragte Nellie.

»Ich weiß nicht«, meinte Maria. »Grundsätzlich ist das Wetten auf Pferderennen als Glücksspiel einzuordnen, auch Hasardspiel genannt, das kommt von dem französischen Wort für Zufall. Es bedeutet also, dass Zufallsfaktoren bei der Platzierung der Pferde eine große Rolle spielen. Natürlich könnte man basierend auf dem früheren Abschneiden der einzelnen Pferde und Jockeys eine Wahrscheinlichkeitsberechnung aufstellen, nur …«

Bernhard unterbrach sie lachend. »Wenn wir schon auf der Rennbahn sind, sollten wir auch wetten. Und dein Vorschlag zur Risikominimierung, Maria, erscheint mir nachvollziehbar, selbst ohne weitere Berechnungen.«

Nellie nickte, und die drei setzten jeweils eine Mark auf Platz für Ludwig und Walter. Grietje bekam Zuckerwatte, und alle zogen sich gespannt auf die Ränge zurück, während sich die Pferde zum Start aufreihten.

Insgesamt waren neun Pferde im Rennen, Ludwig setzte sich mit Seiner Exzellenz sofort an die dritte Stelle. Der Hengst mochte es nicht, in einem Pulk zu laufen, er hatte gern Platz um sich herum.

Anastasia machte es nichts aus, hinten zu gehen. Walter hielt sie im hinteren Mittelfeld und bemühte sich, sie so ruhig und locker wie möglich zu reiten. Sie würde später all ihre Energie brauchen, auf keinen Fall sollte sie Kraft vergeuden, indem sie gegen den Zügel kämpfte. Die Distanz war tatsächlich lang für das junge Pferd, das Stutenrennen war nur über 1600 Meter gegangen. Walter merkte, dass Anastasia gegen Ende der Strecke müde würde, doch er vertraute darauf, dass sie noch Reserven hatte.

Auf der Zielgeraden zog sich das Feld schließlich auseinander. An der Spitze kämpften Seine Exzellenz und ein Rapphengst – Erlkönig – verbissen um den Sieg. Walter konnte nicht verfolgen, wer bessere Chancen hatte. Er sah nur, dass der Jockey des Rappen nicht sonderlich geschickt war, sondern sein Pferd irritierte, indem er ständig die Peitsche vor dessen Augen schwang. Aber er musste sich auf Anastasia konzentrieren. Er spornte die Stute an, ging an den ersten Pferden vorbei und spürte, wie sie alle Kraft zusammennahm – Anastasia wollte nach vorn. Walter fragte sich, ob es Siegeswillen war oder einfach nur der Wunsch, wieder in ihren Stall und zu ihrem Hafer zu kommen, die Stute ließ jedenfalls ein Pferd nach dem anderen hinter sich. Schließlich waren nur noch Seine Exzellenz und Erlkönig vor ihr – die allerdings in unerreichbarer Entfernung. Die Hengste liefen immer noch Kopf an Kopf, doch dann schien der Rappe vor etwas zu scheuen. Er sprang seitwärts, fiel eine Nasenlänge zurück und überquerte knapp hinter Seiner Exzellenz die Ziellinie.

Anastasia folgte ihnen.

»Dritter Platz! Dritter Platz!«, jubelte Grietje. »Da haben wir doch was gewonnen, oder? Krieg ich jetzt eine Trompete?«

Tatsächlich gab es für den dritten Platz der Außenseiterin mehr Geld als für den ersten des Favoriten. Die drei Freunde strichen zwar kein Vermögen, aber doch eine ansehnliche Summe ein und schlenderten zufrieden zur Siegerehrung. Walter strahlte und fand kaum Zeit, zu ihnen zu stoßen. Viele Leute wollten ihm gratulieren – und vorsichtig vorfühlen, ob er nicht Lust habe, dieses oder jenes ihrer Pferde an einem der folgenden Renntage zu reiten.

»Es sieht gut aus!«, sagte er schließlich, als er Nellie endlich umarmte. »Es sieht gut aus für uns beide.«

Walters Glückssträhne sollte jedoch nicht anhalten. Die Pferde, die man ihm zu reiten anbot, waren durchweg krasse Außenseiter, die auch seine Reitkunst nicht schneller machte. Er landete bei den nächsten Renntagen auf hinteren Plätzen, obendrein zog sich die Stute Anastasia eine Sehnenzerrung zu und konnte vorerst nicht starten.

»Es ist nicht sehr ernst, es wird heilen, aber sie braucht Ruhe«, erklärte Nellie. »Das Beste wäre, sie aufs Gestüt zu schicken und decken zu lassen. Ein Zuchtrennen hat sie ja gewonnen, bestimmt finden sich Interessenten für ihre Fohlen. Der Große Preis war einfach zu viel für sie, da hat sie sich überanstrengt. Wir hatten es dem Besitzer gesagt, auf uns hört nur leider keiner.«

Tatsächlich hatten Nellie und Maria vor dem Einsatz der Stute in dem schweren Rennen gewarnt, aber Johann Brehmer schwor auf Dr. Neuner, der keine Einwände äußerte. Für Walter war die Hoffnung auf weitere Erfolge mit dem hoch veranlagten Pferd zumindest vorerst gestorben, und neue Chancen boten sich ihm nicht.

»Ich hab zu viele Reiter für meine paar Pferde«, meinte Trainer Pitters, als Walter ihn noch einmal darauf ansprach. »Sie haben Anastasia gut geritten. Ich würde Sie erneut einsetzen, wenn nicht alle Pferde, die ich trainiere, schon ihre Stammjockeys hätten. Ich wechsle da ungern. Nun bleibt Ihnen ja die Arbeit im Stall. Und vielleicht geschieht noch ein Wunder, und ich bekomme neue Pferde ins Training …«

Das war eher unwahrscheinlich. Pitters war zwar ein erfolgreicher Trainer, doch einer, der mit seiner Meinung nicht zurückhielt, wenn ihm etwas nicht passte. Auch er hatte nach der ersten Euphorie eher von Anastasias Start beim Großen Preis abgeraten – woraufhin der Besitzer fast in einen anderen Trainingsstall gewechselt wäre. Pitters pflegte seine Pferde langsam aufzubauen und hielt nichts von zu schnellen Erfolgen. Nicht allen Pferdebesitzern passte das.

Walter kehrte also zurück in den Stalldienst, während Nellie sich mit Dr. Neuner herumschlagen musste.

»Stimmt es, dass Sie gar keine richtige Tierärztin sind?«, fragte sie zum Beispiel eine der wohlhabenden Damen, die mit ihrem Pekinesen in die Praxis kam. Das Tier war chronisch überfüttert, weshalb Nellie und Maria ständig mahnen und auf die Notwendigkeit gesünderer Ernährung hinweisen mussten. »Ich habe gehört, Sie studieren erst noch. Sie gehen doch in die Hochschule, oder?«

Nellie nickte. »Ich gehe in der Tat einer Fortbildung nach«, erklärte sie einfallsreich. »Wie Sie wissen, bin ich Belgierin, und mein Studium in Belgien wird in Deutschland nicht anerkannt. Ich wiederhole deshalb einige Kurse, um dann eine auch hier gültige Prüfung ablegen zu können. Für unsere Patienten ist das ein großer Vorteil, da ich an der Universität die allerneuesten Behandlungsmöglichkeiten kennenlerne und in die Praxis einbringe. Darf ich fragen, woher Sie die Information haben, Frau Torquard? Setzt da jemand Gerüchte über uns in die Welt?«

Frau Torquard wand sich ein wenig, berichtete dann jedoch, dass in ihrem Damenkränzchen darüber geredet worden war. »Und der nette Dr. Bernhard soll Jude sein! Aber das habe ich gleich nicht geglaubt«, fügte sie hinzu.

Nellie ließ die Bemerkung unkommentiert, bat sie allerdings, ihr Damenkränzchen über ihr »Zweitstudium« in Kenntnis zu setzen.

»Wir können auch noch offensiver vorgehen, wenn du dich traust«, schlug Bernhard später vor. »Warum bietest du nicht eine Informationsveranstaltung für Hundebesitzer an, in der du über neueste Entwicklungen im Forschungsbereich Tiermedizin referierst? Dabei könntest du zwanglos mitteilen, warum du die Universität besuchst. Es besteht allerdings die Gefahr, dass Neuner sich erkundigt, ob du eine Prüfung in Belgien abgelegt hast …«

»In Belgien geht das gar nicht, Phipps und ich haben in den Niederlanden studiert«, sagte Nellie. »Aber ich könnte ja einfach sagen, ich hätte im Ausland studiert. Da kämen Universitäten in Frankreich und Großbritannien, sogar in Amerika infrage. Neuner kann unmöglich alle abfragen.«

»Dann machen wir das«, beschloss Maria. »Kannst du nicht mal so ein Röntgenbild mitbringen? Vielleicht leihen sie dir eins in der Universität? Ich würde das auch gern mal sehen.«

Nellies Vortrag wurde zu einem großen Erfolg. Maria servierte den Damen – Herren schienen sich nicht so sehr für die Vorträge zu interessieren – Kaffee, Tee und Kekse, und Nellie sprach humorvoll und leicht verständlich über die Fortschritte in der Behandlung von Kleintieren.

»Irgendwann, davon bin ich überzeugt, wird man unseren vierbeinigen Freunden dieselben Möglichkeiten der Medizin zugänglich machen, die in der Humanmedizin zurzeit erprobt werden. Schon jetzt können wir Barbiturate einsetzen, um sie schmerzlos untersuchen und behandeln zu können, und wir setzen Erkenntnisse aus der Ernährungslehre auf Tiere um. Also Vorsicht mit Keksen für Papageno, Frau Torquard! Und keine vegetarische Ernährung für Pünktchen, Frau Wiese, so gesund das für uns Menschen auch sein mag. Hunde sind Fleischfresser …«

Letztlich verloren Nellie und Maria keine Kunden durch

Neuners üble Nachrede, doch Nellie blieb nervös. Wer wusste, was der neidische Kollege noch ausgraben würde, um sie zu diskreditieren?

Bernhards Judentum wurde zwar nicht mehr angesprochen, dennoch kam es vor, dass Patientenbesitzer Wert darauf legten, dass ihr Tier von Nellie oder Maria und nicht von ihm behandelt wurde. Im Grunewald auf der Rennbahn bekam er gar kein Bein auf den Boden. Hier glaubte man Neuner, und Nellie und Maria konnten ja auch nicht explizit leugnen, dass ihr Mitarbeiter Jude war. Bei Fragen halfen sie sich mit der Auskunft, dass Dr. Lemberger vor allem ein guter Tierarzt war, der im Krieg als solcher gedient hatte wie Dr. Neuner auch.

»Und beten muss er ja nicht für unsere Patienten«, erklärte Nellie frech, nachdem ein Trainer sie zu penetrant bedrängte. »Da wir uns neuester und erprobtester Behandlungsmethoden bedienen, ist göttlicher Beistand in der Regel nicht notwendig.«

Walter lachte, als sie ihm das später erzählte, doch von echter Heiterkeit war er in den letzten Wochen weit entfernt. Es wurmte ihn, dass er auf der Rennbahn nicht weiterkam, und natürlich nagte es tatsächlich an seinem Stolz als ehemaliger Eleve des besten Reitinstituts Europas, mit Hilfsarbeitertätigkeiten vorliebnehmen zu müssen.

Dann jedoch – die Rennsaison war fast zu Ende – rief Trainer Pitters ihn zu sich.

»Sieht aus, als wär das Glück Ihnen hold, von Prednitz!«, sagte er vergnügt. »Zumindest scheinen Sie Ihre Gönner zu haben. Gucken Sie mal, wer da ist!«

Er wies auf eine Box in seinem Stall, und Walter erkannte einen großen Rappen mit glänzendem Fell.

»Der ist jedenfalls neu«, meinte er. »Warten Sie mal … Kann das Erlkönig sein? Der Hengst, der Seine Exzellenz im Großen Preis beinahe geschlagen hätte?«

Der Trainer nickte. »Wenn er nicht so einen grottenschlechten Reiter gehabt hätte, hätte er gewonnen«, sagte er. »Das Pferd ist sensibel, 'n bisschen schreckhaft, dem muss man die Angst nehmen. Aber der Kerl saß da ja drauf wie 'n Schluck Wasser inner Kurve. Jedenfalls hat er diese Saison gar nix mehr gewonnen, und nun wurde er verkauft. Die neue Besitzerin ist eine Dame. Und sie besteht darauf, dass Sie ihn bereiten und bei Rennen vorstellen.«

Walter sah ihn verständnislos an. »Eine Dame? Nellie? Hat sie …«

Der Trainer lachte schallend. »Die Frau Doktor? Nee, Prednitz. Was meinen Sie, was der wert ist? Allerbeste Abstammung, erste Rennerfolge, auch wenn er bis jetzt hinter den Erwartungen zurückgeblieben ist … Nee, nee, da hat wer ein Vermögen investiert. In das Pferd oder in Sie? Sieht mir schwer so aus, als hätte die Dame den Hengst speziell für Sie gekauft. Können Sie ihr morgen beim Training für danken. Sie kommt zuschauen. Eine sehr couragierte Lady. Gräfin Sieglinde von Albrechts.«

Walter hatte das Gefühl, als würde ihm schwarz vor Augen. Die Gräfin drängte sich also wieder in sein Leben. Gleichzeitig empfand er überschäumende Dankbarkeit. Sie rettete ihn! Erneut kam sie in einem Moment, da er so dringend Hilfe brauchte …

»Also: Wollen Sie oder wollen Sie nicht?«, fragte der Trainer.

Walter lächelte. »Natürlich will ich! Bitte richten Sie der Gräfin meinen untertänigsten Dank aus. Und ich freue mich, sie beim Training zu sehen …«

»Sie hat was?« Nellie zeigte sich erwartungsgemäß wenig begeistert von dem Vorstoß der Gräfin. »Walter, sie versucht dich schon wieder zu kaufen! Und mit dem Pferd kriegt sie mehr Macht über dich, als sie jemals hatte. Wenn sie es dir wieder wegnimmt und sich dazu irgendeine ehrabschneidende Geschichte ausdenkt, kannst du dich in Hoppegarten nie wieder blicken lassen. Und auf anderen Rennbahnen auch nicht.«

Walter zuckte mit den Schultern. »Ich hätte sowieso keine Zukunft ohne ein Pferd, das gewinnt. Und der Hengst ist großartig. Wenn der ordentlich geritten wird, ist er nicht zu schlagen. Kannst du dich nicht einfach mal mit mir freuen?«

Nellie seufzte. »Ich kann schlicht kaum glauben, dass die Gräfin nicht aus eigennützigen Motiven handelt. Sie will ihren Schoßhund zurück. Sieh also wenigstens zu, dass du nicht allzu sehr um sie herumscharwenzelst. Reite in Gottes Namen ihr Pferd, aber lass dich nur als Jockey buchen – nicht als Tanzbär.«

Die Gräfin erschien am nächsten Morgen um fünf Uhr zum Morgentraining. Es war noch dunkel, und die Reiter und Stallburschen fröstelten in der herbstlichen Kälte. Die Gräfin schützte sich davor mit einem wadenlangen Nerzmantel. Auf ihrem perfekt frisierten Haar saß eine passende Kappe, und um die Rennen besser verfolgen zu können, trug sie diesmal eine Brille anstelle des Lorgnons.

»Küssen Sie mir nicht die Hand, mein Herr Leutnant?«, fragte sie, als sie im Stall auftauchte, während Walter gerade das Satteln von Erlkönig überwachte.

»Ich fürchte, ich rieche nach Pferd, Gräfin«, erwiderte Walter lächelnd. »Ich möchte Ihren Geruchssinn nicht beleidigen.«

»Nun, es ist mein Pferd, nicht wahr?«, meinte sie. »Insofern kann ich es wohl ertragen. Aber ich werde Ihnen einen guten Herrenduft schenken müssen, mein Herr Leutnant …«

Sie reichte ihm geziert die behandschuhte Rechte, und er hob sie wohlerzogen an seine Lippen, ohne sie damit zu berühren.

»Sagen Sie doch bitte Herr von Prednitz, Gräfin«, bat er

dann. »Das mit dem Leutnant ist lange vorbei. Ich bin nur noch Reiter ...«

Die Gräfin verzog das Gesicht zu dem für sie typischen unechten Lächeln. »Soll ich Sie vielleicht ›mein Reiterlein‹ nennen? Nein, das wäre würdelos ... Also, von Prednitz. Ich werde versuchen, es mir zu merken. Und nun sagen Sie mir, was Sie von meinem Erlkönig halten. Wird er Ihnen gerecht? Werden Sie ihm gerecht?«

Walter hatte sich ob ihres Spottes auf die Lippen gebissen, versicherte ihr jetzt jedoch, dass er von den Qualitäten ihres Pferdes vollauf überzeugt war.

»Er ist nur ein wenig schreckhaft ... er muss Vertrauen zu seinem Reiter fassen ...«

»Dann hoffen wir, dass der nicht seinerseits allzu zurückhaltend ist«, beschied ihn die Gräfin, während sie sich nach draußen auf die Ränge begab.

Walter schloss in ohnmächtiger Wut die Faust um den Zügel. Nach dieser Unterhaltung hätte er das Pferd abgeben müssen, der Gräfin danken und die Zusammenarbeit aufkündigen. Nellie hätte das sicher getan. Aber er wollte reiten! Er wollte auf dem Siegertreppchen stehen und sich ein besseres Leben verdienen. Sich und Nellie. Was machte es da, sich ein bisschen zu verbiegen?

Er grüßte die Gräfin in den sonst annähernd leeren Zuschauerrängen, als er Erlkönig auf die Bahn ritt.

Solange der Winter andauerte, belegte die Gräfin Walter kaum mit Beschlag. Sie sah sich mitunter Erlkönigs Training an und lud Walter anschließend zum Frühstück in ein Restaurant nahe der Rennbahn ein. Dabei beschränkte sich die Unterhaltung meist auf die Fortschritte des Pferdes. Gesellschaftliche Anlässe, zu denen er die Gräfin begleiten sollte, gab es fast nicht, lediglich der Weihnachtsball der Pferdebesitzer kam infrage, doch da waren auch Nellie und Maria eingeladen, und Walter begleitete Nellie.

»Ansonsten hätte sie mir wahrscheinlich den Kopf abgerissen«, sagte Walter, als Ludwig ihn süffisant fragte, ob die Gräfin ihn nicht zum Ball gebeten habe.

Sie hatte zum Glück diplomatisches Geschick bewiesen und ihn nicht vor die Wahl zwischen sich und Nellie gestellt. Stattdessen wollte sie dem Ball fernbleiben.

Nellie war seit dem Tierärzteball mit Phipps nicht mehr auf einer so noblen Veranstaltung gewesen. Der Ball fand im Waldhaus, dem Restaurant bei der Rennbahn Grunewald statt. Die Bahn dort gehörte zu den schönsten Berliner Anlagen, während der Renovierung der Rennbahn Hoppegarten nach dem Krieg waren hier alle großen Rennen gelaufen worden. Das angeschlossene Restaurant hatte einen hervorragenden Ruf. Nellie freute sich darauf, es kennenzulernen. Gemeinsam mit Bernhard und Walter bearbeitete sie Maria, ebenfalls zu kommen.

»Los, Maria! Wir kaufen uns neue Kleider. Du bist sicher die Schönste auf dem Ball. Alle Pferdebesitzer werden sich in dich verlieben und dann nie wieder einen anderen Tierarzt rufen. Du bist es sozusagen dem Geschäft schuldig«, argumentierte Nellie.

Maria schien das Unternehmen jedoch eher Angst zu machen. »Ich kann nicht tanzen«, behauptete sie. »Und mit Fremden schon gar nicht. Es wird voll sein und laut … Ich will nicht, Nellie!« Sie schauderte schon bei dem Gedanken daran.

»Du musst ja nicht mit Fremden tanzen. Du tanzt nur mit Walter … und Bernhard …« Nellie gab so schnell nicht auf.

»Bernhard ist gar nicht eingeladen«, argumentierte Maria.

Nellie zuckte mit den Schultern. »Und wenn schon! Die Einladung ging an die Tierarztpraxis Paradies, also gilt sie auch für Bernhard. Ich kann im Übrigen nicht glauben, dass es unter all den Rennpferdebesitzern keine Juden gibt. Das sind zum Teil reiche Leute, warum sollten sie keine Rennpferde halten? Vielleicht freuen die sich gerade, wenn sie Bernhard kennenlernen, und schicken dann nur noch nach uns!«

Nellies Optimismus war nicht zu dämpfen, aber letztlich war es Bernhard, der Maria umstimmte.

»Lass uns doch gehen, Maria, du kannst nicht immer nur arbeiten. Und es ist sicher nicht lauter als im Theater oder im Kino. Falls es dir wirklich zu laut ist und du Angst bekommst, dann gehen wir raus. Wir können zu den Pferden in den Ställen bei der Rennbahn gehen, wenn du magst. Ich werde für dich da sein, Maria. Du bist nicht allein.«

»Ist nicht jeder immer allein?«, fragte Maria.

Bernhard sah sie an. Sein Blick bat um Vertrauen, drückte die Sehnsucht aus, endlich einen Beweis dafür zu erhalten, dass Maria mehr als Freundschaft für ihn empfand.

»Das kommt darauf an, wie man Alleinsein definiert. Kannst du nicht einfach mal versuchen, mich … zu berühren? Wie du es bei den Tieren tust?«

Maria lächelte. »Na gut«, sagte sie. »Ich kann es versuchen. Aber es ist möglich, dass ich dir beim Tanzen auf die Füße trete.«

Bernhard streifte ihre Hand mit der seinen – eine winzige Geste der Zuneigung, die sie nicht erschreckte.

»Das ist auch eine Berührung, Maria«, sagte er dann. »Und von mir aus kannst du auf meinen Füßen stehen, wann immer du willst.«

Nellie nötigte ihre Freundin schließlich zum Kleiderkauf ins KaDeWe am Wittenbergplatz und überredete sie zum Kauf eines modischen Hängekleides aus blauem Chiffon mit tief sitzender Taille. Eingenähte Metallfäden setzten bei dem leicht gebauschten Rock und der Schärpe im Taillenbereich silberne Akzente. Der Ausschnitt war tief, doch ein ebenfalls silbern schimmernder Einsatz entschärfte den Eindruck von Extravaganz.

»Du bist wunderschön, Maria«, bewunderte Nellie die Freundin. »Wenn wir dazu jetzt noch ein Stirnband mit passender Feder finden …«

Die beflissene Verkäuferin riet obendrein dazu, Marias Haar zum Bubikopf zu stutzen, aber das ging Maria denn doch zu weit. Nellie dagegen wagte jetzt den modischen Vorstoß. Sie erstand ein fliederfarbenes Kleid aus Crêpe Georgette mit reich besticktem Gürtel und Fransen und ging anschließend zum Friseur.

Walter schnappte nach Luft, als er ihr kurzes Haar sah, musste ihr dann jedoch zugestehen, dass der neue Schnitt ihr hervorragend stand und ihr ausdrucksvolles Gesicht betonte.

»Außerdem ist es praktisch«, erklärte Nellie.

Sie tanzte am Abend des Balls zum ersten Mal mit Walter und genoss das unbeschwerte Zusammensein. Im Krieg hatten immer Schatten über ihrer Beziehung gelegen, und selbst in den Monaten, nachdem sie einander wiedergefunden hatten, hatten zu oft Sorgen und Bedenken ihre Gespräche bestimmt. In dieser Ballnacht vergaßen sie jedoch alles und alberten herum wie junge Liebende. Die meist älteren Rennpferdebesitzer und Trainer blickten lächelnd auf das glückliche Paar. Lediglich Dr. Neuner, der den Ball mit seiner griesgrämig wirkenden mageren Gattin besuchte, warf ihnen unwillige Blicke zu und tuschelte dann mit seiner Frau.

Nellie bemerkte das und fragte sich, wie viel ihr Kontrahent von ihrer Ehe mit Phipps wusste. Viele Kunden hielten sie für eine Witwe, da sie selten von Grietjes Vater sprach, aber nie einen Zweifel daran ließ, dass ihre Tochter ein eheliches Kind war. Sie besaß ein Foto von Phipps, das auf Grietjes Nachttisch stand. Bisher stellte die Kleine nur wenige Fragen dazu, konnte also auch keine Informationen weitergeben. Wenn sie nun in die Schule kam, würde sich das zweifellos ändern.

Diesen Abend wollte Nellie sich jedoch nicht verderben lassen. Sollte Neuner ruhig herumerzählen, dass sie ihren Mann mit Walter betrog. Viele der hier Anwesenden hatten an der Inflation verdient – die Spekulanten und Gauner bemühten sich jetzt zwar um Ehrbarkeit und prestigeträchtige Investitionen wie den Kauf von Rennpferden. Ihre Anfänge hatten sie sicher dennoch nicht vergessen, und da war mehr passiert als der Betrug an einem Ehemann, der seine Frau vor Jahren verlassen hatte.

Maria und Bernhard ernteten eher skeptische Blicke. Sicher war es Thema an mehreren Tischen, dass sich die junge Frau aus einer Familie von altem Adel mit einem Juden zeigte, und über diese Mesalliance waren die Alt- und Neureichen sich ziemlich einig. Dabei hielt Maria größte Distanz. Während des festlichen Abendessens, das dem Tanz vorausgegangen war, hatte sie kein Wort gesprochen und die Speisen auf ihrem Teller kaum angerührt. Jetzt ließ sie sich von ihrem Bruder auf die Tanzfläche führen, wo sie von mehreren Patientenbesitzern erkannt und gegrüßt wurde. Ein paar Männer machten ihr Komplimente, und die Frauen rühmten ihr schönes Kleid. Maria kämpfte um ein Lächeln und ließ Walter für sich antworten. Nach nur einem Walzer wandte sie sich an Bernhard.

»Ich kann das nicht«, flüsterte sie. »Die Leute sehen mich an … und dann sprechen sie mich an, während ich tanze, aber beides kann ich nicht, also reden und tanzen … Sie werden denken, dass ich dumm bin … Ich … will hier weg …«

Walter zuckte fast unmerklich mit den Schultern und zeigte Bernhard einen mitfühlenden Blick. »Ihr liegt das eben nicht«, entschuldigte er seine Schwester.

Maria errötete und erblasste abwechselnd. Ihre Nerven schienen aufs Äußerste angespannt.

»Das ist in Ordnung«, sagte Bernhard mit fester Stimme. »Du weißt doch, Maria, ich hab's dir versprochen. Lass uns einfach rausgehen. Darf ich dir ganz leicht die Hand auf den

Rücken legen … fürsorglich? Falls wir sagen müssen, dir sei schlecht geworden?«

Maria wirkte erleichtert und ließ sich von Bernhard aus dem Saal führen. Er löste seine Hand sofort von ihrem Rücken, als sie das Vestibül erreichten, und suchte nach ihrem Mantel.

»Komm«, schlug er vor, nachdem er ihr hineingeholfen hatte, »jetzt sehen wir nach den Pferden, ja? Und nach dem Mond. Ist er nicht schön?«

Der Vollmond beleuchtete die frostklare Nacht – geheimnisvoll und weich. Aus dem Ballsaal hörte man leise Musik. So gedämpft klang sie in Marias Ohren gefälliger.

Maria nickte. »Sehr schön«, erwiderte sie.

»Kannst du den Mond berühren?«, fragte Bernhard.

Maria lächelte. »Nein … nein, er ist zu weit weg … Er ist ja auch nur … ein Steinklotz am Himmel. Er ist kalt … Berührung ist … Wärme. Ich vermag nur etwas zu berühren, das lebendig ist …«

Bernhard konnte nicht anders. Er legte vorsichtig einen Arm um Marias Taille und ergriff eine ihrer Hände. Als sie sich nicht wehrte, führte er sie in einen Tanz zu der leisen Musik. Maria folgte ihm. Zögernd zunächst, dann wurden ihre Bewegungen sicherer.

Bernhard meinte, ein Band zu spüren, das sich zwischen ihnen auftat. Sterne, die für sie tanzten.

»Spürst du mich?«, fragte er.

Sie nickte. »Wie zwei Kerzen, die zusammen brennen«, sagte sie. »Wenn man einen Docht am anderen entzündet.«

Bernhard lächelte. »Behalt das Gefühl, ja?«, bat er. »Magst du noch etwas spazieren gehen? Oder ist es dir zu kalt?«

Maria verneinte. »Mir ist warm«, erklärte sie ernst. »Bei dir ist mir warm.«

Bernhard tastete nach ihrer Hand, als sie nebeneinanderher zur Rennbahn und den Pferdeställen hinuntergingen – das Restaurant lag auf einer Anhöhe. Er berührte ihre Finger ganz leicht, als könnten sie zerbrechen, und war glücklich, als sich ihre mit den seinen verschränkten. An diesem Abend würde er nicht mehr wagen. Aber ein Anfang war gemacht, erste zarte Fäden geknüpft. Bernhard hätte die Welt umarmen können.

»Ist deiner Schwester eigentlich mal irgendetwas passiert? Etwas Schlimmes, das mit Männern zu tun hatte?«

Bernhard hatte Walter ein paar Tage nach dem Ball zu einem Bier in eine Eckkneipe eingeladen. Die beiden hatten sich schon vor dem Krieg flüchtig gekannt und durchaus sympathisch gefunden – allerdings war die Kluft zwischen dem Offizier und dem Studenten damals ziemlich groß gewesen. Neuerdings sahen sie sich öfter und teilten Heimlichkeiten. Bernhard bewohnte ein möbliertes Zimmer in der Wohnung einer ziemlich strengen Witwe, doch sie hatte feste Zeiten, in denen sie sich mit ihrem Frauenkreis traf oder die Synagoge besuchte. Er stellte seinen kleinen Raum dann schon mal Walter und Nellie für ein zärtliches Treffen zur Verfügung. In Walters Unterkunft auf der Rennbahn war das unmöglich. Sie war ungeheizt und zudem eine reine Männerbehausung. Wenn einer der Stallburschen oder Jockeys eine Frau mitbrachte, bekamen es zumindest akustisch alle mit. Einer ehrbaren Frau war das nicht zuzumuten. Es waren höchstens leichte Mädchen, die ihre Freier dorthin begleiteten und dann schamlos mit ihnen kicherten und poussierten.

In Nellies Zimmer in der Wohnung in der Torstraße ging es auch nicht – sie wollte auf keinen Fall, dass Grietje irgendetwas sah und hörte, was sie der Kleinen noch nicht erklären konnte und wollte. Lene bot sich zwar an, längere Ausflüge mit Grietje zu unternehmen, wenn Walter und Nellie allein sein wollten, doch Nellie konnte sich währenddessen nicht entspannen. Schließlich bestand immer die Möglichkeit, dass die beiden aus unvorhersehbaren Gründen verfrüht zurückkehren mussten. Zudem beobachteten die Obermeiers ihre Nachbarn und Vermieter nach wie vor mit scharfen Augen und Ohren. Der Anstreicher war mit den Jahren nicht sympathischer geworden. Neuerdings vertrat er die kruden Ideen eines Adolf Hitler, der 1923 einen Putschversuch in München geleitet hatte und deshalb bis vor einem Jahr im Gefängnis gesessen hatte. Nun machte er wieder als Politiker von sich reden. Sehr bald, so erklärte Obermeier großspurig, werde seine Partei an die Macht kommen, und dann würden in Deutschland andere Zeiten anbrechen. Zwar nahm niemand dieses Gerede ernst, aber zu Hitlers Ideologie gehörte ein extremer Judenhass, und Frauen schien es in dessen Bewegung überhaupt nicht zu geben.

Die Tierarztpraxis, betrieben von Frauen und Juden, war Obermeier folglich nach wie vor ein Dorn im Auge, und Nellie hätte sich nicht gewundert, wenn er für Neuner spioniert hätte.

Walter nippte jetzt nachdenklich an seinem Bier. »Maria ist nie etwas passiert«, antwortete er auf Bernhards Frage. »Sie ist immer sehr behütet worden, schon weil sie … Ich weiß nicht, wie ich das ausdrücken soll, aber sie war von jeher seltsam. Zuerst wollte sie gar nicht sprechen, und dann lernte sie es schneller als jedes andere Kind und obendrein gleich lesen und schreiben. Eine Zeit lang wollte sie dann nur mittels Morsezeichen kommunizieren. Ich fand das lustig, meine Eltern hätte es beinahe verrückt gemacht.«

»Aber … aber wie kommt es, dass sie so große Angst hat, angefasst zu werden?«, fragte Bernhard. »Es hat sie doch niemand geschlagen?«

Walter schüttelte den Kopf. »Nicht dass ich wüsste. Es ist bis zur Tanzstundenzeit auch gar nicht so aufgefallen. In unserer Familie wurde nicht viel umarmt und geküsst, lediglich die Kindermädchen beschwerten sich. Maria ließ sich nicht gern an die Hand nehmen. Aus dem Tanzunterricht kam sie dann jedoch völlig aufgelöst zurück. Sie war gänzlich außer sich, zitterte und weinte, obwohl ihr auch da niemand zu nahe getreten ist. In der Tanzschule wimmelte es von Anstandsdamen, die Mädchen waren keine Sekunde mit den Männern allein. Letztlich habe ich sie dann begleitet, weil meine Eltern darauf bestanden, dass sie tanzen lernt. Später haben sie zum Glück eingesehen, dass man Maria nicht so einfach wird verheiraten können, und ihr deshalb das Studium erlaubt. Tiere haben sie schon immer fasziniert. Zu Hunden und Katzen hat sie einen Draht, zu Menschen eher nicht.«

Bernhard seufzte. »Ich fand sie immer bezaubernd, und denkst du nicht, sie mag mich auch? Räumst du mir irgendwelche Chancen bei ihr ein? Und … wäre es dir überhaupt recht, wenn ich … wenn wir …«

»Wenn du Maria heiraten würdest? Mir wäre das egal, Hauptsache, sie ist glücklich. Nur … mit dem Segen meiner Eltern könntet ihr höchstwahrscheinlich nicht rechnen.« Walter bestellte ein weiteres Bier. »Aber das wäre Maria wohl gleichgültig. Was deine Chancen bei ihr angeht … Ich würde sagen, du bist ihr schon näher gekommen als je ein anderer Mensch – außer vielleicht Nellie und ich. Wenn es also jemand schaffen würde, sie aus ihrem Schneckenhaus herauszuholen, dann du.«

Bernhard trank sein Bier ebenfalls aus und orderte ein weiteres. »Glaubst du«, fragte er, »dass sie unglücklich ist? Dass sie sich allein fühlt … verloren?«

Walter zuckte mit den Schultern. »Mir erscheint sie ganz glücklich«, antwortete er ehrlich. »Aber ich kann auch nicht in sie reingucken. Wir müssen sie nehmen, wie sie ist.«

Bernhard rieb sich die Stirn. »Ich glaube, ich liebe sie«, offenbarte er sich.

Walter lächelte. »Das ist nicht zu übersehen«, zog er seinen

Freund auf. »Außer Maria hat das noch jeder bemerkt. Gib ihr einfach Zeit – und lern schon mal das Morsealphabet. Kann einem in Kriegszeiten extrem nützlich werden …«

Bernhard verstand die Ironie nicht oder wollte sie überhören. »Du meinst, wir hätten dann etwas gemeinsam? Eine Art Geheimsprache, die uns verbindet?«

Walter lachte, als ihm Nellie ein paar Tage später von den sonderbaren Klopfzeichen erzählte, die Maria und Bernhard tauschten, wenn sich einer im Sprechzimmer, der andere bei den stationär behandelten Tieren oder im OP befand.

»Muss ich mir da Sorgen machen?«, fragte sie.

Walter schüttelte den Kopf. »Nein. Sag ihnen bloß, sie sollen sich nicht über allzu intime Dinge austauschen. So unbekannt ist das Morsealphabet schließlich nicht. Kann gut sein, dass einer eurer Patientenbesitzer früher Funker war …«

Der Frühling 1926 zeigte sich von seiner besten Seite. Für Grietje wurde es besonders aufregend, denn sie wurde endlich eingeschult. Sie brannte seit Langem darauf, zeigte sich dann jedoch enttäuscht, dass es keinen Klavierunterricht gab und dass sie mit dem Lesen noch einmal neu anfangen sollte, obwohl sie es längst konnte. Letztendlich langweilte sie sich fast die ganze Zeit, zumal ihr auch das Rechnen leichtfiel. Nellie fragte die Lehrerin, ob es nicht möglich wäre, sie in die nächsthöhere Klasse gehen zu lassen, doch das wurde empört abgelehnt. Grietje musste sich also in Geduld üben.

Maria, die größtes Verständnis für das unterforderte Kind aufbrachte, kaufte ihr schließlich ein Notenheft, in das sie hineinschreiben konnte, wenn sie mit den Schreibaufgaben schneller fertig war als alle anderen. Zu ihrer Überraschung enthielt es bald die ersten kleinen Kompositionen.

Auch für Walter und Erlkönig wurde es nun ernst. Die Rennsaison begann, und er fieberte Erlkönigs erstem Start entgegen. Die Gräfin tauchte inzwischen zu fast jedem Morgentraining auf – ihr Chauffeur brachte sie in einem riesigen Automobil, einem brandneuen Maybach. Beim anschließenden Frühstück mit Walter kam immer häufiger auch ein Gläschen Sekt auf den Tisch. Schließlich waren Erlkönigs Trainingsfortschritte zu feiern.

»Der Hengst läuft großartig«, berichtete Walter kurz vor seinem ersten Rennen. »Wir haben den Winter über an seiner Kondition und seiner Rittigkeit gearbeitet – ich könnte Ihnen sogar eine kleine Dressur auf ihm vorreiten, wenn Sie möchten. Auf jeden Fall hat ihn das Training gelassener gemacht, Sie wissen ja, er neigte zum Scheuen, das ist eigentlich sein einziger Fehler. Aber für uns ist das gar nicht so schlecht. Durch die häufigen Ausfälle im letzten Jahr geht er jetzt erst mal als Außenseiter an den Start. Er wird hohe Quoten bringen, wenn er gewinnt. Und er wird gewinnen. Verlassen Sie sich drauf!«

Die Gräfin lächelte und betrachtete Walter prüfend durch ihr Lorgnon. »Oh, ich hege keinerlei Zweifel an Ihrer Qualifikation – und an der von Erlkönig. Aber wie geht es Ihnen denn nun, mein lieber von Prednitz? Hat der Winter Ihnen nicht zugesetzt in dem Verschlag, in dem Sie hier wohnen? Ich muss sagen, ich war entsetzt, als ich davon hörte!«

Walter errötete. Hatte die Gräfin sich die Wohnanlage der Stallarbeiter wirklich angesehen?

»Ich habe im Krieg schon unter schlimmeren Bedingungen übernachtet«, sagte er steif. »Es macht mir nichts aus, und es wird ja wohl bald besser werden. Wenn ich als Jockey erst Erfolg habe …«

»… ist vielleicht sogar ein kleines Liebesnest für Sie und Ihre Tierärztin drin«, bemerkte die Gräfin. »Und deren Tochter. Eine richtige kleine Familie. Es wird Sie beide kompromittieren, von Prednitz. Was machen Sie eigentlich, wenn der Gatte der Dame einmal heimkommt?« Walter biss sich auf die Lippen. »Ich weiß, ich weiß, das geht mich nichts an«, fuhr die Gräfin fort. »Aber es interessiert mich. Sie interessieren mich, von Prednitz. Ich nehme mit großer Freude Anteil an Ihrem Leben.«

Walter nahm einen Schluck Kaffee. »Ich bin ... kein Beobachtungsobjekt«, brachte er schließlich hervor.

Die Gräfin lachte ein perlendes Lachen. Es klang, als hätte sie es eingeübt – irgendwann, als höhere Tochter, die auf eine standesgemäße Ehe vorbereitet wurde.

»Das klingt ja, als wären Sie für mich ein Insekt, dessen Werden und Vergehen ich kühl verfolge ... Dabei bringe ich Ihnen größte Zuneigung entgegen, mein lieber von Prednitz. Ich frage mich nur manchmal, ob Sie all das zu schätzen wissen ...«

Walter schluckte. »Ich weiß es sehr zu schätzen, Gräfin. Und ich werde Erlkönig zu einem Gewinn für Sie machen. Sie können getrost auf ihn setzen. Ich ...«

»Er ist bereits ein Gewinn für mich«, sagte die Gräfin. »Wollen wir darauf noch einen Sekt trinken? Zum Frühstück schmeckt er am besten, finden Sie nicht?«

Walter wusste nicht, wie er ablehnen sollte. »Ich muss noch in den Stall«, sagte er wenig überzeugend.

Die Gräfin wehrte mit einer gezierten Handbewegung ab. »Ach was! Der Trainer wird Sie freistellen, wenn es mein Wunsch ist. Und Ihrer kleinen Tierärztin müssen Sie ja nichts davon erzählen ...«

Walter erwähnte Nellie gegenüber tatsächlich nichts von den meisten Besuchen der Gräfin, doch Ludwig schüttete er bei einem Feierabendbier sein Herz aus. Der wollte sich mal wieder ausschütten vor Lachen.

»Tja, Walter, die Frau hat ihre Schoßtiere fest im Griff. Und nimmt ja auch kein Blatt vor den Mund. Der Vergleich mit dem Insekt passt wie die Faust auf Auge: Du krabbelst in ihrer Botanisiertrommel herum und wartest darauf, dass sie dich aufspießt und ihrer Schmetterlingssammlung einverleibt. Vielleicht solltest du ihr Haus mal heimlich durchsuchen. Möglicherweise hat sie versteckte Kammern, in denen sie Schaukästen voller Fähnriche und Leutnants hortet.«

»Das ist überhaupt nicht komisch!«, ärgerte sich Walter.

Ludwig lachte wieder. »Aber ja, natürlich ist das komisch. Du heulst mir hier was vor, und vor ihr machst du Bücklinge. Warum auch nicht? Sie hat einen Narren an dir gefressen, sie will, dass du Karriere machst. Dafür verlangt sie ein wenig Zuwendung. Also, von mir bekäme sie die sofort. Für ein Pferd wie Erlkönig solltest du ihr die Füße küssen.« Ludwig nahm einen Schluck Bier. Walter blitzte ihn an. »Sei froh, dass sie sich mit einem Handkuss zufriedengibt«, endete Ludwig. »Ich starte übrigens ebenfalls in diesem Qualifikationsrennen. Mit Standarte, die ist nicht schlecht. Wenn wir sie nicht verheizen wie letztes Jahr Anastasia, kann sie den Preis der Diana gewinnen.«

Walter rieb sich die Stirn. Anastasia war tatsächlich nie wieder so gesund geworden, dass sie ein Rennen durchgestanden oder gar gewonnen hätte. Ihr Besitzer Johann Brehmer hatte sie zwar noch mal ins Training nehmen lassen, jetzt aber die Waffen gestreckt und die Stute an einen Züchter verkauft.

»Wenn sie meine gewesen wäre …« Walter setzte zu einer Verteidigung an.

Ludwig hob die Schultern. »… hättest du sie nicht verheizt, ich weiß. Aber wir reiten die Pferde nur, sie gehören uns nicht. Solltest du auch bei deinem Erlkönig nicht vergessen. So schnell, wie die Gräfin ihn dir gegeben hat, kann sie ihn dir wieder abnehmen.«

Erlkönig gewann das erste Rennen der Saison souverän mit mehreren Längen Vorsprung. Die Gräfin empfing Walter strahlend im Führring, um den Preis gemeinsam mit ihm in Empfang zu nehmen.

»Und nun begleiten Sie mich auf einen Champagner in die Besitzer-Loge, nicht wahr?«, fragte sie. »Sie müssen mir dort ein paar Leute vorstellen, ich gehöre ja noch nicht lange zu diesem erlauchten Kreis …«

Walter sah an sich hinunter. Natürlich trug er noch seine Rennkleidung. Die Gräfin hatte sich für auffällige Farben entschieden, Grasgrün und Gold. »Ich würde mich gern umziehen, Gräfin«, wandte er ein, »und auch noch mal nach Erlkönig sehen. Er hat sich einen Apfel verdient …«

Die Gräfin winkte lachend ab. »Ach was, mein lieber von Prednitz. Das Pferd weiß doch nicht, was es sich verdient hat. Geben Sie ihm den Apfel morgen, dann wird er ihm auch noch schmecken. Ich werde zudem Möhren liefern lassen. Mit meiner besten Empfehlung.«

Walter musste sich ihr anschließen, da er keine weitere Ausrede fand. Immerhin war er nicht der einzige Jockey in der Lounge. Ein paar Stars der Rennbahn hatten sich den Besitzern ihrer Pferde ebenfalls zugesellt. Er war allerdings der einzige Deutsche. Die anderen kamen aus Großbritannien oder Amerika. Walter kannte sie nur flüchtig.

»Sie sind die Ersten, die wieder hier arbeiten«, erklärte er seiner Begleitung. »Vor dem Krieg gab es in Hoppegarten viele britische oder amerikanische Rennreiter. Sie setzten unseren meist militärisch geschulten Jockeys ihre zwergenhafte Gestalt und ihren eigentümlichen Reitstil entgegen. Diese zierlichen Männer schweben ja mehr über dem Pferd, als zu sitzen, wie wir es gelernt haben. Bei Kriegsbeginn wurden sie dann durchweg ausgewiesen, und jetzt formiert sich eine neue Jockeyszene. Auch mit deutschen Reitern.«

»Und mit Ihnen an der Spitze«, schmeichelte ihm die Gräfin.

Walter lächelte, glaubte das jedoch nicht, er brachte dazu einfach zu viel Gewicht in den Sattel. Der Einsatz der sehr kleinen Reiter, die ihre Pferde unter extrem leichten Sätteln mit äußerst kurzen Steigbügeln vorstellten, würde sich durchsetzen. Wenn ein Pferd weniger Gewicht trug, war es einfach schneller. Nun, das alles würde noch etwas dauern. Vielleicht konnte er nach erfolgreicher Rennreiterkarriere als Trainer weitermachen.

Walter fachsimpelte ein wenig mit den britischen und amerikanischen Kollegen – er sprach ein paar Worte Englisch, die er nach dem Krieg aufgeschnappt hatte, als er für die Heeresleitung Reparationsleistungen zusammengestellt hatte. Die Männer waren freundlich und zeigten sich sehr angetan von Erlkönig.

»Schönes Pferd mit unaussprechlichem Namen«, erklärte ein Amerikaner und lachte.

»Einem sehr schönen deutschen Namen«, mischte sich einer der Pferdebesitzer ein. »Die Unart, Rennpferden englische Namen zu geben, ist hier im Reich viel zu verbreitet. Deutsche Züchter sollten stolz zu ihrer Sprache stehen. Erlkönig, Standarte, Undine …«

Walter nahm an, den Besitzer von Ludwigs Pferd vor sich zu haben. Ludwig war mit der Stute Vierter geworden.

»Vielleicht Siegfried?«, konterte der Amerikaner und konnte sich vor Lachen kaum halten. »Oder Siegfried-Linie?«

Der Pferdebesitzer lief ob des Spottes rot an. Die Anspielung auf die letzte von den Deutschen gehaltene Stellung im Krieg empörte ihn.

Die Gräfin näherte sich Walter schnell mit einem Glas Champagner. »Kommen Sie, von Prednitz, da müssen wir uns nicht einmischen. Schrecklich, diese Nationalisten! Haben Sie von diesem Hitler gehört?«

Adolf Hitler scharte eifrig weiter Anhänger um sich. Gerhard Obermeier war neuerdings stolzes Mitglied seiner Partei namens NSDAP.

»Den hätte man damals nach dem Putsch wegen Hochverrat erschießen sollen … Aber sprechen wir über angenehmere

Themen, lieber von Prednitz. Wann wird denn unser Erlkönig wieder starten? Und was machen Sie mit Ihrem Gewinn?«

Walter hatte eine ordentliche Siegprämie eingestrichen, und Bernhard hatte obendrein ein paar Wetten für ihn platziert. Beide waren plötzlich um mehrere Hundert Mark reicher.

»Sparen, Gräfin«, erklärte er. »Sie wissen doch …«

»Ach ja, Ihre romantischen Pläne mit der Tierärztin. Wie dumm von mir, dass mir das immer wieder entfällt. Wie alt ist das kleine Mädchen jetzt, das sie nicht von Ihnen hat?«

Walter rieb sich die Stirn. »Bitte, Gräfin … sollte ich Ihnen nicht ein paar Leute vorstellen? Schauen Sie, hier ist zum Beispiel Ralf Manzinger – erfolgreicher Unternehmer – Import-Export, glaube ich. Und seine Gattin …« Luise Manzinger fütterte ihr Pudelchen gerade mit einem Stück Lachs. »Und das ist Johann Bremer – ich habe seine Stute Anastasia im letzten Jahr geritten …«

Die Gräfin ging zum Glück gnädig auf den Themenwechsel ein und hielt sehr bald Hof unter all den Alt- und Neureichen in der Besitzer-Loge. In ihrem langen Pelzmantel, mit Lorgnon und Zigarettenspitze war sie eine imponierende Erscheinung, zudem hatte sie gerade mit ihrem ersten Pferd ihren ersten Sieg gefeiert. Natürlich war ihre Bekanntschaft begehrt.

»War Ihr Mann nicht ein hochdekorierter General?«, fragte der Nationalist, der das Thema Pferdenamen ins Gespräch gebracht und sich inzwischen beruhigt hatte. »Arthur von Domberg, mein Name. Ich durfte als Adjutant des General Schmidt von Knobelsdorf dienen.«

Die Gräfin versicherte charmant, dass ihr Gatte zum Beraterstab des Kaisers gehört habe, aber leider schon ein Jahr nach Kriegsbeginn verstorben sei.

»Sonst hätten wir den Krieg vielleicht nicht verloren«, vertraute sie Walter später an. »Mein Ruprecht war nicht dumm. Leider hat der Kaiser nie wirklich auf ihn gehört. Friedrich Wilhelm war schwierig … Doch vergessen wir das. Ich kann Sie nirgendwohin fahren, von Prednitz, wo Sie die Nacht vielleicht stilvoller verbringen können als in Ihrem Verschlag? Sie gedenken nicht, noch weiterzufeiern?«

Walter schüttelte den Kopf. »Ich muss morgen früh raus, Gräfin. Vergessen Sie nicht, dass ich immer noch in den Ställen arbeite. Wenngleich ich nun auf weitere Berittpferde hoffe. Also sagen wir jetzt einfach Gute Nacht. Es war ein famoser Saisonauftakt. Hoffen wir, dass es so weitergeht!«

Wenige Wochen später fand Walter ein möbliertes Zimmer auf einem Bauernhof in Hoppegarten, nahe der Rennbahn. Sein Vermieter war ein kleiner Züchter, in der Umgebung wurden überall Pferde gehalten, gezüchtet und trainiert. Auf dem Höhepunkt seiner Bekanntheit gab es fünftausend Pferde in dem Vorort, dessen Name auf ein Hopfenanbaugebiet zurückging, das hier bestanden hatte, bevor die Rennbahn gebaut worden war.

Grietje fiel trotzdem als Erstes *Hoppe, hoppe Reiter* ein, als sie Walter mit ihrer Mutter zum ersten Mal in seiner neuen Wohnung besuchte. Walter fragte die Kleine nach ihrem schulischen Fortkommen, und sie gestand ihm, dass sie eigentlich nur den Musikunterricht wirklich mochte.

»Die anderen singen bloß immer falsch«, berichtete sie. »Und Klavier spielen können die gar nicht!«

Tatsächlich hatten mehrere von Grietjes Klassenkameradinnen Klavierunterricht, doch keine kam an Grietjes Können heran. Trotz Marias knochentrockenem Unterricht machte das Mädchen rasante Fortschritte.

»Hast du auch ein Klavier?«

Walter verneinte. »Hier dreht sich alles um Pferde, Grietje – Musik hört man nur an den Renntagen. Aber mein Vermieter hat ein Pony. Sollen wir ihn fragen, ob du es mal reiten darfst? Er hat eine Tochter in deinem Alter.«

Nellie stimmte begeistert zu – sie fand, dass Grietje viel zu wenige Freunde in ihrem Alter hatte. Die Töchter der besseren Familien luden sie nicht ein. Ihre Mütter ließen vielleicht ihre Schoßhündchen von Nellie und Maria behandeln, aber gesellschaftlichen Umgang mit den alleinstehenden Tierärztinnen wollten sie denn doch nicht pflegen. Nellie konnte noch so oft behaupten, sie sei verheiratet und Grietje habe einen legitimen Vater. Zum Glück schien es dem Mädchen kaum etwas auszumachen, nach der Schule meistens mit Lene allein zu sein. Grietje verbrachte die Zeit am liebsten an ihrem Klavier.

Auch an diesem Tag zeigte sie sich nicht besonders interessiert an dem Pony und dessen stolzer Besitzerin Frederike. Sie ließ sich zwar geduldig alles zeigen und streichelte das Pferdchen, aber besonders enthusiastisch schien sie dabei nicht.

»Ich wäre in ihrem Alter grün vor Neid geworden, wenn ein anderes Mädchen so ein Pony gehabt hätte«, bemerkte Nellie und beobachtete die Kinder. »Zum Glück durfte ich ja Phipps' Pony reiten und damit umgehen, als wäre es mein eigenes …«

»Weil Phipps sich genauso wenig dafür interessiert hat wie Grietje«, erkannte Walter. »Das Mädchen kommt nach seinem Vater, das ist nicht zu leugnen. Siehst du nicht irgendeine Möglichkeit, ihn aufzuspüren? Grietje sollte ihn kennenlernen, gerade wenn er als Musiker arbeitet. Und du könntest dich endlich scheiden lassen.«

Nellie zuckte mit den Schultern. »Ich könnte Kontakt mit meinen Eltern und Schwiegereltern aufnehmen. Vielleicht hat er sich ja inzwischen bei denen gemeldet. Aber ehrlich gesagt graut es mir davor. Sie würden auf einem Besuch bestehen, mir erneut in mein Leben reinreden – ich bin eigentlich ganz glücklich damit, wie es zurzeit aussieht, Walter. Wenn wir noch zusammenleben könnten, wäre alles wunderbar. Von mir aus müssen wir nicht unbedingt heiraten.«

Walter seufzte. »Die Gräfin hat allerdings recht damit, wenn sie sagt, es würde uns beide kompromittieren«, bemerkte er.

Nellie fuhr auf. »Was hat denn die Gräfin damit zu tun? Walter, besprichst du mit ihr unsere Angelegenheiten?«

Walter schüttelte den Kopf und versuchte, sie zu beschwichtigen. »Natürlich nicht. Sie hat es … nur mal so angesprochen …«

Nellie verzog das Gesicht. »Nur mal so, ja? Sei vorsichtig, Walter, sie wirft schon wieder ihre Netze aus. Wann startet Erlkönig das nächste Mal?«

Erlkönig startete am folgenden Renntag, und er begann damit eine einzigartige Siegsträhne. Walter ritt ihn in Hoppegarten und auf den anderen Berliner Rennbahnen – und bald drängte die Gräfin darauf, den Hengst in Düsseldorf, Hannover, Baden-Baden und München starten zu lassen, in Paris oder London. Damit war Erlkönigs Einsatz nicht mehr auf die sommerliche Rennsaison in Berlin beschränkt. Walter konnte ihn auch auf Weihnachtsrennen und bei anderen besonderen Anlässen reiten. Natürlich zahlte die Gräfin seine Reisen – und selbstverständlich logierte er in den gleichen noblen Hotels wie sie. Er begleitete sie nicht nur zu den Siegerehrungen, sondern auch zum Souper und zum Frühstück, mitunter zu kulturellen Veranstaltungen, die im Umfeld der Rennen oder am Vortag stattfanden.

Nellie regte sich erwartungsgemäß darüber auf, doch er argumentierte damit, dass Reisen nun mal zu seinem Beruf gehörten und dass er eine Menge Geld damit verdiente.

»Wir sollten vielleicht gleich eine Wohnung kaufen, Nellie«, schlug er vor. »Wenn wir mieten … Nun ja, das würde schwieriger, der Vermieter könnte eine Heiratsurkunde verlangen.«

Nellie äußerte sich nicht zu der Idee, da sie nicht ständig schimpfen wollte. Das Verhältnis zwischen ihr und Walter kühlte sich ohnehin schon ab. Eines Tages klagte sie jedoch

Maria und Bernhard ihr Leid. Bernhard hatte Notdienst und verbrachte ihn in der Praxis – sein möbliertes Zimmer hatte kein Telefon. Zwar besaß seine Wirtin inzwischen einen Anschluss und man hätte ihn sicher über sie erreichen können, doch für ihn war dies eine willkommene Ausrede, den Sonntag mit Maria zu verbringen.

»Ich hätte lieber schnell eine gemeinsame Wohnung«, sagte Nellie. »Ein toleranter Vermieter würde sich schon finden. Und dann könnten wir wenigstens zusammen sein. So entfremden wir uns immer mehr. Die Gräfin legt es darauf an.«

»Was will sie denn?«, fragte Maria. »Ihn heiraten? Ist sie nicht zu alt für ihn?«

»Natürlich ist sie das«, erwiderte Bernhard. »Und ich halte es auch für unwahrscheinlich, dass sie Heiratspläne hegt. Ganz Berlin würde sich über sie lustig machen, wenn sie mit ihrem Gigolo vor den Traualtar träte. Ich glaube … ich glaube, es geht ihr einfach um Macht. Für sie ist das ein Spiel: Walter, der Hengst … Sie langweilt sich. Und sicher ist sie einsam.«

»Mein Mitleid hält sich in Grenzen«, bekannte Nellie. »Warum sucht sie sich nicht einfach Freunde in ihrem Alter? Da muss es doch noch welche geben, mit denen sie über alte Zeiten reden kann …«

»Das will sie aber nicht«, fuhr Bernhard mit seiner Analyse fort. »Sie ist eigentlich eine ganz moderne Frau. Sie geht garantiert lieber ins Varieté als zum Damenkränzchen. Du hast mir übrigens noch nicht geantwortet, Maria: Begleitest du mich in den Wintergarten? Die Show soll atemberaubend sein.«

Das Varieté Wintergarten, wohl die berühmteste Vergnügungsstätte Berlins, bot Musik und Akrobatik unter einem künstlichen Sternenhimmel.

Maria biss sich auf die Lippen – ein Theater mit dreitausend Sitzplätzen war zu viel für sie.

»Wisst ihr, an wen sie mich erinnert?«, fragte sie, statt Bernhards Frage zu beantworten. »Die Gräfin, meine ich? Ich finde sie ist … wie diese Tänzerin, deren Äffchen wir früher behandelt haben. Marika Berger. Sie … sie fühlt sich genauso an … Sie hat etwas Dunkles, etwas Spöttisches … und sie geht mit den Menschen um wie die Berger. Ich kann das nicht erklären, ich kann mir vieles nicht erklären. Aber sie macht mir Angst.«

»Die Berger hat ihr Äffchen letztlich erdrückt«, bemerkte Nellie. »Aber wenn ich Walter das vorhalte, lacht er mich aus.«

Maria scheute den Wintergarten, doch es gab mannigfaltige kleinere Theater und Varietés, in die sie Bernhard begleitete. Zunächst etwas zögerlich, dann amüsierte sie sich mehr und mehr. Rund um die Wohnung in der Torstraße tobte weiterhin das Berliner Nachtleben, die Dunkelheit und Morbidität der unmittelbaren Nachkriegszeit war durch Glanz und Optimismus ersetzt worden. Die Straßen waren von Leuchtreklamen hell illuminiert, überall blinkte und glitzerte es. Vor den Bars und Varietés beschrieben Conférenciers in Abendkleidung blumig das Programm und warben um Gäste. In den Shows wurde viel gelacht, die Kostüme der Tänzer waren bunt und aufwendig. Prostitution gab es zwar noch, aber die Wirtschaft in der Republik florierte, keine Frau musste sich mehr aus reiner Not verkaufen. Infolgedessen brauchten Frauen, die sich abends in der Stadt bewegten, nicht mehr mit schlüpfrigen Sprüchen und fragwürdigen Angeboten zu rechnen, und Nellie und Maria verbarrikadierten sich nicht mehr in ihrer Wohnung.

Nellie nahm Grietje mit in ein Konzert von Max Kuttner, und die Kleine war hingerissen. Da Nellie den Besitzer des Theaters kannte – sie behandelte seinen Hund –, durften sie anschließend hinter die Bühne und den Sänger kennenlernen. Er erwies sich als sehr nett und lustig, und als Grietje begeistert erzählte, dass sie seine Lieder gern auf dem Klavier spiele, wies der junge Mann lächelnd auf das Piano und schmetterte dann zu Grietjes Begleitung noch einmal *Mein Darling muss so sein wie du*.

Wieder einmal war Nellie beeindruckt von ihrer Tochter. Grietje hatte eindeutig Phipps' musikalisches Talent, musste jedoch nicht mit der Scheu und Zurückhaltung kämpfen, die ihm als Junge zu eigen gewesen war. Sicher würde sie sich von nichts und niemandem davon abhalten lassen, die Musik zum Beruf zu machen. Vorerst war sie allerdings ganz verrückt darauf, andere Künstler auftreten zu sehen. Auf dem Schulweg studierte sie die Plakate auf den Litfaßsäulen. Viele internationale Stars gastierten in Berlin, die Stadt galt als europäische Metropole von Kunst und Kultur. Nellie empfand die Darbietungen der Tänzer und Musiker häufig als zu frivol für ihre kleine Tochter, während Grietje sie bestürmte, Walter zu einem Rennen nach Paris begleiten zu dürfen, um dort Josephine Baker zu sehen.

»Erstens kommt es gar nicht infrage, dass du einer halb nackten Tänzerin laszive Gesten abguckst, und zweitens würde Walter uns sowieso nicht mit nach Paris nehmen, er fährt ja mit der Gräfin«, beschied Nellie ihre Tochter. Dabei wurmte auch sie diese Reise ihres Geliebten. Garantiert würde die Gräfin eine Möglichkeit finden, die Baker im Folies Bergère zu sehen, und Walter würde sich nicht weigern, sie zu begleiten. Nellie hätte da zu gern die Anstandsdame gespielt. »Außerdem muss ich lernen«, erklärte sie jetzt weiter. Nach wie vor war sie eine Musterstudentin und hatte alle bisherigen Prüfungen mit Auszeichnung bestanden, obwohl die Arbeit ihr kaum Zeit ließ zu lernen. »Und so gesehen ist es ganz gut, dass Walter mit der Gräfin und dem Pferd unterwegs ist«, fuhr sie seufzend fort. »Da hält er mich wenigstens nicht vom Lernen ab.«

Dann jedoch entdeckte Grietje ein neues Plakat an einer der Litfaßsäulen. »Was ist das, ein Teufelsgeiger?«, erkundigte sie sich zuerst bei Lene und dann bei ihrer Mutter, als Lene keine Auskunft geben konnte.

Nellie hatte den Begriff ebenfalls noch nie gehört. »Ein Geiger, der spielt wie der Teufel vielleicht«, erwiderte sie. »Wie heißt er denn?«

Grietje hob die Schultern. »Hab ich mir nicht gemerkt«, gab sie zu. »War auch so ein komischer Name. Gehen wir hin, Mami? Bitte! Ich will den Teufel Geige spielen hören!«

Nellie lachte. »Der wird kaum aus der Hölle steigen, um im Wintergarten aufzuspielen. Oder im Theater des Westens.«

»Doch«, erklärte Grietje. »Da spielt er. Theater des Westens, hab ich gelesen.«

»Ich schau mir das Plakat mal an, und dann denken wir drüber nach«, meinte Nellie, vergaß die Sache dann aber, bis auch Bernhard damit anfing.

»Steht dir der Sinn nach Geigenmusik, Maria?«, fragte er am Abend in der Sprechstunde. »Im Theater des Westens gastiert ein Violinist namens Phil The Great. Wenn der seinem Namen gerecht wird …«

»Wie heißt er?« Nellie, sie sterilisierte gerade Instrumente, wandte sich um.

»Phil The Great – die typisch amerikanische Übertreibung«, gab Bernhard Auskunft. »Laut Ankündigung soll er eine gute Show liefern. Sie nennen ihn Teufelsgeiger oder Zaubergeiger. Ich weiß ja, dass dir das Theater des Westens unheimlich ist, Maria, aber es klingt derart interessant …«

Nellie rieb sich die Stirn. »Es klingt mehr als interessant. Phil The Great – das heißt doch Philipp der Große, nicht? Philipp De Groot … Vielleicht bin ich ja verrückt, aber das wäre ein solcher Zufall …«

»Du meinst, es ist dein Phipps?«, fragte Maria. »Dein Mann?«

Nellie biss sich auf die Lippen. »Ich werde das herausfinden«, erwiderte sie. »Wo kriegt man Karten?«

»Es tut mir fürchterlich leid, am Samstag kann ich nicht.« Walter wand sich, als ihm Nellie aufgeregt von ihrer Vermutung erzählte. Sie war umgehend zum Theater des Westens gegangen und hatte zwei der letzten Karten für das Spätsommerkonzert des Teufelsgeigers erstanden. Sehr gute Plätze, sie hatte tief in die Tasche greifen müssen, aber es war ihr wichtig, Phil The Great von Nahem zu sehen. »Erlkönig startet am Sonntag beim Großen Preis von Hannover. Ein wichtiges Rennen, hochdotiert.«

Nellie schüttelte den Kopf. »Walter, der Hengst läuft alle zwei Wochen. Viel zu häufig, wenn du mich fragst. Und wie oft hat er bis jetzt verloren?«

»Zwei zweite Plätze und einen dritten hat er gemacht«, gab Walter Auskunft. »Jedes Mal, weil er mal wieder gescheut hat …« Walter setzte zu längeren Erklärungen an.

»Besprich das mit der Gräfin«, unterbrach Nellie ihn. »Vielleicht braucht er ja einfach nur ein Glas Champagner vor jedem Rennen … zur Beruhigung. Auf jeden Fall sieht es aus, als könnte man mit dem Pferd nicht sehr viel falsch machen. Also lass am Sonntag jemand anderen reiten oder schick das Pferd voraus und nimm den Nachtzug. Dann kommst du noch rechtzeitig zum Rennen an. Aber am Samstagabend brauche ich dich. Ich … ich will da nicht allein hin.«

Walter schüttelte bedauernd, doch entschlossen den Kopf. »Ich kann nicht, Nellie. Es ist absolut unmöglich, Erlkönig mit einem anderen Jockey zu konfrontieren. Dafür ist er viel zu nervös, speziell nach Transporten. Ich hab außerdem bereits zugesagt.«

Nellie verzog das Gesicht. »Sag wieder ab!«, forderte sie.

»Nellie, das geht nicht … Und selbst, selbst wenn dieser Geiger Philipp wäre, du würdest doch nicht gleich nach seinem Konzert mit ihm sprechen … So was will gut überlegt sein … Wir reden darüber, sobald ich zurück bin. Komm, Nellie, ich mache das doch für uns! Noch eine so erfolgreiche Saison wie im letzten Jahr, dann können wir zusammenleben. Und haben sicher genug Geld, um deinen Philipp in den Staaten zu suchen. Ich kann mir im Übrigen nicht vorstellen, dass er der Teufelsgeiger ist. Das wäre ein solcher Zufall!«

Nellie dagegen fand das gar nicht so abwegig. Phipps hatte sicher das Zeug zu einem Star gehabt, und nach Berlin verschlug es letztlich alle großen Künstler.

»Na schön«, sagte sie schließlich. »Dann gehe ich mit Grietje. Die liegt mir deshalb sowieso seit Tagen in den Ohren. Sie erhofft sich ein Gastspiel des Teufels persönlich. Hoffentlich kriegt sie keine Angst vor ihrem eigenen Vater.«

Das Theater des Westens, ein Prachtbau an der Kantstraße mit riesigen Bogenfenstern, Balkonen und Stuckverzierungen, war hell erleuchtet, als Nellie und Grietje eintrafen. Nellie trug das Kleid, das sie sich für den Weihnachtsball gekauft hatte, und Grietje ein grünes Kleidchen, zu dem sie ihre lockigen rotblonden Haare offen tragen durfte. Aufgeregt betrat sie an der Hand ihrer Mutter das prachtvoll gestaltete Foyer. Sie gaben ihre Jacken an der Garderobe ab und mischten sich unter die Menschen, die auf den Beginn des Konzerts warteten. Das Theater war ausverkauft.

»Kaufen wir auch Sekt?«, fragte Grietje.

Die meisten Konzertbesucher hatten sich an der Bar bereits ein Glas gegönnt und flanierten nun mit dem Sektkelch in der Hand durchs Foyer.

Nellie schüttelte den Kopf. »Du bist noch zu jung«, beschied sie ihre Tochter. »Und mir ist er zu teuer. Außerdem brauche ich einen klaren Kopf. Komm, wir suchen schon mal unsere Plätze. Gleich fängt es an.«

Es dauerte noch ein wenig, bis sich der Saal gefüllt hatte, aber Nellie und Grietje waren ausreichend damit beschäftigt, die Abendroben der Damen zu bewundern. In letzter Zeit bevorzugte man asymmetrische Schnitte, oft waren die Röcke und Kleider an der Seite gerafft. Sie waren knie- bis wadenlang, je nachdem, wie mutig sich ihre Trägerinnen zeigten. Die meisten Frauen trugen Hüte, Nellie hoffte, dass ihnen keine der aufwendigeren Kreationen die Sicht versperren würde. Die Modefarbe war offenbar weiß – sogar viele der Herren trugen helle Sommeranzüge.

Dann wurde es dunkel im Saal, und eine Stimme, die durch das ganze Theater hallte, kündigte den Star des Abends an.

»Zaubergeiger … Teufelsgeiger … die Welt findet kaum Worte, die Kunst unseres heutigen Ehrengastes zu beschreiben. Lassen Sie sich wie Tausende vor Ihnen berauschen und begeistern. Begrüßen Sie Philipp den Großen! Phil The Great!«

Die ersten Töne des Konzerts gingen im Lärm des Applauses unter. Es waren ruhige Töne, die wie aus dem Nichts kamen. Nellie erkannte ein Solo von Bach, und ihr wurde heiß und kalt. Wie oft hatte sie diesem Stück im Wohnzimmer der De Groots gelauscht – vorgetragen vielleicht nicht ganz so perfekt, ganz so routiniert wie hier im Theater, doch ebenso gefühlvoll … Das Licht auf der Bühne baute sich langsam auf, und man sah einen jungen Mann mit braunen Haaren in einem Barockgarten auf einem Mäuerchen sitzen, heiter, ein leichtes Lächeln auf dem verträumten Gesicht. Er trug enge Hosen und ein weites Hemd, seine Locken umspielten weiche, aber doch männliche Züge.

Nellie zwang sich, tief durchzuatmen. Es war zweifellos Phipps, der jetzt zu einer Nocturne von Chopin überging, und sein Vortrag hatte nichts Teuflisches. Eher meinte man, Engel singen zu hören. Doch dann wandelte sich das Bild. Phipps schritt, die Geige in der Hand, zum vorderen Rand der Bühne, und hinter ihm erschien das Bild eines Zigeunerlagers. Nellie fühlte sich in eine andere Zeit versetzt. Wie lange war es her, dass sie sich mit ihrem Freund aus dem Haus und auf die Waldlichtung geschlichen hatte, wo das fahrende Volk musizierte und tanzte. Nun war es Phipps, der die ungestümen Rhythmen auf die Bühne brachte, die sie damals mitgerissen und ihn bezaubert hatten.

Wie aus dem Nichts kam ein Mädchen im Flamencokleid auf die Bühne, das dazu tanzte, schneller und schneller – es waren nun wohl spanische Klänge, die Phipps heraufbeschwor. Hinter der Tänzerin wechselte die Kulisse zu einem Strand und einem Meer – und plötzlich wurde die Musik wieder sanfter. Nellie kannte das Stück nicht, doch es war zweifellos ein Liebeslied. Dabei entschwand die Tänzerin, die Bühne verdunkelte sich erneut. Phipps spielte die Ouvertüre von *Orpheus in der Unterwelt*, meisterhaft arrangiert für nur eine Geige. Während er spielte, verschwand er langsam über eine unsichtbare Treppe hinunter in den Bühnengraben.

Kurze Zeit herrschte Stille, die kein Zuhörer mit Applaus zu unterbrechen wagte. Und dann brach auf der Bühne ein Vulkan aus, Flammen loderten auf – und mittendrin erschien plötzlich Phipps, einen schwarzen, rot gefütterten Mantel umgelegt. Er spielte das *Caprice No. 5* von Niccolò Paganini – dem großartigen Geiger, von dem es zu seiner Zeit geheißen hatte, er habe seine Seele für seine Kunst dem Teufel verkauft.

Als Phipps endete, brandete frenetischer Applaus auf. Phipps verbeugte sich lächelnd, die Hölle um ihn herum lichtete sich. An ihrer Stelle sah man das Bild eines Ozeanriesen. Phipps' Umhang gab einen Reiseanzug frei – und er erstieg das Schiff mit der Aufschrift *Amerika*.

Damit verschwand er erst mal aus den Augen seines Publikums. Nach der Pause würde er es wohl in die Rhythmen seiner neuen Heimat einführen.

Nellie tauchte auf aus dem Meer von Tönen und Erinnerungen, durch das Phipps sie geführt hatte – und konnte langsam wieder denken.

Grietje neben ihr schnappte nach Luft, als hätte sie die ganze Zeit den Atem angehalten. »Mami, das war schön … das war so schön! So was Schönes hab ich überhaupt noch nie gehört … Können wir den Mann kennenlernen? Wie den Herrn Kuttner?«

Nellie schüttelte geistesabwesend den Kopf. Zum Theater des Westens hatte sie keine Beziehungen. Und sie konnte Grietje jetzt unmöglich erklären, dass sie den Geiger selbstverständlich kennenlernen würde – sie musste sich nur überlegen, wie sie sich Phipps nähern wollte. Das Klügste wäre wahrscheinlich, im Adlon nach ihm zu fragen und einen Brief für ihn zu hinterlegen. Sie zweifelte nicht daran, dass er in Berlins bestem Hotel abgestiegen war.

»Ich glaube, ich möchte jetzt doch einen Sekt«, murmelte sie. »Und ja, du kannst einen Schluck probieren. Vielleicht haben sie ja auch Saft …« Immer noch wie hypnotisiert schob sie sich durch die Stuhlreihen, betrat das Foyer des Theaters und trieb auf die Sektbar zu. Doch dann sah sie etwas, das sie sofort ernüchterte.

An der Sektbar ertönte eben das perlende Lachen der Gräfin von Albrechts – und neben ihr stand Walter. Er schien sich im Zentrum des Geschehens nicht sehr wohl zu fühlen, schaffte es aber offensichtlich nicht, die Gräfin wegzulotsen.

»Onkel Walter!« Grietje nahm Nellie die Entscheidung, Walter gleich hier eine Szene zu machen oder damit bis später zu warten, aus der Hand. Vergnügt hopste sie auf ihren großen Freund und seine Begleitung zu. »Wir dachten, du wärst in Hannover!«

Walter erblasste und errötete abwechselnd.

»In der Tat«, sagte Nellie kalt und schloss zu ihrer Tochter auf. »Was ist dir denn dazwischengekommen? Wurde das Rennen abgesagt?«

Walter war noch nicht fähig zu antworten. Dafür lächelte die Gräfin ein Lächeln, das nicht ihre Augen erreichte. »Nun machen Sie ihm keine Vorwürfe, meine liebe Mevrouw De Groot, es ist ganz allein meine Schuld. Ich habe den guten von Prednitz sozusagen entführt. Vom Bahnhof weg, sobald das Pferd verladen war. Diesen Phil The Great, den kann man sich doch nicht entgehen lassen. Und als ich nun ganz kurzfristig noch eine Loge mieten konnte … Es ist fantastisch, nicht wahr?«

»Und wer reitet das Pferd?«, fragte Nellie.

Sie hätte Walter am liebsten angebrüllt und die Gräfin vor der halben Stadt kompromittiert, doch sie war zu nichts fähig. Sie war erschöpft und erschlagen und fühlte sich betrogen.

»Ich … ich kann dir das alles erklären …«, stammelte Walter. »Ich hab das wirklich nicht gewusst. Ich wäre nie … Erlkönig werde ich natürlich selbst reiten. Wir nehmen den Nachtzug …«

»Aha«, bemerkte Nellie. »Zweifellos die erste Klasse, stimmt's? Schlafwagen. Hat man da Doppelabteile?«

»Nun machen Sie sich aber nicht lächerlich, Mevrouw De Groot!«

Die Gräfin schüttelte mit scheinbar nachsichtigem Lächeln den Kopf. »Oder würden Sie mir eine solche Indiskretion wirklich zutrauen?«

Walter lief rot an. »Gräfin, bitte! Selbstverständlich werden wir kein Abteil teilen, Nellie, das wäre … das wäre …«

»Eine Indiskretion, ich hab's schon verstanden. Euer guter Ruf soll auf keinen Fall leiden. Immerhin etwas. Dann wünsche ich dir noch viel Vergnügen, Walter. Und hoffe für Sie, Gräfin, dass Ihr Hotel in Hannover über diskretere Einrichtungen verfügt als die Reichsbahn. Auf Wiedersehen. Und viel Glück beim Rennen.«

Nellie wandte sich ab.

»Warte!« Walter lief ihr nach. »Nellie, du … du musst mir wenigstens sagen … Dieser Phil The Great … ist er …?«

Nellie blitzte ihn an. »Was geht dich das an?«, fragte sie. »Komm, Grietje, wir gehen zurück in den Saal. Ich möchte keinen Sekt mehr, er würde nur bitter schmecken.«

Sie setzte sich entschlossen in Richtung Konzertsaal in Bewegung, gefolgt von der verwirrten Grietje.

»Was soll er denn sein, der … der Herr … Tegrät?«, fragte die Kleine. »Kennt Onkel Walter ihn?«

»The Great«, korrigierte Nellie. »Aber eigentlich heißt er De Groot, so wie wir. Onkel Walter kennt ihn nicht, ich dagegen kenne ihn sehr gut. Wir gehen nachher gleich zu ihm.« Sie blieb stehen, hockte sich vor ihre Tochter und nahm deren Hände in ihre. »Grietje, er ist … er ist dein Vater.«

»Ich hab dir doch erzählt, dass dein Papa nach Amerika gegangen ist, weil er nicht Tierarzt werden, sondern lieber Musik machen wollte«, erklärte Nellie, nachdem sich ihr eigenes Erschrecken über ihren Ausbruch und Grietjes erste Verwirrtheit langsam gelegt hatte.

Sie waren inzwischen auf ihre Plätze zurückgekehrt und warteten auf den zweiten Teil des Konzerts. »Und nun ist er zurückgekommen.«

»Mein Papa?«, fragte Grietje aufgeregt. »Er ist hier, um uns zu treffen? Und nimmt er uns dann mit nach Amerika, wenn er wieder wegfährt?«

»Um uns zu treffen, ist er leider nicht hier, Grietje, er weiß ja nicht, dass wir in Berlin wohnen. Bestimmt wird er sehr überrascht sein, uns zu sehen. Und alles andere … alles andere wird sich finden. Jetzt hören wir erst mal weiter zu. Willst du nicht wissen, wie man in Amerika Musik macht?«

Weder Nellie noch ihre Tochter konnten sich später genau an den zweiten Teil des Konzerts erinnern, obwohl die Weisen, die Phipps spielte, für sie fremdartiger waren und eigentlich eindrucksvoller hätten sein sollen als die im ersten Teil gehörten Stücke. Phipps spielte Blues und Gospels vor der eingeblendeten Kulisse endloser Baumwollfelder in glühender Sonne. Er beschwor Cowboyromantik vor Bildern texanischer Prärien herauf und hatte sogar Indianergesänge für die Geige umgesetzt.

Schließlich kam eine Band auf die Bühne, und Phipps legte die Geige kurz weg, setzte sich ans Klavier und spielte Ragtime – so schnell und mitreißend, dass sich das Publikum erhob und stehend applaudierte. Die Band brachte Dixieland und Chicago-Jazz, Phipps griff die Motive mit seiner Geige auf und brachte das Konzert mit einem gewaltigen Crescendo zum Ende.

Phipps und seine Musiker verbeugten sich – Phipps gab noch eine Zugabe, als der Applaus einfach nicht enden wollte. Nellie erkannte, dass er die belgische Nationalhymne verfremdete, die sie damals in Kortrijk gesungen hatten. Er verknüpfte sie mit der amerikanischen Hymne zu einer Melodie. In Belgien und Amerika hätte man ihm dafür sicher zugejubelt, aber die Deutschen erkannten die Ursprünge des Stückes nicht, und so ließen sie Phipps schließlich nach einem weiteren kräftigen Applaus ziehen.

»Jetzt gehen wir zu ihm?«, fragte Grietje gespannt.

»Sofern man uns lässt«, schränkte Nellie ein. »Ich kann mir nicht vorstellen, dass wir einfach so in die Garderobe gehen dürfen. Das könnte dann ja jeder machen, und das wäre ganz schön lästig für die Künstler. Komm, wir fragen mal.«

Tatsächlich war der Wachmann, der vor der Tür zum Bühnenbereich stand, nicht besonders freundlich. Dabei verlangte Nellie gar keinen Einlass, sondern fragte nur höflich, ob der Mann Phil The Great melden könnte, dass Cornelia De Groot da sei, um ihn zu sehen.

Der Wachmann verzog das Gesicht. »Wat meenen Se, wat ick bin, Frollein? Ihr Botenjunge? Nee, wenn Se mit dem Herrn 'n Tetatete haben wollen, müssen Se sich schon hinten anstellen. Jehn Se raus, links um dit Jebäude rum, da is' der Bühneneinjang. Und wenn's dem Herrn Tegrät passt, dann kommt er da nachher raus und jibt Autogramme. Kann ick aba nich' jarantiern.«

»Ich bin sicher, dass Phil The Great uns sehen will«, versuchte Nellie es noch einmal. »Können Sie nicht irgendjemand anderen schicken, wenn Sie hier schon nicht wegkönnen?«

Der Wachmann schüttelte den Kopf. »Nee, Frollein, nich' mit mir, wa? Mir ham se jesacht: Keenen hier rinlassen, und dit tu ick dann ooch nich'. Jehn Se zum Bühneneinjang, vielleicht ham Se ja Jlück.«

Nellie seufzte und setzte sich in Bewegung. Sie hoffte, beim Rausgehen nicht noch mal auf Walter und die Gräfin zu treffen.

»Gehen wir zum Bühneneingang?«, fragte Grietje erwartungsvoll.

Nellie nickte. »Klar. Jetzt, wo ich mich schon mal entschlossen habe … Aber du hast es gehört: Wenn zu viele Leute dort sind, flüchtet er vielleicht durch einen anderen Ausgang. Es ist nur ein Versuch.«

Der Bühneneingang war nicht zu verfehlen, denn tatsächlich standen bereits etwa zwei Dutzend meist jüngerer Leute davor und warteten guter Dinge mit ihren Alben auf den Künstler. Autogramme sammeln war ein beliebtes Hobby – viele Künstler verteilten sogar Karten mit ihrem Bild, die sie für ihre Bewunderer unterschrieben.

Nellie stellte sich ganz hinten an und ließ sogar Leute vor, die nach ihr kamen.

»Lass erst mal alle weg sein, dann können wir in Ruhe mit ihm reden«, beschied sie Grietje, die das als ungerecht empfand und ihren Platz verteidigen wollte.

Im nächsten Augenblick wurde tatsächlich die Hintertür geöffnet, und Phipps kam heraus unter dem Beifall und den Bravorufen seiner jungen Anhänger. Er erfüllte ihre Autogrammwünsche rasch und routiniert, sah die Leute kaum an, die ihm ihre Alben und Konzertprogramme reichten, lächelte nur beiläufig und fragte nach ihren Vornamen, um eine Widmung schreiben zu können.

Grietje konnte es kaum erwarten, dass sie endlich an die Reihe kamen. Und plötzlich war es so weit. Nellie irritierte Phipps, indem sie ihm kein Programm oder Album entgegenhielt. Etwas verwundert sah er auf und blickte sie an.

»Du hast wunderschön gespielt, Phipps«, sagte Nellie in ihrer Muttersprache.

Phipps verstand nicht gleich. Er sah sie an, als wäre sie eben von einem Stern gefallen. »Nel… Nellie? Das kann nicht sein«, sagte er, als er sie schließlich erkannte. Im Halbdunkel des nur von einer trüben Laterne beleuchteten Bühneneingangs versuchte er, ihr Gesicht zu erspähen, wunderte sich augenscheinlich über den Bubikopf unter ihrem schicken Hütchen. Sein verblüffter Gesichtsausdruck verwandelte sich in den eines unerwartet reich beschenkten Kindes. »Nellie, o mein Gott, Nellie …« Phipps streckte ihr die Hände entgegen.

Nellie nahm lächelnd seine rechte, den linken Arm legte sie um Grietje.

»Ja, ich bin es. Und das hier ist deine Tochter Margarete … Grietje.«

Grietje schob sich vor. Sie war eigentlich nicht verlegen, doch diese Begegnung zog sie zu sehr in ihren Bann, um irgendeine Begrüßung hervorbringen zu können.

Phipps ging in die Hocke und versuchte, auch ihre Gesichtszüge in dem funzeligen Licht zu erkennen. »Sie sieht mir ähnlich«, sagte er tonlos.

Nellie runzelte die Stirn. »Natürlich«, erklärte sie. »Oder denkst du, ich würde dir das Kind eines anderen unterschieben?«

Phipps schüttelte den Kopf. »Sie … könnte doch auch dir ähnlich sehen …«, murmelte er.

»Ich bin Mami ganz ähnlich«, ließ sich Grietje jetzt vernehmen. »Mami sagt, ich bin genauso stur wie sie.«

Phipps musste lachen.

»Ich meinte zielstrebig«, bemerkte Nellie.

Sie war verlegen, es war, als träfe sie nur einen flüchtigen Bekannten, und die Umstände waren mehr als ungünstig. Sie konnten nicht vor einem zugigen Hintereingang über ihr Leben reden.

»Ich … würde dich … euch … gern umarmen«, sagte Phipps und erhob sich wieder. »Du … du denkst vielleicht, ich hätte mich nicht gekümmert, und mir läge nichts an dir, aber …«

Nellie schmiegte sich bereitwillig an ihn. Seine Umarmung war nicht unvertraut, noch immer war er sanft, eher zurückhaltend als leidenschaftlich. Aber sein Geruch war nicht mehr der des Phipps von damals, der meistens nach Leder, manchmal auch etwas nach Schweiß und Stallmist gerochen hatte. Er hatte einen edlen Herrenduft aufgelegt, den sie mochte, doch sie hätte ihn nicht daran wiedererkannt. Grietje hatten sie beide in die Umarmung eingeschlossen. Als sie sich voneinander lösten, machte sie sich frei.

»Zeigst du mir deine Geige?«, fragte sie ihren Vater. Phipps trug seinen Geigenkasten auf dem Rücken.

Er lächelte ihr zu. »Gern«, sagte er freundlich. »Aber nicht hier … Nellie, wo können wir denn hingehen? Wir müssen reden … Es hat doch sicher noch irgendein Lokal offen …«

Nellie lachte. »Eines? Hunderte! Das hier ist Berlin. Es ist erst elf, da fängt die Nacht gerade an. Allerdings würde ich in keines dieser Etablissements meine Tochter mitnehmen. Wohnst du im Adlon?« Phipps nickte. »Da können wir hingehen. Ich bin da bekannt, wir behandeln gelegentlich die Tiere der Gäste, die dort absteigen …«

»Du arbeitest als Tierärztin?«, fragte Phipps verblüfft. »Im … Adlon?«

Nellie lächelte. »In der Tat«, erklärte sie stolz. »Die Tierarztpraxis Paradies ist die erste Adresse für die Lieblinge der Reichen und Schönen. Meistens sind es Hunde und Katzen.

Tatsächlich hatten wir auch schon Affen und Schlangen. Einmal Blutegel. Eine sehr exzentrische Dame meinte, ihren Rheumatismus unter Kontrolle zu halten, indem sie sich regelmäßig beißen ließ. Leider kannte sie sich mit der Haltung nicht gut aus. Ein Fall von Kannibalismus – ein Egel hat den anderen totgebissen. Wir konnten da nicht mehr viel tun.« Sie wusste, dass sie Unsinn redete, doch durch das Reden gewann sie an Sicherheit.

»Wer ist ›wir‹?«, fragte Phipps. »Hast du … einen Mann?«

Nellie schüttelte den Kopf. »Phipps, all das sollten wir vielleicht unter vier Augen klären. Aber ›wir‹ sind in diesem Fall Maria von Prednitz und ich. Meine Freundin und Kollegin. Kannst du uns vielleicht ein Taxi rufen lassen?«

Der immer noch ziemlich mitgenommene Phipps führte seine Frau und seine Tochter zum Haupteingang des Theaters, wo sich gerade das letzte Reinigungspersonal zum Gehen rüstete. Der Hausmeister rief ihnen ein Taxi, und kurz danach hielt ein hohes, sehr elegant wirkendes Automobil vor dem Eingang. Grietje konnte vor Aufregung kaum einsteigen. Sie fuhr zum ersten Mal in einem Auto.

»Mami, haben wir so was auch mal?«, fragte sie, als sich das Gefährt in Bewegung setzte. »Onkel Walters Gräfin hat ein Automobil, nicht? Können wir …?«

»Dafür haben wir nicht genug Geld«, beschied Nellie sie.

Grietje ließ jedoch nicht locker. »Hast du ein Automobil?«, fragte sie Phipps.

Er nickte verlegen. »In den Staaten, in Boston, habe ich eins, ja. Aber deine Mami hat recht, Grietje, so ein Fahrzeug ist ziemlich teuer.«

»Als Landtierarzt würde man allerdings eins brauchen«, überlegte Nellie. »Eine Art Lieferwagen, um die Medikamente und alles, was man sonst braucht, einzuladen. Vielleicht, wenn wir das mit der Betreuung der Rennpferde noch ausbauen …

Aber vorerst musst du weiter Tram fahren, Grietje. Tut mir leid.« Sie lächelte der Kleinen bedauernd zu. »Wie soll sie dich eigentlich nennen?«, wandte sie sich dann an Phipps.

Er schmunzelte und schenkte Grietje einen liebevollen Blick. »Magst du Papa sagen oder Vader, wie man in Belgien sagt?«, fragte er.

Grietje überlegte. »Papa«, entschied sie. »Ich sag Papa. Darf ich mal in deinem Automobil mitfahren?«

Phipps zauste durch ihr immer etwas verstrubbeltes, lockiges Haar. »Du darfst bei mir fast alles, Grietje. Väter verwöhnen ihre Töchter, weißt du das nicht?«

Grietje schüttelte den Kopf. »Lenes Papa hat Lene gehauen«, berichtete sie. »Und die Anne, die in der Schule neben mir sitzt, die kriegt von ihrem Papa immer alles verboten.«

»Dann haben die keinen richtig guten Papa«, erklärte Phipps ernst und wandte sich dann an Nellie. »Mein Gott, Nellie, sie ist bezaubernd! Und sie spricht sehr gut Niederländisch.«

Nellie fühlte sich geschmeichelt. »Es ist ihre Muttersprache. Und Deutsch ist ihre Tantensprache. Maria und ich haben das von Anfang an so gehandhabt. Ich spreche fast nur Niederländisch mit ihr, Maria und Lene, ihr Kindermädchen, Deutsch. Ich glaube, dass sie leicht Sprachen lernt. Sie hat ein gutes Gehör.«

»Willst du denn auch Tierärztin werden, wenn du groß bist?«, fragte Phipps.

Grietje verneinte entschieden. »Nein. Ich werde …«, sie suchte nach dem niederländischen Wort, fand jedoch nur das deutsche. »Ich werde Bar-pi-a-nis-tin.« Zufrieden, das schwierige Wort gemeistert zu machen, sah sie ihre lachende Mutter und ihren verblüfften Vater an.

»Sie spielt Klavier«, bemerkte Nellie. »Und … na ja, sie ist nicht gerade unter Konzertpianisten aufgewachsen. Ich muss dir das alles erzählen …«

Das Taxi hielt vor dem Adlon, und Phipps entlohnte den Fahrer. Nellie und Grietje folgten ihm an die Rezeption. Der Nachtportier erkannte sowohl den Violinisten als auch die Tierärztin.

»Mister De Groot … und Dr. … De Groot?« Er stutzte ob der Namensgleichheit.

»*My wife*«, erklärte Phipps kurz.

»Was Sie aber bitte vorerst vertraulich behandeln, ja?«, fügte Nellie hinzu. Sie hätte den Portier nicht gleich über ihren Familienstand informiert. »Ich möchte nicht, dass es morgen in allen Zeitungen steht.«

»Dann bleiben Sie über Nacht?«, fragte der Portier.

Nellie schüttelte den Kopf. »Nein. Wir wollen nur noch eine Stunde ungestört reden können. Wir sind im Krieg getrennt worden und haben uns eben erst wiedergetroffen. Es gibt viel zu besprechen, und meine Tochter möchte natürlich ihren Vater kennenlernen.«

»*My wife and my daughter will accompany me to my suite*«, sagte Phipps. »*Please ask the room service to bring us some wine, juice and snacks.*«

Grietje schaute ihren Vater bewundernd an. »Das ist Englisch, nicht?«, fragte sie.

Phipps nickte und führte sie zu den Aufzügen. Zu Nellies Erstaunen und Grietjes Begeisterung bewohnte er eine Suite, im Salon stand sogar ein Flügel. Grietje machte sofort Anstalten, das Instrument zu entern.

»Heute nicht mehr«, sagte Nellie energisch. »Die Leute nebenan werden sich beschweren, wenn du so spät noch Musik machst. Komm, setz dich, du kriegst gleich was zu trinken und wahrscheinlich auch noch ein paar Brote.«

Nellie verstand nur wenig Englisch. Lediglich von den britischen und amerikanischen Rennreitern auf der Rennbahn hatte sie etwas aufgeschnappt.

Tatsächlich erschien gleich ein Kellner und brachte Wein, Saft und winzige Schnittchen mit Schinken und Lachs, alles appetitlich dekoriert. Grietje wagte kaum, in eins der kleinen Kunstwerke zu beißen.

»Es geht dir offenbar gut«, begann Nellie. Sie hatte sich auf ein Sofa gesetzt, Phipps nahm neben ihr Platz. Er schien ihre Nähe zu brauchen, um glauben zu können, dass sie wirklich da war. »Eine Suite im Adlon … ein Automobil …«

Phipps nickte. »Ich hab auch ein sehr schönes Haus in Boston. Allerdings bin ich nur selten da. Ich spiele in aller Welt …«

»Du spielst wunderschön«, wiederholte Nellie. »Aber das hast du ja schon immer getan. Erzählst du uns, wie es dir ergangen ist in Amerika?«

»Am Anfang war es nicht einfach«, erwiderte Phipps. »Es war gut, dass ich Jeffrey hatte. Allein hätte ich es nicht geschafft, dazu war auch mein Englisch noch zu schlecht. Jeffrey hat mich überall eingeführt. In die Clubs, in die Combos … Er ist nicht der beste Trompeter der Welt, doch er kennt Gott und die Welt. Seine Leidenschaft ist der Jazz – den man damals meistens noch Dixieland nannte. Und fast alle Musiker, die ihn spielten, waren Schwarze. Das änderte sich tatsächlich gerade, als ich nach Amerika kam. Das Zentrum der Entwicklung war Chicago – da gingen wir hin. Die Stadt war, du kannst es dir nicht vorstellen, gleichzeitig ein Paradies und ein Höllenloch … Musiker, Gangster, Huren …«

»Ein bisschen kann ich mir das schon vorstellen«, bemerkte Nellie und dachte an Marika Berger und ihre Zeit.

»Ich hab als Pianist in einer Combo angeheuert, konnte kaum davon leben, aber es war … es war unglaublich. Dieser Schwung, diese … Lebendigkeit … Manchmal hab ich Geige auf der Straße gespielt. Einmal hat mich jemand gefragt, ob ich auf der Hochzeit seiner Tochter spielen würde. Es war ein Gangsterboss. Ich hatte Angst, es würde auf der Feier Ärger geben, und ich würde womöglich erschossen, aber danach wurde ich immer mal wieder gefragt. Wenn die Combo Feierabend machte, hab ich manchmal noch für die letzten Gäste Geige gespielt, die meistens schon ziemlich betrunken waren und entsprechend melancholisch. Sie wollten Lieder aus ihrer Heimat, also hab ich mich auf die Suche gemacht. Dabei fand ich Musiker aus aller Herren Länder, mit denen ich spielen konnte und von denen ich lernte. Die meisten gab es in New York, also lebte ich da eine Weile. Irgendwann hab ich es gewagt, beim Institute of Musical Art vorzuspielen. Das ist heute die Juilliard School, eine sehr berühmte, sehr gute Musikhochschule, betrieben von einer Stiftung. Ich erhielt ein Stipendium. Dort spielte ich dann wieder Klassik und schaffte sogar einen Abschluss! Danach bin ich zu den Bostoner Symphonikern gegangen. Da kann ich jederzeit wieder hin, es wurde mir nur zu langweilig, immer Klassik zu spielen. Also begann ich mit den Soloprogrammen. Sehr erfolgreich, wie du siehst. Und es macht Spaß!«

Nellie lächelte. »Das sehe ich«, sagte sie. »Und es freut mich sehr für dich. Es bestärkt mich auch darin, dass es richtig war, mich dir nicht aufzudrängen, als ich mit Grietje schwanger war …«

Phipps runzelte die Stirn. »Das sagst du so! Ich war außer mir! Ich wollte dich nicht alleinlassen mit dem Kind. Ich hab dir sofort geschrieben, um eine gemeinsame Lösung mit dir zu finden – aber du warst schon auf und davon, und meine Eltern wussten von nichts. Später, als ich mehr Geld hatte, hab ich dich suchen lassen. Ich hab sogar eine Detektei beauftragt. Wer konnte denn damit rechnen, dass du in Deutschland bist? In Berlin? Ich hab dich in Belgien suchen lassen, in Frankreich, in den Niederlanden. Nur nicht hier. Du wirst mir das erklären müssen.«

»Zeigst du mir jetzt deine Geige?«, fragte Grietje.

Sie hatte die meisten der Häppchen verputzt, die ihre Eltern nicht angerührt hatten. Nellie hatte nur den Wein getrunken, den der Kellner ihr eingeschenkt hatte, Phipps nicht einmal das.

»Aber erst Hände waschen«, bestimmte Nellie.

Grietje rutschte gehorsam von ihrem Sessel und veranstaltete eine Seifenschaumorgie in dem noblen Bad.

Phipps packte seine Geige aus. »Ist das nicht mehr deine alte?«, fragte Nellie.

Phipps schüttelte den Kopf. »Nein. Das ist eine Amati. Sie ist sehr wertvoll. Und hat einen wunderschönen Klang …« Er spielte ein paar Töne.

Grietje kam aufgeregt aus dem Bad. »Sauber!«, erklärte sie und schüttelte ihre Hände. Dann griff sie vorsichtig nach dem Instrument.

»So schön …«, flüsterte sie und zupfte an der ersten Saite. »Fast ein G«, bemerkte sie.

»Nur fast?«, fragte Nellie belustigt.

Phipps dagegen war ganz aufgeregt. »Du hast recht, Grietje«, sagte er eifrig. »Auf dem Weg durch die Kälte hat sich die Geige ein wenig verstimmt. Muss ich sie nun höher oder tiefer stimmen?«

Grietje schaute ihn beleidigt an. »Höher natürlich. Hörst du das nicht?«

Phipps lachte. »Ich wollte nur wissen, ob *du* es hörst«, bemerkte er und nahm ihr die Geige ab, um sie zu stimmen. »Das war großartig, Grietje, du hast ein fantastisches Gehör. Du spielst Klavier, sagst du? Hatte sie Unterricht, Nellie?«

Nellie zuckte mit den Schultern. »Wenn man es so nennen will … Maria unterrichtet sie. Für mehr war kein Geld da.«

Phipps strahlte seine Tochter an. »Das könnte sich jetzt ja ändern«, erklärte er. »Willst du mir einmal vorspielen, Grietje?«

Über die Musik schien er Nellie vergessen zu haben. Die ergriff nun jedoch energisch die Initiative.

»Nicht mitten in der Nacht«, erklärte sie. »Es ist spät,

Phipps, Grietje muss ins Bett. Und wir sollten morgen miteinander reden, unter vier Augen, ohne Grietje. Was meinst du, treffen wir uns zum Frühstück im Tiergartencafé?« Am helllichten Tag wollte sie noch nicht mit Phipps im Adlon gesehen werden.

Phipps nickte. »Wenn ich das finde …«, schränkte er ein.

Nellie lachte. »Nimm ein Taxi. Und ruf uns jetzt bitte auch noch mal eines. So spät mag ich mit Grietje nicht mehr auf die Straße.«

Phipps rief sofort die Rezeption an, Grietje konnte sich von der Geige kaum trennen.

»Wir machen morgen Musik«, versprach ihr Phipps.

Grietje widersprach nicht. Sie war aufgedreht, aber auch todmüde.

Phipps machte Anstalten, Nellie zu küssen, als sie sich verabschiedeten. Sie drehte leicht den Kopf zur Seite, sodass seine Lippen nur ihre Wange berührten.

»Ich bin so froh, dich wiederzuhaben«, raunte er ihr zu.

Nellie lächelte. »Ja, ich … ich freu mich auch.«

Kapitel 8

Nellie war pünktlich im Café – diesmal orderte sie ihren Kaffee allerdings mit weniger Herzklopfen als damals bei ihrem ersten Treffen mit Walter. Sie freute sich auf Phipps, doch sie war nie verliebt in ihn gewesen, und daran hatte sich nichts geändert. Dennoch erwiderte sie sanft seinen Kuss auf die Wange, als er etwas zu spät aus dem Taxi stieg.

»Tut mir leid, aber wir sind in eine Art Volksauflauf hineingeraten«, entschuldigte er sich. »Scheint eine paramilitärische Organisation zu sein …«

Nellie seufzte. »Wahrscheinlich wieder diese NSDAP. Sie organisieren ständig Aufmärsche für oder gegen etwas. Eigentlich eine eher kleine Partei. Aber sehr laut, wie Maria zu sagen pflegt. Und sehr lästig …«

Sie wollte weiterreden, doch Phipps sprach sie sofort auf Maria an. »Nun lass mal die Politik«, forderte er sie auf. »Erzähl lieber von deiner Kollegin. Sie ist tatsächlich Tierärztin?«

Nellie nickte. »Und ich bin es auch bald. Ganz offiziell, meine ich«, erklärte sie stolz.

Eifrig berichtete sie von ihren Studien – zunächst ohne zu bemerken, dass Phipps sich dafür nur begrenzt interessierte.

»Und woher kennst du diese Maria?«, fragte er weiter.

Nellie biss sich auf die Lippen. »Sie ist die Schwester eines Offiziers, den ich während des Krieges kennengelernt habe. Walter sagte mir, dass sie Tiermedizin studiert. Hier in Berlin. Da sah ich meine Chance.«

Phipps seufzte, als sie von seinen Eltern und seinem Nachfolger in Ledegem erzählte. Er konnte sich gut vorstellen, wie es da für Nellie ausgesehen hatte.

»Und bei dieser Maria bist du einfach so mit der Tür ins Haus gefallen?«, wunderte er sich. »Du kanntest sie schließlich gar nicht.«

Nellie biss sich auf die Lippen. »Hab ich trotzdem gemacht«, gestand sie. »Weil … Walter und ich … wir sind uns im Krieg nähergekommen. Ich hatte mich in ihn verliebt und er sich in mich.«

»Du hattest etwas mit ihm?«, fragte Phipps aufgebracht. »Bevor ich … nach Hause gekommen bin?«

Nellie nickte. »Ja, aber ich hab dich trotzdem mit offenen Armen empfangen. Ich wollte unser gemeinsames Leben wiederaufnehmen. Aber als du mich dann verlassen hast … Ich mache dir keinen Vorwurf, Phipps, das war schon in Ordnung. Ich fand nur, dass ich mir ab dann auch meine Freiheit nehmen konnte.«

»Und hast du ihn wiedergetroffen?«, fragte Phipps. »Bist du … mit ihm zusammen?«

Nellie seufzte. »Ja und nein. Es ist eine lange Geschichte …« Als Phipps darauf nicht reagierte, begann sie zu erzählen. Und spürte, wie gut es ihr tat, ihr Herz auszuschütten. Sie hatte nie Geheimnisse vor Phipps gehabt. Mit ihm hatte sie immer über alles reden können. Auch diesmal hörte er geduldig zu. »Er sagt, es wär nichts zwischen ihm und der Gräfin, und ich glaube ihm das eigentlich auch. Aber sie … sie verändert ihn. Der Umgang mit ihr, dieser ganze Reichtum, den sie zur Schau trägt, die Leute, mit denen sie verkehrt … Walter liebt eigentlich Pferde … aber dieser Hengst scheint ihm nur Mittel zum Zweck zu sein. Eine Art Sportgerät. Es war ihm immer wichtig, selbstständig zu arbeiten, doch jetzt bemüht er sich um keine anderen Berittpferde mehr – zumindest findet er keine außer

Erlkönig. Und ich glaube, dass die Gräfin dahintersteckt. Sie sabotiert, dass er andere Pferde bekommt. Sie versucht auch zu verhindern, dass er mit mir zusammen ist. Gestern zum Beispiel … er hätte mich begleiten sollen, nicht Grietje …«

Nellie wischte sich über die Augen. Sie war kurz davor, von dem Treffen im Vestibül des Theaters zu berichten.

»Meinst du, ich hab mich auch verändert?«, fragte Phipps. Nellie sah ihn verständnislos an. »Durch den Reichtum, meine ich. Den Erfolg, den Wohlstand?« Er wirkte besorgt.

Nellie lachte. »Natürlich hast du dich verändert. Aber zum Besseren. Du wirkst … sicherer, mutiger, aufgeschlossener. Du siehst großartig aus. Ist mir schon nach dem Krieg aufgefallen, dass du viel … männlicher wirkst. Walter dagegen … schrumpft unter dem Einfluss der Gräfin. Er verliert an Persönlichkeit … ich weiß nicht, wie lange er noch der Mann sein wird, den ich lieben kann.«

Phipps nahm ihre Hände in seine. »Du musst ihn ja nicht lieben«, erklärte er.

Nellie seufzte. »Wenn das mal so einfach abzuschalten wäre. Aber wie ist es denn mit dir, Phipps? Hast du eine Frau in Boston? Jemanden, den du liebst?«

Phipps biss sich auf die Lippen. »Nein«, sagte er. »Natürlich hab ich nicht gelebt wie ein Mönch. Es gab schon ein paar Frauen. Nur geliebt … Nellie, es kommt vielleicht etwas spät, doch als ich fort war … Ich hab dich vermisst, Nellie. Ich hab dich unendlich vermisst. Ich wollte all diese neuen Eindrücke mit dir teilen – die Erfolge und die Niederlagen, wie wir es immer gehalten haben.«

»Weil wir Freunde waren«, sagte Nellie. »Die besten Freunde!«

Phipps schüttelte den Kopf. »Nein, es war mehr«, gestand er. »Nellie, ich … In Wahrheit hab ich dich immer geliebt. Und ich liebe dich noch.«

Nellie schluckte. Sie brauchte einen Moment, um mit dieser Eröffnung fertigzuwerden.

»Das … kommt etwas plötzlich«, sagte sie schließlich leise. »Weil … bei mir war es nicht so. Es tut mir leid, ich …«

»Mir tut es leid …« Phipps senkte den Blick. »Ich wollte dich nicht damit überfahren. Es ist mir einfach rausgerutscht … und du hattest gefragt …«

Nellie hatte mit ihrer Frage zwar etwas ganz anderes gemeint, aber das war jetzt nebensächlich. Sie dachte fieberhaft nach.

»Und was für Konsequenzen gedenkst du jetzt daraus zu ziehen?«, fragte sie schließlich. »Willst du Grietje und mich nach Amerika entführen?«

Phipps rieb sich die Schläfen. »Ich will dich nicht drängen, Nellie. Ich denke nur … du solltest uns vielleicht eine Chance geben. Wir haben ein gemeinsames Kind. Vielleicht bringt uns Grietje ja einander näher. Schau, Nellie, ich hab die halbe Nacht wach gelegen und nachgedacht: Heute geb ich hier noch ein Konzert, und dann hab ich noch ein paar weitere Termine in Europa. Aber danach bin ich frei. Ich könnte nach Berlin zurückkommen, ein paar Monate hier verbringen, meine Tochter kennenlernen – und du würdest den neuen Phipps erleben. Von dem du selbst gesagt hast, dass er sich gegenüber dem alten verbessert hat …«

»Phipps …«, begann Nellie beklommen. »Ich liebe Walter von Prednitz. Von dir wollte ich eigentlich nur die Scheidung.«

»Auch dazu wäre es gut, wenn ich eine Weile hierbliebe. Es kann so vieles geschehen, Nellie. Hast du dich mal gefragt, ob dieser Walter dich eigentlich noch liebt? So wie er dich behandelt … Der Krieg hat uns alle verändert. Lass es doch auf dich zukommen!« Phipps blickte sie bittend an.

Nellie schaffte es nur mit Mühe, sich nichts anmerken zu lassen, denn seine Worte hatten sie getroffen. Was wäre, wenn

Phipps recht hätte? Wenn Walter sich ihr entzog, weil sich seine Gefühle für sie abgekühlt hatten?

»Ich kann dich nicht hindern«, sagte sie schließlich. »Wenn du eine Zeit lang in Berlin wohnen willst – nur zu. Grietje würde es sicher freuen. Und ich … Nun, ich hätte meinen Freund zurück.« Sie bemühte sich um ein Lächeln.

Phipps strahlte. »Und vielleicht mehr! Ich werde meine Konzertagentur bitten, mir hier eine Wohnung zu besorgen – und eventuell zwischendurch ein paar Auftritte zu organisieren. Ich freue mich auf Grietje – und fast noch mehr auf dich.«

Nellie verabredete mit Phipps, dass Lene Grietje am Nachmittag zu ihm ins Adlon bringen würde, und machte sich dann aufgewühlt auf den Heimweg. Auch sie traf dabei auf Gruppen der SA, einer Organisation der NSDAP. Die Männer zogen in Viererreihen durch die Straßen, trugen braune Uniformen und hohe Stiefel und ließen eine Fahne wehen, die ein indisches Symbol für Glück zeigte. Maria hatte es auf den ersten Blick als solches erkannt. Obermeier nannte es Hakenkreuz. Es war das Symbol der Hitler-Bewegung. Nellie wich den Männern aus, die nun auch zu singen begannen. Die meisten Passanten betrachteten sie mit Argwohn, aber besonders kleine Jungen und ältere Männer blickten begeistert auf die Formation.

Als Nellie in der Torstraße eintraf, war die Vormittagssprechstunde in vollem Gange. Sowohl Maria als auch Bernhard behandelten Tiere. Nellie schaute kurz herein, um zu fragen, ob Hausbesuche anstünden oder die Rennbahn angerufen hatte. Maria verneinte.

»Aber oben erwartet dich Walter«, bemerkte Bernhard. »Äußerst zerknirscht. Er will dir alles erklären, sich entschuldigen … Er hat sich schon bei uns zehnmal entschuldigt, wir konnten ihn kaum abwimmeln.«

Nellie seufzte. Eigentlich hatte sie keine Energie mehr für

eine weitere Aussprache. Andererseits musste es sein. Sie stieg die Treppe hinauf, die Frau Obermeier gerade putzte. Prompt beschwerte sie sich darüber, dass Lene den Treppenhausdienst nicht ausreichend ernst nahm.

»Für eine deutsche Frau ist sie entschieden zu unsauber. Aber kein Wunder, sie kommt ja aus der Gosse. Stammt sie nicht sogar aus Polen? Ich würde da an Ihrer Stelle ganz andere Saiten aufziehen …«

Nellie beschied sie, dass sie keine Ahnung hatte, ob Lenes Nachname Grabowski auf polnische Ahnen hindeutete, und dass es ihr egal war. »Lene ist ein sehr nettes Mädchen, und wir sind äußerst zufrieden mit ihr. Uns ist auch kein unsauberes Treppenhaus aufgefallen. Dabei sind wir Ärztinnen. Hygiene ist für uns äußerst wichtig, während übertriebene Verwendung von Putzmitteln durchaus zu Allergien führen kann. Ausschlag zum Beispiel. Also übertreiben Sie es nicht.«

Ohne auf Frau Obermeiers Entgegnung einzugehen, machte sie Anstalten, die Wohnungstür aufzuschließen. Lene hatte sie schon gehört und öffnete ihr. Sie hatte den Disput im Hausflur wohl gehört und meinte, sich rechtfertigen zu müssen.

»Ich habe wirklich ordentlich geputzt!«, sagte sie.

Nellie winkte ab. »Dem Drachen könntest du es nicht mal recht machen, wenn du die Treppe mit der Zunge sauber lecken würdest«, meinte sie und bat Lene, Grietje später von der Schule abzuholen und ins Adlon zu bringen. »Ihr Vater soll ihr irgendwas zu essen bestellen. Nicht dass sie sich hungrig ans Klavier setzt. Ach ja, und Hausaufgaben wird sie auch machen müssen, also bring sie nicht zu spät zurück.«

»Nellie?« Walter schaute aus der Küche. Er wirkte übernächtigt. Hatte er ein schlechtes Gewissen, oder war es die Siegesfeier? Nellie bemühte sich, ihm kein Lächeln zu schenken, obwohl es sie wie immer freute, ihn zu sehen. »Es ist also wahr, Nellie? Dieser Geiger ist Grietjes Vater?«

Nellie nickte. »Und mein Ehemann«, fügte sie kühl hinzu. »Wie war es in Hannover? Hat Erlkönig gewonnen?«

»Er hat den zweiten Platz gemacht. Wir sind ein bisschen schlecht gestartet und konnten uns dann nicht schnell genug aus dem Pulk befreien, um ganz nach vorn zu kommen. Aber wir sind trotzdem zufrieden.«

»Du mit dem Pferd oder die Gräfin mit dir?«, fragte Nellie.

Walter wollte sie in den Arm nehmen. »Nellie … nun sei doch nicht so! Sie hat mich völlig überrumpelt mit dem Konzert. Und sie hatte die Bahnkarten schon umgetauscht. Was hätte ich denn machen sollen?«

»Zum Beispiel bei mir anrufen und mir die Sache erklären. Der Gräfin gegenüber klarstellen, dass du, wenn du schon die Möglichkeit hast, das Konzert lieber mit mir anhören willst. Grietje hätte es sicher nichts ausgemacht, neben der Gräfin zu sitzen. Sagte sie nicht, ihr hattet eine Loge? Grietje wäre entzückt gewesen.« Nellie blitzte ihn an.

Walter nickte. »Das … das ist mir einfach nicht eingefallen«, stammelte er.

»Früher warst du einfallsreicher«, bemerkte Nellie. »Ich erinnere mich da an die Verteidigung von Kortrijk … Walter, was um Himmels willen hat diese Gräfin, was ich nicht habe? Außer einem Pferd und wahrscheinlich sehr viel mehr Einfluss, als du glaubst. Auch auf der Rennbahn. Wieso reitest du nur ein einziges Pferd? Dein Freund Ludwig hat immer drei oder vier in Beritt. Und werden Jockeys nicht auch für einzelne Rennen gebucht? Ich war am letzten Renntag Bahntierärztin. Ludwig von Lindau hat fünf Pferde geritten. Du nur eins. Das der Gräfin. Gibt dir das nicht zu denken?«

Walter blickte zu Boden. »Was ist denn jetzt mit deinem Mann?«, fragte er, offensichtlich, um das Thema zu wechseln.

Nellie lächelte süß. »Oh, er war begeistert, mich wiederzusehen«, erklärte sie mit sanfter Stimme. »Und er findet Grietje bezaubernd. Am liebsten würde er uns gleich mit nach Amerika nehmen.«

Walter sah sie betroffen an. »Das ist nicht dein Ernst!«, brach es aus ihm heraus.

Nellie zog die Schultern hoch. »Wenn du mir nicht glaubst …«

Walter legte ihr die Hände an die Oberarme.

»Nellie, ich liebe dich. Dich und nur dich. Du wirst nicht zu deinem Mann zurückgehen, nur weil ich dich einmal enttäuscht habe, oder?« Er zog sie an sich, und diesmal wehrte sie sich nicht mehr.

»Ich liebe dich auch, Walter. Aber so kann es nicht weitergehen. Du enttäuschst mich immer wieder. Also mach der Gräfin eindeutig klar, dass du zu mir gehörst.«

Nellie wollte Härte zeigen, doch es war ein zu gutes Gefühl, sich an Walter zu schmiegen. Schließlich erlaubte sie ihm, sie zu küssen.

Die Rennsaison neigte sich ihrem Ende zu, und Walter bemühte sich wirklich sehr um Nellie. Er griff sogar seine Ersparnisse an und verbrachte zwei Wochenenden mit ihr an der Ostsee. Nellie war selten so gelöst und glücklich gewesen wie in diesen Tagen am Meer. Sie gingen schwimmen, obwohl es schon recht kalt war, und sie liebten sich in den Dünen. Für ein paar verzauberte Stunden vergaßen sie die Gräfin und Phipps.

Auch Grietje kam nicht zu kurz. Walter fuhr mit ihr und Nellie in die Neue Welt und ließ die Kleine so lange Karussell fahren, bis ihr schlecht wurde. Er kaufte Karten für ein Marionettentheater und für Konzerte. Ein kleines Theater spielte Humperdincks *Hänsel und Gretel*, und Grietje war bezaubert. Sie versuchte, die Melodien auf dem Klavier nachzuspielen, und war dabei durchaus erfolgreich. Das hinderte sie jedoch nicht daran, die Monate zu zählen, bis ihr Vater wieder in Berlin eintreffen würde. Sie verfolgte seinen Tourneeplan, schrieb ihm kleine Briefe und freute sich, dass er ihr aus fast jeder Stadt, in der er spielte, eine Ansichtskarte schickte.

Phipps kehrte erst im November 1928 nach Berlin zurück – und fand in der Stadt einen Hexenkessel vor. Schon auf dem Bahnhof wimmelte es von Männern in braunen Uniformen, Hakenkreuzfahnen – und Gegendemonstranten, die Fahnen und Transparente hochhielten, mit denen sie sich zur KPD oder SPD bekannten. Schlägereien schienen sich anzubahnen.

»Was ist denn hier los?«, fragte er Nellie, als sie ihn mit Grietje abholte.

Begleitet wurden sie von einem Vertreter seiner Agentur, der den Schlüssel zu einer geräumigen Wohnung in der Nymphenburger Straße für ihn bereithielt. »Die NSDAP plant eine große Kundgebung im Sportpalast«, gab der Mann Auskunft. »Ihr Anführer, dieser Adolf Hitler, wird eine Rede halten. Zum ersten Mal seit langer Zeit in großer Öffentlichkeit. Er hatte Redeverbot – noch wegen dieser Putschgeschichte damals in München.«

»War nicht auch die Partei verboten?«, fragte Phipps.

Er hatte inzwischen einiges über die politische Landschaft Deutschlands gelesen.

»Bis Anfang des Jahres«, wusste der Konzertagent. »Aber pünktlich zu den Reichstagswahlen wurde sie wieder zugelassen.«

»Hat zum Glück nicht viele Stimmen geholt«, berichtete Nellie. »2,6 Prozent oder so was ... Die machen mehr Lärm, als alles wert ist.«

Der Agent hob die Schultern. »Sie sollten das nicht unterschätzen«, warnte er. »Dieser Hitler ist ein charismatischer Redner. Und sehr gewieft. Die Leute hier ...«, er wies auf die Braunhemden auf dem Bahnhof, »... kommen aus allen Teilen des Landes. Und das nicht etwa, weil sie nicht wissen, was Hitler zu sagen hat. Es geht vielmehr darum, den Sportpalast zu füllen. Sechzehntausend Plätze – so viele Anhänger hat er nicht in Berlin. Und er will auf keinen Fall, dass in der Zeitung steht, er hätte vor halb leeren Rängen gesprochen. Diese Kundgebung am 16. November wird ein Triumph. Ein geplanter Triumph ...«

Nellie seufzte. »Er hat schon genug Anhänger in Berlin. Auch weil er den Leuten nach dem Mund redet. Dieser Judenhass ... Die Juden hatten es hier wohl nie ganz leicht, aber dass man sie so offen attackiert ...«

Immer häufiger wurden die Menschen jüdischer Abstammung inzwischen für den Verlust des Krieges und die Inflation verantwortlich gemacht. Bernhard zog den Kopf ein, wenn er durchs Treppenhaus ging, um Gerhard Obermeier nicht zu begegnen, und Maria und Nellie wurden mitunter von Kunden darauf angesprochen, was sie sich dabei dachten, einen Juden zu beschäftigen.

»In Amerika gibt es das nicht«, sagte Phipps. »Da haben die Juden sogar ziemlich viel Einfluss. Viele von ihnen sind ja reich.«

Der Vertreter der Agentur nickte. »Hier gibt es auch viele reiche. Aber die Mehrheit schwimmt nicht im Geld. Das sind ganz normale Leute. Wir haben zwei in der Agentur. Angestellte, doch wir werden schon deswegen angefeindet. Ein paar Künstler, die wir vertreten, fühlen sich Hitler offenbar nahe. Darf ich Ihnen dann Ihren Schlüssel übergeben, Mister De Groot? Ihre Frau wird so freundlich sein, Ihnen die Wohnung zu zeigen.«

Nellie hatte sich eher unwillig dazu überreden lassen, aber wenn sie Phipps schon abholte, konnte sie ihn auch in die Nymphenburger Straße begleiten. Auf dem Weg plante sie, Grietje von der Schule abzuholen. Das kleine Mädchen hatte sich am Morgen schon geweigert, überhaupt hinzugehen. Grietje fand es viel wichtiger, ihren Vater am Bahnhof zu treffen.

Phipps nahm also seinen Schlüssel in Empfang und zog Nellie zu einer Taxe. Vor dem Bahnhof posierten SA-Männer für Fotografen. Auch auf der Invalidenstraße dominierten braune Uniformen.

Nellie war froh, als sie sie nicht mehr sehen musste, denn sie bogen in die Gipsstraße ein und fuhren auf die Kastanienbaumschule zu. Anscheinend lag den Braunhemden nichts daran, ihre Kinder von der Schule abzuholen.

Grietje flog in Phipps' Arme, als sie ihre Eltern gemeinsam auf sie warten sah. »Papa! Papa! Hier seht mal, Annette und

Wally! Das ist mein Papa. Und zu Hause hat er ein eigenes Automobil. Noch viel größer als das hier!«

Sie wandte sich an zwei andere Mädchen, die wohl zu ihrer Klasse gehörten, und zeigte auf das Taxi, das Phipps hatte warten lassen.

»Die Lehrerin hat mal gesagt, du hast gar keinen Papa«, gab eins der Mädchen zurück.

Nellie runzelte die Stirn. »Wer hat das gesagt?«, fragte sie streng. »Ich dachte, ich hätte das eindeutig geklärt …«

»Hab ich wohl!«, erklärte Grietje selbstbewusst. »Und er ist ein großer Künstler! Philipp The Great, das heißt: der Große!«

Phipps lachte. »Vielleicht besuche ich euch mal in eurer Klasse und spiele Geige für euch«, versprach er. »Dann glaubt auch eure Lehrerin, dass es mich gibt. So, und nun komm, Grietje. Wir wollen doch noch etwas essen gehen, bevor ich meine Wohnung beziehe.«

Die Wohnung war in einem hochherrschaftlichen Haus in Charlottenburg, wie Nellie es nicht anders erwartet hatte. Natürlich gab es auch hier einen Flügel, den Grietje hingerissen begrüßte, einen Plattenspieler und elegante helle Möbel.

»Ein Himmelbett«, begeisterte sich Grietje bei einem Blick ins Schlafzimmer.

Phipps lächelte Nellie zu. »Gefällt es dir?«, fragte er.

Nellie verzog das Gesicht. »Es würde nicht in mein Schlafzimmer passen«, sagte sie ausweichend. »Ich möchte jetzt übrigens gern gehen, Phipps, ich muss nachher noch auf die Rennbahn, nach ein paar Pferden sehen …«

Phipps nickte verständnisvoll. »Sicher, du hast ja deinen Beruf. Vielleicht werde ich ein Automobil kaufen, solange ich hier bin. Dann könnte ich dich nach Hoppegarten fahren. Du wärst nicht so lange unterwegs.«

»Ich fahre sehr gern mit dem Zug, danke«, erwiderte Nellie.

»Und du wärst als Chauffeur unterfordert. Du hast andere Talente. Soll ich Grietje mitnehmen, oder willst du sie hierbehalten und helfen lassen, deine Koffer auszuräumen? Danach wirst du nichts mehr wiederfinden.« Sie lächelte.

Grietje hatte bereits den Plattenspieler mit Beschlag belegt und musterte die Platten, die daneben in einem Ständer geordnet waren.

Phipps lächelte. »Ich habe eine Zugehfrau, die das Auspacken für mich erledigen wird. Sie kommt nachher, um sich vorzustellen. So lange können Grietje und ich Platten hören. Oder Musik machen. Ich hab dir übrigens etwas mitgebracht, Grietje …«

Am Abend zeigte die Neunjährige begeistert eine Kindergeige. Phipps hatte sie ihr in Italien gekauft.

»Bei einem Geigenbauer«, erzählte Grietje stolz. »Und ich kann auch schon die Tonleiter!«

Nellie war nicht so gut gelaunt. Auf dem Rückweg von der Bahnstation wäre sie beinahe in eine Schlägerei zwischen SA-Leuten und Kommunisten geraten. Die Hitler-Anhänger hatten das Vergnügungsviertel gestürmt. Nellie hatte sich schon lange nicht mehr so unsicher gefühlt, auch in der folgenden Nacht kam es nach langer Zeit wieder einmal zu Störungen.

»Da reden sie groß von Volksgesundheit und der Reinheit der deutschen Frau, aber in der Nacht möchten sie es am liebsten mit Hühnern treiben«, grummelte Nellie. »Wir sollten uns wieder einen Hund anschaffen. Mit Benno war es sehr viel einfacher, die Kerle in die Flucht zu schlagen.«

Als Hitler tatsächlich am folgenden Freitagabend im Sportpalast auftrat, blieben Nellie und Maria zu Hause, ebenso Lene, die sich vor den Braunhemden zu Tode fürchtete. Auch sie war in der Friedrichstraße erneut belästigt worden, dabei gab es dort gar keine Prostituierten mehr. Walter hatte sich ebenfalls eingefunden. Er hatte am Samstag ausnahmsweise frei und wollte mit Nellie und Grietje etwas unternehmen. Vor solchen Anlässen hatte er es sich zur Gewohnheit gemacht, sein Lager in der Praxis aufzuschlagen. Es gab dort noch eine Liege aus Nellies erster Zeit mit Grietje, als sie in der Praxis geschlafen hatte, um Maria das Schreien des Babys zu ersparen. Jetzt nutzte Bernhard sie, wenn er an der Reihe war, nachts bei schwer kranken Patienten zu wachen. Besonders gemütlich war das Lager zwar nicht, aber dafür konnte Walter stets darauf hoffen, dass Nellie sich zu ihm hinunterstahl, wenn Grietje fest schlief. Am nächsten Tag kam er dann zum Frühstück rauf in Nellies und Marias Wohnung, und sie machten Pläne für den Tag. Nellie hatte vor dem Wochenende schon vorsichtig angedeutet, sie wolle ihm Phipps bald vorstellen. Es war ihr zwar nicht so wichtig, dass Walter ihren Gatten kennenlernte, Phipps dagegen musste verstehen, dass der neue Mann in ihrem Leben kein Phantom war, das man sich beliebig wegdenken konnte. Er würde begreifen, wie sehr sie ihn liebte, wenn er sie erst einmal mit Walter zusammen sah.

Phipps hatte an diesem Freitagabend ein Engagement in einem feudalen Privatklub. Die Chefin des Etablissements, eine äußerst gepflegte Dame namens LaFee L'Inconnu, hatte den Abend unter das Motto *Magie statt Demagogie* gestellt und bot ihrem illustren Publikum ein hochkarätiges Programm. Phipps hatte Nellie natürlich eingeladen – gern auch in Begleitung –, aber sie hatte abgelehnt. Die Welt der Clubs hatte sie nie besonders gereizt, außerdem fürchtete sie den Weg zurück durch halb Berlin.

»Es stand sogar in der Zeitung, dass es zu Straßenschlachten kommen kann«, hatte sie angemerkt. »Du schläfst am besten gleich bei Madame LaFee.«

»Und du wärst gar nicht eifersüchtig?«, hatte Phipps etwas enttäuscht gefragt, woraufhin Nellie geheimnisvoll gelacht hatte.

Madame LaFee war ihr gut bekannt, Maria behandelte ihre Perserkatze – und wenn die mal wieder einen Haarballen im Bauch hatte, kam die besorgte Besitzerin auch schon mal ungeschminkt und in Männerkleidung.

Nellie hätte gern das Radio angeschaltet, um zu hören, was in Berlin vor sich ging, doch Maria mochte das nicht. Es knarzte und war laut. »Genau wie dieser Hitler!«, scherzte Walter stets. Dessen Stimme nun auch noch im Radio hören zu müssen, war entschieden zu viel für Maria. Also setzten sich Walter und Nellie auf das Sofa, um leise zu plaudern und Küsse zu tauschen. Lene nähte, und Maria las ein Buch. Trotz der friedlichen Szene war die Atmosphäre angespannt. Zumindest Nellie horchte nervös auf das Zuschlagen der Eingangstür. Obermeier musste irgendwann zurückkommen – womöglich alkoholisiert. Sie befürchtete, er würde im Flur herumpöbeln, und wer wusste schon, welche Freunde er ihnen ins Haus schleppte. Sie wünschte sich sehr, ihren Mietern endlich kündigen zu können, und beriet bereits mit Maria über eine Abfindung.

Irgendwann hörte sie die Haustür dann tatsächlich, allerdings näherten sich keine polternden Schritte. Es blieb still, bis ein Klopfen an der Wohnungstür ertönte. Nellie fuhr auf – und Maria nicht minder. Auch sie schien also angespannt gelauscht zu haben.

»Gehst … du?«, fragte sie Nellie.

Walter stand auf. »Ich gehe«, sagte er.

Besonders besorgt wirkte er nicht. Das Klopfen hatte nicht nach betrunkenem Mob geklungen, sondern eher zurückhaltend – wie von jemandem, der nicht stören wollte, obwohl es um eine dringliche Angelegenheit ging.

Vor der Tür stand denn auch kein Aufwiegler. »Bernhard!«, wunderte sich Walter.

Der junge Tierarzt schlüpfte schnell in die Wohnung. Er wollte ganz sicher nicht von dem heimkehrenden Obermeier im Hausflur erwischt werden.

»Was machst du denn hier um diese Zeit?«, erkundigte sich Nellie – und sah dann erst, wie blass der Freund war und wie mitgenommen er wirkte.

»Tut mir leid … Ich wollte an der Französischen Straße nicht aussteigen … da war zu viel los. Also bin ich in der Bahn geblieben bis zum Bahnhof Friedrichstraße. Da war's auch voll, aber nicht nur von … nicht nur von diesen Leuten. Von da aus bin ich dann hergekommen. Hier im Viertel haben sie ja anderes zu tun, als sich zu schlagen oder Juden zu jagen.« Bernhard warf sich in einen Sessel. Er wirkte völlig verschreckt. Nellie schenkte ihm ein Glas Wein aus der Flasche ein, die sie mit Walter im Laufe des Abends hatte leeren wollen.

Bernhard trank gierig. »Eigentlich brauche ich was Stärkeres«, sagte er.

»Wer jagt denn Juden?«, fragte Maria. »Wo bist du gewesen?«

Bernhard sah sie an. »Im Sportpalast«, gab er Auskunft.

»Was?«

Die anderen starrten ihn an.

Selbst Lene ließ ihre Handarbeit fallen. »War das nicht gefährlich?«, fragte sie.

Bernhard schüttelte den Kopf. »Eigentlich nicht«, erwiderte er. »Die Veranstaltung stand ja jedem offen. Und mir steht das Wort ›Jude‹ schließlich nicht auf der Stirn geschrieben. Solange mich also keiner erkannt hätte …«

»Die Veranstaltung war auch Juden nicht verboten!«, bemerkte Walter. »Die mögen Hitler zwar unsympathisch sein, aber dies ist ein freies Land …«

»Noch«, sagte Bernhard. »Wenn die mal an die Macht kommen …«

»Sie hatten bei der letzten Wahl 2,6 Prozent der Stimmen«,

dozierte Maria. »29,8 die SPD, 12,1 das Zentrum, 14,2 die Deutschnationalen, 10,6 die KPD …«

»Schon gut, Maria, ich weiß, dass sie bisher nicht viel zu melden hatten«, unterbrach sie Bernhard. »Aber ihr hättet das hören müssen! Tausende waren da, und der Mann bediente sich einer Lautsprecheranlage. Sein Geschrei drang in den letzten Winkel der Halle. Die Leute haben ihm zugejubelt …«

»Was hat er denn gesagt?«, fragte Maria.

Sie selbst hätte die Rede wahrscheinlich wörtlich wiedergeben können, wenn sie es lange genug im Sportpalast ausgehalten hätte.

»Er … er predigt Hass«, fasste Bernhard zusammen. »Hass auf die Demokratie, Hass auf alle Menschen, die nicht reinerbig deutsch sind, was immer er damit meint. Das Land sei politisch unfrei, und es herrschten Bastarde … Neger … und natürlich Juden. Die Juden hasst er von allen am meisten. Und seine Partei sei keine Partei, sondern eine Weltanschauung, getragen von heldenhaften Figuren unter der Führung eines Auserwählten …«

»Klingt wie eine Religion«, bemerkte Nellie.

»Ich schätze, so sieht er das auch. Der Mann ist verrückt. Er hält sich für auserkoren, Deutschland zu befreien …«

»Aber wovon denn?«, fragte Maria. »Das Wort ›befreien‹ impliziert Gefangenschaft oder Gewaltherrschaft. Es kann nicht einzeln stehen, es braucht einen Bezug …«

»Vielleicht von den Reparationszahlungen?«, überlegte Nellie. »Also da sehe ich die einzige Belastung. Ansonsten geht es Deutschland doch schon wieder ganz gut.«

Walter rieb sich die Stirn. »Befreiung von den Reparationszahlungen«, sagte er, »ist unmöglich. Darauf würden sich die Alliierten niemals einlassen. Es sei denn …«

»Es sei denn, es gäbe wieder Krieg«, vervollständigte Bernhard den Satz.

»Ich hole mal den Cognac.« Nellie stand auf. Die Cognacflasche bewahrten sie in der Praxis auf. Die Besitzer ihrer Patienten brauchten mitunter eine Stärkung. »Und du beruhigst dich mal wieder, Bernhard. Diese Krawallmacher von der NSDAP reden viel und würden wohl auch ganz gern mit ihren Säbeln rasseln. Aber es wählt sie ja kaum einer. Niemand, wirklich niemand auf der Welt will einen neuen Krieg!«

Kapitel 10

»In diesem Land ist man ja seines Lebens nicht mehr sicher!«

Phipps hatte Nellies Rat natürlich nicht befolgt, sondern war nach seinem Konzert in seine Wohnung zurückgekehrt. Dabei hatte er vom Taxi aus diverse Ausschreitungen miterlebt. Einmal war er sogar in Bedrängnis geraten, als ein Trupp Kommunisten das Taxi stoppen wollte, um »die Bonzen«, wie sie gerufen hatten, ihre Knüppel spüren zu lassen. Die Polizei hatte den Abzug der Nationalsozialisten aus dem Sportpalast gesichert. Auf Druck von Goebbels, Hitlers wichtigstem Gefolgsmann, hatte der Polizeipräsident acht Schupo-Hundertschaften zu ihrem Schutz abgestellt. Die Gegenwehr hatte ihre Aggressionen folglich andernorts ausleben müssen.

Auch am Tag nach der Hitler-Rede war Berlin noch gespalten. Man sprach von nichts anderem als von der spektakulären Veranstaltung und Hitlers mitreißenden Thesen. Walter und Nellie beschlossen deshalb, den Tag mit Grietje im Zoologischen Garten zu verbringen. Dahin verirrten sich sicher weder Braunhemden noch Kommunarden. Phipps stieß am Elefantentor zu ihnen und hatte gleich etwas zu erzählen, nachdem Nellie die Männer einander vorgestellt hatte. Phipps begrüßte Nellie mit einem Kuss auf die Wange und Walter kühl, aber höflich, per Handschlag. Beide Männer waren für den Zoobesuch unnötig elegant gekleidet. Phipps trug einen langen Kaschmirmantel über einem Wollanzug, Walter einen Ulster mit Pelzbesatz – wahrscheinlich ein Geschenk der Gräfin. Dazu hatten sich beide für einen modischen Homburg als Kopfbedeckung entschieden. Nellie fand ihren schon mehrere Jahre alten Wintermantel dagegen fast schäbig, ebenso ihren wollenen Kapotthut. Nun hielt der wenigstens warm – eigentlich war es im November zu kalt für einen Zoobesuch.

»Wie kommt es bloß, dass Ihre Regierung das nicht unter Kontrolle bekommt?«, sprach Phipps Walter ärgerlich auf die Krawalle der Nationalsozialisten an. »Das schadet doch dem Ruf einer Stadt, wenn sich hier betrunkene Horden miteinander schlagen.«

Walter verzog verlegen das Gesicht. »Unser Reichstag zeigt mitunter wirklich Schwäche«, gab er zu. »Andererseits gehört es ja zum Wesen einer Demokratie, dass jeder seine Meinung sagen darf …« Nellie schaute ihn verwundert an, bevor sie für Phipps übersetzte. Sie wusste gar nicht, dass sich der frühere Offizier so intensiv mit der Demokratie als Staatsform beschäftigt hatte. »In Amerika gilt das doch auch.« Walter studierte die Anschläge am Zooeingang. »Um zehn Uhr ist Seelöwenfütterung. Sollen wir dorthin gehen, Grietje?«

»Amerika ist ebenfalls kein Paradies«, sagte Phipps jetzt. »Doch zumindest wenn man vermögend ist, kann man sich schützen. Der Mob bleibt irgendwie mehr unter sich.«

»In Amerika ist alles schöner«, bemerkte auf einmal Grietje.

Nellie fand die Unterhaltung anstrengend. Jetzt runzelte sie die Stirn. »Redest du ihr das ein, Phipps?«, fragte sie ungehalten. »Willst du sie beeinflussen?«

Phipps schüttelte den Kopf. »Natürlich nicht, Nellie. Aber sie stellt Fragen. Und ich beantworte sie. Soll ich dabei lügen? Es ist nun einmal so, dass in Boston die Straßen gepflegter, die Schulen besser ausgestattet sind. Das Leben ist insgesamt geordneter. Ich kann nicht sagen, dass Berlin mich sonderlich beeindruckt. Natürlich hat die Stadt eine sehr lebendige Kunstszene – darunter viel Halbwelt. Kleinkunst, Varieté … Allein das Viertel, in dem ihr wohnt …« Phipps hatte Grietje zwei Tage zuvor nach Hause gebracht. Er war entsetzt gewesen von den aggressiven Leuchtreklamen der Kabaretts, Nachtclubs und Bars und dem Treiben auf den Straßen, das sich durch den Einfall der Nationalsozialisten deutlich rüpelhafter gestaltete als sonst, was er allerdings nicht wissen konnte. »Da sollte doch kein Kind aufwachsen«, fuhr Phipps fort.

»Wenn Nellie und ich heiraten, werden wir wahrscheinlich in Hoppegarten wohnen«, meldete sich Walter zu Wort. »Das ist sehr ländlich gelegen, sehr idyllisch zum Teil …«

»Bis auf die Rennbahn, auf der meine Tochter mit Zockern und Rosstäuschern konfrontiert würde«, gab Phipps zurück. Nellie übersetzte leicht abgemildert. Mit Rosstäuschern konnte man die Trainer und Züchter in Hoppegarten nun wirklich nicht auf eine Stufe stellen. »Abgesehen davon, dass ihre Musikerziehung dort vollständig auf der Strecke bliebe«, fügte Phipps hinzu. »Sie ist hochbegabt. Sie sollte die besten Lehrer haben.«

»Sie braucht vor allem ihre Mutter«, warf Nellie ein. Darüber zumindest schienen sich die beiden Männer einig zu sein.

»Natürlich!«, sagte Phipps.

»Selbstverständlich!«, meinte Walter.

Grietje wanderte von einem Tiergehege zum anderen, und sie folgten ihr. Der Zoo hatte sich von seinen Kriegs- und Nachkriegsproblemen erholt, Dr. Rüttig hatte das leider nicht mehr erlebt. Der Zootierarzt war drei Jahre zuvor überraschend gestorben, und seinen Nachfolger kannte Maria nicht.

»Hat Amerika einen Zoo?«, fragte Grietje, während sie den Seelöwen zusahen, die Kunststücke zeigten, um mit Fischen belohnt zu werden.

Phipps lachte. »Viele Zoos«, erklärte er. »Boston hat einen recht neuen, erst vor gut fünfzehn Jahren gegründet. Sehr schön, sehr weitläufig. Er würde dir sicher gefallen.«

»In Hoppegarten könnten wir auch Tiere halten«, merkte

Walter an. »Hühner, Enten, Gänse ... wenn du magst, sogar ein Pony.«

»In Amerika gibt es Ponyclubs«, erklärte Phipps. »Da treffen sich kleine Mädchen mit ihren Ponys zum Reiten.«

»Könnt ihr damit vielleicht einmal aufhören?«, fragte Nellie verärgert. »Grietje wird sich nicht zwischen euch beiden entscheiden müssen, es ist also Unsinn, ihr alle möglichen Versprechungen zu machen. Vertragt euch einfach. Gibt es denn nichts, was ihr zwei gemeinsam habt?«

Die Männer schwiegen betreten, und Nellie wurde langsam klar, dass es da tatsächlich nicht viel gab. Schließlich begann sie von ihrem Studium zu erzählen. Sie wusste nicht, ob die Männer das wirklich hören wollten, doch zumindest heuchelten sie Interesse. Nellie war inzwischen im letzten Semester und wollte im Frühjahr ihre Prüfungen ablegen.

»Hattest du gar keine Schwierigkeiten als Frau zwischen all den männlichen Studenten?«, wunderte sich Phipps.

Nellie zuckte mit den Schultern. »Ein paar machen immer dumme Bemerkungen. Aber in meinem Fall ist es ja etwas anders gelagert, die Studenten glauben, ich hätte meine Prüfungen in Belgien schon abgelegt und müsste sie hier nur aus formalen Gründen wiederholen. Ich bin ja auch viel älter als sie und habe Erfahrung. Das müssen sie anerkennen. Eigentlich hatte ich nie viel mit den Kommilitonen zu tun. Ich hab meine Vorlesungen gehört und bin wieder gegangen. Von den praktischen Kursen konnte ich mich weitgehend befreien lassen.«

»Deine Freundin Maria hatte es da sicher schwerer«, meinte Phipps.

Nellie nickte. »Ja, aber die hört über Spott bekanntlich einfach hinweg. Und die albernen Späße, wie eine Maus im Hörsaal loslassen und hoffen, dass sie davor erschrickt ... das hat sie auch nicht beeindruckt. Sie ist eine fabelhafte Tierärztin, nur ein bisschen anders als die meisten Menschen. Manchmal hilft ihr das, manchmal stört es. Man muss sie nehmen, wie sie ist.«

Phipps lernte Maria ein paar Tage später kennen. Er spielte bei einer Matinee, wollte Nellie und Grietje dabeihaben und überreichte ihnen gleich eine ganze Handvoll Karten. Grietje verschenkte sie großzügig an Lene, Maria und Bernhard, und da es eine kleine, eher ruhige Veranstaltung war, sagte Maria zu.

Aufmerksam lauschte sie Phipps' Vortrag eines Andante von Bach. Er führte es allerdings mit Verve auf, machte große Bewegungen und bannte damit den Blick der Zuhörer. Der Applaus war entsprechend begeistert. Nur Maria schien nicht zufrieden.

»Warum spielen Sie das so schnell?«, fragte sie, nachdem er geendet und Nellie sie vorgestellt hatte.

»Was?«, fragte Phipps verblüfft.

»Das Andante«, sagte Maria. »Das Tempo sollte als ›schreitend‹ verstanden werden. Sie übereilen es.«

Phipps lächelte. »Na ja, vielleicht habe ich es ein wenig ins Andantino hineininterpretiert …«

»Ich würde eher sagen, ins Allegretto«, wandte Maria ein. »Doch das sind natürlich Bezeichnungen, die dem Musiker sehr viel Spielraum geben. Warum bewegen Sie sich so stark beim Spielen? Ist das … eine Art Tanz?«

Phipps sah sie ungeduldig an. »Ich spiele es so, wie ich es höre«, erklärte er. »So, wie es in meinem Kopf erklingt. Wie meine Geige es mir vorgibt. Und ja, vielleicht tanzt sie dabei mit mir. Ich bin Künstler, Fräulein von Prednitz!«

Maria runzelte die Stirn. »Geigen tanzen nicht. Die Violine ist ein zu den Kastenhalslauten gehörendes Streichinstrument. Sie zeigt keine Eigenbewegung. Allerdings wird von einigen Etymologen angenommen, dass das Wort ›Geige‹ auf das altnordische *geiga*, das heißt ›schwenken‹ oder ›schwanken‹ zurückgeht. Wollten Sie das ausdrücken?«

Nellie ahnte Komplikationen und mischte sich ein. »Es klang doch sehr schön«, begütigte sie.

Maria nickte. »Ja. Aber die Noten geben eine langsamere Interpretation vor. Ich wüsste gern …«

»Maria, hast du die Bilder schon gesehen?«, fragte Bernhard. Die Matinee fand anlässlich einer Kunstausstellung statt. »Sie sind sehr expressionistisch. Mein Geschmack ist das ja nicht so, allerdings …«

»Was ist los mit dieser Frau?«, fragte Phipps aufgebracht, nachdem Bernhard Maria erfolgreich weggelotst und Grietje mitgenommen hatte. »Was erdreistet sie sich, mir vorgeben zu wollen, wie schnell ich meine Stücke spiele?«

Nellie lächelte. »Maria ist sehr genau«, erklärte sie. »Abweichungen von Plänen sind ihr ein Gräuel. Insofern auch Abweichungen von Notenvorgaben. Unter anderem deshalb spielt Grietje schon so gut Klavier – Maria hat ihr nie einen Patzer durchgehen lassen. Sie meint das nicht böse, und dreist ist sie auch nicht. Sie wollte dich nicht kritisieren, sondern wirklich nur deine Begründung dafür hören, warum du das Stück nicht werkgetreu vorträgst. Ironie ist ihr fremd. Und sie sagt immer die Wahrheit.«

»Zurückhaltung ist ihr also ebenso fremd«, grummelte Phipps. »Du umgibst dich wirklich mit sonderbaren Leuten. Wie kommt eine Person wie diese überhaupt im wirklichen Leben zurecht?«

Nellie beantwortete die Frage nicht, sie wechselte das Thema. Sie hätte sonst zugeben müssen, dass Maria ohne die Hilfe von verbindlicheren Menschen eher schlecht im Alltag zurechtkam. Dank der Zusammenarbeit mit ihr und mit Bernhard war das allerdings kein Problem. Phipps mochte das anders sehen. Sie fürchtete sich davor, er könnte das Wort »verrückt« aussprechen.

Anfang Dezember trafen erneut Einladungen des Verbandes der Rennpferdezüchter und -halter zu einem Weihnachtsball ein. Maria wurde mit Begleitung geladen, Nellie dagegen ausdrücklich mit ihrem Gatten. Inzwischen hatte sich ihre Verbindung mit Phipps herumgesprochen, was hauptsächlich daran lag, dass Phipps nicht damit hinter dem Berg hielt. Der Geiger hatte es mittlerweile zu einer gewissen Berühmtheit in Berlin gebracht, und obwohl Nellie meist weder Zeit noch Lust hatte, ihn zu seinen Auftritten zu begleiten, nahm er doch Grietje mit, wenn es zeitlich vertretbar war. Dann stellte er seine Tochter stolz vor und gab jedem ganz selbstverständlich Auskunft, der ihn nach ihrer Mutter fragte. Zum Weihnachtsball wollte er Nellie natürlich gern begleiten. Walter war äußerst verstimmt, als er davon hörte.

»Was soll ich denn machen?«, verteidigte sich Nellie. »Eine von uns muss hingehen. Jemand muss die Praxis dort vertreten, wir können Neuner nicht allein das Feld überlassen. Und Maria will nicht, du weißt doch, wie es letztes Jahr war. Bernhard allein kann auch nicht hin, der hat gar keine Einladung bekommen. Er käme nur als Begleitung rein. Also muss ich Phipps zwangsläufig mitnehmen, auch wenn ich viel lieber wieder mit dir ginge.«

»Dann wird es dir ja nichts ausmachen, wenn ich meinerseits die Gräfin begleite«, gab Walter zurück.

Nellie seufzte. »Ich kann dich nicht hindern«, sagte sie. »Vielleicht kannst du ja wenigstens einmal mit mir tanzen, wenn die Dame es gestattet.«

Walter verzog das Gesicht. »Ich muss da wohl eher deinen Gatten um Erlaubnis bitten als meine Dame«, meinte er.

Nellie schnaubte. »Mit wem ich tanze«, sagte sie entschlossen, »bestimme immer noch ich!«

Maria ging nicht zum Ball, ließ sich jedoch von Bernhard in ein kleines, sehr ruhiges Restaurant in Kreuzberg ausführen, in dem hervorragend vegetarisch gekocht wurde. Sie trug ihr Ballkleid vom letzten Jahr und sah diesmal, da sie entspannt war und ein Lächeln schaffte, noch schöner darin aus. Als Bernhard ihr das sagte, dankte sie ihm.

»Man bedankt sich für Komplimente, nicht?«, fragte sie, als er sie daraufhin etwas irritiert ansah.

Bernhard lachte. »Jedenfalls, wenn sie sich auf ein Lob für zum Beispiel gut ausgeführte Arbeiten beziehen. Wenn ein Mann einer Frau sagt, wie schön er sie findet, kann sie auch einfach beschämt lächeln und mit den Wimpern klimpern. Oder sie kann ihm ihrerseits sagen, dass er an diesem Abend sehr elegant aussieht ...«, fügte er hinzu, als sie befremdet schien.

Maria überlegte kurz. »Du siehst sehr gut aus heute Abend«, erklärte sie dann. »Der Abendanzug sieht an dir viel besser aus als an Walter.«

Sie wunderte sich, als Bernhard daraufhin schallend lachte. »Es entspricht nicht unbedingt der Etikette zu erwähnen, dass der Begleiter sich den Abendanzug nur geliehen hat. Aber lass gut sein, Maria. Ich bin nicht beleidigt.«

Vergnügt schenkte er ihr Wein ein. Maria bestellte ein Schnitzel, das die Köche des Lokals aus Austernpilzen zauberten. Bernhard tat es ihr nach.

»Dieser grauenhafte Adolf Hitler ist übrigens auch Vegetarier«, bemerkte er, als die Vorspeise kam, eine Auswahl pflanzlicher Brotaufstriche. »Wie kann jemand nur Tiere lieben, aber Menschen derart hassen?«

»Ich hasse Menschen nicht«, sagte Maria. »Ich ...«

Erschrocken fiel ihr Bernhard ins Wort. »Das wollte ich damit nicht sagen. Um Himmels willen, Maria, ich weiß doch, wie freundlich und hilfsbereit du bist, wenn du Menschen nicht gerade missverstehst. Du ... du kannst gar nicht hassen!«

Maria dachte kurz nach. »Nein«, gab sie zu. »Ich hab noch nie jemanden gehasst.«

Und geliebt, Maria? Die Frage lag Bernhard auf der Zunge, er wollte dennoch nicht riskieren, sich und ihr den Abend zu verderben. Also wechselte er lieber das Thema.

»Was ist denn nun mit Nellie?«, fragte er. »Sie geht mit Phipps auf den Ball, und Grietje ist ganz verrückt nach ihrem Vater. Meinst du, Nellie geht mit ihm nach Amerika?«

Maria schüttelte den Kopf. »Nellie will erst ihre Prüfungen machen. Und dann will sie Walter heiraten und mit ihm nach Hoppegarten ziehen«, gab sie Auskunft. »Wenn sie sich nicht wieder streiten. Dass sie nach Amerika will, hat sie nie gesagt.«

Bernhard spielte mit seiner Serviette. »Maria …«, begann er dann. »Ich denke in letzter Zeit öfter über Amerika nach.«

Maria runzelte die Stirn. »Warum musst du über das Land nachdenken? Die Vereinigten Staaten von Amerika erstrecken sich über eine Fläche von etwa 9,8 Millionen Quadratkilometern. Es handelt sich um einen Staatenbund, also eine föderale Republik. Ursprünglich bestanden dreizehn britische Kolonien, die 1776 ihre Unabhängigkeit erklärten …«

»Schon gut, Maria, ich hab mich falsch ausgedrückt«, erklärte Bernhard und rieb sich die Stirn. »Ich wollte sagen, ich denke über eine Auswanderung nach Amerika nach. Beziehungsweise ziehe ich eine solche in Erwägung.«

Maria sah ihn verwundert an. »Warum?«, fragte sie.

Bernhard nahm einen Schluck Wein. »Kannst du dir das nicht denken? Ich bin Jude, und das lässt man mich in Deutschland nicht vergessen. Bei der Kundgebung der NSDAP im November, da ist mir das endgültig klar geworden. Natürlich war es mir auch vorher bewusst, aber als ich diesen Hitler hörte, da hab ich Angst bekommen …«

»Er kann dir nichts tun«, erklärte Maria. »Seit 1871 sind Juden gesetzlich gleichgestellt. Das kann man nicht ändern.«

Bernhard seufzte. »Ich fürchte, man kann. Aber selbst wenn die Gesetze nicht geändert werden – wir haben es hier mit ständiger Hetze zu tun, mit dauernden Anfeindungen. Sogar gegen Menschen wie mich, die ihre Religion gar nicht ausüben. Ich war nur ein- oder zweimal im Leben in einer Synagoge, zusammen mit meiner Vermieterin. Meine Eltern lebten wie die Christen, wir hatten sogar einen Weihnachtsbaum. Das zählt nur alles nicht. Ich gelte als Mensch zweiter Klasse – und es kann noch schlimmer kommen. Ich habe bei diesem Hitler ein ganz schlechtes Gefühl. Wahrscheinlich ist es Unsinn, aber ich würde gern einen Ozean zwischen ihn und mich legen. Und noch lieber zwischen ihn und uns.«

Maria sah ihn aufmerksam an. Sie versuchte zu verstehen. »Ich soll mitkommen nach Amerika?«, fragte sie.

Bernhard nickte. »Ja. Wenn es so weit sein sollte, würde ich dich gern fragen, ob du … ob du mit mir gehen würdest. Du kannst die Praxis nicht allein führen. Und die Lage … Machen wir uns nichts vor! Ihr habt euch hier großartig durchgeschlagen während der Nachkriegszeit. Die Tierarztpraxis mitten im Vergnügungsviertel … das war schon ein Unikum. Aber auf die Dauer ist das unhaltbar. Du könntest das Haus sehr gut verkaufen, Maria, und woanders hingehen.«

»Nach Hoppegarten?«, fragte Maria. »Das … das wäre näher.«

»Auch da wäre ich ein Jude«, sagte Bernhard. »Es geht mir nicht nur um die Praxis, Maria. Es geht mir genauso sehr … um uns.«

Maria dachte nach. »Ich bin sehr gern mit dir zusammen«, sagte sie dann.

Bernhard lächelte glücklich. »Dann solltest du darüber nachdenken«, ermutigte er sie. »Und vielleicht mit Nellie reden. Möchtest du jetzt noch einen Nachtisch? Oder einen Kaffee?«

Nellies Abend verlief nicht so harmonisch. Sie saß neben Phipps, der sich in der Bewunderung der Pferdebesitzer sonnte. Er wurde von allen Seiten angesprochen, man berichtete ihm, welche seiner Konzerte man besucht und wie sehr seine Musik auch Freunde begeistert hatte. Nellie wurde kaum beachtet. Manche fragten, ob sie stolz auf ihren Mann sei, und versicherten ihr, wie glücklich sie sein müsste, ihn wiedergefunden zu haben. Binnen kürzester Zeit begann sie, sich zu langweilen und auch zu ärgern. Die Einladung hatte auf ihren Namen gelautet, und sie war hier, um die Praxis zu vertreten. Nun fühlte sie sich wie Phipps' Anhängsel – offenbar das Los der meisten Ehefrauen.

Als sie versuchte, all dem ein paar Minuten zu entfliehen, um frische Luft zu schnappen, hatte sie überdies eine wie immer sehr unerfreuliche Begegnung mit Dr. Neuner. Der Tierarzt kam ihr entgegen und schenkte ihr ein kaltes Lächeln.

»Ach, Mevrouw De Groot! Wo ist denn der werte Gatte? Ich muss mich da wirklich bei Ihnen entschuldigen. Hätte ich doch nie geglaubt, dass da tatsächlich ein Angetrauter existiert. Und nun auch noch eine so schillernde Persönlichkeit! Immerhin können wir uns so alle freuen, dass nun wenigstens eine von Ihnen in ein fraulicheres Leben zurückfinden wird. Sie werden Ihren Gatten in die Staaten begleiten und ihm fürderhin den Haushalt führen?«

Nellie blitzte ihn an. »Wie immer sind Sie da falsch informiert, Herr Dr. Neuner. Ich gedenke keinesfalls auszuwandern – zumindest nicht nach Amerika. Mein Gatte hat mich zwar heute ausnahmsweise begleitet, aber tatsächlich leben wir in Scheidung. Ich werde mich in absehbarer Zeit neu verheiraten und mit Herrn von Prednitz nach Hoppegarten ziehen. Dort plane ich, eine Pferdepraxis zu eröffnen.« Vergnügt beobachtete sie, wie die Kinnlade ihres Konkurrenten heruntersank. »Sie sehen, Sie brauchen gar keine investigativen Anstrengungen zu betreiben, um etwas über mich und meine Kollegen zu erfahren. Wir haben alle keine Geheimnisse und geben gern und wahrheitsgetreu Auskunft, wenn Sie uns nur fragen. Und nun entschuldigen Sie mich – mein Noch-Gatte wird mich bereits vermissen.«

Nellie rauschte davon, hochzufrieden mit ihrem Schlagabtausch. Der Ausbau einer Pferdepraxis in Hoppegarten würde Neuner beruflich einen schweren Schlag versetzen. Eine Tierärztin, die vor Ort war, mochten selbst Traditionalisten einem Tierarzt vorziehen, der etliche Kilometer entfernt wohnte. Auf dem Rückweg zu ihrem Tisch schaute sie nach Walter aus, den sie bisher nur flüchtig zu Gesicht bekommen hatte, während er mit der Gräfin vorbeigetanzt war. Das geschah allerdings nicht allzu häufig. Auch die Gräfin von Albrechts hielt Hof. Sie hatte sich inzwischen einen großen Bekanntenkreis in der Pferdeszene erworben, und gerade die Neureichen unter den Rennbahnenthusiasten fragten sie nach der Vorkriegswelt aus und über die Glanzzeiten von Hoppegarten zur Kaiserzeit. Die Gräfin hatte die Rennbahn damals oft besucht und sogar in der Kaiserloge sitzen dürfen. Sie berichtete sehr farbig von ihrer Zeit bei Hofe, obwohl sie nicht damit hinter dem Berg hielt, dass sie den Kaiser für einen ziemlichen Dummkopf gehalten hatte.

»Anständig reiten konnte er auch nicht«, fügte sie schließlich hinzu, was zumindest Walter bestätigen konnte. Er war noch bei Manövern mitgeritten, die der Kaiser befehligt hatte, und hätte dazu etwas erzählen können, wäre er nur zu Wort gekommen. Tatsächlich langweilte er sich allerdings nicht weniger als Nellie – er hatte die Geschichten der Gräfin schon häufig gehört.

Endlich raffte er sich auf, Nellie zum Tanz aufzufordern. »Gefällt es dir, im Mittelpunkt zu stehen?«, fragte er, nachdem sie sich rasch erhoben und sich aufatmend in seinen Arm geschmiegt hatte.

Nellie seufzte. »Ich sitze allenfalls neben dem Mittelpunkt«, präzisierte sie und wies auf ihren Mann. »Es dreht sich alles um Phipps. Mich bemerken die Leute gar nicht. Als Ehefrau einer Berühmtheit ist man unsichtbar. Inzwischen weiß ich gar nicht mehr, ob heiraten eine gute Idee ist.«

Walter lachte und führte sie in eine Figur, in der er sich um sie drehte. »Ich glaube nicht, dass ich in diesem Leben noch berühmt werde«, meinte er. »Was machen wir Weihnachten?«

Infolge der Misstöne, die in der letzten Zeit zwischen ihnen beiden geherrscht hatten, bestanden noch keine gemeinsamen Pläne.

Nellie seufzte. »Phipps plant eine große amerikanische Weihnachtsparty. Man setzt da wohl nicht auf Besinnlichkeit, sondern hängt Girlanden auf, schmückt sich mit komischen Hütchen und singt und tanzt. Grietje ist schon ganz verrückt darauf, das mitzuerleben. Sie geht auf jeden Fall zu Phipps. Maria will nicht mal einen Christbaum. Sie erforscht neuerdings jüdische Bräuche und will mit Bernhard Chanukka feiern, was auch immer das ist. Bernhard selbst hat darüber nur unklare Vorstellungen. Aber er macht natürlich mit, keine Frage …«

»Sie kommen sich also näher?«, fragte Walter.

Nellie hob die Schultern. »Ich weiß nicht, ob sie ihm damit einen Gefallen tun will, oder ob es nur zu ihrem aktuellen Versuch gehört, wissenschaftlich zu ergründen, warum Juden allgemein so unbeliebt sind. Sie hat schon die Bibel gelesen …«

»Und kann nun zweifellos stundenlang daraus zitieren.« Walter lachte. »Ist sie sonst zu einem Ergebnis gekommen?«

Nellie setzte ein ernstes Gesicht auf und deklamierte in singendem Tonfall: »Nun, die Unbeliebtheit dürfte an der mangelnden Bereitschaft der Juden zur Assimilation liegen und dem strengen Festhalten an Bräuchen, die anderen Volksgruppen befremdlich erscheinen, was die ohnehin weit verbreitete Xenophobie der nicht jüdischen Bevölkerungsteile verstärkt ... Mehr hab ich mir nicht gemerkt. Aber sie kann zweifellos mehrere Abende darüber dozieren.«

»Bernhard wird an ihren Lippen hängen«, meinte Walter. »Mich reizt das ebenso wenig wie Phipps' Party und das Weihnachtsessen der Gräfin. Wie wär's damit: Wir suchen uns ein nettes Hotel und verjubeln eine von Erlkönigs Siegprämien?«

Nellie lächelte. »Wenn Grietje nicht darauf besteht, dass ich mit zu Phipps komme ... In der letzten Zeit macht sie Anspielungen. Andere Mamis und Papas würden mehr zusammen machen als Phipps und ich ...«

»Sie ahnt also noch nichts davon, dass du dich eigentlich trennen willst?«, fragte Walter und machte Anstalten, sie zurück zu ihrem Platz zu führen. Der Tanz war zu Ende, und die Gräfin warf ihm schon wieder unwillige Blicke zu.

Nellie zuckte mit den Schultern. »Sie scheint es nicht zu glauben. Genauso wenig wie Phipps. Es ist alles sehr schwierig zurzeit ...«

Sowohl Nellie als auch Walter waren froh, als sie den Ball endlich verlassen konnten.

»War das nicht ein wunderschöner Abend?«, fragte Phipps, nachdem er einen Portier gebeten hatte, ihnen ein Taxi zu bestellen. »Ich hoffe, du warst zufrieden mit meinen Tanzkünsten. Ich hörte, dein ... äh ... Freund hat in der Nachkriegszeit als Eintänzer gearbeitet. Da komme ich natürlich nicht mit ...«

»Du tanzt sehr gut«, sagte Nellie ehrlich. »Ich hätte mir nur gewünscht, öfter aufgefordert zu werden.« Tatsächlich hatte Phipps gerade dreimal mit ihr getanzt.

Phipps hob entschuldigend die Hände. »Ich war beschäftigt. Beim nächsten Mal, in Ordnung?« Nellie antwortete nicht. »Willst du jetzt wirklich zurück in die Torstraße?«, fragte Phipps, als sie das Taxi bestiegen. Er hatte sich noch kein eigenes Auto angeschafft. »Komm doch mit zu mir. Wir könnten den Abend bei einem Glas Champagner ausklingen lassen …«

Nellie schüttelte den Kopf. »Nein danke, ich hatte schon zu viel Champagner …« Sie fühlte sich tatsächlich beschwipst, außer zu trinken hatte sie ja fast nichts zu tun gehabt. »Und ich kann Maria, Lene und Grietje nicht allein lassen. Es ist Samstag, und die Nationalsozialisten hatten wohl wieder eine Kundgebung. Auf jeden Fall ist die Friedrichstraße voller SA-Leute, die etwas erleben wollen. Wenn uns da wieder einer für ein Tierbordell hält …«

»Ein was?«, fragte Phipps entsetzt. »Du musst da weg, Nellie. Diese Umgebung … ist nicht akzeptabel. Auch nicht für Fräulein von Prednitz und Grietje. Ich werde euch da herausholen.«

Nellie war zu müde, um sich auf einen Streit einzulassen. Sie war froh, als sie die Haustür hinter sich schließen konnte, ohne Phipps mehr als einen Kuss auf die Wange erlauben zu müssen.

Aus Nellies und Walters romantischen Weihnachtsplänen wurde nichts. Grietje reagierte schon auf die Andeutung, ihre Mutter könnte sie Weihnachten allein zu Phipps schicken, mit lauten Protesten: »Wir sind doch jetzt eine Familie, Mami. Und Familien feiern Weihnachten zusammen.«

»Sie laden aber keine zwanzig weiteren Leute dazu ein«, argumentierte Nellie, was Grietje entschieden abstritt.

»In Amerika schon! In Amerika ist es immer lustig an Weihnachten. Du musst mitkommen, Mami, du musst!«

Nicht gar so laut, doch in kaum weniger bestimmtem Ton forderte die Gräfin Walters Anwesenheit bei ihrem Weihnachtsessen, zu dem sie, wie sie sagte, die Crème de la Crème der Gesellschaft geladen habe. Sie müsse Walter diesen Leuten unbedingt vorstellen, es könne sein weiteres berufliches und gesellschaftliches Fortkommen fördern.

Walter speiste also mit Angehörigen des Hochadels und Vertretern der Industrie Truthahn – den die Gräfin einer ordinären Gans vorzog, während Nellie zusah, wie ihre Tochter mit anderen Kindern aus Künstlerkreisen ausgelassen um den Tannenbaum tanzte und die Erwachsenen sich dem Punsch sowie albernen Partyspielchen widmeten. Ebenfalls nach amerikanischem Brauch wurde Grietje am Morgen des ersten Weihnachtstages fürstlich beschenkt. Der Clou war ein eigenes Grammofon und mehrere Platten, doch es gab auch eine Puppe, Spiele und hübsche Kleider.

»Das können wir gar nicht auf einmal mit nach Hause nehmen«, wandte Nellie ein.

Phipps winkte ab. »Ein Teil kann ja hierbleiben, dann kann sie damit spielen, wenn sie bei mir ist«, sagte er und überreichte Nellie nun auch ihr Geschenk: ein mit Brillanten besetztes Halsband.

»Wann soll ich das denn tragen?«, fragte Nellie.

Phipps lachte nur. »Da werden sich schon Anlässe finden.«

Nellie bedankte sich beschämt. Sie hatte nur eine Kleinigkeit für ihn – einen hübschen Rahmen für ein von Grietje selbst gemaltes Bild.

Walters Geschenk, eine schlichte Damenarmbanduhr, fiel gegen Phipps' Gabe natürlich ab, aber Nellie freute sich darüber viel mehr. Armbanduhren, gerade für Damen, setzten sich in Deutschland erst langsam durch, und sie war nun die erste Frau in ihrem Bekanntenkreis, die ein so praktisches Schmuckstück ihr Eigen nennen durfte. Die Uhr wurde schnell ihr ständiger Begleiter.

Phipps warb in den nächsten Wochen massiv um Nellie. Er erhielt im neuen Jahr viele Einladungen, etliche aus höchsten Kreisen, und bat sie jedes Mal, ihn zu begleiten. Ein paarmal tat sie das, einfach weil sie die Anlässe interessant fand, doch später bereute sie es. Phipps wurde besitzergreifend. Er machte sowohl ihr als auch Grietje weitere teure Geschenke und nahm die Kleine mit zum Teetrinken ins KaDeWe. Als er wieder einmal einen Auftritt bei einer Matinee hatte, ließ er sich von seiner Tochter bei einem einfachen Stück auf dem Klavier begleiten. Natürlich mussten hier alle dabei sein, Grietje war unglaublich stolz auf ihren ersten Auftritt. Diesmal hielt sich auch Maria zurück und lobte nur Grietje für ihr korrektes Spiel. Das Mädchen erhielt nun professionellen Klavierunterricht – auf dem Flügel in Phipps' Wohnung. Er war entsetzt gewesen, als er Grietjes

Klavier gesehen und sie darauf hatte spielen hören. »Ein Wunder, dass das nicht ihr Gehör verdorben hat. Wie kann man ein Kind auf einem so blechern klingenden Ding unterrichten?«, hatte er gerügt.

Maria hatte ihm entgegengehalten, dass das Instrument korrekt gestimmt sei. Darauf hatte sie stets großen Wert gelegt. Dennoch beharrte Phipps darauf, den Unterricht seiner Tochter in seiner Wohnung abzuhalten. Er engagierte einen hervorragenden Lehrer, der am Konservatorium unterrichtete. Geigenstunden gab er Grietje selbst.

»Wie wird das nur, wenn er nach Amerika zurückgeht?«, sprach Bernhard im Februar Nellies Befürchtungen aus. »Sie wird doch auf all diesen Luxus nicht mehr verzichten wollen.«

Walter äußerte sich drastischer. »Er entfremdet dir das Kind«, erklärte er.

Nellie erwiderte, dass Grietje wohl nicht die Einzige sei, die ihr entfremdet werde. Die Gräfin belegte Walter nämlich erneut mit Beschlag. Im Frühjahr würde die Rennsaison eröffnet werden, und Erlkönig sollte in bester Form an den Start gehen. Gegen sein einziges Handicap, die Neigung zum Scheuen, hatte sich die Gräfin eine besondere Therapie ausgedacht. Sie mietete Boxen auf diversen Rennbahnen im Umfeld von Berlin und ließ das Pferd dorthin bringen, um es in fremder Umgebung zu trainieren. Für Walter bedeutete das zum Teil lange Anfahrtswege, manchmal mietete ihn die Gräfin gleich für eine oder zwei Wochen in Erlkönigs Nähe ein. Sie selbst verbrachte dann ebenfalls zumindest ein Wochenende in Magdeburg oder Dresden und fand stets interessante kulturelle Veranstaltungen, für die sie Walters Begleitung forderte.

Das war natürlich Gift für Nellies und Walters Beziehung. Immer öfter machten sie sich gegenseitig Vorwürfe. Der Streit eskalierte schließlich, als Nellie ihre Abschlussprüfungen bestand und Phipps ein großes Fest für sie im Adlon organisierte.

»Keine Widerrede, wir müssen das feiern«, bedeutete er. Nellie schmolz dahin, als er sie mit seinem ihr so vertrauten bewundernden Blick streifte. »Du bist endlich Tierärztin mit Diplom, Approbation – nur eine Doktorarbeit müsstest du vielleicht noch schreiben. Aber den Beruf kann dir keiner mehr nehmen. Ich bin so stolz auf dich, Nellie. Es war ein derart langer Weg, und ich gestehe, ich habe dich am Anfang für verrückt gehalten. Jetzt … Du bist die Heldin des Tages, Nellie, und das werden wir gebührend begießen.«

Phipps ließ sich nicht lumpen und lud sowohl Maria und Bernhard als auch Lene und Walter ein. Letzteres freute Nellie besonders – und sie explodierte, als ihr Geliebter absagte.

»Du hast was? Ein Rennen in Leipzig? Sozusagen ein Vorfrühlingsrennen, damit die Pferde wieder in Gang kommen? Das ist doch garantiert völlig unbedeutend. Sag das ab, Walter! Dies wird mein Tag. Wir feiern, dass ich es geschafft habe. Ich bin Tierärztin, Walter, allen Widrigkeiten zum Trotz. Und ich will dich bei diesem Fest an meiner Seite.«

Walter rieb sich die Stirn. »Das kann ich nicht, Nellie, Erlkönig ist schon gemeldet. Und du … du warst immer Tierärztin. So lange ich dich kenne. Kein Mensch hat daran gezweifelt, dass du diese Prüfungen bestehst. Schau, Nellie, wir feiern es hinterher. Nur wir zwei. Ohne deinen Phipps, der das Fest doch wieder nur zur Selbstdarstellung nutzen wird.«

»Ich kann ihn kaum ausladen, wenn er alles bezahlt«, sagte Nellie giftig. »Und ich möchte mit euch allen feiern. Mit allen, die mir geholfen haben. Maria, Bernhard, Lene, Grietje – ich darf sogar ein paar Patientenbesitzer einladen. An unsere zwei süßen Jungs mit den Möpsen hatte ich gedacht. Und an Luise Manzinger. Ihr Mann ist zwar ein Gauner, aber sie ist eine gute Seele mit ihrem Pudelchen. Dann Frau Meyer mit ihrem Dackel und diese Schaustellerin mit den dressierten Katzen … Es wird sicher lustig, Walter. Aber ohne dich ist es für mich nur halb so schön.«

Walter seufzte und schüttelte dennoch den Kopf. »Ich schaffe es einfach nicht, Nellie. Und ihr hättet ja auch mal fragen können wegen des Termins …«

»Du meinst, ich soll meine Termine mit denen der Gräfin abstimmen?« fragte Nellie empört. »Nein, Walter, du wirst dich endlich entscheiden müssen, wer wichtiger für dich ist. Ich erwarte dich. Wenn du nicht … wenn du nicht kommst, dann weiß ich ja, worauf es hinausläuft.«

Walter kam nicht zu Nellies Fest, aber es wurde trotzdem ein wunderschöner Abend. Phipps saß zwischen ihr und der aufgeregten Grietje und ging auf seine beiden Tischdamen gleichermaßen engagiert ein. Er begrüßte die Gäste mit einer kleinen launigen Rede, in der er von Nellies und seinen Anfängen in Utrecht erzählte, von seinem Studium, bei dem Nellie ihn so fleißig unterstützt hatte, und der gemeinsamen Praxis in Ledegem. Kürzer berichtete er von ihrer Arbeit im Krieg und schließlich von ihrer Trennung, nach der sie beide eigene Wege gegangen waren.

»Heute können wir nun feiern, dass wir unsere Träume verwirklicht haben. Und dass das Schicksal uns gerade jetzt wieder zusammengeführt hat. Ich bin unendlich stolz auf meine Dr. Nellie. Also heben wir das Glas auf sie und unsere wunderbare Tochter!« Er prostete Nellie und Grietje zu und wirkte dabei so froh und ehrlich beeindruckt, dass Nellie ihm »seine Dr. Nellie« nicht übel nehmen konnte. Sie würde später darauf zurückkommen müssen – vorerst war es ihr egal. Sie war so ärgerlich auf Walter, dass sie entschlossen war, Phipps an diesem Abend nicht zu entmutigen. Sie würde mit ihm trinken und später mit ihm tanzen, wie Walter es an diesem Abend ganz sicher auch mit der Gräfin tat.

Die Gäste überraschten Nellie mit kleinen Geschenken, einer der Zauberer holte einen Porzellanmops für sie aus seinem Hut.

»Er wird Ihre Praxis bewachen«, erklärte er lachend. »Egal, wo sie fürderhin steht – in Amerika, in Hoppegarten oder in Berlin.«

Luise Manzinger hatte ihr Pudelchen malen lassen und erwartete ebenfalls einen Ehrenplatz für das Porträt in Nellies Praxis, und die ältere Dame, die ihnen mit ihrem nierenkranken, inzwischen uralten Dackel seit Jahren treu war, brachte ein mit gepressten Blumen geschmücktes Gästebuch.

»Das können Sie in der Praxis auslegen, und jeder kann hineinschreiben, wie zufrieden er mit Ihnen war.«

Nellie dankte allen gerührt und war regelrecht ergriffen, als sogar Maria, die Berührungen so sehr scheute, sie stolz umarmte. »Ohne dich hätte ich es nie geschafft«, raunte sie ihr zu.

Maria schüttelte den Kopf. »Du hättest es auf jeden Fall allein geschafft. Aber ich hätte es nicht geschafft ohne dich.«

Bernhard sprach lange mit Phipps über Amerika und seine dahingehenden Überlegungen. Der Geiger nahm sich Zeit, all seine Fragen zu beantworten, obwohl er sich in Bezug auf Einwanderungsbestimmungen nicht besonders gut auskannte.

»Als ich hinkam, war das ja gleich nach dem Krieg. Alle waren euphorisch – und keiner fragte groß nach Papieren. Wir Musiker jedenfalls nicht. In den ersten Jahren war ich ja sowieso nirgendwo fest angestellt. Niemanden kümmerte, woher ich kam und wohin ich ging. Später, als die Juilliard in New York mich nahm, musste ich mich natürlich legalisieren, aber da hat die Schule geholfen. Wie es heute aussieht mit staatlicher oder sonstiger Unterstützung von Einwanderern, da müssen Sie sich anderswo erkundigen. Ich kann Ihnen nur sagen, dass keiner Sie schief ansehen wird, weil Sie jüdischer Abstammung sind. Und ich denke, es wäre auch kein Problem, als Tierarzt Arbeit zu finden. Allenfalls müssen Sie ein paar Prüfungen nachholen. Sie sollten unbedingt schon mal anfangen, Englisch zu lernen, wenn Sie Amerika in Erwägung ziehen …«

Bernhard nickte schuldbewusst, weil er das bisher noch nicht in Angriff genommen hatte. Ganz sicher würde er die Sprache nicht so schnell aufgreifen, wie Phipps Deutsch gelernt hatte. Dem Musiker mit seinem absoluten Gehör war das leichtgefallen, er hatte kaum einen Akzent.

»Sprichst du nicht ein bisschen Englisch?«, wandte er sich an Maria.

Die verneinte. »Ich spreche es gar nicht«, präzisierte sie. »Ich kann es nur ganz gut lesen und verstehen.«

Etliche der Bücher, die sie studiert hatte, um die Tiere im Zoo besser kennenzulernen, waren in der Fremdsprache geschrieben gewesen, und Maria fiel es leicht, Vokabeln und Grammatik zu erfassen.

»Dann kannst du es auch bald sprechen«, versicherte ihr Bernhard.

Er hatte sie noch nicht wieder darauf angesprochen, ob sie sich in Bezug auf eine Auswanderung Gedanken gemacht hatte.

»Wir haben demnächst ein Engagement in New York«, erklärte einer der Zauberer zur allseitigen Überraschung. »Ich hoffe, die Möpse werden nicht seekrank. Aber wahrscheinlich müssen sie nur die Hinreise überstehen. Wir überlegen nämlich, dortzubleiben. Hier … sind nicht nur Juden ungern gesehen.«

Nachdem das Berlin der Nachkriegszeit ein Eldorado für Männer und Frauen gewesen war, die der gleichgeschlechtlichen Liebe frönten, zog sich die Schlinge in den letzten Jahren wieder fester zu. Frauen wurden zwar nicht belangt, aber sexuelle Handlungen unter Männern waren strafbar. Die beiden Zauberer versuchten deshalb, sich möglichst nichts anmerken zu lassen – sehr erfolgreich waren sie dabei nicht.

»Ein bisschen Englisch können wir schon«, meinte der andere. »Obwohl wir's Französisch lieber machen.«

Vor ihren Abenteuern in der wilden Nachkriegszeit hätte

Nellie den Witz nicht verstanden. Maria schaute Bernhard etwas verwirrt an, als alle lachten.

»Ich erklär's dir später«, versprach er. »Oder ... Frag lieber Nellie.«

Nellie genoss ihr Fest und schmiegte sich beim Tanzen bereitwillig in Phipps' Arme.

»Bleibst du heute bei mir?«, fragte er schließlich erneut.

Nellie war noch nüchtern genug, um abzulehnen. »Ich muss Grietje heimbringen. Was sollte die sich denn denken? Und sonst ... Es hat sich nichts geändert, Phipps ...«

Phipps lächelte. »Ich finde schon, dass sich etwas geändert hat«, sagte er, legte kurzerhand die Arme um sie und küsste sie.

Nellie ertappte sich dabei, den Kuss zu erwidern. Sie hatte Phipps immer gern geküsst. Die ganz großen Gefühle blieben dabei zwar aus, aber dafür musste sie sich bei ihm wenigstens nicht fragen, ob er nicht vorher die welken Lippen der Gräfin geküsst hatte. Nellie dachte an den Hörsaal der Hochschule in Utrecht, in dem sie ihre ersten Küsse getauscht hatten, und lächelte noch, als sie schon mit Maria und Bernhard zum Taxi ging.

Am nächsten Tag schlief Nellie aus, und als Walter am Nachmittag kam, um Abbitte zu leisten, war sie längst mit Grietje und Phipps auf einem Spaziergang am Wannsee.

»Willst du Nellie jetzt nicht mehr heiraten?«, fragte Maria. »Sie sagte etwas von einer Entscheidung.«

Walter stöhnte. »Natürlich will ich sie heiraten. Ich versuche auch schon, noch andere Berittpferde zu finden als Erlkönig, um von der Gräfin unabhängiger zu werden. Aber ich fürchte, Nellie hat recht. Sie meint, die Gräfin ließe Beziehungen spielen, damit die anderen Pferdebesitzer mich nicht buchen. Ich hab mich gestern schon mit ihr deswegen gestritten. Sie streitet alles ab.«

»Vielleicht versuchst du es einfach an einer anderen Rennbahn«, schlug Bernhard vor, der immer viel mehr Zeit in der Torstraße verbrachte als in seinem tristen Zimmer. »Es gibt in Deutschland nicht nur Hoppegarten.«

Walter verzog das Gesicht. »Auch daran hab ich bereits gedacht. Aber realistisch gesehen hab ich als Jockey keine Zukunft. Bin zu groß, zu schwer. Ein paar Jahre lässt man Leute wie Ludwig und mich vielleicht noch reiten, aber dann … Die Jüngelchen, die jetzt gezielt zum Rennreiter ausgebildet werden, dürften uns immer häufiger schlagen. Es wäre besser, irgendwo als Reitlehrer zu arbeiten oder als Bereiter für Turnierpferde. Die amerikanischen Jockeys sagen übrigens, dafür gäbe es in den Staaten einen großen Markt. Und deutsche Ausbilder haben einen guten Ruf …«

»Du willst auch auswandern?«, fragte Bernhard.

»Ich denke tatsächlich darüber nach«, erwiderte Walter. »Bislang fehlt mir nur das Geld. Ich brauchte noch ein paar Monate mit Erlkönig, und den gibt es nicht ohne die Gräfin.«

Bernhard sah ihn ernst an. »Ich würde mir das an deiner Stelle gut überlegen«, riet er dann. »Denn Nellie wird nicht ewig Geduld haben. Phipps will sie zurück, und er hat ihr einiges zu bieten. Also kündige der Gräfin, selbst wenn es dich beruflich zurückwirft! Am besten tust du es gleich.«

Walter machte sich schließlich bereit zu gehen, als Nellie und Grietje auch zur Abendessenszeit noch nicht zurück waren.

»Wahrscheinlich dinieren sie irgendwo bei Kerzenschein«, neckte Bernhard ihn beim Abschied. Auch er machte noch keine Anstalten aufzubrechen, sondern half Maria, die Praxis für die Sprechstunde am folgenden Montag vorzubereiten. »Oder sie sind in einem der lustigen Themenrestaurants im Haus Vaterland. Eins davon zeigt Cowboys und Indianer, da kann Nellie sich gleich in die Staaten hineinträumen. Und für Grietje steht sowieso längst fest, dass sie mit ihrem Vater nach Amerika geht.

Also warte nicht zu lange, Walter. Gestern war Nellie nahe dran, ihn …«

»Sie hat ihn geküsst«, sagte Maria.

Walter blickte sie an, als hätte sie ihn geschlagen. »Auf den Mund?«, fragte er heiser.

»Ja«, bestätigte seine Schwester. »Mit … offenem Mund …«

Walter straffte sich. »Ich werde die Gräfin heute noch aufsuchen«, beschloss er. »Ihr könnt Nellie sagen, dass … dass ich es diesmal ernst meine. Ich will sie auf keinen Fall verlieren.«

Walter war mulmig zumute, als er die Elektrische nach Zehlendorf nahm, wo Sieglinde von Albrechts residierte. Er stand lange Zeit vor dem Eingang ihres feudalen Stadthauses, bevor er es wagte zu klingeln – in der Hoffnung, dass die Gräfin noch nicht zu Bett gegangen war.

Frau Gertrude, die Haushälterin, öffnete.

»Herr Leutnant?«, fragte sie verwundert. »Was führt Sie her? Die Gräfin hat Sie nicht angekündigt. Ich hätte sonst etwas vorbereitet ...«

»Ist schon gut, Frau Gertrude«, meinte Walter. »Ich bin gekommen, weil ... Ich habe etwas mit der Gräfin zu besprechen, das sich nicht aufschieben lässt. Sie ist doch noch wach?«

Frau Gertrude lachte. »Selbstverständlich«, erklärte sie. »Sie nimmt ihren Sherry im Salon. Legen Sie bitte ab, ich werde Sie ankündigen.«

Walter entledigte sich seines Mantels, für den es an diesem lauen Vorfrühlingsabend ohnehin zu warm war. In zwei Wochen startete die Rennsaison in Hoppegarten, Erlkönig war für ein hoch dotiertes Rennen genannt.

Frau Gertrude ließ ihn nicht warten. »Die Gräfin ist verwundert, aber sehr erfreut«, erklärte sie. »Gehen Sie einfach in den Salon, sie erwartet Sie.«

Im Salon ertönte leise Musik, Walter erkannte die Oper *Turandot*. Die Gräfin saß aufrecht in ihrem Lieblingssessel, ein Glas Sherry und die dazugehörige Karaffe auf einem zierlichen

Louis-XIV.-Tischchen neben sich. Sie trug bereits einen seidenen Hausmantel, hatte sich jedoch noch nicht abgeschminkt. Auch ihr Haar saß tadellos.

»Mein lieber Herr von Prednitz«, begrüßte sie ihn und streckte ihm die Hand zum Kuss entgegen. »Was für eine ungewöhnliche Überraschung. Ich hoffe, es sind keine schlechten Nachrichten, die Sie zu mir führen. Das Pferd ist doch wohlauf?«

Walter nickte. »Erlkönig geht es gut«, sagte er. »Aber ich … Gräfin, ich fürchte … ich fürchte, ich kann ihn nicht mehr reiten.«

Die Gräfin lächelte. »Was ist passiert?«, fragte sie. »Ich sehe kein körperliches Handicap. Sind Sie verletzt?«

Walter schüttelte den Kopf. »Nein. Zumindest nicht körperlich. Seelisch bin ich … sehr aufgewühlt. Gräfin, Sie wissen, dass meine Verlobte … unser Verhältnis missbilligt …«

Das Lächeln wurde zu einem charakteristischen scharfen Lachen. »Ihre Verlobte?«, höhnte sie. »Cornelia De Groot? Die ist doch, wenn ich da nicht etwas völlig falsch verstanden habe, längst verheiratet. Mit diesem hinreißend gut aussehenden Violinisten aus Amerika. Glauben Sie im Ernst, sie ließe sich für Sie von ihm scheiden?«

»So ist es besprochen«, sagte Walter würdevoll. »Wir hatten sehr konkrete Pläne. Allerdings sieht es nun so aus, dass ihr Gatte ebenfalls um sie wirbt. Er will sie zurückgewinnen, ich muss also um sie kämpfen. Und das erste Opfer, das ich in diesem Kampf bringe, ist die Beendigung unseres Arbeitsverhältnisses. Ich hoffe, noch einige Zeit andere Pferde reiten zu können, und bitte Sie, mir dabei keine Steine in den Weg zu legen. Ich muss Geld verdienen, um Nellie … Ich möchte mit ihr fort aus Deutschland, Gräfin, beruflich habe ich hier kaum Perspektiven. Es ist mir auch politisch nicht geheuer, was hier vorgeht. Diese Nationalsozialisten scheinen zurzeit überall zu sein. Sie gewinnen an Einfluss, womöglich siegt bei der nächsten Wahl noch dieser Hitler. Und Maria und Bernhard …«

Die Gräfin lachte erneut. Perlend, aber nicht fröhlich.

»Sie wollen also nicht nur mit Ihrer großen Liebe auswandern, sondern gleich noch mit Schwester und … Schwager? Und was die Berittpferde angeht … Glauben Sie, es hilft Ihnen bei der Akquise, wenn Sie mit Juden verkehren? Was ist übrigens mit dem Ruf Ihrer Schwester? Wenn sich auf der Rennbahn herumspricht, dass sie mit einem Juden zusammen ist …«

»Bernhard Lemberger arbeitet in Nellies und Marias Klinik«, versuchte Walter richtigzustellen. »Von einer Liebesbeziehung zwischen ihm und meiner Schwester ist nicht die Rede.«

Die Gräfin nahm einen Schluck Sherry. »Es könnte aber die Rede werden«, bemerkte sie. »Ein Wort von mir … Hätten Sie übrigens gern ein Glas?«

Walter ging nicht auf die Frage ein. »Sie werden mich nicht erpressen, Gräfin«, sagte er scharf. »Wenn Maria die Arbeit als Rennbahntierärztin verliert, dann ist das eben so. Ich habe mich entschieden. Ich will Nellie De Groot – um jeden Preis. Hier oder anderswo auf der Welt. Wir werden schon durchkommen. Irgendeine Arbeit gibt es immer für einen gesunden Mann. Es tut mir leid, Gräfin … Sieglinde …« Zum ersten Mal nannte er sie beim Vornamen.

Die Gräfin schwieg lange. Sie trank einen weiteren Schluck Sherry, schenkte sich erneut ein. Schließlich wandte sie sich ihm wieder zu.

»Mögen Sie mich eigentlich?«, fragte sie. »Oder haben Sie mich jemals gemocht?«

Walter wusste nicht recht, was er darauf antworten sollte. Er musste selbst erst überlegen, was die Wahrheit war. Endlich kam er zu einem Ergebnis.

»Ich habe Ihre Gesellschaft durchaus genossen«, erklärte er. »Ihre Klugheit, Ihren Witz – selbst Ihre Bosheiten, wenn ich nicht gerade ihr Opfer war. Ich habe Sie … respektiert und tue es noch. Trotz allem.«

»Obwohl ich für Sie bezahlt habe? Sie benutzt habe, um mich wieder jung zu fühlen?« Sie sah ihn scharf an. »Obwohl Sie mein Spielzeug waren, das sich beliebig auf dem Spielfeld herumschieben ließ? Ist Ihnen das niemals sauer aufgestoßen?«

»Sie haben mich zu nichts gezwungen«, sagte Walter stolz. »Ich habe immer selbst entschieden, wie weit ich Sie gehen ließ. Ich habe Ihnen nie gehört. Ich war nie eine Figur in Ihrem Spiel.«

In den Augen der Gräfin blitzte es auf. »Ach nein?«, fragte sie höhnisch. »Sie hatten die Zügel in der Hand, wollen Sie sagen? Meinen Sie gar, Sie hätten mit mir gespielt statt umgekehrt? Dann sollten wir vielleicht ein bisschen näher ans Limit gehen. Passen Sie auf, mein kleiner Leutnant: Was wäre, wenn der Erlkönig Ihnen gehörte? Wenn Sie all seine Siegprämien behalten könnten?«

Walter seufzte. »Dann wäre ich sehr bald saniert«, sagte er. »Aber ich kann ihn nicht kaufen.«

Die Gräfin lächelte ihr Haifischlächeln. »Oh, er ist nicht käuflich. Genauso wenig wie … du, mein kleiner Leutnant, wovon du ja so fest überzeugt zu sein scheinst. Ich könnte ihn dir jedoch schenken. Wenn du bereit wärst, mir die Zügel zu überlassen. Ganz und gar. Für eine einzige Nacht. Wie wäre das, mein Freund?«

Walter blickte sie zunächst verständnislos an. Dann begann er zu begreifen.

»Du kannst durchaus noch darüber nachdenken, mein kleiner Leutnant«, erklärte die Gräfin. »Wann startet es noch, das erste Rennen? Am Sonntag in einer Woche? Da könntest du die Prämie schon einstreichen. Du weißt, es ist ein kleines Vermögen – ein großes für dich …«

Der Sieg im ersten großen Rennen der Saison war mit fünfundvierzigtausend Reichsmark dotiert. Und eine Wette auf Erlkönig würde im Falle eines Sieges ebenfalls viel Geld einbringen. So früh im Jahr gab es noch keine deutlichen Favoriten – niemand wusste, wie die Pferde durch den Winter gekommen waren.

Walter biss sich auf die Lippen. Der Gedanke war verlockend, und doch stieg Empörung in ihm auf.

»Wie können Sie … wie können Sie mir ein solches Angebot machen?«, brach es aus ihm heraus. »Wie können Sie glauben, wie können Sie auch nur einen Herzschlag lang annehmen, ich könnte mich darauf einlassen? Gräfin, es ist, wie ich es sage. Zum Ende dieses Monats endet unser Vertragsverhältnis. Ich werde Erlkönig dann nicht mehr trainieren und nicht mehr bei Rennen vorstellen. Und Sie, Gräfin, werde ich nicht mehr sehen. Gestatten Sie nun, dass ich mich verabschiede.«

Die Gräfin lächelte – und diesmal wurde ihr Gesichtsausdruck fast weich.

»Denk drüber nach, mein kleiner Leutnant«, sagte sie. »Du kannst es dir jederzeit anders überlegen. Und nun: *Au Revoir!*«

»Adieu!«, stieß Walter aus, drehte sich auf dem Absatz um und verließ den Raum.

An der verwunderten Frau Gertrude vorbei rannte er aus dem Haus, glühend vor Zorn und Scham … doch auch voller Angst davor, wie es weitergehen sollte. Ziellos lief er noch Stunden durch die Stadt, bevor er sich endlich beruhigte.

Gut, Nellie hatte recht gehabt – die Gräfin hatte mit ihm gespielt, es war nicht so harmlos, wie er gedacht hatte. Aber nun war es wirklich vorbei. Er musste sich eine andere Arbeit suchen, auch wenn er dann weniger verdiente. Er würde es schon irgendwie schaffen. Vor allem konnte er am kommenden Tag, gleich nach der Morgenarbeit, zu Nellie gehen und ihr Bericht erstatten. Sie durfte ihm nicht mehr zürnen – und sie musste die Überlegung verwerfen, doch noch mit Phipps nach Amerika zu gehen.

Walter nahm den letzten Zug nach Hoppegarten. Eine Droschke würde er sich künftig nicht mehr leisten können. Dennoch fühlte er sich befreit.

Wie immer am Wochenanfang war das Wartezimmer der Tierklinik am nächsten Morgen voll. Nellie und Maria empfingen Patienten und ihre Besitzer, während Bernhard sich um die eingestellten Tiere kümmerte, Blutproben nahm und Medikamente verteilte. Alles deutete auf einen gänzlich normalen, ruhigen Tag hin, doch als Maria ihren ersten Patienten verabschiedete und den nächsten hereinbitten wollte, schob sich ein vierschrötiger kleiner Mann in der Uniform der Schutzpolizei nach vorn.

»Maria von Prednitz?«, fragte er geschäftsmäßig.

Maria nickte verwirrt. »Womit … kann ich Ihnen helfen?«, fragte sie.

Der Schutzmann lachte. »Helfen können Se mir nich'. Nur dit hier unterschreiben. Und dann pünktlich uffkreuzen, sonst komm ick wieda und bin nich' mehr so nett.« Er streckte Maria ein Blatt Papier entgegen.

»Kommen Sie doch erst mal herein.« Nellie war auch gerade mit ihrem Patienten fertig und erkannte schnell, dass Maria in einer Situation war, der sie vielleicht nicht gewachsen war. Und was immer der Mann wollte – es musste nicht in einem vollen Wartezimmer verhandelt werden.

»Was ist denn das?«, fragte Nellie, während Maria auf das Papier starrte.

»Dit is' 'ne Vorladung«, erklärte der Schutzmann. »Dit Frollein Maria von Prednitz wird 'ner Straftat beschuldigt. Und nu will se der Kommissar Langhaje vernehmen. Dit wird uff Se wohl ooch noch zukommen, so eng, wie Se hier zusammenarbeeten.«

»Was soll Dr. von Prednitz denn getan haben?« Bernhard

kam aus dem hinteren Praxisbereich. »Es kann sich da nur um einen Irrtum handeln.«

Der Schutzmann zuckte mit den Schultern. »Dit müssen Se uff'm Kommissariat klären«, meinte er. »Et jeht um Abtreibung. Paragraf 218. Dit soll se jemacht ham. Könn' Se meenen Zettel jetzt mal unterschreiben, Frollein Doktor? Dann lass ick Se ooch weeterarbeiten.«

Maria war totenblass, als sie ihre Unterschrift unter die Vorladung setzte. Am folgenden Montag um zehn Uhr wurde sie auf dem Kommissariat erwartet. Kommissar Langhage. Nellie fragte sich, woher der Name ihr bekannt vorkam.

Die drei Tierärzte blieben schweigend zurück, als sich der Schutzmann entfernt hatte. Nellie brachte nur noch ein »Es geht gleich weiter!« in Richtung Wartezimmer heraus.

»Ihr habt … Abtreibungen gemacht?«, fragte Bernhard fassungslos.

Nellie schüttelte den Kopf. »Ach was«, sagte sie. »Wir können das alles erklären. Aber jetzt sollten wir erst mal unsere Arbeit tun und die Leute abfertigen. Sonst bilden die sich sonst was ein, und in ein paar Stunden sind wir Stadtgespräch. Geh du nach hinten, Maria, Bernhard übernimmt hier. Wir reden, wenn die Sprechstunde vorbei ist.«

Nellie nahm sich zusammen, selbst auf neugierige Fragen wie »Was wollte denn der Schutzmann?« antwortete sie mit einem Lächeln. »Ach, es geht um die Schutzhundestaffel«, log sie fröhlich. »Eventuell werden wir die tierärztliche Betreuung übernehmen. Aber das ist mit tausend Formalien verbunden … Dies unterschreiben, jenes nachweisen … Papierkram, das kennen Sie ja …«

Als sie schließlich das letzte Tier, einen Deutschen Schäferhund, behandelt hatte, wusste sie endlich wieder, woher sie den Namen des Kommissars kannte. Die Erinnerung stimmte sie nicht gerade optimistisch.

Bernhard, der die Praxis abgeschlossen hatte, brachte Walter mit. »Er hat vor der Tür gewartet«, erklärte er. »Und will dich sprechen, Nellie.«

Walter sah sie flehend an. »Nellie, wir müssen reden. Ich muss etwas klarstellen. Und um Verzeihung bitten. Ich …«

»Walter, wir haben hier ernstere Probleme als deine übergriffige Gräfin. Komm mit rauf, entschuldigen kannst du dich später. Und du hörst auf mit dem Aufräumen, Maria, du kannst die Instrumente nachher ordnen. Jetzt gehen wir rauf und reden über die Vorladung.«

Kurze Zeit später trafen sich alle in der Küche. Sie hatten die Wohnung für sich, Lene holte Grietje von der Schule ab und brachte sie anschließend zu Phipps zur Klavierstunde. Jetzt goss Nellie Tee auf, die anderen starrten auf die Vorladung, die in der Mitte des Tisches lag. Es war, als wagte niemand, sie anzufassen. Schließlich griff Walter zu, der bislang nicht wusste, worum es ging.

»Habt ihr denn das wirklich gemacht?«, fragte er, nachdem er das Schriftstück überflogen hatte.

Nellie zuckte mit den Schultern. »Ich nie. Ich hab zwar mal eine … hm … Demonstration gemacht, aber eine Frau hab ich nie angefasst. Maria schon. Es kam vor, dass Mädchen nach einer verpfuschten Ausschabung in die Praxis kamen. Das erste lag praktisch im Sterben. Maria hat das Werk der Engelmacherin dann notgedrungen zu Ende gebracht. Du weißt, was für eine gute Chirurgin sie ist – ich hätte mir das gar nicht zugetraut. Die Anatomie des Menschen unterscheidet sich ja doch wesentlich von der des Hundes oder der Katze. Aber Maria mit ihrer fantastischen Fähigkeit, Zusammenhänge zu erfassen … sie hat nicht gezögert. Und sie war sich dabei keiner Schuld bewusst. Der Fötus war längst tot, wenn die Frauen zu ihr kamen. Wenn ihr jetzt etwas vorgeworfen wird … müsste sie das natürlich erst mal beweisen.«

»Und einmal …«, sagte Maria leise, »Du weißt schon, das kleine Mädchen …«

»Dem hast du einen Tee verschrieben«, fuhr Nellie sie an. »Damit die Menstruation ausgelöst wird. Die Kräuter sind frei verkäuflich. Kein Mensch weiß, ob da ein Embryo mit abgegangen ist. Komm bloß nicht auf die Idee, irgendetwas zu gestehen!«

»Es ist schon so lange her«, flüsterte Maria. »Wie kommen die jetzt darauf?«

Nellie seufzte. »Na, wer meinst du, gründelt seit Jahren in unserer Vergangenheit? Da kommt doch nur einer infrage. Und mir ist inzwischen auch eingefallen, woher wir diesen Langhage kennen. Erinnerst du dich nicht, Maria? Letzten Sommer? Der Schäferhundwelpe, der uns gestorben ist?«

»Harro, Deutscher Schäferhund, vier Monate alt, eingeliefert in sehr schlechtem Zustand, Krämpfe, Durchfälle, starker Gewichtsverlust. Verdacht auf Staupe, der sich schnell bestätigte. Vier Tage Behandlung mit …« Maria kannte die Patientendatei auswendig.

»Genug, Maria, es reicht, dass wir es nicht geschafft haben. Staupe ist eine gefährliche Krankheit, und wenn ein Tier in so jämmerlichem Zustand gebracht wird, gibt es kaum noch Chancen, es zu retten. Begründung des Besitzers, Herrn Langhage: Er habe den Hund Dr. Neuner vorstellen wollen, aber der war in Urlaub. Als das Tier schließlich im Sterben lag, hat er es sich doch noch anders überlegt – und wurde natürlich prompt in seiner Meinung bestätigt, dass weibliche Tierärzte nichts zustande bringen. Ebenso wenig wie Juden. Ich glaube, du hast den Herrn gar nicht kennengelernt, Bernhard. Sonst würdest du dich erinnern …«

Maria war, so weit das möglich war, noch bleicher geworden.

»Wollen sie den nicht abschaffen, den Paragrafen zum Schwangerschaftsabbruch?«, fragte sie leise.

»Er wurde 1926 etwas entschärft«, sagte Nellie und schenkte allen Tee ein. »Aber das betrifft hauptsächlich die ungewollt schwangeren Frauen, nicht die Leute, die den Abbruch durchführen. Wer das gewerbsmäßig tut, dem droht immer noch Zuchthaus.«

Maria zitterte.

Bernhard stand auf und ging unruhig im Zimmer hin und her. »Maria kann nicht ins Gefängnis«, sagte er. »Das … das hält sie nicht durch. Allein eine Zelle mit lauter fremden Frauen teilen zu müssen, eingeschlossen sein … der Lärm, der in solchen Haftanstalten zweifellos herrscht …« In Bernhards Gesicht spiegelten sich die Gefühle wider, die Maria nicht ausdrücken konnte.

Nellie lächelte schief. »Du hast sie ›berührt‹«, konstatierte sie.

Bernhard sah sie hilflos an. »Wir müssen etwas tun«, sagte er. »Wenn diese Anhörung schlecht für sie ausgeht, dann muss sie hier weg!« Als daraufhin alle schwiegen, wandte er sich an Maria.

»Ich hab dich schon mal gefragt, Maria. Würdest du mit mir nach Amerika gehen, wenn ich es irgendwie möglich machen kann? Ich wollte dir alle Zeit der Welt lassen. Aber jetzt wird es dringlich …«

Maria sah ihn an, wie fast immer ausdruckslos, ihre Blässe hingegen sprach Bände, und ihre Augen schimmerten tränennass. »Ich hab Angst. Vor Amerika, und noch mehr vor dem Gefängnis. Bernhard hat recht. Ich kann das nicht … also …« Sie hatte ihre Hände zu Fäusten geballt, ihre Stimme war tonlos.

»Also werdet ihr euch als Erstes kundig machen, welche Voraussetzungen man für eine Auswanderung erfüllen muss«, sagte Nellie. »Was für Papiere beizubringen sind, was es kostet … und wann das nächste Schiff geht. Ich weiß zwar noch nicht, wie, aber wir werden das Geld schon aufbringen. Jedenfalls müssen wir gerüstet sein. Maria ist zwar unschuldig, doch dieser Kommissar ist ganz sicher nicht auf unserer Seite.«

Walter räusperte sich. »Ich kann das Geld beschaffen«, sagte er leise. »Fragt mich nicht, wie, aber ich schaffe es. Ihr würdet es von mir nehmen, oder?«

Bernhard nickte. »Wir zahlen es irgendwann zurück«, versprach er.

Maria blickte ihren Bruder an. Ihre Lippen bebten. »Wir können doch nicht allein gehen«, flüsterte sie. »Ihr müsstet mitkommen, Nellie und du …«

Nellie sah auf ihre Armbanduhr. Es war Zeit, die Nachmittagssprechstunde zu eröffnen.

»Eins nach dem anderen«, sagte sie und stand auf. »Wir müssen jetzt vor allem ruhig bleiben. Vorerst ist es nur eine Anhörung – und niemand kann uns etwas beweisen, sonst wären sie nicht mit der Vorladung gekommen, sondern mit einem Haftbefehl. Also treffen wir unsere Vorbereitungen für das Schlimmste, aber nehmen erst mal das Beste an. Wir müssen auch mit Lene reden … Und nun ab in die Praxis, Maria und Bernhard – und du, Walter … Ich weiß, dass du für uns alle nur das Beste willst. Und vielleicht bist du wirklich der Einzige, der das Geld auftreiben könnte. Du hast doch wahrscheinlich Insiderinformationen aus dem Rennbahnbereich, oder? Ich wette nicht gern. Wenn es allerdings sein muss …«

Walter suchte ihren Blick. »Ich liebe dich«, erklärte er. »Was auch immer ich tue, ich liebe dich. Glaubst du mir? Willst du immer noch mit mir zusammen sein?«

Nellie legte ihm die Arme um den Hals. »Mit dir und nur mit dir«, versicherte sie ihm. »Auch wenn ich noch nicht weiß, wie ich das Grietje klarmache. Aber das ist jetzt unwichtig. Wir müssen zunächst diese Gefahr abwenden, die über Maria schwebt.«

Walter wusste, dass er den Canossagang am besten nicht weiter aufschob. Er brachte es hingegen nicht über sich, die Gräfin persönlich aufzusuchen. Stattdessen schrieb er ein Billett und warf es in ihren Briefkasten.

Zwei Tage später fand er die Antwort an Erlkönigs Box. *Der nächste Sonntag wird uns gehören. Ich freue mich, dass Du Dich besonnen hast. Ich erwarte Dich um sechs Uhr in meinem Haus.*

Walter steckte den Brief ein und streichelte die glatte schwarze Stirn des Hengstes. »Dann sollst du also mir gehören«, sagte er sanft. »Das freut mich – zumindest du hast nie mit mir gespielt.«

Ausweg

Deutschland – Berlin
1929

Walter kleidete sich sorgfältig für den Abend mit der Gräfin. Er empfand den Smoking, den sie ihm einige Zeit zuvor geschenkt hatte, als angemessen und sah sich bestätigt, als er feststellte, dass auch sie eine große Abendrobe angelegt hatte. Das eng anliegende Kleid betonte ihre immer noch sehr gute Figur. Der tiefe Rückenausschnitt war mit Spitze ausgekleidet, um zwar Haut sehen zu lassen, doch keine Altersflecken und Falten. Das Kleid war dunkelgrün und betonte die Farbe ihrer Augen – Walter musste an eine Schlange denken, doch eine äußerst imponierende. Der Rock war mit goldenen Pailletten besetzt, der vordere Saum reichte nicht bis zur Wade, wie die derzeitige Mode es vorsah, sondern bis zu den Knöcheln. Die Gräfin zeigte nichts, was unvorteilhaft war. Hinten lief die Robe in eine Schleppe aus.

»Sie sehen wunderbar aus, Sieglinde«, sagte Walter.

Die Gräfin lächelte geschmeichelt. »Das Kompliment kann ich zurückgeben, Walter. Und nun lassen Sie uns gehen, der Chauffeur wartet. Was halten Sie davon, unseren großen Abend im Adlon zu beginnen?«

Walter empfand es als angenehm, dass sie zum Sie zurückkehrte. Es würde sie nicht hindern, alles von ihm zu fordern, was sie wünschte, aber er hatte die französische Sitte, dass sich auch Ehepartner siezten, die nicht gerade die große Liebe, sondern eher ein Zweckbündnis verband, schon immer für sehr vernünftig gehalten.

»Das Adlon ist stets einen Besuch wert«, erklärte er, obwohl er, hätte er wählen können, ein anderes Restaurant vorgeschlagen hätte. Philipp De Groot verkehrte im Adlon – dazu natürlich viele Bekannte aus dem Rennbahnbereich.

Während die Gräfin genüsslich einen Gang nach dem anderen bestellte und die erlesensten Weine dazu servieren ließ, blickte er unruhig um sich und versuchte, sich möglichst klein zu machen. Nicht auszudenken, dass Nellies Mann erschien und ihn hier mit der Gräfin dinieren sah. Oder, noch schlimmer, dass er mit Nellie auftauchte, oder mit Grietje, um an irgendeiner Gesellschaft teilzunehmen.

Schließlich hatte das Diner ein Ende. Die Gräfin ließ sich Feuer geben und rauchte eine Zigarette zu Cognac und Konfekt.

»Und nun, Walter?«, fragte sie. »Worauf haben Sie Lust? Vielleicht Charlottenburg? Eins der gehobenen Kabaretts? Ich würde auch sehr gern tanzen … O ja, wir nehmen das Haus Vaterland … wir unternehmen eine kleine Reise rund um die Welt miteinander. Ich bin früher sehr gern gereist, wissen Sie … mit dem Hof …« Sie wirkte fast etwas verträumt.

Das Haus Vaterland hatte erst im vergangenen Jahr eröffnet, und seine Besucher durften sich tatsächlich einer Vielzahl an Themenrestaurants erfreuen. Es gab eine italienische Osteria, ein türkisches Café, eine Wild-West-Bar und eine japanische Teestube. Im Palmensaal spielten Kapellen zum Tanz auf, und natürlich gab es Champagner. Die Gräfin schwebte an Walters Hand in den aufwendig gestalteten Saal, reservierte eine Loge für die Tanzpausen und zeigte sich so charmant und gelöst, wie Walter sie nie zuvor erlebt hatte. Sie schien wahrhaft verjüngt, lachte viel und konnte vom Tanzen nicht genug bekommen. Walter atmete auf, da ihnen niemand Bekanntes begegnete, und als der Abend voranschritt, entspannte auch er sich. Er lächelte und prostete ihr zu, machte ihr Komplimente – wäre die Nacht nicht näher gerückt, in der er ihr vollständig gehören sollte, hätte er den Abend genossen.

Kurz vor Mitternacht schlug sie vor, den Tanzabend mit einem Mokka im türkischen Café zu beschließen. Die dort herrschende, etwas schwüle Atmosphäre schien sie nicht wahrzunehmen. Lächelnd beobachtete sie die Bauchtänzerinnen, die hier auftraten, und ließ sich eine Wasserpfeife bringen, um sie zu probieren.

»Ich hätte nicht gedacht, dass es etwas gibt, das ich noch nie getan habe«, bemerkte sie, während sie den Tabak tief einsog. »Auch das macht den Abend einzigartig. Wollen wir nun gehen, Walter? Begleiten Sie mich heim?«

Walter nickte und spürte erneut den Kloß in seiner Kehle. Die Gräfin war charmant und sah für ihr Alter durchaus gut aus, doch er begehrte sie nicht. Er würde ihr etwas vorspielen müssen, wenn sie das Bett teilten, und so betrog er letztlich beide Frauen: Nellie, weil er sich mit der Gräfin auf die körperliche Liebe einließ, und Sieglinde, weil er dabei an Nellie dachte.

Trotz all des Alkohols, den die Gräfin von Albrechts an diesem Abend zu sich genommen hatte, schwankte sie nicht, als sie sich von Walter zu ihrem wartenden Wagen führen ließ. Der Chauffeur zuckte nicht mit der Wimper, als Walter neben ihr einstieg. Er konnte sich vor Verlegenheit kaum halten. Ihm war regelrecht übel.

Die Gräfin ließ den Wagen vor ihrem Haus halten, und sie stiegen aus, warteten dann, bis der Chauffeur sich verabschiedet hatte und abgefahren war.

Erst danach wandte sie sich an Walter.

»Das war es dann wohl, mein kleiner Leutnant«, sagte sie ruhig. »Du hast mich heute Abend sehr glücklich gemacht. Ich fühle mich geehrt, dass ich ihn mit dir verbringen durfte. Ein so außergewöhnlicher Mann … ein Mensch, der wahrhaft lieben kann. Nein, nein, nicht mich, das wäre zu viel gewesen. Aber deine Nellie, deine Maria … Ich hätte nicht gedacht, dass es das noch gibt. Ich glaubte stets, das wäre ein Märchen aus längst vergangenen Zeiten …« Sie drückte ihre trockenen Lippen auf seine Wange.

»Sieglinde, ich bin hier«, sagte Walter steif. »Sie brauchen mich nicht zu verhöhnen, ich stehe Ihnen zur Verfügung. Wenn wir also …«

Die Gräfin sah ihn lange an. In ihrem Blick stand Bedauern. »Würdest du mich noch respektieren, wenn ich das von dir verlangte?«, fragte sie. »Würde ich nicht das Wenige verlieren, das du für mich fühlen konntest? Denn da war etwas. In dieser Nacht war ich dir nicht gleichgültig.«

Walter nickte. »Das waren Sie nicht, und ja, Sie würden den Zauber zerstören«, räumte er ein. »Doch was schert es Sie? Sie haben Ihr Spielzeug. Niemand wird Sie tadeln, wenn Sie es kaputt machen.«

Die Gräfin seufzte. »Es schert mich mehr, als du ermessen kannst. Also sage ich jetzt Lebewohl, mein kleiner Leutnant. Ich wünsche dir, dass du deine Nellie eroberst. Dass du dich durchsetzt gegen diesen Teufelsgeiger. Hab ein schönes Leben, Walter …«

Sie küsste ihn noch einmal, diesmal auf den Mund. Doch sie tat es sehr behutsam, zartfühlend, ohne zu erwarten, dass er seine Lippen öffnete.

Walter wusste nicht, was er sagen sollte. »Danke«, flüsterte er schließlich.

Die Gräfin warf ihm noch eine Kusshand zu, bevor sie die Tür ihres Hauses öffnete und dann hinter sich schloss.

Er blieb noch eine Zeit lang stehen, stellte fest, dass das Haus im Dunkeln lag – gewöhnlich hielten Herr Ferdinand und Frau Gertrude es erleuchtet, bis die Gräfin nach Hause kam. Ob sie den beiden freigegeben hatte? Hatte sie den Entschluss, ihn gehen zu lassen, spontan gefasst – oder war das ein Plan gewesen?

Letztlich beschloss er, dass ihm das völlig gleichgültig war. Als er das Haus das letzte Mal verlassen hatte, hatte er sich frei gefühlt.

Nun war er es.

Walter ging sehr langsam zum Bahnhof.

Maria und Nellie verbrachten eine schlaflose Nacht, stand doch am nächsten Tag Marias Vernehmung im Kommissariat an. Nellie und Bernhard begleiteten sie, die Praxis blieb an diesem Morgen bis elf Uhr geschlossen.

»Ihr könnt nicht mit hinein«, sagte Maria tapfer, als sie vor der Dienststelle standen. »Ich muss das allein schaffen.«

»Versuch bitte wenigstens, ein bisschen zu lügen«, flehte Nellie sie an. »Erzähl um Himmels willen nichts von dem Mädchen mit dem Tee.«

Kommissar Langhage war genauso unsympathisch, wie Maria ihn in Erinnerung hatte. Er blickte sie streng an, als sie in sein Büro trat, und bot ihr keinen Stuhl an.

»Mir sind ein paar Dinge zu Ohren gekommen, die Sie sehr belasten«, begann er das Gespräch nach einer förmlichen Begrüßung. »Kannten Sie eine Magdalene Priberius?«

Maria verneinte. Nellie hatte ihr von ihren Kontakten zu einer Engelmacherin erzählt, aber keinen Namen genannt.

»Das überrascht mich«, sagte Langhage. »Aber falls Sie es wirklich nicht wissen: Die Frau war eine Engelmacherin, wohl sehr erfolgreich in ihrem Gewerbe. Sie sitzt heute im Zuchthaus. Sie arbeitete in einem Wohnblock in der Mainzer Straße.«

»Da war ich noch nie«, erklärte Maria.

»Dann ist es aber erstaunlich, dass die Mörderin Sie erwähnte. Im Zusammenhang damit, dass ihr angeblich nie eine

Kundin gestorben ist. Sie hätten ihr gezeigt, wie es richtig ginge.«

Maria sah ihn erstaunt an. »Das stimmt nicht«, beteuerte sie. »Ich … also die Frauen, denen ich geholfen habe …«

Der Kommissar grinste wie ein zufriedener Kater. »Sie geben also zu, Abbrüche durchgeführt zu haben?«

»Nein!« Maria fühlte sich jetzt schon in die Ecke gedrängt. Sie hasste es, wenn man sie nicht aussprechen ließ. Aber sie erinnerte sich noch genau. Mit singender Stimme begann sie zu dozieren. »Eines Abends gegen acht Uhr, es ist schon viele Jahre her, brachte das Kindermädchen meiner Kollegin, Lene Grabowski, eine junge Frau in unsere Praxis, die stark aus der Scheide blutete. Sie bat mich, sie zu untersuchen. Das tat ich dann auch, obwohl ich es als Tierärztin nicht darf, denn sie lief Gefahr zu verbluten. Es stellte sich mir als ein Notfall dar, in dem man das Gesetz übertreten darf. Ich diagnostizierte, dass bei ihr eine Kürettage durchgeführt worden war. Das tut man, um die Gebärmutterschleimhaut zu entfernen, zum Beispiel wenn gutartige Tumoren vorliegen.«

»Oder bei einem Schwangerschaftsabbruch«, bemerkte der Kommissar.

Maria nickte. »Das konnte ich jedoch nur annehmen. Die Abrasio uteri war stümperhaft durchgeführt worden, die Gebärmutterwand war verletzt, außerdem war die Kürettage nicht vollständig gelungen. Dem Mädchen konnte nur durch eine kleine Operation geholfen werden, bei der zurückgebliebenes Restgewebe entfernt werden musste …«

»Zum Beispiel ein Ungeborenes …«, warf der Kommissar ein.

»Ein Fötus war definitiv nicht mehr vorhanden«, sagte Maria. »Ich habe Schleimhautgewebe, vielleicht Teile des Mutterkuchens entfernt. Ich kann das nicht genau sagen, ich habe es nicht untersucht.«

»Sie sind sich also nicht sicher, ob …«

»Ich bin mir sicher, dass zum Zeitpunkt meiner Intervention keine Schwangerschaft bestand«, verteidigte sich Maria.

»Sie wollten sagen ›nicht mehr bestand‹«, verbesserte Langhage.

»Es bestand keine Schwangerschaft«, beharrte Maria.

»Und die anderen Fälle? Diese Sache war doch nicht das einzige Mal, dass man Sie um Hilfe bat.«

Maria begann, den zweiten Fall zu schildern, bei dem die junge Frau hohes Fieber gehabt hatte. »Ohne ärztliche Hilfe wäre sie sehr bald gestorben. Aber sie wollte nicht zum Arzt …«

»Aus gutem Grund …«, bemerkte Langhage. »Sie haben auch diese Frau operiert?«

Maria nickte. »Ich konnte sie nicht sterben lassen«, erklärte sie. »Es tut mir leid, wenn Sie das nicht verstehen. Ich … man hat mir gesagt, ich soll das Richtige tun. Wenn man ein guter Mensch ist, dann tut man das Richtige, nicht das Falsche. Jemanden sterben zu lassen ist falsch. Jemandem zu helfen ist richtig.«

Der Kommissar lächelte bösartig. »Mit der Philosophie könnten Sie auch einem Mörder helfen, sein Opfer umzubringen.«

Maria runzelte die Stirn. »Mord ist falsch«, sagte sie.

»Dann würden Sie die Tötung eines Ungeborenen im Mutterleib grundsätzlich als falsch bezeichnen?«, fragte Langhage.

»Das kommt darauf an«, überlegte Maria. »Wenn das Leben der schwangeren Frau durch die Geburt gefährdet ist, würde ich es nicht als falsch bezeichnen. Allgemein ist es in Religionen und der Philosophie stark umstritten, ab wann man ein Ungeborenes als einen Menschen bezeichnen kann. Ganz zu Anfang besteht da ja nur ein Haufen Zellen, der nichts fühlt und ganz sicher nichts denkt.«

»Das wissen Sie so genau?«, fragte der Kommissar.

»Die Theologie definiert menschliches Leben als beseeltes

Leben, wobei man von Aurelius Augustinus bis Thomas von Aquin eine Sukzessivbeseelung annahm, danach war der Fötus erst pflanzlich, dann tierisch und erst zuletzt menschlich. Männliche Föten ab dem vierzigsten, weibliche erst nach dem neunzigsten Tag der Schwangerschaft. Vorher galt der Fötus als Körperteil der Mutter, über das sie ein Verfügungsrecht hatte.« Maria flüchtete sich wieder ins Dozieren. »Es hieß auch, die Seele könne sich nur in einem Körper definieren, der menschliche Form habe. Das ist zumindest in den ersten zwei Monaten der Schwangerschaft nicht der Fall. All das ist sehr schwer zu entscheiden …«

»Sie haben es sich nichtsdestotrotz zugetraut«, behauptete der Kommissar.

Maria schüttelte noch einmal den Kopf. »Ich habe gar nichts entschieden, und ich habe niemanden getötet«, erklärte sie. »Ich habe zweimal die Nachbesserung einer Kürettage vorgenommen und einmal einen Tee verschrieben …« Sie verhielt ihr Wort.

»Was war das mit dem Tee?«, erkundigte sich der Polizist.

Maria beschrieb die Zutaten. »Das wird jeden Monat von Frauen genommen, die Menstruationsprobleme haben«, sagte sie. »Es ist kein Abtreibungsmittel.«

»Darüber werden Sachverständige zu entscheiden haben«, beschied sie Langhage. »Aber selbst, wenn es bei dem bleibt, was Sie gestanden haben, junge Frau, kommt schon genug zusammen: Ausübung von ärztlicher Tätigkeit ohne die entsprechenden Genehmigungen und Qualifikationen, dazu Deckung der Straftaten Ihrer ›Patientinnen‹, auf die damals noch Zuchthaus stand, wenn ich mich richtig erinnere. Um eine Anzeige werden Sie auf keinen Fall herumkommen. Und was Ihre Behauptungen bezüglich der ›Hilfe‹ für die schwangeren Frauen angeht, dem werden wir nachgehen. Bitte nennen Sie mir die Namen der beteiligten Weiber …« Er hob einen Stift auf, als wartete er auf ein Diktat. Maria schüttelte den Kopf. Sie hätte die Frauen nicht einmal verraten können, wenn sie es gewollt hätte. Sie hatte keine von ihnen nach ihren Namen gefragt. »Also obendrein unkooperativ. Wir werden die Angelegenheit weiterverfolgen, Fräulein von Prednitz. Vorerst halten Sie sich zu unserer Verfügung. Sie planen in absehbarer Zeit nicht, Berlin zu verlassen?«

Maria zögerte. »Wir haben eine Praxis in der Torstraße«, sagte sie dann. »Das Haus gehört mir, ich …«

»Wir würden herausfinden, wenn Sie es plötzlich verkaufen wollten«, drohte Langhage. »Wir sehen uns wieder – Fräulein Doktor. Und mit Ihrer Kollegin und deren Hausangestellten wird auch noch zu reden sein.«

Maria atmete auf, als sie wieder auf der Straße stand. Wie in Trance ging sie auf die wartende Nellie zu.

»Er will mich einsperren«, flüsterte sie. »Der Mann will mich einsperren.«

Nellie nahm ihre Freundin erst einmal mit ins nächste Kaffeehaus und bestellte heiße Schokolade. Maria war schon wieder gespenstisch blass.

»Wir können hier auf Bernhard warten«, schlug Nellie vor. »Er wollte zur amerikanischen Botschaft, sich wegen einer Auswanderung erkundigen. Hab keine Angst, Maria, wir lassen es nicht zu, dass dir jemand etwas tut. Egal, was dieser Langhage sagt, sie haben immer noch nichts Richtiges gegen dich in der Hand. Sie kennen ja nicht mal die Frauen, denen du geholfen hast. Beruhige dich jetzt erst mal …«

Bernhard war bald wieder da, hatte jedoch nur schlechte Nachrichten.

»Geld würde uns da gar nicht viel helfen«, gab er Auskunft, nachdem Nellie und Maria kurz von der Anhörung erzählt hatten. »Natürlich muss man die Schiffspassage bezahlen. Aber ob sie einen ins Land lassen, hängt nicht davon ab, ob man Geld hat, sondern davon, ob jemand für einen bürgt. Man muss sozusagen von einem Amerikaner eingeladen werden, damit man einwandern darf. Kennt ihr einen Amerikaner?«

Nellie nickte. »Klar. Phipps. Der hat da längst die Staatsbürgerschaft. Solange ich noch mit ihm verheiratet bin, bekäme ich sie sicher auch sofort. Und für euch muss er eben bürgen …«

»Obwohl er uns kaum kennt?«, zweifelte Bernhard. »Bleibt außerdem das Geld für die Schiffspassage. Wie Walter das wohl aufbringen will? Die Gräfin könnte es ihm sicher leihen, aber mit der wollte er ja Schluss machen. Hat er mir letzte Woche hoch und heilig versprochen.«

»Davon weiß ich bis jetzt noch nichts«, bemerkte Nellie. »Ich hab ihn allerdings auch seit Tagen nicht gesehen. Wollen wir jetzt losgehen und die Praxis öffnen? Bevor uns die Patienten zu Neuner abwandern?«

Vor der Praxis warteten ein paar Leute mit ihren Hunden, außerdem Walters alter Freund, Ludwig von Lindau. Er wirkte erleichtert, als die Tierärzte eintrafen, und wandte sich sofort an Nellie.

»Da sind Sie ja! Ich hatte mich schon gewundert … Sie haben jetzt ja eigentlich Sprechstunde, oder? Haben Sie Walter gesehen?« Letzteres war wohl sein Anliegen, ein Tier hatte er schließlich nicht bei sich.

Nellie schüttelte den Kopf. »Heute noch nicht«, erwiderte sie. »Aber er sollte auf der Rennbahn sein. Um diese Zeit ist doch noch Morgentraining.«

»Das müsste vorbei sein«, sagte Ludwig. »Aber es ist möglich, dass sie es auf der Rennbahn noch gar nicht wissen.«

Nellie runzelte die Stirn. »Herr von Lindau, nun sprechen Sie nicht in Rätseln. Wir hatten schon genug Ärger heute Morgen. Also weshalb müssen Sie Walter so dringend sprechen?«

Ludwig spielte mit seinem Hut, den er bei der Begrüßung abgenommen hatte. »Weil Walter es erfahren sollte – bevor ihn womöglich die Presse danach fragt. Oder die Polizei.« Spätestens beim letzten Wort hatte er Nellies volle Aufmerksamkeit. Ludwig sprach schnell weiter. »Es geht um Sieglinde von Albrechts – die Gräfin. Sie ist tot. Sie wurde heute Morgen in ihrem Stadthaus gefunden. Suizid oder Mord.«

Ludwig hatte sein Wissen aus einem *Extrablatt*, das die *Berliner Morgenpost* tatsächlich dem Ableben der Gräfin gewidmet hatte. Er hatte das Morgentraining selbst nicht mitgemacht, sondern seinen Zahnarzt am Wedding aufgesucht. Auf dem Rückweg war ihm die Zeitung in die Hände gefallen. Nun hielt er sie Nellie und Bernhard entgegen. Maria hatte sich, ohne Ludwig überhaupt wahrzunehmen, direkt in die Wohnung geflüchtet. Nellie konnte sich gut vorstellen, dass sie in ihrem Zimmer wieder in die geisterhafte Starre verfiel, mit der sie auf jede ernste Krise reagierte.

MYSTERIÖSER TOD DER LETZTEN HOFDAME – GRÄFIN VON ALBRECHTS VERSTARB UNTER UNGEKLÄRTEN UMSTÄNDEN.

Nellie überflog den Artikel, der keinerlei gesicherte Informationen enthielt, außer der Tatsache, dass die Leiche der Gräfin am Morgen in ihrem Stadthaus gefunden worden war. Der Reporter konnte nicht einmal sicher angeben, von wem – die Angestellten der Gräfin hatten wohl Diskretion gewahrt. Auch Walters Name fand keine Erwähnung.

»Aber er war gestern mit ihr zusammen«, erklärte Ludwig. »Das wird die Polizei schnell herausfinden.«

»Dies zum Thema: Er wird sie nie wiedersehen«, bemerkte Nellie in Richtung Bernhard. »Na ja, hier ist er jedenfalls nicht, aber ich kann mir auch nicht vorstellen, dass er sie ermordet hat. Beruhigen Sie sich, Herr von Lindau, er wird schon wieder auftauchen. Wir können natürlich auch den Trainer anrufen und fragen, ob er beim Morgentraining war.«

Das Telefonat ergab, dass Trainer Pitters und Walter tatsächlich von einem Schutzmann über das Ableben der Gräfin unterrichtet worden waren. Vorwürfe waren allerdings nicht ausgesprochen worden, man hatte Walter ganz höflich gebeten, für eine Aussage mit zum Polizeirevier zu kommen, da er die Verstorbene wohl als Letzter gesehen hatte. Walter hatte sich dem Schutzmann sofort angeschlossen, mehr wusste der Trainer nicht. »Er war sehr betroffen«, sagte Pitters. »Das waren wir alle. Mir erschien die Dame nicht lebensmüde, aber man kann sich da ja täuschen. Ich bin gespannt, was Walter berichtet.«

Als Walter das Kommissariat erreichte, um seine Aussage zu machen, war die Todesursache der Gräfin längst geklärt. Der Gerichtsmediziner hatte klar auf Selbstmord entschieden und berichtet, Fremdverschulden sei auszuschließen. Sieglinde von Albrechts hatte sich erhängt. Außerdem hatte sich ein Brief an ihren Anwalt gefunden, in dem sie Anweisungen zu ihrem Begräbnis und der folgenden Testamentseröffnung gegeben hatte. Walter wurde dennoch um eine kurze Schilderung des letzten Abends mit ihr gebeten.

»Sie scheint alles sehr genau geplant zu haben«, schloss daraufhin der diensthabende Kommissar, ein deutlich einfühlsamerer Vertreter seines Berufstandes als sein Kollege Langhage. »Ein Abend mit einem charmanten Begleiter, ein gutes Essen, Tanz, Champagner – und dann ein stiller Abgang. Eigentlich bewundernswert. Ihren Angestellten hatte sie für die Nacht freigegeben. Sie kamen heute Morgen aus Potsdam zurück und fanden ihre Leiche. Verständlicherweise waren sie völlig außer sich. So muss es auch zu ein paar Fehlinformationen und Spekulationen vonseiten der Presse gekommen sein. Ich bedauere, wenn wir Ihnen Unannehmlichkeiten bereitet haben.«

Walter fühlte sich immer noch wie betäubt, als er das Kommissariat verließ. Am liebsten hätte er sich in sein Zimmer zurückgezogen, um die Nachricht auf sich wirken zu lassen und darüber nachzudenken, was sie für ihn bedeutete. Was war mit dem Versprechen, ihm Erlkönig zu überlassen? Zudem fühlte er sich schuldig, die Gräfin einfach so sich selbst überlassen zu haben. Vielleicht hätte er darauf bestehen müssen, sie ins Haus zu begleiten. Er schämte sich jetzt seiner gestrigen Erleichterung.

Allerdings kam es nicht infrage, sich mit seinen Grübeleien zu vergraben. Womöglich hatte Nellie das *Extrablatt* gesehen – inzwischen mochte sich zudem herumgesprochen haben, dass er mit der Gräfin zusammen gewesen war. Er musste sich Nellie gegenüber rechtfertigen. Und was war überhaupt mit Maria? Hatte sie an diesem Vormittag nicht ihre Anhörung gehabt?

Walter nahm also nicht den Zug zurück nach Hoppegarten, sondern begab sich in die Torstraße, um Bericht zu erstatten. Nellie hörte ihn kühl an.

»Sie hat sich also erhängt, nachdem du sie verlassen hast oder, wie du es wohl ausdrücken würdest, euer Arbeitsverhältnis beendet?«, fragte sie.

Walter biss sich auf die Lippen. »Ich hoffe nicht, dass das eine mit dem anderen zusammenhängt«, meinte er. »Aber ja, ich habe ihr unmissverständlich klargemacht, dass ich sie nicht mehr wiedersehen will.« Bis jetzt hatte er nur leichte Schuldgefühle verspürt, doch jetzt begannen sie ernsthaft an ihm zu nagen. Natürlich, nichts in der letzten Nacht hatte sich spontan ergeben. Die Gräfin hatte jede Kleinigkeit geplant. Er hatte sie verlassen wollen, und deshalb hatte sie nicht mehr leben wollen.

»Und hat sich vielleicht vorher irgendetwas in Bezug auf Geld ergeben?«, erkundigte sich Nellie, ohne sich Illusionen zu machen. »Es ist nicht gut gelaufen für Maria, der Kommissar hat ihr alles Mögliche in den Mund gelegt, und es wird auf jeden Fall ein Verfahren geben. Keiner weiß, ob sie das durchsteht – von einer möglichen Gefängnisstrafe ganz zu schweigen. Ich werde versuchen, Visa für die USA zu bekommen, aber damit fehlt immer noch das Geld für die Flucht und den Neuanfang.«

Walter rieb sich die Stirn. »Ich weiß es nicht. Ich weiß gar nichts mehr, Nellie. Das alles ... wächst mir langsam über den Kopf. Du musst mir nur glauben, dass ich dich liebe.«

Nellie legte tröstend ihre Hand an seine Wange. »Das nutzt mir nur wenig. Ich brauche im Moment keinen Ritter auf dem weißen Pferd, der verspricht, mir den Mond zu Füßen zu legen – ich brauche ganz praktische Lösungen.«

Walter seufzte. »Ich tue, was ich kann ...« Er bemühte sich um ein schiefes Lächeln. »Mit einem schwarzen Pferd ist es halt nicht so einfach ...«

Am nächsten Tag erhielt Walter eine Einladung zur Beisetzung der Gräfin auf dem Invalidenfriedhof. Sie sollte in kleinstem Kreis erfolgen, was bei der Gräfin und ihrem großen Bekanntenkreis natürlich alles und nichts bedeuten konnte.

Nellie und Lene wurden am selben Tag Vorladungen zur Anhörung in der Strafsache Maria von Prednitz zugestellt. Beides sollte am kommenden Donnerstag stattfinden. Während Nellie sich freute, Maria entlasten zu können, starb Lene beinahe vor Angst.

»Ich hab doch damals auch mit Freiern rumgemacht«, klagte sie. »Ohne Genehmigung. Womöglich werden sie mich ebenfalls anklagen ...«

»Du warst dreizehn Jahre alt und bist verführt worden«, versuchte Nellie sie zu beruhigen. »Und das Ganze ist fast zehn Jahre her. Kein Mensch wird dich belangen. Du musst das ja nicht mal erzählen.«

»Aber sie werden doch wissen wollen, woher ich die Fanny

kannte«, warf Lene ein. »Und die Lise … Und das mit Muttchen Priberius … Ich darf Onkel Fritz auch nicht verraten. Sonst …«

Der Zuhälter hatte seinen Mädchen offenbar derart Angst gemacht, dass sie bis heute schwiegen. Er war nie wegen Kuppelei belangt worden.

»Von Muttchen Priberius hast du nie etwas gehört!«, schärfte Nellie ihr ein. »Verquassel dich bloß nicht! Und wenn doch, dann weißt du nur, dass die Mädchen sie erwähnt haben. Maria und ich hatten nie mit ihr zu tun.«

Nellie stand ihr Verhör ohne große Probleme durch, obwohl Langhage versuchte, sie mit in die Sache hineinzuziehen, indem er noch einmal Magdalene Priberius erwähnte.

»Die Frau hat explizit ausgesagt, eine Tierärztin habe ihr gezeigt, wie eine Abtreibung richtig vorzunehmen sei. Wenn Ihre Freundin Fräulein von Prednitz das nicht war, dann können es nur Sie gewesen sein.«

»Dr. von Prednitz«, korrigierte Nellie gelassen. »Und haben Sie eigentlich mal in Erwägung gezogen, dass die Frau lügt? Vor einiger Zeit las ich in der Zeitung, dass ein Engelmacher verurteilt wurde, der wohl Hunderte von Abtreibungen durchgeführt hat. Er behauptete, ein Tierarzt habe ihm die Methode an einem Neufundländer demonstriert. Dr. von Prednitz und ich haben sehr darüber gelacht, da die Anatomie einer Frau sich wesentlich von der einer Hündin unterscheidet. Bei Hunden pflegt man im Falle ungewollter Welpen gleich die gesamte Gebärmutter zu entfernen. Und das hat dieser Engelmacher garantiert nicht bei seinen Kundinnen am Küchentisch gemacht. Sie müssen sich entscheiden, wem Sie glauben wollen: zwei angesehenen, bislang unbescholtenen Tierärztinnen oder einer verurteilten Straftäterin. Mehr habe ich dazu nicht zu sagen.«

Lene hielt sich nicht so gut. Sie war zerfressen von Schuldgefühlen, weil die Mädchen durch den Kontakt zu ihr von Maria erfahren hatten und damit die ganze Angelegenheit ins Rollen gekommen war. Natürlich gestand sie, sich prostituiert zu haben, und erwähnte die Engelmacherin Priberius. Immerhin erinnerte sie sich rechtzeitig an die Auflage zu behaupten, sie habe die Frau gegenüber Maria und Nellie nie erwähnt.

»Muss ich … muss ich jetzt ins Gefängnis?«, fragte sie schluchzend und zitternd, als der Kommissar sie entließ.

Der verzog den Mund. »Das wird man sehen, Fräulein Grabowski. Da auch Sie uns die Namen der Frauen nicht genannt haben, die sich damals um Hilfe an Fräulein von Prednitz gewandt haben, und uns im Fall Priberius nicht weiterhelfen wollen …«

Lene stürzte aus dem Kommissariat und fiel Nellie weinend in die Arme. »Ich muss weg hier«, schluchzte sie. »Wenn Sie Dr. von Prednitz in Sicherheit bringen, dann … dann bitte, bitte auch mich.«

Nellie verzichtete auf die Frage, wer dem Mädchen von Nellies und Bernhards Fluchtplänen erzählt hatte. Wahrscheinlich hatten die Wände der Wohnung Ohren. Wenn nur zu Obermeiers nichts durchdrang! Plötzlich sehnte sie sich nach Walter. Auch wenn er ihr nicht helfen konnte, so hätte sie jetzt doch gern jemanden gehabt, der sie in den Arm genommen hätte.

Walter besuchte die Trauerfeier für die Gräfin, die entgegen seinen Erwartungen tatsächlich im allerengsten Kreis stattfand. Der Chauffeur war anwesend, Herr Ferdinand und Frau Gertrude, Letztere in Tränen aufgelöst. Außerdem war ein älterer, rundlicher Mann in einem altmodischen schwarzen Gehrock gekommen. Er trug einen Zylinder und wirkte ein wenig wie aus der Zeit gefallen. Allerdings schauten seine kleinen, tief liegenden Augen hellwach unter starken Brauen hervor.

»Herr von Prednitz?«, sprach er Walter an, als die Feier vorbei war. Er lüftete kurz seine Kopfbedeckung, unter der eine Halbglatze zum Vorschein kam. »Mein Name ist Weber, Dr. Franz Weber, Rechtsanwalt und Notar. Die Verstorbene hat mich mit der Regelung ihrer testamentarischen Angelegenheiten betraut und mich angewiesen, ihren Letzten Willen möglichst bald zu verkünden. Würde es Ihnen gleich morgen passen? Um elf in meiner Kanzlei am Potsdamer Platz?«

»Ich soll zur Testamentseröffnung kommen?«, fragte Walter verdutzt. »Hat sie mir denn etwas vererbt? Ach ja, wahrscheinlich geht es um das Pferd. Das muss ja tatsächlich schnell geregelt werden. Natürlich passt es mir. Wie war noch mal die Adresse?«

Nellie verdrehte die Augen, als er ihr von dem Termin erzählte. »Na, hoffentlich hat sie dir wirklich das Pferd vererbt und nicht nur eine goldene Uhr oder so was …«

»Oder eine Feder von ihrem schönsten Kopfputz …«, bemühte sich Bernhard um einen Scherz.

Er war mit Nellie in der Praxis – Maria vergrub sich in der Wohnung. Sie schaffte es im Moment einfach nicht, auf die Kunden und ihre Wünsche einzugehen. Immerhin hatte sie ihr Zimmer verlassen, und sie sprach mit den anderen. Sie nahm nach der Praxisschließung auch Operationen vor, bei denen Bernhard ihr assistierte.

Lene hatte sich etwas beruhigt, nachdem Grietje ihr versichert hatte, dass ihr Papa sie ganz sicher mit nach Amerika nehmen würde. »Ich brauch dich doch!«, hatte sie gesagt und erklärt, dass der Aufbruch kurz bevorstünde. »Ich glaub, mein Papa hat sogar schon ein Schiff gebucht«, erklärte sie selbstbewusst. »Er muss das nur noch mit Mami besprechen …«

Nellie hatte geseufzt. Da stand also noch eine Aussprache an.

»Sie muss mir einfach das Pferd geben«, meinte Walter. »Wem soll sie es denn sonst vererben? Und sie … sie hat mir …« Er biss sich auf die Lippen. Beinahe hätte er das Versprechen der Gräfin erwähnt.

»Ich würde mich nicht zu sehr darauf verlassen«, bemerkte Nellie und ertappte sich dabei, die Skalpelle der Größe nach zu ordnen. »Die Frau war immer für eine Überraschung gut, man muss da mit allem rechnen.«

Die Kanzlei Dr. Webers war luxuriös, doch etwas plüschig eingerichtet. Er betrieb sie sicher seit Kaiser Wilhelms Zeiten und regelte auch schon so lange die Angelegenheiten der Familie von Albrechts, worauf er gleich nach der kurzen Begrüßung hinwies.

»Die Familie ist leider stark zusammengeschrumpft. Die Gräfin war die letzte direkte Erbin derer von Albrechts. Es soll zwar noch ein paar entfernte Verwandte geben, doch die Gräfin hat mich angewiesen, nicht nach ihnen zu suchen. Sie gedachte, ihre weltlichen Güter außerfamiliär zu vererben.«

Tatsächlich waren nur Walter sowie das Ehepaar Ferdinand und Gertrude Markwart anwesend. Frau Gertrude schluchzte schon wieder. Ihr Mann legte ungeschickt tröstend den Arm um sie. Walter nickte den beiden zu. Er hatte nicht gewusst, dass der Diener und die Hauswirtschafterin ein Paar waren.

»Wir können dann auch gleich beginnen«, erklärte Dr. Weber, bat alle, Platz zu nehmen, und verlas die üblichen Präliminarien.

Das Testament war erst wenige Tage zuvor geändert worden, wie dem Datum zu entnehmen war. Walter schluckte. Die Gräfin musste den Anwalt am Tag nach seiner Kündigung aufgesucht haben.

In ihrem Testament dankte sie nun zunächst Ferdinand und Gertrude Markwart für ihre langjährigen treuen Dienste.

Sie vermachte dem Diener die goldene Uhr ihres verstorbenen Mannes, worüber Walter lächeln musste, und Frau Gertrude eine Kette mit einem Anhänger, der der Gräfin zeitlebens lieb und teuer gewesen war. Allerdings nicht sehr wertvoll, wie Walter sich erinnerte. Sie hatte das Stück tatsächlich gern getragen, es war ein Geschenk ihres Vaters gewesen, als sie noch ein sehr junges Mädchen gewesen war. Der Anhänger war hübsch gearbeitet, doch sicher würde Frau Gertrude keine tausend Mark dafür bekommen, wenn sie sich entscheiden sollte, ihn zu verkaufen.

»Mein gesamter sonstiger Nachlass, bestehend aus meinem Stadthaus, meinem in diversen Wertpapieren angelegten Vermögen und Barvermögen sowie dem Rennpferd Erlkönig, fällt an Herrn Walter von Prednitz. Er war mir in den letzten Jahren eine Stütze und eine Freude.«

Der Anwalt stockte. Walter hatte das Gefühl, nicht mehr atmen zu können. Was passierte hier mit ihm? Was bezweckte die Gräfin mit dieser Verfügung?

»Ihr Haus und all das Geld?«, brach es schließlich aus ihm heraus. »Und … und das Pferd? Aber ich … ich war nicht ihr Liebhaber, Sie müssen verstehen …« Er ließ seine Hände fahrig über den Tisch wandern, um den herum sich alle versammelt hatten.

Der Notar hob die Schultern. »Das ist mir ehrlich gesagt völlig gleichgültig«, erwiderte er. »Zumindest hat es mir egal zu sein. Es gibt hier ja niemanden, der Sie der Erbschleicherei beschuldigt. Irgendetwas müssen Sie der Dame wohl bedeutet haben, aber worum es da ging, ist nicht meine Angelegenheit. Nehmen Sie das Geld und freuen Sie sich. Oder schlagen Sie das Erbe aus. Dann geht es ans Rote Kreuz.«

Walter biss sich auf die Lippen. Vom Freuen war er noch weit entfernt. Er fühlte sich überrascht und peinlich berührt. Dann fiel ihm Erlkönig wieder ein.

»Wann … wann kann ich das Erbe denn antreten?«, fragte er. »Das Pferd …«

»Das Pferd gehört Ihnen, der Name in den Papieren wurde bereits geändert. Die Gräfin hat das schon vor ihrem Tod veranlasst. Was das Stadthaus und das Geld angeht … Ein paar Formalien sind da noch einzuhalten. Erbschaftssteuer muss bezahlt werden, aber ich denke, in wenigen Wochen können Sie über die Mittel verfügen.«

Walter dachte an Maria. In wenigen Wochen konnte es für sie zu spät sein. Immerhin würde er mit Erlkönig beim Rennen starten können. Wenn er gewann …

»Werden Sie das Haus behalten?«

Walter schreckte auf, als Herr Ferdinand sich plötzlich mit erstickter Stimme an ihn wandte. Der alte Mann wirkte nervös. Es fiel ihm sichtlich schwer, in der ehrwürdigen Kanzlei das Wort zu ergreifen.

Walter schüttelte den Kopf. Er musste sich jetzt fassen. »Nein, Herr Ferdinand«, sagte er. »Ich denke schon lange an Auswanderung. Das Geld der Gräfin wird mir das möglich machen. Das Haus werde ich verkaufen.«

»Und was wird dann aus uns?«, brach es aus Frau Gertrude hervor. »Wenn wir für Sie nicht weiterarbeiten können, wer wird uns dann anstellen? Es finden ja schon junge Leute keine Arbeit …«

Walter sah sie betreten an. Die alte Frau hatte recht, sie und ihr Mann standen vor dem Nichts. Die Gräfin hatte offenbar keinen größeren Gedanken an sie verschwendet. Walter fragte sich plötzlich, ob sie ihm die Erbschaft wirklich aus Liebe überlassen hatte. Oder hatte sie damit Schuldgefühle wecken wollen, die über ihren Tod hinaus sein Leben mit Nellie überschatten sollten?

Er riss sich zusammen. Wie auch immer es gewesen war, er würde nicht zulassen, dass Sieglinde von Albrechts noch aus dem Grab heraus Macht über ihn ausübte. Vielleicht würde er sich immer für ihren Tod verantwortlich fühlen, aber Ferdinand und Gertrude Markwart sollten nicht unter ihrer Willkür leiden. Er atmete tief ein.

»Frau Markwart hat recht«, sagte er ruhig. »Mit diesem Testament hat die Gräfin ihr und ihrem Mann die Lebensgrundlage entzogen. Das kann ich so nicht stehen lassen. Bitte vollstrecken Sie das Testament, Herr Dr. Weber, und lassen Sie mich gleich jetzt eine Schenkungsurkunde unterzeichnen. Ich überlasse Ihnen beiden das Anwesen, Herr Ferdinand und Frau Gertrude. Ich bin sicher, die Gräfin hätte ebenso gehandelt, wäre sie nicht durcheinander gewesen und vielleicht auch seelisch krank. Das Stadthaus ist wertvoll. Wenn Sie es verkaufen, sollte Ihre Altersversorgung gesichert sein.«

Herr Ferdinand brach in Dankesbezeugungen aus, während Frau Gertrude ihn ungläubig ansah und dann erneut zu weinen begann.

Der Notar blickte dagegen etwas pikiert. »Das ist sehr großzügig von Ihnen«, bemerkte er gemessen. »Aber sollten Sie es sich nicht erst einmal in Ruhe überlegen? Ein oder zwei Nächte darüber schlafen? Eine solche Schenkung …«

»… empfinde ich als gerecht«, erklärte Walter. »Also bitte … Wenn Sie eine entsprechende Urkunde ausstellen könnten. Ich weiß nicht, wo ich in ein paar Wochen sein werde. Also bringen wir das hier und jetzt in trockene Tücher.«

Es dauerte fast eine Stunde, bis Dr. Weber die entsprechenden Papiere aufgesetzt und sein Sekretär sie ins Reine geschrieben hatte. Er bediente sich dazu einer der modernen Schreibmaschinen, die ein hervorragendes Schriftbild boten, deren Bedienung ihm aber offenbar noch Schwierigkeiten bereitete.

Herr Ferdinand und Frau Gertrude nutzten die Zeit, um Walter mehrmals ihren Dank und ihre immerwährende Verbundenheit zu versichern. Am Ende war Walter nur noch erschöpft. Er setzte rasch seine Unterschrift unter die Schenkungsurkunde, besprach ein paar weitere Kleinigkeiten mit Dr. Weber und machte sich dann auf den Weg in die Torstraße, um Nellie und Maria von den neuesten Entwicklungen zu berichten. Natürlich freute er sich darauf, die beiden zu sehen, aber es drängte ihn auch zu seinem Pferd. Sein Pferd … wie lange hatte er das von keinem seiner Reittiere mehr sagen können? Er war stolz auf Erlkönig, doch dann fiel ihm ein, dass er ihn nicht würde behalten können, wenn er Deutschland wirklich mit Nellie verließ.

Erst als er die Torstraße fast erreicht hatte und eine Bankfiliale passierte, wurde ihm klar, dass er einen Fehler gemacht hatte. Es wäre nicht nötig gewesen, Marias Schicksal an das Abschneiden seines Hengstes beim Rennen in der nächsten Woche zu binden. Hätte er das Haus der Gräfin behalten, hätte er es beleihen können. Mit einer Abschrift des Testamentes hätte ihm jede Bank Geld vorgeschossen, wenn er ihr das Stadthaus als Sicherheit geboten hätte. Den Markwarts hätte er ebenso Aktien und Schuldverschreibungen überlassen können, aus denen der Rest seines Erbes bestand. Es hätte ihnen sicher nichts ausgemacht, ein paar Wochen zu warten, bis das Geld frei wurde. Walter hätte sich ohrfeigen können. Trotz der guten Nachrichten war er bedrückt, als er die Praxis betrat, die Nellie nach der Vormittagssprechstunde gerade schloss.

»Ich hab's wieder mal vermasselt«, gab er zu, nachdem er Nellie und Maria alles erzählt hatte. »Wenn der Hengst es jetzt nicht rausreißt … Tut mir schrecklich leid, Maria.«

Maria saß blass und wortkarg neben Bernhard. Sie schien sich in ihr Schicksal ergeben zu haben und wirkte abwesend.

Nellie dagegen brachte Walters Geständnis auf eine Idee. »Wir können doch dieses Haus beleihen«, schlug sie vor. »Dieser Langhage mag ja ein Auge darauf haben, ob du es verkaufst, Maria, aber wenn du einen Kredit darauf aufnimmst, kriegt er das nicht mit. Zumal wenn das Geld nicht auf dein oder mein Konto geht, sondern auf Bernhards oder Walters.«

»Aber wenn wir dann gleich das nächste Schiff in die Staaten nehmen, kann ich das Geld nicht zurückzahlen«, wandte Maria ein. »Jedenfalls nicht, ohne zu verraten, wo wir sind.«

»Und da ist immer noch das Problem mit dem Visum«, meinte Bernhard.

Es war ihm sichtlich unangenehm, sich von Maria die Flucht finanzieren zu lassen. Er wäre zu gern selbst für seine Auswanderung aufgekommen. Andererseits musste Maria so schnell wie möglich fort, und man konnte sie nicht allein in eine völlig fremde Welt schicken.

»Ihr zahlt es eben nicht zurück«, sagte Nellie. »Soll die Bank das Haus doch pfänden. Nach euch die Sintflut!«

»Und du?«, fragte Maria. »Was machst du ohne die Praxis?«

Nellie rieb sich die Schläfen. »Walter und ich werden ebenfalls gehen«, sagte sie. »Sofern der Hengst gewinnt. Und Grietje, der ist Amerika kaum noch auszureden … Ich spreche mit Phipps wegen der Visa. Macht euch keine Gedanken.«

All ihrem gespielten Optimismus zum Trotz machte Nellie selbst sich seit Wochen Gedanken, vor allem um ihre Tochter. Grietje verbrachte inzwischen mehr Zeit in Charlottenburg bei ihrem Vater als in der Torstraße. Nellie hatte anfänglich geglaubt, Phipps würde bald das Interesse an dem Kind verlieren, doch dem war nicht so. Grietje berichtete begeistert von Unternehmungen mit ihrem Vater und vom gemeinsamen Musizieren. Wenn sie einmal zu Hause war, machte sie sich damit wichtig, Nellie auf Englisch anzusprechen. Phipps übte also mit ihr die Sprache, er bereitete sie auf eine Auswanderung vor. Und natürlich gingen beide davon aus, dass ihre Mutter mitkam.

Nellie ärgerte und beunruhigte das. Sie hatte ihm schließlich nie einen Anlass gegeben anzunehmen, sie habe ihre Meinung bezüglich ihrer Ehe geändert. Eigentlich hätte sie die Sache viel früher zur Sprache bringen müssen, doch in der letzten Zeit hatte sie so viel um die Ohren gehabt, dass sie ganz froh gewesen war, sich nicht auch noch um Grietje kümmern zu müssen. Seit ihrer Examensfeier hatte sie die Angelegenheit mit Phipps schleifen lassen. Und nun ging Grietje fest davon aus, dass sie mit ihrem Vater in die Staaten reisen würden. Dass Nellie noch kein Englisch konnte, tat die Kleine lachend ab. »Ach, das bringen Papa und ich dir auf dem Schiff bei. Es ist sooo eine lange Reise! Bis wir ankommen, kannst du es.«

Das war natürlich illusorisch. Nellie machte sich nichts vor, sie lernte Sprachen nicht halb so schnell wie ihr Mann und ihre ebenfalls sehr begabte Tochter. Ein Neuanfang in den Staaten würde anstrengend für sie sein. Sie würde dort nicht gleich als Tierärztin arbeiten können. Womöglich musste sie sogar ihre Prüfungen noch einmal wiederholen. All das würde schon schwer genug, wenn sie Walter und Maria an ihrer Seite hätte. Von Phipps wollte sie dabei nicht abhängig sein.

Andererseits fragte sie sich, ob Grietje eine Auswanderung mit Walter, Maria und Bernhard als Alternative zum Leben mit ihrem Vater annehmen würde. Phipps verwöhnte sie, sie war jetzt schon an mehr Luxus gewöhnt, als Nellie ihr jemals würde bieten können. Dazu kam die musikalische Erziehung. Sowohl Grietje als auch Phipps würden darauf bestehen, sie weiterzuführen.

Nellie kämpfte immer öfter mit dem Gedanken, ob sie dem Kind nicht unrecht tat, wenn sie sich Phipps' Vorschlag, wieder mit ihm zusammenzuleben, nicht noch einmal durch den Kopf gehen ließ. Hatte sie das Recht, dem Mädchen seine Träume zu nehmen? Hatte sie Grietje nicht schon einmal eine sichere Zukunft verwehrt, weil sie ihre eigenen Wünsche verwirklichen wollte? Grietje hätte in Ledegem aufwachsen können, auf dem Land, mit Tieren, mit Freundinnen und Großeltern, die sich darum gerissen hätten, sie glücklich zu machen. Stattdessen hatte Nellie sie in einer Stadtetagenwohnung mit missmutigen Nachbarn und einer überempfindlichen Mitbewohnerin großgezogen und sie viel zu oft einem Kindermädchen überlassen, statt sich selbst um sie zu kümmern. War es jetzt vielleicht an der Zeit, sich für Grietje zu opfern? Sich und ihre Liebe zu Walter, der seine sichere Zukunft einmal für sie aufgegeben hatte?

Alles in Nellie sträubte sich gegen eine solche Lösung. Aber die einzige Alternative zerriss ihr das Herz. Nach einer weiteren schlaflosen Nacht beschloss sie, mit Phipps zu sprechen. Sie waren immer Freunde gewesen, sie würden sich auch diesmal einigen. Und selbst wenn sie sich entschloss, Walter zu verlassen, wollte sie zumindest für Visa sorgen, die Marias und Bernhards Flucht sicherten. Walter würde es dann schon irgendwie schaffen. Mit dem Geld der Gräfin war es sicher möglich, eine Ausreise zu organisieren.

Gleich am nächsten Tag überließ sie Bernhard die Morgensprechstunde und machte sich auf den Weg nach Charlottenburg. Sie hatte sich sorgfältig gekleidet, um in der noblen Gegend nicht als ärmlich aufzufallen.

Phipps strahlte, als er die Tür öffnete und seine Frau erkannte.

»Nellie, endlich! Ich dachte schon, ich würde dich drängen müssen, eine Entscheidung zu treffen. So langsam wird es nämlich Zeit, an Aufbruch zu denken. Ich kann ja nicht ewig hierbleiben. Zumal die politische Lage …« Es kam immer häufiger zu Unruhen auf den Straßen. Nach der Hitler-Rede im November hatte der Polizeipräsident politische Versammlungen unter freiem Himmel verboten – zunächst nur für Berlin, doch seit Kurzem war das Verbot auf ganz Preußen ausgeweitet worden. Darüber erregten sich zurzeit besonders die KPD und die SPD, die um ihre traditionellen Maikundgebungen fürchteten. Wieder wurden Flugblätter verteilt, und in den Kneipen schlugen sich die Vertreter der verschiedenen Parteien gegenseitig die Köpfe ein. »Es wird wirklich Zeit, hier zu verschwinden, Nellie, und ich freue mich sehr, dass du es nun auch einsiehst.«

Nellie schluckte. »Phipps, so einfach ist das nicht. Wir müssen miteinander reden. Aber zuallererst muss ich dich um einen Gefallen bitten. Darf ich reinkommen?«

Nachdem sie sich gesetzt und von der Zugehfrau starken Kaffee serviert bekommen hatten, schilderte sie mit ruhiger Stimme Marias Dilemma.

»Bernhard und Maria brauchen jemanden, der für sie bürgt, um nach Amerika ausreisen zu können, und ich möchte dich bitten, das für sie zu tun. Es ist ganz einfach, wir haben uns erkundigt. Du gehst zum amerikanischen Konsulat und unterschreibst ein paar Papiere. Behaupte von mir aus, du wolltest Maria als Haushälterin und Bernhard als Gärtner einstellen. Dann geben sie den beiden ein Visum und …«

Nellie hielt verwundert inne, als Phipps sie unterbrach.

»Also, bei aller Liebe, Nellie, aber das geht zu weit«, erklärte er kopfschüttelnd. »Ich bürge doch nicht für wildfremde Menschen! Wer weiß, was die dann hinterher anstellen! Wenn ich das jetzt richtig verstanden habe, soll ich dieser Maria helfen, sich der Verfolgung wegen einer Straftat zu entziehen. Es fiele auf mich zurück, wenn sie in Amerika wieder auffällig würde, so seltsam, wie sie ist.«

»Maria ist ein wunderbarer Mensch«, protestierte Nellie. »Wir kennen uns seit Jahren, und ohne ihre Hilfe hätte ich es nie geschafft. Die Praxis … die Möglichkeit zu studieren … Letzteres verdanke ich auch Bernhard, er hat mich so lange vertreten, obwohl wir ihm kaum etwas bezahlen konnten. Du musst den beiden helfen, Phipps! Auch meinetwegen, wir könnten in den Staaten eine neue Praxis eröffnen. Du willst doch, dass ich in die USA gehe.«

Phipps runzelte die Stirn. »Natürlich will ich das. Aber so, Nellie, hab ich mir das nicht vorgestellt. Ich dachte an einen Neuanfang – du und ich und Grietje … Wir drei als Familie. Ich hab das Haus in Boston, wir könnten auch nach New York ziehen. Grietje wird sicher einmal Musik studieren, und dort gibt es die besten Schulen. Sie freut sich schon darauf …«

»Du hast das konkret mit ihr besprochen?« Nellie fuhr auf. »Du hast mit ihr Pläne gemacht?«

Phipps nickte. »Selbstverständlich, ich wusste doch, dass du irgendwann zur Vernunft kommst. Hier herrscht politisch ein solches Chaos, es ist das Beste, das Land zu verlassen …«

»Aber ich bin Tierärztin, Phipps. Und als solche möchte ich weiterhin arbeiten. Gemeinsam mit Maria und Bernhard vielleicht sogar eine Landpraxis eröffnen …« Nellie rieb sich die Stirn. »Und ich liebe Walter.«

Phipps tat das mit einer Handbewegung ab. »Nun vergiss mal diesen Walter. Du hast dich da in etwas hineingesteigert. Jetzt, wo wir uns wiedergefunden haben, brauchst du ihn doch nicht mehr. Denk mal an Grietje. Und was deine Praxis angeht – ich kann nicht auf dem Land wohnen. Dazu reise ich zu viel. Du musst aber auch nicht arbeiten. Ich verdiene gut. Richte das Haus ein, kümmere dich um Grietje … vielleicht bekommen wir ja noch weitere Kinder. Das wär schön, oder?«

Nellie konnte es nicht fassen. Phipps hatte sich da eine Traumwelt geschaffen, in die sie nie hineinpassen würde. Sie blitzte ihn an. »So ein Leben hätte ich schon vor zehn Jahren in Belgien führen können, Phipps! Dafür hätte ich nicht studieren müssen und all das auf mich nehmen …«

»Aber Nellie, so meine ich das doch nicht.« Phipps versuchte, beruhigend den Arm um sie zu legen. »Du sollst nicht nur im Haus sitzen. Du kannst auch mit mir reisen. Wir stellen einen Hauslehrer für Grietje ein, und dann zeige ich euch die ganze Welt. Das wird wundervoll werden, Nellie. Wolltest du nicht immer die Welt sehen?« Nellie seufzte. Eigentlich hatten fremde Länder sie nie sonderlich interessiert. Nicht einmal allzu exotische Tiere, die überließ sie gern Maria. Sie selbst war ganz glücklich, wenn sie mit Hunden, Katzen und Pferden arbeiten konnte. »Grietje kann's jedenfalls kaum erwarten«, fuhr Phipps fort. »Sie träumt von jeher vom Reisen, hat sie mir erzählt.«

Nellie glaubte es ihm. Sie dachte daran, wie Grietje schon als kleines Kind für Geschichten über fremde Länder geschwärmt hatte. Wie sie sich für die Musik und die Heimat der »exotischen« Tänzerinnen in den Varietés begeistert hatte. Für Grietje würden alle Träume wahr werden, wenn Nellie nachgab. Wenn sich nur nicht alles in ihr dagegen sträuben würde …

Nellie gab sich einen Ruck. Eigentlich hatte sie längst entschieden, so schwer es ihr auch fiel.

»Ich kann das nicht, Phipps«, sagte sie mit fester Stimme. »Ich kann für dich nicht meine Freunde verraten, meinen Beruf aufgeben … Wenn ich dich lieben würde, Phipps, dann wäre es etwas anderes. Aber das ist nicht so. Deine Gefühle für mich mögen sich geändert haben, bei mir ist das anders. Ich hab dich gern, du warst immer mein Freund, doch richtig geliebt, wie Mann und Frau sich lieben sollten, hab ich dich nie, und ich werde es auch niemals tun. Zumal ich nicht einmal weiß, ob du noch der Mann bist, den ich damals meinen besten Freund genannt hab. Du hörst mir ja nicht mal mehr zu, wenn ich mit dir spreche! Eins hast du mir in den letzten Monaten allerdings bewiesen: Du bist ein guter Vater. Es hat mir immer leidgetan, dass Grietje ohne dich aufwachsen musste, und sie ist dir so ähnlich. Nun, da ihr euch gefunden habt, will ich euch nicht wieder trennen. Deshalb … Wenn Grietje es wirklich will, dann nimm sie mit nach Boston. Du kannst ihr das Leben bieten, das sie sich wünscht. Die Musik, das Reisen … Das alles wird sie glücklich machen. Ich weiß, dass du sie nicht enttäuschen wirst. Bitte reich die Scheidung ein. Ich nehme die Schuld auf mich, dann bekommst du das Sorgerecht für Grietje.«

»Die Scheidung?«, rief Phipps in einer letzten Aufwallung von Verzweiflung. »Und wenn ich nicht will? Wenn ich verheiratet bleiben will? Wenn ich darauf bestehe, dass du mich begleitest? Ich bin dein Mann, Nellie, ich kann dir verbieten zu arbeiten, ich …«

Nellie sah ihn müde an. »Wir haben uns einmal ein Versprechen gegeben, Phipps. Du hast es eingefordert, und ich hab mich dran gehalten. Jetzt fordere ich es ein. Bitte gib mich frei.«

Phipps erhob sich, ging zu einem Wandschrank und holte eine Cognacflasche heraus. Langsam füllte er ein Glas.

»Willst du auch einen?«, fragte er.

Nellie schüttelte den Kopf. »Ich muss noch arbeiten heute Nachmittag, auf der Rennbahn. Morgen startet die Saison, und alle sind hysterisch.«

»Und um dich da um die verrückten Pferde und Menschen zu kümmern, willst du deine Tochter aufgeben?«, höhnte Phipps.

Nellie seufzte. »Ich will sie nicht aufgeben, sondern freigeben. Für das Leben, das sie sich wünscht. Und eine Bedingung ist schon noch daran geknüpft. Du müsstest auch Lene mitnehmen, ihr Kindermädchen. Damit Grietje nicht ganz auf sich allein gestellt ist. Die beiden mögen sich sehr …«

Phipps nickte. »Das weiß ich. Ich kenne ja Lene. Ein grundsolides, anständiges Mädchen. Selbstverständlich bürge ich für sie.«

Nellie hätte fast gelacht, weil sie an Lenes Vergangenheit denken musste. Das brauchte Phipps jedoch nicht zu wissen – ebenso wenig wollte sie ihn darüber informieren, dass vielleicht auch Lene ein Strafverfahren drohte. Noch während sie das dachte, wusste sie, dass sie sich richtig entschieden hatte. Sie hatte mit Phipps zusammenleben können, solange er noch ihr bester Freund gewesen war – damals hatte sie keine Geheimnisse vor ihm gehabt. Wenn sie nun jedes Wort auf die Goldwaage legen müsste … Nellie fühlte sich erschöpft, aber befreit.

»Gut«, sagte Phipps leise und trank seinen Cognac aus. »Dann sagst du es Grietje, und ich kümmere mich um die Scheidung. Kennst du einen guten Anwalt? Ansonsten wird mir die Agentur einen empfehlen. Aber ich tue es ungern. Und ich wünsche dir, Nellie, dass du diese Entscheidung niemals bereust.«

Kapitel 4

Nellie war bedrückt, als sie zurück in die Torstraße ging. Sie hatte ihre eigenen Angelegenheiten geordnet, vor dem Gespräch mit Grietje graute ihr jedoch, und für Maria und Bernhard brachte sie schlechte Nachrichten. Nach wie vor bestand keine Chance auf ein Visum. Natürlich konnten sie trotzdem nach Amerika reisen, ein Besuchervisum würde man den beiden wohl ausstellen. Doch dann würden sie in den Staaten keine Arbeit bekommen und müssten irgendwann wieder zurück. Das Ganze würde viel Geld kosten, die Probleme aber letztlich nicht lösen.

Grietje war noch in der Schule, als Nellie heimkam, aber Lene war da, die Einzige, für die Nellie gute Nachrichten hatte. Die Erklärung, sie müsse allein mit Grietje und Phipps nach Amerika, löste allerdings einen erneuten Tränenstrom aus. Auf keinen Fall wollte sich Lene von Nellie und Maria trennen, schließlich hatten sie sie gerettet. Und nun ein fremdes Land und eine neue Sprache …

»Himmel, Lene, so oft wie du mit Grietje in Charlottenburg bist, müsstest du längst etwas Englisch aufgeschnappt haben«, ärgerte sich Nellie. »Auf jeden Fall wirst du dich jetzt anstrengen. Du bist gerade mal dreiundzwanzig und nicht dumm. Also sieh zu, dass du in dem neuen Land was aus dir machst.«

Sie war immer noch schlecht gelaunt, als sie den Zug zur Rennbahn nahm, doch die dort herrschende aufgeregte Atmosphäre zog sie schnell in ihren Bann. Die Bahnen wurden abgezogen und die Tribünen und Führplätze mit Blumenkästen geschmückt. Erlkönig, dem Walter an der Hand die so veränderte Anlage zeigte, scheute vor jedem zweiten.

»Sie werden die Dinger ja nicht auf die Rennbahn stellen«, tröstete Nellie ihren Freund und streichelte den bildschönen Hengst. Erlkönig war hervorragend bemuskelt, sein schwarzes Fell glänzte wie eine Speckschwarte, und er tänzelte lebhaft an Walters Hand, war jedoch gut zu kontrollieren. Nellie bezweifelte nicht, dass Walter das Pferd der Gräfin hervorragend erzogen hatte.

»Ich habe übrigens mit Phipps gesprochen«, berichtete sie. »Und ihm gesagt, dass ich nicht mit ihm nach Amerika gehe. Wenn, dann gehe ich mit dir. Also sieh zu, dass du gewinnst, sonst kommen wir vielleicht nicht früh genug weg, bevor du endlich über dein Geld verfügen kannst. Ich würde zumindest Maria lieber heute als morgen auf die Reise schicken.«

Walter sah sie ernst an. »Wenn das so ist, werde ich den Hengst verkaufen«, sagte er. »Es wird mir natürlich schwerfallen, aber in die Staaten kann ich ihn sowieso nicht mitnehmen. Wenn er morgen gut läuft und ich mich dann von ihm trenne, sollten wir genug Geld haben, um drüben sofort neu anzufangen. Mit einer Tierarztpraxis und einer Reitschule.«

Nellie seufzte. »Wir werden bloß keine Visa bekommen«, verriet sie ihm dann. »Es sei denn, wir finden jemand anderen als Phipps, der für uns bürgt. Maria und Bernhard wissen das noch gar nicht, keine Ahnung, wie ich es ihnen beibringen soll.«

Walter legte den Arm um sie. »Jetzt versuchen wir erst mal, an Geld zu kommen«, meinte er. »Wenn man davon genügend hat, ergibt sich bekanntlich alles andere ganz von allein. Irgendjemand wird sich vielleicht bestechen lassen. Ich rede auch noch mal mit Ludwig. Der ist schon länger auf der Rennbahn. Vielleicht kennt er ja einen amerikanischen Jockey, der sich da selbstständig gemacht hat und für uns bürgen würde.«

Nellie lächelte. »Wenn sie sich mit irgendeinem Geschäft rund ums Pferd selbstständig gemacht haben und dabei ehrlich bleiben wollen, brauchen sie das Geld bestimmt«, bemerkte sie.

Walter schenkte ihr einen gespielt tadelnden Blick. »Sei nicht so negativ! Wir wollen doch auch einen Reiterhof eröffnen«, sagte er.

Nellie zwinkerte. »Das planst du«, neckte sie ihn. »Ich dagegen bin ein Kostenfaktor. Wir Tierärzte müssen schließlich von den Pferdebesitzern bezahlt werden – und manchmal kommt da ganz schön was zusammen. So, und nun werde ich mich mal um meine Patienten kümmern. Heute zum Glück fast nur eingebildete Krankheiten. Entweder hat es der Jockey am Magen oder das Pferd.«

Am ersten Renntag der Saison wurden sechs Rennen gelaufen. Erlkönig startete im letzten. Nellie, Maria und Bernhard trafen sich auf der Rennbahn – sogar Phipps war zugegen. Grietje hatte sich von ihm gewünscht, den Tag in Hoppegarten zu verbringen, um ihrem Onkel Walter die Daumen zu drücken. Das kleine Mädchen wusste noch nichts von den Entschlüssen, die gefasst worden waren, und auch Maria und Bernhard hatte Nellie bislang nichts von ihrem Besuch bei Phipps erzählt. Es brachte ja nichts, den beiden den Tag zu verderben und obendrein die Atmosphäre zwischen ihnen und Phipps noch weiter abzukühlen. Die drei hatten sich ohnehin nicht viel zu sagen, vor allem zwischen Phipps und Maria stimmte die Chemie nicht. Bernhard dagegen plauderte höflich, bis Phipps und Grietje sich auf die Logenplätze begaben, die Phipps gebucht hatte.

»Ihr könnt doch mitkommen!«, lud Grietje sie ein, sie lehnten jedoch alle ab.

»Wir wollen nachher zum Führring«, erklärte Nellie. »Und Walter noch mal Glück wünschen.«

Sie vertraute darauf, dass die Ordner sie durchlassen würden, obwohl das Amt des Rennbahntierarztes an diesem Tag Dr. Neuner innehatte.

»Und wir wollen noch wetten«, erinnerte Phipps seine Tochter. »Du hast schließlich schon überlegt, welche Pferde die schönsten Namen haben …«

Maria runzelte die Stirn. »Es kommt nicht auf die Namen an«, sagte sie. »Man wettet auf die schnellsten Pferde.«

Bernhard und Nellie lachten, als hätte sie einen Scherz gemacht.

»Da hörst du es, Grietje!«, sagte Bernhard. »Du solltest unsere Rennbahntierärztinnen lieber mal nach Insiderinformationen fragen. Wäre doch interessant zu wissen, welche Pferde zum Beispiel in der letzten Zeit krank waren und sich vielleicht noch nicht ganz erholt haben.«

Maria warf einen Blick ins Rennprogramm. »Erstes Rennen, Ausgleich IV, dreijährige Stuten. Astarte, leichte Kolik im Februar, nach Umstellung von Leipzig nach Hoppegarten, danach anfänglich Gewichtsverlust, inzwischen aber wieder unauffällig. Paradise Garden, seit Januar Probleme mit Dauerrosse. Tierärztliche Empfehlung: Überstellung in die Zucht. Marovillosa, keine Erkrankungen im letzten halben Jahr, desgleichen Gladis. Corazon …«

»Hör auf, Maria, das dürfen wir gar nicht alles verraten«, unterbrach sie Nellie. »Die Pferde, die hier und heute an den Start gehen, sind alle gesund, Phipps. Und das ist das Einzige, was uns als Tierärztinnen interessiert. Wie schnell sie jeweils laufen, wissen wir nicht. Weshalb wir auch nicht wetten.«

»Außer auf ›Onkel Walter‹?«, fragte Phipps spöttisch.

»Bernhard will auf Erlkönig setzen«, sagte Maria. »Man setzt auf die Pferde, nicht auf die Reiter. Die Jockeys laufen ja nicht.«

»In diesem Sinne …« Nellie lachte. »Verspiel nicht dein ganzes Taschengeld, Grietje. Wetten sind immer ein Risiko.«

Für Walter verging der Nachmittag qualvoll langsam. Er bemühte sich, sich für die ersten Rennen zu interessieren, in denen Ludwig zwei Pferde ritt. Sein Blick wanderte jedoch immer wieder suchend über die Tribünen, wo er Nellie und die anderen wusste – und er konnte an nichts anderes denken als an Erlkönig und das Rennen, das vielleicht das wichtigste seines Lebens werden würde.

Nellie empfand ähnlich, und schließlich hielt es sie nicht mehr auf der Tribüne. Ludwig von Lindau traf sie im Stall an, wo sie eben dabei war, Erlkönig einen von Grietje gebastelten Glücksbringer in die Mähne zu flechten.

»Was machen Sie denn da?«, fragte der Jockey.

Nellie lächelte ihm gezwungen zu. Seit er damals in Kortrijk den Spionagevorwurf gegen sie erhärtet hatte, war die Stimmung zwischen ihnen immer etwas angespannt.

»Ein bisschen Hexerei«, gab sie zu. »Das Amulett soll Glück bringen – ist angeblich ein russischer Brauch. Ich hoffe, Sie verraten mich nicht. Obwohl Hexen heute ja weit seltener verbrannt werden als Spione erschossen.«

Ludwig errötete. »Ich wollte mich schon lange bei Ihnen entschuldigen«, erklärte er. »Das war damals eine Dummheit … Ich war ohnehin furchtbar naiv. Ich glaubte wirklich an Deutschland und den Kaiser …«

Nellie winkte ab. »Vergessen Sie's. Das alles ist lange vorbei. Heute haben wir andere Sorgen. Was meinen Sie, wird Walter gewinnen?«

Ludwig zuckte mit den Schultern. »An mir soll's nicht liegen. Meine Marygold kommt an Erlkönig nicht ran – obwohl ich mir durchaus Chancen auf den zweiten Platz ausrechne.« Ludwig würde im Hauptrennen eine Fuchsstute aus irischer Zucht reiten, die ein berühmtes Gestüt importiert hatte. Sie sollte ihren Kaufpreis möglichst auf der Rennbahn wieder hereinholen, bevor sie in die Zucht ging. »Eigentlich kann es keins der gemeldeten Pferde mit Erlkönig aufnehmen«, sprach er weiter. »Aber Sie kennen das ja – es gibt tausend Unwägbarkeiten …«

Nellie nickte. »Wir müssen einfach das Beste hoffen«, meinte sie dann.

Ludwig lächelte. »Und ein bisschen zaubern«, erwiderte er.

Als sie gerade gehen wollten, kam Walter in den Stall, um sein Pferd zu satteln. An diesem Tag wollte er das nicht den Stalljungen überlassen. Er freute sich, Nellie zu sehen, und quittierte ihre erneuten guten Wünsche und den Versuch, den Rennausgang durch Hexerei zu beeinflussen, mit einem Kuss.

»Hals- und Beinbruch!«, wünschte ihm auch Ludwig, der sich nun seinerseits zu seinem Pferd begab. »Es wird schon alles gut gehen.«

Nellie machte sich auf den Weg zum Führring, während Walter seinen grün-goldenen Blouson anlegte. Er würde noch einmal in den Farben der Gräfin starten. Flüchtig fragte er sich, ob Sieglinde von Albrechts ihm von irgendwoher zusah und ob sie ihm Glück wünschte.

Schließlich wurde es Zeit, zum Wiegen zu gehen. Walter verließ die Waage mit einer Satteltasche voller Gewichte. Er hatte in der letzten Zeit abgenommen. Erlkönig musste sehr viel mehr tragen, um das Rennen gerecht zu machen. Im Führring traf er dann Ludwig und seine Marygold, eine außergewöhnlich schöne goldfarbene Stute.

»Wenn sie so großartig läuft, wie sie aussieht, werdet ihr uns ernstlich Konkurrenz machen«, grüßte er seinen Freund.

Ludwig lachte. »Das Kompliment kann ich zurückgeben. Erlkönig ist ein Traumpferd. Selbst wenn er nicht schnell wäre – vom Bau her könnte er auch als Dressurpferd etwas werden, oder im Springen.«

»Setz ihm keine Flausen in den Kopf«, scherzte Walter. »Heute wird gerannt.« Erlkönig scheute erst mal vor einem Blumenkübel. Walter saß den Sprung mühelos aus. »Er kann jedenfalls froh sein, dass er kein Herdenhengst in der Prärie ist«, bemerkte er missmutig. »Wenn er da vor jedem Blümchen die Flucht anträte, würden ihn seine Stuten nicht sehr ernst nehmen.«

Walter verzichtete denn auch darauf, zu Nellie an den Rand des Rings zu reiten. Er sah, dass sie jetzt einen mit Blumen geschmückten Hut trug, Erlkönig wäre sicher davor geflohen. Sie lächelte ihm allerdings zu und zeigte ihre gedrückten Daumen. Bernhard neben ihr winkte.

Maria hielt sich abseits. Der Rennbahnbesuch war eine Tortur für sie. Die vielen fröhlichen und folglich lauten Menschen, die Musik und die Pferde, bei denen sie nicht wie sonst Ruhe fand, sondern die nervös waren, machten ihr Angst. Maria hätte all die wunderschönen Pferde lieber in Freiheit auf der Weide gesehen als hier auf der Bahn.

Bernhard legte ihr leicht die Hand auf den Rücken, als es Zeit wurde, die Plätze wieder einzunehmen. Die Geste war inzwischen normal zwischen ihnen geworden, Maria schien sie als tröstend zu empfinden.

»Geht's?«, fragte er sie.

Maria nickte. »Wie viel hast du gesetzt?«, erkundigte sie sich.

Bernhard kaute auf seiner Lippe. »Dreihundert Mark«, gab er an. »Meine ganzen Ersparnisse. Wenn Walter nicht gewinnt, sind sie weg. Aber dann ist es ja sowieso egal. Dann kannst du nur noch versuchen, dein Haus zu beleihen.«

Die Pferde gingen jetzt an den Start, Marygold zierte sich ein wenig. Erlkönig trat routiniert ein. Walter hatte das mit ihm geübt. Dann warteten alle auf den Startschuss. Nellie verkrampfte die Finger ineinander, als hielte sie selbst die Zügel.

Walter streichelte noch einmal kurz über den glatten Hals des Hengstes. »Und los!«, flüsterte er Erlkönig zu, als die Boxen sich öffneten.

Der schwarze Hengst schnellte heraus wie ein Blitz. Walter bemühte sich, ihn in eine Position zu bringen, die es am Ende des Rennens leicht machte, sich aus dem Pulk nach vorn zu bewegen. Ludwig tat mit Marygold das Gleiche, zwei andere Jockeys mit ihren Pferden übernahmen die Führung. Die ersten fast zweitausend Meter galoppierten der schwarze Hengst und die goldfarbene Stute nebeneinanderher. Gleichmäßig und kraftsparend – und doch so schnell, dass der Abstand zu den führenden Pferden nicht zu groß wurde.

Erst als die Pferde auf die Zielgerade abbogen, kam Leben in die Formation. Erlkönig und Marygold beschleunigten, immer noch nebeneinander. Ohne Schwierigkeiten zogen sie an dem bislang zweiten Pferd vorbei. Der Jockey ließ sich bereitwillig überholen. Vielleicht hatte er nur für einen anderen Reiter das Führpferd gemacht. Hinter Erlkönig und Marygold holte eben ein Hengst auf, dessen Jockey die gleichen Farben trug. Der bislang führende Reiter jedoch kämpfte. Er ritt Schlangenlinien, um Erlkönig und Marygold nicht vorbeizulassen, und als Walter dann auf gleicher Höhe mit ihm war, riss er die Gerte hoch. Sie pfiff am Auge seines Pferdes vorbei – und ebenso an dem von Erlkönig, der vor dem Schatten erschrak. Mit einem gewaltigen Satz versuchte sich der Rapphengst nach links zu retten – Walter konnte sich kaum im Sattel halten. Bis er seinen Sitz wieder gefestigt hatte, war er an dem Hengst mit dem unfairen Reiter vorbei – doch Marygold hatte sich nach vorn gesetzt. Mit fast zwei Längen Vorsprung rannte sie dem Ziel entgegen. Walter feuerte Erlkönig an, der daraufhin enorm an Geschwindigkeit zulegte, die Distanz zum Ziel war allerdings zu gering, um eine Chance zu haben aufzuholen. Erlkönigs Ausfall hatte ihn entscheidende Bruchteile von Sekunden gekostet …

Walter wollte schon resignieren, doch dann geschah etwas Unerwartetes. Marygold wurde langsamer. Die Stute schien an Kraft zu verlieren, obwohl Ludwig sie anfeuerte. Walter sah ungläubig zu ihm rüber, als Erlkönig aufholte – und nahm wahr, dass sein Freund seine Bemühungen nur vorgab. Tatsächlich hielt er Marygold strikt am Zügel und bremste ihren Vorwärtsdrang.

»Nun mach schon!«, schrie er.

Walter reagierte sofort. Er schnalzte dem Hengst zu. Mehr war nicht vonnöten. Mit einer Halslänge Vorsprung vor Ludwigs Stute ging Erlkönig über die Ziellinie.

Walter warf ihm die Arme um den Hals, als er ihn in den Schritt durchpariert hatte. Noch lieber hätte er Ludwig umarmt, der ihm verschwörerisch zugrinste. Er freute sich offenbar über den zweiten Platz und erklärte dem Besitzer der Stute eben etwas über deren Kondition, an der man sicher noch ein bisschen arbeiten musste.

»Beim nächsten Mal wird sie siegen!«, versicherte er dem Gestütsbesitzer.

Walter erlebte die Siegerehrung wie in Trance und suchte Ludwig, sobald die Pokale und Siegerkränze überreicht waren. Er überließ es den Stallburschen sowie Nellie, Maria und Bernhard, Erlkönig in seine Box zu bringen, zu füttern und mit Leckereien zu verwöhnen. Auch Grietje und Phipps hatten eine große Tüte mit Äpfeln und Möhren mitgebracht. Sie hatten es tatsächlich geschafft, an allen Wachleuten vorbei in die Stallungen zu kommen, damit Grietje gratulieren konnte.

Schließlich feierten alle zunächst Erlkönig, während Walter sich auf den Weg zu Marygolds Stall machte. Wie er gehofft hatte, war Ludwig von Lindau noch bei seinem Pferd und verwöhnte es mit Äpfeln. Vielleicht hatte er sogar auf Walter gewartet. Jedenfalls grinste er ihm gleich kumpelhaft zu. Walter blieb jedoch ernst.

»Ich weiß nicht, was ich sagen soll«, flüsterte er. »Was du da für mich getan hast …«

Ludwig winkte ab. »Ach, lass mal. Ich hoffe bloß, es hat keiner gemerkt …«

Walter schüttelte den Kopf. »Das glaube ich nicht. Trotzdem war es Betrug. Die Leute, die auf dein Pferd gewettet haben …«

Ludwig streichelte die Stirn seiner Stute. »Ach, da hat keiner auf Sieg gewettet«, erwiderte er leichthin. »Marygold war eine krasse Außenseiterin. Da gehen die Leute allenfalls auf Platz. Also bringt auch ein zweiter Platz gute Quoten. Und wir wissen beide, dass Erlkönig eigentlich schneller ist.«

»Es haben sicher mehr Leute auf ihn gesetzt als auf die Stute«, räumte Walter ein.

Ludwig nickte. »Und außerdem … ich bin dir noch was schuldig, Walter. Du hast mir einmal das Leben gerettet …«

Walter runzelte die Stirn. »Du denkst immer noch … daran?«

Ludwig senkte den Blick. »Ich denke jeden Tag daran. Jeden Tag, den ich erleben darf, nachdem ich schon mit dem Leben abgeschlossen hatte. Und ich träume davon, Walter. Ich bin jede Nacht wieder vor Ypern und höre diese Mine explodieren, auf die mein Pferd getreten ist. Ich würde den Verstand verlieren, wenn da am Ende des Traums nicht immer dein Pferd wäre … Wie hieß es noch? Kondor?«

Walter nickte. »Ich denke auch immer noch an ihn. Ich hoffe, er hat den Krieg überlebt.«

Ludwig nickte. Dann sprach er weiter. »Und als Dank für deine Hilfe hätte ich damals beinahe deine Nellie ans Messer geliefert. Ich hab ihr eine Menge abzubitten. Der Vorwurf der Spionage … Heute schäme ich mich dafür. Wie für vieles andere, das ich damals gedacht und getan habe.«

»Trotzdem …« Walter wollte etwas einwenden, aber Ludwig winkte ab.

»Ich werde noch viele Rennen gewinnen«, sagte er. »Deine Chance war nur heute. Als nimm deine Nellie und werde glücklich.«

Walter umarmte seinen Freund – und musste höllisch aufpassen, dass Ludwig seine Tränen nicht sah.

Nellie wartete, bis sich alles beruhigt hatte, und machte sich dann ihrerseits auf die Suche nach Ludwig.

»Was war das denn?«, fragte sie, als sie ihn vor den Umkleiden der Jockeys fand. Er hatte eben Straßenkleidung angelegt und wollte nach Hause – oder ins Rennbahnrestaurant, wo Marygolds Besitzer vielleicht noch feierten.

»Sie haben die Stute doch …«

Ludwig legte die Finger auf die Lippen. »Psst, geben Sie es nicht zu! Es war zweifellos Ihre Hexenkunst, die meiner Stute im entscheidenden Moment die Energie geraubt hat, als Erste durchs Ziel zu gehen! Aber wie ich es versprochen habe: Ich schweige wie ein Grab.«

Nellie lächelte. »Es war zweifellos Magie«, stimmte sie zu. »Vielen Dank, Ludwig!«

Ludwig winkte ab. »Viel Glück, Dr. Nellie! Ihnen und Walter. Erobern Sie sich eine neue Welt!«

Walter ging inzwischen zu Erlkönig, um sich zu sammeln, erkannte aber gleich, dass der Hengst nicht allein war. Vor der Box, an die er schon vor dem Rennen mit schlechtem Gewissen ein Zu-verkaufen-Schild gehängt hatte, stand ein großer, schlanker Mann. Er konnte nicht älter als Anfang vierzig sein – in sein vormals dunkelblondes Haar mischten sich dennoch schon graue Strähnen. Walter fiel auf, wie außerordentlich gerade er sich hielt. Sicher ein Reiter, dachte er, vielleicht ein vormaliger Militär.

Er trat zu ihm und grüßte. »Interessieren Sie sich für das Pferd?«, fragte er.

Der Mann bejahte. »Gerstorf, mein Name, Julius von Gerstorf.«

»Walter von Prednitz«, stellte Walter sich vor.

Der Mann nickte. »Sie haben ihn eben geritten. Die Besitzerin ist eine Gräfin von Albrechts?«

Walter schüttelte den Kopf. »Nein. Steht das noch im Rennprogramm? Wie peinlich. Tatsächlich ist die Gräfin verstorben. Das Pferd gehört mir. Ich habe es … geerbt.«

Der Mann zog fast unmerklich eine Augenbraue hoch. »So sind Sie ein Verwandter?«

»In gewisser Weise«, antwortete Walter. »Und ich reite ihn schon lange. Sie … wollte Erlkönig wohl gut versorgt wissen.«

Von Gerstorf nickte, als wäre das eine gute Erklärung. Walter fand das merkwürdig. Die meisten Rennpferdebesitzer hatten keine emotionale Beziehung zu ihren Pferden, und die Frage, ob ein Erbe sie mehr oder weniger gut versorgt hätte, würde sich ihnen niemals stellen.

»Bei uns wäre das ganz sicher der Fall«, erklärte von Gerstorf.

»Meine Frau und ich züchten Pferde in Neuseeland. Hauptsächlich Hunter, auch Damenpferde und Vollblüter. Ihr Hengst würde gut in unser Zuchtprogramm passen. Was soll er denn kosten?« Der Mann lächelte. »Ich nehme an, er ist durch den Sieg eben erheblich teurer geworden …«

Walter zuckte mit den Schultern. »Er hat auch vorher schon vieles gewonnen«, erklärte er. »Und mir kommt es eigentlich eher darauf an, dass er in gute Hände kommt, als darauf, ein Maximum an Geld zu machen.«

»Warum wollen Sie ihn denn überhaupt verkaufen?«, fragte der Mann in akzentfreiem Deutsch. Julius von Gerstorf war sicher nicht in Neuseeland geboren. »Wenn er Ihnen doch sozusagen … anvertraut wurde.«

Walter seufzte. »Ich plane auszuwandern, Herr von Gerstorf. Mit … mit meiner Familie. Eigentlich nach Amerika, aber da sieht es schlecht aus mit Visa. Wie … wie ist denn Neuseeland?«

Julius von Gerstorf lachte. »Feucht«, sagte er. »Es regnet

ziemlich häufig. Deshalb ist das Land grün, das Gras üppig. Die Landschaften sind von fast magischer Schönheit. Es gibt Tiere und Pflanzen, die anders sind als überall sonst auf der Welt. Die Menschen sind dafür wie alle anderen, es gibt gute und schlechte, ehrliche und Gauner. Rennsport hat einen hohen Stellenwert, sowohl Trab- als auch Galopprennen sind gut besucht.«

»Haben Sie sich deshalb entschlossen, dorthin auszuwandern?«, fragte Walter. »Sie sind doch ursprünglich Deutscher, oder?«

Von Gerstorf nickte. »Ich stamme von einem Gut bei Hannover. Und von Neuseeland wusste ich gar nichts, bis mein Schwiegervater – damals noch künftiger Schwiegervater – das Land ins Gespräch brachte. Das war 1911 – und seine Wahl fiel hauptsächlich deshalb auf Neuseeland, weil er hoffte, dass der Krieg uns dort nicht erreichen würde. Ich war Leutnant in Reserve. In Deutschland hätte man mich eingezogen.«

»1911 war doch noch gar kein Krieg«, bemerkte Walter.

»Mein Schwiegervater war weitblickend, weise und wohlinformiert. Er sah den Kriegsausbruch voraus. Wie auch jetzt wieder. Er ist schon recht alt, doch er hat nach wie vor seine Quellen. Wenn er recht behält, wird es in Europa erneut zu einem Krieg kommen. Aber bis dahin bin ich längst wieder zu Hause.«

Von Gerstorf sprach gelassen. Er hatte die Box inzwischen geöffnet, sich Erlkönig freundlich genähert und betastete nun kundig seine Sehnen.

Walter durchfuhr es eisig. Ein Krieg? Wieder ein Krieg? Er hatte noch nie darüber nachgedacht, aber er befand sich in der gleichen Lage wie von Gerstorf fast zwanzig Jahre zuvor. Leutnant in Reserve – er würde erneut ins Feld müssen.

Bilder von Schützengräben taten sich vor ihm auf, von zerschossenen Leibern, Pferden, die im Giftgas verendeten … von all dem Grauen, das seinen Freund Ludwig bis heute nicht schlafen ließ. Auch für ihn selbst war plötzlich alles wieder da. Er konnte und wollte es nicht noch einmal erleben.

Walter biss sich auf die Lippen. Nicht nur Maria, er musste ebenfalls weg aus Deutschland.

»Neuseeland …?«, fragte er tonlos. »Nimmt das Land Einwanderer auf?«

Von Gerstorf lächelte. »Sofern sie einen Bürgen nachweisen, idealerweise einen Arbeitsplatz … Ein bisschen wählerisch sind inzwischen alle Einwanderungsländer.«

Walter streichelte den Hals seines Hengstes. Er hatte das Gefühl, sich irgendwo festhalten zu müssen.

»Und wie sind die Berufschancen für … Reiter? Ich … ich bin kein gelernter Jockey, ich kann auch dressurmäßig ausbilden …«

Von Gerstorf sah ihn interessiert an. »Das sieht man«, erklärte er. »Sie haben es von der Pike auf gelernt. Ein eben mal schnell angelernter Rennreiter hätte den Sprung nicht gesessen, den der Hengst da vorhin hingelegt hat, als der Kerl Sie behindert hat. Lassen Sie mich raten: Offizier?«

Walter nickte. »Oberleutnant. In … in Reserve …«

»Verheiratet?«, fragte von Gerstorf.

»Verlobt«, gab Walter an. »Meine Verlobte ist Tierärztin.«

Über Julius von Gerstorfs Gesicht ging ein Strahlen.

»Tierärztin! Das erleichtert Ihre Auswanderung kolossal. Sofern die Dame vorhat, Sie zu begleiten, natürlich. Neuseeland ist ein Agrarland – es gibt Millionen von Schafen, Rindern, dazu Pferde, aber noch kein Ausbildungsinstitut für Tierärzte. Wir haben zwar gute Universitäten, bislang hat nur keine eine veterinärmedizinische Fakultät. Wer Tiermediziner werden will, muss in Australien studieren. Und wie es denn so ist, kommen viele nach dem Studium nicht wieder. Wir leiden deshalb an einem eklatanten Tierärztemangel. Meine Frau und ich sind selbst schon halbe Veterinäre. Aber wenn wir Sie und Ihre Frau anwerben könnten … Sie könnten bei mir als Bereiter arbeiten, und Ihre Frau eröffnet eine Pferdepraxis. Eine Fahrpraxis müsste es natürlich sein. Kann sie Auto fahren?«

Walter fühlte sich wie erschlagen. Sollten sich die Probleme seiner Familie derart einfach lösen lassen?

Er rieb sich die Stirn. »Und wie«, fragte er leise, »stehen Sie zu Juden?«

Eine halbe Stunde später saß er mit Julius von Gerstorf im Rennbahnrestaurant und wartete auf Nellie, Maria und Bernhard. Er hatte die Tierärztinnen ausrufen lassen. Trainer Pitters würde ihnen verraten, dass er hier war. Vorerst trafen allerdings nicht Nellie und die anderen ein, sondern Phipps mit Grietje.

Das kleine Mädchen stürzte sofort auf Walter zu. »Onkel Walter, wir haben gaaanz viel Geld gewonnen!«, begeisterte es sich. »Jetzt können Mami und ich erster Klasse nach Amerika fahren. Erster Klasse ist famos, nicht?«

Walter schluckte. »Deine Mami will mit euch …?«

»Sicher. Ich fahre mit Mami und Papa und Lene … auf einem riiiesigen Dampfer.« Grietje zeichnete das Schiff in die Luft.

Von Gerstorf beobachtete Walter prüfend.

»Darüber reden wir noch!« Nellie betrat das Restaurant und sah gleich, in welch peinliche Lage ihre Tochter Walter brachte. »Ich hab's ihr noch nicht gesagt«, wisperte sie ihm zu.

Hinter ihr standen Maria und Bernhard.

»Wir gehen nämlich alle nach Amerika!«, erklärte die mitteilungsfreudige Grietje auch dem eleganten Herrn, der mit Walter am Tisch saß.

Walter räusperte sich. »Nein, tun wir nicht«, sagte er mit fester Stimme. »Wenn ihr einverstanden seid, dann gehen wir alle nach Neuseeland.«

Grietje weinte bitterlich, als Nellie ihr eröffnete, dass sie allein mit ihrem Vater und Lene nach Amerika reisen würde. »Du kannst auch mit mir und Walter, Maria und Bernhard nach Neuseeland kommen«, erklärte sie tröstend. Maria und Bernhard hatten dem Wechsel ihres Ziellandes ohne Zögern zugestimmt. Maria war erleichtert, dass es statt in eine Großstadt wie New York in einen kleinen Ort auf der Nordinsel Neuseelands gehen sollte – nach Onehunga. Nicht weit von dort lag das Gestüt der von Gerstorfs, Epona Station, mitten im Busch. Bernhard war überrascht und erfreut, als er hörte, dass von Gerstorfs Frau Mia und sein Schwiegervater Jakob Gutermann ebenfalls Juden waren. In Neuseeland, so hatte ihm Julius von Gerstorf versichert, spiele das nicht die geringste Rolle. Die Ressentiments der Deutschen gegen ihre jüdischen Mitbürger seien aber auch für seinen Schwiegervater ein Grund gewesen, das Land zu verlassen. »Ich sage dir nur gleich, eine berühmte Musikschule gibt es in Onehunga nicht«, fuhr Nellie an ihre Tochter gewandt fort. »Ich würde dich sehr gern bei mir haben, und es ist wohl auch sehr schön auf dem Gestüt, es gibt sogar Ponys. Nur Geigenunterricht kann dir dort niemand geben. Und ob du später Musik studieren kannst, weiß ich nicht. Dein Papa und ich haben uns deshalb überlegt, dich zu fragen, ob du vielleicht lieber bei ihm wohnen möchtest. Entscheiden musst du das allerdings selbst.«

Grietje sah sie trotzig an. »Ich will keine blöden Ponys«, sagte sie.

Nellie lächelte. »Und ich will nicht in Boston wohnen«, gab sie zurück. »Du bist doch gern bei Papa.«

»Ja!« Grietje blitzte ihre Mutter an. Ihr Kummer schien Ärger zu weichen. »Viel lieber als bei dir und deinen blöden Pferden. Papa ist sowieso viel netter. Wetten, dass der mir eine Trompete kauft, wenn ich das will?«

Die Trompeter der Kapelle auf der Rennbahn hatten Grietje erneut sehr beeindruckt.

Nellie lachte, obwohl es ihr schon einen Stich gab, wie schnell sich ihre Tochter mit der neuen Situation abfand und wie klar sie ihre Vorlieben formulierte.

»Das tut er bestimmt«, behauptete sie.

Sollte sich doch Phipps eine Erklärung dafür einfallen lassen, warum Trompetenklänge in Stadthäusern nicht sonderlich erwünscht waren.

Lene von den USA zu überzeugen war eine schwierigere Aufgabe. Als sie hörte, dass sich für Maria, Bernhard und Nellie eine Alternative aufgetan hatte, wollte sie erheblich lieber mit nach Polynesien.

»Was ist das auch für eine Idee, Grietje ganz allein übern großen Teich zu schicken«, ereiferte sie sich. »So ein Kind gehört doch zu seiner Mutter!«

»Oder zu seinem Vater«, erklärte Nellie zum wiederholten Mal. »Und ganz allein soll sie ja nicht gehen, sondern eben mit dir.«

Lene schniefte. »Aber ich kann ihr da gar nicht helfen. Ich kann nicht mal Englisch …«

»Du kannst für sie da sein«, argumentierte Nellie. »Und mit ihr Deutsch sprechen, sie soll das ja nicht vergessen. Außerdem wirst du schnell Englisch lernen. Phipps hat mit Sicherheit Dienstboten, die es dir beibringen werden. Und wenn du willst, bitte ich ihn, dir einen Sprachkurs zu bezahlen.«

»Ich hab so Angst …«, wimmerte Lene. »Ich war doch noch nie weg aus Berlin …«

Nellie seufzte. Es blieb ihr nichts übrig, sie musste härtere Geschütze auffahren. »Nun nimm dich mal zusammen, und denk nicht nur an dich!«, forderte sie. »Ich brauche dich, Lene. Und Grietje braucht dich. So, wie du damals jemanden gebraucht hast, als du mit deiner Puss vor unserer Tür standest. Wenn wir dich damals nicht aufgenommen hätten, dann wärst du vielleicht auch eines Tages bei der Engelmacherin gelandet wie deine Freundin, oder Schlimmeres. Du weißt, wie viele Straßenmädchen damals ermordet wurden. Jetzt kannst du das wiedergutmachen und für meine Tochter sorgen. Es ist ja nicht für ewig. Wenn es dir partout nicht gefällt in den Staaten, dann kannst du in ein paar Jahren gern zu uns kommen. Ich glaube, die Juilliard nimmt Studenten ab sechzehn. Dann wird Grietje dich nicht mehr brauchen.«

»Ich darf wirklich zurückkommen?«, schluchzte Lene.

Nellie lachte. »Ja. Wenn du das dann noch willst, kannst du auch zurück nach Berlin. Diese unsinnigen Vorwürfe dürften sich dann ja erledigt haben. Ich glaube nicht, dass dich in fünf, sechs Jahren noch einer belangen wird. Also sag jetzt endlich Ja, Lene, ich muss Phipps Bescheid geben. Und erzähl ihm um Himmels willen nichts von Onkel Fritz und deiner Vergangenheit. Du fängst ein ganz neues Leben an, Lene. Und glaub mir, es wird ein großartiges Leben!«

Lene glaubte das nicht, erklärte sich aber schließlich unter Tränen bereit, Grietje und ihren Vater zu begleiten. Sie sollten gleich in der kommenden Woche reisen, das Schiff ging von Hamburg ab.

Was Maria und Bernhard anging, so verstand Julius von Gerstorf die Dringlichkeit ihres Ausreisewunsches. Er brachte erstaunlich viel Verständnis für die Gesamtsituation auf. Anscheinend blickte auch er auf eine äußerst komplizierte Familiengeschichte zurück.

»Ich würde sagen, Sie besorgen sich ein Besuchervisum«, erklärte er Bernhard bei einem weiteren Treffen. »Wir finden heraus, wann das nächste Schiff geht, und das nehmen Sie auf jeden Fall, damit Sie erst mal weg sind. Für Herrn von Prednitz werde ich bürgen, das kann etwas länger dauern. Ich muss ja auch den Transport des Hengstes organisieren.«

In Bezug auf Erlkönig waren Walter und Julius von Gerstorf sich schnell einig geworden. Der Gestütsbesitzer würde den Hengst für einen ordentlichen Preis erstehen, und Walter würde ihn auf dem Transport und dann in seinem neuen Zuhause betreuen.

»Das ist ideal für das Pferd und sicher im Sinne Ihrer verstorbenen Verwandten«, meinte von Gerstorf. Nellie warf Walter einen eisigen Seitenblick zu, als sie das mitbekam. Von Gerstorf bemerkte es zum Glück nicht. »Erlkönig behält seine vertraute Bezugsperson«, sprach er weiter. »Und seine Tierärztin.«

Nellie bemühte sich um ein Lächeln. »Er wird das zu schätzen wissen«, sagte sie. »Und Walter und ich werden seiner Tante Sieglinde ewig dankbar sein.«

Da nun alle Entscheidungen getroffen waren, machte sich Nellie an die Vorbereitungen der Reisen. Es war einfach, für Grietje zu packen. Phipps hatte luxuriöse Kabinen gebucht, in Bezug auf Gepäck gab es keine Einschränkungen. Die Kleine konnte mitnehmen, was sie wollte – wobei Nellie sich wunderte, wie viele Sachen dazugekommen waren, seit Grietje Kontakt mit ihrem Vater hatte. Phipps schien ihr alles gekauft zu haben, was sie nur im Entferntesten begehrte, allein für ihre Puppen und deren Kleidung wurde eine Reisetasche gebraucht, in Charlottenburg hatte sie noch mehr Spielzeug.

»Ich hoffe, sie ist nicht zu einer total verwöhnten Göre geworden, wenn ich sie wiedersehe«, meinte Nellie zu Lene, die mit einem kleinen Koffer auskam.

Für Lene war die Bemerkung ein Grund für einen erneuten Tränenausbruch, und auch Nellie musste schlucken, wenn sie daran dachte, wie lange es womöglich bis zu einem Wiedersehen dauern würde. Als sie die Auswanderung in die USA geplant hatten, war das kein großes Problem gewesen. Sie war davon ausgegangen, dass sie ihre Praxis nicht allzu weit von Boston eröffnen würden, sodass sie Grietje alle paar Monate würde besuchen können. Von Neuseeland nach Amerika war es jedoch eine halbe Weltreise.

Schwieriger wurde die Sache mit dem Packen für Maria. Das nächste Schiff von Bremerhaven nach Auckland ging zwar erst in drei Wochen, aber Maria erwies sich als völlig unfähig, eine vernünftige Auswahl zu treffen. Tatsächlich geriet sie regelrecht in Panik, als sie realisierte, dass sie ihre Möbel, ihre Bücher und die gesamte Praxiseinrichtung zurücklassen musste.

»Wir können versuchen, uns das alles nachschicken zu lassen«, erklärte Nellie. »Aber einfach wird das nicht, auch nicht billig. Und es lohnt sich nicht. Herr von Gerstorf sagt, Epona Station verfüge über eine umfangreiche Bibliothek. Du brauchst nicht all deine Bücher mitzunehmen. Und was deine Möbel angeht – Maria, du bist fünfunddreißig, und du wohnst in einem Jungmädchenzimmer! Das willst du jetzt nicht wirklich um die halbe Welt transportieren, oder?«

Maria sah sie verständnislos an. »Ich … ich brauche das …«, sagte sie tonlos und schloss sich die nächsten Stunden in ihrem Zimmer ein.

Nellie hielt es für vernünftig, nicht nur einen großen Koffer zu packen, sondern auch einen kleinen Notfallkoffer. Es war schließlich möglich, dass Maria schnell würde fliehen müssen. Bernhard hielt einen solchen bereits in der Praxis bereit, um sie im Zweifelsfall begleiten zu können, Besuchervisa für Neuseeland hatte er ohne Probleme bekommen. Wohin es dann gehen sollte, hatten sie zwar nicht geplant, aber einer eventuellen Festnahme sollte Maria sich auf jeden Fall entziehen.

Am Ende war es Nellie, die für ihre Freundin packte. Marias Kleiderschrank erwies sich als wohlgeordnet, aber völlig überfüllt. Maria schien nie etwas wegzuwerfen. »Das kannst du auch nicht alles mitnehmen«, erklärte Nellie resolut und begann, die Sachen danach zu sortieren, was man noch tragen konnte und was verschlissen war oder vollkommen aus der Mode.

Maria geriet darüber fast in Panik. »So ist es nicht richtig«, sagte sie entsetzt, als sie die brauchbaren Sachen rechts, die unbrauchbaren links in ihrem Schrank wiederfand. Vorher waren die Kleider nach Farben geordnet gewesen. »So finde ich nichts mehr!«

»Das brauchst du auch nicht, wir müssen die Sachen sowieso zum größten Teil wegwerfen oder verschenken. Und den Rest müssen wir einpacken«, sagte Nellie entschieden. »Das kannst du gern selbst machen. Denk daran, dass du wahrscheinlich nur einen kleinen Koffer mit in die Kabine nehmen kannst. Der große bleibt im Gepäckraum. Also überleg dir, was du auf der Reise brauchen wirst.«

Maria schien mit dieser Aufgabe völlig überfordert. Sie weinte, als Nellie und Walter die abgenutzten Kleidungsstücke schließlich energisch in den Müll wandern ließen. Den Rest ordnete sie nach Farben in den großen Reisekoffer, den Walter für sie gekauft hatte. Den kleinen Kabinenkoffer stellte Nellie ihr zusammen, während sie wie erstarrt zusah.

»Wie wird die Kabine aussehen?«, fragte sie tonlos.

Nellie zuckte mit den Schultern. »Weiß ich nicht, ich war noch nie auf einem Schiff«, sagte sie. »Wahrscheinlich gibt es ein Bett, einen Stuhl, einen Schrank. Vielleicht sind es Zweibettkabinen. Wir werden ja sehen.«

Nellie sprach bewusst leichthin, obwohl sie wusste, dass Unsicherheit für Maria das Schlimmste war, was sie sich vorstellen konnte. Ihre Freundin liebte klare Tagesabläufe und feste Pläne. Die bevorstehende Reise machte ihr Angst.

Ihre sich steigernde Panik verdarb auch Bernhard die Freude am Abenteuer. Er fand die Lösung mit Neuseeland großartig, und es fiel ihm schwer, sich in Maria hineinzudenken. Trotzdem versuchte er es tapfer, indem er alle möglichen Bücher über Neuseeland auftrieb und mit Maria studierte. Er ging die Reise mit ihr durch und suchte Epona Station auf der Landkarte der Nordinsel. Je genauer sie wusste, was ihr bevorstand, desto sicherer fühlte sich Maria.

»Kriegt ihr das denn jetzt hin mit dem Pferd und der Bürgschaft?«, fragte Nellie. Es war Sonntag, und sie hatte sich mit

Walter zu einem Spaziergang getroffen, um dem Trubel in der Wohnung wenigstens für eine halbe Stunde zu entgehen. Am nächsten Tag würde sie Grietje, Lene und Phipps nach Hamburg begleiten. Das Schiff sollte am Abend abfahren, und sie wollte bis zum letzten Moment mit ihrer Tochter zusammen sein. »Können wir wirklich in zwei Wochen reisen?«

Das war die neueste Nachricht gewesen, die von Julius von Gerstorf gekommen war. Er hatte überraschend eine Passage aufgetan, die sie möglicherweise alle zusammen nach Neuseeland führen konnte. Lediglich er selbst würde in Europa bleiben. Er plante, noch einige Gestüte zu besuchen.

Walter verzog das Gesicht. »Es sieht gut aus. Aber das Schiff ist kein Passagierdampfer. Es ist ein Frachtschiff und sieht nur Kabinen für wenige Reisende vor. Herr von Gerstorf hat eine für uns gebucht und bemüht sich noch um eine zweite. Wenn das klappt, können wir beide mit, Maria und Bernhard sowieso.« Das Schiff fuhr ein paar Tage früher als das ursprünglich für Maria und Bernhard gebuchte, und alle waren sich einig, dass die beiden es nehmen sollten. »Für Erlkönig gibt es auf jeden Fall einen Verschlag, es wird noch ein weiteres Pferd verladen. Die Frage ist nur, ob wir ihn im Zweifelsfall mit Bernhard und Maria allein wegschicken oder nur dann verladen, wenn ich mit an Bord kann. Auf jeden Fall wird es keine Vergnügungsreise. Mit allzu viel Komfort auf dem Schiff ist nicht zu rechnen.«

Nellie winkte ab. »Ich brauch keinen Komfort«, sagte sie. »Ich will nur mit euch zusammen sein. Maria macht mir Sorgen. Ist sie überhaupt je verreist?«

Walter nickte. »Ja. Mit unseren Eltern in die Sommerfrische. Zum Glück immer in dieselbe Pension. Trotzdem war sie da nie glücklich. Alles, was Urlaub wirklich schön macht – dass man sich eben nicht an Stundenpläne halten, keine Listen aufstellen muss und in den Tag hineinleben kann –, das liegt ihr eben nicht. Aber ich denke, wenn sie erst mal auf dem Schiff ist, wird sie sich beruhigen. Da herrscht ja sicher eine ganz feste Routine in Bezug auf Tagesablauf und Mahlzeiten. Habt ihr von diesem Kommissar Langhage noch mal irgendwas gehört?«

Nellie verneinte. »Vielleicht verläuft die Sache ja im Sande. Ich hab trotzdem ein ungutes Gefühl. Der Mann war so erpicht darauf, uns etwas anzuhängen, und er nimmt Maria die Behandlung seines Hundes noch übel. Sie hat ihm zu klar aufgelistet, was er alles falsch gemacht hat. Letztlich ist er ja schuld daran, dass der Kleine in so erbärmlichem Zustand zu uns kam. Es ist uns beiden nahegegangen. Das Hündchen war ein nettes Tier. Das hatte seinen Besitzer nicht verdient.«

Walter lachte. »Das trifft auf viele Tiere zu. Aber die von Gerstorfs scheinen ihre Pferde zu mögen. Erlkönig hätte es schlechter treffen können. Wann bist du morgen zurück?«

»Übermorgen«, korrigierte Nellie. »Das Schiff fährt ja erst abends ab, da geht kein Zug mehr. Ich werde also allein in eine Pension gehen und mir die Augen ausweinen.«

»Ich kann mitkommen«, bot Walter an.

Nellie schüttelte den Kopf. »Besser nicht, das gibt nur böses Blut. Ich möchte keinen Ärger mit Phipps, wir werden uns als Freunde trennen. Das ist wichtig für Grietje. Er wird sicher gut für sie sorgen, aber mir bricht es trotzdem das Herz.«

Walter legte den Arm um sie. »Ich bin so froh, dass du dich für mich entschieden hast«, sagte er sanft. »Trotz allem.«

Nellie küsste ihn. »Ich liebe dich eben«, sagte sie. »Nur jetzt musst du gehen. Ich will den letzten Abend mit Grietje genießen. Sie will *Domino* spielen. Und ich werde sie gewinnen lassen.«

Nellie, Lene und Grietje wurden sehr früh am nächsten Morgen von einem Taxi abgeholt. Bernhard und Maria öffneten um neun die Praxis. Zu ihrer Verwunderung wartete schon jemand vor der Tür: Luise Manzinger mit ihrem Pudelchen. Wie immer war sie sorgfältig geschminkt und nach neuester Mode gekleidet, der Hund trug ein strassbesetztes Halsband.

»Nanu, Frau Manzinger«, begrüßte sie Bernhard. »Was ist denn mit Ihrem Pudelchen? Ist es krank?«

Luise schüttelte entschieden den Kopf. »Nein. Es geht um etwas anderes. Lassen Sie mich rein, schnell. Ich muss mit Ihnen reden.«

Bernhard führte sie in den Behandlungsraum, wo Maria die Instrumente ordnete. Sie bemühte sich um ein Lächeln für die alte Kundin – und ihren inzwischen in Ehren ergrauten kleinen Mischling.

»Es geht um Sie, Fräulein Doktor«, kam Luise Manzinger gleich zur Sache. »Mein Mann, der ist ja jetzt ehrlich, macht in Stahl … Aber seine Kontakte zu gewissen Kreisen hat er immer noch. Auch zur Polente … Und da hat ihm ein Vögelchen gezwitschert, dass dieser Kommissar Langhage Ihre Praxis auf dem Kieker hat. Er will Sie verhaften lassen, Fräulein Doktor. Weil Sie vor ein paar Jahren angeblich ein paar Nutten die Kinder weggemacht hätten. Glaub ich ja kein Wort von … Jedenfalls wollt ich Sie warnen. Wenn Sie nicht in den Knast wollen, hauen Sie ab! So schnell wie möglich.« Der kleine Hund leckte ihre frisch manikürten Finger.

Maria war kalkweiß geworden.

Bernhard sah sie an. »Du hörst es«, sagte er ruhig. »Wir werden hier also abschließen und …«

Er fuhr zusammen, als im Wartezimmer das Glöckchen ertönte, das eintretende Kunden ankündigte. Auf den Fliesen waren schwere Schritte zu hören. Gleich darauf klopfte es an die Tür des Behandlungszimmers.

»Keiner da?«, rief jemand. »Machen Sie auf. Polizei!«

Bernhard und Maria waren beide wie erstarrt.

Luise Manzinger ergriff die Initiative. »Ja, worauf warten Sie noch, Frau Doktor? Verschwinden Sie, hier gibt's doch noch 'n Ausgang zum Hausflur, oder? Gehen Sie rechts die Straße runter und dann um die nächste Ecke. Warten Sie draußen vor der Wilden Maus oder was da jetzt für 'n Laden drin ist. Ich hol Sie da ab …«

»Aber … die werden Maria suchen …« Bernhard sah Luise hilflos an.

»Sie gehen, ich halte die auf«, versprach Luise und setzte ihren Schoßhund auf den Boden, während Maria gehorsam durch die hintere Tür der Praxis verschwand.

Die Schutzleute vor der Tür verloren inzwischen die Geduld und schienen entschlossen, sich auch ohne Einladung Einlass zu verschaffen. Jemand drückte die Klinke zum Behandlungsraum herunter.

Luise sah ihren kleinen Hund streng an. »Pudelchen!«, sagte sie dann in bestimmtem Ton. »Fass!«

Wäre die Situation nicht so ernst gewesen, hätte Bernhard sich vor Lachen kaum halten können, als sich der Mischling daraufhin in eine bellende, knurrende Töle verwandelte, die fest entschlossen schien, die eintretenden Polizisten zu zerfleischen. Der sonst so gutmütige kleine Kerl schnappte nach den Stiefeln der Schutzleute, tanzte bellend um sie herum und sorgte für ein Maximum an Verblüffung. Die Männer traten und schlugen nach Pudelchen, das sich davon allerdings nicht beeindrucken ließ. Erst als einer von ihnen nach seiner Waffe tastete, fing Luise Manzinger ihr Hündchen im Angriff auf und nahm es in den Arm, wo es sich beruhigte, doch weiterhin knurrte.

»Entschuldigen Sie, die Herren, aber Sie können hier auch nicht so plötzlich reinstürmen«, wandte sie sich an die Männer. »Hunde beim Tierarzt sind unberechenbar … Er hat Sie doch nicht gebissen, oder? Eigentlich müssen Sie vor ihm keine Angst haben …«

Die Schutzleute, beides große, kräftige Männer, blickten

betreten auf das Fellknäuel. Pudelchen zeigte noch einmal die Zähne.

»Ich denke, es ist gut, Frau Manzinger«, mischte sich Bernhard jetzt ein. »Wir impfen ihn besser nächste Woche. Heute erscheint er mir ... etwas unausgeglichen. Womit kann ich Ihnen denn helfen, meine Herren?« Er wandte sich den Männern zu.

Luise Manzinger zwinkerte ihm zu, als sie den Behandlungsraum verließ. Im Sprechzimmer griff sie in ihre sündhaft teure Handtasche und ein Stück trockener Schinken wanderte ins Maul von Pudelchen.

»Braver Hund!«, flötete seine Besitzerin.

Maria war Luises Anweisungen gefolgt und stand zitternd vor Angst vor dem tagsüber schäbig wirkenden Eingang zu dem alten Kabarett. Sie fuhr zusammen, als Luises Wagen neben ihr hielt, und starrte den Chauffeur an, als hätte sie nie einen Mann am Steuer eines Autos gesehen.

»Nun steigen Sie schon ein, Kind!«, rief Luise aus dem Fond. »Was ist denn bloß los mit Ihnen? Halten Sie ihr mal die Tür auf, Fred, das arme Ding ist ja völlig außer sich ...«

Als der Chauffeur ihr die Tür öffnete, glitt Maria neben Luise, woraufhin der kleine Hund fiepte und von Luises auf ihren Schoß strebte. Maria begann mit fliegenden Fingern, das Tier zu streicheln. Das Pudelchen leckte ihre Hände.

»Bei Dr. De Groot macht er das nie«, bemerkte Luise. »Wahrscheinlich spürt er, dass Sie Trost brauchen. Er ist ein bemerkenswerter kleiner Kerl.«

Luise hätte gern von Pudelchens Abenteuer in der Praxis erzählt, aber sie merkte, dass Maria nicht zuhörte, sondern sich ganz auf das Fellbündel in ihren Armen konzentrierte. Sie behielt den Hund auf dem Arm, als sie schließlich vor der Villa in Charlottenburg hielten, in der die Manzingers residierten, und stieg erst aus, als Luise sie dazu aufforderte.

»Sie kriegen jetzt erst mal einen schönen heißen Tee mit einem großen Schuss Cognac«, verhieß sie ihr und rief eine Hausangestellte.

Maria folgte ihrer Gastgeberin in den Salon und blieb dann mitten im Raum stehen. Der Hund wollte heruntergelassen werden, und sie setzte ihn auf den Teppich, regte sich sonst aber nicht. Erst als Luise zu ihr kam, um sie sanft auf einen Sessel zu drücken, nahm sie sich zusammen.

»Könnte ich … vielleicht ein Zimmer haben, bitte?«, fragte sie mit leiser Stimme. »Zum … zum Alleinsein? Weil ich nämlich … ich kann gerade nicht mehr …«

Luise Manzinger fand ihr Verhalten zwar befremdlich, hatte aber längst aufgehört, sich über die Eigenarten ihrer Mitmenschen zu wundern. Gelassen führte sie Maria in ein elegant eingerichtetes Gästezimmer und stellte das Getränk auf den Frisiertisch.

»Schön austrinken«, mahnte sie.

Maria flüsterte einen Dank und ließ sich nicht mehr blicken, bis Bernhard am Abend, im Schutz der Dunkelheit, an der Villa klingelte.

»Ich glaube nicht, dass mir jemand gefolgt ist«, erklärte er der besorgten Luise. »Sie haben mir geglaubt, dass Maria mit Nellie in Hamburg ist. Natürlich waren sie erbost. Dieser Kommissar hatte ihr wohl verboten, Berlin zu verlassen. Aber sie konnten ja nichts tun, und mich konnten sie auch nicht belangen, weil ich mit der Sache ja nun wirklich nichts zu tun hatte. Sie haben sich noch die Wohnung angesehen und sich gewundert, warum da so viele Koffer herumstanden. Ich hab dann wahrheitsgetreu gesagt, Nellie und ihr Freund planten auszuwandern. Nun ahnen sie wahrscheinlich was. Ich denke trotzdem, sie verfolgen jetzt erst mal die Spur mit Hamburg.«

Luise nickte. »Hoffen wir's«, erwiderte sie und kraulte ihren Hund.

»Was war das denn heute Morgen?«, fragte Bernhard. Ihm brannte zwar auf den Nägeln zu fragen, wo Maria steckte, aber der Vorfall mit dem sonst so harmlosen kleinen Mischling hatte ihn den ganzen Tag über beschäftigt.

Luise kicherte. »Ach, das hat mein Mann ihm mal beigebracht. Die Kerle hatten damals ja alle ihre Schäferhunde und Pitbulls, die nicht bissig genug sein konnten. So einen wollte ich allerdings nicht im Haus haben. Nicht dass er das Pudelchen gebissen hätte. Und da hat mein Ralle halt den Kleinen trainiert. Aus Spaß. War immer ein Kracher, wenn er das vorführte, die Männer haben sich scheckig gelacht. Er beißt selbstverständlich nicht wirklich, es ist nur eine Show. Aber wenn er überraschend über jemanden herfällt, wie heute Morgen, dann erzielt das schon seine Wirkung. Die meisten geben Fersengeld – was ihnen hinterher natürlich furchtbar peinlich ist, wenn er wieder guckt wie ein Plüschbär.«

Bernhard lächelte. »Wir sind ihm jedenfalls zu Dank verpflichtet. Wo ist denn nun Maria, Frau Manzinger?«

Luise hob die Schultern. »Hat sich in unserem Gästezimmer versteckt. Ein bisschen komisch, das Fräulein Doktor, steht wohl unter Schock. Was wollen Sie denn jetzt eigentlich tun?«

Bernhard setzte die beiden Koffer ab, die er mitgebracht hatte. »Wir haben eine Passage nach Neuseeland gebucht«, erklärte er. »Aber das Schiff geht erst in knapp zwei Wochen. Bis dahin … Ich muss jetzt nach Maria sehen. Würden Sie mich so lange entschuldigen?«

Bernhard hoffte, dass Maria die Tür des Zimmers nicht verschlossen hatte, trotzdem klopfte er an.

»Was ist das denn für ein Klopfton?«, fragte Luise, die ihn zum Gästezimmer begleitet hatte, neugierig.

»Das sind Morsezeichen«, klärte Bernhard sie auf. »Übersetzt heißt es: *Ich komme als Freund.*«

Luise runzelte die Stirn. »Ein … Spiel zwischen Ihnen?«

Bernhard nickte. »Sozusagen.«

Im Zimmer rührte sich nichts, woraufhin er langsam die Klinke betätigte und eintrat. Maria lag nicht wie erwartet auf dem Bett. Bernhard schaute sich besorgt um und entdeckte einen begehbaren Wandschrank. Die Tür war einen Spalt geöffnet. Er klopfte noch mal im selben Rhythmus, diesmal an die Schranktür.

Maria stieß sie von innen auf. »Es tut mir leid«, sagte sie. »Ich weiß, dass ich mich wunderlich benehme. Und dass ich das nicht soll. Ich hab das auch seit Jahren nicht mehr gemacht. Aber … aber heute … Ich dachte, es wäre besser, mich zu verstecken, als zusammenzubrechen.«

Bernhard nickte. »Das hast du richtig gemacht«, sagte er freundlich. »Kannst du jetzt herauskommen?«

Maria nickte und schob sich ins Freie. »Ich schaffe das nicht«, sagte sie dann in ihrem singenden Tonfall. »Das ist alles zu viel für mich. Ich hab mein Zimmer nicht mehr und meine Bücher und die Praxis und meine Kleider und …«

»Pschschsch …« Bernhard legte ihr die Hand auf den Rücken und zog sie dann ganz vorsichtig näher an sich heran. »Du brauchst das gar nicht …«

»Doch!«, gab Maria zurück. »Wenn ich das alles nicht habe, dann bin ich … dann hab ich nichts, was mich hält, dann ist alles nur laut, nur groß und grell und … und ich fürchte … ich fürchte, mich aufzulösen, wegzutreiben …«

»Pschschsch …« Bernhard summte beruhigend, als spräche er mit einem Kind oder einem scheuen Pferd. »Wenn du mal ein bisschen nachdenkst, dann merkst du, dass du etwas viel Besseres als all das hast – oder du könntest es haben, wenn du dein altes Leben ganz kurz loslassen und nach etwas Neuem greifen würdest.« Er begann, ihren Rücken zu streicheln, als sie zu ihm aufsah, und die Panik in ihrem Blick wich Interesse. »Du hast mich, Maria«, sprach Bernhard leise und zärtlich weiter. »Ich bin hier, um dich festzuhalten, und ich werde immer da sein. Wenn etwas zu laut ist, dann halte ich dir die Ohren zu, oder du schmiegst dich an mich oder kommst unter meine Decke, damit du nichts mehr hörst. Wenn etwas zu groß ist, dann steche ich es an, damit die Luft entweicht, und dann ist es gar nicht mehr bedrohlich. Und wenn etwas grell ist, und deine Augen brennen, dann breite ich einen Schleier darüber und dämpfe das Licht. Ich werde niemals zulassen, dass du dich auflöst, Maria, oder wegtreibst, denn ohne dich möchte ich nicht mehr leben. Du musst mir nur erlauben, dich zu halten. Du darfst dich nicht vor mir fürchten.«

Zu seiner Verwunderung ließ Maria sich fallen und lehnte den Kopf an seine Schulter. »Ich … ich hab dich längst berührt«, sagte sie leise. »Was tun wir jetzt?«

Bernhard war ratlos. Sie hätten den Fluchtplan besser ausarbeiten sollen. Und jetzt war noch nicht einmal Nellie da, die Einfallsreichste von ihnen allen.

»Nellie muss erfahren, was geschehen ist«, erwiderte er einen Moment später. »Und Walter. Vielleicht dieser Herr von Gerstorf. Wenn du vielleicht ein paar Tage hierbleiben könntest, dann werde ich die Praxis morgen ganz normal aufmachen …«

»Fangen Sie Dr. De Groot lieber am Bahnhof ab, Dr. Bernhard, am besten zwei Stationen vor Berlin«, riet Luise, als die beiden sich zu ihr gesellten und Bernhard den Cognac trank, den Maria verschmäht hatte. »Wer weiß, was diesem Langhage einfällt, weil seine Beute nicht wie erwartet ins Netz gegangen ist. Er könnte auch Dr. De Groot beschuldigen. Oder ihr Kindermädchen. Die Lene war doch mal eine von Fritzens Pferdchen …«

»Pferdchen?«, fragte Maria.

»Lene ist weg. Auf dem Schiff in Richtung New York, mit Nellies Tochter«, verriet Bernhard.

Luise hörte aufmerksam zu. »Umso verärgerter wird Langhage sein, wenn er das erfährt. Der beschuldigt Dr. De Groot noch der Fluchthilfe. Passen Sie auf, ich ruf jetzt meinen Ralle an, der soll das alles regeln. Haben Sie den Polizisten gesagt, wohin Dr. De Groot auswandern will?«

Bernhard schüttelte den Kopf. »Australien, hab ich gesagt«, erklärte er stolz. Maria schaute schon wieder verständnislos drein. »Ich hab sie beschwindelt«, erklärte ihr Bernhard. »Auf eine falsche Fährte gelockt. Das Schiff geht von Rostock ab, hab ich gesagt.«

»Wir müssen nach Bremerhaven«, sagte Maria panisch. »Unser Schiff fährt ab Bremerhaven.«

Luise nickte gelassen. »Mein Ralle macht das schon«, erklärte sie.

Nellie war nicht nur überrascht, sondern erschrocken, als sie kurz vor Berlin von zwei riesigen, tätowierten Männern aus ihrem Abteil geholt und zum Aussteigen aufgefordert wurde. Sie stellten sich als Beauftragte von Ralle Manzinger vor, was Nellie nicht sonderlich beruhigte. Erst als das Auto, zu dem die beiden sie ohne weiteren Kommentar geleiteten, vor der Charlottenburger Villa hielt, verlangsamte sich ihr Herzschlag. Sie war nahe daran, Maria in die Arme zu schließen, die mit Luise im Salon saß. Luise hatte darauf bestanden, dass sie bei ihr blieb.

»Und wo ist jetzt Bernhard?«, fragte sie besorgt, nachdem Luise und Maria von den Geschehnissen berichtet hatten.

»Ich denke, bei Herrn von Prednitz«, erwiderte Luise. »Und ich fürchte, die zwei werden damit rechnen müssen, heute noch verhört zu werden. Ich hoffe, dieser Langhage findet keinen Vorwand, sie einzusperren.«

Walter hatte tatsächlich über die Polizei von Marias Verschwinden erfahren. Kommissar Langhage persönlich hatte ihn auf der Rennbahn aufgesucht, wo er eben dabei gewesen war, Erlkönig auf den Transport vorzubereiten. Julius von Gerstorf hatte seine Passage nach Auckland nun fest gebucht, ebenso die für Walter und Nellie sowie Bernhard und Maria. Der Hengst sollte mit einem der nächsten Züge nach Bremerhaven reisen, und Walter gedachte, ihn zu begleiten. Natürlich beunruhigte ihn Nellies und Marias Verschwinden zutiefst.

»Ich weiß nur, dass Nellie nach Hamburg wollte«, gab er wahrheitsgemäß an. »Und heute zurückkommen sollte. Was da geschehen ist … Vielleicht konnte sie sich ja doch nicht von ihrer Tochter trennen und ist mit ihrem Mann nach Amerika abgereist.«

»Obwohl sie eigentlich mit Ihnen nach Australien wollte?«, erkundigte sich Langhage scharf. Walter runzelte die Stirn. Was meinte der Mann mit Australien? »Und Ihre Schwester soll sich der Familie angeschlossen haben?«, fragte Langhage skeptisch. »Da stimmt doch was nicht! Ich warne Sie, Herr von Prednitz. Wenn Sie etwas wissen …«

Walter schüttelte den Kopf. »Ich kann Ihnen da nicht helfen«, meinte er. »Ich habe mit der ganzen Sache nichts zu tun. Jetzt mache ich mir natürlich Sorgen. Hoffentlich liegt etwas ganz Harmloses vor, und die beiden kommen einfach einen Zug später an. Sollte ich etwas hören, lasse ich es Sie wissen.«

Julius von Gerstorf, der das kurze Verhör mitgehört hatte, zeigte sich ebenso besorgt wie Walter. Er hoffte jedoch, dass Maria und Nellie einem rechtzeitig ausgearbeiteten Fluchtplan folgten.

»Sie sollten sich davon nicht beeinflussen lassen, Herr von Prednitz, sondern wie geplant den Hengst nach Bremerhaven bringen und dort alles für die Einschiffung vorbereiten. Bewegen Sie ihn noch ein paar Tage regelmäßig vor der Abreise, er steht dann ja wochenlang in einem engen Verschlag. Und machen Sie sich keine Sorgen. Ihre Freundin und Ihre Schwester werden es schon schaffen.« Er lächelte. »Wir neigen immer dazu, unsere Frauen für schwach und hilflos zu halten, aber Sie glauben nicht, was sie zustande bekommen, wenn es drauf ankommt! Nun kümmern Sie sich erst mal um mein Pferd, und dann sehen wir weiter.«

Walter beschloss, sich zunächst in der Torstraße nach Maria und Nellie umzusehen und dort vielleicht eine Spur zu finden. Er war sehr erleichtert, als er Bernhard in der Praxis antraf.

»Ich weiß noch nicht, wie Ralle Manzinger uns nach Bremerhaven bringen will, aber seine Frau ist da unbesorgt«, berichtete Bernhard und klärte natürlich auch die Frage mit Australien. »Gut, dass er dich dazu nicht verhört hat. Das wäre peinlich geworden.«

Walter nickte und konnte sich über Bernhards Naivität nur wundern. Den Kommissar ohne Absprache zu belügen hätte all ihre Pläne zunichtemachen können. »Du kommst auf jeden Fall mit mir«, entschied er dann, schon um weiteren Missverständnissen vorzubeugen. »Ich werde heilfroh sein, einen Tierarzt dabeizuhaben während der Zugfahrt mit Erlkönig, und dann sind wir beide auch schon mal weg. Wir können Luise Manzinger vom Bahnhof aus anrufen, damit die Frauen wissen, wo wir sind. Oder jetzt gleich. Erlkönig soll mit dem Nachtzug reisen.«

Bernhard biss sich auf die Lippen. »Ich hab Maria versprochen, für sie da zu sein«, meinte er.

Walter winkte ab. »Sie hat jetzt Nellie«, erklärte er. »Das muss reichen. Das wird schon gut gehen.«

Die Reise des Hengstes nach Bremerhaven verlief ohne Zwischenfälle. Das Rennpferd war Transporte gewöhnt. Erlkönig kletterte, ohne zu zögern, in Güterzüge und würde sicher auch mit dem Schiff keine größeren Probleme haben. In Bremerhaven bezog er eine Box in einem Stall am Hafen, wo er auf die Einschiffung warten sollte. Für Walter war ein Zimmer in einer

Pension gebucht, das er ohne Probleme mit Bernhard teilen konnte. Die beiden wurden jedoch immer nervöser, je länger die Zeit bis zur Abreise voranschritt, ohne dass sie etwas von den Frauen hörten. Sie hatten Luise Manzinger den Namen ihrer Pension genannt und eigentlich gehofft, dass sich Nellie und Maria dort melden würden.

»Was machen wir, wenn sie nicht kommen?«, fragte Bernhard einen Tag vor der Einschiffung verzagt.

»Sie müssen kommen!«, erwiderte Walter. »Wir können das nicht mehr abblasen. Ich bringe den Hengst morgen früh an Bord, und am Nachmittag soll es losgehen.«

»Ich gehe nicht ohne Maria«, erklärte Bernhard entschlossen.

Walter sah ihn überrascht an. »Das hört sich ja an, als hätte sich da etwas bewegt zwischen euch …«

Bernhard nickte. »Das hoffe ich. Und ich bereue inzwischen zutiefst, dass ich nicht zurück in die Villa der Manzingers gegangen bin, um auf sie aufzupassen. Wer weiß …«

Walter winkte ab. »Also, die Zeit, in der Ralle Manzinger Mädchen geschmuggelt hat, ist sicher vorbei. Der ist doch jetzt ein Stahlmagnat. Und ich habe volles Vertrauen zu Nellie. Sie wird es schaffen, das Schiff pünktlich zu erreichen.«

Bernhard verbrachte eine schlaflose Nacht, während Walter auch noch die Ruhe bewahrte, als er sein Pferd am Morgen abholte und durch den Hafen zum Schiff führte. Erlkönig schritt, ohne zu zögern – und zum Glück, ohne vor irgendetwas zu scheuen –, über die schwankende Rampe an Bord des Frachtschiffs und ließ sich in seinem Verschlag anbinden. Neben ihm stand eine freundliche Stute, und er begann sofort aufgeregt, mit ihr zu flirten.

Ein Matrose hatte Bernhard inzwischen die Unterkünfte für die Passagiere gezeigt, sehr schlichte Zweibettkabinen.

»Ich hab nicht mal einen Koffer«, sagte er unglücklich, als Walter zu ihm stieß. Sein Notfallkoffer war mit Marias in der Villa der Manzingers verblieben.

»Ihre Koffer sind schon an Bord«, erklärte der Matrose gelassen. »Wurden gestern geliefert. Sie sollten doch nur das Nötigste für die Reise mit in die Kabinen bringen …«

Bernhard sah Walter verständnislos an. »Die … Koffer sollen da sein? Aber …«

Walter verstand das ebenso wenig und begann sich schließlich doch zu sorgen. Im Gegensatz zu Bernhard konnte er nicht mehr von Bord. Er musste sich um das Pferd kümmern, egal, was mit Nellie geschehen sein mochte.

Schließlich waren auch die letzten Kisten und Fässer mit Waren für Neuseeland im Schiffsbauch verstaut. Die wenigen anderen Passagiere, meist Kaufleute, die mit ihren Waren reisten, waren an Bord, und eine Sirene kündigte an, dass die Leinen jetzt gelöst würden.

Bernhard blickte mit brennenden Augen zum Anleger. Nach wie vor war nichts von Maria und Nellie zu sehen.

»Ich bleibe hier«, sagte er unmissverständlich. »Ich werde sie suchen, vielleicht können wir ja nachkommen. Ohne Maria gehe ich nicht. Sie … sie ist mir wichtiger als alles andere, sie …«

»Das wird sie sicher gern hören«, vernahm er eine fröhliche Stimme hinter sich. »Du musst es ihr gleich sagen, sie ist ziemlich durcheinander nach der Reise und der Bootsfahrt.«

Bernhard blickte sich ungläubig um und entdeckte Nellie. Sie wies hinunter auf ein Motorboot mit Kajüte, das neben dem Frachtschiff angedockt hatte. Maria stand an Deck, noch unschlüssig, die Strickleiter zu erklimmen, die von Matrosen des Frachters ausgeworfen worden war. Einer der Männer bot ihr Hilfe an, aber sie wehrte ihn verängstigt ab. Bernhard rannte hinüber und ergriff die Leiter.

»Ich komme runter, Maria!«, rief er. »Bleib ganz ruhig, ich helfe dir!« Gewöhnlich hätte sich ihm bei dem Gedanken, die schwankende Leiter hinunterzusteigen, der Magen umgedreht, denn er war nicht schwindelfrei, doch jetzt dachte er an nichts anderes als die zarte, blasse Frau, die dort unten stand und völlig entwurzelt wirkte. »Nicht dass du weggeweht wirst«, flüsterte er, als er unten ankam. »Ich halte dich, ich bringe dich in Sicherheit.«

Maria antwortete nicht, aber sie ließ sich aufatmend gegen seine Schulter sinken wie zwei Wochen zuvor in Luises Villa.

Bernhard legte die Arme um sie und schöpfte neuen Mut, als die Matrosen jetzt eine Art Korb über die Reling hievten.

»Da kann sie sich reinsetzen, dann ziehen wir sie hoch!«, rief einer der jungen Männer.

Bernhard drückte Maria sanft in den Sitz und legte seine Jacke um sie. »Schau nicht hin, und hör nicht hin«, flüsterte er. »Ich bin bei dir.«

Er kletterte die Leiter hinauf, während die Männer die junge Frau hochzogen. Nellie und Walter nahmen sie oben in Empfang.

»Alles gut?«, fragte Nellie. »Wir können gleich in unsere Kabine gehen. Es sind leider nur Zweibettkabinen, sagt Walter, wir müssen uns eine teilen. Aber das schaffst du schon. Wir waren in den letzten Tagen ja auch zusammen.«

Ralle Manzinger hatte die Frauen, um keinen Verdacht zu erregen, mit einem Lastwagen, in dem sonst Stahlplatten transportiert wurden, nach Bremerhaven fahren lassen. Unter der Fracht war ein winziger Verschlag für sie improvisiert worden, und sie hatten sich eng aneinanderschmiegen müssen. Maria war nichts anderes übrig geblieben, als Nellies Nähe zu ertragen. Auch das erklärte ihr mitgenommenes Aussehen.

Jetzt rieb sie sich die Stirn. »Du … wirst aber lieber bei Walter schlafen wollen«, sagte sie zu Nellie. »Und mir … ich glaub, mir würde es nichts ausmachen … Also wenn du willst, Bernhard …«

Bernhard sah sie an, als hätte sie ihm ein kostbares Geschenk gemacht. Sein Blick war voller Liebe.

»Du … weißt, was das bedeutet?«, fragte er dennoch leise, sodass die anderen nicht mithören konnten. »Maria, wenn wir eine Kabine teilen, dann möchte ich dich berühren. Mit meinen Händen berühren, mit meinen Lippen. Ich möchte dich zu meiner Frau machen, Maria. Nicht nur für diese Überfahrt. Für immer. Hast du das verstanden? Willst du das auch?«

»Für immer ist gar nichts«, erklärte Maria. Sie würde nie damit aufhören, die Äußerungen anderer wörtlich zu nehmen. »Aber vielleicht … so lange wir beide leben?«

Ihre Hand tastete vorsichtig nach der seinen. Er umfasste sie sanft, verschränkte seine Finger mit den ihren.

Hand in Hand sahen sie zu, wie das kleinere Boot ablegte und grüßend tutete, woraufhin sich auch das große Schiff langsam in Bewegung setzte. Der Hafen blieb zurück, die Gebäude schienen kleiner und kleiner zu werden, bis schließlich die gesamte deutsche Küste am Horizont verschwand.

Die Geschichte meiner Tierärztinnen Nellie und Maria ist fiktiv, allerdings bewegen sich die Protagonisten vor authentischem und gut recherchiertem Hintergrund. So ist es zum Beispiel wahr, dass es Frauen in Europa fast unmöglich gemacht wurde, Tiermedizin zu studieren. In Neuseeland wäre es ihnen zwar erlaubt gewesen, da hier von Anfang an alle Fakultäten das Frauenstudium zuließen, allerdings wurde das Studienfach dort nicht angeboten und dorthin kamen die Frauen ja auch erst sehr viel später.

Immerhin legte man der ersten Tierärztin im Land, Pearl Dawson, die ihr Diplom 1920 in Amerika erwarb, bei der Berufsausübung keine Steine in den Weg. Neuseeland litt während der ersten Hälfte des 20. Jahrhunderts derart an Tierärztemangel, dass den Farmern das Geschlecht der Veterinäre völlig egal war. In Europa hatten promovierte Tierärztinnen dagegen noch in den Fünfzigerjahren größte Schwierigkeiten, Anstellungen zu finden. Aus diesem Grund arbeiteten viele von ihnen letztendlich auf dem Schlachthof. Ich könnte mir denken, dass sie sich ihre Karriere bei Beginn des Studiums anders vorgestellt hatten.

Die allererste europäische Tiermedizinstudentin war Aleen Cust, die sich 1894 in Edinburgh einschreiben durfte, aber erst 1922 die Erlaubnis erhielt, ihr Diplom zu erwerben. Die erste Tierärztin in Europa war die Finnin Agnes Sjöberg, die 1912 mit einer Sondererlaubnis ihr Studium in Berlin begann. Sie beendete es 1915 und promovierte 1918 über Augenleiden bei Pferden. Der Werdegang meiner Protagonistin Maria ist an den ihren angelehnt, allerdings war Agnes Sjöberg keine Autistin.

Autismus – eine besondere Art der Wahrnehmung, die nicht selten den sozialen Umgang und Austausch mit anderen Menschen erschwert – war in der Zeit, in der mein Roman spielt, noch nicht wissenschaftlich bekannt. Erst 1938 beschrieb Hans Asperger die Grundzüge des später nach ihm benannten Syndroms unter dem Begriff »Autistischer Psychopath«. Je nach Ausprägung des Autismus galten die Betroffenen vorher als geistesgestört bis seltsam. Später teilte man sie in verschiedene Kategorien ein, während man heute allgemein von einer Autismus-Spektrum-Störung spricht, da es sehr viele Autismus-Formen gibt. Dabei spielt das Funktionsniveau eine große Rolle, also die Möglichkeiten des Betroffenen, sich mit seinen Handicaps in der Gesellschaft zurechtzufinden und ein selbstbestimmtes Leben zu führen.

Ich habe mich bei der Charakterisierung meiner Figur der Maria an einigen Eigenheiten der vom Asperger-Syndrom betroffenen Menschen orientiert und dabei nicht nur wissenschaftliche Fachliteratur, sondern vor allem Autobiografien von Betroffenen zurate gezogen. Insofern hoffe ich, dass mir die Schilderung ihrer Persönlichkeit authentisch gelungen ist. Wenn Maria das Bedürfnis nach Rückzug und Flucht vor einer reizüberfluteten Situation verspürt, greift sie zu der Strategie, sich in einem Schrank zu verkriechen. Das ist in ihrem Fall kein Zeichen von Regression, also Rückfall in kindliche Verhaltensweisen, sondern durchaus hilfreich. Wer einen eindrucksvollen Einblick in die Erlebenswelt eines Menschen mit Autismus-Spektrum-Störung erhalten möchte, dem empfehle ich *Animals in Translation – Ich sehe die Welt wie ein frohes Tier* von Temple Grandin. Um Autismus-Kongressen beiwohnen zu können, aber nicht physisch anwesend sein zu müssen, gibt es reizarme Rückzugsorte für Autisten, in denen die entsprechenden Vorträge per Videoübertragung verfolgt werden können.

Was Nellies Geschichte angeht, so ist die St. Elisabeth School für Mädchen ein fiktives Institut, aber angelehnt an ähnliche Bildungseinrichtungen in der entsprechenden Zeit. Nicht fiktiv ist das Stichts Asyl voor Dieren in Utrecht. Dort setzten sich damals tatsächlich engagierte Frauen für Katzen und Hunde ein – und kämpften mit genau den Schwierigkeiten, die im Roman geschildert werden. Wurde ein Tier nicht binnen kürzester Zeit vermittelt, mussten sie zulassen, dass es getötet wurde.

Im belgischen Kortrijk sprach man Niederländisch mit westflämischem Dialekt.

Der Erste Weltkrieg gilt zwar als erster industrialisierter Krieg, es wurden trotzdem noch Millionen Reit-, Last- und Zugtiere eingesetzt. Klassische Reiterschlachten, bei denen Angriffe mit gezücktem Degen geführt wurden, kamen zwar kaum noch vor – die allerletzten erfolgten tatsächlich erst im Zweiten Weltkrieg –, aber Pferde wurden gebraucht, um Geschütze und Nachschub an die Fronten zu schicken. Sie erwiesen sich sogar noch im Zweiten Weltkrieg als geländegängiger als Motorfahrzeuge und hielten zudem auch ohne Futter länger durch als Automobile ohne Benzin. Ich habe versucht, das Leiden der Pferde im Dienst der kriegführenden Menschen möglichst korrekt zu beschreiben, ohne die absoluten Horrorszenarien heraufzubeschwören. Ebenso wenig wollte ich allzu sehr emotionalisieren und womöglich die Kameradschaft zwischen Mensch und Tier verherrlichen.

Jeder Krieg ist grauenhaft für Mensch und Tier. Auch in modernen Kriegen sind Tiere mitbetroffen, man denke nur an die

Haustiere der ausgebombten Menschen und der Flüchtlinge, die ihre Vierbeiner zwangsläufig in ihren Ursprungsländern zurücklassen mussten. Wie Nellie schon richtig sagt: Tiere kennen keine Vaterländer und sehen sich nicht als Teil einer Nation. Pferde wählen ihre Freunde nicht nach Rassen oder Farben und melden sich nicht freiwillig zum Kampf. Während ich dies schreibe, spielen übrigens mein Hund und mein Kater zusammen, später schlafen sie eng aneinandergeschmiegt ein. Sind die Vierbeiner also doch klüger als wir? »Nein«, argumentiert der Kater. »Keine Minderwertigkeitskomplexe. Ihr habt immerhin den Dosenöffner erfunden!« ☺ Er zumindest hält uns für die Krone der Schöpfung.

Es war tatsächlich so, dass die deutsche Armee vor allem zu Beginn des Ersten Weltkriegs an Tierärztemangel litt. Im Gegensatz zu den Alliierten hatte man an die medizinische Versorgung der Pferde, Hunde und Brieftauben wohl einfach nicht gedacht. Bei den Alliierten war das besser geregelt, vor allem, als die RSPCA (Royal Society for the Prevention of Cruelty to Animals) sich schließlich einschaltete, Inspektoren entsandte und einen Spendenfonds für die Behandlung der Tiere ins Leben rief. Nichtsdestotrotz kamen Millionen Pferde und andere Tiere ums Leben. Bei den Deutschen starben mehr als bei allen anderen – außer vielleicht den sehr abgelegenen Ländern wie Neuseeland und Australien. Neuseeland sandte zehntausend Pferde in den Krieg. Laut Auckland War Memorial Museum kehrte eines von ihnen heim (anderen Quellen zufolge vier).

In den Varietés der Roaring Twenties in Berlin gab es verhältnismäßig viele exotische Tiere. Erst in den letzten Jahrzehnten wird der Einsatz von Wildtieren in zirzensischen Unternehmen infrage gestellt und zum Teil verboten. Das Äffchen meiner Schönheitstänzerin Marika Berger hat sogar ein historisches

Vorbild, ebenso wie seine exzentrische Besitzerin. Ihr Leben ist das der Anita Berber nachempfunden, die ihr exotisches Haustier irgendwann im Rausch erdrückte und selbst 1928 ums Leben kam.

Die Zustände im Berliner Zoo während der Kriegs- und Nachkriegszeit werden authentisch geschildert, es gab hier tatsächlich viele Schlachtungen weniger wertvoller Tiere, um Publikumsmagneten wie Löwen und Tiger durch die schweren Zeiten zu bringen.

Der Beruf des Eintänzers war in den Zwanzigerjahren durchaus populär. Es waren tatsächlich häufig Offiziere, die im Krieg gedient hatten und nun keine weniger anrüchige Anstellung mehr fanden. Die Gräfin von Albrechts ist allerdings fiktiv, ebenso Walters Freund Ludwig von Lindau und alle beteiligten Pferde. Tatsächlich gewann den Großen Preis von Berlin im Jahre 1925 ein Hengst namens Weißdorn.

Die Ressentiments gegen Juden während der Weimarer Republik, ebenso wie in der Vorkriegszeit, bekamen junge Tierärzte tatsächlich zu spüren, sowohl im Studium als auch später im Beruf. Die Begeisterung für den Nationalsozialismus und seinen Judenhass kam nicht aus heiterem Himmel, sie kündigte sich sehr früh an. Die Politik hätte damals gegensteuern können, und wie im Buch schon erwähnt, gab es dazu ja durchaus halbherzige Versuche. Warum nach Hitlers erstem Putschversuch in München nicht heftiger durchgegriffen wurde, gehört zu den offenen Fragen der Geschichte.

Vielen Dank!

Bücher schreiben gilt als eine einsame Arbeit, aber eigentlich ist es das nicht. Natürlich sitzt ein/e Autor/in allein an seinem oder ihrem Schreibtisch – allenfalls die Katzen meinen, mitmischen zu müssen, und hocken sich immer mal wieder auf die Tastatur, um ihrer Ansicht nach unpassende Textstellen zu löschen –, aber es werden dringend Menschen gebraucht, die ihm oder ihr dabei den Rücken freihalten.

Bei mir sind das hauptsächlich Joan und Anna Puscas, die bereitwillig Pferde füttern und Hunde hüten – und sich in diesen nervigen Corona-Zeiten für mich im Supermarkt anstellen, damit ich mehr Zeit zum Schreiben habe. Vielen, vielen Dank! Ganz besonders an Anna für die unzähligen Videos, die wir neben der Arbeit an den Büchern drehen mussten, weil ich in diesem Jahr natürlich an keiner Buchmesse oder Präsentation teilnehmen konnte. Eine Ausnahme bildete der Tag des Buches, in dem Rudolfo Criado von der Librería Nobel in Vera denn doch ein Treffen mit Leserinnen möglich machte. Auch ihm vielen Dank – stellvertretend für die Buchhändler/innen in aller Welt, die meine Bücher lieben und empfehlen.

Dann sind meine fleißigen Testleserinnen zu erwähnen – allen voran wie immer Klara Decker, aber auch Bea Andres kämpft sich langsam in die erste Reihe. Ohne eure Korrekturen und Anregungen wären meine Bücher nur halb so gut!

Letzteres gilt natürlich erst recht für das Lektorat vom Lübbe-Verlag. Meine Lektorin Melanie Blank-Schröder bringt mich immer wieder auf neue Buchideen – das gesamte *Tierärztinnen*-Projekt geht auf ihre Vorschläge zurück. Und ohne Margit von Cossart, meine Textredakteurin, würde ich mich heillos im Dschungel der Zeiten verirren. Sie meint immer, sich für ihre übermäßige Sorgfalt entschuldigen zu müssen. Musst du nicht, Margit! Du machst alles genau richtig!

Vielen Dank auch an die Marketingabteilung, die sich in diesem Sommer endlos viele Möglichkeiten einfallen ließ, den Kontakt zwischen mir und meinen Lesern nicht abreißen zu lassen. Dank euch kann ich jetzt mit Skype und Zoom umgehen, und irgendwann werde ich auch noch rausfinden, wo genau die Frontkamera bei meinem Tablet sitzt, damit ich auf dem Bildschirm nicht immer aussehe, als würde ich schielen. 😊

Selbstverständlich danke ich ebenso allen anderen, die aus meinen Manuskripten so schöne Bücher mit Titeln und Landkarte und ansprechenden Umschlägen werden lassen.

Und last but not least geht ein Dank an alle Leser, die sich auf meine Geschichten einlassen und sich in andere Zeiten und Welten entführen lassen. Ich hoffe, wir treffen uns bald wieder persönlich. Bis dahin: Viel Spaß beim Lesen!

Sarah Lark

Die Tierärztin-Saga wird fortgesetzt …

Leseprobe aus

Sarah Lark

Die Tierärztin – Voller Hoffnung

Kapitel 1

Das Meer lag wie eine graue Plane unter einem blassen Himmel. Nellie spürte nur ein langsames Auf und Ab, während sich das Dampfschiff durch die Wellen schob. Dabei war ihr dieser erste Teil der Reise eigentlich als der stürmischste und beschwerlichste der Überfahrt nach Neuseeland geschildert worden. Seit sie sich am Tag zuvor in Bremerhaven eingeschifft hatten, gab es jedoch kaum Wind, und bislang war auch niemand seekrank geworden. Nellie befand, dass dies ideale Voraussetzungen waren, um sich mit Marias Ansinnen an den Kapitän der *Adelinde* zu wenden. Er konnte eigentlich nicht zu beschäftigt sein, um sie anzuhören. Ob er ihre Bitte ernst nehmen würde? Walter hatte sich am Morgen eher amüsiert, als Bernhard an ihre gemeinsame Kabinentür geklopft hatte, um ihnen von Marias Problem zu erzählen.

»Sie hat auf dem Boden geschlafen?«, hatte er lachend gefragt.

Bernhard, ein mittelgroßer Mann mit blondem Haar und sanften blauen Augen, hatte den Kopf geschüttelt.

»Natürlich nicht«, hatte er beleidigt erklärt. »Ich habe auf dem Boden geschlafen. Aber ich möchte das ungern während der ganzen Reise tun, und Maria ist mit der Lösung auch nicht sehr glücklich.«

»Sie hat deinen Heiratsantrag aber doch angenommen?«, vergewisserte sich Nellie.

Als es am Tag zuvor zur Verteilung der Kabinen gekommen

war, hatte Maria sich bereit erklärt, die ihre mit Bernhard zu teilen – obwohl sie die Nähe anderer Menschen gewöhnlich mied.

»Ja«, bestätigte Bernhard. »Allerdings hat sie irgendwann im Laufe ihrer Erziehung zur höheren Tochter verinnerlicht, dass es für eine Frau richtig ist, erst nach der Eheschließung mit einem Mann das Bett zu teilen. Daran will sie sich nun halten.«

Nellie runzelte die Stirn. Sie wusste, dass ihre Freundin Maria von einmal getroffenen Entscheidungen kaum abzubringen war – erst recht, wenn es um etwas ging, das sie als richtig oder falsch einschätzte.

»Konntest du nicht damit argumentieren, dass Nellie und ich ebenfalls miteinander schlafen, obwohl wir nicht verheiratet sind?«, hatte Walter gefragt, immer noch amüsiert.

Bernhard hatte das Gesicht verzogen. »Das ist etwas anderes, sagt sie«, hatte er erläutert. »Weil Nellie doch noch mit Philipp verheiratet ist.«

Walter hatte sich an die Stirn gegriffen. »Also Ehebruch ist in Ordnung, dagegen vorehelicher … äh …«

»Ach komm, du kennst Maria!«, war Nellie ihm ins Wort gefallen.

Eigentlich kannte Walter seine jüngere Schwester besser als alle anderen Menschen, außer vielleicht Nellie. »Sie hält sich an Regeln, und das ist auch gut so, sonst würde sie viel häufiger irgendwo anecken. Aber was gedenkt sie denn nun zu tun? Sollen wir doch die Kabinen tauschen?«

Nellie hatte Maria am Vortag angeboten, mit ihr eine Kabine zu teilen, obwohl sie lieber mit Walter zusammen sein wollte. Sie beide kannten sich seit Jahren und standen einander sehr nahe. Nellie akzeptierte Marias Schwierigkeiten im Umgang mit anderen Menschen.

Bernhard hatte den Kopf geschüttelt. »Sie will heiraten«, hatte er gemeint. »Möglichst heute noch. Der Kapitän soll uns trauen.«

Und hier stand Nellie nun an Deck des Schiffes, ließ sich von den Wellen wiegen und wartete darauf, den Kapitän des Frachters mit Marias Ansinnen zu konfrontieren. Sie fröstelte, obwohl sie einen Wintermantel trug. Es war bereits Mai, dennoch war es kalt auf See. Zum Glück erschien Kapitän Bladder schon wenige Minuten, nachdem sie nach ihm geschickt hatte. Er lächelte Nellie zu. Offensichtlich erfreute er sich an ihrem Anblick. Sie war groß und schlank, hatte rotblondes Haar und wache braune Augen. Nellie trug ihr Haar kurz. Sie hatte sich vor einigen Jahren für einen modischen Bob entschieden und fand diese Frisur genauso praktisch wie die langen Hosen, die in den letzten Jahren endlich auch für Frauen salonfähig geworden waren – zumindest in der Großstadt Berlin.

»Was kann ich für Sie tun, Frau Dr. De Groot?«, fragte Bladder nun höflich in bemühtem Hochdeutsch. »Sind Sie mit Ihrer Unterkunft zufrieden? Ich weiß schon, dass die Kabinen sehr einfach sind …«

Der Kapitän bemühte sich deutlich um Verbindlichkeit. Dabei passte die förmliche Sprache gar nicht zu diesem Mann, der Nellies Vorstellung von einem alten Seebären ziemlich genau entsprach. Kapitän Bladder war untersetzt, sein wettergegerbtes Gesicht umrahmte ein Bart. Die Kapitänsmütze saß etwas schief auf seinem vollen blonden Haar.

Nellie winkte ab. »Die Kabinen sind wunderbar, vielen Dank«, erklärte sie. »Wobei es meinem Mann ohnehin in erster Linie darum geht, wie das Pferd untergebracht ist. Er hätte wohl am liebsten im Verschlag neben Erlkönig geschlafen. Aber wir haben ein anderes Problem.«

Gleich darauf konnte sie mit ansehen, wie Kapitän Bladders Kinnlade sank.

»Ik heb noch nie een getraut«, entfuhr es ihm in reinstem Platt.

Nellie musste lachen. Sie glaubte das unbesehen. Schließlich befehligte er ein Frachtschiff, das nur ausnahmsweise Passagiere mitnahm, und keinen Luxusdampfer, dessen Kapitän eher mal mit den seltsamen Wünschen kapriziöser Gäste konfrontiert wurde.

»Ich bin überzeugt, dass die Braut die Trauformel auswendig kann«, versuchte sie den Seemann zu beruhigen. »Wir können das für Sie aufschreiben. Kommen Sie! Haben Sie von so einer Möglichkeit nicht Ihr Leben lang geträumt?«

Nellie selbst war immer bereit, sich auf neue Erfahrungen einzulassen. Abenteuer reizten sie.

»Nee«, erklärte der Kapitän unumwunden. »Sonst wär ik ja woll Pastor worn. Aber wenn de Deern drauf bestaht … Sallen wi bloß maken, solang de See so ruhig is'. Nich' dat mi dat Brautpaar noch över de Reling geweht wird.«

Nellie nickte. »Heute Mittag?«, fragte sie hoffnungsvoll.

Der Kapitän zog eine Taschenuhr. »Klock eens!«, erklärte er. »Ik mutt mi ja noch fien maken.«

Drei Stunden später führte Walter seine Schwester förmlich über das Deck, während ein Matrose *Treulich geführt* auf der Mundharmonika spielte. Nellie musste über das Bild lächeln. Marias und Walters gestrenge und sehr auf ihren Adelsstand bedachte Eltern hatten sich die Hochzeit ihrer Tochter sicher anders vorgestellt. Dennoch bot das Geschwisterpaar einen schönen Anblick. Beide waren dunkelhaarig und hatten auffallend blaue Augen. Walter war groß und bewegte sich geschmeidig, Maria war klein und zierlich und trat eher verhalten und ungelenk vor den Kapitän, der sich gemeinsam mit seinem Ersten Offizier und dem Zahlmeister an Deck platziert hatte. Ein Matrose füllte Gläser mit Kööm, einem Kümmel-Anis-Schnaps – wahrscheinlich der Flüssigkeit, die Champagner auf diesem Schiff am nächsten kam. Die Offiziere hatten sich durchweg in Galauniform geworfen, Kapitän Bladder grinste und schwenkte eine Bibel. Er warf bewundernde Blicke auf die Braut – für deren Ausstattung Nellie den ganzen Vormittag ihr Bestes gegeben hatte.

Maria trug ihr langes Haar offen. Nellie hatte es gebürstet, bis es glänzte. In Ermangelung von Blumen hatte sie den Federschmuck von zwei Hüten und Stirnbändern entfernt und daraus einen Kranz gewunden. Er hielt einen blaugrünen Seidenschal als Schleier in Marias Haar, der wunderschön mit ihren blauen Augen harmonierte. Maria trug das bessere der beiden Kleider, die sie in einem kleinen Notkoffer mit in die Kabine genommen hatte, das restliche Gepäck lagerte unter Deck. Das dunkelblaue Kleid mit tief sitzender Taille und glockig weitem Rock stand ihr hervorragend. Marias Haut war blass, doch sie schimmerte wie Alabaster. Bernhard, der mit Nellie als seiner Trauzeugin am Rande der Szenerie gewartet hatte, blickte ihr mit leuchtenden Augen entgegen.

Nellie nahm derweil die Bibel an sich. »Die brauchen wir gar nicht«, sagte sie lächelnd zum Kapitän. »So ohne Pastor …« Bewusst verzichtete sie darauf, dem Kapitän und seinen Männern zu verraten, dass Bernhard Jude war.

Der junge Mann trat nun neben seine Braut. Er trug einen einfachen braunen Anzug. Walter hätte elegantere Garderobe gehabt, aber er war größer als Bernhard, und seine Sachen passten ihm nicht.

»Wenn wir etwas mehr Zeit gehabt hätten, hätte ich dir was ändern können«, hatte Nellie bedauernd gesagt. Sie verstand sich aufs Nähen. Bevor sie sich ihren Traum, Tiermedizin zu studieren, hatte erfüllen können, hatte sie in Utrecht eine Hauswirtschaftsschule besucht.

Nun war es Maria völlig egal, was ihr Bräutigam anhatte, obwohl sie es zweifellos registrierte. Sie würde sich noch nach Jahren an jede Kleinigkeit der Zeremonie erinnern, ihr Gedächtnis war legendär. Umso weniger sicher fühlte sie sich jedoch in vielen Alltagssituationen. Unsicher blickte sie zu Bernhard auf und legte ihre Hand zögernd in die seine, als er sie ihr entgegenstreckte. Maria war wie Nellie bereits Mitte dreißig, sie wirkte hingegen wie ein ganz junges Mädchen.

»Dann woll'n wi mal!«, eröffnete der Kapitän die Zeremonie. »Ik mutt da jetzt wat to seggen, nich'?« Nellie seufzte. Sie hätte ihm vielleicht nicht nur die Trauformel aufschreiben, sondern auch noch eine passende Rede verfassen sollen. »Nu, wi heb hier also twee Lüüd, die woll'n nich' mehr alleen durch ihr Leven segeln, sondern sück tosamendoon. Gar nich' mal so verkehrt, mit nur eim Segel kommt man ja nich' wied – jedenfalls nicht bis Neuseeland. Un dat Beste wär overhoopt, wenn sich tominnst een von de beiden as Dampmaschien entpuppen wüürd …«

Walter lachte, Maria sah verständnislos zu Bernhard auf. »Metaphern?«, fragte sie.

Sie neigte dazu, alles wörtlich zu nehmen, was jemand zu ihr sagte, aber sie wusste schon, wann das nicht angebracht war.

»Wi Seelüüd seggen: *Hinter jedem Seemann steht 'ne starke Frau … manchmal in jedem Hafen eine* … aber ihr seid beide Landratten, und die bleiben sich gefälligst treu … wie … wie so 'n Hund. Ji seid doch Tierärzte, nich'? Da sallt ji euch wohl drup verstahn … Wi heb ja hier nur 'n Schiffskattje …« Kapitän Bladder stockte.

Doch dann übernahm zur allseitigen Überraschung der Bräutigam das Wort. »Mit der Zeit«, sagte Bernhard sanft, »lernt man, seinen Kurs nach dem Licht der Sterne zu bestimmen, und nicht nach den Lichtern jedes vorbeifahrenden Schiffes. Das habe ich mal gelesen, und es fiel mir eben wieder ein, nun, da wir auf einem Schiff heiraten. Es passt sehr gut auf uns beide, denn du, Maria, warst immer mein Stern – du hast mir geholfen, meinen Kurs zu finden, und mich aufgefangen, wenn ich aus der Bahn geworfen wurde. Ich liebe dich, Maria, und ich werde dir immer treu sein …«

»Metaphern?«, fragte Maria wieder.

Bernhard lächelte, dann umfasste er ihre rechte Hand sanft mit seiner linken und tippte mit dem rechten Zeigefinger ein paar Morsezeichen – ein Spiel, das zur Geheimsprache der beiden geworden war. Auf Marias Gesicht erschien der Anflug eines Lächelns.

»Ich werde immer nur deine Sprache sprechen«, übersetzte Walter für Nellie. Er hatte das Morsealphabet als Kind gelernt, weil seine Schwester so fasziniert davon gewesen war.

Kapitän Bladder räusperte sich. »Sie könnten hier glatt als Funker anfangen, junger Mann«, bemerkte er plötzlich in bestem Hochdeutsch. »Soll ich jetzt …?« Er wandte sich fragend an Nellie und die Brautleute. Nellie nickte ihm zu. »Na denn: Willst du, Maria Henriette von Prednitz, den hier anwesenden Bernhard Benjamin Lemberger zum Mann nehmen, also … äh … die Ehe mit ihm eingehen, in Gesundheit und Krankheit und so, dann antworten Sie mit Ja.«

»Sie hätten Bernhard zuerst fragen müssen«, bemerkte Maria. »Und Sie müssen entweder Du sagen oder Sie.«

»Das ist wirklich egal!«, sagte Bernhard. »Nun sag schon Ja.«

»Ich glaube, es muss schon ganz richtig gemacht werden«, beharrte Maria.

Der Kapitän schnaubte, bevor er noch einmal ansetzte. Diesmal nahm er sich zusammen: »Willst du, Bernhard Benjamin Lemberger, die hier anwesende Maria Henriette von Prednitz zur Frau nehmen, sie lieben und ehren, in Gesundheit und Krankheit, bis dass der Tod euch scheidet?«

Maria nickte zufrieden.

»Ja«, sagte Bernhard mit fester Stimme.

Er atmete erkennbar auf, als auch Maria mit einem deutlichen Ja antwortete, nachdem Bladder die Frage an sie gerichtet hatte.

»Dann erkläre ich euch in meiner Eigenschaft als Kapitän dieses Schiffes … äh … kraft meines Amtes zu Mann und Frau.

Mast- und Schotbruch!« Er grinste. »Allzeit gute Fahrt, und immer 'ne Handbreit Wasser unterm Kiel!«, fügte er hinzu.

»Metaphern«, sagte Bernhard, legte die Arme um Maria und küsste sie vorsichtig.

Nellie atmete auf, als sie sich vertrauensvoll an ihn schmiegte und den Kuss erwiderte.

»Die nächsten sind dann wir!«, flüsterte Walter ihr zu, und reichte ihr eins der Schnapsgläser, die der Kapitän kurz darauf erleichtert und freigebig immer wieder nachfüllte.

Walter und Nellie waren seit vielen Jahren ein Paar. Sie hatten einander im Krieg kennengelernt – unter eher ungünstigen Umständen. Walter war als Offizier der deutschen Armee in Nellies Heimatland Belgien gekommen, er gehörte zu den Besatzungstruppen der Stadt Kortrijk. Nellie war damals schon als Tierärztin tätig gewesen und hatte sein Pferd behandelt. An eine über den Krieg hinausgehende Beziehung hatten beide nicht geglaubt. Nellie war davon ausgegangen, nach der Befreiung die Vernunftehe weiterzuführen, die sie mit ihrem Jugendfreund Philipp verband. Dann hatte er sie jedoch darum gebeten, ihn freizugeben. Vor dem Krieg hatte er auf Wunsch seiner Eltern Tiermedizin studiert, um die Praxis seines Vaters zu übernehmen. Dabei lagen seine Talente eher auf musikalischem Gebiet. Nun hatte sich ihm die Möglichkeit eröffnet, als Musiker nach Amerika zu gehen. Die Tierarztpraxis sollte Nellie allein weiterführen. Nellies Schwiegervater hatte dies allerdings nicht akzeptiert, sondern ihr umgehend einen männlichen Kollegen vor die Nase gesetzt.

Nellie war daraufhin nach Berlin geflohen, hatte Walters Schwester Maria kennengelernt, die als erste Frau in Deutschland ein Studium der Tiermedizin beendet hatte, und mit ihr in Berlin eine Praxis eröffnet. Einige Jahre später war Bernhard, Marias Studienfreund, zu ihnen gestoßen, ebenso hatte sie Walter wiedergetroffen, der nach dem Krieg einige Jahre untergetaucht war, um einer von seinen Eltern lange geplanten Ehe aus dem Weg zu gehen. Seitdem war das Verhältnis zwischen Nellie und Walter zwar mitunter stürmisch verlaufen – doch letztlich verband sie eine tiefe Liebe.

»Philipp wird die Scheidung doch einreichen?«, erkundigte sich Walter nervös, als Nellie nicht sofort antwortete.

Sie nickte. »Sicher, ich habe alle möglichen Papiere unterzeichnet. Letztlich ist es nur eine Formsache …«

Walter verzog das Gesicht. Beide wussten, dass es nicht ganz so einfach war. Philipp oder Phipps, wie Nellie ihn immer genannt hatte, war viele Jahre, nachdem er ausgewandert war, in Berlin wiederaufgetaucht. Er hatte Karriere gemacht und stand als Zaubergeiger auf der Bühne. Umgehend hatte er damit Grietje, Nellies und seine musikalisch ebenfalls außergewöhnlich begabte Tochter, für sich gewonnen, und wäre es nach Vater und Tochter gegangen, so hätten Phipps und sie ihre Ehe wieder aufgenommen und gemeinsam in Amerika gelebt.

Nellie hatte dies aber abgelehnt. Sie liebte ihren Beruf als Tierärztin, und sie liebte Walter – sie hofften beide, sich den Traum von einer Auswanderung mithilfe einer Erbschaft, die Walter kürzlich gemacht hatte, erfüllen zu können. Nicht nach Amerika, sondern nach Neuseeland – das hatte sich durch einen wunderbaren Zufall so ergeben.

»Sollen wir noch mal nach Erlkönig sehen?«, fragte Nellie, um das Thema zu wechseln.

Sie sprach nicht gern über ihren Mann. Die Wunde, ihre Tochter an ihn verloren zu haben, war noch zu frisch. Grietje war zwar mit Nellies Segen mit ihrem Vater nach Amerika gezogen, da Phipps ihr eine bessere musikalische Ausbildung ermöglichen konnte. Die endgültige Trennung war Mutter und Tochter jedoch sehr schwergefallen, zumal nun viele Tausend Kilometer zwischen ihnen liegen würden. Grietje und ihr Vater würden in Boston leben – eine halbe Weltreise von Neuseeland entfernt.

Walter nickte. »Ich hab schon ein etwas schlechtes Gewissen, ihm all das zuzumuten«, gab er zu.

Der elegante schwarze Hengst war für die Dauer der Überfahrt in einem engen Ständer angebunden. Das Rennpferd hatte letztlich den Ausschlag für die Entscheidung gegeben, nach Neuseeland auszuwandern. Walter hatte ihn an einen neuseeländischen Züchter verkauft und die Stelle als Bereiter angenommen, die Julius von Gerstorf ihm angeboten hatte, um ihm die Einwanderung zu ermöglichen. Auch Nellie, Maria und Bernhard würden in der ehemaligen britischen Kolonie willkommen sein. Das Land – das durch die Cookstraße in eine Süd- und eine Nordinsel geteilt war – litt unter einem starken Mangel an Tierärzten, und laut Julius von Gerstorf würde es den Landwirten völlig egal sein, ob eine Frau oder ein Jude ihre Schafe, Rinder und Pferde behandelte. In Deutschland dagegen war es besonders für Bernhard immer schwieriger geworden, akzeptiert zu werden, und auch die Frauen hatten ständig gegen Anfeindungen kämpfen müssen.

»Erlkönig ist nicht das erste Pferd, das die Reise überleben wird«, meinte Nellie nüchtern. »Und jetzt sind es ja nur noch sechs Wochen. Früher mussten die Pferde drei Monate in den Segelschiffen ausharren, und wenn es zwischendurch Flauten gab, noch länger. Es war richtig, ihn zu verkaufen, Walter, mach dir keine Gedanken.«

Walter nickte widerstrebend. Er liebte den Hengst, mit dem er in den letzten beiden Jahren viele Rennen gewonnen hatte. Allerdings sah er für sich keine Zukunft als Jockey. Er war zwar ein exzellenter Reiter, aber auf den Rennbahnen griff man immer häufiger auf besonders kleine und leichte Männer als Jockeys zurück.

Sie stiegen also die Leiter hinunter, die in den Frachtraum

führte. Es roch dort leicht nach Lanolin – Kapitän Bladder beförderte hauptsächlich Luxusgüter, Umzugsgut oder Maschinen nach Neuseeland und Australien und brachte Schafwolle zurück. Kühlräume für Fleischtransporte hatte sein Frachter nicht, und Walprodukte beförderte er nicht, weil er nach eigenen Angaben den Gestank nicht ertragen konnte. So wurden die Pferde nicht durch unangenehme und vielleicht beängstigende Gerüche gequält, lediglich das wochenlange Stillstehen war schwer für sie.

Für Erlkönig wurde die Situation dadurch gemildert, dass im Verschlag neben ihm eine hübsche braune Stute stand. Er hatte nach dem Einladen sofort damit begonnen, sie zu umgarnen. Jetzt begrüßte er Walter und Nellie mit lautem Wiehern, und seine neue Freundin stimmte mit ein. Nellie klaubte eine Möhre aus ihrer Rocktasche und teilte sie für den Hengst und die Stute.

»Wie schade, dass er sie nicht heiraten und dann den Verschlag mit ihr teilen kann«, kommentierte sie lachend. »Wenn sie rossig wird und er nicht an sie rankommt, dürfte ihn das hart treffen.«

»Ach, da steht er drüber«, behauptete Walter. »Auf der Rennbahn gab es auch rossige Stuten. Und wenn wir erst mal da sind … In Neuseeland erwartet ihn ja wohl das Paradies auf Erden.«

Erlkönig sollte auf Epona Station, der Farm der von Gerstorfs, als Zuchthengst dienen, und er würde frei mit seinen Stuten auf der Weide laufen dürfen. In Berlin war das undenkbar für einen so wertvollen Hengst.

Nellie lehnte sich an Walters Schulter. »Und für uns?«, fragte sie. »Glaubst du, es wird auch für uns das Paradies? Es klang ja alles gut, aber es ging so schnell …«

Tatsächlich war die Entscheidung für Neuseeland binnen kürzester Zeit gefallen.

Walter küsste sie. »Zusammen waren wir immer glücklich«, erinnerte er sie. »Selbst im Krieg. Und jetzt … Wir haben Geld, wir können neu anfangen. Erst eine Zeit lang auf der Farm der von Gerstorfs, und dann mit unserem eigenen Hof. Ich werde Pferde trainieren, du wirst deine Praxis haben. Was soll noch schiefgehen?«

Nellie wusste es nicht. Doch die Erfahrung hatte sie gelehrt, dass sich ihr Leben selten so entwickelte, wie sie es geplant hatte. Jetzt wollte sie optimistisch sein. Das neue Land sollte ihre Erwartungen erfüllen!

Wenn Sie noch weiter in die Familienwelt der beiden Tierärztinnen eintauchen wollen, empfehlen wir Ihnen folgenden Roman von Greta Jänicke: MS Kristiana – Eine Liebe am Ende der Welt.

In diesem zweiten Band der MS Kristiana*-Reihe wird die Geschichte von Anna erzählt. Sie ist Nellies Urenkelin und somit die Enkelin von Grietje, die als Erwachsene nur noch Grit genannt wurde.*

Leseprobe aus

Greta Jänicke

MS Kristiana – Eine Liebe am Ende der Welt

Neuseeland, Herbst 1958

Paul nahm ihre Hand und führte sie an seine Lippen. »Ich werde dich nie vergessen.« *Sag nur ein Wort und ich bleibe!* Paul sprach diese Worte nicht aus. Denn sie hatten sich beide gegen ihre Gefühle und für die Vernunft entschieden. Weil sie wussten, dass sie nicht glücklich werden konnten, wenn dadurch andere Menschen unglücklich wurden.

»Ich werde dich immer lieben und an dich denken.« Grit lächelte trotz der vielen ungeweinten Tränen in ihren Augen.

Seit sie beschlossen hatten, dass es ein Abschied für immer sein würde, tanzte eine Melodie durch Pauls Kopf. Gestern Abend hatte er sie aufgeschrieben. Für sich selbst. Für Grit, die Liebe seines Lebens.

Grits Lied stand auch über den Noten, mehr nicht. Als er ihr das Blatt reichte und sie die Noten las, wusste er, dass sie die Melodie in ihrem Kopf vernahm. Tränen liefen über ihre Wangen.

»Leb wohl«, sagte er leise. Ein letztes Mal berührten seine Lippen ihren Mund. Dann wandte er sich um und ging. In seiner Manteltasche befand sich ein weiteres zusammengefaltetes Notenblatt. Darauf war dasselbe Stück notiert. *Grits Lied*, die Melodie einer großen Liebe, die nicht sein durfte …

Deutschland, Gegenwart

Die Stille war bedrückend.

Tim kämpfte gegen das Bedürfnis an, das Haus fluchtartig zu verlassen. Seit dem Tod seines Großvaters war er nicht mehr hier gewesen. Und jetzt stand er hier im Wohnzimmer zwischen einer eichernen Schrankwand und einem Ledersofa mit Holzgestell. Ebenfalls Eiche, so wie der klobige Tisch dazwischen. Am Kopfende des Tisches befand sich der bequeme Fernsehsessel mit dem ausklappbaren Fußteil.

Sein Großvater hatte diesen Sessel in den letzten Jahren kaum noch verlassen können. Er hatte an sehr starken Gelenkschmerzen gelitten, die jede Bewegung sehr mühsam gemacht hatte, auch wenn er sich nie beklagt hatte. Tim hatte immer noch das Bild seines Großvaters vor Augen. Wie er lächelte, wenn Tim zu Besuch kam, und sich dabei die Furchen in seinem Gesicht noch tiefer eingruben.

Der Großvater war für Tim der wichtigste Mensch in seinem Leben gewesen. Seine Großeltern hatten ihn nach dem Unfalltod seiner Eltern aufgenommen. Zehn Jahre alt war er damals gewesen.

Es war unvorstellbar, dass sein Großvater jetzt nicht mehr da war. Tim konnte den Anblick des leeren Sessels nicht länger ertragen. Er wandte sich ab und verließ hastig den Raum. Als er in dem schmalen Hausflur stand, die Hand bereits auf der Türklinke, hielt er inne und atmete tief durch. Die Beerdigung lag jetzt mehr als einen Monat zurück. Irgendwann musste er damit anfangen, sich mit dem Nachlass seines Großvaters auseinanderzusetzen, und morgen würde es ihm auch nicht leichter fallen als heute.

»Du musst ja nicht unbedingt hier unten anfangen.«

Tim schloss lächelnd die Augen, als er die Stimme seines Großvaters vernahm. In seinem Kopf, in seinem Herzen. Es kam ihm so vor, als wäre ein Teil von ihm immer noch hier. *Opapa, wo bist du?*

Die Bezeichnung *Opa* war zu wenig für den Mann, der alles für ihn gewesen war.

Der Schmerz über diesen Verlust wurde so stark, dass Tim die Augen öffnete und sich in hektische Geschäftigkeit rettete. »Du musst ja nicht hier unten anfangen«, wiederholte er laut die Worte, die er eben mit der Stimme seines Großvaters in seinem Kopf gehört hatte. Und fügte dann gleich hinzu: »Seit wann führe ich eigentlich Selbstgespräche?«

Sein Großvater hätte sicher auch auf diese Frage eine Antwort gewusst, doch diesmal schwieg die Stimme in seinem Kopf. »Und das ist auch gut so«, fuhr Tim mit seinem Monolog fort. »Sonst würde ich noch an meinem Verstand zweifeln. Es reicht schon, dass ich mit mir selbst rede.«

Während er sprach, stieg er langsam die Treppe nach oben. Die Idee, ganz oben anzufangen, hatte sich nun in ihm festgesetzt. Ganz oben, das hieß auf dem Dachboden.

Er öffnete die Tür. Staubiges Dämmerlicht empfing ihn. Durch die schmalen Dachluken fiel nur wenig Licht in den Raum. Als er den Schalter neben der Tür drückte, flackerte eine einzelne Glühbirne auf, die an einem Kabel von der Decke hing.

Tim war nur selten hier oben gewesen. Als Kind war der Dachboden ebenso wie der Keller für ihn ein gruseliger Ort gewesen. Und selbst wenn all das, was sich in seiner Fantasie abspielte, nicht stattfand, so gab es immer noch diese riesigen Winkelspinnen.

Heute erfüllte ihn nicht mehr diese Panik, die er als Junge empfunden hatte. Trotzdem duckte er sich, um mit den Spinnweben, die von der Decke hingen, nicht in Berührung zu kommen.

Es war unglaublich, wie viel Gerümpel sich im Laufe der Jahre hier oben angesammelt hatte. Eine Stehlampe ohne

Lampenschirm, eine alte Kommode. Ein Stuhl mit drei Beinen, ein Kofferradio …

Tim erinnerte sich daran, dass das Radio früher in der Küche gestanden hatte. Seine Großmutter hatte es stets eingeschaltet, wenn sie kochte. *Oma!* Sie war zwei Jahre, nachdem seine Großeltern ihn aufgenommen hatten, gestorben. Überraschend für ihn, aber inzwischen wusste er, dass sie und Opapa ihre Krebserkrankung vor ihm geheim gehalten hatten. Und dann waren er und Opapa allein gewesen. Sie hatten gemeinsam die Trauerzeit durchgestanden, waren noch näher zusammengewachsen. »Wir Männer schaffen das schon«, hatte Opapa immer gesagt. Und sie hatten vor allem die Dinge bewältigt, die für einen kleinen Jungen wichtig waren. Sie hatten Drachen steigen lassen, Pfannkuchen gebacken, eine Seifenkiste gebaut – und Schellemännchen gespielt. Spätabends waren sie gemeinsam losgezogen, um an anderen Haustüren zu klingeln und sofort davonzulaufen.

Tim grinste, als er daran dachte. Er hatte den Nachbarn so einige Streiche unter der Anleitung seines Großvaters gespielt.

Sein Blick fiel auf einen alten Koffer, der in einer Ecke des Speichers stand. Direkt neben dem alten Ohrensessel, der vor ein paar Jahren gegen den modernen Fernsehsessel ausgetauscht worden war. Der sperrige Reisekoffer mit den Beschlägen an den Ecken und dem schmalen Lederband, das sich wie ein Gürtel um das Gepäckstück wand, erweckte vor allem wegen der Aufkleber sein Interesse. *New Zealand* stand in schwarzer Schrift auf weißem Grund. Darunter befand sich ein weiterer Aufkleber mit dem gemalten Bild eines struppigen Vogels ohne Flügel. Ein Kiwi, das Nationalsymbol Neuseelands.

Wem gehörte dieser Koffer? Waren seine Großeltern in Neuseeland gewesen, bevor er zu ihnen gezogen war? Sein Großvater hatte nie darüber gesprochen und war ganz bestimmt auch nie allein verreist, seitdem Tim bei ihm lebte. Sie hatten die Ferien zusammen an der Nordsee verbracht, weil sie beide das Meer so sehr liebten. Später, als er erwachsen wurde, war Tim mit seinen Freunden in Urlaub gefahren oder geflogen. Hin und wieder auch mit einer Freundin, aber das waren nur kurzlebige Beziehungen gewesen. Je älter er wurde, desto exklusiver wurden die Reisen. Außerdem war er sehr viel für das Magazin *ECHO* unterwegs, bei dem er als Journalist angestellt war. Das Spektrum reichte von Wissenschaft über Politik bis zu ausführlichen Reisereportagen.

Tim war es immer wichtig gewesen, wenigstens eine Woche jedes Jahr zusammen mit seinem Großvater ans Meer zu fahren. Im vergangenen Jahr hatten sie zum ersten Mal darauf verzichtet, weil Opapa sich zu schwach gefühlt hatte. Er hatte Tim auf dieses Jahr vertröstet …

Ob er da bereits geahnt hatte, dass es keine gemeinsamen Reisen mehr geben würde?

Tim wollte nicht darüber nachdenken. Es änderte nichts mehr und nahm ihm auch nicht den Schmerz.

Er zog den Koffer zu sich heran. Er wusste nicht, was er erwartet hatte, doch mit dem Öffnen des Koffers erschloss sich ihm eine neue Welt voller Überraschungen. Ganz oben lag ein Notenblatt. *Grits Lied* war handschriftlich über die Noten geschrieben worden. Einen Liedtext gab es aber nicht, nur die Noten, die Tim aber nicht viel sagten. Opapa war Musiklehrer gewesen, und offensichtlich stammte dieses Notenblatt auch von ihm. Kaum leserlich stand am Ende der Noten der Name seines Großvaters: *Paul Rossberg*.

Hatte sein Großvater dieses Lied komponiert? Und wer war diese Grit? War ihm dieser Name beim Komponieren eingefallen? Oder steckte dahinter eine reale Person? Seine Großmutter konnte jedenfalls nicht gemeint sein, sie hieß Katharina.

Neugierig geworden legte er das Notenblatt auf den Ohrensessel und schaute weiter. In einem Album waren Zeitungsausschnitte eingeklebt, die seinen Großvater in einem eleganten Anzug auf einer Bühne zeigten. Er stand neben einem Konzertflügel, in der Hand eine Violine und einen Geigenbogen haltend. Das Gesicht der Pianistin war nicht zu sehen, weil sie den Kopf gebeugt hielt.

Er blätterte weiter durch das Album, während sein Erstaunen mit jeder Seite zunahm.

The famous violinist Paul Rossberg stand über einem Zeitungsartikel, der aus einer neuseeländischen Zeitung stammte.

Tim ließ das Album sinken und starrte ins Leere. Sein Großvater sollte ein berühmter Geiger gewesen sein? Er war in Neuseeland gewesen? Hatte ein Lied für eine gewisse Grit komponiert?

Als er weiterblätterte, stieß er auf einen Bericht über die Pianistin Grit, die zusammen mit dem Geiger Paul Rossberg aufgetreten war.

Hinter dem Vornamen der Pianistin prangte ein bräunlicher Fleck, so als hätte jemand Kaffee oder etwas Ähnliches darüber verschüttet. Der Nachname war jedenfalls nicht mehr zu entziffern.

Warum hat Opapa mir nie von seiner Reise nach Neuseeland erzählt? Warum hat er nie erwähnt, dass er ein erfolgreicher Geiger war? Was war passiert, damals in der für seine Familie sowieso schon so schweren Zeit?

So viele Fragen, auf die er in dem Koffer keine Antworten fand. Tim klappte ihn zu und fasste den Entschluss, dass er mehr über das Leben seines Großvaters herausfinden wollte. Was ihn bewegt hatte, bevor er sein Enkelkind großgezogen hatte. Den Koffer nahm Tim mit, als er das Haus verließ.

»Neuseeland?« Dieter Klebisch, der sich neugierig über Tims Schulter gebeugt hatte, richtete sich auf und sah ihn fragend an. »Woher weißt du, dass wir dich nach Neuseeland schicken wollen?«

»Wollt ihr das?« Tim war es gewohnt, dass die Redaktion ihn auf Reisen schickte. Aber jetzt überraschte es ihn, dass es genau in das Land gehen sollte, mit dem er sich gerade privat beschäftigte. Ein seltsamer Zufall.

Sein Chefredakteur setzte sich auf eine Ecke des Schreibtischs. »Hat Claudelle dir gesagt, dass wir dich auf Kreuzfahrt schicken?« Claudelle war Dieter Klebischs Sekretärin.

Tim schaute überrascht von seinem Notebook auf. »Eine Kreuzfahrt?« Dann schüttelte er den Kopf und beantwortete Dieters Frage: »Nein, Claudelle hat mir nichts gesagt.«

»Mit dem neuen Flaggschiff der Tychsen-Reederei. Kennst du das?«

»Ich habe darüber gelesen.« Tim überlegte kurz. *Tychsen – All Seas Cruises*, schoss es ihm durch den Kopf. Es hatte vor Jahren einige Schlagzeilen gegeben, als der alte Tychsen eine marode Reederei aus Norwegen aufgekauft hatte. Kurz darauf war seine Tochter Kristiana verschwunden und galt seither als verschollen.

»Die *MS Kristiana*!« Der Name war Tim soeben eingefallen und nun wusste er auch wieder, was er darüber gelesen hatte. »Ein modernes Hybridschiff, das durch seinen elektronischen Antrieb weniger Schadstoffe ausstößt und wegen seiner umweltschonenden und nachhaltigen Technologie neue Maßstäbe in der Schifffahrt setzt.«

»Wow, du kennst dich wirklich aus!« Sein Chefredakteur grinste. »Ich würde diesen Job ja gerne selbst übernehmen, aber leider muss ich verzichten.«

»Eine andere Reportage?«, erkundigte sich Tim.

Dieter schüttelte den Kopf.

»Wichtige Termine?« Für Tim war es kaum vorstellbar, dass sein Chef auf diese Chance verzichtete. Eine kostenlose Reise – ausgerechnet nach Neuseeland. Manchmal war es erstaunlich, wie der Zufall arbeitete.

»Seekrank«, bekannte Dieter endlich. »Ich kotze schon, wenn ich nur an ein schaukelndes Schiff denke.«

»Aber die modernen Schiffe …«, begann Tim, doch Dieter fiel ihm ins Wort.

»Vergiss es, ich habe es versucht. Auf das Drängen meiner Frau bin ich vor zwei Jahren mit dem Schiff von Kiel nach Göteborg gefahren. Angeblich besitzt die Fähre moderne Stabilisatoren, die das Rollen fast ganz verhindert. Vierzehn Stunden und dreißig Minuten durchgehende Übelkeit, Brechreiz und Kopfschmerzen. Zurück habe ich das Flugzeug genommen und nicht nur meiner Frau, sondern vor allem mir selbst geschworen, dass ich niemals mehr ein Schiff betrete. Nicht mal ein Tretboot.« Dieter grinste. »Du kannst dich also freuen. Am neunzehnten September geht es los. Ab Sydney.«

»Sydney liegt in Australien, nicht in Neuseeland«, konterte Tim trocken.

Dieter begnügte sich mit einem tadelnden Blick. »Die *MS Kristiana* legt um achtzehn Uhr in Sydney ab. Von dort aus geht es über Melbourne und Tasmanien nach Neuseeland. Wir wollen vor allem einen Bericht über das Schiff. Ist es wirklich so modern und umweltfreundlich? Was passiert auf dieser Reise? So ein kleiner Skandal wäre natürlich nicht schlecht.« Dieter schaute ihn fragend an und wies auf Tims Notebook. »Wieso recherchierst du eigentlich gerade über Neuseeland? Hat Claudelle dir wirklich nichts gesagt?«

»Kein Wort«, versicherte Tim, entschloss sich dann aber zu einem Teil der Wahrheit. »Ich habe erst gestern herausgefunden, dass sich mein Großvater vor vielen Jahren in Neuseeland aufgehalten hat.«

»Aha …« Dieters Miene zeigte seine Skepsis. Nach so vielen Jahren war kaum zu erwarten, dass Tim ausgerechnet im Internet auf Spuren seines Großvaters in Neuseeland stieß.

Tatsächlich hatte Tim nichts gefunden, was auf einen ehemals berühmten Geiger hinwies. Auch der Name Grit brachte ihn nicht weiter, da er den Nachnamen nicht kannte. Selbst mit dem Zusatz »*Pianistin*« war er nicht fündig geworden. Vielleicht fand er in Neuseeland mehr heraus …

»Darf ich deinem beredten Schweigen entnehmen, dass du diesen Auftrag annimmst?«, riss Dieter ihn aus seinen Gedanken.

Tim grinste. »Worauf du dich verlassen kannst.«

»Super! Claudelle wird alle Buchungen vornehmen. Wende dich an sie, wenn du noch Fragen hast.«

»Mache ich.« Freude und Aufregung erfüllten Tim. Weitaus stärker, als er es bei jedem anderen Auftrag bisher empfunden hatte. Diesmal ging es nicht nur um eine rein berufliche Recherche. Das hier war eine Reise in die Vergangenheit seines Großvaters. Er war gespannt auf die Ergebnisse, aber er gestand sich ein, dass er auch ein bisschen Angst davor hatte.

(…)

An Bord der *MS Kristiana*, einige Zeit und etliche Kapitel später

Die meisten Passagiere versammelten sich auf dem Außendeck vor dem Speisesaal. Tim hatte keine Lust, sich in dieses dichte Gedränge zu schieben. Während er noch unschlüssig auf dem Gang zwischen Rezeption und Speisesaal stand, kam die hübsche Hotelmanagerin auf ihn zu. Tim konnte sich sogar noch an ihren Namen erinnern. Sie lächelte, als sie ihn sah.

»Was macht ein Passagier, wenn er etwas sehen, sich aber nicht in dieses Gedränge stürzen will?« Er wies mit der Hand auf die gläserne Tür, die zur Reling führte.

»Der geht zur Pianobar«, erwiderte sie und legte gleich darauf den Zeigefinger auf die Lippen. »Ein Geheimtipp, der allerdings nur anfangs geheim ist. Wenn Sie die Bar durchqueren, gelangen Sie zu einer Außenterrasse. Die Aussicht von da aus ist fantastisch.«

»Kommen Sie mit? Für diesen Tipp lade ich Sie zu einem Glas Champagner ein.«

Jasmin Andres schüttelte den Kopf. »Vielen Dank, aber das geht nicht. Ich bin im Dienst. Und eigentlich …« Sie brach ab.

»Und eigentlich sind Ihnen private Kontakte zu den Passagieren nicht erlaubt«, beendete er ihren Satz.

»Ja.« Sie lächelte wieder, aber er fand, dass dieses Lächeln traurig wirkte. Als ihre spanische Kollegin nach ihr rief, verabschiedete sie sich von ihm und eilte weiter.

Tim nahm die Treppe. Niemand begegnete ihm auf dem Weg nach oben. Nicht nur Hinweisschilder, sondern auch Klavierklänge wiesen ihm den Weg. Als er die Bar betrat, waren außer ihm nur zwei weitere Menschen anwesend. Eine Pianistin, die mit gesenktem Kopf an einem Steinway-Flügel saß und selbstvergessen spielte. Sie schien nicht einmal zu bemerken, dass er den Raum betrat.

Hinter dem Tresen, der die gesamte rechte Wand einnahm, stand der Barkeeper. Er polierte ein Glas, schaute dabei aber immer wieder zum Klavier. Als er Tim erblickte, begrüßte er ihn mit einem höflichen Nicken.

Der Raum war geschmackvoll mit hellen Loungemöbeln eingerichtet, die sich um den Flügel gruppierten. Genau gegenüber führten Türen auf die Außenterrasse. Sie waren offen und ließen frische Abendluft herein. Die Klavierklänge begleiteten ihn, als er die Terrasse betrat, und ergänzten die Aussicht auf das Opernhaus von Sydney perfekt.

Das Bauwerk ragte ins Hafenbecken und wirkte mit seiner auffallenden Dachkonstruktion wie eine Segelbootflotte im aufkommenden Wind. Auch die Harbour Bridge konnte er nun sehen, die wegen ihrer Form von den Einwohnern gerne *coat hanger*, *Kleiderbügel*, genannt wurde.

Ich hätte meine Kamera mitbringen sollen, dachte Tim, doch gleichzeitig war er froh, dass er sie in der Kabine gelassen hatte. Er wollte diese besonderen Momente nicht durch den Sucher einer Kamera festhalten, sondern mit den Augen und dem Herzen betrachten.

Langsam zog die *MS Kristiana* durch das glitzernde Wasser bis zu den *Sydney Heads*, die den Eingang in den Naturhafen bildeten. Das Schiff nahm Fahrt auf und Kurs aufs offene Meer.

Tim stand an der Reling. Tiefe Ruhe erfüllte ihn beim Anblick des Pazifiks, der wie eine bleigraue Fläche vor ihm lag. Von der untergehenden Sonne war nur noch ein orangegoldener Schein am Horizont zu sehen. Die Klavierklänge aus der Pianobar begleiteten dieses Bild. Dann war es plötzlich still.

Schade, dachte er, doch dann begann die Pianistin ein neues Stück. Er kannte die Melodie nicht, aber sie berührte ihn auf eine Weise, die er sich nicht erklären konnte. Er ging bis zur Tür und schaute zum Klavier. Jetzt konnte er das Gesicht der Pianistin sehen. Sie schaute in seine Richtung, aber Tim hatte das Gefühl, dass ihre bernsteinfarbenen Augen geradewegs durch ihn hindurchschauten. Dunkles lockiges Haar rahmte ihr Gesicht ein.

Tim rührte sich nicht von der Stelle. Er schaute die Pianistin unverwandt an, während er der Musik lauschte. Das Stück endete mit einer Folge von Arpeggien, die den ganzen Raum mit rasch aufeinanderfolgenden Klängen erfüllten. Die unmittelbar darauf einsetzende Stille raubte ihm sekundenlang den Atem. Plötzlich wurde ihm bewusst, dass die Pianistin nicht mehr durch ihn hindurchschaute, sondern ihn bewusst wahrnahm. Sie lächelte, als ihre Blicke sich begegneten.

Tim erwiderte ihr Lächeln. Langsam trat er näher. »Das war wunderschön.«

»Ja«, sagte sie. »Ich liebe dieses Stück.«

»Ich habe es noch nie zuvor gehört.«

Sie bog den Kopf zurück und lachte leise. »Es wurde auch nie veröffentlicht.«

»Es ist Ihr eigenes Stück? Haben Sie es komponiert?« Es passte so sehr zu ihr, dass er überrascht war, als sie den Kopf schüttelte.

»Würden Sie ein bestimmtes Stück für mich spielen?«, bat er.

Es war ihr anzusehen, dass sie dazu keine Lust verspürte. Sie nickte wahrscheinlich nur aus Höflichkeit.

Tim zog seine Brieftasche aus der Jackentasche und nahm das Notenblatt heraus. Er faltete es auseinander und reichte es ihr.

Sie schaute darauf und plötzlich schien sich etwas zu verändern. Tim bemerkte, dass ihre Gesichtszüge entgleisten. »Woher haben Sie das?« Selbst ihre Stimme klang anders.

»Ich habe es in einem Koffer auf dem Dachboden meines Großvaters gefunden.« Fragend schaute er sie an. »Aber Sie scheinen das Stück zu kennen.«

»Ja.« Sie gab ihm das Notenblatt zurück und spielte die ersten Akkorde auf dem Klavier. Es war genau das Stück, das sie eben gespielt und das ihn so sehr berührt hatte. Sie brach ab und wandte sich ihm wieder zu. »Wie kommt Ihr Großvater zu diesem Notenblatt?«

»Ich mache diese Reise, weil ich das herausfinden will. Ich habe erst nach dem Tod meines Großvaters herausgefunden, dass er ein begabter Geiger war und in Neuseeland aufgetreten ist. Er hat mir nie etwas davon erzählt.« Tim lächelte sie an. »Und jetzt führt mich meine erste Spur ausgerechnet zu Ihnen. Woher kennen Sie *Grits Lied*?«

Ernst schaute sie ihn an. »Ich besitze das gleiche Notenblatt. Grit war meine Großmutter.«

Anna liebte diese stille Stunde zwischen Tag und Traum. Den Moment, wenn sich endlich der letzte Passagier zurückgezogen hatte und sie ganz allein auf der Außenterrasse stand. Ihre Hände umklammerten die Reling. Die Begegnung mit diesem Passagier, dessen Namen sie nicht einmal kannte, hatte in ihr eine Flut von Gefühlen ausgelöst.

Anna wusste nicht viel von ihrer Großmutter Grit, die einen Teil ihres Lebens in Neuseeland verbracht hatte. Annas Mutter Audrey war in Neuseeland zur Welt gekommen und hatte dort einen Teil ihrer Kindheit und Jugend verbracht.

»Die glücklichste Zeit meines Lebens«, hatte sie immer gesagt. Neuseeland war für sie die Heimat gewesen, nach der sie sich zeitlebens zurückgesehnt hatte. Der Liebe wegen war sie nach Deutschland gezogen. Annas Vater war Deutscher und hatte zwei Jahre in Neuseeland als Bauingenieur gearbeitet. Dort hatte er Annas Mutter kennengelernt.

Anna wusste, dass die Ehe ihrer Eltern sehr glücklich gewesen war. An ihren Vater konnte sie sich aber nicht mehr erinnern. Er starb kurz nach ihrer Geburt bei einem Arbeitsunfall.

Anna wollte weitere Erinnerungen an ihre Vergangenheit nicht zulassen. Ihre Kindheit, ihre Jugend und ihre erste große Liebe, die in einer tiefen Enttäuschung endete. Kurz vor ihrem frühen Tod hatte ihre Mutter Audrey gesagt: »Du bist deiner Großmutter so ähnlich. Du siehst aus wie sie, du hast ihr Talent. Pass auf, mein Kind, dass dir nicht auch das Herz gebrochen wird.«

Mehr hatte Anna nicht erfahren. Ihre Mutter starb zwei Tage später, nach einem viel zu kurzen, entbehrungsreichen Leben.

Anna hatte nicht viel mehr herausfinden können. In den Unterlagen ihrer Mutter hatte sie lediglich das Notenblatt zu *Grits Lied* gefunden. Offensichtlich gab es davon eine zweite Ausgabe, die ihm Besitz des Passagiers war und zuvor seinem Großvater gehört hatte. Sie hatte dem Fremden nicht sofort geantwortet, als er sie gefragt hatte, ob sie sich gemeinsam auf die Suche nach der Geschichte ihrer Vorfahren machen wollten.

Jetzt in dieser stillen Stunde erfasste sie mit einem Mal eine Aufregung, wie Anna sie schon lange nicht mehr empfunden hatte. Ja, sie wollte sich gemeinsam mit diesem Mann auf Spurensuche in die Vergangenheit begeben.

Sie dachte an ihn, wie er sie so eindringlich angesehen hatte. Seine dunklen Augen, sein Lächeln …

»Pass auf, mein Kind, dass dir nicht auch das Herz ge-
rochen wird«, vernahm sie erneut die Stimme ihrer Mutter in
en Gedanken.

nna lächelte. »Keine Sorge, Mama, das ist mir einmal pas-
Ein zweites Mal werde ich dazu keinem Mann die Gele-
geben.« Ihre geflüsterten Worte wehten über das Meer.
rechen, dass sie nicht nur ihrer Mutter, sondern auch sich selbst gab.

Eine große Liebe, die Hoffnung auf gemeinsames Glück und der Mut zum Neubeginn

Sarah Lark
SCHICKSALSSTERNE
Roman

592 Seiten
ISBN 978-3-404-18475-0

Hannover, 1910: Es ist Liebe auf den ersten Blick zwischen der jüdischen Bankierstochter Mia und dem adligen Offizier Julius. Beide verbindet ihre große Zuneigung zu Pferden. Aber alle anderen Umstände sprechen gegen sie. Um die Zukunft gemeinsam verbringen zu können, wandern sie nach Neuseeland aus, wo sie eine Pferdezucht aufbauen wollen. Doch bei Kriegsausbruch werden sie der Spionage für die Deutschen verdächtigt und getrennt voneinander interniert. Nur der Einsatz der jungen Wilhelmina rettet das Gestüt. Aber der Preis dafür ist hoch, und nach dem Krieg ist für Mia und Julius nichts mehr so, wie es war …

Lübbe